二見文庫

愛の夜明けを二人で

クリスティン・アシュリー／高里ひろ＝訳

LAW MAN
by
Kristen Ashley

謝辞

この本を最初に校正して、わたしが正気でいられるようにいろいろとしてくれたチャシティ・ジェンキンズに。ありがとう、シスター。

いとこのアマンダ・ジャニーニ刑事／医療ソーシャルワーカーに（家庭内暴力捜査、児童発達コミュニティー取り締まり係、危機介入チームメンバー）。児童保護局の働きについての正確な情報をありがとう。もちろんわたしは創作上の特権を行使したけど、進路を示してくれたのはわたしの勇敢ないとこだった。マンディ、あなたは最高よ。あなたのこれまでの功績と現在していることについて、とても誇りに思っている。

読者のみなさんに。わたしの夢を本物にすると同時に、その夢を生かしつづけてくれて、ありがとう。感謝します！

著者より

ある友人に、人生の負け犬の息子と娘の名前を考えてみてって頼んだら、「その負け犬の名前は?」と質問されました。「ビル」と答えたら、彼はすぐに言いました。「ビリーとビレリーナ」わたしはその名前がすごくおもしろいと思って、ビリーとビリィが生まれました。読者のみなさんにも区別がつくといいのですが。わたし自身はふたりの名前を読むたびに笑ってしまいます。でも、ふたりのことが大好きになりました。

愛の夜明けを二人で

登　場　人　物　紹　介

マーラ（マラベル）・ジョリーン・ハノーヴァー	〈ピアソンズ・マットレス＆ベッド〉販売員
ミッチ・ローソン	マーラの隣人。刑事
デレクとラタニア	マーラの隣人のカップル
ブレントとブレイダン	マーラの隣人のゲイ・カップル
エルヴァイラ	ラタニアの従姉
グエン	エルヴァイラの友人
カム	エルヴァイラの友人
トレイシー	エルヴァイラの友人
ビル	マーラの従兄。ちんぴら
ビリー	ビルの息子
ビリィ（ビレリーナ）	ビルの娘
“トレーラー・トラッシュ・ツインズ”	マーラの母親と伯母。アイオワ在住
スリム（ブロック・ルーカス）	刑事。ミッチのパートナー
ホーク（ケイブ・デルガド）	グエンの夫。特殊警備会社経営
タック（ケイン・アレン）	バイカーグループ〈カオス〉の首領

プロローグ

アパートメントの通路に出たとき、彼女が目に入った。

最低でも7、もしかしたら8、あいだをとって7・5。

開いたドアのそとに立ち、なかにほほえみかけている。

その相手がだれか、わたしは知っている。

ミッチ・ローソン刑事。

それにミッチ・ローソン刑事が最低でも10、もしかしたら11だから、正確には10・5だということも知っている。

別の言い方をすると、濃茶色の髪に覆われたつむじから、ブーツにつつまれたつま先まで、彼は超完璧だということ。

わたしの夢の男性《ドリーム・マン》。

わたしは彼に恋しているけど、彼のことはよく知らないし、彼はわたしのことをまったく知らない。でも別に、病んだストーカー的片思いという状況ではない。わたしはストーカーになるには内気すぎるし、彼のことが好きすぎてそんな目に遭わせたくないからだ。それならどういうことかというと、ああどうしよう、彼って完璧な肉体で、骨格も完璧で、完璧な笑顔だし、いままでわたしが見たなかでいちばん美しい目をしてる――ということだった。まったく無害な、遠くから憧れているだけの片思い。とはいえ、わたしたちのアパートメントは通路をはさんで斜向《はすむ》かいだから、それほど遠いというわけでもない。

わたしはふり向いて戸締りを確認した。また通路のほうを向いたら、ミッチ・ローソン刑事も通路に出ていて、彼の7・5はそのすぐそばに立ち、彼の脇にぴったりくっついていた。ミッチ・ローソン刑事も、戸締りを確認しているところだった。

いまは朝で、わたしはこれから仕事に行くところだ。たぶん彼も仕事に行くのだろう。彼の7・5はお泊まりだったということだろう。そう思うのは、これまでもたびたび7から10までの女性たちが泊まっていったり、夕方とか、午後とか、それ以外の時間に訪ねてきたりするのを見かけていたからだ。わたし自身は2、もしかしたら3、あいだをとって2・5だから、通路でミッチ・ローソン刑事の脇にぴったりくっついて立つことなんて、死んでもありえない。

この世界では、7から10はたがいに引き寄せあい、彼らが7より下とくっつくことは、あまりない。6を試してみることや、興味本位で5に手を出してみることもあるけど、けっきょくは自分の階層の相手に落ち着くのが常だ。

その下に4から6がいてたがいに引かれあう。4未満の人間が入りこむ可能性はこちらのほうが高いけど、それでもめずらしいことに変わりはない。そしてわたしの階層である1から3もたがいに引かれあう。この階層にいる人間が3より上を狙うなんて愚かなことだ。3より上はイコール失恋を意味するのだから。

わたしはふたりのほうに歩いていった。なぜならうちの棟の横にある駐車場におりる階段はそっちにあるから。ヒールの音がセメントの床にコツコツと反響する。この通路に面しているアパートメントは四室で、通路をはさんで二戸ずつ並んでいる。ローソン刑事の部屋は駐車場への階段に近いほうにある。わたしの部屋のほうには、アパートメント全体の敷地を貫く緑地帯と小川のほうにおりる階段がある。

あいにくローソン刑事は、数年前にこの棟でご近所になってから通路でわたしに会うたびにしているように、今朝もこちらをふり向き、濃茶色の優しそうな目でわたしの目をとらえ、するとその目がふっと温かくなった。

わたしが彼に片思いしているもうひとつの理由がこれだった。わたしを見るたびに、彼の目が温かくなる。わたしは内気で、あまり人と打ち解けるタイプではない――少なくとも彼にたいしては。隣に住むゲイのカップル、ブレントとブレイダンとはすごく打ち解けているし、ミッチ・ローソン刑事の隣で、わたしの向かいに住むゲイではないカップルのデレクとラタニアとも仲よしだけど。でも彼にたいしてはものすごくびびってしまうから、近づかないようにしている。

それなのに、わたしを見るたびに彼の目はふっと温かくなる。そしてほほえみまで。ちょうどいまみたいに。

ああ。

あのほほえみ。胸がどきどきしてくる。彼の目はわたしが見たなかでいちばん美しいけど、それがふっと温かみを増し、口元もほころびて、顔全体が柔らかな笑顔になると、あまりにもすてきで直視不可能になる。四年前、彼がここに引っ越してきたとき、初めてその笑顔を見て、あやうくその場にくずおれそうになった。幸い、それ以来わたしの自制心も鍛えられたから、いまではひざががくがくするくらいで済んでいる。

「やあ」近づいていったわたしに彼が言った。

ほんとにいやになる。美しい目と美しい唇だけではなく、肩幅も広くて背も高くて服のセンスもすごくいいなんて。それに声まで、低くて深みのある、すてきな声なんだから。

「おはようございます」わたしはもごもごつぶやいた。彼の7・5をちらっと見たら、なぜかはわからないけど、まるでどこかの岩の下から這いだしてきた生き物を見るような目でこちらを見ていた（わたしの経験からいうと、7以上の人が3以下の人間を見るとき、よくそういう目つきをする）。わたしは礼儀正しくしようと思って、彼女にも「おはようございます」と言った。彼女はわずかにあごをあげたけど、その最低限の努力さえひどく面倒だと言わんばかりだった。

だからわたしは自分の足元を見ることにした。つまずかないように気をつけなければいけなかったし、もう一度彼を見てしまったら、じっと見つめてしまいそうだったから。うっかり長時間見つめてしまったら、きっとわたしの目は燃えあがって頭から飛びだしてしまうだろうから。

彼とも彼の7・5とも関係のないことに集中しようとして、わたしはいつもうなじのシニヨンからとびだして顔にかかってしまう髪を耳にかけた。それからすばやくふたりの横を通りすぎて、転がり落ちないように気をつけながら階段をおりた。変に見えるのはいやだったけど、首の骨を折るのもいやだったから。

無事自分の車にたどりつき、バッグともち歩き用のコーヒーマグを置きながら、気分を落ち着けようとした。MP3プレーヤーをカーステレオにつなぎ、仕事に出かける気分になる曲を探しながら、シートベルトを締めた。そうすれば、ミッチ・ローソン刑事と彼の7・5が階段をおりてきて車で走り去るのを見ないで済むと思ったから。わたしは彼を何時間でも見ていられる。それはほんとだけど、じっさいにやってみたことはない。そんなことをしたら、わたしは一種のストーカーになるだろうし、ストーカー的な行動はどんなささいなものでも気味が悪い。

気分が落ち着くまで、少し時間がかかった。グランド・ファンク・レイルロードの「アメリカン・バンド」を再生する準備ができたときには、すでにシートベルトをして、エンジンもかかっていた。目をあげると、7・5はもういなかった。

でもミッチ・ローソン刑事はまだいた。彼の姿を探したわけではないけど、見逃しようがなかった。わたしの車の隣の駐車スペースはあいていて、その隣にローソン刑事のSUVがとまっていたから。彼は運転席側のドアの前に立ち、車に寄りかかって、胸の前で腕を組み、その目をわたしに向けていた。まるでわたしのことを見ているみたいに。

こんなことは初めてだったし、わたしの世界の法則すべてに反していた。だから思わず彼の目を見つめ返し、それから頭のなかで、どうすればいいのか考えた。

軽く手を振ってみることにして、じっさいそうした。ミッチ・ローソン刑事がそれにほほえみを返してくれて、わたしはからだの奥がきゅっとなるのを感じた。すてき。

もうだめ。限界。

目をそらして、MP3プレーヤーの〈プレイ〉ボタンを押した。ドン・ブリューワーが「アメリカン・バンド」のイントロのビートを刻むのを聴きながら、なにかにぶつけないように気をつけて車をバックさせた。

わたしはなんとか、ミッチ・ローソン刑事と、その完璧なからだと、きれいな髪と、すてきな唇と美しい目を見ることなく、車を出した。

1

「あの、6Cのマーラ・ハノーヴァーです。きょうはこれでもう三回目の電話なんですが、バスルームの蛇口を見てもらいたいんです。水がとまらなくなってしまって。メンテナンスの人にこちらに寄るように言ってもらえますか? よろしくお願いします」

留守電にメッセージを残して電話を切り、バスルームの蛇口を見つめた。今朝わたしがつかったときから、ずっと水漏れしている。仕事に出かける前にこのアパートメントの管理会社に電話して留守電にメッセージを録音した。向こうがかけ直してこなかったので、ランチのときにまたかけた(このときも留守電を入れておいた)。仕事が終わって帰宅したいま、営業時間はすでに終わっていると思うけど、だれかが二十四時間電話を受けつけているはずだ。それに向こうから電話があってもよかったのに。かけ直してきてほしかった。目の玉の飛びでるような水道料金の請求書も、水の流れる音を聞きながらお金の心配をして眠れなくなるのもごめんだった。

ため息をついて、蛇口からジャージャー流れる水を見つめた。

わたしは働きはじめてからずっとひとりで暮らしてきた。一度5・5とつきあったことがあるけど、いっしょに住むような関係にはならなかった。それはわたしが2・5で、彼が9・5の彼女を欲しがる5・5だったからだ。その結果、わたしたちはどちらも失恋する運命だった。わたしは彼にふられた。彼はその後6・5と出会ったけど、彼女は9・5の彼を欲しがり、豊胸手術と鼻の整形によって7までアップして(もっとも彼女は自分を10・5だと思ってそのようにふるまい、そのせいで6にダウンしていたけど)、彼をふった。

十八歳のころから三十一歳のいままでずっとひとり暮らしをしてきたにもかかわらず、わたしは水道のことも自動車のこともよく知らなかった。水道や車のことで困ったことになるたびに、水道や車のことを学ぼうと決意するのだけど。その困ったことが解決すると同時にその決意をすっかり忘れてしまう。そしていまみたいな事態に陥ると、その決意を忘れたことを後悔することになる。

わたしは主寝室についたバスルームから出て、寝室を横切り、廊下を通って、居間兼食堂兼台所から玄関を出た。通路を横切り、デレクとラタニアの部屋のドアをノックした。

デレクは水道について多少は知っている。わたしがそう思うのにはふたつ理由がある。ひとつ目は、彼は男で、男は水道にかんして第六感が働くから。ふたつ目は、彼は水道配管工だから。

ドアをあけたラタニアは、大きな黒い目を〝ラタニアのよろこび〟に輝かせた。〝ラタニアのよろこび〟はほかのだれのよろこびともちがうから、括弧つきにする価値がある。ほかの人のよりやかましくて、元気いっぱいで、明るくて、陽気なんだから。その顔に浮かぶよろこびは、まるで生後すぐにわたしと生き別れになって、いまようやく巡りあえたかのようだった。ゆうべ、うちでいっしょに『グリー』を見たばかりだとはとても思えない。

「あら、マーラ！」ラタニアは満面の笑みで言った。「ちょうどよかった。いまモヒートをつくろうと思っていたところよ。入って、カクテルでも飲もうよ！」

わたしは笑顔になったけど、首を振った。「だめなのよ。じつはね、蛇口が壊れてるみたいなのに、管理会社が電話をかけ直してこなかったの。デレクに見てもらいたいんだけど。彼は帰ってる？」

横のほうでなにか動きがあり、ラタニアもそっちを見た。わたしたちふたりの視線の先に、食料品の入ったレジ袋を四つもって階段をのぼってきたミッチ・ローソン刑事がいた。

　もしわたしが7から10の一員で、つまり彼の人生に存在を許されていたら、つかい捨てのレジ袋について彼にお説教していただろう。環境のことを考えたら、だれもつかい捨てのレジ袋なんてつかったらいけない。たいていのことは許されてしまうセクシーな男性も例外ではない。でもわたしは彼の階層の人間ではないし、彼のことを知らないし、もし彼とひと言以上話をしたらうれしさのあまり死んでしまうかもしれないから、スーパーのつかい捨てのレジ袋について彼にお説教する機会はいままで一度もなかった。

「お帰りなさい、ミッチ！」ラタニアはうれしそうに彼に声をかけた。

「ただいま、ラタニア」ミッチがそう言い、美しい目でわたしをちらっと見て、口元をかすかにほころばせた。「やあ」

「こんばんは」わたしは脚をぴたりと合わせ、からだの奥がきゅっとなっているのを無視して、ラタニアのほうを見た。彼女はミッチ・ローソン刑事をまじまじと見つめていた――女ならだれでもそうするし、もししなかったらすぐに通報されて〝女性クラブ〟から追放される。カサカサする音が聞こえたけど、気にせずラタニアの名前を呼んでこちらに注意を向けさせた。そしてくり返した。「デレクはいる？　面倒をかけたくないんだけど、蛇口の水がとまらなくて、だれかに見てもらわないといけないの」

「いないのよ、マーラ、ごめんなさいね」ラタニアは言った。「管理会社が電話をかけ直してこなかったって？」

「そうなのよ」デレクが帰ってきたらうちに来るように頼んでほしいと言おうとしたとき、横から声がした。

「ぼくが見てみようか？」

ミッチ・ローソン刑事。わたしは息をのみ、彼のほうをふり向いた。彼はまだ手に買い物をもったままあいたドアの前に立ち、わたしを見ていた。

頭が真っ白になった。脚の力が抜けてひざがぐらぐらする。

「マーラ」どこか遠くから声が聞こえてきて、自分の名前を呼ばれたけど、わたしは反応できなかった。「マーラ！」また。今度はさっきより大きな声ではっきりと呼ばれて、わたしはびくっとしてラタニアのほうをふり向いた。

「なに？」

「ミッチが見てみるって。それでいい？」彼女が訊いた。

わたしはびっくりして彼女を見た。

いいえ。ぜんぜんそれはよくない。

どうすればいいの？

彼をうちに入れて、わたしの寝室に通し、蛇口を見てもらうなんて。だってそんなことしたら、彼がうちに入ることになるし、わたしの寝室を通ることになるし、彼とひと言以上会話しなければならなくなる。

まずいわ！

わたしはミッチ・ローソン刑事を見て、その場で言える唯一のことを言った。

「そうしてもらえるとありがたいわ」

彼は一瞬わたしを見つめて、それからバッグを少しもちあげて、言った。「これを片付けてから行くよ」

わたしは息をのみ、閉じかかったドアのほうに呼びかけた。「わかった」

ドアがしまるまで見守り、それからしまったドアを見つめながら、いま感じているこの妙な感情はただのパニックなのか、それとも心臓発作の前兆なのか、どちらだろうと考えていた。でもまたラタニアに名前を呼ばれて、彼女のほうを見た。

「だいじょうぶ？」彼女はわたしをじっと見て、訊いた。

そう言えば、ミッチ・ローソン刑事に片思いしていることは、ラタニアにも、デレクにも、ブレントにも、ブレイダンにも、ほかのだれにも言ったことはなかった。そんなことを言って、ちょっと頭がおかしい（またはストーカーだ）と思われるのが心配だったから。彼らはローソン刑事をよくパーティーに呼んでるけど、彼が来たら、わたしはなにかしら口実をつけて帰ることにしている。誰も気づいていない。それはたぶん、彼は長時間勤務の刑事だからあまりパーティーに来ないし、自分の友だちを呼んでフットボールのゲームを観たり、彼女たちを呼んでほかのことをしたりしていることが多いからだ。彼はゲイの男性のパーティーや、ラタニアのカクテル祭りに来るようなタイプの男性じゃない。来たこともあるけど、それはたぶん、近所のよしみで出席したのだと思う。でもデレクはしょっちゅう彼の部屋に行って、フットボールのゲームをいっしょに観ている。たいていそれは、ラタニアがひんぱんに開催するカクテル祭りから避難するためだけど。

「ええ、だいじょうぶ」わたしは嘘をついた。「仕事が大変な日だったの」嘘の上塗り。「それに管理会社が電話をかけ直してくれなかったのにもがっかりしたわ。水道料金を払うのはわたしなのに」それは嘘ではない。

「ほんとにね」ラタニアは言った。「三カ月前に家賃が値上げされたのにサービスが低下しているんじゃないかしら。先月うちの冷蔵庫がとまったときのことを憶えている?」

「ええ、憶えてる。大変だったわね」

「そうよ。あのときは毎日氷を買ってきてクーラーボックスで代用しなくちゃいけなくて。そんなことのために家賃を払っているんじゃないわ。まったく」

ほんとうにそうだ。

ミッチ・ローソン刑事のドアが開いた瞬間、自分のミスに気づいた。家に戻ってなにかするべきだった。なにをかはわからないけど。部屋を片付ける必要はない。わたしは病的なほどのきれい好きだから。それならわたしの見た目を――どうにかできるわけじゃないけど――なんとかしてもよかったのに。

彼はわたしたちのほうにやってきて、訊いた。「いまからでいいかい?」

いいえ、わたしがひそかに片思いしている10・5がうちに来るなんて、いいわけない。

わたしはうなずいた。「ええ」ラタニアを見て言った。「じゃあ、またね」

「またね。モヒートつくって待ってるから。ミッチに蛇口を直してもらったら来て」

「ありがとう」わたしはほほえみ、ミッチ・ローソン刑事をちらっと見て、自分の足元に視線を落とし、ふり向いてすぐそこの自分の部屋へと向かった。ドアをあけて、なかに入り、彼を通すためにドアを押さえた。

彼が入ってきて、わたしは過呼吸にならないように気をつけた。

「どっち？」彼が尋ね、わたしはドアをしめた。

わたしはドアの前でふり向き、彼を見上げた。思ったよりそばにいて、遠くから見るより背が高く感じた。遠くからでもかなり高いと思っていたのに。こんなに近づいたのは初めてで、この近さに全身の肌がぴりぴりする。ヒールを履いているのにかなり頭をそらさなくてはいけなくて、それで彼がいかに長身かを実感した。わたしだって背が高いほうだから、普段だれかを見上げるのにそんなに頭を傾けることはない。

「え？」わたしは訊いた。

「蛇口だよ」彼は言った。「どっちの？　廊下？　それとも寝室？」

彼がなにを言っているのか、まったくわからなかった。まるで外国語で話しかけられているようだった。わたしの注意はすべて、こんなに近くで見るのは初めての彼の目に向けられていた。睫毛がすごく長い。

彼が目を細めて、睫毛が動いた。

「だいじょうぶかい？」彼が訊いた。

いけない。しっかりしないと。

「ええ、だいじょうぶ、ええと……蛇口はわたしの寝室のバスルームなの」

一瞬、彼はわたしを見つめた。わたしも彼を見つめた。彼が唇をぴくりとさせ、廊下のほうに腕を軽く動かした。

「案内してくれる？」彼が言った。

やだ！　わたしったら、どうしてこんなにばかなの。

「ええ」わたしは言って、足元を見ながら先に立って歩いた。

ふたりでバスルームに入ったけど、彼がいると、ごく一般的なサイズのバスルームが息苦しいほど狭くなったように感じた。わたしは蛇口を指差して、言わずもがなのことを言った。

「水がとまらなくて」

「見ればわかるよ」彼はつぶやいた。わたしは恥ずかしさに固まって立ちつくし、彼はかがんで洗面台の下の扉をあけた。

なぜ洗面台の扉をあけるの？　あそこにタンポンをしまってあるのに！　見られちゃう！　すぐに取れるように前のほうに置いてある！

どうしよう！

彼が棚に手を伸ばした。わたしが絶望して目をつぶり、床にのみこまれてしまいたいと願ったとき、水がとまった。

目をあけて、蛇口を見て、声をあげた。「すごい！　直してくれたのね」

彼は首をそらしてわたしを見て、立ちあがって背を伸ばし、わたしを見下ろした。そして言った。「ちがうよ。止水栓を締めたんだ」

わたしは目をぱちぱちさせて彼を見上げた。「いま、なんて？」

「止水栓を締めれば水はとまる」

「そうなの？」

「ああ」

「まあ」わたしはつぶやき、ばかみたいに続けた。「それなら、朝、出勤前に締めていくべきだったかも」

彼はまた唇をぴくりとさせて、言った。「たしかに。だが自分が知らないことはできない」

わたしは流しを見てつぶやいた。「そう言えばそうね」

「ボウルの下にバルブがあるんだ。蛇口を見てから、教えてあげるよ」そう言われて、わたしはやっと、彼と目を合わせた。「ワッシャーを交換すればだいじょうぶだと思う。道具は？」

わたしはまた目をしばたたかせた。「道具？」

彼はわたしを見て、また唇をぴくりとさせた。「ああ。レンチとか。もっているかい？」

「金づちならあるわ」わたしは言った。

彼は唇の片端を吊りあげて半分笑顔になった。「金づちはあまり役に立たないと思う」

かなりの努力が必要だったけど、ほころんだ口元から彼の目に視線を移した。急速に高鳴る胸の鼓動には、なんの効果もなかった。

「それなら、ないわ。道具はもっていない」そう答えたけど、レンチがなんなのかよく知らないということは言わなかった。

彼はうなずいて、ドアのほうを向いた。「ぼくのをとってくる」

そう言って出ていき、わたしはどうすればいいかよくわからなくて、彼のあとについていった。

やめとけばよかった。もちろんいままでだって、彼の動くところを見たことはある。ただわたしの部屋で動くところを見たことがなかっただけ。運動選手のような身のこなしだということは知っていた。でもそれ以上だった。彼は自分のからだと身ごなしに自然な自信をもっている。魅力的だとわかっていたけど、それをわたしの部屋で目撃することは、心の平静の助けにはならない。普段からそれを見つけるのに苦労しているのに、蛇口から水がとまらなくてミッチ・ローソン刑事にわたしの部屋に来てもらわなければならなくなった日には心の平静なんてとんでもない。

彼はドアのところでとまって、こちらをふり向いた。「すぐに戻る」

わたしはうなずき、彼はドアの向こうに消えた。

仕事用のヒール、スカート、ブラウスのままの恰好で居間に立っていたわたしは、彼が戻ってくる前に着替える時間があるだろうかと考えた。いえ、彼が戻ってくる前にウオッカを一、二杯飲んだほうがいいのかも。でもそのときノックの音がして、それは彼が戻ってきたということだった。

わたしはドアに駆けより、のぞき穴からのぞくと（用心するに越したことはない）、横を見ている彼が見えた。気を落ち着けるために息を吸ってから、ドアをあけた。

「お帰りなさい」わたしは言った。

なにまぬけなこと言ってるの！

彼はにっこり笑った。わたしが脇にどくと、道具箱をもって入ってきた。わたしはさっきのミスはくり返さず、すぐに居間から廊下を通って寝室の奥にあるバスルームに案内した。彼は洗面台のカウンターの上に道具箱を置いて、開いた。たぶんレンチとかいうものを取りだし、すぐに仕事にとりかかった。

わたしは彼の手を見ていた。いままでこんなによく見たことがなかった。男の手だ。血管が浮きでていてすてき。指は長く力強そうだ。すごく魅力的な手だった。

「きみの名前はマーラというんだね」深みのある声で話しかけられた。わたしはびくっとして彼の頭を見た。手元を見ながら作業するために頭をさげている。

「そうよ」答える声がなんとなく高くなってしまったので、咳払いして、言った。

「あなたはミッチね」

「ああ」彼は蛇口に向かって言った。

「どうぞよろしく、ミッチ」わたしは彼の濃茶色の髪に向かって言った。豊かな髪は柔らかそうで、指を通せそうな長さだった。

彼がふり向き、わたしはその濃茶色の目を見つめた。とても深く、なにもかも忘れて永遠にその目を見つめていられそうな気がした。

その目は笑っていた。

「よろしく、マーラ」彼にそっと言われて、乳首がうずきはじめる。

どうしよう。

わたしは全記憶をさぐり、今朝自分がどんな下着を着けたかを検索した。薄いパッドが入ったブラだったのを思いだしてみずからの幸運に感謝しながら、彼に任せてあっちに行っていようかと考えていた。

でもそうする前に、彼がまた蛇口の上に背をかがめて、話しかけてきた。「ここには何年くらい住んでいるんだい？」

「六年よ」わたしは答えた。

うん、いい感じ。まるでばかみたいには聞こえない、簡単な答え。よかった。

「仕事は？」彼がまた訊いた。

「〈ピアソンズ〉で働いている」

彼が首をひねって、わたしを見た。「マットレスとベッドの？」

わたしはうなずいた。「そう」

彼は蛇口に目を戻した。「そこでなにを？　経理とか？」

彼には見えないけど、首を振った。「いいえ、販売員よ」

彼がさっきよりすばやく首をひねり、わたしの目を見つめた。「販売員なんだ」

「ええ」

「〈ピアソンズ・マットレス&ベッド〉の」

「ええ……そうよ」わたしは答えた。

彼にじっと見られて、とまどった。ストリップダンサーをしていると言ったわけではないのに。悪の巣窟で自由世界を征服する計画を立てていると言ったわけでもない。でも彼は少し驚いた顔をしている。わたしは販売員で、それは驚くような仕事じゃない。退屈な仕事だ。でもそもそもわたしは退屈な人間だし。彼は刑事。何度も彼のベルトについているバッジを見ているから、それは知っている。ラタニアもそう言っていたし。彼の職業を考えたら、とっくの昔に、わたしが退屈な人間だとわかっているだろう。刑事の人たちは、たぶんひと目見るだけで、相手を見極められるはず。

「優秀なんだ?」彼が訊いた。

「え……」口ごもったのは、自慢しているように思われたくなかったから。じっさい、わたしは優秀な販売員だ。四年前にバーニー・ラファロが辞めて(というか、ロベルタによるセクハラの訴えに直面するのを避けて依願退職して)以来ずっと、毎月、トップ販売員になっている。バーニーはわたしの天敵だった。いやなやつで、わたしもふくめた店の同僚女性でも、お店にやってくる女性でもだれでも口説こうとしたし、わたしのお客さんを盗んだ。

ミッチはまた蛇口を見て、言った。「きみは優秀なんだろ?」

「かなり」わたしは言った。

「やっぱり」彼は蛇口に向かって続けた。「来店する男性の九十パーセントはまっすぐきみのところにやってきて、商品を買うんだろう」

変なの。そのとおりだった。わたしのお客さんはほとんど全員、男性だ。でも男性にもマットレスとベッドが必要だし。〈ピアソンズ〉は高品質のお買い得な商品を豊富にそろえているから、やってきたお客さんはほかの店には行かない。

「どうして九十パーセントだと?」わたしはミッチに訊いた。

「男性のうち残りの十パーセントはゲイだからだ」彼は蛇口に向かって答えた。わたしはその言葉に目をぱちくりして、彼の後頭部を見た。彼は背筋を伸ばし、レンチをさげて反対の手をあげた。魅力的な人差し指と親指で、小さな黒いプラスチックの輪っかをつまんでいた。輪っかの端がすり切れている。「新しいワッシャーが必要だよ」彼が言った。

わたしはその輪っかを、そして彼を見た。「うちにはないわ」

彼がにっこり笑い、わたしは息が喉に詰まったように感じた。「ああ、ないだろう」彼は言った。「金物屋に行ってこないと」そう言うと彼は、輪っかをゴミ箱にほうりこんで、バスルームから出ていった。

わたしは彼の形のいい背中に見とれたけど、すぐにわれに返ってそのあとを追った。

「だめよ」わたしは言った。「そんなことまでしてもらったら悪いわ。水はとまっているし、バスルームはもうひとつあるから」彼は歩きつづけ、わたしはそのあとから話しつづけた。「あした管理会社に行って、なにが壊れているか話して、直してもらうから」

彼が玄関ドアをあけた。戸口で立ちどまって、わたしのほうをふり向いたから、わたしもとまった。

「だめだ。ぼくがあした管理会社に行って、六年間彼らの物件を借りて家賃と管理費を払いつづけているひとり暮らしの女性が大事なことを依頼したのに、電話をかけ直してもこないことについて、ひと言言ってやる。今夜は、ぼくが金物屋に行ってワッシャーを買い、戻ってきて蛇口を直す」

「あなたがそこまでする必要はないのよ」わたしは言った。

「たしかに。だがぼくはする」彼はきっぱりと言った。

それならいい。彼の口調がきわめてきっぱりしていたから、わたしはもうなにも言わないことにした。

「お金をもってくるわ」言いながら、バッグをどこに置いたか部屋を見回した。「あなたにお金を出させるわけにはいかない」

「マーラ、ワッシャーなんて百個買っても四ドルくらいだよ」

わたしは彼のほうを見た。まじまじと彼を見て、訊いた。「ほんとに?」

彼がまた笑顔になり、わたしは息が喉に詰まるように感じた。「ああ、ほんとに。ぼくだってそれくらいは出せる」

「あの……ありがとう」ほかに言うことが見つからなかった。

彼はあごをくいとあげて、言った。「行ってくる」

わたしはしまったドアを見つめた。

しばらくぼうっと見つめながら、考えていた。もしわたしが、10・5の隣人に片思いしていることをだれかに打ち明けていたら、いまごろその人に電話したり、通路をはさんだ家に駆けこんだりして、次はどうすればいいのか質問できたのに。

少し考えてみて、わたしは自然にふるまうことに決めた。ミッチがうちにやってきた。彼が笑顔を向けてくれた。彼がたくさんある美しいところに似つかわしい、美しい手と美しい睫毛をもっていると発見した。彼は温かくほほえむだけじゃなくて、ほんとうにいい人で、止水栓を締め、自分の家から道具箱をもってきて、輪っかがぼろぼろになっているのを見つけて、わたしのために管理会社にひと言言うつもりで、金物屋に輪っかを買いにいってくれた。それで？　彼は蛇口を直したら、自分のアパートメントに帰って、わたしはうちでひとりになる。もしかしたら、これからは朝、「おはようございます」以上の言葉を交わせるかもしれない。もしかしたら、そのうち、彼がまたわたしの名前を呼んでくれるかもしれない。でもそれだけだ。

だからわたしは、いつもしていることをした。ブラウスとスカートとヒールをぬぎ、ジーンズとシカゴ・カブスのTシャツに着替えた。シニヨンにまとめていたヘアピンを引き抜き、髪に指を通して、カブスのTシャツの赤に合わせた赤いヘアゴムで髪をしばり、ポニーテールにした。いつもの習慣で、居間の香りつきのキャンドルに火を点し、音楽は、すごくいい曲が入っている〝うちでリラックス・パート3〟のプレイリストをかけた。それから夕食の支度をはじめた。

ノックがして、炒めものの材料を切っていたわたしは顔をあげた。キャンドルが目に入り、オールマン・ブラザーズが「ミッドナイト・ライダー」を歌っているのが聞こえてきて、パニックになった。わたしはいつもキャンドルを点けて音楽を流している。感覚的な人間で、匂いと音が好きだから。でももしかしたら彼には、2・5が10・5に違法な働きかけをするためのムードづくりに見えてしまうかもしれないと心配になった。

ばかばか！

もう時間がない。もしキャンドルを消しても香りは残るし、音楽はドア越しに聞こえているはずだ。

わたしはドアに駆けより、のぞき穴からのぞいて、ドアをあけ、戸口の端に立った。

「どうぞ」できるだけ冷静な声で言った。

彼の視線がわたしの胸元に落ち、わたしは冷静さを失った。もともとそれほど冷静を保っていたわけじゃないけど、わずかばかりあったものもふっとんだ。

そして彼はわたしの目を見た。「カブスのファンなのか？」

「そうよ」わたしは宣言した。「野球史上、最高のチームだもの」

彼が入ってきてドアをしめた。目を合わせたまま。それは彼が、わたしが信じられないほどおもしろいことを言ったみたいに笑顔でわたしを見て、わたしはそんなふうに笑顔でわたしを見る彼から目を離せなかったからだ。

彼が二歩ほど入ったところで立ちどまり、わたしはドアのところでふり向いたから、すぐ近くに彼がいた。

「一九〇八年以来リーグ優勝していない」

「だから？」わたしは言った。

「その事実それ自体が、カブスが野球史上最高のチームではないと証明している」

それはほんとうだった。でも同時に間違いだった。

「いいわ、それなら言いなおす。カブスは野球史上最高にかっこよくて最高にいかしたチームよ。カブスのファンも最高よ。勝っても負けても気にしない。わたしたちは筋金入りのファンで、それはずっと変わらない」

彼の目が、いつもわたしにほほえみかける前のようにふっと温かくなり、わたしはひざの力が抜けそうになった。

「それには反論できないな」彼はつぶやいた。

わたしは唇を引き結び、くらくらしないようにがんばった。

「だがマーラ、春と夏、コロラドの人間を切ると黒と紫の血が流れる。そのTシャツを着る場所には気をつけたほうがいい」警告だ。

「わたしはロッキーズも好きよ」

彼は首を振って、廊下のほうを見た。

「ふた股はだめだよ」彼は言って、廊下を歩いていった。

わたしは彼が歩いていくのを見ていた。彼が歩いているのを見るのが好きだった。

しかもうちの廊下をわたしの寝室のほうに歩いていくなんて、なおさらよかった。あまりにもうれしくて、そういう眺めがいつものことになるくらい、たびたび起きるようになるというありえない妄想をしてしまいそうだった。

わたしは本気で、ちょっと用があって出かけると彼に言おうかと考えた。たとえば、親戚のおばあさんを車椅子からおろしてベッドに寝かせてあげなくてはいけないとか。おばあさんは目が見えないから、寝る前に本も読んであげなくてはいけないとか。どうしてもはずせない用事で、それはわたしを親切で愛情深く見せてくれるけど、それより重要なのは彼から逃げだす口実になってくれるというやつ。

でもそんなのは失礼だと思いなおし、彼についていった。

バスルームに行くと、彼が言った。「すぐに終わるから、夕食の支度をしてていいよ」

どうしよう。

彼を夕食に誘うべき？　量はたくさんある。彼はからだが大きいけど、足りると思う。鶏胸肉をあと一、二枚追加すればいい。野菜も増やして。

彼といっしょに夕食を食べて、わたしはだいじょうぶだろうか？　キャンドルと音楽と夕食なんて、いやなやつにならずにどう逃げだそうかと、彼を悩ませてしまうのでは？　それとも、それがわたしの感謝のしるしだとわかってくれるだろうか？　ああもう！

わたしは『ミッドナイト・ライダー』がアメリカの『ヴェンチュラ・ハイウェイ』に変わったのに気がつき、するべきだと思うことをした。

「よかったら夕食を食べていかない？　あの……助けてくれたお礼のしるしに」わたしは訊いた。「炒めものをつくっているの」

「また今度、ぜひ」彼はわたしのほうを見ようともせず、蛇口に向かって言った。すごくがっかりした。胸がつぶれそうなほど。でも同時にほっとしてもいた。彼の答えはマーラワールドが安泰だというしるしだったから。

でも彼は次の言葉で、マーラワールドの土台を揺さぶった。

「バーベキューチキン・ピザをつくったら、ぼくのドアをノックしてくれ」

わたしは目をぱちくりした。

それから言った。「え？」

「デレクがすごいって言ってた」

わたしは目をぱちぱちさせた。

ふたりでわたしの話をしていたの？

どうしてそんなことを？

デレクは余裕で9だ。ラタニアも。9は2・5と友だちになることはあるけど、9の男性どうしは2・5の女の話はしない。彼らが話すのは7から10のことだ。もっと若くてろくでなしなら、1から3の女性をからかうこともある。でも彼らは2・5の女やその女がつくるピザの話なんてしない。ぜったいに。

彼が首をそらして、わたしと目を合わせた。「デレクが、きみのバーベキューチキン・ピザはすごいって言ってた」彼は説明した。「最高にうまいっていう意味で」

デレクの言うことは間違いじゃない。じっさい、おいしいというのはほんとうだ。自分で生地をつくり、鶏肉を一日バーベキューソースに漬けるから、びっくりするほどおいしくできる。

なんて返事していいかわからなかったので、なにも言わなかった。ミッチはまた蛇口に視線を戻して、マーラワールドを揺さぶりつづけた。

「ベイクドビーンズをつくったときでもいい。デレクはそっちのほうがうまいって言っていた。だが今夜は仕事に戻らなくてはいけないから、また今度、頼むよ」

ふたりでわたしのベイクドビーンズの話をした？　それは、かなりわたしについて話しているということだ。だってそれは、話のついでに言うようなことじゃないもの。

「そう言えば、マーラのバーベキューチキン・ピザを食べてみなよ。あれはすごい」とか。そうではなく、いくつか文章があったはずだ。わたしのベイクドビーンズはすごくおいしいから、それだけでひとつの話題になる。

どうしよう！

わたしはなにも言わず、呼吸を整えようとした。ミッチは作業を続けた。そして蛇口に向かって話しつづけた。

「きみは音楽の趣味がいいね、マーラ」

そんな。わたしは自分の音楽が好きだった。かなり。いつも聴いているし、大きな音でかけることもある。まずい。

「ごめんなさい、音が大きすぎて迷惑だった？」わたしは尋ねた。彼は首をひねったけど背をかがめたままだから、顔はこちらに向いていないまま、目を合わせた。

「いや、迷惑だったことはない。いまはきみの家にいるから聞こえるんだ。オールマン・ブラザーズの『ミッドナイト・ライダー』、アメリカの『ヴェンチュラ・ハイウェイ』。選曲がいい」

そうか、そうよね。ばかみたい。

「ええ」わたしは小声で言った。「それならいいの」

彼の目のなにかが変わった。よくわからなかったけど、わたしのからだの奥をきゅっとさせるなにかだった。その感覚はいつもよりも強く、いつもよりずっといい感じだった。

「野球チームの好みよりもいい」それで彼にからかわれているんだと気づいた。嘘でしょ！　ミッチ・ローソン刑事がうちのバスルームにいて、わたしをからかっているなんて。

「え……」わたしは口ごもり、下唇を噛んで、逃げだしたくなる衝動と戦った。

「落ち着いて、マーラ」彼がそっと言った。その目はものすごく温かくなった。「咬みついたりしないから」

咬みついてほしかった。ほんとに、心の底から。自分がせめて9だったらよかったのにと強く思った。彼は9以下の女とつきあうはずがなかった。なぜならそんな必要はないから。もしわたしが9だったら、彼に咬まれたり、わたしが彼を咬んだりするチャンスがあるかどうか試してみることもできたかもしれない。

「わかった」わたしは小声で言った。

「だが、さっきのは本気だよ」どうしてかわからないけど、彼はまだわたしの目を見つめたままで、わたしは目をそらしたくてたまらないのに、そらすことができなかった。

「さっきのって？」話が見えなくなっている。

「きみがピザかベイクドビーンズをつくったら、ぼくのドアをノックすること」

「あ……わかったわ」わたしは嘘をついた。ピザかベイクドビーンズをつくって彼のドアをノックするなんてありえない。ぜったいに無理。じっさい、できるだけ早く引っ越すつもりだ。

「それか、だれかと話したくなったらいつでも」彼が続けて、部屋がぐらぐらと揺れた。

いったいどういう意味？

「でも……わたしはひとりが好きなほうなの」わたしはまた嘘をついて、彼は笑顔になった。

「ああ、そうみたいだな。ゆうべもきみは想像の友だちとテレビを観ていたが、ラタニアによく似た声だった。彼女が大声で歌う歌は、迷惑の一歩手前だったよ。さいわい迷惑よりも楽しいのが上回っていたし一時間だけだったからよかったけど」

まずい。嘘をついたのがばれている。さらにまずいことに、わたしも『グリー』の子供たちといっしょに歌っていた。彼には聞こえていないといいけど。でもラタニアのことは彼の言うとおりだ。彼女は自分がパティ・ラベルのもっと才能豊かな妹だと思いこんでいて、いっしょに『グリー』を観るたびにずっと歌姫になりきって歌っている。そしてわたしたちは毎回『グリー』をいっしょに観ている。

「その……」わたしは目を鏡に向けたけど、すぐに後悔した。なぜなら彼の広い肩、筋肉質の背中が細い腰につながっているのがよく見えてしまったから。それに彼が背筋を伸ばし、わたしに関心を向けようとしているのもわかった。いままで向けていなかったわけじゃないけど、しっかりと向けるという意味だ。

「マーラ」彼がわたしの名前を呼ぶのを鏡で見て、それから目を彼に戻した。彼は続けた。「なにが言いたいかというと、きみが内気なのは知ってる、ということだよ」

わあ。さすが刑事さんだわ。わたしのことも見極めてしまった。

彼はこっちに近づいてきて、続けた。「わかってほしいのは、ぼくはきみにうちに来てほしいと思っているということだ。だがスイートハート、きみは内気だからこそ、自分で通路を歩いてこないと。いつでも歓迎する、でもぼくが最初の一歩を踏みだしたんだから、次の一歩はきみから踏みだしてほしい。ここまではいいかい？」

いいえ、いいえ。よくない。彼が一歩を踏みだした？　なんの一歩？

それに彼がわたしをスイートハートって呼んだ。からだの奥がきゅっとする感覚が大きな波のようになり、全身に広がる。

自分は波にさらわれてこの場で死ぬんだと思った。

でも彼の美しい目を見て、そうか、と腑に落ちた。あまりにも濃い茶色でとても深く、気をつけていないと溺れてしまいそうだった。でもわたしは気をつけていたし、自分が何者でどの階層の人間かもわかっていた。だから彼の言っていることもわかった。

デレクとラタニアはふたりとも9だ。ブレントとブレイダンは、ゲイの世界でも、ストレートの世界でも、エイリアンの世界でも、8・5だ（ブレントもブレイダンもハンサムで、かっこいいし、とてもいい人たちだから）。でも彼らはみんな、わたしを気に入ってくれてる。ご近所さんというだけではなく、仲のいい友だちとして。ミッチは四年間、通路をはさんでわたしの向かいに住んでいる。彼もいい人だ。蛇口を直してくれた。温かくほほえんでくれる。

つまり彼は、ご近所さんとして、ひょっとしたら友だちとして、わたしと仲よくなろうとしている。

「いいわ」

彼がもっとそばにやってきて、また話しはじめたとき、その声は少し低くなっていた。「つまり、きみが近いうちにぼくのドアをノックして、ピザを焼いていると言うと思っていていい？」

「わたしのバーベキューチキン・ピザには計画と準備が必要なの」わたしは説明した。彼の目がきらりと光った。「だから今週の土曜日、わたしが休みの日でないと」

彼が近寄ってきた。思わず息をのんだ。ほんとにすぐそばだったから。彼は頭をぐっとさげなければいけなくて、もしわたしがほんの少しつま先立ちしたら、唇で彼の唇にふれられそうだった。

またからだの奥がきゅっとなった。

「ぼくはそれでいい」彼がつぶやいた。

ああ。すてき。

「いいわ」わたしはそっと言った。

彼はそこに立ったままだった。わたしは彼の目に溺れた。彼は動かなかった。わたしも。自分のからだが、一センチメートル彼のほうに傾くのを感じた。彼の〝いい男〟磁力のせいだ。わたしは唇をなめた。彼がわたしの唇を見つめた。その目はいつもより色濃く、いつもより深みを増していた。心臓が喉から飛びだしてしまいそう。そのとき、彼の携帯が鳴った。

彼が目をとじて、魔法は消えた。うなるような声をあげて、少し離れていった。

「くそっ」

彼はジーンズのうしろポケットから電話を取りだし、耳にあてて、ふたたびわたしのほうを見た。

「ローソンだ」彼が電話に言い、わたしは距離を置いたほうがいいだろうと思ってもっと離れた。彼はいい隣人だ。彼がいい隣人であろうとする相手の女が彼に身を投げだしたらまずい。それはよくないことだ。「ああ、そうだな」彼はまだ話している。「行くと言ったんだから、行くよ。ちょっとやることがあるだけだ。終わったら、すぐに行くから。それでいいな？」彼は言葉を切ったが、そのあいだずっと、わたしの目を見つめていた。「わかった。じゃああとで」

電話を切り、ポケットにしまった。

「お仕事？」わたしは訊いた。

「基本的に好きなんだが、こんなときはいやになる」彼が答えた。

「そう」よくわからなかったけど、わかったふりをして言った。だって、輪っかの交換がすごくおもしろくて、好きな仕事に出かけるのも惜しいというわけじゃないのに。

「やってしまわないと、マーラ」彼が言った。

わたしも。

「やらないといけないんでしょ」

「そうね」わたしは言った。

彼はわたしをじっと見て動かなかった。わたしも。

彼がほほえみを浮かべて言った。「やらないと」

「ええ」わたしは言った。「仕事に行かないといけないんでしょ」

「ああ、だからやってしまわないと」

わたしは目をぱちぱちさせて言った。「そう……なにかわたしに手伝えることはある？」

「ぼくにこれをやらせてくれるのが手伝いだよ」

いったいどういう意味？　べつにじゃましているわけじゃないのに。

「どうぞ」わたしは洗面台を指し示した。「続けて」

彼がにっこりと笑った。「スイートハート、ぼくが言っているのは」身をかがめる。

「きみがいると気が散るってことだよ」

わたしが？

いけない！　彼はわたしにうろうろして話しかけてほしくないって言ってるんだわ。

なんてまぬけなの！

「それなら、その……夕食の支度をしているわ」

「いい考えだ」

わたしはうなずいた。「あの、ありがとう……その」わたしは手振りで洗面台を示した。「助けてくれて。忙しかったのに」

「いつでも」

「まあ、二度とこんなことがないといいんだけど」わかりきったことを言った。「でもありがとう」

彼の胸の奥から音が聞こえてきた。うっとりするほど魅力的な笑い声だった。笑っているせいで声を震わせながら、彼が言った。「どういたしまして、マーラ」

わたしはいままで、多くのことを願ってきた。たくさん。数えきれないほど。でもいまこの瞬間のいちばんの願い、いいえ、これからしばらく先までのいちばんの願い、わたしの全身全霊をかけた願いごとは、自分の人生が新しい人生になることだった。その人生では、ミッチ・ローソン刑事が笑いながら深みのある声を震わせて話すのを、何度も何度も何度も聞ける。

「じゃあ行くわ」わたしは言って、ふり向いた。

「止水栓の締め方は、また今度教えるよ」彼が背中に声をかけてきた。

「ありがとう」わたしはふり返らず、寝室を向いたままで言った。

バスルームを出た。

ミッチ・ローソンは十分もしないうちに帰った。道具箱をもって。手を振りながら居間兼食堂兼台所を通り抜けた。でもドアのところで立ちどまり、わたしと目を合わせて、ふた言言った。

「土曜日。ピザ」

わたしは閉じたドアを見つめた。

2

ピザ生地の端にもチェダーチーズをたっぷり振りかけた。こうすると、焼きあがったときに生地が膨らんで、いつものようにふっくら柔らかくなった端の部分にかりっと香ばしいチーズが載っていることになる。それから坐って、おろしたチェダーチーズの残りを手から払った。

ピザを見る。芸術作品だ。わたしのバーベキューチキン・ピザはいつもすごくおいしいけど、これはいままでつくったなかで最高の出来だとわかった。きのうの朝、バーベキューソースがよくしみこむように鶏の胸肉をフォークでところどころ刺してから下味に漬けた。その肉をオーヴンではなく、つかいこんだ鋳物製のフライパンで焼いたから、鶏肉には焼き網の線がついた。面倒だったけど、こうするとずっとおいしくなる。高価な黒オリーヴを買って、マッシュルームを細かく刻んだ。いつもの二倍の量をつかったチーズも、高級品だ。

いま見ただけで、けっして自慢というわけじゃないけど、このピザはなにかの賞をとってもおかしくないと思った。このピザは王さまにも、もちろん10・5のミッチ・ローソンにもふさわしい。

★

蛇口が壊れたのは水曜日だった。

木曜日に出勤したとき、わたしはミッチ・ローソン刑事とのことではちきれそうなほど興奮していたから、だれかに話さずにはいられなかった。まだ静かな店内で、わたしはロベルタを捕まえて、ふたりで展示品のベッドの上で身を寄せあった。そして彼女に全部話した（でも、1から10までの階層分けのことと、わたしがこれまでにも増して彼に片思いしていることは言わなかった）。

★

わたしは〈ピアソンズ〉に勤続七年、ロベルタは五年だ。

彼女はパートとして働きはじめた。家計の足しにして、二十四時間子供べったりにならないようにするためだった。それから彼女の夫が、自分の親友の妻を愛していると言って、家を出ていった。彼はデンヴァー郊外からポートランドに引っ越し、ロベルタはとつぜん、彼女と三人の子供たちの一家の大黒柱になった。

わたしたちの上司であり、〈ピアソンズ・マットレス&ベッド〉二代目オーナー社長のミスター・ピアソンは最高の人だ。家族思いで、自分の家族も、従業員という家族も大切にしている。彼はほかの販売員にとっては打撃だと承知のうえで、ロベルタをフルタイムの社員にした。わたしたち販売員は、競争相手が増えてほしくなかった。歩合給で働いているからだ。

バーニーは激怒して、だれ彼かまわず文句を言っていた。でもわたしが思うに、ミスター・ピアソンはバーニーが長続きしないとわかっていたのだろう。彼はいやなやつだったし、ミスター・ピアソンもいやなやつは好きじゃないから。でもバーニーは優秀な販売員だったから、ミスター・ピアソンは彼を合法的に解雇することはできなかった。でもそれも、バーニーがロベルタを辞めさせようと嫌がらせをしはじめるまでのことだった。バーニーは彼女にひどいセクハラをした。わたしはロベルタを説得して苦情を申したてさせた。それでバーニーはクビになり、〈ピアソンズ・マットレス&ベッド〉の世界はすべて順調になった。

最初に会ったとき、ロベルタは7だった。焦げ茶色の髪の小柄な美人で、少しぽっちゃりしているのも魅力的だった。夫と子供たちと幸せに暮らしていて、郊外の家と車二台を所有し、休暇にはディズニーワールドに行っていた。でもそれから夫が出ていって、いらいらしたり暗くなったり、世の中と男全般を嫌うようになって、5・5になった。でもいまは、新しい生活に順応して、7を上回る8になっている。彼女の子供たちはみんないい子で、離婚をみごとに乗りこえた。ロベルタがすばらしい母親だったからだ。彼女はあらためて考えて、夫はもともとろくでなしで、そのことをわからなかったのは自分が彼を愛していたせいだと気づいた。つまり彼女は、つらい経験をしてたくましくなった。自分はいい母親で、あんな夫はいないほうが幸せだと気がつき、幸福な非核家族の独立した女性になった。

それにとてもすてきな恋人もできた。

ミッチの話を聞いて、ロベルタはわたしにピザをつくるようにと強く言った。

「つくらなきゃだめよ！」彼女は叫ぶように言った。それはたぶんわたしがミッチの外見や、温かいほほえみや、隣人としての親切について強調しすぎたせいだ。

わたしは首を振った。「どうしようかと思って。なんだかこわくて」

「うん、それはわかる。ジョニー・デップがうちにやってきて蛇口を直し、わたしのピザを食べたいと言ったら、わたしだってこわくなると思う。でもわたしはぜったいにピザをつくるわ」

ジョニー・デップはすごくかっこいいけど、ミッチにはかなわない。痩せすぎだし、背もそれほど高くない。それに彼がわたしの名前を呼んでも、ミッチが呼んだときほどすてきに聞こえないだろう。

「そう言うのは簡単よ」わたしは言った。「ジョニー・デップがあなたの家の蛇口を直しにくるはずがないもの。ミッチはわたしのご近所さんなのよ」わたしはロベルタに顔を寄せた。「あなたに見せたかったわ、ロベルタ。わたし、とんでもなくまぬけに見えていたと思う。ばかそのものって感じ。彼といっしょにピザを食べたりしないほうがいいのよ。シャツになにかこぼしたり、もっとひどいことになったり。口に食べ物を入れたまま話すとか。変なことをしたり、言ったりしてしまいそう。それくらいびびってるの」

ロベルタはわたしの顔をじっと見つめて、言った。「彼はあなたをまぬけだと思わなかったみたいだけど」

「思ってた。ぜったいに。でもいい人だから。相手にはっきりまぬけだって言う人はいないわ。いい人ならなおさら」

「もし彼があなたをまぬけだと思って、それで幻滅したら、ピザをつくってくれって頼まないはずでしょ」ロベルタが言った。

わたしは首をそらして彼女の顔をまじまじと見つめた。たしかに一理ある。

彼女は続けた。「もしかしたら彼は、ちょっとぬけた子が好きなのかも。かわいらしい子だったら。もしあなたがまぬけだったら、かわいらしいまぬけだもの」

わたしは彼女をまじまじと見つめた。まぬけが好きな人なんているわけない。いくらかわいらしくても。

そうよね？

ロベルタがわたしの腕をつかんだ。「マーラ、彼にピザをつくるのよ。デストリーにひどい目に遭ったのは知ってるけど、それはデストリーがひどいやつだったからよ。でも男が全員ひどいやつだというわけじゃない。わたしだってそう思えるまで時間がかかったけど、ほんとにそうなのよ」

それは経験に裏付けされた言葉だった。ロベルタが恋人のケニーとつきあってもう七カ月たつ。彼はほんとにいい人で、見た目も悪くない。自分の子供がふたりいて、いい父親でもある。

でもなぜロベルタがデストリーのことをもちだしたのかは、よくわからなかった。わたしは5・5のデストリーに振られた。

ミッチにピザをごちそうするのは、デートというわけじゃない。ひとつ目に、彼はわたしをデートに誘ったわけじゃない。ふたつ目に、ミッチはもしデート相手が欲しかったら、そう言うはずだ。もし彼が女性からなにかを欲しいと思ったら、彼はそう言うだけで手に入る。彼のアパートメントに来る7から10の女性たちを見ればわかる。ミッチとのデートは疑いのかけらもなく〝デート〟で、ピザを食べにくることじゃない。

「そうかもしれないけど」わたしは言った。

「ピザをつくりなさい」ロベルタは言い張った。

「でもロベルタ、それがいいことかどうか」わたしは言った。

「ぜったいにつくるのよ」ロベルタはさらに言った。「結婚しようってわけじゃないんだから。ハンサムないい人にピザをつくってあげるだけ。もしあなたがシャツにバーベキューソースをこぼしても、世界の終わりというわけじゃないわ」彼女はわたしの手をぎゅっと握った。「世界の終わりというのは、あなたがあのアパートメントでキャンドルと音楽に囲まれ、ラタニアといっしょに『グリー』を観て、B《ブレント》とB《ブレイダン》の部屋でタロットカードのゆうべを過ごし、うちにやってきてアクション映画を何本も観て、そういうのがあなたの人生のすべてになることよ。リスクもなければ、チャンスもない。胸がきゅんとすることもない。たまらない気持ちになることもない。わくわくすることも。どきどきすることも。それこそ……」彼女はまたわたしの手を握る手に力をこめた。「世界の終わりよ」

「わたしには、そういう種類のどきどきは必要ないわ。ミッチ・ローソンはわたしのような人間のどきどきにはもったいない」説明したら、ロベルタは変な顔をした。

「だれにだって、そういう種類のどきどきは必要よ、マーラ。それに〝わたしのような人間〟ってどういうことなの？　あなたのような人間は、そういう種類のどきどきをつねに楽しんでいるべきよ。正直に言って、不思議に思っていたの。ラタニアもそう言ってた。BとBも。ミスター・ピアソンでさえ、なぜあなたがそういうどきどきと無縁なのか、不思議に思ってるのよ」

彼女がなにを言っているのかよくわからなかった。でも彼女に〝わたしのような人間〟を説明するには、わたしの1から10までの階層分けのシステムを説明しなければならない。それはしたくなかった。まして自分がどの階層かは言いたくない。

友だちにはその話をしないことにしている。なぜなら友だちはわたしを思いやり、ありえないほど上の階層だと説得しようとするから。いちばんつきあいが長くて、いままでもアイオワに住んでいるリネットにだけは、階層システムのことを話したことがある。彼女はわたしが、こともあろうにミッチとおなじ10・5だと力説した。リネットは本気でそう思って、わたしを説得しようとしたのだ。彼女が本気でわたしを10・5だと思ったのは、わたしのことを好きだからだった。わたしも彼女のことが好き。リネットは文句なしに8・5だ。機嫌がよくて明るい性格が表面に出ると、9・5までアップする。だから彼女はなんの心配もない。

わたし自身は、自分が別の階層だったらと勘違いして、自分よりずっと上の階層の人にアプローチするような間違いをおかすわけにはいかない。そんなことをしても、自分が傷つくだけだと、経験から学んだ。

だからわたしは友だちには説明しないようにしている。説得されてしまったりするから。デストリーとつきあったのも、そのせいだった。彼は外見は7だけど、中身はろくでなしだから5・5だった。場合によっては、友だちはかなり説得力がある。わたしはほかにも、友だちに説得されたことがある。そのうちのいくつかは、うまくいった。リネットから、アイオワを出て頭のおかしい母親から逃げだすようにと説得されたときもそうだった。うまくいかなかったこともある。デストリーとのつきあいとか。

こういうことをロベルタに言うわけにはいかないから、ピザをつくることについては彼女の意見に従うことにした。ミッチが引っ越してきてすぐは、顔を合わせるだけで気絶しそうになっていたのに、なんとか挨拶を交わせるまでになった。彼がうちのアパートメントにやってきて、わたしのことをからかっても、そこで死んだりしなかった。彼にピザをごちそうしても平気かもしれない。もしかしたら、彼がブレントとブレイダンのパーティーやラタニアのカクテル祭りにやってきても、すぐに逃げださずに彼とおしゃべりできるかもしれない。もしかしたら、そんなにこわがる必要はないのかもしれない。

そう考えて、仕事が終わったあとでスーパーマーケットに寄り、ピザの材料、赤ワインを二本、白ワインを二本、シックスパックのビールをふたつ（ひとつは高級ビールで、もうひとつはいつもの国内産）を買った。ミッチが選べるように。金曜日の朝、わたしは鶏肉をソースに漬けこみ、土曜日の朝、新鮮なサラダの材料をそろえるためにもう一度スーパーマーケットに行った。10・5のミッチ・ローソン刑事にピザをごちそうするなら、王さまにふさわしい食事にしないと。

★

ピザを冷蔵庫に入れて、オーヴンを予熱して、電話の短縮ダイヤル〈3〉を押すと、ブレイダンが出た。

「やあマーラ、最近はどう?」電話の着信IDでわたしだとわかっている。

「ちょっとお願いがあるの。窓から下を見て、ミッチのSUVがあるかどうか教えてくれる?」

沈黙のあとで、ブレイダンが尋ねた。「どうして?」

「彼がうちの蛇口を直してくれたから、お礼にバーベキューチキン・ピザをごちそうすることになったの。ピザの準備ができたから、彼がいるかどうか確かめてから、ドアをノックしにいこうと思って」

また沈黙。「ピザをつくったって?」

「彼に言われたから」

また沈黙が続き、次にブレイダンが大声で言うのが聞こえてきた。「ブレント! 聞けよ! マーラがミッチのためにバーベキューチキン・ピザをつくったって。ミッチが蛇口を直して。今夜ピザを食べにくるんだと!」

やだ!

BとBの部屋はミッチのすぐ隣なのに! ブレイダンの大声が聞こえているかもしれない。

「嘘だろ！」ブレントの大声が聞こえて、電話の近くでまた、「やったな！」と言うのが聞こえた。

「ブレイ！」わたしはあわてて言った。「大声を出さないで！」

「うれしいよ」ブレイダンが言った。

「ぼくもうれしい！」ブレントがまた叫んだ。

「どうして？」わたしは訊いた。

「なぜなら、いいことだし、やっとそうなったかと思って。きみの好みは知らないけど、彼はセクシーだよ。ぼくが女でストレートだったら、とっくの昔にアプローチしていた」

「これはアプローチなんかじゃないから。これはお礼のピザなの」わたしは言った。

「はいはい」ブレイが言った。「あの短いキャミソールを着たらいいよ。緑がかったグレーのサテンのやつ。あれはいい。セクシーに見える。もしぼくがストレートで、ピザをごちそうしてもらうためにきみんちに行って、きみがあのキャミソールを着ていたら、まずきみをいただくね……」彼は言葉を切った。「ピザの前に」

やっぱり。友だちはみんな、わたしがじっさいの階層よりも高いと誤解している。

「言ったでしょ、ただの〝蛇口を直してくれてありがとう〟のピザだって」

「わかったから。あのキャミソールを着なよ」

「ぜったいにあのキャミだ」ブレントが背景から大声で言った。

「ジーンズはあの、色褪せてひざが裂けたタイトなやつがいい」ブレイダンが言った。

「そうだ」ブレントがまた口をはさんだ。「それにシルバーのサンダル。厚底のじゃない。スティレットヒールのやつ」

「当然。あのシルバーのサンダルは超セクシーだよ。ビンビンくるほど」ブレイダンが言った。

「あのジーンズとあのサンダルはだめよ。あのジーンズは普段着なのに、サンダルはおしゃれすぎるもの」わたしは反論した。「合わないわ」

「合わせるんだよ。あのジーンズをはいたきみの尻を見たら、エルトン・ジョンだってゲイをやめるだろう」ブレイダンが言い返した。

まったくこの人たちときたら。

「なんでもいいわ」わたしはつぶやき、用件に戻った。「ミッチのSUVがとまっているかどうかだけ、教えてくれる?」

ミッチがいないのに、のこのこ彼のドアまで行ってノックするのはいやだったし、自分でそとに出て彼のSUVがとまっているかどうか見るのもいやだった。そんなことをしたら、勇気がくじけてしまいそうだった。わたしはピザをつくった。全力を尽くした。緊張している。スムーズにいってくれないと困る。なにかうまくいかないことがあったら、怖気づいてしまいそうだった。

ブレイダンがしばらくなにも言わなかった。たぶん居間の窓のところに行っているのだろうと思ったら、彼が言った。「ああ。ミッチのSUVがとまってる」

どうしよう。急にそれが悪い知らせに思えてきた。

「さっき言った服に着替えるんだ、マーラ。さあ、行け！」ブレイダンが励ました。「あしたの朝、彼がベーグルを買いにいったすきにぼくたちに電話で教えてくれよ。あの身のこなしから想像されるとおり、すてきなからだのつかい方がうまかったかどうか」

わたしはその言葉を全身で感じた。でもいちばんうずいたのは、頭皮と乳首とあそこだった。

ほんとうに、ミッチ・ローソン刑事がわたしのピザを食べて、そのまま泊まり、翌朝、わたしをベッドに残してベーグルを買いにいってくれるような世界ならよかったのに。わたしはベーグルが大好き。ベッドに残されてミッチがベーグルを買いにいってくれるなんて、きっと最高だろう。だってそれは、彼が帰ってくるということだから。

「やめてよ。こわくなってきた」わたしはブレイダンに言った。

「そっちこそ黙って、着替えて彼を呼びにいきなよ、マーラ」彼はそう言って、電話を切った。

わたしも電話を切って、息をのんだ。気がつくと、まったくおかしな理由から、寝室に向かっていた。わたしはキャミソールと、色褪せたタイトジーンズに着替えてシルバーのサンダルを履いた。リップグロスを塗って（すでにメークはしてあった。しっかりとではなく、わたしを2から2・5に引きあげてくれる程度の薄化粧だ）、さっと香水をつけた。

どうして自分がそんなことをしているのか、わからなかった。ただしていた。もしかしたら、〝希望の泉は枯れず〟ということなのかもしれない。もしかしたら、わたしがばかだからかも。

とにかくわたしはそういうことをしたけど、ほんとはするべきじゃなかった。勇気がくじけてしまう前に、ミッチのドアまで歩いていき、心の奥でやめるべきだという声が聞こえる前に、ノックした。

自分がばかみたいだと感じて、もっといいジーンズと、少しいいTシャツと、ビーチサンダルのままでいればよかったと思った。そのことをずっと考えていたので、彼が出てこないと気づくのに少しかかった。

横を向いて、駐車場を見た。彼のSUVがとまっていた。

もしかしたら、ノックが弱すぎたのかもしれない。

もう一度、ノックしてみた。さっきよりは強く、でもしつこく聞こえない程度に、そんなに長くしなかった。しっかり三回叩いただけ。あと十秒待って出てこなかったら、自分の部屋に戻るつもりだった。ひとりでもピザは食べられる。何日かかるけど、いつかはなくなる。前にもやったことがある。もしかしたら昼寝しているのかもしれない。彼の勤務時間は決まっていない。犯罪者を逮捕したりするときに万全の状態であるために、仮眠をとる必要があるのだろう。

ドアがあいたけど、少しだけで、そのすき間をふさぐようにしてミッチが立っていた。

思わず息がとまった。

「やあマーラ」彼は小さな声で言って、わたしの全身を眺めた。酸素不足と、彼に名前を呼ばれるという刺激が強すぎて、わたしはくらくらした。

なんとか気持ちを落ち着けて、彼にほほえみかけた。そのほほえみが本物で、死ぬばらせた。

ほどびびっているように見えないといいんだけど。「土曜日よ。ピザの時間」

「だれ？」アパートメントのなかから女性の、いらだった声が聞こえてきた。

わたしはまた息ができなくなった。ミッチの顔から優しさが消え、彼はあごをこわばらせた。

それから言った。「マーラ、くそっ、悪いけど、いまはまずい」

ああ。そうか。わたしのばか、ばか、ばか。

「そうね」わたしは小声で言い、なんとか立ち直ろうとしたけど、無理だった。「わかったわ。じゃあ……」

もう、なんてまぬけなの！　どうしてこんなにまぬけなんだろう？　こんなまぬけでは、2・5どころか1・5に格下げだ。

「マーラ――」

わたしはかぶせるように言った。「わたしは行くから」親指でうしろを指差す。「もうなかに入って」

踵を返す。走りたくなかったけど、通路を走っていた。ヒールがセメントの床にこつこつと響いた。

ドアまでたどりつけなかった。とまったのは、ミッチに手をつかまれて、ひっぱられたからだ。彼のほうをふり向くしかなかった。

「マーラ、説明させてくれ――」

わたしは手をひっぱったけど、放してもらえなかった。彼の手は大きく、わたしの手をつつみこんでいる。力強くて、とても温かい。信じられないほど温かかった。

「またね」わたしは言った。

「聞こえなかったの？」女性がわたしたちのほうに向けて言った。ミッチの向こうをのぞくと、はっとするほどきれいな9・75が腕組みをして彼の戸口に立ち、不愉快そうな顔をしていた。怒っていても、信じられないほどの美人に変わりはなかった。彼女の着ている服は、たぶんわたしがいま着ているものすべての値段の合計の五倍はする。このサンダルはけっこう高かったのに。「それはだれ？」

「ちょっと待っててくれ」ミッチはうなるように言った。肩の向こうに目をやった彼の顔は、あまり機嫌がよさそうではなかった。

「ベイビー、ちょっと待つなんてごめんよ」彼女は鋭く言い返した。態度が悪い。

「ちょっと待っててくれ」彼はすばやくくり返し、その言い方で、ものすごく機嫌がよくないのだとわかった。

「ミッチ」わたしは呼んで、彼の目をこちらに戻させて、「また今度ね」と言ったけど、それは嘘だった。

これはいい教訓だ。ラタニアとデレクの部屋や、BとBの部屋でミッチと会ったらおしゃべりすると思うけど、もうピザはなし。もう二度と。どんなどきどきも、からだの奥がきゅっとなる昂りも、こんな目に遭う価値はない。こんな惨めなこと。

「十五分後に行く」彼が言い、わたしは目を見開いた。

「なんですって？」9・75が鋭く言った。

「いいえ、ほんとに、いいから」わたしはあわてて言った。「またいつかで」

「ピザをつくったんだろう」ミッチは言って、わたしの手をぎゅっと握った。彼はわたしの全身を眺めた。キャミソールの意味も、サンダルの意味も、わたしが高望みしたことも、彼はわかっている。いい人だから、それでこきおろすようなことはしない。いまは。彼女の前では。

涙が出そう。

「ほんとに、いいんだから」わたしは言った。

「十五分後に行くから」彼はくり返した。

もうこれ以上耐えられなかった。わたしは乱暴にからだを翻し、彼に握られていた手を引いて、大きく一歩さがり、背中にドアがあたるのを感じた。

「別のときに」わたしは小声で言って、さっとふり向き、ドアをあけて自分の部屋に飛びこみ、バタンとドアをしめた。

そんなに大きな音をたてるつもりはなかったけど、そうなってしまった。勢いがついていたから、しかたなかった。オーヴンのところまで駆けていって消した。寝室に行って、服と靴を着替え、バッグをつかんだ。のぞき穴をチェックして聞き耳をたて、ドアを細くあけてそとを見た。だれもいないのを確認して、通路を走り、階段をおりて車へと向かった。

車を出し、十五分後には留守にしていた。一時間後にも戻らなかった。わたしはチェリー・クリーク・モールに行って一時間半後にはじまる映画のチケットを買った。夕食にプレッツェルを買った。なにも考えないように、ぼんやりといくつかお店を回り、それから映画を観た。

夜遅くなってから帰宅した。

それなのに、部屋に入って明かりをつけるやいなや、ドアをノックする音が聞こえてきた。わたしは目をつぶり、ドアのところに行ってのぞき穴からのぞいた。

ミッチだった。

どうしよう。

わたしはドアに額をつけてそこに立ちつくし、じっとしていた。彼がまたノックした。それでも動かなかった。

「マーラ、あけるんだ」深みのある声が言った。

もう！

わたしは動き、ドアを細くあけてそこに立った。

「こんばんは」わたしはそう言ったけど、彼の目を見た瞬間、また泣きたくなった。

階層ごとに住む場所を分けるべきだ。強制的に境界をもうける。1から3はカナダに住み、数少ない7から10は美しい情熱の熱帯地方、メキシコで暮らす。もし人々が分かれて住んでいたら、こんなことは起きないし、こんな心の痛みを感じることもなかったのに。

（わたしたちは人数が多いから広い土地が必要なの）

「入れてくれるかい？」ミッチが訊いた。

「もう遅いわ」わたしは言った。

彼の顔がとても優しくなった。どうしてこんなにすてきなの。

「スイートハート、入れてくれ」彼はそっと言った。

それにいい人でもある。すごくいい人。どうしてそれがこんなに最悪なの？　どうして彼は、よくいる傲慢な10以上じゃないの？　もちろん、ほんとに傲慢だったら8にさがるけど、それでも彼は8で、わたしには手の届かない人だ。

「ミッチ、もうほんとに遅いから」

彼はわたしをじっと見つめた。そしてうなずいた。

それで話は済んだと思ったけど、彼が言った。「きみのピザはとっておける？」

わたしは目をしばたたかせた。「いま、なんて？」

彼は別の質問をした。「きみは食べた？」

「え……いいえ」わたしは答えた。

「とっておけるかい？」

「たぶん」そう言ったけど、ほんとはよくわからなかった。いつもは、つくったら、焼いて、すぐに食べる。焼く前の状態でとっておけるかどうか、試してみたことはない。

「あしたの夜。七時半に来るよ」

とつぜん息ができなくなった。

ようやく空気を吸いこみ、静かな声で彼に言った。「あなたにはそんなことをする義務はないのよ」

彼は眉をひそめて、言った。「それはわかっている。ぼくがわからないのは、なぜきみは、ぼくが義務でそうすると思っているのかということだよ」

そんな説明をするつもりはない。彼だってわかっているのは明らかなのだから。ただ彼はいい人だからそう言っているだけ。だからわたしは言った。「言ってみただけ」

「なにを？」わたしがそれ以上なにも言わなかったら、彼が言った。そして続けた。「なにを言ってみただけなんだ？」

「あなたにそんなことをする義務はないって」

彼はいらだったように、言った。「マーラ、入れてくれ」

「わたしは疲れているし、あしたは仕事なの」

「ぼくたちはいま、話す必要があると思う」

わたしは首を振った。「なにも話すことはないわ。あなたのところに行く前に、ドアの下にメモかなにかを滑りこませておくべきだった。迷惑をかけてしまってごめんなさい――」

彼は完全にいらだって、わたしの言葉を遮った。「マーラ、いいから入れるんだ」

「ミッチ、ほんとに、日曜日は忙しいのよ。もう寝ないと」

「あれはきみが思うようなことじゃなかったんだ」彼は言った。

わたしはまた首を振った。「説明する必要はないのよ」

「まったく、マーラ、とにかく入れろ」

「次はあなたのドアをノックして、メモを残して、あなたがひとりかどうか、確認するから」

「マーラ――」

わたしはドアから離れて、しめはじめた。「おやすみなさい、ミッチ」

「くそっ、マーラ」

ドアをしめ、鍵をかけて、自分の部屋に駆けこみ、そこのドアもしめた。

寝間着に着替えて、ベッドにもぐりこみ、ようやく涙を流した。

ずいぶん時間がたって、ようやく泣きやんでから、顔をふいて眠った。

ひとりで。

1から3の人間は毎晩そうやって眠る。

3

ミッチとの事件から一週間たった。

わたしはキャンドルを点してソファーに横になり、わたしが最初につくったリラックス用のプレイリストである〝うちでリラックス・プレミア版〟を聴いていた。アル・グリーンの『傷心の日々』が流れていて、わたしは彼の歌声を聴きながら、赤ワインを飲んでいた。

日曜日の夜にミッチが来たのかどうか、わたしは知らなかった。なぜならピザをつつんで店にもっていってしまったから。休憩室の冷蔵庫に入れておいて、仕事のあとでロベルタの家にもっていった。オーヴンで焼いて、子供たちに食べつくされる前に、ロベルタとわたしもなんとかひと切れ口に入れた。ロベルタといっしょにアクション映画を観て、すごく遅くなってから、疲れ果てて車を運転できなくなる前に家に帰った。

はからずも、それで焼く前のピザをとっておけるということがわかった。ロベルタはミッチとピザのことについて質問してきた。おもに好奇心からだが、彼女がミッチのピザを食べているのは幸先がよくないから、ということもあった。ミッチは来られなかったと彼女には説明した。ロベルタはわたしの内心とおなじくらい、がっかりしていた。

おなじくらいというのはちょっと言いすぎた。なぜならわたしのがっかりは、新聞広告でデンヴァーの反対側の——ミッチから遠く離れた——アパートメントを探しているレベルだから。でもその前に、心の痛みを消そうとしてアルコール依存症になるのが先かもしれない。

でもロベルタはほんとうにがっかりしていた。

さいわい、それから二日間仕事に行って、わざといつもより遅く帰宅した。どちらの日もそれは不必要な努力だった。わたしが帰ったとき、駐車場にミッチのSUVはなかった。

でも水曜日、わたしの仕事は休みで、夕方五時半にドアがノックされた。ドアのところに行って、のぞき穴をのぞくと、ミッチが立っているのが見えた。彼は機嫌がよくなさそうだった。いらだち、もしかしたら少し怒っているように見えた。見ていると、彼はどんどん怒りを募らせているように見えた。わたしは見るのをやめて、額をドアにつけた。彼がまたノックした。わたしはじっとしたまま、音をたてなかった。ノックの音がやみ、わたしが息を吸ってのぞき穴から見てみると、彼はいなかった。そのあとはミッチとは会わなかった。それから三日間、わたしが遅く帰宅したとき、ミッチのSUVはいつも駐車場にとまっていたが、彼はやってこなかった。

きょうは日曜日で、仕事は休みだ。いろいろな用事は仕事のあとに済ませているから、休みの日はアパートメントにこもって、掃除なんかをして過ごし、ばったりミッチに会う可能性も避けた。電話も、あの日から一週間ずっと、避けつづけてきた。ブレントとブレイダンとラタニア（どうやらBとBのどちらかか、両方からミッチとピザの件について聞いたらしい）は何度も電話をかけてきて、留守電を残し、メールを送ってきた――ぜんぶミッチについての質問だった。

どうしても引っ越さないと。

そう思ったとき、電話が鳴りだし、ほんとうは無視したかったけど、出ることにした。リネットかもしれないし、彼女に話を聞いてもらいたかったから。リネットとは中学一年生以来の友だちだ。彼女なら、ミッチのことを話してもきっとわかってくれる。賛成はしないけど、わたしの気持ちをわかってくれる。電話しようかと思っていたところだ。わたしたちは週に一度は電話することになっていて、そろそろそのタイミングだった。

固定電話のところに行って、発信者IDを見ると、〈ストップン・ゴーーーズ二通り〉と出ていた。

わたしは眉をひそめると同時に、心臓がどきどきしはじめるのを感じた。受話器をもちあげ、通話ボタンを押して、BとBかラタニアが〈ストップン・ゴー〉という店からわたしを会話に引きこもうとしているのではないことを祈りながら、耳にあてた。ましてや、これがなんの電話であれ、ビリーとビリィに関係することではないのを祈っていた。

「もしもし」わたしは電話に出た。

「マーラさん？」男性の不機嫌な声。

「ええ……そうです」

「ビリーとビリィっていう子供たちはあんたの知り合いかい？」

胸にパニックが湧きおこってくるのを感じた。

おそれていたとおり、ビリーとビリィに関係することだった。わたしの従兄で、ばかで、かっこ悪いちんぴら、ビルの子供たちだ。

ビルはわたしのあとを追ってデンヴァーにやってきた。困ったことに。子供のころ、わたしはビルと仲がよかった。彼は愉快でおもしろくて、気が合ったから。

でも大人になると、あまり仲よくしたくなくなった。彼の遊び方もいいと思えなかったし、それに引きずりこまれてトラブルの巻き添えになるのもいやだった。だからわたしは、彼とつるむのをやめた。わたしがアイオワを離れたのは、いかれた母親（その姉がビルのいかれた母親だ）から逃げるためだったが、迷惑なビルから逃げるためでもあった。

あいにく、ビルはわたしを追いかけてきた。

さらにあいにくなことに、それからビルはふたりの女性とのあいだにふたり子供をつくった。女性はふたりとも逃げ、子供を置いていった。そういうところがまさに、ビルがつきあうような女性だった。

ビルの息子のビリーは九歳。娘のビレリーナは六歳だ。

娘にビレリーナという名前をつけるなんて。ばかで、かっこ悪いちんぴらで、そういうことを自分でまったく気づいていない、救いようのないやつというだけではなく、ビルは残酷でもあった。彼は娘をビリィと呼んでいる。ばかで、かっこ悪いちんぴらだから、それがおもしろいと思っているのだ。

わたしはビルの子供たちをかわいがっていて、できるだけいっしょに過ごすようにしている。今週二日間、いつもより遅く帰宅したのは、あの子たちに会いにいったのだった。

あいにくそのときは、ビルともいっしょに過ごすことになった。でも子供たちがかわいいから、その父親のことも我慢できた。あの子たちにとってわたしは、無条件でふたりに愛情をそそぎ、社会不適合のさまざまな問題をかかえていない唯一のちゃんとした大人だから、すごく慕われている。

ビルはどこのばか者にも引けをとらないばか者だから、ときどきまずいことになるし、そういうときはかならず、わたしも巻きこまれる。わたしは、ビルの問題が悪化して、子供たちが困るようなことにはなってほしくないと思っている。あいにく最近ビルはひんぱんに問題を起こしていて、わたしの心配はパニックの域に迫っていた。

「そうです」わたしは不機嫌な男性に答えた。

「あんたの子供かい？」

「いいえ……友人の子供たちです」わたしは言った。「ふたりはだいじょうぶですか？」

「男の子はあんたが保護者だと言っていた。あんたが保護者なのかい？」

「その……そうです」わたしは嘘をついた。「でも……その……いっしょには暮らしていなくて……」

「わかった、なんでもいい。とにかく迎えにきてくれ。腹をすかせているようだ。ズ二通りの〈ストップン・ゴー〉だよ」

そう言うと、電話を切った。

わたしは目をつぶった。受話器を置き、すばやく行動に移った。

ビリーとビリィは何度も家出している。というか、ビリーが家出して妹を連れていく。

ビリーはどういうわけか、生まれるときにもらった遺伝子のはきだめのなかに、賢い遺伝子をもっていた。九歳で、自分に与えられている環境がやばいということを理解している。もしかしたらあの子の賢い遺伝子は、わたし譲りかもしれない。わたしも早いうち（四歳ごろ）から、自分の周りの環境がいかにひどいかを理解して、ビリーとおなじように感じていた。ビリーはさらに、妹思いで優しい遺伝子ももっていて、妹の面倒をよく見ている。

ビリィはおもに、かわいらしい女の子の遺伝子をもらった。その遺伝子は強く、ビリィにテフロン加工をほどこして、ひどいことがあっても跳ねかえし、世の中のいいことばかりを見る子にした。ビリィはわたしのことを、すばらしいおばさんだと思っている。父親のこともすばらしいと思っている。でもいちばんは、兄のビリーのことをすばらしいと思っている。

三人のうちふたり正解だったら、悪くない。

わたしはキャンドルを消して、音楽を切り、バッグをひっつかんで、急いで玄関を出た。うつむき、猛スピードで駆けだしながら、この問題について考えていた。ビリーがビリィを連れて家出しようとしたのは、この二カ月で四度目だった。別の言葉で言うと、ビリーの大脱走はどんどん深刻になっている。ビル、ビリー、ビリィの家で、なにかまずいことが起きている。いつも以上にまずいことが。どうやら、わたしが介入する必要があるようだ。わたしはビルのことに介入したくなかった。ビルのことに介入するということは、わたしにもとばっちりが来るかもしれないということだ。でも〝通常のまずい〟以上のまずい状況にいるビリーとビリィを放っておけない。〝通常のまずい〟だって、かなりひどい状況だったのだから。

「おっと、マーラ、危ない！」そう聞こえた瞬間、階段をのぼってきたところだったミッチ・ローソン刑事にぶつかっていた。

彼はわたしを受けとめて二段ほどさがり、腕を突きだして取っ手をつかんだ。あまりに速く走っていたわたしはとまれず、彼につっこんでしまったのだ。バランスを崩しそうになって、思わず彼の胸のシャツをつかんでいた。ミッチはあいている手をわたしのウエストにしっかり回し、ふたりして階段を転がり落ちて骨折したり頭蓋骨にひびが入ったりするのを防いでくれた。

わたしたちはなんとかとまって、わたしは彼を見上げた。

一週間たっても、彼のすてきは少しも減らなかった。じっさい、こんなに近くで見ると、いままで以上にすてきだった。

「ごめんなさい」わたしは小さな声で言った。

「だいじょうぶかい？」彼が訊いた。

「ええ、ごめんなさい」また言って、一歩さがろうとした。

ウエストに回された彼の腕に力がこもった。少しではなく、かなり。ただでさえ胸からお腹まで彼のからだに接していたのに、腕を締められて、胸から腰まで彼のからだにぎゅっと押しつけられた。

「どうしてそんなに急いでいたんだ？」彼が訊いた。

「わたし……」彼に言いたくなくて、口ごもった。田舎者で、ばかで、かっこ悪いちんぴらの従兄がいるなんて、知られたくなかった。それにビルが〝だめな父親〟の典型で、わたしが彼の子供たちをまた助けにいかなければならないことも。「ちょっと行くところがあって」

彼はわたしの顔に視線を這わせた。そのまなざしにからだの奥がきゅっとなり、彼の近さに心臓がどきんと大きく打った。彼のからだが見た目にたがわず硬くて筋肉質だということに気がついたせいだけど、わたしの大事な従兄の子供たちは〈ストップン・ゴー〉でお腹をすかせている。

「ほんとうにだいじょうぶかい？」

「ええ」わたしは嘘をついた。「だいじょうぶ。ただ、あるところに行かなきゃいけなくて」

「だいじょうぶって顔じゃないな」ミッチは言った。

「だいじょうぶよ」わたしは嘘を重ねた。

「そんなはずはない」彼が言った。

わたしは彼のシャツをつかんでいた手を放し、硬い胸板を押した。

「ほんとに、ミッチ、わたしもう行かないと」

「どこに？」

「ちょっと引きとってこないといけなくて」

「なにを？」

わたしは押すのをやめて彼をにらんだ。腹が立ってきた。おもにそれは、さっきの不機嫌な男性がビリーとビリィが腹をすかせていると言ったからだった。

「放してくれる？　行かなくちゃいけないのよ」

「放すよ。どこに行かなきゃならないのか、なぜそんなに青ざめておびえた顔をしているのか教えてくれたら」

もっと腹が立ってきた。「あなたには関係ないことよ」わたしは言った。「ほんとに、もう放して」

彼は腕に力をこめ、興味を引かれて警戒していた顔が、警戒はおなじでもむかついているような顔に変わった。

「四年間ずっと、きみを見てきたが、きみはいつも自分の世界のなかで生きていた。仕事に行ったり、スーパーマーケットやショッピングセンターから帰ってきたり。一度も急いでいたことはないし、いつもなにか考えごとにふけっていたが、その頭のなかはまともな場所だと感じられた」

わたしは目をぱちくりして彼を見上げた。そんなに彼が注意して見ていたのかとびっくりして。

「だがいまは、前もろくに見ないであわてて階段を駆けおりてきた。いつも前をよく見ているのに。それに考えごとをしてるのはおなじでも、まともじゃない場所にいるのがわかる」わたしはまだ彼を見上げていたが、もうまばたきせず、思わず唇を開いていた。彼はさらに言った。「なにがあったんだ？」

「わたし――」また嘘をつこうとしたが、そのとき彼が腕にまた力をこめ、わたしの息を吐きださせた。

「嘘はつくな」彼は警告した。

大きく息を吸った。子供たちのことを考えた。そして嘘をつくのはやめようと思った。なぜなら、明らかに、刑事についてのわたしの考えは合っていたからだ。ミッチはわたしをよく知らないのに、研ぎ澄まされた刑事の感覚でわたしのことを見抜き、嘘をついているのに気づいた。ほんとうのことを言うまで放してくれないだろう。そしてわたしは、彼に放してもらわないと、いろんな意味で困る。

「家族の問題なの」正直に言った。

「深刻なこと？」彼が訊いた。

わたしは首を振った。「面倒なこと」

これは嘘というよりごまかしだった。事態が深刻かどうかはまだわからない。わかっているのは、このままではまずいということだけだった。

「いっしょに行こうか？」彼が申しでた。

「いいえ！」即座に大声で否定し、なんとかミッチの腕から抜けだそうとしたが、彼はかえって腕に力を入れ、わたしを放そうとしなかった。

わたしは少し落ち着いてから彼の表情を見て、自分のミスに気づいた。冷静に彼の様子を見ておくべきだった。もっと注意して。彼はいま、警戒しているのは変わらないが、明らかにむかついていて、疑わしそうに目を細め、不信感をいだいているようだった。あまりいい表情ではないのはたしかだ。

「さて、スイートハート」彼が優しくて危険な声で言った。「いま言ったのは嘘だろう？」

まずい。

心に留めておくこと。二度目のチャンスをもらったら、ぜったいに、ミッチ・ローソン刑事に嘘はつかないこと。

「そんなことないわ」わたしは逃げた（嘘ではない）。「ときどきこういうことがあるの」

「どういうことだ？」彼が訊いた。それで彼が優秀な刑事であり、とくに取調べがうまいということがわかった。

「従兄がいて、彼は……ちょっと困った人なんだけど、子供がふたりいるの。わたしはその子たちと仲がよくて、ときどきわたしが……」わたしはいい言葉を探して、見つけた。「介入する必要があって」

「どんな困ったやつなんだ?」

「どんな種類があるの?」わたしは尋ねた。

「あらゆる種類がある」彼は答えた。

「その全部よ」

ミッチはわたしをじっと見つめた。そしてつぶやいた。「くそっ」

わたしは息を吸いこみ、彼の胸に置いた手で押しながらゆっくりと言った。「ミッチ、わたしは子供たちを引きとりにいかないといけないの」

彼はまたわたしを見た。そして言った。「そうだな」

ようやくわたしを放してくれて、一段下におりた。わたしは今度も、失望と安堵を同時に感じた。

でも感じたのは0・5秒だけだった。彼はわたしの手をつかみ、階段をおりて自分のSUVへと向かった。

わたしはついていったけど、彼の有無を言わせぬ動きでは、もしついていかなかったら、引きずられるだけだとわかっていたからだ。

「あの……ミッチ？」わたしは言ったが、彼が反対の手をあげて、なにかが光るのが見え、SUVのロックが解除された信号音が聞こえた。

どうしよう。

「ミッチ？」わたしはまた言ったが、彼はわたしを助手席側にひっぱっていった。

ミッチの返事はなかった。わたしにドアの横を回らせて、ドアをあけた。

「その……ミッチ」彼はつないだ手でわたしをドアのなかに入れた。

そして言った。

「乗って」

わたしはからだをひねって彼を見た。「でも、わたし――」

ミッチが遮る。「乗るんだ」

「わたしは――」

とつぜん彼が前に出て、大きなからだでわたしのスペースを占領し、ふたりで車とドアのあいだにはさまれる形になった。わたしは思わず両手をあげた。でもその手は、彼の（石のように硬い）腹筋のところまでしかあがらなかった。彼にぐっと顔を近づけられて、わたしのからだは、心臓も肺も停止して、ただ彼の目を見つめた。

「マーラ、いいから……乗れ」

なんてこと。

困ったことになった。なにに困っているのかというと、ミッチ・ローソン刑事がこんなに近くて、むかついていて、命令口調で、すごくセクシーだということだ。

「自分でできるから」わたしは言った。「前にもやったことがあるし」

「ぼくは警官だ」彼がとつぜん言った。

「知っているわ」

「きみが知っているのは知っている。きみが知らないのは、ぼくは長年警官をしているということだ。つまりありとあらゆる種類の困ったやつを見てきた。きみは警官じゃない。だからきみが、彼はあらゆる種類の困ったやつだと言ったということは、たぶん彼はぼくが知るあらゆる種類の困ったやつなんだろう。そんな状況で、ひとりで車に乗って困ったことにつっこんでいくのを許すわけにはいかない。わかったら、マーラ、車に……乗れ」

「わかったわ」わたしはすぐに従った。なぜなら近くて、むかついていて、命令口調のミッチ・ローソン刑事は、かなりこわかったからだ。

乗りこむと、彼が勢いよくドアをしめた。わたしがシートベルトをするあいだに、彼は車の前を回ってきて運転席に乗りこんだ。シートベルトを締め、車を出したとき、彼が言った。

「行先は？」

「ズニ通りの〈ストップン・ゴー〉よ」

ミッチはうなずき、アパートメントの敷地を抜けた。

わたしたちの住んでいるアパートメントは、コロラド大通りの東にある、中間所得層向け集合住宅群だ。すばらしいプール、クラブハウス、ジムもついている。このアパートメントを借りている人、通りをはさんだところにあるフェンスとゲートつき住宅街にぎっしりと建つ中間所得層向けの戸建てを所有している人は、自治会の付加特典として、それらの施設を利用できる。

わたしたちのアパートメントはデンヴァーでは、シングルに人気のある物件として知られている。わかる気もする。家賃が高いから、ろくでなしの連中は住めない。住民は、まだ駆けだしの専門職か、ほかの仕事でもかなり成功している人たちばかりだ。アパートメントはすてきな建物で、造園された敷地内に各棟がゆったりと配置されている。郊外の活動的なシングルの集まる場所だった。緑地帯と小川に沿ってジョギング・自転車用の小道や、腹筋運動や懸垂などができるコーナーが整備されている。プールからは、なんにもじゃまされずにロッキー山脈の眺めを楽しめる。ホットタブふたつとクラブハウスのバーもあり、プールの周りでお酒を飲むこともできる。シングルの人たちにとってはすごく魅力的だ。

よくあるのが、このアパートメントに住んでいるうちに彼氏や彼女ができて（BとB、ラタニアとデレクのように）、いっしょに暮らすようになり、しばらくして結婚を機に通りをはさんだ住宅街に引っ越すというパターンだ。ここはかなり閉鎖的なコミュニティーでもある。何年も住んでいると、みんな知り合いになる。

わたしがここに越してきたのは、シングルの楽土に住むシングルになりたかったからではなかった。アパートメントそのものが気に入ったからだ。静かで、ショッピングモールや市の中心街に近く、部屋が広くて建物どうしのあいだにゆったりと緑地がもうけられている。プールが大好きで、天候の許すかぎりできるだけ肌を焼きたいから、というのも理由だった。日焼けすればわたしも3・5にアップする――のではないかと期待している。

「これから足を踏みいれるのがどういう状況なのか、説明してくれるかい？」ミッチがもっともな質問でわたしの物思いを破った。

「わたしにはビルという従兄がいて」わたしは説明した。「彼には九歳の息子と六歳の娘がいて、名前はビリーとビリィよ。男の子のビリーは名前の最後にyがつき、女の子のビリィは最後にieがつく」

わたしはミッチのまなざしが自分に向けられ、また離れるのを感じた。彼はウインカーを点滅させた。

「きみは笑ってない」車がアパートメントの敷地を出て、わたしがそれ以上なにも言わなかったら、ミッチが言った。

「わたしが笑っていないのは、おもしろくないからで、おもしろくないのはこれが冗談ではないからよ」

「くそっ」彼はつぶやいた。ビルがどんな種類の困った人か、もう察しているのだ。

ミッチの推理は正しい。ビル、ビリー、ビリィという名前がすべてを物語っている。

「とにかく、ビルはすばらしい父親にはほど遠くて、ビリーはときどき妹を連れて家出している。いつもはあまり遠くまで行かないし、どこか店に入ったら、そこの人に頼んでわたしに電話をかけてもらうの。わたしは子供たちに話をして、ふたりになにか食べさせる。ビルは子供たちに食事させるのを忘れるから。ふたりを父親の家に連れていく。それからビルとも話をして、自分のうちに帰ってくる」

これでほとんどだけど、全部ではなかった。従兄の家に置いてくるたびに覚える、あの子たちをさらいたいという衝動のことは言わなかった。児童保護局に電話をかけようかと考えたことも。そしていま、もっと前にあの子たちの酔っ払ったばかな父親をぶっとばしてやらなかったのを後悔しているということも。

「つまり子供たちが家出して、〈ストップン・ゴー〉に行き、きみに電話がかかってきたということか」

「そうよ」

「ふたりの母親は？」

「母親たちよ。ふたりともとっくの昔に逃げだした」

それにたいして、ミッチはなにも言わなかった。

彼はかなり怒っていたし、いまもまだ怒っているのかはわからないけど、たぶん怒っているのだろうと思って、わたしはもう少し話をすることにした。正直に話すことで、彼の怒りを少しはやわらげられるかもしれない。

「わたしはあの子たちの唯一の親戚なの。だからわたしに電話してくる」

「電話してくるのはそれが理由じゃない」ミッチが言下に否定し、わたしは彼のほうを見た。

「いまなんて？」

「電話してくるのはそれが理由じゃない」

「なんて言ったのかは聞こえたわ」わたしは言った。「どういう意味かわからなかっただけ」

「母親のちがう兄妹がいて、どちらの母親もいなくなり、父親は九歳の子供が家出したくなるほど困ったやつだが、父親の従妹は顔全体が輝くようなほほえみと、部屋をぱっと明るくするような笑い声をもっている。子供たちは自分の人生にもそういうものが欲しいんだ。だから家出すると、自分たちの人生にも光とぬくもりを与えてほしくて、きみに電話してくる」

わたしは運転するミッチの横顔を見つめながら、心臓が激しく鼓動するのを感じた。でも胸が締めつけられて息ができない。

彼にたいして心から本物のほほえみを見せたことも、まして彼の前で声を出して笑ったことも記憶になかった。

「あなたの前で笑ったことは一度もない」わたしはばかみたいに言った。

彼はちらっとわたしを見て、また道路に目を戻し、言った。「スイートハート、きみがブレントやブレイダンやラタニアやデレクといっしょにいて笑っている声は、壁越しに聞こえてくる」

「つまりわたしの笑い声が大きいと言っているのね」わたしは言った。

「そうじゃない」ミッチは辛抱強く教えるような口調で言った。「ぼくが言っているのは、きみが笑う声はすてきだということだ。ぼくはそれを聞いて、好きになった」

やだ！　嘘でしょ！

これが現実のはずがない。彼はただいい人なだけで、いい人の彼にたいしてどうしていいのか、よくわからない……話題を変えよう。

「わたしのほほえみは顔全体を輝かせたりしない。左右非対称で曲がってるもの」

「曲がってなんかいない」

「いるわ」

「マーラ、そんなことない。きみがぼくに心からのほほえみを見せないのは、自分を見せるのをこわがっているからだ。だがぼくはデレクとラタニアの家で、心からほほえんでいるきみを見た。心からのほほえみでなくてもぼくはかまわない。それでもすごくすてきだよ。だがマーラ、きみがほんとうに自分を出したら、その笑顔はとんでもなく魅力的だ」

わたしは無理して前を見つめ、なんとかこの狂気の沙汰についての説明を見つけようとした。

「あなたはただ、親切で言ってるんでしょ」わたしは小声で言った。

「ぼくはたしかに親切な人間だ」彼は認めた。「だがいまは親切にしているわけじゃない。ほんとうのことを言っているんだ。いい機会だから教えてくれ。なぜ、ぼくがきみを褒めるたびに、おびえて、それを悪いものに歪めてしまうんだ？」

「そんなことはしていないわ」わたしは否定した。

「このあいだぼくが、きみは音楽の趣味がいいと言ったら、きみはすぐに、音が大きすぎて迷惑なのだろうと考えた。いったいどうしたら、〝音楽の趣味がいい〟という褒め言葉が、〝うるさい〟という苦情に聞こえるんだ？」

そう言われてみると、ばかばかしく思えてきた。

「それは……」

「さっき言った、きみの笑う声もおなじだよ。ぼくは〝好きだ〟と言ったのに、きみは〝声が大きい〟と脳内変換した」

もう彼に黙ってもらわないと。

「もう黙ってほしいの」わたしは思わず言ったけど、ばかみたいだったから、口を手で覆いたくなった。

さっき嘘をついておくべきだった。彼のむこうずねを蹴って逃げだすべきだった。

彼の車に乗るべきじゃなかった。彼に近づいたらいけなかった。

「やっぱり」彼はつぶやいた。「きみはそう言うと思った」

わたしはさっと彼のほうを見た。「どういう意味？」

彼は答えず、代わりに質問した。「日曜日、なぜぼくとの約束をすっぽかした？」

まずい。

「すっぽかしていないわ」

彼がまたちらっとこちらを見て、その怒りが感じられた。怒りは拡散し車内に充満しつつあった。

彼は道路に目を戻して言った。「マーラ、ふたりで決めただろう。七時半にピザって」

わたしも前の道路を見つめて、言った。「その話はしたくない」

「やっぱり、きみはそう言うと思った」

わたしは彼の言葉を無視して言った。「わたしはビリーとビリィをどうするか、ビルに会ったらなんと言うかという問題に集中する必要があるの」

「ああ、それも言うと思った。きみは自分に起きていること以外のなにかに集中する必要があるんだろう」

わたしは手で耳を覆って「ラ、ラ、ラ」と歌いだしたい衝動をなんとかこらえて、黙ってることにした。

「なぜぼくをすっぽかした？」

「そんなことしていないわ」

「マーラ、きみはすっぽかした、それも二度」

わたしはさっと彼を見て、鋭い口調で言った。「いいえ、していない！」

彼は首を振って、つぶやいた。「まったく、そんなふうにケツの穴に頭をつっこんでいて、よく呼吸できるものだ」

「いまなんて？」わたしは引きつった声で言った。

「聞こえただろう」

「ええ」わたしは言った。「聞こえたわ。あなたが言ったことは失礼よ」

「ああそうだ、ベイビー、失礼だが、事実だ」

ほんとうに、わたしはミッチ・ローソン刑事の車のなかで彼と口喧嘩しているの？

2・5は10・5と喧嘩なんてしない。そんなの、宇宙の法則すべてに反している。

どうしてこんなことになったの？

「ケツの穴に頭をつっこんでなんていません！」わたしはかなり大声で言った。

「きみはまったく別世界に生きている」彼が言い返した。

「そんなことない！」

「スイートハート、そんなことありまくりだ」

わたしは胸の前で腕組みをして、前を見て言った。「よかったわ、あなたがいやなやつにもなれるとわかって。セクシーだけどいやなやつを相手にするほうが、不自然なほどいい人を相手にするよりずっと楽だもの」

またまぬけなことを言っているとわかってはいたが、気にしなかった。わたしなんてどうせいつも、まぬけなことを言っているんだから。たったいま、ケツの穴に頭をつっこんでるとも言われたし。まぬけだと思われたって、どうってことない。

「ようやく話ができた」ミッチが言った。「ぼくがいやな野郎になるだけで、きみは自分を出し、マーラの光が射してきた。これからどうするんだ、マーラ？　ぼくがいやな野郎でいれば、きみのパンツに手をつっこませてくれて、その特権を維持する唯一の方法は、きみをくそみたいに扱うことか？　やがてきみはぼくを捨て、男はみんないやな野郎だという予言が自己達成される？　そうしてきみは自分の周りにつくった繭のなかに引きこもり、正しい選択をしたと悦に入っていられるってわけか？」

　わたしは彼のほうに顔を向けた。息が荒くなっているのは、彼がほんとうにいやなやつで、わたしのパンツに手を入れたいなんて、おそろしいことを言ったからだ。頭がおかしい。

「頭がおかしくなったの？」声が甲高くなってしまう。

「ぼくの知るかぎりでは、ぼくが親切にすると、きみはひどくこわがって、ほとんど『え……』とか『その……』としか話さないし、あるときはまさに、駆けだして逃げていった。だがぼくがいやな野郎でいると、きみはちゃんと話をする。その結論のどこが頭がおかしい？」彼はそう言って、フロントガラスを見つめたまま首を振り、自分で自分の質問に答えた。「おかしくなんかない」

「あなたがなぜ、ビリーとビリィをいっしょに迎えにいくと言い張ったのか、正確に説明してくれる？　わたしのピザを食べられなかったことについて、ケツの穴の小さい文句を言うためだったの？」わたしは辛辣に言ったけど、そのタイミングが最悪だった。

　車が赤信号でとまり、つまりミッチはわたしに全神経を集中させることができたからだ。彼はハンドルに腕をかけ、わたしの目をじっと見つめた。

それから言った。「ここまでマーラの世界に小さな窓があき、これがちゃんと伝わるといいと思っている。とても大事なことだからだ」そのうなるような声で、少なくともわたしとおなじくらい、もしかしたらもっと腹を立てているのがわかった。「マーラ、ぼくはきみのピザを食べたいわけじゃない。きみのピザなんてどうでもいい。いいか、スイートハート、きみが八十五歳になって、自分の人生はどこにいってしまったのかと思う前に注意して聞いておけ」

わたしは彼を見て——というよりにらんで、腹立ちまぎれに怒鳴った。「それならなぜ、ピザのことで大騒ぎしたのよ？」そこで一瞬ためらったけど、やっぱりほとんど叫ぶようにして言った。「二度も」

彼もわたしをにらみ返してきて、その顔はかなりこわかった。でも自分も怒っていたから、気にならなかった。

ミッチは目をつぶり、顔をそむけてつぶやいた。「まったく」

わたしは前を見て、彼に教えてあげた。「信号が青になったわ」

彼が深く息を吸いこむ音が聞こえた。

車が発進した。

4

車が〈ストップン・ゴー〉の入口前の駐車スペースにとまるやいなや、わたしはドアをあけて飛びおりた。早く子供たちの顔が見たかったから、それにすごくこわかったし、本気でむかついていたからだ。

きょうは四月の終わり、もう五月はすぐそこだった。このところ暖かかったから、わたしはビーチサンダル、ジーンズだった。ブレイダンがわたしに勧めたジーンズだった。自分でもこのジーンズ（あいにく先週の土曜日にブレイダンがわたしに勧めたジーンズをはくとお尻がすてきに見えるのは認めざるをえない）、Tシャツという恰好だった。ビーチサンダルは細いストラップが特徴のハワイアナスので、すてきなくすんだ金色、Tシャツはクリーム色で、袖のところがプリーツの襞飾りになっているスクエアネックで、胸と肋骨に沿ったフィットだ。ぴちぴちというわけではないけど、からだの線はよくわかる。髪はうしろでポニーテールにまとめ、ばかみたいにひと束、厚めの前髪がおりている。わたしはその髪を耳にかけて、店のドアをぐいっとあけた。

わたしがドアから離れる前に、ビリィが歓声をあげて突進してきた。わたしは立ちどまって身構えた。とまらないのがわかっていたから。

案の定だった。ビリィは、六歳児の、〝なにがあっても人生はすてきで幸せ〟の勢いでつっこんできて、わたしは一歩さがろうとした。でもさがれなかった。なぜならミッチ・ローソン刑事は、ハンサムで優雅な身ごなしのものすごくいやなやつというだけではなく、ものすごく速く動けたからだ。彼がわたしのすぐうしろに立っていたから、ビリィがわたしにつっこんできたとき、わたしはミッチにつっこむことになった。

わたしは片手をビリィの頭、もう片方の手を彼女の肩に置きながら、からだをひねってミッチをにらんだ。彼はわたしの目つきを受けとめ、にらみ返してきた。彼のにらみのほうが効果的だった。だからわたしはさらに顔をしわくちゃにして、彼のことをものすごくいやなやつだと思っていることを伝えた。彼の目がわたしの鼻と唇のあたりにおりてきて、その瞬間、目の険しさが消えた。唇を変な形に結んで、その目におかしそうな表情を浮かべた。

やなやつ！

「マーラおばちゃん！」叫んだビリィを見下ろすと、彼女は首を反らしてわたしを見上げていた。「ブリトーが食べたいの！」

わたしはふたりに会うとかならず食事に連れていくことにしている。ビルが買ってくるのは（食べ物を買うのを忘れなければ）ジャンクフードばかりだし、子供たちが食事をしているかどうかすぐに忘れるし、まして栄養のある食事をしているだろうかなんて、考えるはずがないからだ。だからビリィは、マーラおばちゃんに会うことイコールお腹がいっぱいになることだと思っている。

「わかったわ、ビリィ。お兄ちゃんはなにが食べたいか、訊いてみましょうね」わたしはそっと言った。そのとき腰にミッチの手が置かれて、彼はわたしたちを店のなか、そして脇に押した。からだの前をわたしのうしろに密着させたままで。

遅ればせながらわたしは、お客さんがひとり、わたしたちがふさいでいたドアからそとに出たがっていたのに気づき、横にずれてミッチからも離れようとした。でもうまくいかなかった。ミッチの手がわたしの腰をぎゅっとつかみ、その場所に固定していたからだ。それにいくら〈ストップン・ゴー〉とはいえ、もみ合いなんてみっともないことはしたくなかった。

ミッチが、わたしたちをじゃまにならない位置に移動させた。そしてとまったとき、ビリィは空腹も忘れて、六歳から六十歳までの女子ならだれでもすることをした。ミッチに見とれたのだ。

「こんにちは！」彼女はかわいらしい声で言った。

「やあ」ミッチの声がわたしの耳元で響き、首と背中を伝っておりていった。わたしは鳥肌が立ちそうになるのを必死でこらえた。でもだめだった。

「あたしはビリィよ」

「ぼくはミッチだ」

ビリィがわたしと目を合わせた。「この人、おばちゃんの彼氏？」

ああもう。

「ちがうわ。ご近所さんよ」わたしは答えた。

ビリィはまだわたしにしがみついたままで、わたしの腰に腕を回していたから、腰に置かれたミッチの手がよく見えた。わたしに押しつけられている彼の腰も。ビリィはそれを見て、またわたしを見上げ、とまどったように小さな女の子っぽく頭をかしげ（ほんとうに、彼女の苦悩が感じられた）、にっこり笑った。

ビリィの笑顔も曲がっているけど、百パーセントかわいらしかった。わたしの母方の家系——ビルの母親の家系でもあるけど——には、はっきりとした共通の特徴がある。つまりビリィはわたしにそっくりだ。ただしビリィのほうがかわいい。睫毛は長くてばさばさだし、濃茶色の髪はつやつや、大きな淡青色の目、透きとおるような肌をしていて、手脚も長い。知らない人が見たら、きっとわたしの子供だと思うだろう。でもビリィは大人になったらすごい美人になる。いまでもミニ美人なんだから。

「マーラおばさん」声がして目をあげると、ビリィの向こうにビリーがいた。

ビリィを少し大きくして男にしたらビリーになる。たぶんミッチも子供のころはこんな感じだったのだろう。間違いない。ビリーも大人になったらいい男になる。いまでもミニいい男なんだから。

ふたりの父親のビルもそうなれたはずだった。でも荒れた暮らしをして、飲んだくれ、ばかな決断を重ねた人生のせいで、せっかくの長身なのに、筋肉はなく、葦のようにがりがりだ。肌は血色が悪く、かつては輝いていた青い目の下にいつも黒い隈がある。髪は伸びすぎなうえに、細くてこしがなく、いつもよごれている。

いまからずっと先の未来を想像して、そこに映ったものに、いつもよりも愕然とした。わたしはかわいいこの子たちに、望むかぎりの可能性を与えてあげたかった。ビリーはただのいい男ではなく、頭脳と誠実さと優しさを活かしていい暮らしができるように、ビリィはいつも心のどこかに、快活で純粋な女の子が残っているように。いまこそ、ビルのことをどうするか、それだけではなく、子供たちをどうするか、決断すべきときだった。

「ハイ、ビリー」わたしは言った。「お腹へってる？」

彼はちらっとミッチを、そしてわたしを見た。ビリーはしばらく前から、わたしの腕のなかに飛びこんでこなくなった。そんな子供っぽいことはもうしないらしい。さみしかった。でも、いつもはこんなによそよそしくない。ミッチのことをどう考えたらいいのか、わからないらしい。デストリーのとき、ビリィは彼を大好きになった。ビリィはだれでも大好きになる。でもビリーはそうでもなかった。

「うん」彼は答えた。

「ブリトー食べたい？」彼がイエスと答えるのはわかっていた。それが妹の好物だと知っているからだ。ビリーの好物がなんなのかは、わからない。彼は妹の望みをかなえるためならなんでもする。

「うん、ブリトーがいいな」そう言って、またミッチをちらりと見上げ、またわたしを見た。

「ご近所のミッチよ」わたしはビリーに言った。

「ブレイやブレントみたいに、ゲイなの？」ビリーが言い、わたしはミッチの笑い声を耳とからだで感じた。

「ちがうわ」

「なんでおばさんにさわっているの？」ビリーがずばり質問して、その九歳の顔が、険しく、わたしのことを守ろうとする九歳の男の子の顔になった。

「それは……」

「ぼくたちはただのご近所じゃない。友だちなんだ」ミッチが口をはさんだ。

「やった！」ビリィが叫んでぴょんぴょんとジャンプし、わたしを揺さぶってミッチに押しつけた。「あたし、おばちゃんのお友だちはみんな好き！」

「それはよかったわ」わたしはビリィに言った。

「ブレイとブレントとデレクも友だちだけど、おばさんにさわったりしないよ」ビリーは距離と険しい表情を保ったまま、指摘した。

「そうね——」わたしは返事をしようとした。

「ぼくはそういう種類の友だちじゃない」ミッチがわたしの言葉を遮るようにして言った。

「どんな種類の友だち？」ビリーが質問した。

「ちがう種類の友だちだ」ミッチが答えた。

「どんなふうにちがう？」ビリーが鋭い口調で訊いた。

「いい感じにちがう」ミッチは答えた。

彼はいったいなにを言ってるの？

いいえ、いいえ、考えない。わたしにはほかにすることがある。

「食べにいきましょう」わたしは言った。「もう夕食でいい？」

「いい！」ビリィが高い声で叫んでまたぴょんぴょんジャンプし、つられてわたしのからだも上下して、ミッチのからだにこすれた。

腰に置かれた彼の手にぐっと力がこもるのを感じた。これはわたしをじっとさせておくためなの、それともなにかほかに目的があるの？

推理しようとするのはやめた。たぶんわからないだろうから。それに、とつぜん、自分も空腹を感じたから。

「それなら、みんな、ミッチの車に乗って」わたしは命令した。

ビリィはわたしに巻きつけていた手を放し、ビリーのところに行った。兄の手を握ると、わざとおかしなうなり声をあげて入口のほうへひっぱっていこうとした。ビリーはしぶしぶひっぱられながら、まだわたしの腰に手を置いたままのミッチを見ていた。

入口ドアのところまで行ったふたりについていこうとしたとき、ミッチの手が動き、わたしは固まった。固まってしまったのは、片手が腰からお腹に移動し、その手に力がこもるのと同時にミッチの唇が耳にふれるのを感じたからだ。

彼はそこでささやいた。「また車が完全にとまる前に飛びおりたら、ベイビー、神に誓って、きみをひざの上に寝かせてお仕置きするからな。わかったか?」

わたしの胸が大きく波打った。視力を失い、なにもかもぼんやりして、考える力もなくしていた。

彼は腰をぎゅっとつかみ、お腹に置いた手にまた力をこめて、またささやき声で訊いた。「マーラ、わかったか?」

わたしはうなずいた。

また腰とお腹を押さえられて——嘘でしょ——彼の唇が首に押しあてられるのを感じた。彼はささやいた。「よし」

彼の手がどこかにいった。わたしのからだはチャンスに気づいて、逃げだそうとした。でも一歩踏みだしたところで、力強い腕につかまってくるりと回され、ふたたびミッチと腰を密着させていた。今度は向かいあって。ウエストに腕が回され、手で首の横をそっとつまれた。

「二、三、はっきりさせておくことがある」彼は静かな声で言った。

ああ。すごく近い。彼は真剣な表情で静かに言ったけど、断固とした命令口調だった。そういうことすべてから、わたしにとってはやばいことだと直感でわかった。

直感は間違っていなかった。

「ミッチ、子供たちが――」わたしはため息混じりに言った。

「まず、ぼくたちはこれから〈ローラズ〉に行ってふたりに腹いっぱい食べさせる」

わたしは目をしばたたかせた。

〈ローラズ〉？

〈ロ、い、い、ローラズ〉？

〈ローラズ〉はすてきなお店だし食べ物はすごくおいしいけど、あの子たちが知ってるような店じゃない。高級というわけではないけど、〈タコベル〉とはちがい、けっして安い店ではない。わたしからミッチに来てほしいと言ったわけじゃないけど、せっかく来てくれたんだから、どこかのファストフード店に行って、ドライヴスルーで食べ物を注文し、子供たちを家に送っていけばいいと思っていた。そのあとでわたしはビルに話さなければいけないことを話して、帰宅し、ミッチと離れる。

〈ローラズ〉は席に坐って食事する店だ。〈ローラズ〉はゆっくりする店だ。ミッチといっしょにゆっくりして、ミッチはわたしと子供たちとゆっくりする。

そんなことをしたがる男性がいる？　知らない子供たちと、ケツの穴に頭をつっこんでいると思っている女といっしょにゆっくり食事するなんて。

もしかしたら彼はどこかおかしいのかもしれない。

「でも――」わたしは言いかけたが、ミッチがかぶせるように言った。

「ぼくのおごりだ。それにもしきみが反論するために口を開いたら、ぼくはきみを黙らせる方法をとることになる。そしてそのやり方では、ぼくが望む種類の友だちがどういうものか、ビリーにしっかりと教えてやることになるはずだ」

わたしはあんぐり口をあけて、目を瞠った。

「ここまではいいね？」彼が訊いた。

いいえ、いいえ、よくない。なんと言われても。ここまではいいわけないわ！

「え……」わたしは口ごもった。

「イエスかノーだよ、スイートハート」

「その……」

彼がにやりとして、わたしは思わず息をのんだ。顔を近づけられ、喉が詰まって息ができない。『え……』とか『その……』は選択肢じゃないよ、ベイビー」彼がそっと言った。

「ミッチ――」

彼の顔にほほえみが広がるのを見て、わたしは口を閉じた。「それでいい」

彼に手を握られて、子供たちが待っているドアのほうへと向かった。ふたりは正反対の表情を浮かべていた（ビリィはうれしそうで、ビリーはまったくうれしそうではなかった）。ミッチはわたしたち三人をSUVまで連れていった。わたしはドアをあけてビリーを乗せ、ミッチも自分のほうのドアをあけ、ビリィを抱きあげてシートに坐らせた。ビリィはなにがおかしいのか、くすくす笑っていた。でもビリィはもともと、なんでもおかしがる子だ。わたしは助手席に乗りこみ、ミッチはからだを折り曲げるようにして運転席に坐った。

「みんなシートベルトは締めたか？」ミッチが後部座席に向かって訊いた。

「締めた！」ビリィが叫んだ。

「締めたわ」わたしは小声で言った。

「ブレイもブレントもデレクも、マーラおばさんにあなたみたいなさわり方はしないよ」ビリーはミッチの質問に答えず、明らかな非難を口にした。

「そうだ」ミッチは認めた。「シートベルトはしたか？」

返事がないので、わたしはからだをひねってビリーを見た。彼はわたしをにらみ返してきた。

ビリーは胸の前で腕を組み、険しい目をミッチのほうに向け、うなるように言った。

「したよ」

5

できればお願いなんてしたくなかった。ほんとうに。でも〈ローラズ〉にはウェイティングリストが置かれていた。待ち時間は十五分と書かれていたから、やはりお願いしなければならなかった。

ミッチは案内係のカウンターの前に立っていた。わたしはできるだけ彼に近づいていって、つま先立ちになり、彼の耳元でささやいた。「わたしがそとでビリーと話をするあいだ、ビリィを見ていてくれる?」

彼は案内係から目を離してこちらに顔を向けた。係の女性はいまにも飛びかかりたいと思っているような目で彼に見とれていた。たぶん世の中の女性の大部分は(わたしもふくめて)、そういう目つきで彼を見ているのだろう。わたしは彼とどこかに出かけたのはきょうが初めてだ。出かけたいとも思っていなかった多くの理由のうちのひとつがこれだった。彼は頭をさげてわたしと目を合わせた。わたしの顔をさっと見る。そしてうなずいた。

「お願いね」わたしはつぶやき、離れて、ビリィを見た。「ミッチといっしょにいて。ビリーとおばちゃんはちょっとそとに行ってくるから」

「うん」ビリィは素直にそう言って、ミッチのところまでスキップしていって、彼の手を握った。

ミッチの大きな力強いすてきな手が、一瞬もためらうことなく、ちいさな女の子の手を握る光景に、わたしの目は釘づけになった。そして顔をあげて彼の目を見たとき、なにか温かいものがわたしのなかに広がった。

彼がわたしの目を見つめると、その目にわたしが感じた温かいものが浮かんだ。それから頭を軽くドアのほうに動かし、やるべきことをしてくるようにと促した。

うなずき、彼の目から目を離して、温かさのことはもう考えないようにして、ビリーを見た。

「少し話さない？」わたしは言った。

ビリーはミッチをにらんでいた。にらんだまま、わたしのほうにやってきて、手を握った。ちょっとびっくりした。最近ビリーは手をつないでこなかったのに。彼はミッチから目を離し、正面入口へと続く通路を歩いていった。そとに出てからはわたしが先導してベンチのところに行った。わたしがベンチにのぼってその背に腰掛けると、ビリーものぼってきて隣に坐った。

「なにがあったの」わたしはそっと尋ねた。

「父さんはくされちんこだ」ビリーが言った。

わたしは目をつぶった。ほんとうのことだけど、九歳の子がこんなことを言うべきじゃない。友だちどうしのあいだで口が悪くなることはあるだろうけど、大人にたいして、さらりとこんなことを。ビリーの口の利き方はビルがちゃんと教えていないせいだ。じっさい、ビルはおもしろがってけしかけている。

「ビリー、お願い、わたしのために、その言葉はつかわないで」わたしは優しく言った。

「だってほんとにそうだ。マーラおばさんも知ってんだろ」ビリーは言い返した。彼の言うとおりだ。

「お父さんは今度はなにをしたの？」わたしは質問しながらビリーが目の前の道路を鋭く見つめていることに気づいた。あごがこわばっている。

「あいつをいつも家にあげてる。あの嫌なやつ。むかつく。ビリィのそばに近づけたくない。あいつビリィにものすごく優しくて、なんか変なんだ。キャンディーをあげたり、かわいいねって言ったり。気味が悪い」

ビリーはしばらく前から〝あいつ〟の話をしていた。勘のいい子だから、〝あいつ〟がだれであれ、いい人間ではないのはたしかだ。〝あいつ〟のビリィへの態度を聞いて、わたしは胃がぎゅっと締めつけられ、口のなかが酸っぱい味でいっぱいになった。

これもまた、ビルの家で起きていることにかんして、わたしがほんとうになにかしなければならないというしるしだった。

ビリーはさらに続けた。「それに食べ物がなかったんだ。それに父さんはつぶれてるし。それにうちにはお金がぜんぜんなくて、ぼくがなにか買ってくることもできなかった。ビリィがお腹をすかせていたんだ」彼はわたしを見た。「なにか食べないと」

「このあいだ会ったときに言ったでしょ。食べ物がなかったり、なにか必要なものがあったり、こわいことがあったりしたら、わたしに電話してって」

「うん、憶えてるよ。電話できればするけど、どの電話で？　父さんの携帯は充電が切れているし、料金を払っていないから、たとえ充電されていたとしても、つかえないよ。それにうちの電話は何カ月も前からとめられているし。おばさんも知ってるよね」

いけない。そうだった。家の電話のことは知っていたけど、ビルの携帯のことは初めて聞いた。

「隠しておけば――」わたしは言った。「あなたに携帯を買ってあげる」

ビリーが背筋を伸ばして、わたしの目をじっと見つめ、わたしは彼がこれから言うことへの心の準備をした。なぜならその顔に、いつもわたしに身構えさせる表情が浮かんでいたからだ。「マーラおばさん、父さんはぼくたちのものを盗むんだよ。先月のビリィの誕生日におばさんがくれた金のロケットを憶えている？」

嘘でしょ。

ビリーはわたしの表情を読んでうなずいた。「もうないよ。おばさんに言いたくなかったんだ。きっとがっかりすると思ったから。でも、次の日にはもうなくなっていた。父さんはビリィに、なくしたんだろうと言って、ビリィは一時間くらい泣いていた。あのロケットをすごく気に入っていたんだ。自分の持ち物のなかでいちばんきれいなものだって言ってた」

たしかにあれは、ビリィの持ち物のなかでいちばんきれいなものだった。ビルは子供にまともな服さえ買ってやらない。ふたりが着ている服、それに靴は、半年以上前の新学期がはじまるとき、わたしが買ってあげたやつだ。それらはもう、ぜんぶ小さくなっている。

わたしは歯を食いしばって、目をそむけた。

「父さんが盗んだんだ」ビリーは言った。「くされちんこだから」

わたしはまたビリーを見た。「ビリー――」

ビリーはとつぜん、めずらしく怒りを爆発させ、握りしめた両手でひざを叩いた。

「そうだよ！」

心臓が激しく鼓動し、涙がこみあげてきたけど、目をぱちぱちさせてこらえた。手をあげて、彼の頭にそっと置いた。

わたしにはビリーの気持ちがよくわかった。痛いほどに。彼がどんな思いをしているか。わたしはもう長いことそんな思いをしていない。でも一度でもそんな思いをすれば、一生忘れることはない。

わたしはその思いを知っている。わたしのなかに生きているから。

ビリーを引き寄せて、身をかがめて、額と額をくっつけた。驚いたことに、彼は抗わなかった。それはたぶん、急に息遣いが荒くなって、それを整えるのに必死だったからだろう。

「ビリー、かわいそうに」わたしはささやいた。

「父さんが大っ嫌いなんだ、マーラおばさん」ビリーも小声で言った。息遣いが乱れ、なぜ息が荒くなっているのかわかった。泣きそうになっている。

「わかるわ」わたしはまたささやいた。

「大っ嫌いだ」ビリーは息を荒らげながら、静かに怒りをこめた声で言った。

ああもう。なんてこと。なんてことだろう。

自分がすべきことがわかった。

まったく！

「わたしがあなたのことを大好きなのは知ってるわね？」

ビリーが目をそらした。頭に置いていたわたしの手を押しのけて。わたしは引きとめなかったけど、彼の肩に腕を回してベンチの背をこちらに移動させて、からだの横と横をぴたりとくっつけた。驚いたことに、彼はこれにも抗わず、わたしにもたれかかってきた。

「知ってるよ」ビリーが答えた。

「それにわたしがビリィのことを愛してることも？」

ビリーは答えなかった。ふたたび道路に目をやって、無言でうなずいた。

わたしも道路を見て、決心した。

「どうするのがいいのか、まだよくわからないのよ」そっと言って、腕に力をこめた。

「でも考えるから。約束する。信用してくれる？」

ビリーを見ると、またうなずいた。

「少し時間がかかるから待っててね。そのあいだにあなたに携帯を買ってあげる。あした仕事が終わったらスーパーマーケットに行って、食べ物を買って、届けるから。それに非常用のお金も渡しておく。電話とお金のいい隠し場所を見つけて。でももしお父さんにとられたら、気にしないで。いい？　次に会ったときに教えてくれたら、また買えばいいから。わかった？」

ビリーはうなずき、小さな声で言った。「うん、わかった」

「ミッチは刑事さんよ。彼に相談して、わたしになにができるか、訊いてみる」

ビリーはがばっと顔をあげ、わたしを見て、ミッチと知り合ってからの短時間で初めて、その目に好意が浮かんだ。

「あいつおまわりなの？」

わたしはうなずいた。「その……彼はわたしがどこに行ったらいいか教えてくれるはずよ」

「あいつぼくたちを助けてくれるかな？」ビリーが言い、その希望と悲しみとあきらめが入り交じった目を見て、わたしは胸が締めつけられるように感じた。わたしにイエスと言ってほしくてたまらないのに、ノーと言われると思いこんでいる。奇妙だし、気になるし、痛々しかった。

「それが彼の仕事よ」わたしは言った。「人々を助けたり、警備したり、安全にするのが仕事なの。彼はあなたとビリィを助けてくれるし、わたしがあなたたちを助けるのを手伝ってくれる。間違いなく」

わたしはビリーの肩をふたたびぎゅっと握った。彼の不安をやわらげるため、そして自分がミッチの手伝いを頼みたくないのを隠すためだ。ビリーとビリィには、ビルしかいない。ビルの妹も困った人で、アイオワで荒れた暮らしをしている。ビルの母親はたぶんわたしの母親よりイカレているし意地が悪い。彼女が育てたビルと妹はまともな人間にならなかった。ビリーとビリィをちゃんと育てられるはずがない。

わたししかいない。それならわたしがやらないと。

「きょうはおばさんちに泊まってもいい?」ビリーが尋ねた。

わたしは息を吸いこみ、うなずいた。

別のアパートメントに引っ越さないと。寝室が二つではなく、三つあるところ。いろいろなことが変わるだろう。

「でもあなたたちのうちに寄って着替えをとり、お父さんに断ってこないと」

「ぼくたちが出てきたのにも気づいてないよ」ビリーが言った。

それもたぶんほんとのことだろう。

「でもやっぱり行かないと」ビリーの顔が険しくなった。わたしは彼の肩に回した腕に力をこめてから放し、彼のからだの横にからだを軽くぶつけていって、にっこり笑いかけた。「少なくとも着替えをとりにいかないと。あしたもおなじ服で学校に行けないでしょ」

「きれいな服は一枚もないよ」ビリーが言った。

わたしは歯を食いしばった。

無理して笑顔になり、ビリーに言った。「さいわいうちには洗濯乾燥機があるわ」

「そうか」ビリーはつぶやき、笑顔になった。

わたしは彼を見る前に感じたけど、遅かった。彼の横でスキップしているビリィの手をまだ握ったまま、ミッチがわたしたちのすぐうしろに立っていた。ビリーとわたしはからだをひねった。見上げると、彼がわたしのポニーテールを横に払った。温かく力強いその手が、まるで当たり前のように親しげに首のうしろに置かれて、わたしは大きなショックを受けた。そのショックがすごくうれしかったけど、もっとこわくなった。

「テーブルの用意ができた」彼は言った。

「ブリトー！」ビリィが叫んだ。

「いいね」ビリーがつぶやき、ベンチから飛びおりてぐるっと回って駆けていった。

わたしはその場に固まっていた。ビリィが握っていた手を放して、兄といっしょに店のなかに駆けこんでいっても、ミッチの手は動かなかった。

「どうだった？」ミッチはわたしを見下ろして、尋ねた。

「あの子たちの親権をもつにはどうしたらいいか、調べないと」わたしの答えに、ミッチの目がきらりと光った。

「そんなにひどいのか？」彼はつぶやくように言った。

「朝からなにも食べていないそうよ。家にはなにも食べ物がなかった。父親はつぶれていた。お金をまったくもっていなかった。ふたりがわたしに電話できなかったのは、電話がなかったからよ。それにビルは、わたしがビリィの誕生日祝いにあげた金のロケットを、次の日に盗んだ」彼の目がまたきらりと光り、わたしのうなじをつつむ手に力が入った。わたしは続けた。「それによく訪ねてくる謎の男がいて、ビリーはその人を嫌っていて、ビリーによればその人はビリィに変な態度をとっているそうよ」

ミッチはわたしと目を合わせたまま、つぶやいた。「ファック」

わたしはうなずいて続けた。「ビリーは父親を嫌っている。すごく。どれくらいひどい状況なのかわからないけど、わたしにとっては、もうじゅうぶんひどい状況だわ」

ミッチの手がうなじから離れた。心ならずもがっかりした。でもそんなふうに思う必要はなかった。すぐに彼が身をかがめてベンチの背に置いた手に体重をかけ、からだと顔を近づけてきたからだ。

彼はまたわたしと目を合わせて、静かに尋ねた。「ぼくの手伝いが必要かい?」きた。これはわたしに必要な申し出だ。こわくてしかたがないけど、受けなければいけない。

「わたしは手続きをよく知らないけどあなたは知っている。わたしはあの子たちを愛しているから、この泥沼から引きあげてやりたい。だから答えはイエスよ。あなたが助言してくれるなら、なんでもありがたいわ」わたしは早口で答えた。答える勇気をなくしてしまう前に。

ミッチはわたしの目をじっと見つめていたが、その目の感じが変わった。具体的になにがかはわからないけど、それがなんであれ、わたしのからだの奥はきゅっとなった。

「ぼくは助言以上のことができるよ、マーラ」彼は依然として静かな声で言った。

「さっき言ったように、あなたがしてくれることはなんでも、ありがたいわ」

彼はわたしの顔全体を眺めて、また目を合わせて、言った。「きみはあの子たちを大切に思っている」

「あの子たちを愛しているの」

「親戚だから？」彼がつっこんだ質問をした。

「あの子たちがいい子だから」わたしはそう答えて、血のつながりだけではないと彼に伝えた。

「あの子たちはきみを慕っている」彼がそっと言った。

「わかってる」わたしもそっと言った。

「前から考えていたんだね」

「そうよ」わたしはささやくように言った。

彼は片手に体重をかけて前かがみになった姿勢のまま、もう片方の手でわたしの首の横をつつみ、親指であごを撫でた。「決断すれば勝ったも同然だよ、スイートハート」

わたしははっと息をのみ、唇を嚙んで目をとじた。次に目をあけたときは、彼を見なくてもいいように、目をそらした。

そうしたのは本音を言うためだった。「それがほんとうなら、なぜわたしは死ぬほど不安なの？」

「なぜなら険悪になるかもしれないから。人生ではどんな変化も不安なものだから。きみはリスクを疫病のようにおそれているのに、これは三人の人生に長期的な影響を与える大きなリスクだから。きみはばかじゃないからだ」

わたしはまた彼の目を見て言った。「はっきり言って、ミッチ。ほんとうのところを教えて」

彼はくすりと笑って、わたしの首をしっかりとつつんだ。「きみはだいじょうぶだよ、マーラ。あの子たちもだいじょうぶだ。だからこそ、やろうとしているんだろう。それを信じないと」

「そうね」わたしは目をそらした。

首を優しくつつまれ、また目を戻した。

「そうだ」彼がそっと言った。

彼の顔は真剣で、その目は温かかったが、これまでの隣人に向ける温かいまなざしとは少しちがい、深みが感じられた。もっと大切ななにか。まるでわたしを尊敬しているみたいに。わたしを誇らしいと思っているみたいに。

わたしは息をのみ、彼のまなざしの温かさはなにかほかのものに変わった。首にあてられた指に力がこめられ、彼の顔が近づいてくると同時に引き寄せられた。そのときビリィの声が聞こえた。「だめでしょ！　なにをしているの？　ブリトーの時間だよ！」

ミッチはゆっくりと目をつぶり、わたしの首にふれた指に力をこめた。

わたしはあわてて彼から離れ、ベンチから飛びおり、あんなことしたらだめだったと思いながら、（順調にいけば）もうすぐ法的にわたしの子供になるふたりに食べさせるため、ベンチを回った。

入口にたどりつく前に、ミッチに手を握られた。彼に手を握らせたままにしておくなんて、どうかしていた。でも店内に入り、ずっと手を握られていた。案内係のカウンターの前を通りすぎ、テーブルに行くまで、ずっと手を握られていた。第一に、力強い彼の手にしっかりと握られていて、振りほどくのが大変そうだったから。第二に、そしてこっちのほうが重要だけど、たったいま、三人の人生に長期的な影響を与える重大な決断をしたばかりで、気を失いそうなほどこわくて、しがみつく力強い手が必要だったから。

ミッチがおごってくれたコース料理のあとのできごとだった。

ビリーは少しずつミッチに打ち解け、ふたりはテーブルをはさんで指相撲をしていた。ビリーは笑っていて、そんな彼を見たのはほんとうに久しぶりだった。ミッチもほほえんでいたが、それは、ビリーがあまり笑っていなかったことを知っていて、いま彼が笑っているのをよろこんでいるような感じだった。

★

食事のあいだ、ミッチとわたしはブース席のベンチに、子供たちはテーブルをはさんで椅子に坐っていた。でも食べおわったいまは、ビリィは自分の席からこちらにやってきて、わたしにくっついてポニーテールをいじったり、女の子っぽいことを話しかけてきたりしていた。

ミッチが会計を頼み、それを待っているときに、年配の女性がわたしたちのテーブルにやってきた。

ミッチはふり向いて彼女のほうを見た。ビリーも。わたしも顔をそちらに向けた。ビリーはわたしのうしろから首を伸ばしてその女性を見た。

でもその人はわたしを見つめていた。

「おじゃましちゃってごめんなさいね、でもどうしてもお伝えしたくて。あなたのご家族はわたしがいままで見てきたなかで最高にすてきな家族だと」心臓がとまりそうになった。彼女はほほえんでビリーの髪を撫で、ビリーは口を大きくあけたまま彼女を見つめていた。それから女性はまたわたしを見た。「子供たちはたいてい不機嫌でしょう？　親はがみがみ言ったり、喧嘩したりで、子供はそこらを走りまわったりして。だから礼儀正しくて、幸せそうな、すてきな家族を見かけて、ついうれしくなってしまって」彼女はわたしにうなずきかけ、締めくくった。「この調子で子育てがんばってね」

「その……」わたしは口ごもった。

「ありがとうございます」ミッチの深みのある声が響いた。

女性はミッチ、ビリィ、ビリーにほほえみかけた。もう一度わたしにうなずきかけて、行ってしまった。

わたしはまばたきしながら彼女の背中を見送った。

「いい人ね！」ビリィがいかにもうれしそうな声をあげた。見ると、にこにこ笑っている。

「そうね、ビリィ、ほんとにいい人だわ」

「あたし、いままで一度も、すてきな家族のひとりだったことなかった」ビリィが言った。

わたしはビリィを見て、胸が締めつけられるように感じた。ふとミッチと目が合い、彼はわたしの肩に腕を回した。彼の脇に引き寄せられ、ビリィもわたしにくっついていたから、いっしょについてきた。

ミッチはわたしたちのほうに顔を寄せ、ビリィの顔の目の前に来て言った。「思いっきり楽しくやろう」

「わーい！」ビリィが叫んだ。

「しーっ、ビリィ、声が大きいわ」わたしは彼女に言った。

「静かに思いっきり楽しむなんてできないもの」ビリィが小声で、もっともな抗議をしてきた。

「一本取られたな、スイートハート」ミッチが言って、わたしの肩に回した腕に力をこめ、勘定書きをもってきたウエイトレスのほうを見た。

わたしは少し離れて、息を吸った。それから吐いた。それから数分間、わたしは、このテーブルにいっしょに坐っているビリー、ビリィ、ミッチが、わたしのすてきな家族だと想像してみた。わたしがもてなかった家族。ずっと欲しいと思っていた家族。

わたしのような人間にはもてるはずもない家族。
それからわたしたちは、レストランを出てビルのところに向かった。

6

目覚ましが鳴った。目をあけて見ると、いつもより一時間半早い時刻を差している。まばたきしながら時計を見つめ、そこで思いだした。

手を伸ばして音をとめ、注意してからだの向きを変えた。

隣にビリィが眠っていた。ベッドの上に手脚を広げて、右手でがっちりと小さなふわふわのピンク色のテディベアをつかんでいる。大の字になっているけど、まだ小さいから、それほどベッドの場所をとっていない。それに目覚ましの音がまるで聞こえていないようだ。

わたしはビリィのそばに寄って、その額にキスをして、ベッドからおり、バスルームへと向かった。頭のなかで、きのうのできごとが再生されていく。

簡単に言うと、ビルの家への訪問はうまくいかなかった。わたしが思っていたよりもずっとひどかった。というのも、ビルの家が思っていたよりもずっとひどい状況だったからだ。

うまくいかなかったのは、わたしがキレたからでも、わたしが子供たちの親権をとるつもりだと言ったらビルがキレたからでもなかった。たしかにビルはキレたけど、それはわたしが彼から子供たちを引きとると言ったからではなかった。

ミッチがキレたからだ。わたしはミッチに、ビルとビリーとビリィのことを知られたくなかった。わたしのことをどう思われるか、心配だったからだ。彼がキレたことで、自分の心配が正しかったことが証明されてしまった。

それでも、ミッチがキレたのには驚いた。彼のことをそれほどよく知っているわけじゃないけど、ひどく怒っていたところを見たことも、ひどく怒った声を聞いたこともある。それに怒っているときはいやなやつにもなるのも知っている。

でも、ビルの家があんなにひどいなんて、わたしは知らなかった。

ほんとうにひどかった。

わたしたちがビルの部屋に入っていくと、彼はラリってソファーに坐っていた。その目は生気がなく、からだはぐったりして、手足を自分で動かすこともできなかった。汚くてごちゃごちゃ物が載っているコーヒーテーブルの上に、蓋をあけたまま半分だけ残っているウオッカの瓶、麻薬をやるのに必要な道具が置かれていた。

わたしはショックで固まったまま、従兄を見つめた。こんなところを見たのは初めてだった。もちろん酔っぱらったところは見たことがある。めったにはないけど、子供の前で酔っぱらったところも見たことがある。昔は彼が麻薬でラリっていたところも見たことがあるし、たぶんいまでもやっているんだろうと思っていた。でもやっていると思っていたのは、マリファナだ。きのう彼がもっていたような道具を必要とする麻薬ではなく。あんなにラリっているのは見たことがないし、まして子供の前では一度もなかった。

ビルがわたしと子供たちにお酒を隠そうともしなかったのには腹が立った。親がいつもお酒を飲んで、酔っぱらってつぶれたり、騒いだり、おかしなことをしたり、意地悪くなったりするのを見て、子供がどんなにこわがり、不安に思うか、わたしは知っている。ビリーとビリィにそんな思いをさせたくない。でもそれは違法行為ではないし、わたしの知るかぎり、それほどひんぱんではないはずだ。

麻薬をやるのに必要な道具なんていままで見たことがなかった。一度も。

ビルがソファーに坐って麻薬で朦朧となり、子供たちがどこに行ったか心配もせず、子供たちを探しまわるわけでもなく、酒と麻薬で正体を失っているのを見て、むかっ腹が立った。

それに、今週わたしはビルのアパートメントを掃除した。二度も。それなのにいま、部屋はこの十年間一度として掃除も片付けもされたことがないような有様だった。いったいどうして、ほんの数日で、比較的きれいに片付いている状態からゴミ屋敷になるのか、さっぱりわからないけど、そういうこともあるらしい。目の前の部屋がその証拠だ。

でもそんなことを考えてはいられなかった。子供たちにはこんな状態を見せたくなかった。だからわたしは言った。「あなたたちは子供部屋に行ってなさい」

それを聞いたビリーは、父親をちらっと見て、〝九歳の子のミニ冷笑〟を浮かべて、言った。「こんなのたいしたことないよ、マーラおばさん。前にも見たことがある。正確に言うと、しょっちゅう」

この情報にわたしは一瞬固まり、ビリィのほうを見た。父親のそんな姿を見てもとくに動揺した様子はないが、まるで保護を求めるように兄にぴたりとくっついて立っている。ビリィが不安に思っていると感じさせるのは、足首をひねっていることと、小さな手で兄の手を握りしめていることだけだった。わたしは従兄のほうを向いたが、そのときミッチが、あごを固くこわばらせて、ビリーとビリィをじっと見つめているのに気づいた。

それからミッチもビルのほうを見て、わたしの背筋をぞっとさせるような声でうなるように言った。「家に食べ物もなく、子供たちがいなくなったというのに、自分はウオッカとヘロインか？」

ビルは目をぱちぱちさせてミッチを見上げ、それからわたしを見上げて、曲がった(でもかわいくはない)笑みを浮かべて、ろれつの回らない口で言った。「やあ、きれいなマーラのおでましか」

「ビル――」話しかけようとしたら、ミッチに遮られた。

「子供たちの荷物をまとめて」彼が言い、わたしはさっと彼を見た。その瞬間、彼がキレる寸前だとわかった。いまにも怒りを爆発させそうだった。あごだけでなく、顔全体がぴりぴりとこわばっていた。

「いま、なんて？」わたしは慎重に訊いた。

ミッチはジーンズのうしろのポケットに手をつっこんだが、その目はビルをにらんだままで、わたしに言った。「子供たちの荷物だ」

「ミッチ――」言いかけたわたしに、ミッチの鋭い視線が飛んできた。

「子供たちの荷物をまとめるんだ」彼はうなるように言った。「全部」

それから彼が電話を取りだし、わたしは、とつぜん狂暴な獣になった彼をなだめるべきかもしれないと思った。

「わたしがビルと話しているあいだに、あなたがあの子たちを手伝って――」と提案しかけたが、そのとき、ミッチがわたしのほうに身を寄せ、そのとき彼の自制心がぷつんと切れたのがわかった。彼は怒鳴った。「マーラ、荷物をまとめろ！」

わたしは彼の怒りにびっくりして、心臓がどきどきしはじめた。

これはわたしの現場で、わたしの苦労で、わたしの戦いで、ミッチはそれについてきてくれたのだと思っていた。でもそのとき、彼の逆鱗にふれてはっきりとわかった。わたしはこの状況を仕切れていないし、この先も主導権を握れる可能性はないのだと。一ミリも。

だからわたしは小声で答えた。「わかったわ、ミッチ」

彼は鋭く荒っぽい動きで電話に打ちこみ、全身を緊張させていた。そうでもしないと、自分のからだがなにをしても責任をとれないという感じだ。

ミッチはさらに電話を操作し、ビルが顔をしかめて言った。「ようあんた、静かにしてくれよ。いったいなんだっていうんだ？」

「口を閉じてろ」ミッチは硬い表情で、電話を見つめたまま、歯ぎしりしながら言った。

ビルがわたしを見た。「こいつはどこのだれで、いったいなにが問題なんだよ？」

「いま現在、ぼくがおまえの問題だよ、このろくでなし」ミッチが咬みつくように言って、ビルをにらみつけた。

わたしはビリーとビリィを見た。ビリィは目を丸くしている。ビリーは笑いを噛みころしている。

まずいわ。

やっぱりわたしが主導権を握るべきかもしれない。

「ミッチ」わたしは彼のそばに寄った。「あなたが――」

またわたしは最後まで言えなかった。彼の目に射すくめられ、こわいささやき声で訊かれたから。「さっき、どうしろと言った？」

わたしはその場にとまって、彼を見上げた。よくわかった、主導権を握っているのは彼だ。

うなずいて、子供たちのほうを見た。「さあさあ、荷物をまとめましょう」子供たちのところに行く。「おいで、行くわよ」

ビリーがわたしに、にやりと笑って、妹の手を引いて廊下をついてきた。ふたりはひとつの部屋を共有している。年齢を考えると、とりあえずはそれでもいいけど、ほんとはあまりよくない。ビリーにはそろそろ自分だけのスペースが必要になってくる。それに兄と妹がいっしょの部屋で寝るのが不適切な年ごろはすぐそこだ。

うちのアパートメント内にある、寝室三つのタウンハウスの家賃はどれくらいだろうと考えながら、旅行鞄かバッグを探した。でも探しても無駄だとわかっていた。案の定、そんなものはなかった。この家にはゴミ袋さえなかった。わたしは何度もこの部屋を片付けるたびに、その事実に気がついた。次来るときには何枚か買ってもってこようと思うのに、まぬけなわたしはいつも忘れてしまう。

プラスチックのレジ袋がたくさんあった（ビルは明らかに環境に優しい人間じゃない）。その袋にビリーとビリィのあまり多くはない衣服と靴とおもちゃを詰めおわったとき、このうちには石鹸もシャンプーもないのに気づいた。わたしは今夜することのリストに、〝石鹸とシャンプーを買うために店に寄ること〟を加えた。それから袋をもって居間に行くと、警察官がふたりいた。

「おまわりを連れてきやがって！」わたしと子供たちが居間に入ると、ビルが怒鳴った。麻薬による無気力はもう終わったらしい。いらいらしてぎくしゃくと部屋のなかを行ったり来たりしながら、警察官とわたしをじろじろ見た。

「ビル――」わたしは言いかけた。

「マーラ」ミッチに呼ばれて、わたしは彼のほうを見た。彼は鍵束を差しだしていた。「荷物を車に積んで」

「でも――」

「おまわりをここに連れてくるなんて、信じられねえよ！」ビルが叫んだ。立ってはいるけど、からだの動きは本調子ではなく、ぎこちなく動きまわっているだけだ。それほど危険ではない、とわたしは判断した。ビルは酔っぱらってラリっているし、部屋には三人の警察官がいるのだから。

「ここはぼくにまかせて」ミッチがわたしに言った。「荷物を車に積むんだ」

わたしは制服警官たちを、そしてミッチを見た。これはよくない。ビルはばかだけど、わたしの従兄だし、子供たちの父親でもある。少しはいいところがあるはずだ。どこかに。わたしが現実に目をそむけるのをやめて、彼のいいところを引きだしてあげられたら、きっと立ち直るはずだ。昔ふたりで、大人になったらどんなふうになりたいか語りあったことや、いい人生を送るためにどうすればいいのか考えたことを思いださせてあげる必要がある。ビルが落ち着くまで、ビリーとビリィを安全に預かってあげればいい。でも、その計画は、ビルがわたしのせいで留置所に入れられてしまったらおしまいだ。

「思ったんだけど――」わたしはミッチに話しかけた。

彼は目を細めて、鋭い口調で言った。「ベイビー、いいから荷物を車に積め」

制服警官のふたりが、異様なほど興味津々でわたしを見ていた。でもわたしはまたミッチの怒りにふれ、動けなくなってしまった。そのときビリーが前に出て、平然とミッチの鍵束を受けとり、服と靴の詰まった袋を四つもってドアのほうへと向かった。

ビリィも兄についていった。

まただ。主導権を握れなかった。

もう。

わたしはビルをちらっと見て、ビリィのあとを追った。

一度みんなで運んでから、わたしは子供たちに車で待っているように言って、残りを取りにいった。ドアをあけて入っていくと、ビルがわめき散らし、激しく暴れ、警察官に抵抗していた。そのあいだミッチは電話を耳にあて、腰に手をやって、ビルをにらんでいた。わたしは小走りに家のなかを探して、さらにレジ袋を見つけた。

三度目に戻ったとき、ミッチが電話で話しているのが聞こえた。「ちょっと待ってくれ」そしてわたしを呼んだ。「マーラ」わたしがふり向くと、彼は頭をちょっとさげてわたしがもっているバッグを指し示し、「それで全部か?」と訊いた。

わたしはうなずいた。

「もうこっちに来るな」彼は言った。「子供たちといっしょに車のなかで待っててくれ」

「わかったわ」わたしは小さな声で言った。

「このくそビッチ！」ビルがわたしに怒鳴った。見ないようにしていたけど、見ないわけにはいかなかった。ビルは手錠をはめられてソファーに坐り、ぎこちない動きで跳ねていた。憎々しげな目つきでわたしをにらんでいる。「くそビッチ！」

「マーラ、車で待ってろ」ミッチが言った。

「信じられねえよ、おれをこんな目に遭わせやがって！」ビルが叫んだ。「身内だろ。血がつながってるんだぞ。くそ！」

「車に行くんだ、マーラ、いますぐ」ミッチが言った。

「ふざけんな、マーラ！」ビルが罵った。「憶えてろよ！　この恨みは忘れないからな、ビッチ！」

わたしはビルを見て、説明しようとした。「ビル、あの子たちは一日中なにも食べていなかったのよ」

「知るか！」ビルは叫んだ。

「マーラ、車に」ミッチが命令したけど、無視した。

「あなたも心のどこかでは、あの子たちがかわいそうだと思っているはずよ。自分があの子たちにどんな思いをさせているかもわかっている。そんな思いをさせたくないとも思っているはず」わたしはそっと従兄に語りかけた。

「くそ食らえ！　くそ食らえ！　くそ食らえ！」ビルは大声でわたしに怒鳴った。

「子供たちが何時間もいなかったのに、ようやく帰ってきても、あの子たちのことを見ようともしなかったじゃない。いまも、あの子たちについて訊こうともしない」わたしが言うと、ビルはしかめっつらになった。

ミッチがわたしのほうに歩いてきた。「マーラ」

わたしは彼を、そして従兄を見た。ビルはわたしをにらみつけ、あまりの怒りで、わたしが言ったことはなにひとつ聞こえていないようだった。わたしはうなずいて、ドアへと向かった。

ドアを出たところで、ビルの叫び声が聞こえてきた。「後悔させてやるからな、ビッチ！　憶えてろよ！　くそったれキリストに誓って、ぜったいに後悔させてやる！」

わたしは目をぎゅっとつぶって、早足でミッチの車のところに行った。ほとんど見えなくてもたどりつけたのはラッキーだった。

ミッチがそとに出てきて、警察官たちがビルを連行し、わたしたちは出発した。

「みんなだいじょうぶか?」シュペーア大通りまで来たとき、ミッチが静まりかえった車内に向かって言った。

「まあね」ビリーが笑っているような声で答えたので、わたしは少し気分が軽くなった。

「あたしもだいじょうぶ」ビリィが自信なさそうに答えて、軽くなった気分がまた重くなった。

わたしは横のウインドウのそとを眺めた。わたしはいくつもの理由で死ぬほどおびえていた。これからいったいどうすればいいんだろう?

「マーラ?」ミッチが呼びかけた。

わたしは窓のそとを見たまま、自分の恐怖のことしか考えていなかった。

ミッチの手がひざをつつみ、ぎゅっと力をこめた。「スイートハート?」

「だいじょうぶよ」窓に向かって嘘をついた。

家に着いて、ミッチとビリーが車から荷物をおろし、ビリィとわたし（おもにわたし）は、洗濯機を回す前に、濃い色物、淡い色物、白い物を分けた。

荷物をすべて運びおわってから、わたしは言った。「ビリー、あなたは客間に寝るのよ。あとでフトンを出しておくから。ビリィ、あなたはわたしといっしょ」

「やったあ！」ビリィが歓声をあげた。例のテフロンの要塞が彼女の周りをがっちりと取り囲み、もうこわかったり、不安だったりしていない。人生はふたたびすばらしいものになった。お泊まりでわくわくしている。ビリィはいつもマーラおばちゃんの家に来るのが好きだった。

わたしはミッチのことを無視していた。普段からミッチのことはこわかったけど、ビルの部屋での彼のふるまいは普段以上にこわかった。だから言葉を続けた。

「寝る準備をする前に、ドラッグストアに行かないと」そこでミッチのほうを見た。なんとか礼儀正しく、彼がみずから任じた仕事から解任してあげるために、彼の肩のあたりを見ながら言った。「いろいろとありがとう。その……あした話しましょう？」

「ドラッグストアでなにを買うんだ？」ミッチに訊かれて、はっと彼の目を見た。

「わたしたちはもうだいじょうぶ」わたしは言った。「あした寄ってくることに――」

「きみたちがだいじょうぶかどうかを訊いたんじゃない。ドラッグストアでなにを買うのかって訊いたんだ」

「え……」わたしはもごもご言った。

廊下の入口にいたミッチは、廊下のなかほど、洗濯乾燥機の前に立っているわたしのところにやってきた。彼がそうするのを、わたしの横にいるビリィも、ミッチといっしょに廊下の入口に立っていたビリーも見ていた。

ミッチはわたしのところまでやってくると、すごくそばに立った。わたしは首をそらして彼を見上げ、彼はあごを下げてわたしを見た。そしてそっと言った。「マーラ、スイートハート、ぼくはドラッグストアでなにを買うのか訊いたんだ」

「子供用のシャンプーよ」わたしはささやくように言った。彼がこんなに近くにいたら、それがせいいっぱいだった。

「そうか」彼も小さな声で言うと、ぱっとふり向いて、問いかけた。「ぼくといっしょにドラッグストアに行く人は？」

わたしは目をぱちくりとして彼の背中を見つめた。

「あたし！」ビリィが言って、彼のほうにスキップしていった。

「ぼくも」ビリーが言って、ミッチの隣に並んだ。

子供たちはドアから飛びだして、駐車場がある左に曲がった。ミッチはドアのところでふり向き、わたしににっこり笑いかけた。そしていなくなった。

わたしは廊下で、子供服の洗濯物の山に囲まれて立ちつくし、みんなが行ってからしばらくドアを見つめていた。

一時間以上たってみんなが帰ってきたときには、わたしはフトンを出してシーツをかけ、ビリーがつかえるようにしておいた。最初に洗った分は乾燥機のなかで、二回目の分は洗濯機のなかで、それぞれ回っている。

近くのドラッグストアまでは五分もかからないから、みんなが帰ってくるまで、わたしは心配していた。台所で食料品の在庫を確認した。ビルが手錠をかけられて警官ふたりに連行されたということは、子供たちはしばらくあの部屋には帰れない。子供たちの食べ物が必要だ。

ミッチと子供たちが帰ってきたとき、なぜこんなに長くかかったのかは明白だった。ふたりはそれぞれ、〈ターゲット〉と書かれたレジ袋を手にさげていた。ミッチは袋を四つと、おまけに真新しいブースターシートを運んできた。

ミッチは玄関ドアの横の壁際にブースターシートをおろした。わたしは子供たちのほうを見た。ふたりはソファーに突進して、自分たちのレジ袋を置いた。それを見てから、視線をミッチに戻した。

「シャンプーにしてはずいぶんたくさんね」そう言いながら、からだの奥がきゅっとなるあの昂りを覚えていた。たぶんそれは、〈ターゲット〉のレジ袋、ブースターシート、子供たちといっしょに帰ってきたミッチの温かい表情のせいだった。

「見て、マーラおばちゃん！　見て、見て、見て！」ビリィが叫び、レジ袋のなかをがさがさとひっかきまわした。お目あてのものを見つけて、こちらを見る。両手を高くあげる。その手にもっているプラスチックのなにかから、ものすごくガーリーなヘアゴムがぶらさがっている。どうやらプラスチックは蝶々のようだ。片手にそれを、もう片方の手にはおなじくらいガーリーなバレッタを握りしめている。バレッタのほうはハートと星つきで。「ミッチが蝶々を買ってくれたの！」ビリィは金切り声をあげた。

超セクシーで、超ゴージャスで、超マッチョなミッチ・ローソン刑事がガーリーな髪留めを買うところを想像して、わたしはあいた口がふさがらなかった。超セクシーで、超ゴージャスで、超マッチョなミッチ・ローソン刑事を見ると、彼はレジ袋を朝食用カウンターに置いたところだった。

彼がこちらを向く前に、なんとかショックを隠した。

「シャンプーも買ってくれたんでしょうね」彼に言った。

彼は目に笑みを浮かべて、なにか言おうと口を開いたが、そのときビリィが髪留めを放りだして、また袋のなかをごそごそやりはじめた。ひとつひとつ取りだすたびに、わたしに説明してくれた。「ミッチはあたしには女の子用シャンプーを、ビリーには男の子用シャンプーを買ってくれたの。それからビリーに新しいジーンズと、あたしにジーンズのスカートを買ってくれて、スカートは下のところにピンクのひらひらがついてるの！」ビリィは興奮して叫び、さらに続けた。「お花がついてるピンク色のTシャツといっしょに着るの」彼女はTシャツを出して、わたしのほうを見ると、斜めにからだの前にあててみせ、曲がった笑顔を見せた。「かわいいでしょ？」

かわいかった。すごく似合っていた。それに、女の子用シャンプーと男の子用シャンプーがあるなんて、わたしは知らなかった。シャンプーはシャンプーだ。ちがうの？

わたしはミッチに視線を戻した。彼は居間と台所を分けているカウンターにもたれ、にこにことビリィを見つめていた。

どうしよう。

「すごくかわいいわ」わたしが言うと、ビリィはTシャツを肌に移植せんばかりにぴたりと押しつけ、身を乗りだして言った。「そうだと思った！」そしてまた、袋のほうを向いた。

状況を整理しようと思って、わたしは子供たちに言った。「さあ、お片付けして。

ビリー、自分のものを自分の部屋にもっていって、ビリィが買った物をわたしの部屋に運ぶのを手伝ってあげて。バスルームに置くものは、バスルームに置いて。わかった？」

「わかったよ、マーラおばさん」ビリーは言って、妹のほうを見た。「行こう」

バッグをがさがさいわせながらの、部屋から部屋への駆けっこがはじまった。それは気にしないことにした。ミッチにたいして、はっきり言っておくことがあったからだ。

彼はわたしのほうを見て、朝食用カウンターにひじをつき、わたしと目の高さを合わせた。わたしはその優しそうな茶色の目にうっとりと見とれ、なにをはっきり言っておくのか、忘れてしまった。

「これは食料品だ」彼は頭をかすかに振ってレジ袋を示した。「子供たちが、なにを買い置きしておいてほしいか教えてくれた。それと必要だと思うものを買ってきた」

「ミッチ——」

彼は話を続けた。「コロラド州法では、八歳以下の子供はブースターシートをつかわせることになっている」彼は頭をかしげてうしろを示した。「あれはビリィのだ。ぼくの車用にもうひとつ買った」

ぼくの車用にもうひとつ？

問い返すひまもなく、ミッチはさらに言った。「きみの電話番号を教えてくれ。それにきみの電話にもぼくの番号を入れておくから、電話をとってきて」

「ミッチ――」

彼は電話を取りだし、わたしの言葉を遮った。「電話を、マーラ」

「ミッチ――」

「電話だ」

「ミッチ！」

とつぜん彼の長い腕が伸びてきたと思った瞬間、手首をつかんでひっぱられた。彼がもたれていた朝食用カウンターのほうに身を乗りだす姿勢になった。彼は手首から手を滑らせ、わたしの手を握った。

「スイートハート、電話をもってくるんだ」

わたしは息をのんで、小さな声で言った。「あの……いろいろしてくれて、ほんとにありがたいと思っているわ、でも、その――」

「電話だ」

「ミッチ、ありがたいと思っているけど、これはあなたの問題じゃないわ。子供たちの物を買ってくれるのも——」

「マーラ、電話だ」

手をひっこめようとしたら、よけいにぎゅっと握られた。だからあきらめて、小さな声で言った。「申し訳なくて——」

彼は朝食用カウンターを回ってきた。わたしの手を握ったままだったので、彼の動きに合わせてわたしの腕も回った。とつぜん彼がすぐそばにいて、わたしたちがつないだ手は彼の胸の前に、彼の反対の手はわたしのウエストに回されていた。つまり彼のからだはわたしに押しつけられ、わたしのからだは彼に押しつけられ、わたしたちの顔はすごく近かった。

「マーラ、ベイビー、いいから……電話を……もってこい」彼が優しく命令した。

「わかった」わたしもそっと答えた。だって、それ以外、どうすることができるの？

彼が放してくれた。わたしは電話をもってきた。彼が自分の電話にわたしの番号を入れ、わたしの電話に自分の番号を入れた。それが終わると、子供たちに帰るからと声をかけた。子供たちはアパートメントのどこからか走ってきて、挨拶した。彼はビリィを抱きあげて彼女のほっぺたにキスして、くすくす笑わせた。ビリーとはまじめに握手して、ビリーは胸を張り、背筋を伸ばしていた。

それからドアをあけて、わたしを見て、子供たちに言った。「またあしたな」

あした？

質問する前に、ドアがしまっていた。

「あたしミッチ大好き！」ビリィが言った。「いい人だし、蝶々とお花を買ってくれたもん！」

わたしもミッチが大好きだった。じっさい、彼にはケツの穴に頭をつっこんでいると思われているのに、ふたたび彼への片思いが復活していた。

彼はただのいい人じゃなかった。ほんとに、とんでもなくすてきな人だった。

困った。

その夜は、服を洗濯して畳むこと、そして子供たちを落ち着かせることに費やされた。ミッチがビリーに買ったのは、ジーンズだけじゃなかった。ジーンズ三本とTシャツと野球のミット。それにビリィのお花のついたTシャツとかわいいピンクのひらひらのついたデニム地のスカートは、ミッチが買ってくれた三通りの組み合わせのうちの、いちばんのお気に入りということだった。それがいちばんお気に入りなのは、いちばんかわいくてガーリーだからだけど、ほかもいい勝負だった。さらにガーリーな髪留めがふたつ、小さくてピンク色のふわふわなテディベアもあった。

もう完全に、片思い復活。

まったく。

その夜はなかなか寝つけなかった。ひとりでベッドを占領して眠るのに慣れているせいもあるけど、この一日のできごとと、ミッチ・ローソン刑事とのやりとりのすべてが頭のなかでダンスしていたからだ。そうしたことと、ビルにすごまれたことが交互に頭に浮かび、そのどちらもわたしの心の平安にはよくなかった。

ようやく、眠りに落ちた。そして目が覚めた。

わたしはバスルームで用を済ませてから台所に行き、コーヒーを淹れ、シャワーを浴び、シャワー後のお手入れを済ませた。ビリーを起こしてシャワーを浴びさせ、そのあいだにメークした。それからビリィを起こし、わたしの寝室のバスルームでシャワーを浴びるのを見守りながら、髪を乾かした。ビリィが新しい服のなかからいちばんのお気に入りを着たあとでやっぱりこれじゃないと言いだし、ひと悶着あった。それからビリィはまた気が変わって、また着替えなければならなかった。

ようやくその問題を解決して、わたしは台所に、子供たちはテーブルをはさんでスツールに腰掛け、その前にはミルクのグラスが置かれていた。わたしはそこまでで死ぬほど飲みたくなっていたコーヒーをようやく口にしながら、朝食はなにを食べたいかと子供たちに尋ねた。ミッチが朝食用の食料品も買ってきてくれたから、パンケーキミックスと卵とパンと、ジャムが三種類あった。

話しながらリビングに目をやった。そこには畳んで重ねた子供服が、すべての平らな面を埋め尽くさんばかりに並んでいる。すでにチェックした感じでは、そのほとんどがくたびれたり染みがついていたりして、わざわざ洗濯するまでもなく、捨てたほうがいいような代物だった。その光景を眺めながら、自分が異様なほど几帳面でいられて、部屋のなかをきちんと管理することによって幾ばくかの心の平穏を得ていたのは、すでに過去のことなんだと考えていたとき、ドアがノックされる音がした。

わたしは目をぱちくりさせてドアを見つめた。頭が働かなかった。自分の未来について、子供たちの未来について、ビルの脅しについて、どうやって三人分の衣食住をまかなっていくのかということについて、死ぬほどおびえていたから。もちろん、ミッチ・ローソン刑事全般のことについても。だからこんな朝早いノックにすっかり面食らっていた。

ビリィは面食らっていなかった。スツールから飛びおりると、叫びながらドアへと駆けよった。「あたしが出る！」

「ビリィ、だめ」わたしはコーヒーカップを手にもったまま、あわてて台所から出た。

「のぞき穴からだれだか見てみるから、待ってて」

ビリィはドアの取っ手を必死になってあっちこっちにねじっては、そとにいるだれかを全力で歓迎しようとしている。でもドアはロックされ、チェーンもかかっているので、彼女の努力は報われなかった。

のぞき穴をのぞくと、ミッチが見えた。

どうしよう。

髪がまだ少し濡れていて、乾きかかった毛先が耳の周りや襟足でカールしている。ライトブルーのシャンブレーのシャツと濃いオリーヴ色のしゃれたジャケットという服装で、これから仕事に出かけるのだとわかった。これがミッチ・ローソン刑事の仕事着なのだ。

すてきすぎる。

「だれ？」ビリィが尋ねる。

「ミッチよ」わたしは小さな声で言いながら、ビリィをそっと脇にどかせてドアの鍵をあけた。

「わぁい！」ビリィは声をあげ、ドアに向かって叫んだ。「おはよう、ミッチ！　あたしね、新しい服を着たのよ！」

わたしがドアを開けると、ほほえむどころか笑いだしそうになっているミッチ・ローソン刑事が立っていた。

からだの奥がきゅっとなる。

「おはよう」わたしは言い、ドア枠とドアの間に立ちふさがった。

「おはよう」彼はもう立っていなくて、わたしのほうに近づいてきた。

わたしが動かないのがわかると、彼はぎりぎりのところでわたしのお腹に手を伸ばした。そしてわたしをそっとなかに押しやり、いっしょに室内に入った。

「おはよう、ミッチ」カウンターのスツールに坐ったままのビリーが呼びかける。

「おはよう、ビリー」ミッチが応え、ドアをしめた。「ぼくは朝食を食べそこねたのかな?」彼が尋ね、わたしの息はとまった。

「まだよ!」ビリィが叫ぶ。「なにを食べるか、相談してたとこ!」

「卵にしよう」ミッチは全員を代表して決定し、わたしはその場に立ちつくして、彼が台所に入るのを眺めていた。さらにわたしがその場に立ったまま眺めていると、彼は台所で動きまわり、子供たちに話しかけ、自分のコーヒーを注ぎ、戸棚をあけしめして食料品をとりだし、なによりおそろしいことに、自分の家にいるようにくつろいでいた。

わたしはおぼつかない足取りで台所まで行き、カウンターの端のところで訊いてみた。「なにしているの？」

ミッチが卵とパンとボウルを取りだし、わたしのほうを見もしないで答えた。「朝食をつくってるんだよ」わたしは異議を唱えようと口をあけたけれど、彼はそのましゃべりつづけた。「手伝って、スイートハート。トーストを焼いてくれるかな」

わたしの口はまだあんぐりあいたままだ。言葉を発しようとしたとき、彼の美しい目がこちらを見て、息が喉に詰まった。

「きょうは何時に仕事に出かけるんだい？」ミッチが尋ねる。

わたしは目をぱちくりさせてから答えた。「今週は遅番だから、正午から九時まで……ねえ、ミッチ——」

「子供たちはぼくが学校へ送っていくよ」彼はわたしを遮ってそう言い、ボウルを見下ろして卵を割りはじめた。「署の連中に話しておく。きょうの午後はぼくがこの子たちを迎えにいって、母さんのところへ連れていく」

「母さん？」わたしが声にならない声で尋ねると、彼は卵の殻をシンクに投げいれ、わたしのほうを見た。

「ああ、ぼくの母だ。姉の店でパートとして働いている。ゆうべ電話しておいた。母は時間の融通が利くんだ。ぼくが学校にふたりを迎えにいって、母の家に送りとどけ、勤務が終わったら、ここで子供たちを見ながらきみが帰るのを待つ。合鍵を預かっておかないと」

わたしはごくりと喉を鳴らし、ささやくように言った。「合鍵？」

「合鍵」彼はうなずき、わたしの全身を見回してから、静かに言った。「ベイビー、トーストだ」

わたしはびくっとして、視線を子供たちのほうへ向けた。ふたりとも食いいるようにこちらを見つめている。わたしはパンを取りにいき、マグを置いてトースターを引きだし、壁から離した。

それからなんとか気持ちを鎮めて口を開いた。「ミッチ――」

「きみの職場のボスにも話しておいたほうがいい」彼は言う。

「それはわかってるわ。でもミッチ――」

「あと、友だちにも」彼はまたしてもわたしを遮った。「児童保護局はきみの知り合い全員に話を聞く。彼らに前もって知らせておいたほうがいい。それから学校送迎サービスを調べて手配し、放課後やきみが仕事の週末に子供たちを預ける場所を見つけておく必要がある。ぼくもできるかぎり協力する。母も協力すると言っている。ラタニアは週二十時間しか働いてないから、彼女も手を貸してくれるだろう。ブレイの労働時間はだいたいきみと似たようなもんだから、必要になればやつもきっと手伝ってくれる。だけどこれは当座しのぎだ。長期的には、きみは託児所やシッターを探さなきゃならない。ここまではいいかい？」

わぁ……。わたしよりもちゃんと考えてくれている。

「ええ……」わたしは口ごもった。

「児童保護局はここも調べにくる」ミッチは続けた。「ベッドが要るな。きみは担当者に話を聞かれて、里親研修を受けることになる。ぼくがここの不動産管理事務所に行って、小川をはさんだところにある家族用タウンハウスに空きがないか訊いてくるよ。子供たちにはもう少し広いところがいいが、預けながら働くことを考えると、友人たちの近くに住まないとな」

「ミッチ――」

彼はバターを溶かしたフライパンにかきまぜた卵を流しいれ、わたしのほうを見た。

「バターとジャムを頼むよ、ベイビー」

わたしは冷蔵庫のところに行った。そうしたのは、もし彼が、走る列車の前に身を投げろと言ったとしても、〝ベイビー〟という言葉をつけてくれたら、わたしはきっとそのとおりにしてしまうからだ。バターと三種類あるジャムの瓶すべてを子供たちの目の前のカウンターに置き、ミッチのほうを向いたところで、焼けたトーストが飛びだした。わたしはカウンターの奥に行って抽斗をあけ、ナイフを用意した。焼けたトーストを出して次のパンを入れ、トーストにバターを塗りはじめた。

「この話をするのは、子供たちが――」わたしは切りだした。

「この子たちに食べさせて学校へ送らないと」ミッチはまたしてもわたしを遮り、フライパンのなかの卵を動かしている。「正式に決まったら、ふたりを転校させることも考える必要がある。家から近い学校に通ったほうがいい」

「マーラおばちゃん、わたしたち、おばちゃんといっしょに住むの？」ビリィが少しとまどったような声で尋ねたので、わたしは彼女のほうを見た。

そこでわたしは口を引き結んだ。ビリィの顔も、少しとまどったようだったからだ。ビリィにはいつも明るく無邪気でいてほしい。

「そうよ、ビリィ、できればそうしたいと思ってるの。パパはいくつか片付けなきゃならない用事があるから」わたしは静かに言った。

ビリィが不安げなまなざしでわたしを見た。これはよくない。

「ぼくはいいと思う」ビリーが口をはさんだ。「マーラおばさんちはきれいだし、ブレイもブレントもデレクもラタニアもミッチも、みんなそばに住んでるし、いつも食べ物があるし」

ビリィは兄を眺めながら唇を嚙んだ。そして言った。「でも、パパのとこには、だれがいてあげるの？」

「そんなの知るかよ」ビリーが言い返し、わたしはカウンターのほうへ移動した。

「ビリィ」わたしが呼びかけると、彼女は心配そうな目をこちらに向けた。わたしはカウンターに前腕を突き、身をかがめた。「パパのことが心配なのはわかるけど、パパは大人だから、自分のことはちゃんと自分で考えるわ。でもあなたは子供でしょ。つまり、子供のうちは、だれかがあなたのことを心配して、面倒を見て、あなたがちゃんとお腹いっぱい食べられるように、きちんとシャンプーできるように、してあげる人が必要なの」わたしはつま先立ちになってさらに身を乗りだし、ビリィに顔を寄せて声を低めた。「わたしはあなたのことが大好きよ、ビリィ。だから、わたしがその人になりたいと思ってる。あなたたちにはいつも元気でいてほしいし、お腹を空かしてるんじゃないかなとか、服が汚れてないかなとか、心配していたくないの。それでね、わたしにとって、そういうことで心配しないで済むたったひとつの方法は、わたしが自分で、あなたたちの世話をすることなの。パパがちゃんとした生活ができるようになるかどうかは、そのうちわかるわ。それまで、わたしにその役目をさせてくれない？　どう？」

「でも、パパがひとりぼっちになっちゃう」ビリィが小さな声で言った。

「そうね、ビリィ」わたしはささやいた。「でも、わたしは、パパのことは助けてあげられない。パパが自分でがんばらないといけないの。わたしにできるのは、あなたたちの世話をすることだけ」わたしは手を伸ばし、ビリィの目の前のカウンターに置いた。「だからそうしたいの。あなたたちにここにいてほしい。ねえ、ビリィ、おばちゃんのところにいてくれる？」

「あたしにここにいてほしいの？」彼女は尋ねた。

「そうよ」

「ビリーも？」

「もちろん」わたしは答えた。

ビリィはしばらくわたしをじっと見てから、わたしのうしろのミッチに視線を移し、またわたしに戻した。「新しいシャンプー大好き。すごくいい香りがするもの」

わたしはにっこりした。「それって、いいってこと、ビリィ？」

「おばちゃんは、わたしたちがいないとさびしい？」彼女はひそひそ声で尋ねた。

「いっしょにいないと、あなたたちのことが心配でしかたなくなるの」わたしは答えた。「いっしょにいれば、もう心配しなくていいでしょ」

「おばちゃんを心配させるのはいやなの」ビリィはあいかわらずひそひそ声だ。「でも、パパも心配させたくないの」

「パパは心配なんてしないよ」ビリーが吐き捨てるように言い、ビリィがはっとしたように兄のほうを見た。

「おばちゃんのほうを見て」ビリィの唇が震えているので、わたしはすぐに呼んだ。ビリィがこちらを見た。「いますぐ決めなくてもいいわ。ミッチがつくってくれたスクランブルエッグを食べましょう。それから学校へ行って、そのあと考えればいい。どうするか決めたら、また話しましょう。それでいい？」

ビリィは息を吸い、うなずいた。「わかった」彼女はささやく。

「じゃ、そうしましょ、ベイビー」わたしはささやき返した。

ここでわたしは、背中にぬくもりを感じた。ミッチがわたしのうしろから手を伸ばし、ふわふわのスクランブルエッグとトーストを盛った二枚のお皿を、子供たちの目の前に置いた。お皿の隅には、フォークも載っている。それが済んでも、彼はまだそこを動かなかった。両手のこぶしを、わたしをはさむようにカウンターに置いたまま、からだを密着させている。

「さあ、食べて。さっさと出かけないとな」彼は命じた。

ビリィは食べ物を見下ろし、ビリーはカウンターに置かれたミッチの手を見下ろしている。わたしは背筋を伸ばし、横にずれようとした。するとミッチは、片手をカウンターからあげて、わたしのお腹に腕を巻きつけた。

「きみもトーストを食べるかい、スイートハート」彼が耳元で静かに言った。

いまはなにを食べても、吐いてしまいそうだった。それでもわたしはうなずいた。なぜなら、彼がわたしのトーストを焼いてくれるのだろうと思ったから。それに彼は、わたしを抱きしめたままでトーストのレバーを押しさげるのは無理だから。だからうなずいた。

その読みは当たった。ミッチはわたしから手を離し、背後でパンの袋のかさかさいう音が聞こえた。ビリーがわたしの顔を見ている。じっと見つめるその表情は、じっさいの年よりも五十は年老いて見えた。それから彼も食べはじめた。

ビリィのほうは、すでにがつがつ食べていた。食べながら、その気になりさえすれば好きなだけ塗ることができる多量のジャムをまじまじと眺めている。

わたしは学校送迎サービスや、児童保護局や、買わなければいけない新しいベッドや、いつごろ里親研修を受けられるだろうかということや、ミッチの〝母さん〟について考えていた。物思いにふけるあまり、ミッチがバターを塗ったトーストの皿をわたしのほうに突きつけるまで、彼が目の前にいることに気づかなかった。

わたしはトーストを見下ろし、ミッチを見上げた。目が合った瞬間、そろそろ主導権を握るべきときだとわかった。

トーストの皿を受けとり、カウンターに置いて、静かに尋ねた。「いま話せる?」

ミッチはわたしの顔をじっと見ている。その目に警戒するような表情が浮かぶのが見えた。そして彼はうなずいた。

わたしは彼の脇を通りぬけ、子供たちに言った。「すぐ戻ってくるから」そして玄関から通路へと出た。

ミッチもついてきて、玄関のドアをしめた。

わたしは息を吸い、勇気を振り絞って彼の目を見た。

「お願いだから、どういうことになっているのか説明してくれる?」わたしは頼んだ。

「マーラ、それはなかでもうしただろう」ミッチは相変わらず警戒するような目つきで答えた。

「いいえ、これからのことよ。ビルと、子供たちと、児童保護局のこと」

ミッチはわたしをじっと見つめていたが、やがてうなずき、答えてくれた。

「ビルは逮捕された。これから署に行けば、もっと詳しいことがわかるはずだ。児童保護局には連絡がいっている。子供たちの面倒をだれが見るかは、通常ならビルが決める。だが逮捕されたときの彼の状態を考えて、ぼくが代わりに決めた。保護局からきみに連絡が入るだろう。間を置かずにね。だれが里親としてふさわしいのかをビルが決められない場合、まあ今回は間違いなくそうだと思うんだが、彼らが判断を下すことになる。ビルが拘禁中は、子供たちはきみのもとに置かれる。ビルが出てくることになったら、きみは保護局にたいして、彼は父親として不適格であり、自分のほうが適任だと証明する必要がある。後者になった場合も、ぼくが見たところ問題はないだろう。親権を得るためには里親研修を受けなければならない」彼はここで語を切ってから、最後に言った。「いまのところは、まあこんなところだ」

わたしはうなずき、尋ねた。「ビルはなぜ逮捕されたの？」

ミッチは丸々一分わたしを眺めていた。その顔はたちまち、この女をどう判断したらいいのかという表情に変わった。それから答えた。「マーラ、彼は違法薬物を所持していた。ぼくは警察官だ。警察官というものは、だれかが違法なものをもっていたら、対処する。それもぼくらの仕事のうちなんだ」

たしかにそうだ。ああもう。わたしって、なんてまぬけなの？

でも、違法薬物の所持自体は、大量にもっていたりしなければ、そこまで重い罪にはならないし、わたしが見たかぎりでは、ビルはそんなにもってなかった。とはいえ、ビルはわたしの知るかぎりでは、すでに二回逮捕されている。一回目は地域での奉仕活動を命じられた。二回目はそれほどの量じゃなかったから、六カ月の服役を言い渡されて、三カ月で仮釈放になった。そのころはまだビリィは生まれていなくてビリーだけで、三カ月間、わたしが彼の面倒を見ていた。大変ではあったけど、なんとか乗りきった。考えてみたら、ビリーはまだよちよち歩きで、自分で着替えることもできなかった。いまはふたりともひとりでちゃんと服が着られるんだから、今回はそれほど大変じゃないのかもしれない。

だけど三回目の逮捕《スリー・ストライク》となるとちょっとまずそうだ。なのにわたしは、警察官を彼の家に連れていってしまった。

ああもう。

「そうね」わたしはつぶやいた。ミッチがわたしを間近に見ている。なんか気恥ずかしくなり、さっさと終わらせなければと気づいた。「訊いてもいいかしら。なぜあなたが学校の事務室に顔を出さなきゃいけないの？」

ミッチは少しとまどったように首をかしげてから答えた。「自己紹介しておくためだ。警官だと知らせ、事情を話して、子供たちの送迎をしたり、緊急の際に連絡したりする人間として、ぼくの名前をリストに載せてもらう」

「リストには、もうわたしの名前が載ってるわ」いちおう知らせておいた。

「そうだと思ったが、これからはぼくの名前も載せておく必要がある」ミッチが言う。

「どうして?」わたしは訊いた。

「どうして?」彼は訊き返した。

「そう、どうして?」わたしはくり返した。

ここで彼はかしげていた首をまっすぐにし、少し目を細めた。「ついさっき、なかで、ぼくと子供たちといっしょにいたんだろう?」

「あ……ええ」

「だったらわかるだろ」

わたしは首を振った。「いいえ、わからない」

彼はなんとか冷静さを保とうとするかのように息を吸ってから説明した。「きみがこの緊急事態に対処する態勢を整えるまで、ぼくと母が手を貸すからだ」

まさか。ミッチとお母さんがなんてありえない。彼のママもおそらく10・5で、

10・5は2・5を助けたりしない。それがマーラワールドの法則だ。

わたしは背筋を伸ばし、きっぱりと言った。「ご親切に、ありがとう。ほんとうにその……いろいろと……親切にしてくれて。でも、あとはわたしがなんとかするわ」

今回、彼の目はにらみつけるように細くなった。「あとはきみがなんとかする？」

「ええ」

「あとはきみがなんとかする？」信じられないと言いたげだ。

「うん……ええ」わたしはくり返した。

「きみは十二時から九時まで働いてるじゃないか」彼が指摘した。

たしかに今週はそうだ。もうひとつのシフトは、九時半から六時半で、大して変わらない。子供たちを引きとって面倒を見ることと、子供たちを養うためにベッドを売ること、どうやって両立すればいいのかはわからないけど、なにか考えてみよう。

「ええ、わかってるわ」わたしはミッチに言った。

「だったらぼくがわかるように説明してくれ。仕事に行かなきゃならないときは、どうやってなんとかするんだ？」彼は問いつめた。なんだか怒っているような顔だ。

「どうやっても」それ以上は言わなかった。礼儀正しく、でもこの話はもう終わりにして、自分とビリーとビリィの三人で次に進まないと。「ほんとうに、どうもありがとう。今回のことではとてもお世話になってしまって……その、子供たちのこととか、ほかにもいろいろと。でも、ここからはわたしひとりで平気だから」

「きみひとりで平気」彼がくり返した。おうむ返しにするのはやめてほしかった。なんだか不安になってくる。

「ええ」わたしは答えた。

ミッチはまたしげしげとわたしを見ている。そして彼は、我慢も限界の様子で言った。「きみはわかっていないよ、スイートハート。ぼくは手を貸すと言った、そしていま、手を貸している」

ああもう。彼がこんなにいい人じゃなければいいのに。

「ええ、わたしはそれはわかってるわ。でもわたしがいま言おうとしているのは、あなたはそんなこと……その、かかわり合いになるということ……をする必要がないってこと。わたしはだいじょうぶ。子供たちもだいじょうぶ。あとはわたしがなんとかするわ」

「マーラ、きみは独身で、マットレスを売ってフルタイムで働いている。それがとつぜん、子供ふたりを抱える身になった。きみひとりでなんとかできるわけがないだろう」

不安がだんだん怒りに変わった。腕組みをして、彼に宣言した。「わたしたちは完璧にだいじょうぶだから」

「助けがなければ無理だ」彼が言い返す。

「ミッチ、わたしがなんとかする」

「マーラ、逆立ちしたってできるわけがない」

ここでわたしはついにブチ切れた。両手をあげ、語気を強くして言った。「ったくもう！」身を乗りだす。「責任を感じなくていいようにしてあげてるのに！　あなたがおせっかいを焼く必要はないのよ、ミッチ。わたしたちはだいじょうぶ。だからもう行って……」わたしは言いよどみ、ミッチの部屋のドアを見てから、また彼に視線を戻して締めくくった。「すべきことをするなり、人生を楽しむなり、なんでも好きにして」

「責任を感じなくていいようにしてくれなんて頼んでない」

「そうね、いい人はそういうこと言わない。でも心のなかではそれを望んでいるのよ」わたしは答えた。

「ぼくがなにを望んでいるか、勝手に決めつけないでくれ。今回のことで、またよくわかったよ。ぼくがなにを望んでいるか、きみはまるでわかっていない」

「それならわたしの望みを言うわ。わたしの望みは、通路につったってあなたと言い争ったりしないことよ。考えなきゃならないことがごまんとあるのに。わたしの望みは、あなたがわたしの人生に首をつっこんできたりしないで、放っておいてくれることよ！」

怒りがあっという間に燃えあがったのは彼のほうもおなじで、むしろ彼のほうがよっぽど怒っているということには気づかなかった。ミッチがわたしのほうに身を乗りだし、険しい顔で目を光らせ、ほおの筋肉をぴくぴくさせているのを見て、ようやくわかった。

「やっぱり思ったとおりだ。きみはケツの穴にすっぽり頭をつっこんでる。だが問題は、いまやきみには面倒を見なきゃならない子供がふたりいて、頭をケツの穴につっこんだままよろよろと人生を歩みながら子供を育てるのは不可能だってことだ」

彼のこの言葉を聞いて、わたしは激怒レースで頭ひとつ飛びだし、こっちからも彼のほうへ身を乗りだした。

「わたしがケツの穴に頭をつっこんでるって言うのはやめて、ミッチ・ローソン刑事。ちゃんと現実を直視しているわ。いままでだってずっと直視して」

「きみにはなんにも見えてない」

「そんなこと言えるほど、わたしのこと知らないくせに」わたしは声を荒らげた。

「マーラ、ぼくはきみが思う以上にきみのことをよく知ってる。きみは現実が見えてないだけじゃない。なにもわかっちゃいない」

「わかってるわ！」わたしは語気を強めた。

ミッチは奥歯を嚙みしめ、わたしをまじまじと見ている。すると彼は、うしろに体重を移し、わたしの頭のてっぺんからつま先までを眺めまわしてからまたわたしの目を見た。

「その価値はあると思ったんだが」彼はまるでひとり言みたいにつぶやいた。「思い違いだった。そんな価値はなかった」

彼がなにを言っているのかはわかった。よーくわかった。ミッチがやっと理解してくれたことを、諸手をあげてよろこぶべきだ。にもかかわらず、心臓にナイフを突きたてられ、ねじられたように感じる。

わたしがその痛みにまだ慣れないうちに、ミッチは締めくくった。「きみがなんとかするって、ベイビー？ やってみるんだな」彼はここで背を向け、ゆっくりと通路を歩いていった。

彼が片手をさっとあげ、あごをあげて挨拶するのが見えた。ぞっとしてブレイダンとブレントの部屋のドアを見ると、ブレントがそこに立っていた。彼の目は、階段を小走りにおりていくミッチと、自室の前で息を荒らげて立ちつくしているわたしを交互に見くらべている。

「おはよう、ブレント」そう言った声が震え、目に溜まった涙もおなじように震えた。

「おい、だいじょうぶか?」ブレントが尋ねた。

「絶好調よ!」わたしは嘘をついた。明るい声で言おうして完全に失敗したので、ひっこむことにした。「じゃ、またね!」自分の部屋のほうを向いてドアをあけ、急いでなかに入った。

ビリーとビリィがわたしを見た。

「ミッチが学校に送っていけなくなっちゃったけど、わたしが送っていくから。学校が終わったら、お店で待っていればいいわ」ふたりに言った。「楽しそうじゃない?」

ビリィが両手をあげた。「やったぁ!」彼女が叫んだとき、その顔がぶどうジャムでベタベタになっているのに気づき、同時に、少なからぬ量がカウンターと彼女の手にもついているのに気づいた。

頭のなかにメモ——ビリィにジャムを与えて放置するべからず。

ビリーに目をやると、彼はドアのほうに目をやり、見つめながらなにか考えていた。

数秒後、わたしに目を戻したとき、その表情が険しくなった。

ビリーは言った。「うん、わかったよ。マーラおばさん」

わたしは目を閉じた。そしてため息をついた。そして子供たちをせかして残りの朝の日課をさせ、学校に送っていった。

7

わたしはミスター・ピアソンの社長室から窓のそとに目をやり、ベッドやマットレスが多数展示された広々した店内を眺めた。

子供たちと初めて一日過ごすことになったきのう、わたしはようやく気をとりなおして、ロベルタが休みだったのを思いだした。そこで彼女に電話して事情をひととおり話し（まあ、大部分は話して、ミッチにかんするところは除外しておいた）、手を貸してくれないかと頼むと、即答でＯＫしてくれた。それで昼の休憩時間に子供たちを学校へ迎えにいって、ふたりをロベルタの家まで送り、仕事が終わってから迎えにいった。

そしていま、ふたりは店内にいる。ビリィは幸いにもいつになくおとなしくて、接客中のロベルタにくっついている。ビリーは展示品のベッドに寝そべり、ロベルタが子供の暇つぶしにいいだろうと貸してくれたビデオゲームをしている。

きのう、わたしはミスター・ピアソンに自分の生活の変化について報告し、子供の問題が解決するまで、いろいろと大目に見てほしいと頼んだ。予想どおり、社長は同意してくれた。

「ずっとというわけにはいかないよ、マーラ。だが、子供たちとの生活が落ち着くまで、そっちを優先させなさい」彼は言い、そして尋ねた。「わたしと妻がなにか力になれることはあるかね？」

さすがミスター・ピアソン。いい人の鑑《かがみ》なのだ。

かくして、放課後の子供の預け先を見つけるまでということで、きょうは子供たちを店に連れてきた。まずは放課後保育の費用をどうやって捻出するかを考えなくてはならない。二カ所ほど問い合わせてみたけど、その費用は、わたしのようにとくに遅くまで預けなくてはならない場合には、ひとり分だけでも家計にかなりの打撃だった。ふたり分となると、壊滅的打撃だ。

わたしにはどんな不意の災難に襲われても対応できるようにとコツコツ蓄えてきた虎の子がある。その金額が五千ドルになったとき、わたしはそれを貯蓄口座に移し、次に〝いつかは自分の家をもってみせる、ぜったいに〟口座にお金を貯めはじめた。こっちも比較的順調に額が増えている。家を買えるにはまだほど遠いけれど、ばかにするほどの額でもない。

〈ピアソンズ・マットレス&ベッド〉はウェアハウス・ストアと呼ばれる倉庫のような大型店で、マットレスやベッド関連の商品ならなんでもそろう。寝室の家具もすべて備え、造りつけワードローブやベッド周りのユニット家具などを特注でつくってくれる職人を派遣することもできる。うちの店では、どんな人の予算にも対応できるように幅広い価格帯の商品を扱っている。わたし自身の仕事ぶりも悪くない。〈ピアソンズ〉に行けばいいものが見つかるし、店員も親切で感じがいいというのはよく知られていて、かなりの売り上げを誇っている。うちのお客さんたちは、商品を購入したあとも、ほかには例のない二時間刻みの時間指定で、希望どおりの時間に配達してもらえる。そっちの都合でいつ来るかわからないような配達の人を一日中待っている必要はない。ミスター・ピアソンは、彼自身が出演しているどのコマーシャルでも、これを保証している。この二時間刻みの配達指定のおかげで、競合他社の群れから一歩リードしているのだ。マットレスが届くのを日がな一日待っていたい人なんて、だれもいないのだから。

おかげでわたしはなかなかいい暮らしをさせてもらっている。いい車をもち、すてきな家具に囲まれ、きちんとした品質の服を着て、虎の子もマイホーム貯金もあるし、友だちを心底大よろこびさせるようなすばらしい誕生祝いやクリスマスプレゼントを買う余裕もある。

だからといって、贅沢はしない。ありえない。

でも、ビリーとビリィにはあまりにもつつましすぎる暮らしもさせたくない。けれど放課後の預け先を確保するだけでも、わたしたち三人はつつましい暮らしをすることになりそうで、それにかんして打つ手はなにも思いつかなかった。

もっとも、この子たちはだいぶ長いこと、つつましい暮らしどころかぎりぎりの暮らしをしてきた。わたしが子供たちに与える生活がどんなものでも、彼らが慣れているものにくらべればましになるはずだ。

「ベッドが必要だね」ミスター・ピアソンが背後で言い、わたしはふり向いた。

社長は、ヒールを履いたわたしよりも五センチは背が低く、とても痩せているうえに、白髪まじりの黒髪はあまり豊かとは言いがたいし、横とうしろは短く刈りつつ、残りは禿げている。ルックスに点数をつけるとすれば、3あたりだ。でも明るい性格や親切で寛大なところを加味すれば、トータルで8・75になる。

社長はデスクに着き、わたしにほほえみかけている。

「はい、児童保護局が金曜に来るので、その前にふたりの部屋をちゃんとしておかないといけないんです」

「そうだね」ミスター・ピアソンはうなずいた。「〈スプリング・デラックス〉のシングルを二枚もっていきなさい。卸売り価格を二割引きにして、そこから従業員割引の分もひいてあげよう」

わたしは口をあんぐりあけた。〈スプリング・デラックス〉のマットレスは、最高級品だ。マットレスの頂点に立つ商品なのだ。わたしも一台買ったが、とても気に入っている。ものすごく寝心地がいい。

けれど値段も高い。自分のを買ったときには三カ月そのための貯金をして、なおかつ全店大セールの期間中に買った。それができたのも、ミスター・ピアソンが全店大セールのときにも従業員割引がつかえるようにしてくれているからだ。

「あの――」わたしは口を開いた。

社長は顔の前で手を振った。「オーティスが注文しすぎたんだ。何カ月もぜんぜん動いてくれない〈スプリング・デラックス〉の在庫をかかえている。高価だからな。〈スプリング・デラックス〉といったって、みんなそうそう飛び《スプリング》つくものじゃない。たとえ売ってるのがきみでもね」社長はにんまりし、先を続けた。「なんであんなにたくさん注文したんだろう。わけがわからん」

わたしにもわからない。でもまあ、オーティスのすることだから。わたしの経験からいえば、だれにでも厄介な親戚がひとりはいるものだが、ミスター・ピアソンの場合はオーティスなのだ。社長がオーティスを倉庫で働かせているのは、彼の頭の回転があまり早いほうじゃないから、ほかのだれも二日以上雇いつづけてくれないからだ。なかなかいい人ではあるものの（と言っても、わたしはなんだか気持ちが悪いと感じていて、ロベルタも同感だと言う）とにかく、ちょっと鈍い。こういうことを言うべきじゃないのはわかってるけれど、ほんとうだからしかたない。

「あれが倉庫の場所をとっている。ほかのことにつかわなきゃならんスペースをね。だから買ってくれると助かるんだ」ミスター・ピアソンはそう締めくくった。

嘘ばっかり。そんなことしたら社長が損をするのに。ほんとにいい人。これもみんな親切心からなのだ。

「社長――」わたしは言いかけたものの、社長と目が合って口をつぐんだ。

「子供たちはいいベッドに寝かせてやらんとな」彼はしみじみと言った。

そのとおりだ。子供たちにはいいベッドが必要なのだ。

ああ、うちの社長は最高！

「うちの社長は最高です」わたしが口に出して言うと、彼はとろけるような笑みを浮かべた。満面の笑み。いつもの笑顔だ。社長は最高だし、社長の笑顔も最高。

「あしたは休みだね。配送の手配をしておこう」

「ありがとうございます」わたしは小声で言った。

「ミッチ！」ショールームのほうからビリィの金切り声が聞こえた。はっとして窓のほうをふり向くと、ビリィがベッドでできた迷路をミッチに向かって弾丸のように突進していくのが見えた。

ビリィは狙いをつけて、踏みきり、見事ターゲットに命中して、ミッチの腰に腕を回して力いっぱいハグした。

ミッチがビリィの髪の毛をなでるのが見えた。そしてわたしはミッチのすべてを眺め、まだ少し彼に恋しているのを情けないと思った。

いったいなにをしにきたの？

ミスター・ピアソンのほうに視線を戻した。社長もまた、窓のそとに目をやっている。ミッチを見ているにちがいない。

「あれは、その……お隣さんなんです。ちょっと話してきたほうがよさそうだわ」社長に言った。

社長は目に見えてびっくりして、わたしのほうを向いた。「お隣さん？」

「見て!」ビリィが叫ぶのが聞こえて、わたしはまた窓のほうを見た。「ミッチが買ってくれた服を着てるの!」ビリィはすでに彼から手を離して、着ているTシャツの裾をつかんで、彼に見せている。

ミッチがビリィにほほえみ、なにか言ったけれど、わたしには聞こえなかった。ビリィのように叫んでいないから。

彼の笑顔を見て、わたしはからだの奥がきゅっとなるのを感じた。

なんとか視線を引きはがし、ミスター・ピアソンに目を戻した。彼は立ちあがり、窓をじっと見ている。

「ええ、おなじアパートメントの人なんです。失礼しても……?」わたしが尋ねると、彼はわたしに目を戻し、それからまた窓のほうを見た。そしてわたしのほうを見た。ここで社長の目はわたしの全身をさっと一瞥した。

そして社長はにんまりした。これまでわたしが見たことのないようなにやついた顔で彼は言った。「お隣さんにも、ベッドは要らないか、忘れずに訊いてくれよ」

わたしはミッチ・ローソン刑事にベッドは要らないかなんて死んでも訊けないと思いつつ、うなずいて足早に社長室を出た。

ショールームに足を踏みいれた瞬間、ミッチがこちらを見た。ミッチがこちらを見た瞬間、わたしはビリーに視線を向けた。ビリーは相変わらずベッドに寝そべってビデオゲームを手にしているものの、その目はミッチのほうを向いていて、小さな顔の表情は険しかった。ビリーはミッチに飛びついていかなかったし、挨拶もしたかどうか、あやしかった。

わたしは反対側に首をめぐらせ、接客中のロベルタを見た。彼女は客に関心を払いながら、ミッチを眺めようとしている。彼女はすでにミッチの名は耳にしていて、いまこうしてハンサムな顔と、すてきな髪と、驚異の肉体と、颯爽たる着こなしを目にし、それを名前と結びつけた。ロベルタは明らかに客の言葉も耳に入らなくなっているようだ。

なんとかミッチに視線を戻したとき、ビリィがわたしのところへ走ってきて手をつかみ、ミッチのほうへひっぱりはじめた。「見て、マーラおばちゃん！ ミッチが来たの！」

「わかってるわ、ハニー」小声で言うあいだにも、わたしはどんどんミッチに近づいていく。

ビリィはわたしをひっぱりつづける。「ミッチが、わたしの服を見にきてくれるなんて、すごくない？」

「すごいわね」わたしが小声で応えたとき、わたしたちはミッチの前に来た。

「でしょう？」ビリィがうっとりと言う。

「やあマーラ」ミッチが挨拶代わりに言った。その顔はよそよそしく、笑みもなければ温かみもなかった。

なるほどね、彼も気づいたってことだ。10・5は2・5に温かさを振りまいたりしない。たいていの場合は見下すものだ。呼吸する空間を共有することはあるけれど、それはだれしも酸素が必要だからで、温かみはそうじゃない。

このあいだ刺さったきり抜く暇がなかったナイフが、また胸にねじこまれた。

「こんにちは、ミッチ」

「ふたりきりで話せる場所はあるかい？」

どういうことかと思いながら彼を見上げた。そしてここはひとまず彼の目的を聞きだし、さっさと追いかえすのが最善の策だと判断した。だからうなずいた。

「休憩室があるわ」そう言ってから、ビリィの前で身をかがめた。「いい子だからお兄ちゃんのところに行って、坐っててくれる？」ビリィがわたしを見上げてうなずき、わたしはつけ加えた。「ベッドに跳びのったり、ショールームを駆けまわったりしちゃだめよ。わたしが戻るまで、静かにお兄ちゃんといっしょに坐っててね。おばちゃんの頼みを聞いてくれる？」

「わかったわ、マーラおばちゃん」ビリィは小鳥のようにかわいく言って、ミッチに向かってにっこりしてから、ビリーのほうにスキップしていった。ビリーはあいかわらず険しい顔つきでミッチを眺めている。ビリィはベッドによじ登ると、お兄ちゃんの上に覆いかぶさった。

わたしの頼みを聞いてくれるつもりはないらしい。

ミッチに目を戻すと、彼はビリィを見ていた。「こちらにどうぞ」わたしがそう言うと、ミッチはビリィから視線を引きはがすようにして、わたしにうなずいた。

わたしは店の奥の廊下へ続くドアへと彼を連れていって、暗証番号を打ちこんでドアをあけた。奥の廊下をミッチを引き連れて歩き、休憩室へ彼を招きいれた。

わたしは明かりを点け、ミッチがドアをしめる。

もう優しそうに見えないし無表情だけど、あいかわらず美しい彼の目を見て、わたしは息をのんだ。

急ぐのよ。とにかくさっさと終わらせなきゃ。

「それでなんの用かしら？」わたしは尋ねた。

「問題があるんだ」

どうしよう……。

心の準備ができないでいるうちに、彼は先を続けた。

「きみが従兄はあらゆる種類の困ったやつだと言うなら、たぶん彼はぼくが知るあらゆる種類の困ったやつだろうと言ったのは、憶えているかい？」

出だしとしてはあんまりよくなさそうだ。

「ええ」わたしはとまどいつつ答えた。

「それが確定した。彼はぼくが知るあらゆる種類の困ったやつだった」

わたしはからだがこわばるのを感じた。彼の目をじっと見つめ、ささやいた。「なんてこと」

「まあ一言で言えばそういうことだ」

「詳しく話して」まだささやき声しか出てこない。

「ビリーは二日ほどひどい状態だった。ヤク抜きをしていたんだが、目もあてられない様子だった。ヘロイン中毒、覚せい剤中毒、アルコール中毒、それにおそらくほかにもなにかの中毒があった。おまけに自分でつかいながら売人もやってる。つかうのはかなりの腕前だが、売るのはからっきしだめだ。デンヴァーの供給元にはあまり人気じゃない。それはおもに、その半分をカモにして、残りの半分のツケを踏み倒してるからだろうな。彼はほかのいろんな連中にも金を借りているが、普通はぜったいに借りをつくりたくないような相手ばかりだ。彼は最近、情報を売るようになって、そのおかげでなおさら人気が落ちている。ただでさえ好感度が最低なのに。それだけじゃない。彼の家を捜索したとき、多量のヘロインとエクスタシーが出てきた。販売の意図があったということで起訴されるのにじゅうぶんな量だ。彼がただのろくでなしじゃなくて筋金入りのろくでなしだってことは、捜索で盗品が出てきたことからも明らかだ。警察では彼が自分で盗んだか、盗んだだれかから盗んだか、あるいはだれかのために仲介していたかのいずれかだろうと見ている」

「あんまりよさそうな話じゃないわね」わたしはまださざやくことしかできなかったが、それは従兄のことを思うと、ひどくこわくなってきたからだ。

「そうだ」ミッチが言った。「明るいニュースとしては、きみが子供を連れだすのも、ぼくらが彼を逮捕するのもなんとか間に合ったってことだ」ミッチは少し言いよどみ、わたしの顔をしばらく眺めてから先を続けた。「だけどね、マーラ、これは言っておかなきゃならないんだが、ヤク抜きが済んで拘留されたら、彼にはあまりに多くの敵がいて、塀のなかでも安全とは言いがたいんだ。とは言うものの、警察でもそれはわかってるから、彼は保護拘置されることになる。だから少なくとも、街中にいるよりはそっちのほうが安全ということになるだろう。ビリーとビリィにかんして言えば、きみのところにいたほうが、父親といたときよりも何百倍も安全だ。父親といたら、たまたまヤバい場所に居合わせてヤバいことに巻きこまれていた可能性もじゅうぶんある。そもそも自宅がヤバい場所だったんだから、きみが首をつっこんでくれなければ、あの子たちには危険を避ける手立てがなかった」

「それはよかったわ」わたしはつぶやき、彼から目をそらして唇を嚙んだ。

「明るい面に目を向けてごらん、マーラ」ミッチの声が聞こえてくる。「いまはみんなが安全だ」

わたしはうなずき、なんとかその明るい面を見つけようとした。「そう」

「もうひとつ話すことがある」

わたしはこれ以上聞きたくなくて、彼を見上げ、鼻の頭にしわを寄せながらも、口では「そう」とくり返した。

彼はわたしの鼻の頭にしわを寄せてるのを見て、長いことなにも言わなかった。わたしが鼻の頭にしわを寄せなくなっても、長いことなにも言わなかった。実のところ、わたしの唇を見たあと、彼の目はぼんやりと焦点を失っているようだった。と、彼の視線がわたしの目のところに戻り、また焦点を結んだ。

「ビリーが家に来たのを見たと言った例の男のことは、憶えている？」彼は尋ねた。

「ええ」わたしは答えた。

「どうやらそいつの名前はグリゴリー・レスチェワというらしい。彼はロシアン・マフィアで、しかもロシアン・マフィアの親玉らしい」

これもまた、あんまりよさそうな話じゃない。テレビドラマでは、ロシアン・マフィアの連中は、いちばんヤバいと相場が決まってる。

「それもあんまりよさそうな話じゃないわね」ミッチがそれ以上なにも言わないので、わたしは言った。

「このくそみたいな状況で、よさそうな話なんてひとつもないが、レスチェワはなかでもいちばんヤバい部類だ。情報筋によれば、レスチェワは新規の縄張りを開拓するために、力任せの作戦をおこなっている。ビルはレスチェワのために競争相手の情報を集める役目をしていた。最初のうち彼は、レスチェワに金をもらってやっていた。最後のほうになるとビルは、レスチェワから金を借りてるからやるようになった。レスチェワはできればいっさいかかわりたくないような相手だが、もしかかわりあうとすれば、それがどんなものでも、向こうに貸しをつくっておきたい。借りをつくるんじゃなく。きみの従兄はこの街のヤバい連中全員と知り合いだ。彼らにヤクを売り、彼らからヤクを買い、彼らとパーティーをし、彼らから金を借り、彼らにカモにされ、彼らをカモにしてきた。この街に来てからずっと忙しく活動してきたから、ビルはなかなかいい情報屋だった。でもその情報にもかぎりがある。そのうち与えられる情報が尽きた。だれからも好かれなくなり、信用されなくなり、みんな彼からなにかを欲しがるようになってからはとくにそうだ。なかには彼が息をしなくなってほしいと思っているやつらまでいる。レスチェワにとってのビルの利用価値はどんどんなくなっている。つまり、レスチェワは貸した金を回収しようとするだろうってことだ。ビルはまぬけ野郎で、厄介者で、たいていの人間にとっては、たまたまいい機会でもないかぎり、相手にする価値もない相手だった。でもそれはビルがレスチェワに情報を提供するようになるまでのことだ。レスチェワは貸したままにするのが嫌いだから、なんとかして取り立てようとしてくるはずだ。ビルが払えなければ、レスチェワは想像力を働かせて別の方法で回収しようとするだろう」

わたしはミッチを見つめ、自分のからだに腕を回して、泣きだしたりわめきだしたりしないことに集中していた。

「それって、ほんとうにいい話じゃなさそうね」自分の耳にも届かないほど小さくささやいた。

「きみにとっていいニュースは、ビルが保釈されることはまずないだろうってことだ。逃亡の危険があると見なされている」

「そう」この場合、いいニュースの〝いい〟って相対的なものじゃないのと思いながら、ささやいた。

「つまり、児童保護局がもうすぐ来るけど、訪問後にきみが里親になることを承認すれば、子供たちはずっときみのところにいられるということだ」

わたしはうなずいた。

「もうひとつのいいニュースは、警察が集めた証拠や、これでスリー・ストライクだという事実から考えると、ビルは当分のあいだ自由の身にはなれないだろうってこと」

まずい。ミッチはこれがビルの三つ目のストライクだってことを知ってるんだ。もちろん知っているだろう。いまやコンピュータの時代だもの。きっとものの……二秒くらい？ でわかったにちがいない。

わたしにもビルとおなじ血が流れている。ミッチがわたしに温かくほほえみかけなくなったのも無理はない。

わたしはナイフがねじこまれるのを感じながら、またうなずいた。

「つまり、ビルが塀のなかにいるあいだに、きみはそれを恒久的なものにするように動けるということだ」

わたしはまたうなずいた。

「その件で相談に乗ってくれそうな弁護士の名前や電話番号を、いくつかメールで送っておいた。はじめるなら早いほうがいい」

「ありがとう」わたしは言った。弁護士を雇うお金なんてどこにあるんだろう。

ミッチはじっとわたしを見ていた。やがて彼は首をめぐらせ、休憩室とショールームを隔てる壁を見つめた。それから彼はわたしに視線を戻した。

「子供たちはだいじょうぶかい？」彼は尋ねる。

「あ……ええ」わたしは答えた。「ビリィはお父さんのことを尋ねたりするわ。ビリーはひととおり満足してるみたい」

今度はミッチがうなずく番だった。

さて、わざわざ〈ピアソンズ〉まで来てわたしに知らせてくれたのはありがたいけど、そろそろおしまいにして先へ進まないと。また。

さっそくとりかかった。

「その……わざわざ店まで来てくれて、あの……状況を伝えてくれてありがとう」

ミッチが奥歯を嚙みしめている。彼は視線を横に向け、つぶやいた。「まったくわかっていない」

もう。またそれなの？

「ミッチ――」わたしがこの会話を終わらせようとすると、彼はまたわたしのほうを見た。

「今週末は仕事なのか？」

わたしはこの不可思議な質問に軽く頭を振った。「いま、なんて？」

「きみは仕事なのか、今週末？」ミッチは質問を少し変えてくり返した。

「あ……ええ」

「二日とも？」

「そうよ、ミッチ、でも――」

「きみが仕事に行ってるあいだ、だれが子供たちの面倒を見るんだ？」

わたしは背筋を伸ばし、素直に認めた。「まだそこまで考えてないわ」

彼はわたしをにらみ、吐き捨てるように言った。「そうだろうな」

わたしは鼻から息を吸い、目をむいた。「ミッチ――」

彼はわたしを遮った。「十二時から九時？」

わたしは首をかしげた。「いま、なんて？」

「今週末のきみのシフトだよ。十二時から九時？」

「そうだけど――」

「十一時にきみのところへ行く」彼は宣言し、わたしは目をぱちくりさせた。

「あ……え？」

「マーラ、ぼくはちゃんと英語をしゃべってるんだぞ」

「でもわたしは――」

ミッチが代わりに文章をつなげる。「いますぐケツの穴から頭を出す必要がある」

もういや。かんべんしてよ。

わたしは組んでいた腕をほどき、腰に手をあてた。

「ミッチ――」

「あとこれも言っておく、いいかげんにわかれ」

「ねえ、ほんとに、そういうのって失礼だし、そんなふうにわたしに言う権利ないでしょ」わたしは声を荒らげた。

「生きて息をしてる責任感のある人間が目の前にいて、きみに協力しようって申しでている。ワッシャーを交換するなんてささいなもんじゃない。もっと大きなものだ。

あの子たちが安全でいて、ちゃんと食事をして、時間どおりにベッドに入るように面倒を見る役目だよ。ケツの穴に頭をつっこんでる、まったくわけがわかっていない人間でなければ、その協力を受けいれるはずだ。子供たちはちゃんと食べて、時間どおりにベッドに入って、安全に暮らす必要があるからな。どんなひねくれた病的な理由があるかは知らないが、きみはぼくのせっかくの申し出をはねつけようとしている。ぼくとしてはこんなこと言っても無駄だとわかっていても、きみにアドバイスしないわけにはいかない。さっさとケツから頭を出して、ちゃんと理解し、ぼくの申し出を受けいれろ」

わたしは彼をにらみつけた。そして癇癪が脳に到達する前に、吐き捨てるように言った。「わかったわ」

ミッチが眉をあげる。「わかったのか？」

「ええ、わかった」わたしはまくしたてた。「わたしとしては図体ばかりでかいいじめっ子に子供たちの面倒を見させるのはあんまり気が進まないけど、たしかにあなたの言うとおりだわ。わたしはまだ、自分の仕事中にあの子たちの面倒をだれに見てもらうか考えていなかった。仕事中にあの子たちの面倒を見てくれる人は必要で、あなたはわたしにたいしては図体ばかりでかいいじめっ子だけど、あの子たちにたいしてはそうじゃないし、ビリィもあなたになついてる。けっこうよ。ありがたく受けいれるわ」わたしは辛口の感謝を伝えた。「今週末あの子たちの面倒を見てくれたら、とっても助かるわ」

わたしが言いおわったあと、ミッチはわたしをまじまじと見ていた。わたしは彼をにらんだ。

ここで彼は言った。「それはよかった。じゃ、十一時に行く」

「完璧ね」わたしの口調には、まだ辛辣さが残っている。

ミッチは動かない。わたしも動かなかった。

すると、どういうわけか、彼の顔から無表情が消えて、その目が温かくなりはじめた。

「マーラ――」

わたしは首を振り、ドアに向かいながら言った。「それはやめて。わたしにひどい態度をとって、そのあとで優しくするのはやめて。あなたはいつもはいい人だから、ひどいことを言ったのがきまり悪くてそうするんでしょうけど」わたしは足をとめ、ドアの取っ手に手をかけて彼の目を見た。「わたしにひどい態度をとってもいいのよ、ミッチ。いつも親切な人だって、わたしのような人間にはひどい態度をとる。そんなの慣れっこだから。好きなだけそうして。でも、あの子たちにはひどい態度をとらないでね」わたしはショールームのほうを頭で示した。芝居がかった長広舌に必死で、彼の表情が完全に変わっていたのに気づかなかった。だからどんなふうに変わったのかも、見ていなかった。「あの子たちはひどい態度をとられるいわれはないし、わたしが今回の役目を買って出たのも、あの子たちがそんな立場にならないようにするためなの。これで話は終わりでいい？」

彼はまたしても、わたしのことをまじまじと見ている。

そして彼は静かに言った。「いや、終わったとは思えないが」

「わたしのほうは終わったので」言い返し、取っ手をひねり、ふり向きもせずに足を踏み鳴らして休憩室を出た。

8

わたしがショールームに入って二歩も歩かないうちに、ミスター・ピアソンがどこからともなくあらわれ、わたしのうしろに向かって手を差しだした。

社長がわたしの横を素通りし、わたしは足をとめ、ふり向いた。そして社長がミッチの手を握りなにかに憑かれたように上下に振るのを眺めていた。

「やあ、ようこそ！」社長は病的なまでの社交性を発揮して声をあげる。「わたしはボブ・ピアソン、〈ピアソンズ・マットレス＆ベッド〉のオーナーです」彼はミッチの手を放した。わたしは目をぱちくりさせていた。ミスター・ピアソンがショールームに出てくるのはめずらしいことではないものの、こんなふうにふるまったことは一度もない。わたしはあっけにとられるあまり、ミスター・ピアソンがわたしの腰にしっかり手を回して自分の横に引き寄せても、ただおとなしく従っていた。「わたしは幸運なことに、もう七年もこのすてきなお嬢さんの雇い主をしているんだよ！」社長はわたしのほうを見てからまたミッチに視線を戻し、大げさに締めくくった。「うちのマーラはとにかくやり手でね、なんなら蝙蝠にだってマットレスを売ることができるんだ」社長は愛情たっぷりにわたしの腰を抱きよせた。あまりにも愛情たっぷりだったので、全身が震えてしまった。「そうだよね、マーラ？」

「えーと……」わたしは口ごもった。

「ミッチ・ローソンです」ミッチが自己紹介し、わたしは救われた。

ミスター・ピアソンがうなずく。「マーラのご近所さんだそうだね」

「ええ」ミッチは答えた。彼の目はすでに無表情ではなく、すっかりこれを楽しんでいるように見える。

「ご近所さんとしては最高だ。FBIと協力してデンヴァーの街を浄化してる刑事さんとはね」ミスター・ピアソンが高らかに言い、わたしはゆっくり首をめぐらせて社長を見た。まだまだ話しつづけている。「三連続逮捕についてはぜんぶ新聞で読ませてもらったし、きみの写真も見たよ。ご両親はさぞかし誇りにしているだろうね。わたしがきみの親なら、それは誇らしく思うだろうからね」

それっていったいなんの話？　三連続逮捕？　FBI？　ミッチが新聞に載った？

わたしはミッチに視線を戻した。そして胸にしっかり刻みつけた。この先ビルに下されるべき判決が下され、子供たちにベッドを買い、ちゃんとからだに合っていてしかも染みがついたり擦り切れたりしていない服を調達してやり、服と同程度の品質の靴を用意して、ちゃんと食事をさせ、しかるべき放課後の託児システムを準備して、ふたりが1から3の階層から脱し、あの子たちにふさわしい7から10の階層にまっしぐらに入れるような人生の道筋を立ててやった暁には、自分のために工具を買い、配管について学ぶと同時に、新聞を読みはじめることにしようと。

「FBIと仕事したの？」横から声がし、目を向けると、ビリーがいた。マットレス一台隔てて距離を置きながら、半ば険しく、半ば興味をひかれたような目でミッチを見ている。

「やあ、ビリー」ミッチが挨拶する。

ビリーははっとしたようにわたしのほうを見て、それからミッチに視線を戻し、言った。

「こんちは」少し間があって、「FBIと仕事したの？」

「そうだよ、坊主《バド》」ミッチは答えた。

ビリーは唇をむっと結んでいた。この情報をどうとらえたらいいか、なぜか決めかねているような表情だ。

ここでビリィがわたしたちの会話に飛びこんできた。それも、ミッチの腰にものすごい勢いで突進し、抱きつくというやり方で。ビリィはミスター・ピアソンのほうを見上げ、誇らしげに言った。「ミッチが蝶々とお花を買ってくれたの!」そして彼女はわたしが今朝髪に留めてあげたピンを指さした。それはハートの付いたバレッタで、蝶々でもお花でもない。彼女はさらに自分の胸を指してから指を三本立てた。「それと、かわいい服を三つも!」最後にもう一言叫んで締めくくる。「あとね、ふわふわのピンクのテディベアも!」

ミスター・ピアソンのほうをちらりと見ると、どんないかれた理由かはわからないけど、彼はこの報告を聞いて、いまにもよろこびを爆発させそうな顔をしている。

「まあ、それってとってもすてきじゃない!」ロベルタもこのタイミングに乗じて話の輪に入ってきた。彼女は強引に割りこんだだけでなく、ミッチの手をつかんで威勢よく振った。「わたしはロベルタよ。マーラの同僚なの。いきなりなんだけど、あなた、彼女のピザを食べなかったなんて、残念過ぎるわ」

ああ、やめて。ピザの話だけは。

ロベルタ、お願いだから黙ってて!

わたしが口を開き、友人を黙らせられるかもしれない言葉を発する隙も与えずに、彼女はまくしたてた。「これほんとよ。マーラのバーベキューチキン・ピザを食べる機会を逃すなんてありえない。それ以上に大事な用事なんて、ひとつもないんだから。ほんとに！　次回は呼びだしなんて食らわないように気をつけてね」

ミッチが鋭い目でわたしを見た。

マズい。

「あの……」わたしは口ごもった。

「あたし、マーラおばちゃんのピザ大好き！」ビリィが絶叫する。

マズすぎる！

「そろそろ仕事に戻ったほうがよさそうだわ」わたしはそう言ったものの、あいにく、この耐えがたい私生活の危機から必死に逃れようとしている感じがありありと出てしまった。

「いやいや、ゆっくり話しててかまわんよ」ミスター・ピアソンが寛大なところを見せた。「ああ、そうだ」彼はミッチに目を向けた。「きみはどんなマットレスをつかってるんだね？」

そう来たか。

「どんな種類があるんです？」ミッチはまんまと術中にはまってミスター・ピアソン

に尋ね、社長の顔にとろけるような笑みが浮かんだ。

「だいじょうぶだよ、きみはその道の大家のもとへやってきた。きみがもし、いまつかってるマットレスの美点を称揚することができないのなら、マーラがきみを最高のものへと導いてくれる。せっかく来たんだから、ぜひともマーラに当店の〈スプリング・デラックス〉を見せてもらいなさい」

いいえ！　わたしはミッチにマットレスを見せたりしない！

わたしはミスター・ピアソンの手から離れ、少し横にずれながら慌てて言った。

「ミッチはほんとうに忙しいんです。やることが山ほどあって。デンヴァーの街をきれいにしても、またすぐ問題が起きてくるから」わたしはミッチを見て同意を求めた。

「そうよね？」

「〈スプリング・デラックス〉を見せてもらう時間はあるよ」ミッチがのんびりした口調で言う。

わたしは目を細めて彼をにらんだ。

「それはいいわ！」ロベルタが声をあげる。「ねえ、マーラ、そろそろわたし、夕食の休憩だから、子供たちを連れて〈ケンタッキー・フライド・チキン〉に行ってくるわ」彼女はビリィを見下ろした。「チキン食べる？」

「チキン！」ビリィが叫ぶ。これはイエスという意味だろう。

「ビリーは？」ロベルタが尋ねる。

「いいよ」ビリーは答えた。彼はぶらぶらと店の玄関へ向かいながら、見ないふりをしつつ、ミッチを見ていた。

ロベルタがビリィの手を取り、ミッチに言った。「お会いできてうれしかったわ」

「こちらこそ」ミッチが応えた。

「バイバイ、ミッチ！」ビリィはロベルタといっしょに遠ざかりながらミッチに手を振った。あまりにも激しく振るので、手のひらがかすんで見えるほどだ。

「バイバイ、ビリィ」ミッチは店を出るまで手を振りつづけているビリィに言い、次いで視線をビリーに向けた。「またな、バド」

「また」ビリーはぼそっと言うと、ロベルタと妹のあとを足早に追った。

「ここはマーラの優れた手腕に任せることにしよう」ミスター・ピアソンは言い、ふいにわたしの背中を、いささか乱暴に押した。おかげでわたしはミッチの方向に二歩踏みだした。社長はその場を離れながら言った。「忘れないで、二時間刻みの配達時間指定があるから、残りの時間は自由につかえるんだよ」

　わたしは立ち去る社長の背中を眺めながら、気持ちを静めるために深呼吸していた。

そして少し頭をかしげてミッチを見た。

「包囲網は解けたから、もう行っていいわ」わたしは言った。

「まだ〈スプリング・デラックス〉を見せてもらってないのに?」彼の目には温かさが戻っていた。わたしは自分がからかわれていることに気づいた。

例のナイフが、さらに奥へとねじこまれる。

「笑いごとじゃないわ」わたしはささやき声で言った。

彼の視線がわたしの顔をたどり、その目から温かみが消えて、代わりに考えこむような表情が宿った。次の瞬間、彼が一歩踏みだしてきた。

わたしはうしろにさがった。

ミッチは動きをとめ、わたしの足元を見下ろす。それから彼はわたしの顔に目を戻し、また一歩踏みだしてきた。

わたしはうしろにさがった。

ミッチはどんどん近づいてきて、わたしは脚のうしろがマットレスにふれたところでとまらざるをえなくなった。彼は完全にわたしを追いつめた。

もう。

わたしは彼を見上げるのにかなり上向かなければならない。「ミッチ――」

「考えてみれば、さっきのは全部笑いごとだよ」わたしの少し前の発言について、彼が応えた。

「いいえ、笑いごとなんかじゃないわ」わたしは言い返した。「わたしのそばにいたくないんだったら、いまが逃げるチャンスよ」わたしは頭をかしげてドアを示した。「さっさと行って」

まるで、いまのわたしの発言などなかったかのようだった。「ただし、きみの友だちが、ぼくが呼びだしを食らってピザを食べそこねたと言っていたのは別だ。それは笑えない」彼は頭を下げ、顔を近づけてくる。「友だちに嘘をつくのか、マーラ?」

わたしはミッチの目を見て、彼がもうおもしろがってもからかってもいないことに気づいた。彼がどんな気持ちでいるのかはわからないけれど、おもしろがったりからかったりしているんじゃないのはたしかだ。きっとそれとは程遠い。

「私生活についてはあんまり友だちに話さないのよ」わたしは言った。「ねえ——」

「私生活なんてものがないからだろ」ミッチは言う。

わたしは唇をむっと結び、鼻の頭にふいにこみあげてきた涙をこらえた。彼の言葉に、そして彼がそれを知っていることに、心底傷ついていた。

ここでちょっと機転を利かせた。「ねえ、この時間のフロア担当はわたしとロベル夕だけなの。ほんとにもう仕事に戻らなきゃ」

ミッチは顔をあげた。彼の目は、広々した店内を見渡している。わたしと彼と、家具とマットレス以外はなにもない。彼はわたしに目を戻した。「今度はぼくに嘘をつくんだ」

ああもう。わたしってどうしてこうまぬけなの？

「ミッチ――」

「しかもあんまり上手な嘘じゃない」

「あの……」

「なにをおそれているんだい、マーラ？」

わたしは唇を噛み、やがて応えようとした。「その……」

「なににそんなにおびえてるんだ？」彼は尋ねる。

完全に刑事で、完全にわたしを見極めている。それがたまらなくいやだった。

わたしは彼の肩を見つめた。

「それになんだよ、〝わたしのような人間〟って？」彼は問いただす。

それも？

わたしはまた彼の目をのぞきこんだ。「その……」

「きみはどういう種類の人間だと言いたいんだ？」

わたしはさっと横に動き、うしろに一歩さがってから、唐突に言った。「〈スプリング・デラックス〉を見てみる？」

彼はまたわたしのほうを向いた。「いや、きみがなぜ、ぼくがきみのそばにいたくないだろうと思っているのかを知りたい」

彼の言葉を無視して、言った。「ほんとにいいマットレスなのよ」

ミッチがふたりのあいだの距離を詰める。わたしがまたうしろにさがろうとすると、彼は手を伸ばしてきてわたしの腰に回し、まだ歩きだしてもいないうちにわたしの逃亡をはばんだ。彼のもう一方の手もわたしに回され、動けなくなる。

わたしはまたしてもミッチの腕のなかにいた。しかも今回は職場。上出来だ。

「いままでぼくが、きみのそばにいたくないって印象を与えたことがあったか？」彼はしつこく尋ねる。

ええ、あったわ。彼がわたしのことを、ケツの穴に頭つっこんでるって言ったことが何度もあった。それからわたしに、まったくわかっていないと言ったこともあった。ついさっき、休憩室にふたりでいたときだって、わたしはわけがわからなくてケツの穴に頭をつっこんでると言ったし、あれからまだ十分もたってない。

わたしは彼にこれを思いださせようとはしなかった。代わりに言った。「うちの店ではいちばん上の価格帯のモデルだけど、値段だけの価値はあるのよ。わたしが太鼓判を押すわ。試したらぜったい欲しくなる。ミスター・ピアソンは、わたしの従業員割引をあなたに適用してもいいって言ってくれるかもしれないし」

「ぼくの質問にひとつも答えないつもりだな？」

「腰椎《ランバー》サポートは、とても大切よ。〈スプリング・デラックス〉なら、究極の快適性を実現しつつ、腰をしっかりと支えてくれる」わたしは答える代わりに言った。言ってることはほんとうだ。わたし自身体験上知っているし、パンフレットに書いているのを一字一句そのまま述べているのだから。

彼はわたしをじっと見下ろしている。わたしは彼がこちらの意をくんで腕を離し、うしろにさがらせてくれないかと期待しつつ、そっと彼の腕を押してみた。

彼はびくともしない。

代わりに彼は静かに言った。「ビリーは、まるでぼくが、サンタクロースなんていないとでも言ったかのような目で、ぼくを見ていた」

わたしは目を閉じた。

「きみのせいだ」ミッチに言われ、わたしは目をあけた。

「サンタクロースがいないことくらい、ビリーはとっくに知ってるわ。ビルがクリスマスにプレゼントを買うのがいやだからって息子にそう教えたのよ」わたしは、従兄のビルが生粋のろくでなしだという事実をさらに強力に裏付ける情報を彼に伝えた。まあ、ビルにそんなものは必要ない。彼のろくでなしぶりは、石碑に刻まれているも同然なのだから。

ミッチはかぶりを振り、吐き捨てるように言った。「傑作だな」

わたしはむっと唇を結んだ。

ミッチがさらに身を乗りだしてくる。「ぼくはビリーの突破口を開いた。彼はきみ以外はだれも信用しないが、ぼくは突破口を開いたんだ。だがきみがそれを台無しにした。きみのせいだよ、マーラ」

「今週末またきっと突破口が開けるわ、ミッチ」わたしは静かに言った。

「ビリーは相手が自分のことをまともに扱ってくれるかどうかっていうのはあんまり気にしない。あの子が気にするのは、その相手が妹をまともに扱ってくれるか、きみのことをまともに扱ってくれるかってことだ。ビリーはぼくが月曜に見捨てたせいできみが孤軍奮闘する羽目になったと思ってる。それにまだほんの九つだが、自分と妹を引きとったことできみがどれほどの重荷をしょいこむことになったかもわかっている。だからビリーは、ぼくをいやなやつだと思ってる。それはきみのせいだ」

ミッチの言うとおり。わたしのせいだ。ああ、もう。

「わたしから説明しておくわ」わたしは請けあった。

「そうだな、いまなにが起きてるか、ビリーはきみよりもよくわかってるから、きみはさぞかしうまく説明できるだろう」

わたしは身をこわばらせ、ささやいた。「またそれなの？」

ミッチは黙っていた。それはまたわたしの表情をじっくりうかがうためだ。そして彼は、さっきの話題に戻り、優しく尋ねた。「きみはいったいどういう人間なんだい、マーラ？」

ミッチは優しい声音をつかっている。ミッチの声は優しくて心地いい。ミッチがこんなふうに優しく話しつづけたら、万事休すだ。わたしは彼の首に両腕をからめて、永遠の愛を告白してしまうだろう。だから、いまここで彼に答えを教えるしかないと観念した。

「あなたとはちがう種類よ、ミッチ」

彼は眉根を寄せ、尋ねた。「ぼくとおなじ種類ってなんだ？」

「わたしとはちがう種類」

「そういうことか」彼はささやいた。

「どういうこと？」わたしはささやき返した。

「ぼくは間違っていた。きみが考えにふけっている頭のなかは、まともな場所じゃなかった。ひねくれて、めちゃめちゃになった場所なのに、きみはおびえきっていて、そこから出ることができない。そこは唯一、きみが好んでこもっていたがる場所なんだ」

わたしは両手でそっと彼の上腕を押してから言った。「たしかにあなたは賢いし、刑事さんでもあるけど、なんでも知ってるわけじゃない。それにとくに重要なのは、あなたはわたしのことを理解した気になっているのかもしれないけど、わたしのすべてを理解してるわけではないってことよ」

「だったら、ぼくが間違ってるって証明してみろよ」彼は即座に言い返した。

「あなたにはわからないでしょうけど、あなたはそれをされたくないはずよ」わたしは警告した。

「どうして？　きみはぼくとは種類がちがうからか？」

わたしはうなずいた。

「だったら間違ってるのはきみのほうで、ぼくが正しい。ぼくはきみのすべてを理解している。なぜならそとの現実の世界では、〝種類〟なんて存在しない。そんなものがあると考えるのは、ひねくれた人か、めちゃめちゃになった人か、ただ単に愚かな人間だ。きみは最後のひとつではなさそうだから、ってことはつまり、最初のふたつってことになる。もっともそんなふうに考えて人生を無駄にしてるってことは、三つ全部なんだろうな」

その究極の言葉の攻撃を成功させると、ミッチはすぐにわたしを放した。わたしはよろめいて向きを変え、彼が店を出ていくのを眺めていた。そうしているうちにまた鼻がジーンとしてきた。今回は目が潤んでくるのをとめることはできず、視界がかすみはじめた。

「〈スプリング・デラックス〉を近くで見ようともしなかったじゃないか!」ミスター・ピアソンが、ミッチが出ていったドアに向かって呼びかけているのが聞こえた。

わたしは震える息を吸い、なんとか涙を隠そうとした。社長のほうを見ずに言った。

「ミスター・ピアソン、ミッチはいまのマットレスが気に入ってるみたいです」

「そりゃあ残念だ」ミスター・ピアソンがつぶやくのを聞いて、涙がほおにこぼれた。

ほんとに。残念すぎて泣けてくる。

9

わたしはニック・ドレイクの「ピンク・ムーン」を聴きながらアパートメントの敷地に車を入れた。この曲はわたしの〝うちでリラックス・プレミア版〟に入っている。いくつかつくったうちの最初のプレイリストだ。

わたしはリラックスする必要があった。

いまは土曜の夜の九時四十五分。職場から車で帰宅する途中だった。自宅にはミッチがいる。わたしの疲労は、これまでの人生で経験したどんな疲労をも超えていた。これから直面するミッチのこと、さらにこれから何日か、あるいは何週間かのあいだに直面することを考えると、ますます疲れてくる。なにに直面するのかもわからないけど、それが疲れるものだということはわかっている。

水曜の休みに、わたしは子供たちを学校へ送ってから家へ戻り、予備の寝室からわたしの物をすべてひっぱりだした。そのうちの一部は、わたしの寝室や収納庫やリビングに置き場所を見つけることができた。それから配達担当者が、わたしが〈ピアソンズ〉で買ったベッドと二台の箪笥を届けて、設置してくれた。彼らはまた、わたしのフトンももっていってくれた。それはわたしが配達員の片割れ、ジェイという男性に、格安で譲ってあげたからだ。そのあいだにわたしは洗濯をし、それが済むとスーパーマーケットに行った。

子供たちはまだ小さいけれど、その小さいからだに似合わないほどの洗濯物を出す。そして小さいからだに似合わないほどの量を食べる。

わたしは食料を引きずって家へ戻り、家のなかを整理した。それが済むと、一日はすでに終わりかけていて、危うく子供たちを迎えにいくのが遅くなるところだった。車に駆けもどり、学校で子供たちを乗せ、ショッピングモールへ連れていって、新しいベッドでつかう寝具類を選ばせた。そのあと、ふたりの靴を買った。ビリーのテニスシューズは分解しかかっていたし、ビリィの靴はみすぼらしくて、ミッチが彼女のために買ったかわいい服に合わない。女の子ならだれでも、これは大問題だとわかる。

ビリィの靴を選んでいるとき、わたしたちはビリィがどうしても買わなきゃならない靴(これはビリィの意見だけれど、わたしも同意せざるをえなかった。どれもとってもかわいい幼児用の靴で、ビリィはどうしても買わなきゃならない)をいくつも見つけてしまった。ここでわたしは、ビリィもビリーも、けっこうな数のまともな服が必要で、さらに新しいパジャマと下着も必要だと判断し、わたしたちはまた服を買った。そこでわたしは、そろそろ散財するのをやめなければ、次の給料日までわたしたちは缶詰のスープを食べつづけることになると判断した。そこで家に帰り、夕食をとった。わたしはふたりのベッドを準備し、買った服をそれぞれの新しい簞笥にしまった。それからふたりが宿題をするのを手伝った。幸いなことに、ふたりの年齢からわかるとおり、さほど面倒なものではなかった。ようやくふたりをベッドに寝かしつけ、夕食の後片付けをした。

それからリネットに電話し、すべてを報告した。文字どおりすべてだ。ミッチのことも含めて。彼女がお説教モードに突入し、ぜったいにそんなはずないにもかかわらず、わたしこそが10・5だと説得しようとしてくる前に、もう疲れているから寝ると言った。リネットはわたしを解放してくれた。彼女は思いやりがあるうえに、もう何年もわたしにお説教を続けているけれどなんの効果もないことを知っているから。

木曜は仕事が休みのラタニアが子供たちを見ていてくれた。ただしラタニアは子供たちの送迎者リストには入っていないので、わたしは二十分かけて子供たちを学校へ迎えにいき、三十分かけてふたりをアパートメントのラタニアのところへ連れていき、さらに三十分かけて職場に戻らなければならなかった。つまり、ランチタイムを延長してしまったわけだ。ミスター・ピアソンはひと言も文句を言わなかったけれど、これをしょっちゅうやっていたら、そのうちわたしも子供たちも缶詰のスープさえ食べられなくなるのはわかっている。ゴミ箱をあさったり、防水シートの屋根の下に住んだりすることになる。

金曜は休みだった。子供たちを学校へ送り届けてから、急いで自宅に戻り、掃除にとりかかった。児童保護局の人は一時間遅れでやってきた。わたしにとっては都合よかった。おかげでわたしは手術室レベルの清潔さがわたしの子育ての能力を証明するかのように、徹底した掃除ができた。あらわれた担当者は、家のなかをざっと一瞥し、手術室レベルの清潔さにはあまり意味がないことを示した。じっさい、ここには意味のあるものなどなにもないようだった。彼はクリップボードの書類のいくつかの項目にチェックを入れてから、わたしのボスと、ブレイダンと、ブレントと、ラタニアと、ロベルタと「ミッチ・ローソンという刑事さん」が「われわれがお目にかかったことがないほど」綺羅星のごとき賛辞にあふれた推薦をしてくれたと教えてくれた。

そして担当者は、わたしが里親研修をきちんと修了すれば、ビルが留置場にいるかぎり子供たちはわたしのものだと宣言しつつ、児童保護局は今後もひんぱんにあちこち電話して問題がないことを確認するとも言った。

ようやくいいニュースが聞けた。

わたしはそれから子供たちを迎えにいき、みんなでどんな場所か確かめるべく託児所巡りをした。当然のことながら、子供たちは費用がより高額な施設を気に入ったようだ。少なくともビリィはそうだった。ビリーはただビリィに意見を合わせていた。わたしはそこに申し込み手続きをして、勤務時間は九時半から六時半で火曜が休みという翌週のわたしのスケジュールを伝えた。土曜も休みだが、託児所は週末休みなので、そこは彼らにとってはどうでもいい。次の日曜、子供たちをどうしたらいいか、わたしは完全にお手上げ状態だった。

ミッチのSUVの隣の駐車スペースに車を入れながら、わたしは明日のやることリストにこれを加えた。

今夜のところはキャンドルでも点し、自作の〝うちでリラックス・プレミア版〟に耳を傾けながら、ワインでも飲もう。

もっともそれは、約束どおり今朝十一時にやってきたミッチを、厄介払いしてからだ。わたしは彼が来る前に、ビリーと話をして自分の過ちを正そうとしたけど、どうもうまくいかなかったらしい。ビリーは自室にこもり、飛びだしてきてミッチに挨拶したりしなかった（ビリィのほうはかなり熱狂的にそれをやった）ので、これはつまりわたしがしくじったということだった。そのせいで、ただでさえわたしと顔を合わせて不機嫌なミッチの機嫌はさらに悪化した。幸いなことに彼はそれを隠すのが上手で、ビリィを抱きあげ、くすくす笑っている彼女のほっぺたにキスをした。

わたしは手短に子供たちの昼食と夕食の選択肢を伝え、彼に自宅だと思ってくつろいでくれと言った。それからビリーのところへ行ってきますを言いにいくついでに、もう一度説得してみた。ミッチにたいして普通の態度で接して、彼のほうも普通に接してくれるんだからと言ったものの、ビリーがわたしに向けた険しい目つきから考えて、また今度もうまくいかなかったようだ。その後わたしはビリィと抱っことキスの時間をもった。そしてようやく、ミッチに行ってきますと言った。彼があごをあげて応えたので、わたしはそそくさと家を出た。

そしていま、わたしは帰宅した。階段をのぼるという超人的な偉業を成し遂げたあと、ワインとキャンドルと音楽は無理だと判断した。ベッドに直行だ。

ドアのロックを解除し、あけてなかへ入ると、ミッチはわたしのソファーに寝そべり、野球中継を観ていた。

なんてこと……わたしのソファーに寝そべってるミッチって、すてき。

彼の視線がわたしのほうを向き、全身を眺めまわした。

「なんだ、疲れきった顔じゃないか」彼は言ったものの、指一本動かす様子はない。

疲れきった顔って、それはどうも。さぞかし魅力的に見えるんでしょうね。

「疲れきってるからよ」わたしは応え、部屋に入ってバッグをコーヒーテーブルに落とした。「子供たち、きょう一日だいじょうぶだった？」

「ビリィはぼくを彼女のヒーローだと思ってる。もっともビリィは会う人みんな彼女のヒーローだと思ってるからな。ビリーはあいかわらず、ぼくをいやなやつだと思ってる」

打率五割。悪くないじゃない。ただ、自分のことをいやなやつだと思っている九歳児と丸一日過ごすのは、あまり楽しくはないだろう。

頭のなかにメモ――ビリーともう一度話してみること。

わたしはむっと唇を結び、わたしのソファーに寝そべっている彼を見た。わたしのソファーに寝そべっている彼があまりにも魅力的なので、いつまでも眺めていると、網膜が焼き尽くされることも考えられる。網膜がなくなっては困るから、わたしは視線をテレビのほうに泳がせた。そしてぼんやり画面の動きを見つめた。わたし自身そうなるまで気づかなかったのだが、あまりにも疲れきり、意識を失いかけていたものだから、一度見つめはじめると、そのまましばらくそうしていた。

「靴を脱げよ、マーラ」ミッチが命じる声がした。わたしは反射的に肘掛椅子の背に手を突いてからだを支えると、つま先でもう一方の足の踵を押して靴を脱ぎ、反対の足でもそれをくり返した。

気持ちいい。このほうがぜったい楽。

ミッチの声がまた聞こえてくる。「試合が終わるまで観てってかまわないかい？」

かまうわよ。かまうにきまってる。わたしはもう寝たいの。セクシーなミッチ・ローソン刑事をわたしのソファーから追い払いたかった。極度の疲労で自分があとで後悔するような真似をしてしまわないうちに、そうたとえば、彼に跳びつくとかしてしまわないうちに。疲れてはいるけれど、それができないほど疲れるってことはありえないだろうから。

けれど、彼が丸一日子供たちの面倒を見てくれたあとで、わたしの部屋から通路の向こうの彼の部屋まで歩いていくほんの数秒ぶんも野球を観逃したくないのなら、だれがだめなんて言える？

「どうぞご自由に」あいかわらずぼんやりとテレビを眺めながらわたしはぼそっと答えた。そして訊いた。「ビール飲む？」

「もってきてくれるだけのエネルギーはある?」彼が訊き返した。

「なんとか」わたしはつぶやき、方向を変えてぶらぶらと台所へ行った。冷蔵庫のドアを開け、呼びかけた。「バド、クアーズ、ニューカッスルそれともファットタイヤ?」

「クアーズ」

わたしもワインはやめてビールにすることにした。ワインを飲むにはコルク抜きとグラスが要る。ビールなら、栓をあけ、瓶でラッパ飲みすればいい。いまのわたしにはコルク抜きとかグラスを用意するだけのエネルギーがない。それに、ワインと野球は合わない。だれだろうと寛大に受けいれるシカゴ・カブスのファンでさえ、野球を観ながらワインを飲むようなやつは軽蔑するだろう。

わたしは栓を抜き、リビングにぶらぶらと戻って、彼が腕をいっぱいに伸ばせばビールを受けとれる距離まで近づいた。彼は受けとり、わたしは肘掛椅子に移動して、どさりと腰をおろした。

ビールをぐいっと飲んだ。一気に。そのおいしさったら。

「はぁー」わたしはそこでため息をついた。足をコーヒーテーブルに乗せた。

「一日中あのヒールを履いていたんじゃ、足が痛むだろう?」ミッチが尋ね、わたしは椅子のそばに転がっている高いピンヒールを見下ろした。

それからテレビに視線を戻した。

「ええ」わたしは答えた。

もう何年も毎日ヒールを履いているけれど、それが正直なところだ。いまでも足が痛くなる。

わたしはまたビールをぐいっとあおってから、ドジャースの選手が三振するのを眺めた。

わたしはミッチが動いているのをぼんやりと感じとっていた。そしておなじくらいぼんやりと、彼がビールの瓶をコーヒーテーブルに置く音を聞いた。ぼんやりというわけにいかなかったのは、わたしの足をつかみ、ひっぱって、彼のひざの上に乗せた彼の手の感触だ。その結果わたしは坐ったまま身をよじることになった。

ぎょっとして目を向けると、ミッチはもう寝そべってはいなくて、ソファーのこちら側の端に腰かけていた。わたしの足は彼のひざに置かれ、彼自身の足はコーヒーテーブルにあげている。

「あ……」わたしは言葉を発することができるまで回復してからつぶやいた。「なにしてるの？」

ミッチは両手のひらでわたしの片方の足をつつみながら、指圧している。そのぬくもり、押される刺激、力強さ、信じられない……天国だわ。

「きみの足をマッサージしてるんだよ」ミッチは遅ればせながら答えた。長い脚をまっすぐ前に伸ばし、視線はテレビのほうに向け、その手で心地よい魔法をかけている。

「あの……ミッチ、わたしの足はだいじょうぶよ」わたしは彼の横顔に向かって言った。

「マッサージしたら、もっとだいじょうぶになる」ミッチはテレビに向かって言う。

その言葉は正しかった。

「だけど――」わたしが反論しようとしたそのとき、横を向いていた彼がこちらを向いて、わたしを見た。

「いいから、マーラ、リラックスして」

「……わかった」わたしはつぶやいた。

彼は少しわたしを見つめ、首を振ってからテレビに目を戻した。そのあいだもずっと、彼の手はわたしに至福のよろこびを与えつづけている。

わたしはビールを飲み、野球を観ながら、なんとかリラックスしようとした。ミッチは片足を終えると、もう一方の足でもはじめた。わたしはさらにビールを飲み、野球を観た。ミッチの才能あふれる手は、わたし自身にはとてもできないことをして、いやおうなしにわたしをリラックスさせる。

　わたしはゾーンに入りこんでいた。ビールは飲みおえ、瓶は椅子の足元の床に置き、まぶたは半ば閉じかけ、おそらくはもう少しでよだれもたらすところだっただろう。ここでミッチの手が揉んでいた足を離れ、反対の足に戻ったと思いきや、今度はふくらはぎをマッサージしはじめた。

「あ……ミッチ？」わたしは呼びかけた。

「黙って、ベイビー、リラックスするんだ」彼は静かに言う。

「……わかった」わたしささやいた。そう答えてしまうのは、彼がベイビーと呼んでくれたから、とても優しい口調だったから、そして彼の手の感触があまりにも気持ちよすぎたからだ。そしてわたしは座面の下のほうにずり落ちて、彼がわたしの脚に届きやすいようにした。

　わたしはテレビを見つめ、ミッチがわたしの脚のこわばりをほぐし、わたしたちはいっしょに、ドジャースが九回裏のツーラン・ホームランで勝利するのを見届けた。ミッチの手がわたしの肉を揉むのをやめたとき、わたしは頭をあげた。彼は自分の足をコーヒーテーブルからおろしてから、わたしの足をそっとそこに戻した。そして彼は腰をあげ、わたしはそれをじっと見ていた。頭を椅子の背に押しつけ、ミッチの堂々たる姿をあますところなく眺めようとしていた。さらに彼がわたしのほうへ身を乗りだしてきて、わたしの椅子の肘掛に手を突き、彼の顔が近づいてくるのをじっと見ていた。

「このマーラのほうがいい」彼は静かに言った。「このマーラならなんとかなりそうだ」

彼がなにを言ってるのか、わたしにはわからなかった。

「わたしはいつもこのマーラよ」わたしはささやいた。大きな声が出ないのは、疲れているからでもリラックスしているからでもなくて、彼の顔がこんなに近くにあるのがうれしかったからだ。彼がわたしの名前をそんなふうに優しい声で呼んでくれるのがうれしかった。わたしから身を乗りだして、残りの五センチの距離を詰め、彼にキスしたくなる衝動を抑えるのに渾身の力をふり絞っていた。

「いや、スイートハート、いつものマーラは、自分の周りにつくった繭にぎちぎちにくるまれていて、そこから自由になれずにいるんだ」

やめて。またそれ？

「ねえ、ミッチ、わたし疲れてるの。お願いだからその話はしないでくれる？」

「わかった」彼は即答する。「その話はやめておくが、きみが疲れきっているのに乗じて、きみはそういう状態だと指摘させてもらおう。それと、ぼくをそこに招きいれてくれたら、ぼくはきみを助けられるし、きみは解き放たれるかもしれないってことも」

彼を招きいれるなんて、ありえない。

「この状態にもそのうち慣れるわ」

「慣れるかもしれないが、疲弊してしまうかもしれない」

「わたしならだいじょうぶ」

彼は首を振り、片手が肘掛を離れた。それが上に伸びてきて、うしろでねじり留めたシニヨンからいつもきまってこぼれてしまう後れ毛をつまんで耳にかけるあいだ、わたしはずっと息を殺していた。からだの奥がきゅっとなる。彼はこんなに近くにいて、こんなにすてきで、彼の手はとても優しくて、こんなのは初めてだったから。これまでの人生で一度もなかった。

とてもすてきな瞬間。

すると彼は、指先でわたしの耳のうしろからあごまでをたどりながら言った。「なんとなく感じるんだよ、ベイビー、きみは戦うんじゃなくて、じっと耐えて生き抜いてきたんだろう。こういうくそみたいな状況で疲れ果てないようにやっていくには、戦わないと」彼は手のひらでわたしのあごをつつみ、視線をわたしの顔に走らせた。そして温かい表情になり、ささやいた。「金を払っても聞きたいよ。きみがなにを生き抜いてきたのかを」

愚かにも、わたしは答えた。「そんなにおもしろい話じゃないわ」

彼の視線はすぐにわたしの目に戻ってくる。「やっぱりなにかあったんだな」

ああ、しまった。

ミッチを扱う際の注意事項――彼は刑事で相手から情報を聞きだす術に長けている。けっして油断するべからず。

「ごく普通の日常的なことよ。わたしよりも辛い経験をしてきた人は大勢いるわ」わたしは言った。彼の目はわたしの目を見つめたままで、彼の親指がわたしのほお骨を撫でている。それがこわいくらいすてきなので、わたしはくり返した。「すごく大勢」

「ごく普通の日常的なことのせいで、きみみたいに人生から引きこもる人はいない」

「わたしは人生から引きこもってなんかいないわ。仕事もあるし、友だちもいるし、車だって――」

ミッチの手がわたしの顔を離れて、ふたたび肘掛に置かれた。彼の次の言葉に、わたしはふいを衝かれ、ショックに揺さぶられた。

「きみはぼくに夢中なんだ」

息がわたしの喉のなかで凍りついた。

その塊を押しのけるようにささやいた。「いま、なんて？」

「きみはぼくに夢中なんだ」彼はくり返す。

わたしは椅子に坐ったまま身を起こした。彼のほうは動かなかったので、わたしは、その一、逃げ場所を失い、その二、愚かにも顔をさらに彼に近づけることになった。

「夢中じゃないわ」嘘。

「嘘だ」ミッチが見破った。「きみはぼくに夢中なあまり、ぼくがこわくてしかたがないんだ」

ああもう！　この人に見透かされるのってムカつく。

「嘘じゃないわ！」嘘の上塗り。

ミッチはそれを無視した。「きみみたいな女、きみみたいな外見をして、きみみたいな身なりをした女がぼくに夢中だったら、ぼくを避けたり、遠ざけようとしたりしないし、友だちにぼくのことで嘘をついたりもしないはずだ。そうするのは、なにか秘密の理由があって、ぼくを死ぬほどこわがっているせいだろう」

オーケー、もうおしまい。

「もう帰って」わたしは彼に言った。

ミッチはわたしの言葉を無視しつづけた。「きみみたいな女は、なにか秘密の理由があってぼくのことを死ぬほどこわがっているのでなければ、ぼくにピザをつくってくれるはずだ。自分の人生について話し、ぼくの人生についても尋ねてくれるはずだ。それに、ぼくがきみのことをもっとよく知ろうと近づくたびに、むかっ腹を立てたりしない」

「それくらいわかるでしょ。あなたに〝夢中な〟女は大勢いるんだから。アパートメントに列をなして出入りするくらい」わたしは反撃した。

「きみはずっと見ていたわけだ」彼も言い返した。

「いやでも目に入るのよ」

「ちがうな、マーラ。きみはずっと見ていたんだ」

たしかに彼の言うとおりではある。

話題を変えないと。

「ねえ、ミッチ、忘れているようだから教えてあげるわ、あなたが気にしないと言いながら何度ももちだす、わたしがピザをつくったときのこと。あなたのところには、女性が訪ねてきていたのよ」

「きみも忘れているようだから教えてあげよう、マーラ。ぼくが十五分で行くと言ったのは、彼女を十五分で帰してきみのところへ行くという意味だったんだ」

「わたしのピザが食べられるようにね！」わたしは吐き捨てるように言った。

「いや」彼はうなった。見るからに忍耐の限界のようだ。「きみといっしょにいられるようにだよ」

わたしは彼をにらみつけた。彼は続けた。

「そしてぼくは十五分でここに来た。だけどきみはいなくなっていた。きみが戻ってきたとき、ぼくはきみのところへ行って説明しようとしたが、きみはぼくの鼻先でドアをしめたんだ」

「もう遅い時間だったからよ」彼に思いださせようとした。

ミッチはまたしてもわたしを無視した。「ぼくは彼女がうちに来るなんて知らなかった。来てもらいたくなかった。彼女が来てもうれしくもなんともなかった。ぼくらは少し前に終わっていたはずなのに、彼女はそれを受けいれようとしなかった。だが、それ以上に、彼女に来られていやだったのは、ぼくとしては……きみと……いたかったからだよ」

「悪いけど、この会話は次の機会にしてくれる？　たとえば……来世とか？」わたしは皮肉たっぷりに言った。

ミッチはまたしてもわたしを無視した。「なぜきみには、ぼくがきみといっしょにいたいという事実を考えてみることさえ、そんなに難しいんだ？」

「ミッチ、お願い、もう黙って、うちに帰ってくれない？」わたしはつっぱねるように言った。

「ああ、きみが正直な答えをくれたら黙るよ」

「もう答えたわ」嘘をついた。

「きみが生き抜いたごく普通の日常的なことってなんだ？」

「大したことじゃないのよ」

「ごく普通の日常的なことで大したことないんだったら、どうして話してくれない？」

「なぜなら、あなたには関係のないことだからよ。さあ、もう黙って帰ってくれる？」

「ぼくに関係のないことだからじゃない。ほかに理由があるんだ」

「もう！　いいから口を閉じてさっさと帰ってくれない？」

「ああ、帰るよ。きみがちゃんと話をしてくれたらね」

「なんでここまでしつこくするの？」わたしは吐き捨てるように言った。

「なぜだと思う？」彼が言い返す。

「さっぱりわからないわ」

「なあ、マーラ、ぼくがきみに夢中だからだとは思わないのか？」

わたしは肘掛椅子の背に背中をぴったり押しつけ、愕然として彼を見つめた。

それからわたしの魂の鎧戸がぴしゃりとしまるのを感じ、ささやいた。「黙って」

彼の視線がわたしの顔の上をさまよってからわたしの目をとらえ、彼もささやいた。

「くそっ、きみにはこれさえも届かないんだな」

「黙って」わたしはささやいた。

「きみにいったいなにがあったんだ？」

「黙ってよ、ミッチ」

彼の手がわたしのあごにもどってきて、彼は優しく尋ねた。「ベイビー、きみになにがあったんだ？」

「黙って」

彼の親指がまたわたしのほおを撫でる。とても穏やかに、とても優しく。そして彼の指が、わたしの髪に差し入れられる。

「だれかがきみを傷つけたのか?」

まだ優しい。

それに、たまらなく美しい。

「お願いだから黙ってよ」

「ベイビー、だれに傷つけられたんだ?」

「黙って」

彼の指がわたしの頭のうしろを支える。彼の顔はわたしの顔から三センチも離れていないところにある。彼の優しい目がすぐそこに見える。とても近くに。

「やつらにどんなふうに傷つけられたんだ?」

わたしはここでわれを忘れた。もうこれ以上は耐えられなかった。彼がこんなに近くにいて、彼の低い声がこんなに優しいから。その手にふれられ、その目が魂をのぞきこむみたいにしてわたしの目を見ているから。

質問をやめさせないと。彼を黙らせないと。

わたしは行動に出た。両手をあげ、彼の頭をかかえるようにして、自分は上に動きながら彼の顔を引き寄せた。最後の一秒で首をかたむけ、彼の唇に唇を押しつけた。

しかも思い切り。

ミッチの腕はすぐにわたしをきつく抱きしめ、彼のほうに引き寄せた。そしてわたしを抱きかかえるようにして引きあげ、彼が腰をあげるのと同時にわたしも立たせた。わたしのからだは彼にぴったり押しつけられる。ミッチは首をかしげて、唇を開き、わたしもそれに倣うと、彼の舌が滑りこんできた。

ああ……。

わたしの両手を彼の頭から離し、彼の首に腕を回した。彼の唇はおいしくて、わたしのからだをつつむ彼の感触は心地よく、しかもキスされるのはほんとうに久しぶりだった。デストリーと別れたのはもう二年以上も前だ。それ以来デートもしなかったし、ましてや愛を交わすことなんて皆無だし、キスとはまったく無縁だった。

それにこのキスは最高のキスだった。ミッチが10・5で、彼が2・5にキスするというありえない状況だからじゃない。それはただ、これが最高のキスだから。ミッチはなにをすべきか心得ていて、わたしは彼のしてくれることが好きだった。そのすべてが。

わたしの片手が彼の首に巻きつき、さらに上にあがろうとしているのも、きっとそのせいだろう。わたしは指を彼の髪に差し入れた。思ったとおり柔らかい。しかも豊か。見た目とおなじように、感触もすてきだった。

わたしは彼の感触を、そして彼のキスを、さらに求めるかのように身を押しつけ、腰に回された彼の手が滑りおりてきた。わたしのお尻をつつみ、うれしいことにぐっと引き寄せる。これには思わず喉の奥で声をあげてしまった。あいているほうの手を彼の腕の下を通して背中に回し、指で彼の背の引き締まった筋肉にふれた。その感触がとても気持ち良かったので、さらにからだを押しつけた。わたしの胸が彼の胸板に押しつけられ、わたしの腰骨が彼の腰骨とぶつかりあう。わたしの舌が彼の舌と絡みあい、わたしの手は彼の頭を押さえて離すまいとし、ふたりで頭の角度を変えていた。互いの向きを変え、また戻す。そしてまた変える。また戻す。ふたりの唇はしっかり組みあわされ、舌は踊り、味わい、ふたつのからだはぴったり重なり、それぞれの手が相手をとらえて離さなかった。

それは、わたしがこれまで経験したなかで最高のキスだった。ひょっとしたら人類史上最高のキスかもしれない。終わってほしくなかった。

けれどすべてのものには終わりがある。それにしてもわたしたちのキスの終わり方は、わたしの世界を揺るがすものだった。

ミッチが唇を離した。彼の額がわたしの額にふれるのを感じた次の瞬間、彼はうなり、わたしをぎゅっと抱きしめた。肺にわずかに残っていた空気が押しだされた。

「まいった、驚いたな、ベイビー。こんなにキスがうまいなんて」

わたしがゆっくりまぶたをあけると、彼はすぐ目の前にいた。わたしはなにも考えられないから、なにも考えていなくて、自分を抑える間もなく、息をあえがせてばかなことを口走っていた。「すごい、いままでで最高のキスだったわ」

わたしの頭皮にふれている彼の指に力が入り、彼は衝撃的な返事をした。「まさにそのとおりだ」

ここでわたしは、息を荒らげているのは自分だけじゃないことに気づいた。わたしたちの吐息は、まだふれそうなほど近くにある唇の上で混じりあっている。ふたりで見つめあい、ふたりとも寸分たりとも離れようとはせずに、互いに腕をしっかりと回して抱きあっていた。

「ああ」彼はささやき、さらに腕に力をこめる。彼の口の片端があがり、その目が温かくなる。「このマーラとならうまくやれそうだ」

わたしはゆっくり目を閉じた。

なんてこと。わたしったら、なにをしたの？

まぶたをあけ、ささやき返した。「ミッチ――」

わたしが次の言葉を発する前に、ドアを激しくたたく音がした。

そして母の怒鳴り声が聞こえてきた。「マラベル・ジョリーン・ハノーヴァー！

さっさとこのドアをあけな！」

その瞬間、わたしは顔もからだも、恐怖に凍りついた。

10

　わたしはミッチの腕のなかで凍りついていた。わたしと密着している彼のからだもこわばるのがわかった。彼ははっとしたように顔をあげた。ドアがバンバン叩かれ、ママが怒鳴り、ビルの母親のルーラメイ伯母さんがいっしょになって叫んでいるのを聞いて、わたしは頭のなかが真っ白になった。

　甲乙つけがたいとは言え、ルーラメイ伯母さんは、ママよりもぶっ飛んでる。厄介が二倍だ。

　わたしは家を出てから一度もふたりと会っていない。もう十三年近くも会っていないことになる。

　なんなの？　ふたりとも夜の十時過ぎにうちのドアの前でなにしてるの？　そもそも、なんでここにあらわれたりするの？

「このくそドアをさっさと開けろって言ってんだろ！」ママが金切り声をあげる。

「なんなんだ」ミッチはぼそっと言い、わたしの肩越しにドアのほうを見ている。彼はわたしを放し、ドアのほうへと向かいはじめた。

わたしははっとわれに返り、前に駆けだした。彼の手をつかみ、無我夢中で力いっぱい引き戻した。彼は首をめぐらせ、わたしを見下ろす。

「あけないで」わたしはささやき声で懇願した。その表情に、わたしが感じているパニックがそのまま表れていたのだろう、ミッチはわたしの手を握る指に力をこめ、怪訝そうに目を細めてわたしを見下ろした。

「マラベル！」ルーラメイ伯母さんが金切り声で呼ぶ。「おまえがこのドアをあけてうちの孫を返すまで、ここを一歩も動かないからね！」

その言葉を聞き、わたしはとっさにミッチの手を放し、急ぎ足で後ずさってコーヒーテーブルにぶつかった。足をとめ、恐怖のまなざしをドアに向けた。

ビルだ。ビルがあのふたりを呼んだのだ。ビルのばか！

「ドアをあけな！」ママが叫ぶ。けれどこのとき、ミッチがふいにわたしのそばにきて、顔を寄せた。

「急いで説明して」彼がささやく。

「わたしの母と、ビルの母親のルーラメイ伯母さん」

「困った事態なのか？」彼が尋ねた。

わたしはうなずいた。「最悪」

「近くにいる親類縁者はきみひとりだと言っていたと思うが」ミッチは考えこんでいる。

「あのふたりは近くにはいないの。アイオワに住んでるのよ。わたしは家を出てから、一度も会ってない。十三年ぶりだわ」

ミッチの目がきらりと光る。「あのろくでなしが呼んだんだな」彼は吐き捨てるように言った。

わたしはまたうなずいた。

「マラベル！」ママが金切り声をあげる。

「いい加減、静かにしてくれないかな。でないと警察を呼びますよ」騒音のなかにデレクの声が割って入る。

「すっこんでろ！」ルーラメイ伯母さんが言い返す。

「親しくはなかったんだ」ミッチが言い、わたしは彼の肩に向けていた視線を彼の目に戻した。彼がわたしの目の奥をのぞきこんだ。

「あまりうまくいっていなかったの」わたしがささやくと、ミッチは歯をぐっと食いしばった。

　ドアを乱暴に叩く音が続き、ルーラメイ伯母さんの声がした。「デブったケツをさっさと上げてベッドから出といで！　ドアをあけな！」

「怒鳴らないでくれよ！」デレクが怒鳴る。

「子供たちは？」ミッチが尋ねた。

　わたしは首を振った。「ビルはわたしとおなじくらい、あのふたりのことを嫌ってる。子供たちはどちらとも会ったことはないわ」

「マラベル！」ママが甲高い声で呼ぶ。

「見えないところに隠れて」ミッチが命じ、わたしはきょとんとして彼を見上げた。

「え？」

「わかりました。警察を呼びますからね」デレクが言った。

「好きにしな！　むしろ好都合だよ。あんたの隣に住んでるのは、人でなしの誘拐犯なんだからね！」ルーラメイ伯母さんが叫ぶ。

「マーラ、さあ」ミッチが急かすように言った。「隠れて」

「わたしは――」

　彼の手が伸びてきて、わたしのほおをつつんだ。「さあ、ベイビー」

わたしはうなずいた。そして子供部屋のドアがある廊下のつきあたりまで走った。廊下の壁にぴったりと張りつき、子供たちがぐっすり眠ったままでこの騒ぎを聞くことがありませんようにと祈っていた。

われながらとんだ意気地なしだとは思うが、それはしかたがない。わたしがアイオワを、そしてあのふたりのもとを離れたのにはわけがある。そのふたりがうちのドアのそとにいるのだ。ミッチはからだも大きいし、なにしろ警察官だ。彼が今回対決しなければならないような相手と対決しなければならなくなったのはわたしとしても不本意だけど、純粋なパニックに突き動かされているいま、わたしが考えられるのは、自分より彼のほうがうまくやってくれそうだということだけだった。ミッチはそれから離れることができる。でもそれは、わたしの血に染みついている。それはわたしのなかに潜伏していて、わたしとしては自分のその部分が目覚めては困る。

だからわたしは、ミッチがドアを細目にあけて、戸口をふさぐように立ち、背後にいるわたしがふたりからは見えないようにしてくれたのを、ただじっと見守っていた。

ここでママの声がした。「やっとお出ましかい……あんただれ?」

「ぼくはミッチ・ローソン刑事です」ミッチが答えた。

少し沈黙があってから、ルーラメイ伯母さんが、「ここはマーラの家じゃないの?」

「マーラの家です」ミッチが言い、マズいと思っていると、彼はさらにマズいことに嘘をついた。「ぼくたちはつきあってます」

「マーラがデカとつきあってるって?」ママが尋ねた。その声はショックと疑念と嫌悪にあふれていた。まるでわたしが連続強姦魔とつきあっていると知らされたかのようだった。

「ええ、そうです。彼女からおふたりとは疎遠になっていると聞いています。きょうのところはお帰りいただいたほうがいいと思うんですが」ミッチは言った。

「疎遠ね! そう、そりゃあいい。上等じゃないか。さすがマラベル・ジョリーン・ハノーヴァーさまだ。てめえのウンコは臭くないみたいに気取りやがって。自分の母親を疎遠にしたってわけだね。ったく、おかしくてケツがもげそうだよ」ママは言った。

なぜそんなことがおかしいのだろう。わたしにはわからなかった。わたしと母はじっさい疎遠だった。だれかと十年以上も会いもせず連絡もとっていなかったら、それはもう疎遠と言っていいはずだ。もちろん、ママのことだから、言葉の意味がわかってないということも、じゅうぶん考えられる。

「さっきも言ったとおり、きょうのところはお引きとりください」ミッチがくり返す。

「あたしのかわいい孫を返してくれたらさっさと帰るよ」ルーラメイ伯母さんが口をはさんだ。

やっぱりそういうことか。そのためにあらわれたのだ。わたしが危惧していたとおり……。もう！

「マーラはお孫さんたちについて、一時的な後見人の権利を与えられています。なので、申し訳ありませんが、お渡しするわけにはいきません」ミッチが答えた。

「後見人の権利だって？　ふざけるな。子供たちはあんな堅物の性悪なんかじゃなくて、お祖母ちゃんのとこにいるのがいいに決まってるじゃないか。そこをどきな。あたしが孫たちを連れてくるから」ルーラメイ伯母さんが言い返す。

「勝手に入るような真似は控えてください。さもないとぼくとしても家宅侵入罪で応援を呼ばなければならなくなりますよ」ミッチが刑事の顔になって言うが、わたしにはふたりが強引に入ってくるであろうことはわかっていた。

なんてこと……。

「あたしをかわいい孫から遠ざけようったって、そうはいかないよ！」ルーラメイ伯母さんが甲高い声で叫ぶ。

「ぼくもお孫さんのことはよく知っていますが、あなたについて話しているのなんて、一度も聞いたことがないですね」ミッチは静かな口調で、半分嘘で半分ほんとうのことを言い、続いて真っ赤な嘘を言った。「あの子たちの学校の先生も、校長先生も、お祖母さんについてはなにも言ってなかったな」さらに彼は真実を語りはじめた。「ふたりの学校に届け出てある緊急連絡先はマーラです。ビル・ウィンチェルは現在拘留中で、逃亡の危険があることから、保釈される見込みはありません。彼には弁護士を雇う余裕はなく、検察側はじゅうぶんな証拠を握っています。いずれにせよ、彼はあの子たちを養育するにふさわしくなく、それを裏付ける証拠もじゅうぶんにあります。マーラの一時的な後見人としての権利は、遠からず恒久的なものになるでしょうし、あなたはそれを検討する際に要素として考慮されることもありません。お孫さんたちに会いたいと思うなら、常識的な時間にマーラに電話して面会を求め、そのうえで節度ある大人として希望を伝えてください。そうすれば彼女がいつどのようにお孫さんに会わせるかを決めるでしょう。お孫さんに会いたいなら、マーラにあなたたちの不利になるような証拠を与えないほうがいいから、これ以上騒がず、車に戻って、すぐにこの場を離れるべきでしょうね。そしてあらためてマーラに電話して、この件について円満に話しあう場をもうけてください」

「あのさ、おまわりさん、あたしにはそのデカの口から出てくるお上品な言葉の半分もわかんなかったんだけどね、あんたがどれほど唾飛ばして叫ぼうと、あたしを騒がないようにさせたり、この場を離れるようにさせたりはできないんだよ。孫に会わせてもらうまではね」ルーラメイ伯母さんが言い返し、わたしはぎゅっと目をとじた。

「デカってのは、なんでこういうしゃべりかたするんだろうね？」ママがルーラメイ伯母さんに訊いた。

「知るもんか」ルーラメイ伯母さんが応える。

あきれた。まるでおばかなスカンクとその相棒の低能スカンキーだ。

「発車係か？」ミッチの声がし、わたしははっとして彼のほうを見た。彼は耳に携帯電話をあてて、続けた。「ああ、ローソン刑事だ。エヴァーグリーンに二台ほど寄こしてほしい。C棟の二階。騒乱行為だ」

「おまわりを呼ぶなんて、ナメた真似してくれるじゃないの！」ルーラメイ伯母さんが金切り声で言った。

「ふざけんじゃないよ！」ママが怒鳴る。「さっさとこいつを孫に会わせりゃいいんだよ！　なにがそんなに難しいのさ？」

「そうか？　助かるよ。じゃ」ミッチは言い、電話を切って言った。「あと一度でも怒鳴ったり、床を踏み鳴らしたりして、子供たちやマーラのご近所さんを起こそうとしたら、ぼくがこの手であなたたちふたりに手錠をかけ、下の歩道まで引きずっていって、適当な罪状で逮捕しますからね。そのとき選ぶのは、治安妨害なんて生易しいもんじゃない。試さないほうがいい。冗談で言ってるんじゃない。ぼくは本気です」

彼の言葉に、相手はぐうの音も出なかった。わたしがそう思ったのは、ミッチの雰囲気も声とおなじくらい真剣で、彼の声は真剣そのものだったから。ママとルーラメイ伯母さんは、けっしてのみこみがいいほうじゃないけれど、留置場とも無縁ではなくて、何度かお世話になった経験がありつつ、そこを気に入った例しは一度もなかった。

そこでミッチが言った。「わかっていただけましたね」少し間を置いてから、また彼は事実に反することを言った。「ではこれで、失礼します」彼はドアを閉じた。

すると、多少落とした音量で、「一方的にドアしめるなんて、失礼じゃないのさ!」ルーラメイ伯母さんの声だ。

「豚野郎!」

これはママ。

近づいてくるミッチを、わたしは眺めていた。そとが静かになると、わたしは子供部屋のドアのところへ行って、そっとあけてなかをのぞきこんだ。ビリィは大の字になり、からだが上掛けから半分飛びだしていた。手にはミッチがくれたピンクのテディベアをしっかり握り、死んだように動かない。ビリーは横向きでボールのようにぎゅっと丸まり、両手を枕の下につっこんでいる。ふたりともよく寝ている。

よかった。

わたしが廊下に出てドアをそっとしめ、ふり向くと、ミッチがそばにいた。

「だいじょうぶか？」彼が小声で尋ね、わたしはうなずいた。

それからわたしは急ぎ足で廊下の先の玄関まで行き、のぞき穴をのぞいた。なにも見えなかったので、耳をドアにあてたが、なにも聞こえなかった。

それから玄関のそばの壁に移動し、頭をそこに打ちつけた。わたしはそれをくり返した。ミッチがそばに来たときも、わたしはまだそれを続けていた。

彼の手がわたしの二の腕をつかむ。「スイートハート、」彼はわたしを壁から引きはなした。

わたしは彼を見た。

「すごくわかりやすい例でしょ」わたしは言った。

ミッチは唇を結び、おかしそうな顔は、わたしがなにを言いたいのか理解しているように見えた。わたしは目を細めて彼の唇を見てから、その目に視線を戻した。

「もう一度例の議論の続きをする？　現実社会には人間の種類なんてものはないっていう話を？」わたしは尋ねた。

「マーラ」彼はささやく。

「あなたのママをここに呼んでみる？」わたしは尋ねた。「うちのママの隣に立たせて、比べてみる？」

ミッチはわたしの腕をつかってわたしのからだをたぐり寄せ、わたしのからだがじゅうぶん近くまで来ると、両腕で抱いた。

「ああ」彼は答えた。「例の議論の続きをしよう。きみはやっぱり間違ってるからね。だがせっかくの機会だから、きみの別の間違いを指摘させてもらおう。ぜんぶひとりでしょいこんでもだいじょうぶだってことについてもきみは間違ってる。これでぼくが正しいってことが前以上に明らかになった。もともとぼくが正しかったうえに、だ」ミッチは言う。彼の手はなだめるようにわたしの背中を上下にさすっている。精神的に疲れきっていても、その心地よさは否めなかった。

「正しいのはわたしよ。あなたはわたしとはまったくちがう世界で生きてるの」わたしは言った。

「スイートハート」彼はつぶやき、口元をほころばせている。なぜかこれをおもしろがっているようだ。ぜんぜんおもしろくなんかないのに。

「あなたのお母さんは、きっとニットアンサンブルを着てるんでしょうね」わたしは言った。

「ぼくはそいつがなにかも知らないぞ」ミッチが言う。

「おそろいのセーターとカーディガンの上品なセットよ」わたしは説明した。

「だから？」ミッチが訊いた。つまりニットアンサンブルの件はわたしのにらんだとおりだということだ。

「きっと、それにスカーフを添えたりもするんでしょうね」わたしはダメ押しした。

「だから？」ミッチがくり返す。

やっぱり。スカーフもするんだ。

「きっと、ニットアンサンブルを完璧に引き立てるとってもきれいなスカーフを選ぶんでしょうね」

「マーラ」彼の声の震えは、彼がもう少しで笑いだしそうだということを示している。

「うちの母、胸の谷間を見せてなかった？」

これが決め手になった。楽しい雰囲気が消え、彼が顔をしかめるのが見えた。はっきりしかめたので、じっさいには見ていないけどただ単に一般論としてみっともないというのではなく、ミッチはその実物を見て、しかも彼の脳裏に醜い記憶として焼きついているのだとわかった。

「胸の谷間を見せてたのね」わたしは彼の肩に向かって吐き捨てるように言った。母がそれをたっぷり露出していたのだと思うと、そしておそらくルーラメイ伯母さんもおなじようにしていたのだと思うと、恥ずかしくてたまらなかった。

「マーラ」ミッチがわたしの名を呼び、わたしは彼を見上げた。

「どんなにがんばったって、わたしたちうまくいくはずないわ」わたしはささやいた。

彼の手は、なだめるようにわたしの背中を撫でるのをやめて、一方はわたしのウエストを抱き、もう一方はわたしの首をのぼってきて髪に差し入れられた。

「黙って」

「あなたはわたしとは別の世界に住んでいるのよ」わたしはもう一度言い、彼の顔がおりてくるのを見つめた。「上の世界に。わたしは下の世界にいる。けっして交わることないふたつの世界」

わたしの言葉の最後は、わたしの唇に向かっておりてきた彼の唇に吹きかけるようにしてつぶやいていた。

「黙るんだ」彼は唇をふれ合わせながらもう一度言った。

「ミッチ——」

「よしわかった、ベイビー、黙らせてやる」

彼は言葉どおり実行した。首をかしげ、その唇でわたしの唇をふさいだ。さっきのとてもディープで度肝を抜かれるような、世界を揺るがすような、人類史上最高のキスが、ふたたびくり返された。

ミッチの唇が離れたとき、わたしは彼にしがみつき、からだを押しつけていた。わたしの手は、彼の髪に差し入れられている。ミッチの髪は、ほんとに信じられないほど美しい。

「あなたはほんとに美しい髪をしてるのね」わたしは彼の唇にささやいた。

ミッチが唇をふれ合わせながらほほえむ。

そして彼はまたわたしにキスし、それがあまりにすばらしかったので、彼の唇が離れたとき、わたしはもう顔を上向かせておくことができなくなっていた。首をうなだれ額を彼の肩に預けて、なんとか息を整えようとしていた。

「まいった、きみはすごいキスをするな」彼はわたしの耳元でささやいた。

ミッチは間違えている。上手なのは彼のほうだ。わたしはただ、このお祭りに熱心に参加しているだけ。

心の平穏を保つという点では、これはけっしてよろこぶべき展開ではない。ミッチが、彼にまつわるほかのすべてのすばらしいことや、彼がわたしの隣人であり、彼がわたしに〝夢中だ〟と断言している事実に加えて、史上最高のキスをする人だということは、心の平穏とはまるで反対だった。

「なんでまだここにいるの？」

ミッチが身をよじってふり返り、わたしは彼のからだの向こう側に目をやって、ふたりともビリーを見た。ビリーは廊下の入口にパジャマ姿で立っていた。その顔はほんの少し眠たげで、ほんの少し怒っているようでもあった。

最高だわ。ミッチの腕に抱かれているところをビリーに見られるなんて。彼はどうやら五分前には狸寝入りをしていたようだ。

わたしはミッチの腕を離れ、従兄の息子に向かって歩きながら言った。「ビリー――」

彼は怒りのまなざしをミッチからわたしに移し、尋ねた。「さっき怒鳴ってたのはだれ？」

わたしは彼の前でとまり、ひざをそろえてしゃがんだ。「あしたの朝、話しましょう」静かに言った。「いい子だからベッドに戻って、しっかり眠りなさい」

「なんでこの人がまだいるの？」ビリーはわたしの頼みを無視し、ミッチのほうに顔を向けて尋ねる。

「彼は――」

ビリーがわたしの言葉を遮った。「この人はいてくれたかと思ったらいなくなって、そしたらまた戻ってきて、今度はおばさんといちゃついてる。あしたはまたいなくなるんだろ？」

「あしたはあなたたちと一日いっしょにいてくれるわ、ハニー、さっきそう言ったでしょ」

「その次の日は？」ビリーが尋ねる。

「わたしが――」

ビリーは視線をあげ、ミッチのほうを見て、彼に言った。「あんたがいなくても、ぼくたちはだいじょうぶだから。マーラおばさんが仕事に行くときは、ぼくがビリィの面倒を見る。うちではずっとそうしてきたんだ」

わたしは手を伸ばし、ビリーのほおを手のひらでつつむようにしてこちらを向かせた。「言いたいことはわかったわ、ビリー」わたしは静かに言った。「まず第一に、ビリィとふたりきりでいるのはだめ。あなたは賢いし、妹の面倒をよく見てくれるけど、パパがあなたたちをふたりきりにしてたのは、ほんとうはいけないことなの」ビリーがわたしをにらみはじめる。わたしは手を離し、先を続けた。「第二に、これは前にも言ったけど、ミッチはとてもいい人で、わたしたちを助けようとしてくれて、じっさい、助けになってくれているの。自分たちのことを助けてくれている人に向かって、喧嘩腰になったりしたらいけない」わたしはビリーにさらに近づき、もっと静かな声になった。「あと、さっきドアのところに来てたのは、わたしのママと、あなたのお祖母ちゃんだったの」これを聞いて、彼の目の表情がさらに険しくなった。わたしは続けた。「あとでまた詳しく話すけど、パパもわたしも、ふたりともあのふたりとはあんまり仲がよくなかった。なのに、なぜかわからないけどふたりがいきなりここに来たから、わたしはそれについてどうしたらいいか考えなきゃいけないの。でもそれには、いまみたいに仕事で疲れて夜の十一時近くなんかじゃないときに、ちゃんと時間をつくらなきゃ。ミッチがここにいてくれて、ふたりの相手をしてくれてよかったわ。彼がそうしてくれて、とても感謝してるのよ」

ミッチの視線が背中に注がれているのを感じた。そしてわたしの顔を見つめるビリーの視線の強さも。

「あの人、孫に会わせろって言ってたよね」ビリーが言う。

「ええ」わたしは答えた。

「あの人、ぼくたちを連れてく？」

「いいえ」わたしはきっぱり言った。

「でも連れていこうとする？」ビリーが執拗に訊く。

「たぶん」わたしは正直なところを答えた。

ビリーの目がミッチのほうを向き、またわたしのところへ戻ってきた。「この人は、ぼくたちがここにいられるように、おばさんに手を貸してくれる？」

「あのね、ビリー、さっきも言ったとおり、それがミッチの仕事なの。それにミッチはそういう人なの。みんなの力になっているの」わたしはビリーに思い出させようとした。

ビリーの視線が、またミッチに注がれる。「あんた、またどこかに行っちゃうの？」

彼は答えを求めている。

ああ、もう。

わたしは身をよじってミッチのほうを見た。

「ぼくはこのあいだもどこかへ行ってなんかいないぞ、バド」ミッチが答えた。「ぼくはいつも通路の向かいにいる」

「出ていったじゃないか」ビリーは責めるが、彼は間違っている。わたしがミッチを追い払ったのだ。ビリーはそれに胸を痛めている。深く。

ああ、もう！

「わかった。答えはノーだ。ぼくはまたどこかへ行ったりしない」ミッチが言った。

ああ！　もう！

わたしは怒りのまなざしをミッチに向けた。なぜって彼は、わ、わ、わたしが守ることのできない約束をしてしまったから。

「ビリィはあんたのことが好きだ」ビリーがミッチに言う。

「ぼくもビリィが好きだよ」ミッチがビリーに言う。

ビリーはしばらくミッチを眺め、ミッチはじっと立って彼に眺めさせていた。

そしてビリーは決断した。「ぼくはベッドに戻るよ、マーラおばさん」

それはありがたい。これは執行猶予だとわかっているけれど、いまのわたしには執行猶予が必要だった。

わたしはビリーのほうを向いた。「そうね、ビリー、じゃ、あしたの朝にね」

ビリーがミッチを見上げた。「あしたもまた来る?」

「あしたもまた来るよ」ミッチが約束した。

ビリーはうなずき、わたしのほうを見てからくるりと向きを変え、行ってしまった。

わたしはしゃがんだまま彼が部屋に入ってドアがしまるまで見守り、それから腰をあげると、ミッチのところまで行き、彼の手をつかんで玄関のほうへひっぱっていった。玄関のドアを開け、そとに引きだして、ビリーの耳が届かない通路でお説教するつもりだった。が、ミッチのほうがすばやかった。彼はドアに手を伸ばし、それをしめると、わたしの背をドアに押しつけ、わたしの前に立ちはだかって、身動きをとれなくした。

そして彼は両手でわたしの腰をはさみ、その手をうしろのほうへすべらせながら言った。「そうはいかないぞ、スイートハート」

「こんなことするなんて信じられない」わたしは語気強くしてささやいた。両手で彼の肩に置いて押しとどめようとしたものの、彼の顔がとても近くに来たとき、見えるのはそれだけになった。わたしは押すのをやめた。

「きみがあんなふうにぼくにキスをして、それからトレーラー住まいのふたり組――トレーラー・トラッシュ・ツインズがあらわれて、それからビリーが出てきてぼくに喧嘩を吹っかけて……。もう一度言おう、あんなふうにぼくにキスをしておきながら、ぼくを通路に引きずりだし、また追い返そうとしても許されると思ってるなら、スイートハート、そのおツムを一度調べてもらう必要がある」

「それはあなたが決めることじゃないわ」わたしはささやいた。

「いや、ぼくが決める。一週間前、ぼくはしくじった。怒りに任せて立ち去ってしまった。おなじ過ちは、二度とくり返さない。きみは溺れかかってるんだ、マーラ。ぼくは通路の向かいに住みながら、それを黙って見ているような真似はできない。そんなことをすれば、きみは水底に沈んで、ぼくはきみがその口でほかにどんなことができるか知るチャンスを逃してしまうからね。言っとくが、その口からひねくれためちゃくちゃな言葉を吐くってことじゃない」

「ミッチ！」わたしは思わず声をあげた。うしろに回されていた彼の手の片方があがってきて、わたしのあごを支えた。

「ベイビー、」彼は優しく言った。「少し立ちどまって、息をして、あのふたりがドアの前で怒鳴ったときにどう感じたか思いだしてみるんだ。それから、ビリーについても考えてみてくれ。あと、さっきのキスについて。それをしたあとでもなお、ぼくが必要ない、消えてほしいと言うのなら、それが本気だとぼくを納得させられるなら、ぼくは明日も勤務を入れていなくなるよ」

「消えて」わたしは即答した。

ミッチはにんまりし、ささやいた。「マーラ、スイートハート、まだ息もしてないじゃないか」

わたしは彼をにらみあげ、息をした。そこで気づいた。トレーラー・トラッシュ・ツインズの攻撃は、まだ半分も終わっていないだろう。ビルはわたしを脅して、最悪の手をつかってきた。自分もあのふたりを嫌っているくせにあえて呼んだ。あのふたりならわたしを脅せることを知っているから。きょうのこれはまだほんの手始めで、この先にはもっと大変なことが待っているにちがいない。

そしてわたしは、先週のことを思いだした。ミッチがどれほど貴重な助けを申しでてくれていたか、あのときはまだわからなかった。いま彼の申し出を受けいれなかったら、わたしはうちの母とおなじくらいばかだ。なぜなら、わたしにはそれが必要に決まってるから。それだけじゃない。子供たちはミッチのことが好きだし、ビリーの場合は、彼の人生の輝かしい一ページに、せっかくまともな男性が登場したにもかかわらず、わたしはそれを追い払ってしまった。もう二度とおなじ過ちはくり返さない。もしわたしが、ミッチにたいする自分の気持ちにおびえて（これについてミッチは正しい）それをくり返すなら、子供たちにとって正しいことをするというわたしの覚悟と能力がそれだけのものだということになる。

キスについては、考えないことにした。キスについてはぜったいに考えないし、あんなことは二度とないと決めた。

ミッチの顔を見た。「もう寝なきゃ」

「マーラ――」

「だけど」彼を遮って言った。「あなたの協力については、あした話しましょう」

「きみにはぼくが必要だってことか？」

「子供たちはあなたになついてるし、ビリーにはあなたが必要だから、あなたが協力してくれるのなら、その言葉に甘えようと思って」

彼の笑みが満面に広がる。「つまり、きみにはぼくが必要だってことだ」

「どっちでもいいわ」わたしはむっとして言った。「もう寝てもいい？」

「ああ、スイートハート、」彼は言いつつも、放そうとしない。

わたしは待った。

「そろそろ放してくれる？」だいぶ長いこと放す気配がなかったので、わたしは尋ねた。

「ああ、おやすみのキスをしてくれたらね」ミッチが答える。

「いいえ、もうキスはしない。それについても、あしたまた話しましょう」

「きっとすごくいいよ」彼はつぶやいた。さっきからずっと笑顔のままで！

「もしもし、ミッチ・ローソン刑事？」わたしは呼びかけた。「放してくれる？」

彼の目が翳った。その翳り方がすてきで、それに見とれるあまり、わたしの目は焦点を失っていた。おまけに彼の目が翳っていることにばかり注目していたものだから、彼の唇が近づいてきたことには気づかなかった。最後の瞬間に、わたしは身を引いた。頭がドアにぶつかり、彼の唇がわたしの唇をかすめた。

彼は唇を寄せたまままささやいた。「おやすみ、マーラ」

「おやすみなさい、ミッチ」息苦しさを感じ、心臓が激しく打つなか、わたしはささやき返した。

彼は唇をふれ合わせたままにっこりした。

そしてようやく放してくれた。

11

遠くに音が聞こえた。男性の低く魅力的な声。少年の低くない声。小さな女の子の低さとは無縁の声。そして、テレビの音。

わたしは目をあけ、アラーム時計に目をやった。もう九時近い。

目を瞬いた。

いけない！　なんでアラームが鳴らなかったの？

上掛けをがばっとはねのけ、ベッドから飛びだして、バスルームのドアめがけて走り、裏にかけてあるバスローブを手に取って、丈の短いナイティの上に着てから、閉じた寝室のドアへ突進した。続いてバスルームへ駆けもどり、トイレの上の棚のかわいいピンクのガラスボウルからヘアゴムをひとつ取りだした。このボウルには、わたしの執着の賜物のコレクション、これまで人類が手にしてきたすべての色のヘアゴムが収められている。それから髪を後頭部で雑なポニーテールにまとめながら寝室を飛びだした。

居間兼台所兼食堂に行くと、コーヒーテーブルの上に半分空になったドーナツの箱があった。ミルクを飲んだあとの空のグラスは、コースターなしで置かれていて、テレビにはアニメが映っていた。ビリーは肘掛椅子に大の字になり、ビリィはほぼミッチの上で大の字になり、ミッチはソファーに大の字になっている。

三人の目がいっせいにわたしに注がれた。

「マーラおばちゃん！　ミッチがおそとに連れていってくれて、ドーナツを買ってくれたの！」ビリィは声をあげつつも、ミッチの上で大の字になったきり動こうとしない。

言われなくてもわたしは気づいていた。テーブルにドーナツがあるし、見るからにべたべたしたチョコレートのアイシングがビリィの口を覆っていたからだ。

「見てわかったわ、ベイビー」わたしは言い、視線をミッチに向け、網膜から放射するレーザービームを彼に照射した。彼は九時前にわたしの家のソファーに寝そべって子供たちとドーナツを食べたりするべきじゃない。そもそも、彼は十一時までわたしの家に入ってきちゃだめだ。あいにくなことに、わたしの網膜レーザービームは故障中で、ミッチを灰にすることはできなかった。

「ぼくたちに好きなのを選ばせてくれたんだ」ビリーがわたしに報告したので、彼のほうを見ると、彼のお気に入りの新しいTシャツの胸にパウダーシュガーがこぼれている。

「お礼は言ったの？」わたしは尋ねた。

ビリィが首をよじってミッチのほうを見上げ、手をあげて彼の胸をぽんぽんと叩き、彼の顔に向かって叫んだ。「ありがと、ミッチ！」

「ああ、ありがとう、ミッチ」ビリーも渋々声を合わせる。

わたしはなにをすべきか考えあぐねて立ちつくしていたが、脳裏をよぎるさまざまな選択肢のうち、最優先すべきはチョコの輪っかが着いたビリィの口だと判断した。そこで台所に行き、ペーパータオルをつかみ、それを湿らせて、ソファーに寝そべっているビリィとミッチに近づいていった。ふたりのそばでひざを閉じてしゃがみ、ビリィのあごをつかんで拭きはじめた。

「顔じゅうチョコだらけじゃないの、ハニー」わたしは拭きながら言った。

「知ってる」ビリィは言い、わたしが拭いてる最中にも唇の片方をあげ、曲がった笑みを浮かべた。「あとで舐めようと思ってとっといたの」

わたしはチョコを拭いて、彼女の目をまっすぐに見た。「ドーナツをいくつ食べたの？」

「百万個！」ビリィは声をあげる。

「そう」わたしは言った。「ほんとうはいくつ食べたの？」

ビリィが手をあげ、わたしは彼女のあごを離した。ビリィが指を三本立てるのが見えた。

ほらね？　子供って、小さいからだに似合わない量を食べるのよ。小さなビリィの胃袋に、どうやったらドーナツが三つも収まるのか、わたしには謎だった。

曲がった笑みは、あいかわらずビリィの顔に張りついている。わたしは笑みを返し、彼女のあごをまたつまんで、その顔を引き寄せると、身をかがめておでこにキスをした。そして解放した。

「ぼくにはしてくれないのか？」ミッチの低い声が響いてきて、わたしは彼のほうを向いた。

「あなたは唇にチョコなんてついてないじゃない」わたしは言った。ミッチの目がほほえむ。わたしは彼の目がほほえむのを全身で感じ、次にすべきはここから逃げだすことだと判断した。

けれど腰をあげたとき、ミッチの温かく力強い指がわたしのひざの裏側をつかみ、この計画ははばまれた。

わたしは足をとめ、息をのみ、彼を見下ろした。

「よく眠れたかい?」ミッチが尋ねた。

「もちろんよ。〈スプリング・デラックス〉で寝てるもの」わたしは答えた。ひざのうしろの皮膚に食いこむ彼の指が白熱しているように感じられる。

わたしの答えを聞き、ミッチの目のほほえみが顔全体に広がり、わたしはからだの奥がきゅっとなるのを感じた。

そこでわたしは尋ねた。「子供たちがあなたを家に入れたの?」

「いや、きみの合鍵を見つけてくすねておいた」

わたしは今度こそ作動しますようにと祈りながら、ふたたび網膜レーザービームのスイッチを入れた。不発だった。

しかたなく、不機嫌な声で尋ねた。「勝手にわたしの合鍵をもっていったの?」

「自分の家だと思ってくつろげって言ったじゃないか」

わたしは歯ぎしりをした。

そして言った。「そういう意味じゃない」

ミッチはなにも答えず、これまで言いあっているわたしたちの顔を交互に見比べていたビリィは、期待をこめた目でわたしの顔をじっと見た。

ここでわたしははっと気づき、尋ねた。「ひょっとしてあなた、なぜわたしのアラームが鳴らなかったか、理由を知ってる？」

「ぼくがオフにしておいたからかな」彼は答えた。

わたしはそれを聞かされ、身をこわばらせた。彼をじっくり眺めながら、彼がわたしが寝ているあいだに家へ勝手に入ってきて、わたしの寝室に侵入し、時計のアラームをオフにする行為について自分がどう感じているか考えてみた。それから彼が子供たちの服を着せ、そとへ連れていってドーナツを買ってくれたことについてもどう感じているか考えた。さらに、わたしが寝坊しているあいだに彼が子供たちにドーナツを食べさせてくつろいでいたことについてどう感じているかについても考えた。

わたしが結論を導きだそうとしているあいだ、ミッチはわたしの目をじっと見つめ返していた。そして結論――わたしとしてはなんか気に入らない。

「わたしたち、通路でちょっと話をしたほうがいいんじゃないかしら」わたしが提案すると、ミッチはわっと笑いだした。なぜか知らないけど、ビリィまでいっしょになって笑っている。わたしは彼の手から脚を引き抜き、彼が届かないところまで遠ざかった。「冗談じゃなくて、話があるのよ、ミッチ」わたしは食いさがった。

ミッチはあいかわらず満面の笑みを浮かべながら言った。「話をするのはいいよ、スイートハート、だけど通路っていうのはなしだ」

「いいわ」わたしは吐き捨てるように言い、くるりと方向を転じると、足を踏み鳴らして自分の寝室に向かった。

けっして望ましい選択肢ではないが、これ以外に選択肢はない。子供部屋は子供たちのもので、子供たちにもそう思っていてほしかった。廊下のバスルームは小さすぎる。残るのはわたしの寝室だった。

わたしがペーパータオルを自分のバスルームのゴミ入れに捨てたころには、ミッチもわたしの部屋へ来て、わたしは寝室に出た。わたしは腕組みをし、片足を前に出し、つま先をトントンしないことに思考を集中しようとしていた。ほかのことに思考がそれたら、なにか暴力的なことをやらかしてしまいそうだったから。

ミッチがドアをしめ、それにもたれた。腕組みをして、わたしの全身を眺めまわす。「かわいい寝間着だ」彼がぼそっと言い、わたしははっと目を落としながらとっさにローブの胸元を閉じた。なかにはピンクの花が描かれたクリーム色の綿のカットソー素材のナイティを着ている。

わたしはローブのウエストベルトをしっかり締めた。この上に七枚重ね着する前に、あわてて部屋を飛びだした自分の行動を反省していた。そしてまた腕組みをして、ミッチの目をまっすぐに見た。

話そうとして口を開き、また閉じた。そしてまた開いた。そしてまた閉じた。

そして言った。「どこからはじめたらいいのかわからないわ」

「ここに来てぼくにおはようのキスをするところからはじめてみたら？」ミッチが提案した。

わたしは思わず彼をにらみつけた。

ここで言った。「どこから話せばいいのかわかった」

彼は口元を軽くほころばせてから言った。「言ってごらん」

「まず第一に、マーラ・ハノーヴァーの住居においては、コースターを使用すること」わたしは高らかに宣した。

ミッチはまた口元をぴくっとさせて、「憶えておくよ」と言った。

「第二に、」わたしは続けた。「わたしたちのあいだに境界線をもうけること」

「境界線？」ミッチが訊き返す。

「そう、境界線」わたしはうなずいた。「たとえば、いまわたしたちがこの部屋にいるのは、ビリーとビリィの部屋はあの子たちの部屋で、ふたりに、あそこは自分たちのスペースなんだって感じてほしいからよ」

「そうだな」ミッチが同意する。

「もうひとつの例としてはこれよ、」わたしは手を振って示した。「ここはわたしのスペースで、わたしがここにひとりで眠っているときには、だれもここに入ることは許されないし、そう、たとえば、わたしのアラームをオフにするようなこともしちゃいけないの」

「きみが眠っていないときには、だれか、たとえばぼくとかが、ここに入ることは許されるのかい？　たとえば、きみがそのかわいい寝間着を着て起きていて、そのローブを脱ぎながらぼくに直々に〈スプリング・デラックス〉の卓越した性能を紹介してくれるなんて場合には？」

わたしはわずかに身を乗りだし、言った。「冗談で言ってるんじゃないのよ、ミッチ」

「ぼくだってそうさ、マーラ」ミッチが答える。

わたしは息をのみ、身を引いた。

いいわ。この話題は追及しないことにしましょう。

「第三に――」わたしは続けた。

「第二に戻ろう」彼はわたしを遮り、ドアから離れて近づいてきた。「この部屋の境界線についてははっきりさせておきたいからね」

わたしは後ずさりはじめた。「ミッチ――」

「言っておくが、きみにたいして、ぼくは自分の寝室になんの境界線ももうけるつもりはない」

脚のうしろがベッドにぶつかった。それでもなおミッチが迫ってくるので、わたしは彼を押しとどめるために片手をあげ、口ごもった。「あの……」

「言っておくが」ミッチはくり返す。彼の胸がわたしの手にふれ、彼の全身はもろにわたしのスペースを侵したところでとまった。「ぼくがベッドで、寝ていても寝ていなくても、きみはいつでも自由に、たとえば、ぼくのいるベッドにもぐりこんできて、なんでも好きなことをしてもいい」

ああ、ちょっと……。

いまさらながら、通路で話すことを断固主張すべきだったと気づいた。

「あ……」わたしが口ごもっていると、ミッチの胸がわたしの手を押した。彼の目はベッドをちらりと見てからわたしの顔に戻ってきて、同時に彼の手がわたしのウエストに置かれた。

ああ、ちょっと！

「寝心地がよさそうだな、ベイビー」ミッチがささやいた。

「あの……」

「もっとも、この手のものは買う前にじっさいに試さないと。手伝ってくれるかい？」

わたしはやっとの思いで気持ちを静めた。

「ドアのすぐそとに子供がふたりいるのに、わたしを口説こうって言うの？」わたしは尋ねた。

「ビリィはドーナツを三つ食べ、ビリーは四つ食べた。あと五分もすれば、ふたりとも低血糖を起こして、ドーナツ性昏睡に陥るだろう。ぼくの予想では、一時間はじゃまされないよ」

「ミッチ、ほんとに、わたしたち、大事な話をしないと」

「同感だ。きみのベッドとぼくのベッドにおける境界線を設定するのはとても大事なことだよ」

わたしは彼のほうにほんの少し身を乗りだし、語気強くしてささやいた。「ミッチ！」

彼のまなざしが温かくなる。「約束するよ。次回、きみが寝ているときにここに入っても、アラームをオフにしたりしないとね」

「いいでしょう。じゃ、次へ行っていい？」

ミッチはわたしを無視した。「でも、しないと約束できるのはそれだけだよ」

ああー！

わたしはさらに身を乗りだし、語気を荒らげた。「いいわ。次へ、行っても、いい？」

彼の手はわたしのウエストから背中へ滑る。片方の手が腰を抱き、もう一方の手が肩甲骨のあいだをのぼっていく。ミッチはにんまりし、譲歩の姿勢を見せた。「いいだろう。次へ行こうか」

わたしは両手を彼の胸に置いた。「この会話は、あなたに抱かれていない状態でしたいんだけど」

ウエストに回された彼の腕に力がこもり、彼の手に肩甲骨のあいだを押されて、わたしは彼とからだを密着させる羽目になった。

ミッチの顔が近づいてきて、彼は静かに言った。「これで答えになっていると思うが。じゃ、先を続けようか？」

　わたしは彼の目をじっと見た。そしてため息をつき、決めた。できるだけ早くこの会話を終わらせれば、わたしはコーヒーを飲み、出勤の準備をして、さっさとここから逃げだすことができる。

「あなたが合鍵で勝手に入ってきて、わたしの了解を得ずに子供たちをそとに連れだすなんて、わたしとしてはあまり好ましくないわ」

　それにたいし、彼は質問で返してきた。「気分はどう？」

　はっと頭をあげ、訊き返した。「いまなんて？」

「気分はどう？」彼はくり返す。

「元気よ」

「よく眠れたと言っていたね」

「ええ、眠れたわ」

「疲れがとれた？」

　彼がなにを言っているのかわかって、またからだの奥がきゅっとなった。ミッチがこんなことをしたのは、わたしをゆっくり寝かせておくためだった。

　なんてこと……。

「ミッチ」わたしはささやいた。

「スイートハート、ぼくが来たら、ふたりとももう起きていた。きみはまだ起きていなかった。子供たちに着替えるように言って、きみのアラームをオフにして、ふたりをそとに連れだしたが、メモは残しておいたよ。出かけたのはせいぜい十五分だ。きみはここ一週間大変だったし、きのうはいろいろあったから、ゆっくり眠ったほうがいいと思ったんだ」

「あなたが手を貸してくれるっていうのは、こういうこと？」わたしはそっと尋ねた。

「ああ」彼もおなじくらいそっと答えた。

とても思いやりのある行為だった。おせっかいだし、境界線を越えているけど、でも優しい。ああ……。

「ほかにどんなことをして助けてくれるつもりなのか、あらかじめ話しあっておかなきゃいけないと思うの」わたしは言った。

「放課後の託児所は、もう申しこんだ？」

「ええ」

「だったら、ぼくがふたりを学校へ連れていくよ。きみにとってはスケジュール外だが、ぼくならついでにできる。仕事を抜けて、ふたりを迎えにいって、託児所に連れていくこともできるから、それもぼくが引き受ける。きみより先に仕事が終わる日は、ふたりを迎えにいって、きみが帰ってくるまでぼくのところで預かる。週末、きみが仕事に出るときも、できるだけぼくがふたりの面倒を見る。ぼくになにか用事があって、きみの仲間の手を借りるのも難しいときには、うちの母親か、姉のペニーに頼む。ぼくが手を貸す内容としては、こんなところだ」

わたしは目を丸くして彼を見上げた。それは手を貸すなんてもんじゃない。いちばん大変なところを、全部しょいこんでる。

「それじゃ大変すぎるわ」わかりきったことと思いつつ指摘した。

「大したことじゃない」

「あなたにだって仕事がある。生活があるじゃない」

「うまく組みこめるよ」彼は言う。

わたしは首を振った。「そこまでやってもらったんじゃ申し訳ないわ」

「マーラ、スイートハート、言ってるだろう、大したことないよ」

「大したことあるわよ。あなたはわたしのことなんてほとんど知らない。あの子たちのことだって、ほとんど知らないじゃない！」申し訳ないだけじゃなくて、なんだかこわくなってきた。

「きみのことはこれからよく知るつもりだし、子供たちだってそうだよ」

わたしは首をかしげた。「わたしのことをよく知るようになって、もうそれ以上は知りたくなくなったらどうするの？　子供たちはどうなるの？」

彼は天井を仰ぎ、つぶやいた。「まったく、またそこへ行くのか」

わたしは彼の胸を軽く押し、声を荒らげた。「ミッチ！」彼の目がわたしの顔へ戻ってくる。「まじめに言ってるの」

「まじめな話をしようか？」彼は言った。「ぼくには先のことなんてわからない。わかるのは、いま現在、きみのことをよく知りたいと望んでいて、そうしようと思っているってことだ。この家にいるあの子たちがひどい目に遇ったのも知ってる。あの子たちは世の中にはちゃんと気にかけてくれるいい人たちもいるんだってことを学ぶ必要がある。彼らの父親が気にかけてないのは明らかだからな。ぼくはよろこんで介入し、彼らがそれを学ぶ手伝いをしたいと思ってる。ぼくたちはふたりとも大人だし、まともな人間だ。ぼくらさえしっかりしていれば、ぼくらのあいだになにがあろうと、あの子たちが傷つくことはない」

「わたしには――」

「マーラ」彼の腕がわたしをぎゅっと抱きしめた。「ベイビー、きみは現実を生きなきゃだめだ。頭のなかの世界ではなく。おそれに支配されているのでもなく。五カ月先になにが起こるか心配ばかりしているような生き方じゃだめなんだよ。きみには、きょう、向きあわなきゃならない問題がある。それをいま解決するんだ。きみを頼りにしてるふたりの子供がいるが、きみが決断のひとつひとつを慎重に吟味して、おそるおそる進んでいったところで、あの子たちの人生が日々完璧になるわけじゃない。きみにはもう、そんな贅沢は許されない。一日一日をしっかり生きて、その場その場で決断を下していくんだ。そしてぼくは、いつでもきみに手を貸すと言っている。きみにはそれが必要だし。あの子たちにも必要だ。本気でノーと言うつもりか？」

わたしは唇をすぼめた。彼に正論を言われると、なんか頭にくる。

そうとは言わず、代わりに話題を変えた。

「ほかにも相談しておかなきゃならないことがあるの」

彼は少しのあいだわたしを見てから短く首を振り、ため息をついた。「ああ、トレーラー・トラッシュ・ツインズだな」

「いいえ、それが、ちがうのよ」わたしは言った。「わたしが言おうとしたのは、その……あの……ゆうべのできごとについて」

ミッチはにっこりして、また首を振った。「まったく、きみって女は、それを口に出すこともできないんだな」

わたしは目を細めてにらんでから彼に言った。「もう二度と起きないってことを言うために、わざわざそれを口に出す必要はないわ」

彼は少し首を引いてわたしをまじまじと見てから笑いだした。

「ミッチ!」わたしは声をあげ、彼の胸を手のひらで叩いた。

彼はまだくすくす笑いつづけながら言った。「まいった。いまのは傑作だ」

「べつに冗談を言ってるつもりはないんだけど」わたしは言い返した。

笑いがようやくにやつく程度におさまり、彼は言った。「人生最高のキス、ベストスリーをぼくとしたあとで、もうぼくとはキスしないって言うのか?」

「そのとおりよ」

「きみは寝室でそのかわいい寝間着とローブ姿でぼくの腕に抱かれながら、もうぼくとはキスしないって言うのか?」

「そうよ!」わたしは吐き捨てるように言った。

「いかれてるよ」

「いかれてないわ!」わたしは声をあげた。

「いいんだよ、スイートハート、かわいいから許す」

「いかれてなんかいません!」

きゅうにわたしの視界が彼の顔でいっぱいになった。その表情は真剣そのものだった。

「また起きるよ、マーラ」彼は約束する。「ぼくはきみにキスをして、きみもぼくにキスする。ぼくはきみにそれ以上のことをして、きみもぼくにそれ以上のことをする。ゆうべぼくたちがしたようなキスを男にしておきながら、これがどこに行きつくか見てみようとしないなんて、ありえない」

「ミッチ――」

「もう二度と起きないって、好きなだけ自分に言い聞かせていればいい。だけどぼくははっきり言っておく、ベイビー、かならず起きる」

「わたしは――」

「この話題はこれにて終了だ」彼は宣言した。「それじゃ、トレーラー・トラッシュ・ツインズについて話そうか」

「そうはいかないわ。話を戻しましょう、その……」

ミッチがまじまじとわたしを見る。「あきれた、きみはほんとに言えないんだな」

ほんとだ。言えない！

「べつにいいでしょ」

彼の腕がわたしをぎゅっと抱きしめる。「ああ、間違いなくかわいい」

わたしは彼をにらんだ。「ねえ、ミッチ・ローソン刑事、正常で正気なたいていの男性は、相手の女がいきなりふたりの子供の後見人になって、しかもその子の父親はロシアン・マフィアに追われてて、その女の近親者にトレーラー・トラッシュがいて、その人自身もその女のことをいかれてて、わけわかんなくて、ケツの穴に頭つっこんでると思ってたら、一目散で逃げだすものだと思うけど」

「そうだな。その点きみはラッキーだってことだ。ぼくはその全部を間違いなくかわいいと思えるからな」

「トレーラー・トラッシュの近親者はかわいくないでしょ！」わたしはこの世の真理を述べた。

「たしかにあのふたりはかわいくない。だけど彼女たちが帰ったあとできみが壁に頭を打ちつけて、ぼくにうちの母親がスカーフ巻いてるかって訊いてきたのは、かわいいなんてもんじゃない、もう、いとおしくてたまらなかった」

「ほら、どう見ても正常じゃないわ」わたしは宣告した。

ミッチはただにこにこしている。

話題を変えないと！

「わかったわ」そう言ってから警告した。「あのふたり、また来ると思う」

「ああ、ぼくもそうだろうと思ってた」

「子供たちをあのふたりに会わせたくない」

「ああ、それもそうだろうと思ってたよ」

「作戦を立てなきゃ」

「なにかいいアイディアはあるかい？」

その問いに、わたしは問いで返した。「殺人って、どれくらい違法なの？」

彼はまた大笑いしはじめる。幸い、今回はわたしも冗談のつもりだった。まあ、七、八割がたは……。

彼は笑いがおさまると、わたしのことをまたぎゅっとして、そして言った。「こうしたらどうだい？　ぼくは、ブレイダンとブレントとラタニアとデレクに、周囲に気を配って、彼女たちを見かけたらぼくに連絡するよう頼んでおく。きょうは子供たちと、なにかそとでできることを探すよ。トレーラー・トラッシュ・ツインズはぼくが向かいに住んでいることは知らないから、そのあとは子供たちとぼくの部屋で過ごして、今夜きみが帰ってきたら、ぼくのところへ迎えにくればいい。ふたりがまた夜遅くに訪ねてきても、ぼくのところからは彼女たちの声が聞こえないから、あいだに入ることができない。きみが電話で呼んでくれればすぐに割って入るよ」

「それでもふたりがまた騒いだら、子供たちの耳には入ってしまうわ」

「ああ、ぼくがきょう、ビリーに話して、よく説明しておく。ふたりが騒ぎを起こすようなら、パトカーを呼んで連れていってもらう。ビリィについては、状況を見ながら考えよう」

彼の計画は筋が通っていた。

「子供たちはわたしが帰る前に寝かせないと。九時半から六時半のシフトに戻れるのはあしたからなの」

「パジャマをもってこさせてぼくのところで寝かせよう。きみが帰ってきたら、ぼくが抱きかかえてこっちに運ぶよ」

けっして最善の策ではないけれど、わたしに許された唯一の選択肢だ。わたしはうなずき、言った。「いいわ」

「きょう、ぼくからボブ・ピアソンに電話して、彼にも注意するよう言っておく」

ミッチが言い、わたしは眉根を寄せた。

「注意って、なにに？」

「トレーラー・トラッシュ・ツインズ」ミッチが答えた。

ああ、そうだ。そこまで考えていなかった。

ビルはわたしの職場も知っている。ママやルーラメイ伯母さんが職場にあらわれて、どんな騒ぎを起こしてくれるのかと想像しただけで、わたしは苦悶に目を閉じた。

わたしはうなだれ、ミッチの胸にあてた自分の手に顔を埋めた。

ミッチは手を上にすべらせてきて、わたしの首をマッサージしながらささやいた。

「そこまでは考えていなかったんだな」

「ビルはわたしの勤め先を知ってるものね」

「ああ」

「まだあのふたりに教えていないとしても、きっとそのうち話すわ」

「そうだな」

「もう」わたしはつぶやいた。

ビルと話さなければ。彼に言って、トレーラー・トラッシュ・ツインズの攻撃をやめさせなくては。そうしなければならないのは、トレーラー・トラッシュ・ツインズがわたしの手に負えないからというのもあるが、それ以上に、わたしは職を失うわけにいかないからだ。それに、ご近所さんたちのことを好きだし、彼らにもわたしのことを好きでいてほしいからだった。

「マーラ、スイートハート、ぼくを見て」ミッチが呼びかけた。

わたしは息を吸い、仰向いてミッチを見上げた。

「きみのボスは、きみのことをとても気に入ってる。この件にかんしても理解してきみを守ろうとしてくれるはずだ」

「社長も、わたしが属する階層を誤解しているのよ。あのふたりがあらわれたら、社長にもわかってしまうわ」わたしが思っていることを伝えると、ミッチは首を振った。

そして彼は言った。「きみは大勢の人たちがそのことについて誤解していると思っている」

それについては彼の言うとおりだったので、わたしは黙っていた。

ミッチは先を続けた。「しかし、誤解しているのは彼らのほうじゃないかもしれないってことだ」

だめだめ。もうそこに足を踏みいれる気はないんだから。

「コーヒーが飲みたい」わたしは言った。

ミッチがわたしをじっと見つめた。そして、彼は片方の口の端をあげてにやりとし、つぶやいた。「そうか」言いながらも彼は動かない。動いているのはわたしの首をマッサージしつづけている手だけだった。

しかたなくせっついた。「いま飲みたいの」

彼のもう一方の口の端もあがり、彼のまなざしがさらに温かくなって、わたしにほほえみかけた。

からだの奥がきゅっとなり、わたしは唇を噛んで彼を見つめた。

「コーヒーの前に、キスをもらえるかい？」彼は尋ねる。

「だめ」わたしは答えた。

「あとでは？」彼は尋ねる。

「だめ」わたしは答えた。

「きみが仕事に出かけるときは？」

「だめ」

「きみが仕事から帰ってきたときは？」

わたしは彼の胸にあてた両手に力をこめ、声をあげた。「だめ！」

「わかった」彼は意外にも同意し、わたしはこの機に乗じて動こうとした。

「よかった。放して。コーヒーが飲みたいし、子供たちも見にいかなくちゃ」

「だめだ」

わたしは首をかしげた。「いま、なんて？」

「だめだ」

「ミッチ、放してよ」

「だめだ」

「ミッチ!」

彼の手はもうわたしの首をマッサージしていなかった。彼の指はいつの間にか上にあがってわたしの頭皮をつつみ、わたしの頭をかしげさせた。そして彼の口がわたしの口をふさいだ。

もう!

わたしは両手を彼の胸にあて、背中で彼の腕を押したけど、無駄だった。彼の舌がわたしの唇にふれる。すてき。わたしは彼を押しのけようともがいてうめき声をあげたが、わたしの唇は勝手に開き、すかさず彼の舌が入ってきた。わたしの指も即座に彼のシャツをつかんだ。彼の舌で撫でられる感触は、それくらい心地よかった。

そして彼はわたしにキスをしつづけ、彼の威力を余すところなく見せつけた。わたしはそれを許すどころか、熱心に参加した。

彼がようやく顔をあげたとき、うっとりとぼやけたわたしの目が、彼の熱いまなざしをとらえた。ミッチは腕でわたしを揺すり、ささやいた。「言ったろう、またキスするって」

ほんと、彼に正論を言われるのって、めちゃくちゃ頭にくる。

12

わたしは疲れきってアパートメントへの階段をのぼった。さらなる感情的な混乱に見舞われたからではない。この日、〈ピアソンズ・マットレス&ベッド〉が、目が回るような忙しさだったからだ。悪いニュースとしては、せっかく一晩ぐっすり眠ったのに、また疲労困憊しているということ。いいニュースとしては、わたしは二台のキングサイズの〈スプリング・デラックス〉を含め、きょう一日で貨物船一隻分くらいのマットレスを売ったということ。つまり、ビリーもビリィもわたしも、当分のあいだは缶入りスープにお目にかからずにすむということだ。それを考えると、からだは疲れていても気分は上々だった。

階段の上までのぼったところで、まっすぐにミッチのドアのところへ行った。手をあげてノックをしようとしたが、手の甲がその表面にふれるより早く、ドアが内側から開いた。驚いてびくっとした次の瞬間、ミッチがそこに立っているのが見え、彼が身を乗りだしてきてわたしの手をしっかりつかみ、なかに引きこんだ。

そして彼はドアをしめ、わたしのほうを向いた。

なんとも妙な迎え方だが、わたしは彼の部屋を見回すのに忙しく、それを疑問に思う暇もなかった。ドアの奥になにがあるのかは、わたしが長いあいだずっと（ものすごく）興味をひかれていたことで、じっさいに彼の居間を見ると、目の前の現実にショックすら覚えていた。

ミッチはすばらしい家具とすばらしい趣味の持ち主だった。わたしは〈ピアソンズ〉に移る前に家具店で働いていたこともあるので、一目見て彼の家具が質のよいものだということがわかった。それもまぎれもなく最高品質のものだ。自由にアレンジできる巨大なチョコレートブラウンのセクショナルソファーは、見るからに快適そうで、しかもいいものだ。桁外れに大きい四角いオットマンが、ソファーの前に置かれている。ダークウッドの壁面ユニットはとても重厚で、熟練した職人の手になるものだろう。そのユニットにはフラットスクリーンテレビとともに、ＣＤやＤＶＤや本が並んでいる。

わお。ミッチはいつもとてもすてきな服装をしているし、ここに越してきて以来、何度かより高価なＳＵＶに乗り換えているけれど、警察官はなんとか暮らしていける程度の稼ぎだと思っていた。ミッチのアパートメントを見ると、彼はなんとか暮らしていけるなんてレベルよりもはるかに上をいっているようだ。

「スイートハート」彼に呼ばれ、わたしは彼のすばらしい住まいから視線を引きはがし、彼の顔を見た。

そして、目にしたものに驚いて息をのんだ。

なにかあったのだ。それも、大変なことが。

「ビリーとビリィは?」わたしはささやいた。

「ふたりは無事だ」ミッチがささやき返す。彼の手がまだわたしの手をしっかり握っていることに気がついた。

そんな。

「なにが無事じゃないの?」わたしはあいかわらずささやき声で尋ねた。

つないだミッチの手がわたしをひっぱり、彼のもう一方の手がわたしの首の横をつつんだ。「子供たちとランチを食べに出かけて、それからみんなでワシントン公園へ行ったんだ。デレクとラタニアは丸一日彼女の妹の家に行っていた。ブレイは仕事で、ブレントは運動をしにクラブハウスへ出かけた」

なんでこんなことをいちいち言うのだろうと思いながらわたしは彼を見上げた。

「それで？」彼が黙ってしまったので、わたしは先を促した。

ミッチはしばらく先を続けようとしなかった。彼はただわたしをじっと見ていた。

やがて彼は目を閉じ、つぶやいた。「まいった。きみになんと言えばいいんだ」

彼の言葉のせいでこわくてしかたがなかった。おまけにヤバい連中に目をつけられてるわたしの従兄は留置所にいるし、ママとルーラメイ伯母さんはあまりにも近くで不安をかきたてている。だからわたしは、彼に身を寄せ、手をその胸板にあてた。

「いいから話して」わたしは静かに言った。

ミッチは目をあけ、わたしの首にあてた彼の手が、励ますように首筋をぎゅっとした。「だれもいない時間に、だれかが来たようだ。やつらはきみのアパートメントに侵入し、なかをひっくり返していった。しかもかなり乱暴に」

そんな……まさか、そんな！

「嘘」わたしは小声で言った。

「残念ながらほんとうなんだ、ベイビー」

それをどう解釈したらいいのか、わたしにはわからなかった。それについて考えるのさえ辛かった。ママとルーラメイ伯母さんはイカれているし、意地悪だし、おまけに知恵も足りない。彼女たちはヤバい方面で独自のスキルを身につけてはいるものの、それは口喧嘩という形で発揮されることが多い。でもこれでは、イカれ具合も、意地悪の度合いも、ばかさ加減も、まったく別のレベルに進んでしまったことになる。

ミッチはわたしの手を放し、わたしのウエストに手を回して呼びかけた。「マーラ、スイートハート、戻っておいで」

わたしは彼の顔に焦点を合わせた。「どれくらいひどいの？」

「とても」

「とてももってどれくらい？」

「ああ、マーラ」彼が辛そうにつぶやき、わたしは手を彼の胸から上へ滑らせて、その首を手のひらでつつんだ。

「とてももってどれくらい、ミッチ？」

彼の目がわたしの目をまっすぐにのぞきこんだ。「1から10のレベルで表現しようか？」わたしはうなずいた。「15」

もう、頭をあげていられなかった。うなだれて、頭を彼の胸に預けた。ちょうどおなじタイミングで彼がわたしのからだに両腕を回し、抱きよせられた。

わたしは大きく息を吸い、この情報を処理しようとした。でもできなかったから、尋ねた。「子供たちは見たの？」

「ぼくらが戻ってきたとき、ドアが薄めにあいているのに気づいたんだ。だから子供たちをここへ連れてきて、ぼくひとりで見にいった。それから警官を呼んだ。ふたりとも見てはいないが、なにかがあったってことは勘づいてる。ビリィでさえ身構えている」

わたしは彼の胸で額を転がしてうなずいた。少なくとも、それは救いだった。せめてもの。

「なにが必要か教えてくれ、スイートハート、ぼくが行って取ってくる」

それを聞き、わたしは顔をあげた。「いっしょに行くわ」

「きみが行くのはもう少し先にしたほうがいいんじゃないかな。次の休みは？」

「火曜」

「だったらあしたの晩いっしょに行こう」

わたしは彼を見上げた。ミッチは、わたしが見たものに反応してもだいじょうぶな時間があるときでなければ部屋を見せたくないと思っているのだ。だとすれば間違いなくレベル15の惨状なのだろう。重苦しい確信とともに、それを悟った。

わたしは目を閉じた。

「ハニー、なにが必要か教えてくれ」ミッチがうながし、わたしは目をあけた。

「自分で部屋に行くことが必要だわ」

「いまはやめておいたほうがいい」

「ミッチ、行かなきゃならないの。どうなってるのかって悩んでたら眠ることもできない。知っておかなきゃ」

「もう遅い。あしたでいいじゃないか」

「ミッチ」わたしは彼の胸に体重を預け、つま先立った。「お願い、どうしても知っておかなきゃ」

彼はまたわたしをじっと見ている。そしてつぶやいた。「くそっ、わかったよ。ちょっと待ってて。ブレイダンかブレントに来てもらう。子供たちが目を覚ますかもしれないからね」

わたしはうなずき、ミッチはわたしから片手を離してジーンズの尻ポケットから携帯電話を取りだした。

彼が電話を出しているあいだに、わたしは尋ねた。「子供たちはいまどこ?」

ミッチは電話のボタンをいくつか押しながら答えた。「ビリィはうちの客用寝室でソファーベッドに寝てる。デレクとラタニアがエアーマットレスを貸してくれたんで、それもその部屋に入れてある。ビリーがそこで寝てるよ」

わたしは唇を噛み、ミッチは電話を耳にあてた。「ブレイか？　ミッチだ。ああ。なあ、二、三分のあいだ、ここにいてくれないか？　マーラを部屋に連れていって、荷物を取ってこさせてやりたいんだ」彼は少し黙ってから言った。「ありがとう」そして彼は携帯電話を閉じ、尻ポケットに戻して、またわたしのからだに両腕を回した。

「次なるレベルだわ」わたしは彼に言った。

「え？」ミッチが尋ねる。

「破壊行為よ」わたしは説明した。「トレーラー・トラッシュ・ツインズが、次のレベルへ進んだのよ。あのふたりはおばかでイカレてて意地悪だけど、こんなことまで……」わたしは言葉に詰まり、ミッチから目をそらして彼の肩を見つめた。

自分では気づかなかったけれど、しばらくそうしていたようだ。ミッチがなにも言わないので、また視線を彼の目に戻すと、彼はじっとわたしを見ていた。

「なに？」わたしは尋ねた。

「なんでもない」ミッチが答えたとき、ドアにノックが響いた。

ミッチはわたしを抱いている腕は離したものの、今度はわたしの手を握って、ドアのほうへと連れていった。彼がドアを開けると、ブレイダンが立っていた。心配そうであると同時に、興味深げな表情だった。ミッチはわたしもろとも横にずれて道をあけ、ブレイダンを招きいれた。

ブレイダンは背が高く、ブロンドで、からだはほっそりと引き締まっている。もしゲイでなかったら、わたしは彼にも、遠くから、とんでもなく内気な片思いをしていただろう。彼はすばらしい人だし、幸いにしてゲイだから、わたしの友だちになってくれている。

「やあ、ハニー、だいじょうぶかい？」ブレイダンが尋ねた。わたしは首をかしげ、唇が震えるのを感じた。「ああ、」ブレイダンは言い、わたしをミッチの手から引き離して力いっぱいハグしてくれた。わたしは彼のからだにしっかり腕を回し、ハグを返した。「なにもかもうまくいくよ」彼はわたしの耳元でささやいた。

「そうね」わたしは応えたものの、内心ではそう信じてはいなかった。

「ぼくらもよくわかったから、みんなで目を光らせているよ。きみも子供たちもだいじょうぶだ」彼が安心させようと言った。

近所の人たちがわたしを護ろうとしてくれている。ブレイは背が高く、細身で、引き締まってる。ブレントはもう少し背が低く、肉付きがよくてがっしりしてる。デレクは鍛えあげたマッチョな体格をしている。ミッチは、わたしがこれまでに見たかぎり、硬く締まった筋肉の塊だ。でも、忍者の師みたいな武道の達人はひとりもいない。

だけどミッチは銃をもってるし、ちゃんと訓練も受けていてつかう権限もある。もしトレーラー・トラッシュ・ツインズがまたあらわれたら、血みどろの闘いの末その命を奪うなんてことはせずに、手足の一本を吹き飛ばす程度にとどめてくれるだろう。わたしはあのふたりを憎んでいるし、それだけの理由もあるし、こうしてまた新たな理由ができても、いままでの理由のほうがまだ大きいくらいだけど、だからってあのふたりに死んでほしいとまでは思わない。大怪我でも追わせてくれれば、満足だ。そう思うと、少し気も晴れるので、とりあえずその考えに集中することにした。

「ありがとう」ブレイにささやき、ミッチの手のぬくもりを背中に感じた。

「さっさとやってしまおう、ベイビー」ミッチが優しく言った。

わたしはブレイダンの腕から離れて、彼がわたしに向けている笑みを返した。わたしのほうは、ちょっと頼りない。そしてミッチのほうを向き、うなずいた。

「長くはかからないよ」ミッチはドアをあけながらブレイダンに言った。

「かまわないよ、ミッチ、とくに出かける予定もないから」ブレイダンが答えた。

ミッチはうなずき、わたしの手を取って外へ連れだした。わたしの玄関ドアには警察の立ち入り禁止の黄色いテープが交差して渡されていた。さっきはこちらを見ようともしなかったので、気づかなかったのだ。そのテープを目にしたとたん、これがますます現実味を帯びて感じられ、わたしは通路のとちゅうで立ちどまった。わたしがとまるが早いか、ミッチがそばに来てくれた。

「あしたにしよう」彼は言った。

わたしは頭をそらせ、通路にかかっている屋根を見上げながら息を吸った。それから彼の顔を見た。

「だいじょうぶ」

つないだミッチの手がこわばるのを感じた。彼はぼそっと言った。「そうやって生き抜いてきたんだ」

そして彼は、わたしの部屋のドアまでわたしを連れていき、いったん手を放して、ポケットから鍵束を取りだした。そしてその鍵をつかい、ドアに新たに取りつけられた南京錠と閂錠をあけた。ドアノブとその周辺のドアはまったく意味をなさないほどに壊されていた。

なんてこと。

ミッチはドアをあけて、わたしの手をつかってわたしを導いた。前に進ませてから手を引きおろし、さらに背中に回させてわたしが自然に身をかがめるようにして、交差したテープの下をくぐらせた。室内に入ると、彼が頭上の明かりを点けた。

わたしの目がその光景をとらえたとたん、脳は引きこもり、なにも理解できなくなった。ソファーと肘掛椅子が切り裂かれ、詰め物があたり一面散らばっているのが見えた。テレビは画面を下向きにして倒され、割られている。ステレオの部品が、部屋のあちこちに散乱している。棚から放りだされたCDやDVDや本が、ケースもディスク本体も壊され、本は破られて床を覆っている。台所のカップボードに収めていたものすべてがカウンターに投げだされ、カウンターの端の床に転がっているものも。壊れた陶磁器類や、食料品まで……。

なんてこと……。

わたしはとぼとぼと廊下を進み、廊下のバスルームに入って明かりを点けた。そこにはあまり物を置いていないけれど、あるものはすべて一面に散乱していた。

寝室へ移動し、そこでも明かりを点けた。わたしの〈スプリング・デラックス〉も切り裂かれていた。完全にゴミの塊になって、横たわっている。ラズベリー色のシーツと、ラズベリー色の花と繊細な草色の茎と葉が刺繍された薄紅色の上掛けカバーも引き裂かれ、上掛けや枕の羽毛があたりを覆っていた。服もところかまわず散乱し、簞笥の抽斗が、抜かれて打ち捨てられ、壊されていた。部屋の奥のほうで、簞笥の中身が羽毛やシーツの切れ端とからまっている。

わたしの寝室のバスルームへ行くと、こちらも同様だった。タンポンの箱の中身が空けられ、洗面台や床に散らばっている。トイレットペーパーのプラスチック製の芯が抜かれ、ペーパーがほどかれている。化粧品の瓶やクリーム容器が開けられ、こぼれた中身はタンポンやトイレットペーパーにからまり、バスルームのクローゼットから引きだされたタオルや予備のシーツに染みついていた。薬用の戸棚までもが漁られている。イブプロフェン鎮痛剤のカプセルがあたり一面に散乱していた。

「マーラ、スイートハート、必要なものだけもって、さっさと――」近くでミッチの声がしたが、わたしはまた動きだした。流されるように寝室を出て、廊下を進み、子供部屋の明かりを点けた。

そこもおなじだった。新品のベッドは二台とも無残に果てていた。ベッドのリネン類は切られ、細かく引き裂かれている。子供たちの服は、新しいものも古いものも、部屋中に散らばっていた。

ふと目に着いたものがあり、近づいていった。わたしはミッチがビリィに買ってくれたばかりの小さなふわふわのピンクのテディベアの残骸を拾いあげた。ビリィはこれをとても気に入っていた。彼女がいままで手に入れたなかでいちばんすてきなおもちゃなのだ。ミッチがプレゼントして以来、ビリィは毎晩これといっしょに寝ていた。

毎晩かならず。ビリィはどんなに熟睡しても、テディを放さなかった。

ぜったいに放さなかった。

ママとルーラメイ伯母さんはなぜこんなことをするんだろう？　どんな理由で？

そうしているうちに、それまでわたしの脳を覆っていた霧が晴れ、いま自分が目にしている現実が両肩にずっしりとのしかかってきた。

すべて新しく買い替えなければ。子供の物も、自分の物も。

なにもかも。

頭で命じなくても、からだが勝手に動き、ひざをついて深くしゃがみこんだ。お尻が踵につき、ひざが胸につく。そして両腕で頭を抱え、ひざに顔を押しつけた。殺戮の犠牲になったビリィのテディベアの柔らかな毛皮がわたしのほおを撫でた。

「くそっ」ミッチが毒づくのが聞こえた。

わたしはひざに顔を埋めてすすり泣きはじめた。わたしを取り巻いている憎しみと醜さ以外のものは、なにも感じることができなかった。自分が育った家にまつわるすべての忌まわしいものが、いまの生活を押し流してしまった。懸命に努力して築きあげた生活、ビリーやビリィにも与えてやりたいと思った生活を……。例によって、わたしの知る世界、わたしの出自そのもの、わたしの血に浸みこんでこの血管を流れているすべてが、わたしが必死になって手に入れてきたすべてのよいものを跡形もなく引き裂いてしまったのだ。

そこから抜けだせると思うなんて、逃れられると思うなんて、自分で思ってた以上にばかだったんだ。

自分のからだが動かされたと思ったときには、すでにミッチの腕に抱かれていた。彼がわたしを抱えてアパートメントのそとへ運びだすあいだ、わたしは彼の首に腕を回し、顔を喉元に押しつけ、彼の皮膚に涙をこぼしながら、静かにすすり泣いた。ぼんやりした意識のなかで、警察のテープがドア枠から剝ぎとられる音を聞き、わたしたちは通路に出ていた。次の瞬間にはもう、ミッチのアパートメントのなかにいた。

「ああ、くそっ」ブレイが小声で言うのが聞こえた。「どうやらうまくはいかなかったようだな」

わたしは顔をあげなかった。ミッチは立ちどまらずに指令を出した。

「ラタニアを連れてきてくれ」ミッチがブレイに言った。「マーラには当座の物が必要だ。ラタニアに、よけいなものに触らないように気をつけてくれと伝えてくれ。もってくるもの以外には極力ふれないように。マーラのために、手を貸してくれるかい？」

「もちろんだよ」ブレイダンが答えた。

　ここでミッチが妙な動きをし、わたしは彼がもう立っていなくて椅子に坐っているのだと漠然と気づいた。わたしは彼のひざに坐り、彼の腕にしっかり抱かれていた。けれどそこまでは気が回らなくて、ただ自分がさらに身をすり寄せ、きつくしがみついて、彼の首筋に顔を押しつけていることしかわからなかった。

　ミッチの手がわたしの背中を撫ではじめた。彼が首を傾け、唇をわたしの耳に寄せるのを感じた。

「だいじょうぶだよ、ベイビー、なにもかもきっとうまくいく」彼はささやいた。

「ひ……必死に努力したの」しゃくりあげながら言った。

「わかってる」ミッチが優しく応えた。

「ひ……必死に努力して、あ……あ……あの人たちとはちがうふうになろうとした。ちゃ……ちゃんとしたものに囲まれて」彼の肌に唇を寄せ、途切れ途切れに訴えた。

「あ……あ……あの人たちはなんでわたしをここまで憎むの？　わたしがなにをしたの？　た……ただ……生きようとしただけなのに」

　ミッチはなにも応えなかったけれど、ずっとわたしのほうへ首を傾けていた。彼のほおがわたしの髪に押しつけられるのを感じ、彼の手のぬくもりが背中の緊張をほぐしてくれるのを感じていた。しばらくすると、その心地いい感触がわたしの心にも浸みこんできて、涙がおさまりはじめた。

ミッチもそれに気づき、もう一度言った。「なにもかもうまくいくよ、マーラ」

わたしは一秒たりともそれを信じていなかったけれど、彼の喉元に顔を埋めたままうなずいた。

ミッチが少し警戒するような声で尋ねた。「賃貸者保険には入ってる？」

わたしは彼の首に顔を埋めたまま目をぱちくりさせた。それからがばっと顔をあげた。彼も頭をあげ、わたしは涙で潤んだ目で彼の目を見た。

「いま、なんて？」

「賃貸者保険だよ、ベイビー。入ってるかい？」

そうよ！　入ってる！　入ってるじゃないの！　それも最大の補償プランに！　わたしが契約書に署名したとき、保険会社のセールスマンは、よろこびのあまり卒倒しそうだった。だれもそのプランは希望しないと言っていた。彼は普段はこんなこと言わないんだと前置きしつつも、そこまでの補償を考える必要はないとも言ってくれた。それでもわたしはかまわなかった。経験上、なにか悪いことが起こる可能性があるとすれば、それはかならず起こるし、わたしはつねにその日のために備えてきた。

そしてついにその日がやってきたのだ。

安堵が一気にこみあげ、わたしはミッチからからだを離した。といっても、昨晩したのとまったくおなじことをするためだ。わたしは彼のハンサムな顔の両側に手をあて、引き寄せながら身を乗りだして、その唇に強く短くキスをした。

それからまた身を起こし、満面の笑みで両手を宙に突きたて、大声で言った。「入ってる！　最大の補償プランに入ってるわ！」わたしは手をおろし、彼の首に巻きつけると、額をさげて彼の額とふれ合わせた。ぎゅっと目を閉じ、深く息をする。「よかった、忘れてた、ああ、よかった」目をあけ、彼の目をのぞきこんだ。「わたし、ちゃんと補償される。わたしたち、ちゃんと補償される。ああ、よかった！」

わたしはすぐ目の前で、彼の底知れぬ濃い茶色の目がほほえむのを眺めた。そしてすぐそばで、魅惑の低い声が響くのを感じた。「上出来だよ、ハニー」

そこでわたしは気づいた。わたしはミッチ・ローソン刑事のひざに坐り、両手を彼の首に絡ませ、しかもたったいま彼に（またしても）キスしただけじゃなく、額までくっつけている。

わたしははっと身を引いたが、なぜかその一秒後、ベッドに――ミッチのベッドに――仰向けに寝て、彼の上半身で押さえられて身動きがとれなくなっていた。

どうしよう。

「ミッチ」わたしは吐息混じりに言い、自分でも大きく見開いているのがわかる目で、彼を見上げた。

「きみはひどいジェットコースターに乗せられた、スイートハート、最低だし、気の毒だと思うよ。だがきみはまた、ぼくにたいして扉を閉ざそうとしている。はっきり言っておくが、それを許すつもりはないからな。きみがあんなものを見たあとで。きみがそれにたいしてあんな反応を見せたあとで。なにより、きみが繭のそとに出てきて本物のきみを見せてくれたあとで。十分間、ぼくは本物のマーラをこの腕に抱いていた。フィルターを通さない彼女の輝きがぼくの周りにあふれていた。すごくよかったよ。返せと言われても返すつもりはない。ぼくから奪おうなんて、夢にも考えないことだ」

心臓が倍の速さで打ちはじめる。わたしはささやいた。「ミッチ、わたしには――」

「できるさ。ぼくにはわかるよ、たったいまできたんだから」彼はわたしを遮り、手をわたしの顔の片側に添えた。彼は親指でわたしのほおに残る涙を拭きとった。「きみはただでさえおびえていて、これ以上おびえさせたくないから、あらかじめこれだけは言っておく。なにが起ころうと、ぼくはとことん力になるよ、きみのために、子供たちのために。約束するよ、スイートハート。だが、ぼくが見たところでは、きみの部屋をあんなふうにしたのは、トレーラー・トラッシュ・ツインズの仕業じゃなさそうだ」

わたしはそう言われて息をのんだ。彼は先を続けた。

「どうやらだれかがなにかを探しているんじゃないかと思う。しかもどうしても手に入れなくてはならないなにかを。あれは破壊が目的の現場じゃない。死に物狂いでなにかを探した結果だ」

ここでわたしの心臓は倍速で打つのをやめた。それどころかまったく打つのをやめてしまった。

わたしはひと言絞りだすのがやっとだった。「え?」

ミッチはさっきの言葉をくり返さず、代わりに言った。「きみの従兄のビルについて、もう少し深く掘りさげなきゃならないようだ」

嘘でしょ、そんな!

「それって……」わたしはごくりと喉を鳴らした。「それって、例のロシアン・マフィア?」

彼は首を振った。「ロシアン・マフィアは死に物狂いになったりしない。あれがどういうことか、だれがやったのかはまだわからないが、かならず突きとめてみせるよ」

なんてこと……。その言い方で、彼はかならずそうするし、そうするために手段を選ばないのだとわかった。

「ミッチ――」

彼はまたわたしの言葉を遮った。「マーラ、突きとめると同時に、きみの安全も確保する。あの子たちも守るつもりだ。それにきみの選択の余地はないよ、スイートハート。そうなると決まっているんだから」

なんてこと……。その言い方で、彼はかならずそうするし、手段を選ばずにそうするのだとわかった。

「わたしが考えるに――」わたしは口を開いた。

「考えなくてもいい。議論は必要ない。なにも要らないんだ、マーラ。ぼくがそうなると決まっていると言ったのは、そうなると決まっているという意味だよ」

ミッチがじっとわたしを見下ろした。わたしは彼を見上げた。そこで目をぎゅっと閉じたとたん、わたしのアパートメントの惨状がまぶたに浮かんで、慌てて目をあけた。

そして静かに尋ねた。「あなたは、わたしたちも、その……危険だと思ってるの?」

「いまきみが危険かどうかなんてどうでもいい。この先きっと、危険になる」彼はきっぱり言った。

わたしはじっと彼を見上げた。彼はわたしを見下ろした。

そこでわたしは決意した。わたし自身どうすることもできない外部の暴力集団にたいしてわたしが守らなきゃいけないのは、自分だけじゃない。わたしの家にたいしてあんなことができる集団だということは、つまり、彼らはもっとひどいことをするかもしれないということだ。たとえば、ビリーやビリィやわたしに危害を加えるとか。ミッチ・ローソン刑事のすべての魅力に抗い、自分を守りたいからとはいえ、それをビリーやビリィの安全よりも優先させるわけにはいかない。

わたしは怖気づいてしまわないうちにささやいた。「わかった」

ミッチがわたしをじっと見下ろした。彼のまなざしがわたしの顔をさまよい、彼の指がまたわたしのほおを撫でた。

彼と目が合ったとき、その目は温かかった。「よし」彼がささやき返したとき、からだの奥がきゅっと締めつけられた。

13

なにかの刺激で、わたしは目をあけた。暗闇を見つめ、一瞬、とまどった。自分がどこにいるかわからなかったからだ。

そこで思いだした。

記憶をたどり、ラタニアとブレイダンに、さらにブレントとデレクまで加わって、みんなでわたしの服や化粧品や洗面用品を漁ってきてくれたのを思いだした。彼らは与えられた現状で、せいいっぱいのものを探しだしてくれた。賢いミッチはそのころすでに、わたしにワインを与えて落ち着かせる作戦に出ていた。ラタニアとデレクとブレントもわたしにハグをしてくれて、ワインを一杯つきあい、わたしがノイローゼの発作に陥らないのを見届けてから帰っていった。それからミッチが、ベッドに入る支度をするようわたしを説得しつつ、彼お得意の命令口調で、自分は居間のソファーで寝るからわたしは彼の寝室で寝るようにと宣言した。そんなこと考えただけでも震えあがりそうだったが、それを表に出さないようにするために、彼にたいして弱々しい調子で反論した。

わたしの反論が弱々しかったのは、なにしろ自分のアパートメントの惨状を目にしてしまったうえに、彼の腕のなかで泣きじゃくり、ひそかに想いを寄せつつもなんとか自分の人生から追い払おうとしていた男性の家に一時的に身を寄せることに同意して、さらにワインを二杯飲んでいたからだ。ベッドに入る以外のことができる状態ではなかった。ミッチに反論することも。疲れていてもミッチに反論は可能だとわかっていたけど。

だいたい、いずれにせよ、わたしは理屈でミッチに勝てたためしがないのだから、とことん反論してさらに疲れることに、なんの意味があるだろう?

おまけにラタニアとデレク、ブレイとブレントが、ミッチとわたしがちょっとしたサブエピソードを演じているのを、あからさまに興味津々な様子で見守っていた。当然のことながら、わたしはそれでよけいにこわくなった。

だからわたしはおとなしくミッチに従い、主寝室専用バスルームで、洗顔と歯磨きと保湿という寝る前の一連の準備を済ませ、彼の寝室へ行った。そして気持ちを落ち着けるためにひとつ大きく深呼吸をし、大きくてとても立派なベッドに入った。

ミッチの寝室は、彼の居間とよく似ていた。ざっと見てまわった結果、カウンターの周りに置かれた超かっこいいスツールや完璧にゴージャスでとても個性的な木材とスチールを組み合わせたダイニングテーブルをはじめ、部屋のほかの部分もおなじような雰囲気だというのがわかった。彼の主寝室の家具はどれもほとんど黒に見えるほど濃い色合いの木材でできている。ハンサムで重厚感があってすてきだった。背の高いライティングデスクがあり、ミッドナイトブルーの安楽椅子《クラブチェア》の前にはオットマンが置かれ、そのわきにはフロアランプとテーブルがあった。そのすべてが集められた主寝室の一画は、ここに来て椅子の上で丸くなってゆっくり読書を楽しめと誘っているようだ。

そんな寝室のなかでも、彼のベッドは最高だった。橇《そり》に似ていることからスレイベッドと呼ばれるそのベッドは、外側に湾曲したフットボードと、おなじく外側に湾曲した高いヘッドボードが特徴だ。その上にはワインカラーのシーツと、ストライプのカバーをかぶせたふかふかの上掛けがかけられている。カバーの地色はマッシュルームと呼ばれる薄茶色で、そこにワイン色とミッドナイトブルーと、深緑と黒と温かみのあるブラウンのランダムな幅のラインが走っている。

ベッド全体がすばらしかった（もっとも、〈スプリング・デラックス〉はぜったいに必要だ。彼のマットレスもそこそこいいものだが、〈スプリング・デラックス〉ではない)。じっさい、アパートメント全体がすばらしかった。

仮にわたしがミッチという人を知らなかったら、第一に、賄賂で私腹を肥やしていると疑っただろう。そして第二に、ゲイだと思ったにちがいない。

でもゲイの男性は女性にあんなふうにキスしたりしないだろうし、ミッチが賄賂を受けとるなんて、想像もできない。

深夜の暗闇のなか、ベッドに横たわりながら、わたしは身をこわばらせた。なにか妙だと直感で感じたのだ。

わたしは息を殺し、耳を澄ませた。続いてミッチの寝室のドアが開き、身をこわばらせた。

やだ!

「マーラ?」ミッチの声。

わたしはとっさに動いた。上半身をがばっと起こし、ランプのほうへ身をよじった。明かりを点けると、戸口に立つミッチの姿が見えた。ビリィをその胸に抱いている。幼い腕を彼の首にきつく巻きつけ、幼い脚を彼の腰にきつく巻きつけて、見ただけではっきりわかるほど震えている。

わたしはミッチの目を見た。「どうしたの？　具合が悪いの？」

ミッチが部屋のなかに入ってきた。「いや、おびえてるんだ」彼は答え、ベッドのところまで来て、縁に腰をおろし、ビリィをひざの上に寝かせようとした。彼女がミッチから手を放すのを嫌がってもがいているのをわたしは不安な気持ちで見守っていたが、やがて彼がひざの上に抱くと、ようやく落ち着いた。そこでミッチはわたしに目を向けた。「しかも少しなんてもんじゃない。かなり」彼は静かに言った。

言われなくても見ればわかる。ビリィを見てわたしまでこわくなった。

「ベイビー」わたしはビリィにささやきながらベッドの上をにじってふたりに近づいた。じゅうぶん近くまで来ると、ミッチとビリィを囲むように寝そべり、彼女の背中を撫でた。その顔をのぞきこむ。「どうしたの、スイーティー？」

「こあいの」ビリィはささやいた。「わ」が言えなくなっている。小さいころは「わ」を発音するのが苦手だったけど、最近はすっかり克服したはずだったのに。

「なにがこわいんだい、ハニー」ミッチが優しく尋ねた。

ビリィは答えなかった。ただミッチのほうへさらに身をすり寄せた。彼がビリィを抱く腕に力をこめたのが、見ていてわかった。

「ビリィ、ハニー、ぼくがついてるよ。マーラおばちゃんもついてる。ふたりともそばにいるから、なにも心配いらない。なにがこわいのかな？」ミッチがささやく。

「悪い人が、パパを捕まえにくるの。ビリーも捕まえにくるの。あたしのことも捕まえにくるの」ビリィは震える声で答えた。

わたしは顔をあげて、ミッチの目を探した。彼の視線はすでにわたしに向けられていた。

「どこの悪い人、ビリィ？」わたしはミッチを見つめたまま尋ねた。

「パパを追いかけてる悪い人」ビリィが答える。その声は消えいりそうで、まだ震えている。

そんな。

わたしは声を出さずに口を動かしてミッチに伝えた。「ロシアン・マフィア？」彼は首を振る。そうじゃないという意味ではなく、「わからない」ということなのだろう。

ミッチがビリィを高く抱きあげると、彼女は離れるまいと腕に力を入れて抱きついた。おびえ切っているビリィを見て、わたしは唇を噛んだ。その恐怖は、目に見えるもののように、手でふれられるもののように感じられた。

ここでミッチが言った。「悪い人がきみやバドをいじめたりすることはぜったいにないよ、いいね？　ここにいれば安全なんだよ、ビリィ。マーラおばちゃんとぼくがちゃんと見張ってるからね、だろう？」

「どうしてマーラおばちゃんのおうちにいないの？」ビリィが尋ね、わたしは彼女に目を戻した。

「ぼくの家にお泊まりに来てるんだよ」ミッチが半分嘘をついた。

「悪い人があっちにいるからじゃないの？」ビリィが尋ねる。

「あっちの家にも悪い人なんていないよ、ビリィ」ミッチがささやく。「きみも、お兄ちゃんも、おばちゃんも、しばらくぼくのところにいることになっただけだ」

「でも、あたし、あっちにクマちゃん置いてきちゃった。クマちゃんがいないと眠れないの」彼女は言う。

「あしたになったらクマちゃんを連れてこよう。きみが学校から帰ってくるころには、クマちゃんも、こっちに来てるよ」ミッチが請けあうのを聞いて、わたしは〈ターゲット〉が確実に在庫を補充してくれればいいけど、と思った。

「わかった」ビリィはささやき、彼の胸に身を寄せた。

しばらくのあいだ、ミッチは彼女をぎゅっと抱き、わたしはその背中を撫でていた。ビリィがリラックスしはじめたところで、わたしは穏やかに言った。「さあ、ベイビー、そろそろベッドに戻りましょう。おばちゃんもいっしょに寝るから。それなら安心でしょ？」

「ここでおばちゃんとミッチといっしょに寝てもいい？」ビリィが小さいながら強くねだるような声で言う。

わたしとミッチと？

わたしははっとして彼の顔を見たが、彼はビリィに話しかけるためにうつむいている。

「ここでおばちゃんとふたりで寝たらどうだい？」ミッチの提案に、ビリィは即座に反応した。彼女は腕に力をこめ、背中をそらして、ミッチの逞しい肉体と最大限に密着しようとしている。ふたたび声をあげたとき、その音量はかなり大きくなっていた。

「ミッチのほうが大きいもん！」

「ビリィ」ミッチがなだめる。

「ここでミッチとマーラおばちゃんといっしょに寝る！」ビリィが彼の首に顔を埋めて叫んだ。

「ビリィ、ベイビー、ここにおばちゃんとふたりでいれば安全だよ。ぼくもドアのすぐそとに――」ミッチが優しい声で話しかけても、ビリィは耳を貸そうとしない。

「ミッチのほうが大きいもん！　悪い人だって、ミッチのことはこわがるもん！」

まいった。どうしたらいいの？　ビリィがミッチと寝るわけにはいかないし。わたしがミッチと寝るわけにもいかない。

ミッチは顔をあげ、わたしを見た。

わたしはビリィに近づいた。「いいこと、ビリィ、おばちゃんの言うことをよく聞いて。あなたはここでおばちゃんといっしょに寝て、ミッチはすぐそこの居間に——」

彼女はふいに激しく身をよじった。

ビリィの手が伸びてきて、わたしの髪をつかんだ。彼女はその髪を痛いほど強くひっぱりながら、顔をまだらに赤くして、わたしに怒鳴った。「悪い人があたしを連れにくるの！　あたしとビリーを！　悪い人はミッチがこあいの！　悪い人はこあいの！　ミッチがこあいの！」

なんてこと……。

幼い子がおびえ切る姿を目の当たりにし、わたしはすぐに折れた。「わかったわ、ビリィ、わかったから。みんなでここで寝ましょう。だれもどこにも行かなくていいの。みんなでここにいましょう」

彼女はわたしの顔をまじまじと見てから、次の瞬間、まるで気を失ったようにぐったりした。わたしの髪を放し、頭をミッチの肩に乗せて、腕をだらりと垂らした。

「ありがと」ビリィはつぶやいた。

わたしが手を伸ばして彼女のほおをつつむと、ビリィは安心したように目を閉じた。わたしはミッチに目を移した。なんと言っていいのか、なにをしたらいいのか、わからなかった。ミッチの隣で果たして眠れるものかわからないが、眠れないのはほぼ確実だと思った。ミッチがなにを考えているかは、見当もつかない。わたしにわかるのは、ビリィのふるまいを見て、自分がたまらなく不安になったということだけだ。

「これでよかった?」わたしはミッチにささやいた。彼はただじっとわたしを見ている。

少し間があってから、彼は言った。「ああ」

「ありがとう」あいかわらずささやき声で言った。

ミッチがいったんベッドからおり、わたしは上掛けとシーツをめくった。ミッチがビリィとともにシーツのあいだに入り、ビリィをわたしたちのあいだに寝かせてから、ベッドの向こう側を向いて明かりを消した。暗くなったので、ふたりが姿勢を変えて落ち着くのを物音で確かめてから、手探りしてみた。ビリィはミッチのほうを向いて、あいかわらずしがみついている。わたしはしばらく彼女の背中を撫でていた。やがてビリィの寝息が深くなり、その小さなからだがリラックスしたところでわたしは手をひっこめ、仰向けになって、暗い天井を見つめた。

そこでわたしはささやいた。「ミッチ、起きてる?」

「ああ」ミッチが答える。

「こんなことになってごめんなさい」

沈黙。

「ほんとにその……ごめんなさい」わたしは静かに言った。

「いいんだよ」

「ビリィはほんとにおびえてて、わたしは、その……どうしたらいいかわからなくなっちゃって」

「マーラ、いいんだって」

「申し訳なくて」わたしは穏やかに言った。「あなたはとても優しくしてくれて――」

マットレスが動くのを感じた次の瞬間、ミッチの人影がビリーのからだを越えてこちらに迫ってきたかと思うと、ミッチの指がわたしのほおに、親指がわたしの唇にふれるのを感じた。

「このベッドできみと、おびえきった六歳児といっしょに眠らなきゃいけないよりも大変なことはいくらでもあるよ。スイートハート、さっきから言ってるように、いいんだ。わかった？」

「わかったわ」わたしは彼の親指がふれている唇を動かし、ささやいた。

「もう寝ろ」

「わかった」

彼の親指がわたしの唇をなぞるようにしてから彼の影は遠ざかり、ミッチはまた仰向けに横たわった。ビリィが動き、彼に身を寄せる。あいかわらず深い寝息を立てているのを聞き、いまのやりとりで彼女が起きていませんようにと祈った。

わたしは暗闇に横たわり、天井を見つめた。

しばらくそうしていた。

そして呼びかけた。「ミッチ？」

いかにも眠たげなしゃがれた声が返ってきた。「なんだ？」

「ごめんなさい、もう寝てた？」

「まだだけど」

わたしは唇を嚙んだ。

「なんか用か？」彼は尋ねる。

「その……」

「マーラ、ハニー、ぼくらふたりともあしたは仕事だし――」

わたしは彼を遮り、ささやいた。「ビリィは心底こわがっていた」

「ああ」

「普通にこわがってただけじゃなくて」

「ああ」

「あなたは――」

「あした話そう」

わたしはまた唇を嚙んだ。そして言った。「わかった」

「もう寝ろよ、ハニー。もうなにもかもだいじょうぶだ。いまはそれだけ考えていればいい」

「わかった」

「おやすみ、ベイビー」

「おやすみなさい、ミッチ」

ミッチ

マーラがベッドのなかで動き、ビリィのほうにからだを丸め、ミッチのほうに身を寄せてきた。彼女がすり寄ってくるのを感じて、目を覚ました。

彼は仰向けに寝ていて、かわいい女の子がひとりと、かわいい大人の女がひとり、彼の脇に身をすり寄せ、ふたりとも腕を彼の腹に投げだしている。ビリィの頭は彼のあばらの上にあり、マーラの頭は彼の肩の上に置かれていた。

マーラの髪が信じられないほどいい香りだってことに気がついたのは、今回が初めてではない。

ミッチは暗い天井を見つめながら、マーラとその境界線について考えていた。

それからマーラの長くて形のいい脚について考えた。夏のあいだ、さまざまな場面で、ショートパンツをはいたマーラの脚を見た。また、クラブハウスのバーにいるときや、運動のためジムに出入りするとき、そとのプールサイドでくつろいでいるビキニ姿の彼女の脚を目にした。それにきのうの朝、彼女が丈の短いローブと、例のかわいい寝間着を着ているときにもその脚が見えた。彼女はいまもその寝間着を着ている。それはあっちこっちのじつにすばらしい曲線にぴったりと張りつくと同時に、おなじくらいすばらしい、すらっと長い彼女の脚をあらわにしている。
もうすぐ夏だ。
彼の笑みが、大きくなった。
そしてミッチは眠りに落ちた。

14

わたしはゆっくり目をあけた。そして寝起きとは言え、心底混乱した。

それは、わたしの視界に、とてつもなく魅力的な、いや、犯罪レベルで魅力的な、滑らかな肌に覆われ、逞しい筋肉の輪郭がくっきり際立った胸板が広がっていたからだ。美しく刻まれた肋骨の畝《うね》の上にビリィの頭のてっぺんも見える。そしてビリィの腕の下にはわたしの腕もあって、割れた平らなお腹の上に投げだされていた。

わたしは目をぱちぱちしてみたが、あいかわらず胸板は見えている。ビリィもそこにいるし、わたしたちの腕もそこにある。

今度はもう少しゆっくり瞬きをしたものの、目をあいたときに見えたものはおなじだった。

おそるおそる頭をあげていくと、視線が上にいくにつれ、腱が目立つ見覚えのある喉と、やはり見覚えのある黒っぽいひげに覆われた精悍で力強いあごが見え、続けてわたしは、10・5のミッチ・ローソン刑事の横顔を眺めることになった。額に一束、髪が垂れている。目は閉じて、濃くて長い睫毛がほおに影を落としている。そこに横たわって眠る彼の姿は、セクシーを越えていた。メガセクシー。規格外のセクシーさだった。

あまりにも美しすぎて、息ができなかった。

ゆうべはビリィのことを案じるあまり、そしていろんなことで途方に暮れるあまり、彼が上半身裸だということに気づかなかった。それに、ミッチのベッドに彼といっしょに入り、その彼が上半身裸だということは、なるべく考えないようにしていた。

それにしてもすてき……。なにもかも。

うっとり。

わたしはアラーム時計に目をやり、普段自分の身支度をしてから子供たちの支度をさせるために起きる時間を、すでに十分過ぎていることに気づいた。きょうはミッチがやってくれるので、わたしがふたりを学校へ送っていく必要はない。それでも、そろそろ一日の仕事にかからなければ。学校へ送るのはミッチがしてくれても、だれかが子供たちを起こし、シャワーを浴びさせ、服を着させ、通学カバンの準備をさせ(どこにあるかは知らないが)、朝食を食べさせなくてはならない。

そのだれかはこのわたしなのだ。

わたしはミッチの肩からそっと頭をあげ、下を見た。ビリィの黒髪を顔から払いのけ、うしろに梳かしつけてから、身をかがめてそのおでこにキスをした。かわいそうなビリィは、ゆうべは本物の恐怖を感じておびえていた。

それもまた、今朝片付けなければならない課題のひとつだった。ふたりをなんとかおびえさせない方法を探しだし、ビリーとビリィから、ビリィがなぜあんなことを言ったのか訊きだす。

「スイートハート、」ミッチがかすれた声で呼びかける。

わたしはまた頭をうしろにそらして彼を見上げ、セクシーな寝ぼけ顔を眺めた。わたしに注がれている彼のまなざしは温かく、額にさっきの一束の髪がかかっている。四歳のころ、わたしの生きる世界はけっしてそこから逃れられない場所なのだということを学んで以来、ずっとわたしに起きることのなかったことが、いまふたたび起きていた。

わたしはおとぎの国へ瞬間移動していた。

「おはよう」わたしはささやいた。

彼の手がわたしのほおをつつみ、その視線がわたしの顔をさまよう。

それから彼は返事をした。「おはよう」

「よく眠れた？」わたしは静かに尋ねた。

「ああ」ミッチも静かに答えた。

「よかった」わたしはささやいた。「子供たちに学校の支度をさせなくちゃ。あなたの朝の予定をじゃましないようにするには、どんなふうにしたらいいかしら？」

「ぼくのことは気にしないで。こっちがうまく合わせるから」

まったく。どこまでいい人なの。

「わかった」わたしは静かに言った。

彼の視線がわたしの唇におりる。そのまなざしに熱がこもる。わたしの胸もそれに応えるように熱くなる。彼が優しく命じた。「こっちへおいで」

わたしはなにも考えずに彼のそばに行った。彼の手がわたしのほおから移動し、髪に差し入れられる。わたしが近くに行くと、彼のまなざしがまたわたしの顔をさまよい、顔を一巡りしてから、肩へ、首へと移った。

「きみが髪をおろしてるところを見るのは初めてだ」彼は指でわたしの髪を梳かしながらつぶやいた。「思ってたより柔らかい」

ミッチがわたしの髪がどれくらい柔らかいか想像していた？

彼の手はわたしの頭のうしろを支え、彼の目がまっすぐわたしの目を見つめる。

「ものすごく柔らかいだろうと思っていたのにな」

「ミッチ」わたしはささやいたきり、その先を続けることができなかった。

頭皮にふれる彼の指に力がこもり、わたしを彼のほうへ引き寄せ、次の瞬間、彼の唇がわたしの唇に押しつけられていた。

ああ、このおとぎの国が大好き。もう最高……。

ビリィがわたしたちのあいだで寝返りを打ち、ミッチの手がわたしの髪から抜かれた。わたしは横向きになり、見下ろした。ビリィは仰向き、眠そうな幼い目で、わたしたちを見上げていた。

「マーラおばちゃん、ミッチはおばちゃんの恋人になったの?」ビリィが尋ねた。

その質問に、わたしはおとぎの国から慌てて逃げだした。

まずい!

わたしはミッチの腕から遠ざかろうとしたが、背中に回されたミッチの腕に力がこもり、その手をわたしの肩甲骨のあいだに移動させ、手のひらを広げて引き寄せる。

わたしはとっさのことに身をこわばらせることしかできなかった。

「その……」わたしは口ごもった。

まずい！

わたしは話題を変えたほうがいいと判断し、優しく尋ねた。「よく眠れた、スイーティー？」

「クマちゃんがいない」ビリィが答えた。

わたし個人としては、ミッチ・ローソン刑事のほうがちっぽけなピンクのテディベアなんかよりはるかにいいと思うのだが、まあ、わたしは六歳児じゃないから。

「クマちゃんはかならず連れてきてあげる」わたしは約束した。

ミッチが動いた。彼はビリィの脇に手を入れ、自分の胸に乗せて引きあげた。ビリィは彼と間近で顔を合わせる恰好になった。成り行き上、わたしもビリィと間近で顔を合わせた。

ミッチは腕を彼女の背中に回し、尋ねた。「オートミールを食べようか、かわいこちゃん？」

ビリィは顔をしかめ、答えた。「ドーナツがいい」

ミッチが彼女の顔をのぞきこんでにっこり笑うのを間近に見て、からだの奥がきゅっとなった。彼といっしょにベッドに横になり、彼の（そしてビリィの）すぐ近くに抱きよせられ、同時に彼がビリィにたいしてとても優しくしてくれているところを目撃するなんて、あまりにも危険すぎる。

「ドーナツは日曜日の朝食なんだ。アニメを見る以外、なにもしなくていい日の。オートミールは、学校に行く前の朝食だ。脳を活性化しなきゃならないからね」ミッチが説明した。

ビリィは首をかしげ、それから少しとまどったような曲がった笑みを浮かべた。「オートミールは脳をかっさいかするの？」ビリィが尋ねると、にんまりしていたミッチの顔に愉快そうな笑みが浮かんだ。

「ああ、オートミールはきみのお腹に入ると、全身にエネルギーを行き渡らせて、からだを目覚めさせるんだ。脳もいっしょにね。だから超賢くなれるんだよ」ミッチが答えた。

ビリィはすっかり感心したまなざしで手をあげ、それを彼の首にあてた。「わぁ。わたし、超賢くなりたいの。だって、大人になったら美容師さんになるんだもん！」ビリィが宣言し、わたしはほほえんだ。ミッチは笑い、ビリィとわたし、それぞれに回している彼の腕に力がこもった。

「それじゃ、ぼくはきみとお兄ちゃんのオートミールをつくるから、マーラがお兄ちゃんを起こしに行ってるあいだ、手伝ってくれるかい？」ミッチが誘う。

「うん」ビリィが同意した。

なにが起きているか把握できないうちに、肩甲骨のあいだにあてられたミッチの手がわたしを引き寄せた。彼は頭をあげ、わたしの唇に軽く口づけた。またからだの奥がきゅっとなり、震えが走る。そしてミッチはわたしから手を離し、ビリィを抱きあげながらからだを起こした。ふたりはわたしひとりをベッドに残していった。わたしとしては、横になっていたのは幸いだった。ミッチの筋肉が美しく引き締まった背中と、ウエストが紐の紺色のパジャマパンツにつつまれたおなじくらい美しいお尻を目にしても、卒倒せずにすんだから。彼が寝室から出ていくのを、わたしは見送った。ビリィは腕と脚をからめてミッチにしがみつき、彼の肩越しにわたしのほうを見て、手を振った。まるで、これから台所へ行くんじゃなくて、ミッチといっしょにバカンスへ出かけるかのように。

ほんの一週間前には、ミッチ・ローソン刑事はわたしにとって、近所に住むけっして手の届かない夢の男だったのに、ゆうべは彼のベッドでいっしょに眠った。でもそれについて感慨に浸っている時間はなかった。今朝起きたことをわたしの脳の記憶装置に書きこんでいる暇もなかった。さらには、自分がどこに属していて、ミッチはマーラの世界のどこに置いておくべきかということをもう一度自分に言い聞かせる時間もなかった。

わたしには、面倒を見なきゃいけない子供たちがいる。

わたしはベッドのミッチが寝ていたほうの端に身を滑らせ、起きあがって、客用寝室へ行った。子供たちの通学カバンは二つともその部屋に置かれていた。服の小さな山と当面の必需品もそろっている。わたしはビリーとビリィのための服をつかみ、廊下のバスルームへ運んでからまた寝室へ戻り、ビリーを起こして、寝ぼけ眼の彼をバスルームへ連れていった。

廊下を出て居間兼食堂兼台所に入ったとき、自分が寝間着だけしか身に着けていなくて、ラタニアとブレイがゆうべローブを取ってきてくれなかったことを思いだした。寝室に逃げ戻ってなにか羽織るものを探さなくてはと思い、踵を返そうとしたそのとき、電子レンジのスイッチを入れてふり返ったミッチと目が合った。彼の視線は即座にわたしの寝間着におりた。わたしのほおはすぐにかっと火照りだした。そしてそれは、台所にいるミッチの裸の上半身を見てしまい、わたしのからだが即座に凍りつくことをも意味していた。ミッチの姿を脳が認識するや、今度はからだの一部だけ解凍された。ひざががくがく震えはじめたのだ。

まったく！

「クランベリージュースって、変な味」ビリィは、ミッチとわたしがトランス状態に陥ったかのように見つめあっていることなどおかまいなしに私見を述べた。彼女は口からグラスを離し、クランベリージュースのひげをつけたままミッチに向かって鼻の頭にしわを寄せた。ビリィはコンロの隣にある電子レンジが載せられたカウンターに坐っている。

ミッチはわたしの寝間着から視線を引きはがし、ビリィのほうを向いた。「そうかもしれないが、からだのためにはいいんだよ」

「どうしてからだにいいものはみんな変な味がするのかな?」ビリィは首をかしげた。

「でなきゃすごくまずいとか」

「そんなことないよ」ミッチが答える。

「ブロッコリはまずいもん」ビリィが反論する。

「ブロッコリはうまいぞ」ミッチが言い返すと、ビリィはまた鼻の頭にしわを寄せた。

「うまくない」ビリィが答える。

「うまいよ」ミッチも負けてない。

ビリィはミッチを真顔で眺めてから、宣言した。「ミッチって変」

ミッチはビリィを見てほほえんでいる。またひざがふらついてきた。

もう、彼のいるところでまともに立っていられなかったら、どうやっていっしょに暮らすというの？

「借りられるローブはある？」ふたりの会話に割って入ると、ミッチとビリィがわたしのほうを見た。わたしはその場に立ちつくしたままぴくりとも動かなかった。

「ない」ミッチの口元がぴくっとした。

「あ……」わたしはなんとか頭を働かせて、次の言葉を思いついた。「あなたのシャツを借りてもいい？」

「どうしてシャツが要るの？」ビリィが尋ね、彼女なりの意見を言う。「おうちのなかではシャツは必要ないでしょ」

「肌寒いのよ」わたしは嘘を言ったものの、それによってミッチの視線が、おそらくはその主張の真偽をさぐるためにわたしの胸元におりたことから考えると、間違いだったのだろう。

「わたしは寒くない」ビリィが言った。

「でもわたしは寒いのよ」わたしはビリィに言い、呼びかけた。「ミッチ？」ここで彼の視線はわたしの胸から目へと瞬時に移動した。

「勝手に選んでいいよ、スイートハート」彼はつぶやき、またカウンターに注意を戻してなにかしはじめた。わたしはそのすきに逃げだしたので、彼がなにをしはじめたのかはわからなかった。

わたしは彼のクローゼットのところへ行き、着古したチェックのフランネルシャツをつかむと、袖を通し、からだが隠れる程度にボタンをとめた。ほんとうなら首まで全部とめたいところだったけれど、さすがにそれをやるとばかみたいだ。

それからわたしは、またミッチの胸を見る心の準備として深呼吸しながら台所へと向かった。でもなんの役にも立たなかった。わたしが台所に着いたとき、ミッチの視線はわたしの目に向けられてから、頭のてっぺんから太ももまで滑りおり、また目に戻ってきた。そしてその目は温かくなり、ミッチは満面の笑みを浮かべた。彼の胸板と甲乙つけがたいほどすてきな眺めだった。

わたしはそれを無視して、まっすぐカフェインに突進した。

ミッチはわたしを無視してはくれなかった。「寝間着だけのほうがいいな、ベイビー。あの寝間着はかわいい」

「あたしもそう思う、マーラおばちゃん」ビリィが口をはさむ。「ちっちゃなお花がかいてあって。それに、そのシャツは男の子のでしょ」

わたしは棚からマグを取りだし、コーヒーメーカーのそばに置いてから、ビリィのそばに行った。

　両手を彼女の肩に置いて、目を合わせて言った。「わたしの服のことはいいから、ビリィのことを話しましょ。だいじょうぶ？」

　ビリィはにっこりしてうなずく。「ミッチがわたしのためにオートミールをつくってくれるの。脳をかっさいかするんだって」

「活性化よ、ベイビー」わたしは穏やかに言った。

「かっさいか」

　わたしはほほえみ、指で彼女の髪を梳き、肩から払いのけて背中のほうに垂らしてから、柔らかな口調で続けた。「ゆうべは大変だったわね、スイーティー」

　ビリィの笑みが消え、彼女はわたしの背後のミッチを見やりながら口を歪め、またわたしに視線を戻した。

「ごめんね、ビリィ」わたしは静かに言った。「でもあなたにとても大変なことをお願いしなくてはいけないの。いちばん大変なことかも。でも大事なことじゃなきゃ、こんなお願いしない」

　彼女は歪めた口を元どおりにして、ささやいた。「なあに？」

　わたしは両手で彼女のほおをつつんだ。「お兄ちゃんが来たら、あなたとビリーで、あなたがこわいと思ってる悪い人のことをミッチに教えてあげてほしいの。教えてあげてくれる？」

ビリィはまた口を歪めて、その小さなからだと顔のほかの部分をこわばらせた。このときミッチが、カウンターのさっきまでわたしが手を突いていた場所に手を突き、身をかがめてきて、わたしは彼の体温を背中で感じた。

「心配いらないよ、ビリィ」彼はわたしの肩越しに優しく言い、わたしは首をよじって彼のほうを見上げた。ミッチはビリィを見つめている。「きみは安全だよ、かわいこちゃん。でもマーラとぼくは、それを知っておいたほうが、きみやビリーをもっと安全にできるんだ」

わたしはビリィに目を戻した。ビリィは口を反対側に歪めてから尋ねた。「パパのことも安全にできる？」

わたしの背中に、ミッチのからだがこわばるのが伝わってきた。つまり、彼はビルを安全にはできないし、ビリィにそのことを伝えるのも、嘘をついてできると言うのも気が進まないと感じているということだ。

わたしは助け舟を出すことにした。「いまはあなたとお兄ちゃんのことを考えましょう。パパのことはあとで考えればいいわ。それでかまわないでしょ？」

ビリィはつぶらな青い目でわたしの目をのぞきこみながらささやいた。「パパはどこ?」

ああ、まいった。これを訊かれるのは予想していたし、自分には答える準備ができていないだろうこともわかっていた。それは正しかった。じっさいにこうして訊かれて、わたしは答える準備ができてない。

「その……」わたしが口を開きかけたとき、ミッチが代わりに答えた。彼はどういうわけか、ほんとうのことを言った。

「留置場だよ、ビリィ」ミッチは落ち着いた口調で言い、ビリィが大きく目を瞠った。いつもの「この世界ってすばらしい」って感じの瞠り方ではない。

偶然にも、わたしも彼女とおなじ表情だった。

「パパは留置場にいるの?」背後で声がし、わたしはビリィのほおから手を離し、ミッチとともにふり返った。濡れた髪で服を着たビリーが、ミッチの死ぬほどクールな居間に立っていた。

ヤバい。わたしはずっとこれを避けてきた。いろいろとバタバタしていたし、子供たちを新しい生活に慣れさせようとしていたので、避けるのは難しくなかった。ふたりとも尋ねなかったし、わたしからも敢えて教えようとはしなかった。

さあ、どうすればいい？

わたしはわからずに立ち尽くしていたが、ミッチのほうはちがった。

彼は即座に呼びかけた。「バド、こっちへ来い」

ビリーはミッチをしばらくじっと見ていた。やがて彼はこわばった無表情で台所へ入ってきた。彼がじゅうぶん近くまで来ると、ミッチはわたしのお腹に手をあて、数十センチうしろにさがらせた。それから身をかがめ、両手の指を組み合わせて、ビリーのほうへ首をめぐらせた。

「ここに足をかけろ、バド。押しあげてやるよ」彼は静かに言った。

ビリーはここでも数秒間迷っていたが、やがてミッチの手に足をのせ、ミッチの肩に手をかけた。ミッチはビリーをもちあげ、カウンターの妹の隣に坐らせた。それからミッチは手を伸ばし、わたしのシャツをつかんでひっぱった。わたしが彼のそばに寄ると、彼はわたしのウエストに腕を回して、自分の脇にぴったり引き寄せた。

そして話しはじめた。

「少し前に、みんなできみのパパのところへ行ったとき、パパの具合があんまりよくなかったろう？　覚えてるかい？」ミッチは尋ねた。

ビリィは唇を噛んでいる。

ビリーはこわばった怒りの表情で言った。「いや、ぼくが憶えてるのは、パパがご機嫌だったってことだよ。いつもどおり酔っぱらって、いつもどおりクスリを打ってね」

わたしは息をのんだ。ビリィが嚙むのをやめた唇は、震えはじめている。

「ビリー——」わたしはささやき声で呼びかけた。

「ああ、」わたしの声はミッチにかき消された。彼はそのまま先を続け、わたしは頭をそらして彼を見上げた。「酒を飲むのは違法じゃないが、ドラッグをやるのは違法だ。それだけでも大問題だが、もっと悪いのは、それを子供たちの目の前でやることだ」

「ミッチ」わたしは声をひそめて警告したが、ミッチはそれを無視して話しつづけた。

「悪いことをすれば、子供も大人も関係なく、罰を受けなきゃいけない。きみのお父さんは悪いことをしたから、これから罰せられる」

「ミッチ」ささやきよりも少し大きな声でくり返し、彼のお腹を押して、「黙って！」と伝えた。ちなみに、これも完全に無視された。

「つまり、パパはドラッグをやったから留置場に入れられたってこと？」ビリーが尋ねた。その口調はどことなく興味を引かれているようで、それ以上のものは感じられない。

「それと、その他もろもろの、あまりよくないことのせいだ」ミッチが答えた。「ふたりとも知っておくべきだから言うが、お父さんはおそらく、当分のあいだ牢屋に入ることになるだろう」

なんてこと！　この人なにをしてくれてるの？

ビリィの目に、見る見る涙があふれてきたのをきっかけに、わたしはキレた。

「ミッチ！」

ミッチはわたしを見下ろし、言った。「この子たちも知っておく必要がある」

「どこかよそで話しましょう」わたしは言った。

「その必要はないよ、マーラおばさん」ビリーが口をはさみ、わたしは彼のほうを見た。「ミッチの言うとおりだ。ぼくらも知っておかなきゃ」

わたしはビリィに目を移し、口を開きかけた。ずっとあふれそうになっていた涙は、いまやほおを伝い落ちている。わたしは口をつぐんだが、代わりにミッチが動いた。彼はわたしから手を離し、カウンターからビリィを抱きあげるとまるでよちよち歩きの子供にするように、腰のあたりで片手で支えた。六歳児を、ちょっと大き目の人形のように楽々抱いている。

ミッチはビリィの髪を耳にかけてやりながら、顔を近づけ、優しく言った。「悲しくなったんだね。悲しくなるのは、これがほんとうに悲しいことだからだ。だけど、きっとパパはこの時間をつかって、だめなところを直してくる。出てきたときには、きみたちの面倒をちゃんと見られるようになっているかもしれない。忘れちゃいけないのは、きみたちは、ちゃんと面倒を見てもらうべき大切な子供で、そうしてくれる人のところにいなきゃいけないんだ」

ビリィはミッチの目をじっと見ている。その目から涙が流れつづける。

そのかたわらで、ビリーが吐き捨てるように言った。「ああ、そんな奇跡が起きればね」

わたしはビリーのひざに手を置き、きゅっとつかんで注意した。ビリィはしゃくりあげ、涙がどんどんこぼれる。

「なあ、バド、きみは頭にきてるんだろうな。頭にくる理由もわかるし、頭にきて当然だとも思う。だけど、それじゃなにも解決しないぞ」ミッチが穏やかに言い、ビリーは唇を固く結んでいた。ミッチはビリィに注意を戻した。「だけどね、ビリィ、いまきみはいいとこにいる。きみがいるべきところにいて、きみのことを大切に思う人たちといっしょにいる。きみがゆうべこわがっていた悪い人について話してくれたら、マーラにも、ぼくにも、それからきみのパパにも、大きな助けになるんだ」

「ゆうべこいつがこわがった悪い人って？」ビリーが尋ね、わたしは彼を見た。

「ビリィはゆうべ大変だったのよ、ビリー」わたしは説明した。「目を覚ましてこわがって、ミッチとわたしに、悪い人がお兄ちゃんとパパとあたしを捕まえにくるのがこわいって訴えたの」

「無理もないよな。パパはくされちんこだし、おばさんのところに行くわけにもいかないのは、こいつもわかってたから」ビリーは答えた。いつものことながら、ビリーはちゃんと状況をわかっていたのだ。

ビリーの汚い言葉遣いを注意しようと口を開きかけたとき、またしてもミッチに先を越された。

「バド、言葉に気をつけろ」ミッチが優しくうなると、ビリーは一瞬反抗的な目つきで彼をにらんでいたが、やがて床に目を落とした。ミッチはまたビリィに注意を戻した。彼女はいまや彼の肩に頭を預け、唇にこぶしをあてている。

「だいじょうぶ、ベイビー？」わたしはビリィに声をかけた。

「だいじょぶじゃない」こぶしを口にあてたままだ。

わたしが先を続けようとしていると、ビリーが口を開いた。「どうしたらミッチやマーラおばさんの助けになれる？」

ミッチはビリィの髪を撫でながらビリーに目を向けた。

「きみは、ビリィが言っていた悪い人のことを知ってるのか？」ミッチが尋ねた。

「ああ」

「会ったことあるのか？」

「ああ、しょっちゅうだよ」

「どんな顔か、説明できるかい？」

ええ？　この話の流れをどう受けとめるべきか、わたしとしては複雑だった。

「できるよ」ビリーが請けあった。

「写真を見て、そいつだってわかるか？」ミッチがさらに確認する。

ええっ？

「ああ、写真があればね」ビリーが言った。

「よし、それじゃ、きょう学校に迎えにいったあとで、ビリィといっしょに署に来てもらおう。ぼくの仲間と話して、写真を見てほしい。その男を写真のなかに見つけたら、だれがきみの妹をおびえさせているのかわかるし、なにか対策がとれるかもしれない」

わたしは血圧を急激にあげつつ、どうしたらいいかわからずに、立ちつくしていた。この子たちの後見人は、いったいだれなの？　ミッチ？　それともわたし？　彼があまりにも率直に子供たちに話したやり方も気に入らなかった。たしかにこの子たちにも知らせるべきだけれど、それについてどうするか、あらかじめきちんと話しあっておきたかった。なにより気に入らないのは、ミッチが主導権を握り、子供たちに勝手に事情を知らせ、ビリィを泣かせて、わたしに相談もなしに子供たちを警察署に連れていくと決めたことだ。

わたしは通路での話しあいを提案しようとした。わたしが一言も発する機会を与えられないうちにその日の予定が決まるなんてありえないとミッチにお説教するあいだ、ブレントやブレイダンやデレクやラタニアに、ふたりが寝間着姿でいるところを見られようとかまわない。

「警察署？」ビリーが言う。ちょっと興味を引かれたという感じでも、怒って険しい口調でもなくて、すごいと思っているようだった。警察署を見学できるというのは、九歳の男の子にとって、明らかに特別な機会なのだろう。

同時にビリィのほうもささやいた。「けいさつしょ？」彼女の幼い脳は、牢屋に入れられた惨めなヤク漬け犯罪者のパパから一足飛びに離れて、まったく別の世界に飛びこんだ。ビリィはミッチの腕に抱かれながらがばっと上半身を起こし、両のこぶしを突きあげて叫んだ。「やったぁ！　わたしこれからけいさつしょへ行くんだよって、学校の友だちに自慢しちゃうんだ、楽しみ！」

警察署を見学できるというのは、六歳の女の子にとってもまた、明らかに特別な機会のようだ。

わたしは歯ぎしりをしつつ、両手を腰にあてた。

そしてミッチに、聞き間違えようのない口調で告げた。「子供たちのオートミールはできてる？」

ミッチとビリーの目がわたしに向けられた。ふたりともわたしの口調を聞き間違えなかったらしい。

ビリィが兄のほうを見て、教えた。「すごいのよ、ビリー、ミッチがわたしたちの脳をかっさいかするためにオートミールをつくってくれたの。超賢くなれるんだって！」

「いいね」わたしがあいかわらずミッチをにらみつけているので、ビリーはここは慎重にいこうと思ったのか、小声でぼそっとつぶやいた。

「ああ、もうできてるよ」ミッチが答える。彼の目は身構えつつもどこかおもしろがっているような表情だ。

「それはよかったわ」わたしは大声で言い、一歩さがってビリーのほうを見た。「おりなさい、ビリー、スツールに坐って」ミッチに視線を移し、命じた。「ビリィもスツールに坐らせて。食事のあとには、シャワーも浴びさせなきゃ。そのあいだ、ふたりで通路で話しましょう」

ミッチはわたしをほんの少し眺めてから、カウンターに沿って歩き、ビリィをスツールに坐らせて言った。「ベイビー、いままで伝わってなかったかもしれないから、ここではっきりさせておく。必要があれば話はするが、通路ではぜったいにしない」

「けっこうよ」わたしは声を荒らげ、電子レンジのドアをあけた。庫内ではオートミールのボウルがふたつ、湯気を立てている。それを取りだし、続けた。「じゃ、あなたの寝室で」

「それはすごくいい」ミッチがつぶやいた。

すでにスツールに坐っている子供たちの前にボウルをひとつずつ置きながら彼をひとにらみした。それからいくつか抽斗をあけ、スプーンを見つけて二本取り、それぞれのボウルのなかにつっこんだ。

それからわたしは足を踏み鳴らしてカウンターを回り、居間のエリアを通って、まっすぐに彼の寝室に行った。ドアに手をかけて、彼が来るのを待ってから、ドアを押してなかに入った。そして彼のほうをふり向き、説教しようと口をあけた。が、ふいにその腕に抱きしめられ、裸の胸にぴったりと押しつけられて、口を閉じた。

いつもなら、こんなことをされたら、恍惚感で麻痺してしまっただろう。けれどいまは高血圧で卒中を起こしそうだ。

わたしは両手を彼の肩にあて、押しながら語気強くささやいた。「放して」

ミッチはわたしの押す手を無視し、むしろ肩で押し返した。「怒ってるんだ」

「え……ああ」わたしは声を荒らげた。「けっこうなワンマンショーだったわ、その……」わたしはかぶりを振り、つま先立って彼に顔を近づけ、締めくくった。「やめて」

「スイートハート、ふたりとも知る必要があるし、いま起きてることがなんであれ、それを阻止するためには、あの子たちにも協力してもらわないと」ミッチが説明した。

「そうかもしれないけど、あのふたりの後見人はわたしで、あなたはそれを助けてくれている。だから子供たちとどんなふうにコミュニケーションをとるか、あの子たちにどんな協力を求めるかは、ふたりで話しあって決めましょう。じっさいにふたりとコミュニケーションをとったり協力を求めたりする前にね」わたしは言い返した。

「話しあったり、この先どうするのがベストか悩んでいる暇はないんだ、マーラ。短期的なことを言えば、ふたりを学校へ送っていかなきゃならない。ぼくは学校で担当者と話をしてから出勤しなきゃならないし、きみも出勤しなきゃならない。きみの部屋をめちゃくちゃにした悪いやつもいる。それらはすべて短期的なことだ。思いださせる必要はないと思うが、きみやあの子たちの周りでは、ほかにも山ほど問題が渦を巻いている」

「ええ、思いださせてくれる必要はない」わたしは同意した。「でもだからって、なにか決断する前に話しあえないってことにはならないわ」

「ベイビー」彼は、いらだちながらなんとか耐えているかのような口調で言った。「言っただろう、時間がないんだ」

わたしはさらにつま先立ち、あと三センチのところまで顔を近づけて言い返した。「怠け者のハニー・ランプキン、あの子たちをどうするかって話には、時間をつくるの」わたしの皮肉に、彼の口の片端があがったのは無視して、核心を突く非難を口にした。「ビリィを泣かせたわね」

「あの子はパパが大好きだ。あの子を泣かせないで乗りきるなんて無理だってことはきみだってわかってるだろう。だからこそきみは子供たちを引きとってもう一週間になるのに、ふたりのどちらにも父親が留置場にいるってことを言わなかった。あの子たちの年齢がいくつだろうと、それは言わなきゃいけないことなんだ。ヤクの売りも盗みもしていたヤク漬けの父親が重い罪で服役しそうだということを子供に伝えるとき、オブラートにつつんで口当たりよくしようとしたって無駄なんだよ」

もう。彼に正論を言われると、ほんと、頭にくる。

「わかったわ、そこはあなたの言うとおりでしょう」わたしは譲歩した。そのご褒美に、彼の腕でぎゅっとされて、口元がぴくっとするのが見えた。「だけど、あなたが間違っていることもある。わたしはこの状況では、傍観者ではないの。あの子たちに話をするか、どんなふうに話をするかは、あの子たちに話す前に、ふたりでちゃんと話しあって、理解しておくべきだった。そうすれば、どんな結果にたいしても心の準備をしておけた。今回の場合は、わたしが結果にたいする心の準備をできたはずよ。あなたひとりで勝手に決めて、わたしを置き去りにするのでは、うまくいくはずがない。うまくやるには、チームとして、ふたりとも、最善のサポートを与えられるように準備しておかないと。ビルやうちの母やルーラメイ伯母さんって連中を知ってるから言うけど、これはまだ手始めにすぎないの。わかった？」

わたしは注意していなかったので、彼の手がわたしの背中から首へとのぼり、髪に差し入れられて頭のうしろを支えるまで、その動きに気づかなかった。わたしの目をじっと見つめるミッチに起きた変化にも気づかなかった。その変化はとても大きなものので、まぎれもなく重要だとわかったけど、それがなにかをはっきり特定することはできなかった。

次の瞬間、彼が静かに答え、わたしはそれを考えるのをやめた。「わかったよ」

「よかった」威勢よく言った。「あともうひとつ、話をするとき、あなたがわたしを抱きしめた状態ではしないこと」わたしはまた彼の肩を押した。「だから放して」

「いやいや、ハニー、きみがぼくにたいして腹を立てて、そのかわいい寝間着姿で、髪をおろしてるときに、腕に抱かずに話すなんてことができるわけがない」

え……あの？

「え？」わたしは尋ねた。

「聞こえただろ」彼は答える。

「寝間着姿じゃないわ」わたしは訂正した。「寝間着の上にシャツを着てるもの」

「スイートハート、なんならその寝間着の上にスキーウェアを着ててもいい。きみがぼくの居間に寝間着一枚でいる姿は、もうぼくにとって最高にいい感じで脳に焼きついてしまった。だから上になにを着ていようが、目に映るのはあの衝撃的な寝間着なんだ」

「頭がどうかしてるわ」わたしは突っぱねるように言った。

「きみは男じゃないからな」

「ああ、そう。それこそ頭がどうかしてる」

「あの寝間着がどれくらいかわいいか、きみはわかっていないようだ」ミッチが反論した。

ああ、もう。

「ミッチ――」

「あるいは、きみにどれくらいよく似合ってるか」ミッチはかまわず続けた。

ちょっと待って。

「ミッチ――」

「あるいは、髪をおろしているきみが、どれくらいすてきか」

「ミッチ！」

「あるいは、きみが腹を立てたり、壁をつくるのを忘れたりして、ふと繭から出てきて、マーラの光がぱっと輝いてるとき、硬くならないように必死で抑えていることとか」

これにはわたしのほうが押し黙った。あまりにもびっくりして茫然とし、彼の肩をつかんで、その底知れぬ深さを感じさせる目をのぞきこんだ。

「ああ」彼はつぶやきながらわたしのウエストを抱く腕に力をこめる。「ようやく、きみもわかったようだな」

「これで話は終わりね」わたしはささやいた。ただちに終了すべきだ。もうこれ以上話すことはない。

まあ現実的なことを言えば、もう話すことがないのはわたしだけだった。ミッチのほうはそうはいかないようだ。彼の腕がさらにきつく抱きしめてきて、頭を支える彼の手がわたしを引き寄せ、彼の吐息を唇に感じるほど近づいたとき、わたしはそれを思い知らされた。

「ベイビー、せっかくぼくに注意を向けてくれたのに、きみは早くも逃げだそうとしているようだから言っておく。また繭のなかに戻るときに、これもいっしょにもっていけるように。率直に言うよ、マーラ、ベッドにきみが欲しい。そしてきみがぼくのベッドにやってきたら、ぼくはきみのなかに入る。そしてぼくはきみのなかで動き、きみはその長いきれいな脚をぼくの腰に巻きつけて、いくんだ。そうしながら、ぼくはようやくこの手でその見事なお尻をつかみ、きみはぼくの口に舌を入れて、きみにしかできない衝撃的なキスをする。きみにはものごとをねじ曲げて頭がおかしくなる癖があるのはわかってる。だからこうして率直にぼくがきみになにを求めているかを伝えれば、もしかしたらきみに届いて、きみがそれを素直に受けとめているうちに、ぼくたちがずっと前から求めてきたものを手に入れられるかと思っているんだ」

わたしはなんとか聞くまいとした。彼が言ってることを頭に届かせまいとした。が、無駄だった。

ぼくたちがずっと前から求めてきたものって、なんのこと？

「わかった？」ミッチが尋ねた。

「その……」わたしは口ごもった。なぜって、半分は理解できたかどうか定かではなく、残りの半分は正しく理解できているはずがないからだ。ミッチがにんまりする。

そして彼は言った。「わかったようだな」

「わたしが考えるに――」口を開いたとき、わたしの頭を支える彼の指が頭皮をぎゅっとした。

「スイートハート、きみがなにを考えてるかなんてどうでもいい。その考えがきみの唇からこぼれるときには、おそらくもうねじ曲げられてめちゃくちゃになっている。とりあえずぼくが思うに、話はこれで終わりだ……いまのところは。きみの言い分はわかったし、きみの言うとおりだ。あの子たちにかんして重大なことを決める前には、かならず相談することにしよう。きみもぼくの言い分をわかってくれる必要がある。ふたりが高校を卒業するまでなんて待たない。それはいいね？」

「わたしがなにを考えてるかなんてどうでもいいの？」わたしは静かに尋ねた。

「その考えがねじ曲がってめちゃくちゃなものは」彼は答えた。「なあ、ぼくの言い分はわかっただろ？」

「でも――」

「マーラ、子供たちに学校へ行く支度をさせるんだろう」彼が言った。「ぼくの言い分はわかった？」

「わたしの考えでは――」

彼の手がわたしの髪を離れ、両腕が肩に回される。彼はわたしの肩をぎゅっと抱きしめてからくり返した。「ベイビー、ぼくの言い分はわかったんだよな？」

「あ……ええ。あなたの言い分はわかったわ」わたしは同意した。「少なくとも、最後のところは」

彼の視線がわたしの顔をさまよい、わたしはそのままにさせていた。彼の腕に抱かれ、彼のたくましい肩のぬくもりを指先に感じているときに、考えるなんて不可能だ。

考えるならよそに行かないと。たとえばカナダとか。

「スイートハート、あともうひとつ言っておく」彼はささやいた。「さっき、ぼくはきみになにを求めてるか率直に話したが、もうひとつ、きみが繭に戻るときにもっていってほしいことがある。ぼくはきみが思ってる以上にきみをわかってるってことだ。ぼくはきみをわかってるし、そのきみをとても気に入ってる。ぼくのことは、なにもこわがらなくていいということも知っておいてくれ。ぼくがなにを求めているかはもうわかってるだろうけど、それを手に入れるときには優しくするよ」

そんな。優しいミッチ。

なんて……すてきなの。

「わたしは、その……」言いかけたものの、彼の唇がわたしの唇に軽くふれて、言葉を失った。

「優しくするよ、ベイビー」彼は唇をふれ合わせたままささやいた。「約束する。ぼくといるかぎり、きみは安全だ」

そんな。

「ミッチ」わたしは吐息混じりに言った。

優しい目でわたしの目をとらえ、彼はきっぱりと言った。「いつまでも」

彼のまなざしがじっと注がれ、わたしは彼の目を見つめ返した。彼の目は温かいけれど真剣だった。わたしの目はたぶん、おびえきっていただろう。

そして彼が訊いた。「いいだろ？」

「え……いいわ」わたしはささやいた。

「よし」彼はささやき返し、首をさげると、少し横にそれて、わたしのあごの端に口づけた。そしてわたしを放した。「急いでシャワーを浴びないと」

「あ……そうね」わたしは口ごもり、そそくさと部屋を出た。ミッチがシャワーに向かい、わたしの脳も彼のシャワーの場面に突入する危険があったからだ。ミッチ・ローソン刑事が全裸でシャワーを浴びるシーンもさることながら、ミッチ・ローソン刑事にあんなことを言われたあとでわたしの思考を曇らせるその他のいかなる考えも、いま思い浮かべるわけにいかない。この場で融けて湯気の立つ水たまりと化してしまうわけにはいかないから。

わたしには、学校に行く準備をさせなきゃいけない子供たちがいる。

15

「ありがとうございました」わたしはそう言って、たったいま、うちの最高級の次にいいマットレス、〈スランバー・エクセルシオール〉を買ったお客さんに領収書を渡した。「配達は土曜日の午前十時から十二時のあいだになる予定です。これは保証されたサービスで、配達員は……」わたしはコンピュータのキーボードを何度か叩き、画面を確認してから、お客さんに向かってにっこりほほえんだ。「ルイスとポールです」

「配達員の名前までわかるのかい？」

「ええ」そう答えたとき、ぶらぶらと近づいてくるロベルタの姿が目の端に入った。「ルイスは勤続六年。ポールは二年前からうちで働いています」

「ほんとうに家族的なんだね」お客さんは言った。

「そうなんです！」わたしは明るく言った。ロベルタがそばにやってくると、お客さんは肩越しに彼女を気にして、急いでわたしのほうを向いた。

「あの……訊いてもいいかな……」彼が話しはじめたので、よく聞くために身を乗りだし、促すように眉をあげた。「土曜日の、その十時から十二時まで、きみはなにをしてる？」

　わたしは背筋を伸ばして彼を見つめた。

　こういう展開はとてもいやだけど、じつはしょっちゅうある。

「いや、ただ……」彼がにんまりした。「もしかしたらきみが、うちにコーヒーでも飲みにこないかと思って。ほら、配達員がちゃんと配達したかどうかを確認しに」

「そのころは、うちの子供ふたりの世話をしてますわ」嘘をまぜた答えに、客が目をぱちくりさせ、ロベルタはわざと聞こえるような音を立てて笑いをのみこんだ。客の視線が一瞬わたしの左手に向かい、また顔に戻った。

「そうなのよ、彼女と恋人の刑事さんはちょうどそのころ、コーヒーを飲んでいるはず」ロベルタの言葉に、わたしはふり向いて目をまん丸くしてみせたが、ロベルタは気に留めるふうもなくカウンターに入り、わたしの横に並んだ。「彼氏は身長百九十センチなの」

「なるほど」お客さんがつぶやいた。

「あの……」わたしは口ごもった。「そんなことより、どうぞマットレスをお楽しみくださいね。それから、ほかになにか……ええと……寝室で……ご入り用なものがございましたら……」もう最悪！　こういうのってほんとに苦手だ。「〈ピアソンズ〉をお忘れなく！」

わたしはお客さんに、元気いっぱいのほほえみを向けた。

彼はうなずくと、足早に出口へと向かった。それと同時に扉が開き、なんとラタニアが店に入ってきた。わたしに目で合図したが、わたしは彼女の予期せぬ訪問に驚く余裕もなく、ロベルタのほうを向いた。

「ロベルタ、なにを言ってるの？　ミッチはわたしの恋人じゃないわ！」

「だって、彼のベッドで寝たんでしょ」ロベルタに指摘され、わたしはついさっき、昨晩のできごとを彼女に打ち明けたことを後悔した。

「でも――」

「しかも、ミッチも彼のベッドで、あなたといっしょに寝たんでしょ」ロベルタがさらに言った。

この時点でわたしは本気で後悔したが、その後悔の大部分は、なにを打ち明けたかよりも、どれだけ打ち明けたかについてだった。なぜ打ち明けたかと言えば、友人に嘘をついているとミッチに言われたことが気になっていたからだ。でもいまは、嘘をつかないとどういうことになるのか、よくわかった。

「ミッチがあなたと寝たですって？」ラタニアが大声をあげ、わたしはミスター・ピアソンの事務室にちらっと目を走らせ、今後はいっさい打ち明けないことを誓った。

「それは――」説明しはじめたが、それ以上続けられなかった。

「すごい！」ラタニアが叫んだからだ。

「でしょ！」ほんのわずかに遅れてロベルタも叫んだ。

「お願い！」わたしは小声で言い、乗りだしてラタニアの肩を押すと同時に、ふり返ってミスター・ピアソンの事務室を見やった。動きがないことを確認し、ラタニアのほうに顔を戻した。「そんな大したことじゃないのよ。ビリィもいっしょだったの。おびえていて、ミッチといっしょにいたいと言ったから」

「ふーん」ラタニアがうなずき、胸の前で腕組みして、白い歯を見せてにっこり笑った。

「どうしようもない状況だったのよ」わたしは説明した。「それに、ミッチは親切でしてくれたの」それは嘘だった。彼が朝に言ったこと（わたしが幸運にもロベルタに打ち明けていなかったこと――夜のことについては言ったけど、朝のことについては言わなかった）を考えると、彼は親切でしたわけではなかった。むしろ、まったくちがった。

「ミッチはたしかに親切よね」ラタニアが同意する。「すごく親切だから、彼はベッドに入りこんだってわけね。六歳の子と……」言葉を切り、身を乗りだしてさらににこやかな笑みを浮かべた。「あなたが寝ているベッドに」そしてさらに言った。「なにもおかしくはないわよ」姿勢を戻し、首を振りながら、よろこびに輝く目でロベルタを見やり、またこちらを向いた。「ええ、なんにもおかしくない。四年間も互いに遠巻きにしていて、あなたなんて彼と目を合わせることもできなかったのに、ある晩、彼があなたの蛇口を直して、そしてバン！」組んでいた腕をとつぜんほどいて手を叩いたので、わたしは跳びあがった。「なんと、彼のところでいっしょに住みはじめちゃうんだから」

ふーむ、ミッチを避けていることを隠しているつもりだったのに、思ったほど成功していなかったらしい。

「彼のところでいっしょに住みはじめたわけじゃないわ」わたしはラタニアに言った。「わたしのアパートに強盗が入って、全部壊されたから、ほかにどこにも行くところがなかったのよ」

「ふーん？　わたしのところは？」ロベルタが口をはさんだ。「それとも、ブレイとブレントのところとか？」さらに言う。「ラタニアとデレクのところでもいいし」さらに続ける。「ピアソンさん夫妻のところ」言いつづける。「じゃなければホテルね。ほら、デンヴァーにはたくさんホテルがある」

「そこまで考えなかったの。疲れてたし、それにね、ロベルタ、あなたは見ていないけど、ほんとにひどかった。最悪の状態よ、ありとあらゆるものが壊された。タンポンまで、洗面所にぶちまけられてた。信じられなかったわ」わたしがそう言うと、彼女が表情を、その朝（驚きがおさまったあと）のようにやわらげ、片手をわたしの腕に添えて、だいじょうぶというふうに握りしめた。

「たしかにそのとおり。でも、いいこと、友だちの言うことを聞いてちょうだい」ラタニアがわたしの注意を引いた。「ミッチ・ローソンは、ただ親切な人だから、親切にしているわけじゃないわ。ただ親切な人という理由だけで、女性と子供といっしょのベッドに入る人なんてこの世にいない。わたしの言ってること、わかる？」

彼女が言っていることはわかったが、その必要もなかった。その朝にミッチが言ったのを聞いたからだ。彼の言葉がわたしの脳に深く刻まれたにちがいないと思うほどはっきり憶えている。

話題を変えることにして、質問した。「それより、なぜここに来たの？」

「あなたとミッチの関係がどうなっているかを確認しに来たのよ。ブレイから、あなたがミッチにバーベキューチキン・ピザをつくってると聞いたから。あれは聞き逃せないニュースだった。考えてもみて。あなたがようやくあの大ばか野郎のことを振りきったあと、彼はあなたに夢中で、あなたが与えようとしない突破口を何年も探しつづけていたんだから。そのあと、急にあなたが音信不通になって、気づいたら、彼のところでワインを飲んでいた。しかも、彼はあなたが世界一高価なクリスタルの置物であるかのようにふるまって、だれかがあなたを壊しそうになったら、すぐに駆けつけて叩きのめしそうな様子だった、だからわたしも、あなたのものをもっていって、しばらくいたでしょ。それで、あなたが電話に出ないから、このお尻を動かして、スクープをとりにわざわざやってきたというわけ。でも、言っておくけど、そうしてよかったわ。あなたがミッチのベッドで、ミッチといっしょに寝たなんて、ブレイとブレントに教えるのがすごく楽しみ」

「だめよ！」わたしは叫び、携帯の呼び出し音が鳴ったので、また手を伸ばして彼女の腕をつかんだ。「ブレイとブレントに言わないで」

「ばか言わないで」ラタニアは眉を髪の生え際まで吊りあげた。「わたしがこれをあのふたりに伝えないはずがないでしょ。大ニュースなんだから。エヴァーグリーンに住んでいる独身女性の半数は、ミッチがエヴァーグリーンに住んでいるから引っ越してきたのよ。ばかよね、彼は新しい女性なんて必要としてないのに。厳しいルールを決めているってデレクが言ってたわ。エヴァーグリーンのかわいこちゃんたちとはつきあわない。ジムに行くたびに以前の彼女にばったり会いたくないってこと。エヴァーグリーン全体がそのルールの範囲内」

わたしは心臓がもちあがり、肺に火がついたような気がした。そのとき、ロベルタの声が聞こえた。「〈ピアソンズ・マットレス＆ベッド〉です。ご用件は?」そのあとに続いた言葉に、わたしは喉まで心臓がこみあげて窒息するかと思った。「まあ、こんにちは、ミッチ!　いったいどうしたの?」

ぎこちなくふり返ると、ロベルタはカウンターを見つめて満面の笑みを浮かべていた。「ええ、彼女はここよ。それより、あなたに伝えたいことがあった。ちょうどいいときにかけてきてくれたわ。彼女がまたお客さんに言い寄られたの」彼女が意気揚々とミッチに伝えるあいだ、わたしは片手を伸ばしてかろうじてカウンターの端をつかみ、あっけにとられて彼女を凝視した。「まあ、いつものことだけど」ロベルタがわざわざ言う。「また戻ってくるかもしれないわね。けっこうそういう男性客が多いのよ。そのときは、彼女が刑事さんとつきあっているって言っちゃっていいかしら？　その彼はトレーニングを欠かさないのよって。そうでしょう？　トレーニングを休んだことある？」毎日ミッチと電話でしゃべっているかのように、カウンターに腰を落ち着け、好奇心まるだしの質問をしている。ラタニアがくすくす笑うのが聞こえた。「そうよね。わたしもそう思ったのよ」ロベルタの笑みが深まる。そのあと、少し心配そうな表情になったが、すぐに戻り、話を終えようとした。「そうなのね。とにかく、もしも彼が戻ってきたら、彼女が恋人と電話中と言っておくわ。それでかまわない？」

その時点でようやく声が出て、といってもささやき声だったが、わたしは彼女に強い口調で要求した。「ロベルタ、代わって」

「まあ、よかった。じゃあそうするわね」ロベルタがミッチに言っている。

やだ、やめて！

「ロベルタ」わたしは声を荒らげた。「受話器を渡して」

「なに？」ロベルタが電話に向かって尋ねる。「ええ、あなたもね。じゃあまた」また言葉を切る。「ええ、バーイ、ミッチ」そして、ようやく顔をあげ、目を輝かせてわたしに言った。「トレーニングは欠かさないんですって。そうだと思った」

ラタニアが笑いながら、ヒューヒューとやじる。

わたしはロベルタの手から電話を奪いとり、彼女をにらみつけて、胸をどんと押しやってから、友人ふたりに背を向けて電話を耳にあてた。

「ミッチ？」

「やあ、スイートハート」彼が優しく言った。声が笑っている。その声に、からだの奥がきゅっとなった。お馴染みの感覚。

「順調にいってる？」

「順調だった。きみの友人から、きみが客に言い寄られたと聞かされるまでは。よくあることなのか？」

「それは……」わたしはつぶやき、なんとか気をとり直して尋ねた。「なぜ電話をしてきたの？」

「状況を報告しておこうと思って。子供たちを署に連れてきた。写真を見てもらったんだ。いい知らせは、ロシアン・マフィアじゃなかったってことで、悪い知らせは、だれなのかまったく手がかりがないということだ。きみの従兄の仲間の写真も子供たちに見せたが、反応はなかった。いま、ビリーが似顔絵画家に協力している」

「ビリィも手伝っているの？」

「いや、あの子は大変な夜と、それに続く大変な朝を過ごしたから。顔写真は見てもらったが、それでいまのところはじゅうぶんだ。ぼくの友人のハンクが彼女を連れてきてくれた。ビリィはいま、取調べ室でロキシーといっしょにお絵かきをしている」

「ありがとう、ミッチ」わたしは静かに言った。「正しいことだったと思うわ」

「ああ」彼も静かに答え、それから尋ねた。「帰宅は七時ごろかな？」

「もう少し遅くなると思う」

「じゃあ、子供たちに食べさせておく。きみは夕食になにが食べたい？」

「帰り道になにか買っていくわ」

「いや、ベイビー、ぼくが料理する。どちらにしろ、子供たちとスーパーに行く必要がある。きみが欲しいものをなんでも買ってこられる」

わたしは呼吸をしていなかった。聞いてもいなかった。まるで十年来、週に一、二度はわたしのために料理をしてくれていた人が言うみたいに、ミッチが料理すると言ったのに心を奪われていたからだ。

しかも、わたしはその響きがとても好きだった。

「マーラ？」彼の声に、わたしは一瞬、目をぎゅっとつむった。

「聞いているわ」

「夕食になにが食べたい？」

「ほんとうに、その……なにか買っていくから」

「ぼくも食べなければならないんだから」

「あなたは子供たちと食べられるわ」

「ビリィはフィッシュスティックを食べたいと言い、ビリーはビリィが食べたいものを食べたいと言っている。ぼくは十一歳のときにフィッシュスティックを一生食べないと決めて、ようやくのことで、嫌いであることを母親に納得させた。だから、ぼくは子供たちとは食べない、きみと食べる」

「ミッチ――」わたしは反論の口調で言いはじめた。

「マーラ、ベイビー、落ち着いて」優しく言われて口を閉じたのは、ベイビーと呼ばれたこともあるが、主たる理由は、彼がわたしの名前を優しく呼んだことだった。

「でも……」わたしはまた言いはじめ、すぐにやめた。

「大変じゃないよ、ベイビー」彼がささやく。

「でも……」

「チリは好きかい？」

「ええと……」わたしは口ごもり、彼はくすくす笑った。

「マーラ、スイートハート、チリは好き?」

「ええ」わたしはなんとか声を出した。

「では、チリとコーンブレッドをつくる」彼が決め、彼がそう決めたとたんに、それがとてもいい感じに聞こえたせいで、わたしは急にお腹が空いてきた。さらにいい感じなのは、ミッチの家に行って、彼といっしょに夕食を食べること。彼が料理してもしなくてもかまわない。

「ミッチ——」わたしは言いかけたが、そのとき叫び声が聞こえてきて言葉を失い、背筋をこわばらせた。「くそったれが、ここにいたのね!」

わたしははっとふり返り、それと同時にロベルタが「いったいなんなの?」とささやき、母とルーラメイ伯母さんがこちらに向かって突進してくるのが見えた。

ベッドの海を抜けてくるふたりを見て、過ぎ去った十三年のあいだに、どちらも三十歳は歳を取ったという事実以外、なにも変わっていないことに気づいた。ふたりとも髪をブロンドに染めている。母の髪はけばけばしい麦わら色で、根元の少なくとも三センチは濃い色と鉄みたいな灰色が混ざっている。ルーラメイ伯母さんの髪はブロンドと大量のブルネットが入り混じっている。それを伯母は、筋状《ストリーク》のハイライトと呼んでいるが、自分で染めているせいで、ただの縞模様《ストライプ》にしか見えない。乳房のみならず肌までたるんでいることを考慮すれば、胸の谷間を見せすぎだ。ふたりとも肌がさがさで、まだ夏がはじまってもいないのに日焼けしすぎだし、どちらも着ているものすべてがからだにぴったりしすぎている。母はカプリパンツとスクープネックのTシャツ、ルーラメイ伯母さんはジーンズとひらひらつきのブラウスで、ボタンをはずしすぎているし、かろうじて留めてあるボタンもパンパンでいまにもはちきれそうだ。化粧の分厚さといえば、デンヴァー・ブロンコスのチアリーダー全員が少なくとも半シーズンの試合で化粧に困らないくらいの量を塗りたくっている。しかも、ハイヒールの厚底靴でよろめきながら歩いている。

なんてこと。ふたりがここにいるなんて。わたしの職場に。

「このあばずれ女!」近くまで来ると、ルーラメイ伯母さんが金切り声をあげた。

わたしはなにもせず、なにも言わず、ただそこに立って、驚きに恐怖がたっぷりと交じった状態でふたりを見つめた。

「なんだって、トレーラー・トラッシュ・ツインズがあらわれたのか?」ミッチが電話の向こうで訊いた。

「そう言うあなたたちは?」ラタニアがトレーラー・トラッシュ・ツインズに訊いている。

ルーラメイ伯母さんが片手をあげ、ラタニアの顔の二センチも離れていないところに手のひらを突きつけた。ラタニアは頭をすばやく十五センチほどうしろに引き、両手を腰にあてた。ひそめた眉が一文字になっている。

まずい。

「あたしは、あんたに話してんのよ」ルーラメイ伯母さんがわたしに向かって咬みつくように言った。「聞こえてんでしょ。この思いあがった小娘のあばずれ」

わたしの金縛り状態が解けはじめたとき、ミッチの切迫した声がわたしの耳にささやいた。「マーラ、聞くんだ――」

「もう切らなきゃ」わたしはつぶやき、受話器を台に戻した。

「ちょっと、その手を顔の前からどかしてよ」ラタニアが厳しい口調で言う。

「あんたは、ひっこんでな」ルーラメイ伯母さんが言い返す。

誓ってもいいが、ラタニアがうなったのが聞こえた。

ほんとにまずい。

「ルーラメイ伯母さん、ママ」わたしは静かに言いながら、カウンターを回って移動した。「お願い、このお店は――」

口を閉じたのは、ルーラメイ伯母さんが手をおろし、母とふたりでわたしをにらみつけたからだ。

「なんだって、マラベル？　なん……なん……だよ？」母がおそろしい声で言い、おそろしい目つきで、近づいていくわたしの動きをじっと追った。わたしはふたりとラタニアとロベルタとのあいだを遮る場所に立ったが、すぐに、友人たちが守るようにうしろに控えてくれるのがわかった。

全員がそれぞれの位置に立って初めて、わたしは、なにがなんなのかといぶかった。母は説明しない。ルーラメイとふたりでにらみつけている。

「あなたのお母さん？」ロベルタが信じられないという声で聞いた。

「もち、この子の母親だよ」母が答える。「くそっ、あたしにうりふたつじゃないか」

そのとたん、ロベルタの喉から吐き気を催したような音がして、同時にラタニアの喉からも、吐き気を催したような音が聞こえた。母とルーラメイ伯母さんもその音を聞いて、ふたりとも目を細め、ぐっと張った腰に手を置いた。

ああもう！

「聞いて」わたしは急いで言った。「わたしと話したいのはわかるけど、いまはだめ。仕事中なの」それから、ふたりが出ていったらすぐに新しい電話を買うと心に誓いながら、言いたくないことを言った。「わたしの電話番号を教えるから、今夜電話して。

会って話しあう約束をしましょう」

「だめだ。ここで、いますぐ話すんだよ。あたしの孫たちのことについてね」ルーラメイ伯母さんが宣言する。「それに、ここじゃなきゃだめだ。ここなら、あの〝ばかみたいに堅物のとんまなポリ公〟がいないから、みんなに……」言葉に詰まり、みずから殺してしまったせいで、普通の人がもっている量の四分の一しかない脳細胞で必死に考えたあげく、代わりばえのない言葉で締めくくった。「あたしらにうるさく言うやつはいない」

でも、それで伯母さんはミスをおかした。

ミッチを侮辱したのだ。

たった数週間前は、遠くから見ているだけの夢の男性だったけど、それでも、わたしを知らないにもかかわらず温かくほほえんでくれたミッチのことを。

ミッチは、わたしの蛇口の調子が悪いのを直してくれて、その費用も払ってくれた。それが数ドルだったことは関係なく、払ってくれたことが大事だ。それから、伯母の孫たちに〈ローラズ〉でご飯を食べさせてくれた。それはあの子たちにとって、人生でもっともすばらしい場所で食べたもっともすばらしい食事だった。そして今夜も、子供たちにフィッシュスティックを食べさせてくれる。ビリィがおびえたときにはあの子を抱きしめ、心から心配してくれて、ビリーも彼を心から信頼している。わたしの部屋がめちゃくちゃにされたときも、わたしに気遣いながら、すべて取り仕切ってくれた。そうよ、ラタニアの言うとおり、まるでわたしが、この広い世界のなかでもっとも貴重なクリスタルの置物であるかのように大切にして、だれかがわたしを傷つけようとしたら、すぐに飛んできてくれるにちがいない。よく知りもしない女ひとりと子供ふたりのために、ほかにもたくさんのことをやってくれた。親切ですばらしい人だから。

オーケー、もちろん、その一部はわたしを口説くためだったかもしれないけど、それはささいなことだ。

とにかく親切ですばらしい人なのだ。

彼は〝ばかみたいに堅物のとんまなポリ公〟などではない。

からだが頭のてっぺんから足の先まで凍りついたように感じた瞬間、わたしは自分の唇が動き、怒りのささやきを言葉にするのを感じた。「ミッチのことをそんなふうに言うのはやめて」

「伯母さんにたいして、口の利き方を説教するんじゃないよ」ルーラメイ伯母さんが言い返し、母を見やった。「いつも偉そうで、いつも――」

わたしは伯母の言葉を遮り、今回もささやき声だったけど、怒りをこめた強い口調で言った。「ミッチのことを、二度とそんなふうに話さないで」

「あらまあ」ラタニアがうしろでつぶやいた。

「マーラ、ハニー――」ロベルタが言いかけた。

でも、母はふたりを無視して、わたしのほうに身を乗りだした。「あんたも、伯母さんに偉そうに指図するんじゃないよ」

わたしもおなじように母に向かって身を乗りだした。「あなたとは、十三年会っていなかったわ。十三年よ。十三年ぶりに会って、あなたはわたしの勤め先に押しかけ、大声で失礼なことを言い、いばり散らし、侮辱した。わたしの……わたしの……」わたしは優に一秒間言葉を失い、それからようやく言った。「わたしのミッチを。すごくすてきな人で、すごくいい人で、しかも、あなたは侮辱できるほど彼を知らないのに。あなたは挨拶もしなかった。わたしに元気かとも訊かなかった。あなたがやっているのは……」わたしはまた言葉を探し、やっとのことで言い終えた。「あなたでいることだけ」

「マラベル――」母が口を開いたが、わたしは首を振り、片手をあげて母の顔の前に突きつけた。母が目を狭めたが、言うべきことは言わなくてはならない。母が口を閉じるのを待って、わたしは手をさげた。

「あなたはあなたでしかいられないでしょうし、言いたいことがあるなら言えばいいわ。わたしのことも、昔のように扱えばいい。でもぜったいに、ぜったいに、ミッチを侮辱するのは許さない」ぴしりと言った。

そのとき、うしろからミスター・ピアソンの声がした。「マーラ、ミッチから電話だ」

目をしばたたいて、右の肩越しにふり返ると、ラタニアが気がおかしくなったかのようににやにやし、そのうしろでミスター・ピアソンもおなじようににやにやしながら、彼の携帯電話を差しだしていた。

わたしは息を吸うと、視線を戻して、母とルーラメイをにらみつけたが、そのくらいではふたりを焼き尽くすことはできず、一歩歩いてミスター・ピアソンのそばに寄った。手を伸ばすと、彼が携帯電話を渡してくれた。

それを耳にあててささやいた。「ミッチ?」

「ぼくが侮辱されたって?」彼は言ったが、怒っている声ではなく、むしろほほえんでいるような声だ。

聞いていたんだ。どのくらいかわからないけど、トレーラー・トラッシュ・ツインズが彼を――背が高く、美しいミッチ・ローソン刑事を――侮辱したことを知っている。

わたしは答えなかった。おそれおののいて、動けず、声も出せなかった。もごもごとしゃべっているミスター・ピアソンとラタニアとロベルタに向かって、母とルーラメイ伯母さんがわいわい騒いでいる。わたしはそれも無視して沈黙していたが、ミッチの声がその真空状態を破った。「スイートハート？」

「どのくらい聞いていたの？」わたしは静かに尋ねた。

「〝わたしの勤め先〟、〝大声で失礼なこと〟、〝わたしのミッチを侮辱した〟〝すごくいい人〟のあたりから全部」

〝わたしのミッチ〟。

わたしは目を閉じ、うなだれてまた沈黙した。

ミッチがまた真空を破ったが、今回つかったのは、異なる言葉だった。「ハニー？」

わたしはまだなにも言わなかった。

彼が言う。「正直言って、トレーラー・トラッシュ・ツインズにどう思われているかを、ぼくが気にすると思うかい？」

「わたしが気にするの」思わずそう言ったが、実は、なぜそう言ったのかもわからないし、じっさいに気になっているという事実以外、なぜ気になるのかもわかっていなかった。母とルーラメイ伯母さんの意見がどうこうではなく、だれかがミッチを侮辱することがいやだった。

ミッチもおそらくわからなかったにちがいない。だから尋ねたのだろう。「いったい、なぜ?」

わたしはようやく母とルーラメイ、そしてロベルタとラタニアとミスター・ピアソンのほうを見やり、赤くなった顔(これは母とルーラメイとロベルタ)、ひそめた眉(これはミスター・ピアソン)、そして両手を腰にあてて頭を振るしぐさ(これはラタニア)を見て、なんとかする、つまり、みんなのところに戻る頃合いだと判断した。

「母たちがまだいて、ミスター・ピアソンとロベルタとラタニアとやりあっているの。行って、なんとかしなくちゃ」わたしは彼に言った。

「きみはなにもする必要はない、ベイビー。ボブが彼女たちを引き留めているあいだに、警察がそちらに向かっているところだ。あとはぼくが引き受ける。署に連行して、きみの部屋で起こったことについて事情聴取する」

わたしは騒々しい言い争いから目をそらし、足もとの絨毯を見つめて目をしばたたき、それから問いかけた。「なんですって?」

「トレーラー・トラッシュ・ツインズにかんして計画がある」

わたしはもう一度まばたきし、尋ねた。「そうなの？」

「ああ、ベイビー、あるんだ。さっき、きみに電話を切られたあと、ぼくはボブに電話をかけた。彼はこうなることを予想していた。ぼくが彼に事情を説明して、ゴミ《トラッシュ》出し大作戦を主導してくれることになった」

わたしは思わずくすくす笑った。

それから、ささやき声で尋ねた。「ゴミ出し大作戦？」

彼はまたほほえんでいるような声で答えた。「いい名じゃないが、とりあえずそれしか思いつかなかったんだ。今夜、もっといい名前を考えよう」

それはたしかに楽しそうだ。

「それで、どんな計画なの？」

「計画の最初の部分は、ふたりをそこからつまみ出し、署に連行して、きみの部屋を壊したのがふたりでないことを確認することだ。残りの部分は、今夜チリを食べながら話すよ」

「わかった」わたしは小さい声で言った。母と伯母について話すのだとしても、やっぱり、今夜、彼の家でチリを食べるのはうれしい。

「そして、最初の部分のもうひとつのポイントは、ボブがこの状況に対処してくれるから、きみはしなくていいってことだ。彼はもうとりかかっているんだろう? 彼に任せて、きみはうしろにいてくれ」

わたしはみんなのほうをふり返り、ミッチが正しいと思った。ミスター・ピアソンは両腕をしっかり広げ、背後を守るロベルタとラタニアとともに、口汚くけなしつづける母とルーラメイ伯母さんをじりじりとドアのほうに追いやっている。それを見てわたしは、ミッチがいつから、ミスター・ピアソンを〝ボブ〟と呼ぶ間柄になったのだろうと思った。

わたしがミスター・ピアソンと呼んでいるのは、彼がわたしの上司だということもあるけど、彼が理想の父親〝ミスター・ピアソン〟だからだ。つまり、友だちのお父さんだけど、自分のお父さんだったらな、と思うような人。でもミッチは、彼自身が権威を背負っている人間だ。それは職業柄ということもあるが、彼自身の人柄のせいでもある。だから彼にとってたいていの人間は、〝ミスター〟をつけるほどの対象ではないけれど、だれから見ても彼は、〝ローソン刑事〟だ。彼はひとりの男で、ミスター・ピアソンもひとりの男だが、世の中というのはそういうものだ。

そこで気がついた。ミッチがミスター・ピアソンにとって〝ミッチ〟で、ミスター・ピアソンがミッチにとって〝ボブ〟になったのは、ふたりがいましてくれているように、わたしを守るために同盟を結んだからなのだと。またからだの奥がきゅっとなる。

だから、ささやいた。「ミッチ」重い意味をもつひと言だった。

ミッチもそれを聞きとって、理解してくれたのがわかった。彼が優しく、でもすばやく次のように言ったからだ。「ゆうべぼくが、〝そうなると決まっている〟ことについてなんて言ったか、憶えているかい?」

「ええ」

「これがその、〝そうなると決まっていること〟だよ。ぼくはきみの安全を確保する。ボブがこれに対処している。きみはきみの仕事をして、マットレスを売り、家に帰ってくる。そしてふたりでチリを食べる。ぼくはきみの安全を脅かす厄介事に対処する。それがなんであろうと、きみの危険の度合いがどれくらいであろうと。ここまで、ぼくについてきているかい?」

それはいい質問だ。

わたしはミッチについてきてる?

「ベイビー、ついてきてる?」わたしが黙っていたので、彼がまた聞いた。

目の前で起こっている騒ぎをぼんやり見つめながら、わたしは、彼が意図しているよりも自分が重くとらえているにちがいない質問について考え、頭が理解するよりも前に口が決断をくだした。

「ついてきてるわ」わたしはささやき、今度押し黙ったのは彼のほうだった。

その沈黙で、わたしが彼の問いかけを重く受けとめたことを彼が理解したのがわかった。

わたしは息をとめた。

そして彼が優しく命じた。「さあ、行って、マットレスを売ってこい」

わたしは大きく息を吸いこんだ。その瞬間、店の正面に警察のパトカーが横づけするのが見えた。そして、母がそれを見たのが見えて、金切り声をあげるのが聞こえた。

「いったいなに？　またかい！」

ミッチにもそれが聞こえたらしい。

「パトカーが着いたな」彼がつぶやいた。

「マラベル！」母が叫ぶのと、何人もの警官がパトカーからおりるのは同時だった。

「堅物のとんまなポリ公に電話して、伯母さんと母さんに手を出すなって言いな」

わたしは耳から電話を離し、店に客がひとりもいないことを生まれて初めて神に感謝し、できるだけ礼儀正しい言い方にしようと努力しながら言い返した。「いやよ！　それに、彼のことをそういうふうに言っているんだから、ぜったいにいや！」

「問題が起きているのはこちらですか？」新たに到着した警官のひとりが質問し、ミスター・ピアソンが前に出てうなずいた。

「なんだよ！　自分の娘と話もできないのかい？」

「堅物のとんま？」耳元でミッチが訊いたけど、また笑っているような声だ。

　わたしは目を閉じた。

「マーラ、スイートハート、きみは動くな。警官たちに指示してある」ミッチが命令した。

「わかった」わたしはささやいた。

「マラベル！」母が金切り声をあげた。

「電話を切っても平気か？　それとも、ふたりが行ってしまうまで、このまま話しつづける必要があるかな？」ミッチが耳元で尋ねた。

　わたしは目を開いた。母とルーラメイ伯母さんが警官全員とミスター・ピアソンとロベルタとラタニアに向かってわめきたて、警官の指示に少しばかり反抗したせいで、手錠をはめられている。

だから、わたしの返事はノーだった。ノー。母と伯母が手錠をかけられていて、それをわたしのボスと親友ふたりが見ているときに、彼が電話を切ったら平気じゃない。

「だいじょうぶ」わたしは嘘をついた。

また沈黙があり、それから彼が言った。「チリといっしょに飲むのはビールがいいか、それともワイン？」

わたしが彼の質問にとまどっているあいだにも、ロベルタとラタニアが警官たちにほほえみかけて、手錠をされた母と伯母を戸口のほうに押しやり、その様子を、ミスター・ピアソンが、まるで理解できないし好きでもない前衛的な舞台を無理に見せられているかのような顔で眺めていたから、うわの空の返事しかできなかった。「え？」

「チリにはビール、それともワイン？」ミッチがくり返す。

「ええと……」

「ビールのほうが合うが、きみがワインがよければ、ワインを買っておく。あったのはきのう全部飲んでしまったから、飲みたければ言ってくれ」

「ビールでいいわ」

「デザートになにか買おうか？」

「ええと……」

警官たちがパトカーのうしろのドアを開ける。

「アイスクリーム？」

「ええと……」

警官たちが母と伯母をなかに押しこんだ。

「フローズン・アップルパイ？」

「ええと……」

警官たちが母とルーラメイ伯母さんを乗せたあとにドアをしめている。

「子供たちとぼくで、〈テッサズ・ベーカリー〉に寄って、カップケーキを買ってもいい」

そこのカップケーキは何度か食べたことがあったから、すぐに答えた。「カップケーキ」

「よし」彼の声がまたほほえんでいる。

警官たちがパトカーの前部座席に乗りこんだ。

彼が言う。「ビリィにテディベアを買ったよ」

パトカーが走りだし、わたしは尋ねた。「なに？」

「子供たちを学校に迎えにいく前に、〈ターゲット〉に寄って、もうひとつテディベアを手に入れた」

わたしはカウンターまで行って片手をついた。ふいに両脚が震えはじめたから。なぜ震えはじめたかというと、ミッチがまわり道をして、ビリィにもうひとつテディベアを買ってくれたから。

でも、震えているひとつの理由は、わたしが電話を切ってもだいじょうぶだと嘘をついたのを彼が気がついていたからだ。たぶん彼は忙しいのに、トレーラー・トラッシュの親族と、その親族がわたしの人生にもたらしたごたごたからわたしの気をそらすために、貴重な時間を費やして話しつづけてくれた。しかも、わたしは、自分が忙しい彼の時間をもっとつかわせてしまっているのだと気づいた。ビリーとビリィとビルのことあれこれや、ボブと絆を結んでゴミ捨て大作戦を実行してもらうことなどに。

だから、片手をカウンターについてしっかり立つと、彼にそっと言った。「あの人たちは、もう行ったわ」

「よかった」彼もそっと答えた。

わたしは落ち着こうと深呼吸した。

そして、またそっと言った。「もうだいじょうぶよ、ミッチ」

「よかった」彼がまたそっと言う。

また落ち着くために深呼吸する。

そして、ささやいた。「ありがとう」

「どういたしまして、ベイビー」彼がささやき返した。

「じゃあ夜にね」

「ああ、楽しみだ」彼が答えると、またからだの奥がきゅっとなった。「あとで、ハニー」

「あとでね、ミッチ」

電話が切れる音がした。

ミスター・ピアソンの電話を切って顔をあげると、仲間たち全員はすでに戻ってきて、わたしを見守っていた。

わたしはみんなを見まわして言った。「ごめんなさい。あの人たちは――」

「なにも言わなくていい、マーラ」ミスター・ピアソンがきっぱりした口調で遮った。

わたしが目を合わせると、彼はわたしの腕をそっとつかみ、近づいて優しく言った。「ひと言もだ。考えないほうがいい。ミッチとわたしで万事うまく対処するから」

彼はわたしの目をじっと見つめ、安心させるように腕をぎゅっと握り、にっこりほほえんでから手離すと、わたしが差しだしていた携帯電話を受けとり、奥の事務室に向かって歩きだした。

わたしはふり向き、彼のうしろ姿を見送った。

見送りながら、下唇を嚙んだ。

わたしが下唇を嚙むと、ラタニアが見下ろすようにわたしの唇を眺め、それから視線をあげて目を合わせた。「そのとおりだわ、まずそそられるほうから先。つまり、ミッチとのあいだで進行中のことよ。そのあとに、トレーラー・トラッシュ・ツインズたちの話を聞くわ。さあ、言っちゃいなさい」

そして、こっけいという意味ではなくもっとおかしいのは、ロベルタとラタニアはどちらも、わたしをトレーラー・トラッシュ・ツインズの仲間と見ていない、さらに言えば、だれの子宮から飛びだしてきたかを知って衝撃を受け、茫然として、嫌そうな顔をしていないことだった。

ふたりだけでなく、ミスター・ピアソンもそうだった。ただミッチと彼でうまく処理すると言い、まるで、ゴミ出し大作戦に加わるのが名誉なことであるかのような言い方をした。

落ち着くためにもう一度大きく深呼吸して、わたしにとってかけがえのないふたりを見つめる。そのとき、心よりも先に口が決断をくだした。

「ミッチはわたしに夢中で、わたしはミッチに夢中なの。それにわたし、生まれたときに取り違えられたんだと思う」そう言うと、ロベルタとラタニアは数秒間じっとわたしを見つめ、それからどっと笑いだした。

ふたりが笑ったので、わたしは打ち明けた。

ほんとうに、全部打ち明けた。

顧客の個人情報にかかわることもあったが、それでも話した。

すべてを。

話し終えたとき、ふたりは好奇心が満たされた様子で、それでも変わらず、いつものロベルタとラタニアだった。

わたしのかけがえのない女友だち。

16

チリとコーンブレッドとカップケーキを食べても、ミッチとわたしは、ゴミ出し大作戦の別な名前を思いつかなかった。ミッチがビリーの宿題を手伝っているとき、ビリィはどういうわけか、いつになく不機嫌だった。おいしいチリとコーンブレッドと、最後にカップケーキを食べるあいだも、不平を言いつづけ、ぐずったりうめいたりしていたから、わたしは行儀の悪いビリィに気をとられっぱなしだった。

それにしても、ミッチのつくったチリはおいしかった。四種類の豆が入っていて、スパイスが効いていて、お肉がたくさん入っていて、風味豊かだけど辛すぎず、汁気たっぷりで、おろしたチーズがたっぷりかかって溶けていた。コーンブレッドもすばらしかった。〈テッサズ・ベーカリー〉のカップケーキもいつもぜったいに失望させない。ケーキ自体が濃厚でしっとりしているだけでなく、テッサがフロスティングを山のように盛るからだ。

自分が寝ていなかったから、ビリィが機嫌悪いのは昨晩よく眠れなかったせいだと判断した。わたしも疲れていた。ただ、ミッチといっしょにいて、しかも機嫌が悪い子供を抱いているときに、機嫌悪くできなかっただけだ。

ようやく子供たちに寝る準備をさせた。いつもならば、ふたりともいい子だから面倒なことはなにもない。今夜もビリーは問題なかったが、ビリィはぐずって少しも言うことを聞かず、やっと落ち着いたころには、わたしもさらにどっと疲れていた。本を読み聞かせてやると、ビリィはようやく新しいテディベアを握りしめて寝ついた。

居間に戻ると、ミッチはビール片手に組み合わせ式のソファーに坐り、長い脚を伸ばして大きなオットマンに乗せ、薄型テレビで野球を見ていたが、わたしに気づいてソファーの背もたれ越しにふり返った。

「眠ったかい？」静かな声で尋ねる。わたしは疲れていて、ビリィが心配で、ほかのすべてのことが心配で、ビリィがよく寝てくれたらと、それだけを願っていたが、それでも、彼の質問に心臓が高鳴るのを感じた。

簡単だけど親密なひと言。ビリィを心配する気持ちとわたしを心配する気持ちが混ざり、父が母にたいするような、夫が妻に尋ねるような、そんな親しい問いかけの言葉だ。

そんな言葉がうれしかった。簡単で親密というだけで美しいのに、ゴージャスな居間ですばらしいソファーに坐っているハンサムで善良ですてきな男性が、わたしを温かい目で見つめながら発した言葉であれば、ますます美しい。

わたしはそんなことを思った。

でも、じっさいはただ答えただけだ。「ええ」

そして、疲れていて、心配していて、しかもとつぜんミッチとふたりだけになり、今朝彼に言われたことはさておいても、ここに自分がいることや、自分がしたことや、事態の進展の速さに居心地悪く感じながら、次の選択肢を考えた。つまり、彼のソファーのどこに坐るべきかについて。もっとも安全なのは、可能なかぎり彼から離れることだと判断した。彼はソファーの片方の側の中央に坐っている。そこで、向かい側のソファーの肘掛けの近くに腰をおろした。

彼は、わたしがそうするのを見て唇をぴくっとさせたが、からだは動かさなかった。

前回、居間でふたりきりになったとき、テレビで野球の試合を観ていたのに、結局は熱い抱擁をかわすことになったことをわたしは忘れていなかった。しかも、疲れてはいるが、まだ時間が早い。そのうえ、しまいに寝にいくというのは、彼のベッドに寝ることを意味する。

つまり、わたしは時間をつぶしながら、なおかつ抱擁という結果にならないようにしなければならない。

それを達成するために、とりあえず頭に浮かんだことを口にした。「あなたは趣味がいいわ」

「なに?」

わたしは、素足を自分の下に折りこんで坐り、肘掛けに身をもたせかけた。あえてオットマンを見据えながらの発言だったが、聞き返されて彼を見やった。

「あなたは趣味がいいと言ったのよ」くり返して言うと、彼の眉が問いかけるように吊りあがったので、わたしはさらに居心地悪く感じながら、たどたどしく説明した。「あなたは、その……服もすてきだし、ええと……アパートメントもすばらしいわ。つまり、ええと……ほんとうにいい家具が置かれているし」

その意見にたいして、彼が奇妙な質問をした。「〈デザイン・フュージョン〉を知っているか?」

わたしは頭をかしげて問い返した。「チェリー・クリーク・ノースにあるお店のこと?」

「ああ」

「知ってるわ」

「姉のペニーだ。あの店を経営している」

え……すごい。

その店には行ったことがある。信じられないような家具を売っていて、値札はさらに信じられなかった。

「すごい」わたしがささやくと、彼がにやりとして、片手をさっと振った。

「姉のだ」

「なにが？」

「姉がここの家具を全部入れた、卸値で」

それを聞いて、わたしは目をぱちくりさせた。「あなたのお姉さんがこの部屋の家具を選んだということ？」

「そうだ。道楽なんだ。あらゆるものを飾りたてる。自分の家の冷蔵庫のなかまで」

わたしはまた目をぱちくりさせた。「冷蔵庫の内部も飾っているの？」

ミッチがうなずき、にやりとした。

「冷蔵庫のなかの装飾って、どうするの？」冷蔵庫を飾るという概念に興味を引かれて尋ねた。

「側面全部にステッカーを貼ってある。食べ物じゃないきれいな物を入れたきれいな皿を棚に並べたり、花を生けた小さい花瓶が置いてあるときもある」

それが奇妙なのかかっこいいのか判断しかねたので、わたしはなにも言わなかった。幸い、まだ先があった。「子供部屋を一年に三回模様替えをしたときに、さすがに多すぎると思った夫が、自分たちのことだけやっていないで、自分の店を開いて、他人の家を飾って金を稼げばいいと言ったんだよ。そんなわけで、ぼくがここに越してきた際、姉が内装を引き受け、ぼくも任せた。任せなくても、どのみち姉はやっただろうし、それに抵抗すれば面倒なことになるからね」

「なんの注文もしなかったということ？」驚いて尋ねたのは、ミッチがすべてを指図するタイプだから、自分の周りのことについても、なにも言わないはずがないと感じたからだ。

ミッチが首を振った。「快適でなければだめとは言った。もうひとつ、男らしい部屋にしてくれと言った。ゲイではなく。最初の注文はかなえてくれたが、二番目のほうは、議論の余地があるな」

彼は言葉を切ったが、わたしをじっと見つめたままで、意見を期待しているのがはっきり伝わってきた。

そこでわたしは言った。「たしかに、ええと……そんなにはゲイっぽくないわ」

彼が頭をそらしてどっと笑い、わたしは唇を噛んだ。大笑いがくすくす笑いになり、ようやく顔を戻すと、彼はわたしと目を合わせた。

「それは、つまりいいってことかな」彼が笑顔でつぶやくと、温かいまなざしに、わたしの胸はふんわり温かくなった。

ここで賢く口を閉じ、遅ればせながら野球の試合に没頭する代わりに、わたしは愚かしくも言い繕おうとした。「とてもすてきだと思うわ、ミッチ。あなたに合っている。あなたはいつもすてきな恰好をしているから」

「つまり、ぼくの服装はすてきで、そんなにはゲイっぽくないというわけか？」彼に言われて背筋が伸びたのは、もちろん、彼がからかっているのはわかっていたけれど、侮辱しているとはほんのわずかも思ってほしくなかったからだ。

それに、彼の装いはものすごくすてきで、それはゲイっぽいすてきさとはまったくちがう。

「いいえ、わたしが言っているのは、あなたがいつもすてきで……その……そのままで……すてきだと。あなたの服はいつもとてもすてきだわ」

わたしが言葉を切ると、彼の顔が変化し、目も変化した。どちらも温かみを増したが、後者は色が濃くなって、それは、胸が温かくなり、ほかの部分も温かくなるような、そんな濃さだった。そしてとつぜん、その目は、そんなにはゲイっぽくなく、間違いなく快適ですてきなソファーの肘掛けに丸くもたれているわたしのからだに向いた。

そしておなじくとつぜん、彼が立ちあがった。眺めていると、彼は台所に行き、キャンドルの瓶をいくつかもって居間に戻ってきた。

さらに眺めていると、彼はそれを壁のユニット棚に置いて全部に火をともした。そして、唯一部屋を照らしていたライトを消したので、部屋の光が機能的なものから、ぜんぜんちがうものに変わった。彼はオットマンのところに行き、リモコンを取ってテレビに向け、消した。リモコンをオットマンに放り、別なリモコンを取って壁のユニット棚に向けた。ステレオからジャーニーの『時の流れに』が静かに流れだす。

名曲だ。

しかもキャンドルも上質のもので、部屋はすでにフレッシュコットンの癒やしの香りに満ちていた。

キャンドルの明かり。心地よい音楽、優しい光に満ちたロマンチックな部屋。

どうしよう！

わたしは身をこわばらせ、彼がオットマンにリモコンを放り投げ、わたしのほうに歩いてくるのを凝視した。脇の下に両手が入り、まっすぐに坐らせられた。

「ミッチ」わたしは両手で彼の肩をつかみ、思わずささやいた。彼は片方の腕をわたしのお尻に滑らせ、身をかがめて、両ひざの下に差し入れた。それから反対の腕で背中を支えて、お姫さま抱っこでオットマンとソファーのあいだを通りぬけ、わたしを運んだ。彼が腰をおろすと、わたしはそのひざの上に乗る形になった。彼がからだをひねってうしろに倒れ、わたしは彼の上にほぼ重なるようにして倒れた。そのあと彼が転がって、ふたりとも横たわっているのは変わらないが、今度は彼がなんとなくわたしの上になった。

この一連の動作のあいだ、わたしはショックで黙りこくっていた。

彼は背中をソファーの背につけてわたしを上と横から囲み、わたしは座面に仰向けになって、今度は息遣いも荒く、くり返した。「ミッチ」

「ゴミ出し大作戦だ」彼がささやき、わたしの首筋に片手をまわした。

「え……なんのこと？」わたしは両手で彼の肩をしっかりつかんだまま、ささやき返した。

「きみのお母さんと伯母さんをデンヴァーから追いだしたい」彼が宣言する。

わたしもそうしたかった。でも、それを彼がわかっているかどうか疑わしかったので、なにも答えず、わたしのからだの横に押しあてられている彼の温かくて引き締まったからだと、首筋に感じる力強い手のぬくもりに反応しないことに集中した。

彼の親指にあごの下を撫でられ、それがとてもすてきで、反応しないことに集中するのが難しくなったので、彼がまた話しはじめたのをこれ幸いと、今度はそちらに集中することにした。

「ぼくの推測だが、きみの部屋で起こったことについて、お母さんたちはなにも知らないようだ。だからといって、放っておくという意味ではない。あのふたりは、きみを困らせるためにやってきたのだから、ぼくが彼女たちをそれ以上に困らせる。そうすれば、苦労の甲斐なしと判断して、家に帰るだろう」

たしかに、それはいい考えのように思えた。

「どうやって?」

「あのふたりがここに来て三日、すでに二回、警察署に連れていかれている。これ以上、きみに近づいたら、ぼくが逮捕する」

わたしは衝撃のあまり、全身で感じる彼の温かくて引き締まったからだ、首筋をくすぐる力強い手のぬくもり、あごをそっと撫でる彼の親指について考えるのをついにやめ、彼を凝視した。

「それは警察による嫌がらせにならないの？

「ならない」彼が即座に答えた。「市民が嫌がらせされないように守るのが警察の仕事だ。きみはあの母親と十三年間会っていなかった。きみは多くを語らないが、わずかに話してくれただけでも、その理由は推測できたよ。きみは引っ越すことで母親から逃れ、新しい人生をはじめた。彼女がいないすばらしい人生だ。それなのに、彼女はとつぜんきみの家にやってきて、大声で騒ぎ、隣人たちも巻きこんだ。そして今度はきみの仕事場にやってきて汚い言葉をつかい、きみの上司まで巻きこんだ。警官が穏やかに状況を説明し、どうやってきみと連絡を取るべきか助言しても、きみのお母さんと伯母さんはそれを無視し、自分たちの間違ったやり方を押し通した。ふたりが態度を改め、まともな人間らしく行動し、きみと接するならば、ゴミ出し大作戦は延期する。ふたりがあのやり方を続けるならば、またパトカーで連行される。すでに何度も警告を受けたうえにツー・ストライクだ。スリー・ストライクで告発され、刑務所入りになる。あるいは、この街から出ていくか、選択肢はふたつにひとつだ。あのやり方を続けて罪状を重くし、本人たちが予想していたよりも長くコロラドで過ごすか、あるいは、さっさと家に帰り、きみと子供たちを放っておくかだ」彼は言葉を切り、最後まで言う前に、一瞬わたしの目をじっと見つめた。「ふたりがきみをもう一度困らせたら、マーラ、ぼくはあのふたりにたいし、鉄格子越しにその選択肢を説明することになる。これがゴミ出し大作戦だよ」

わたしは彼の目を見つめた。なにを言えばいいかわからなかった。

わかっているのは、この恥の深さは底なしだということだった。わたしの横に寝そべっているこの善良な男性は、わたしという厄介ごとすべてを引き受けている。それはビルとビルの問題、母とルーラメイ、そしてふたりが引き起こすごたごたなどなにもかもだ。

だから、わたしは目を閉じて顔をそむけた。

ミッチはわたしが逃げるのを許さなかった。

片手であごをつつみ、わたしの顔を戻し、命令をささやいた。「ぼくを見ろ、スイートハート」

わたしは目を開けた。

彼がかがみ、顔が三センチ近づいた。

わたしは息をとめた。

そのとき彼は、静かな声でこう言って、わたしの恥の深さを推し量った。「アイオワに電話をかけて、ふたりの資料を取り寄せた」

ああ、どうしよう。

「ふたりのことはわかっている」

そんな!

彼がさらに三センチ顔を近づけたので、わたしに見えるのは彼の顔だけになった。

「そして、ベイビー、ほかのこともわかっている。きみがあのふたりとはちがうということだ」

わたしの手が勝手に彼の肩から離れ、あごをつつんでいる彼の手首をつかんだ。わたしはささやいた。「ミッチ」

「きみは彼女たちとはちがう、マーラ」

「わたしは――」

彼の親指が動いてわたしの唇にふれ、彼の顔がさらに近づいた。

「きみは……ふたりとは……ちがう、ベイビー」彼がささやく。

「あなたは……」わたしは彼の親指に向かって言った。彼が親指を滑らせてわたしのほおを撫でた。「わかっていない。いまあなたの周りで起こっていること、あなたの生活を独占しているこの面倒のすべては、つまりわたしなのよ、ミッチ。わたしの出自。わたしの正体。わたしはあの人たちなの」

「きみは正しいし、間違っている」彼が言う。

彼の肩をつかんでいたもう一方の手が彼の胸に滑り、彼の手首をつかんでいた手もそこに加わった。「なにが間違っているの？」

「ぼくの生活を独占しているすべては、きみが言ったとおり、きみにかんすることだ、マーラ、ベイビー。それはいいんだ。すべて、きみにかんすることだから。きみはいい人間だ。従兄の子供たちにたいし、正しいことをしようと努力している。推測するに、きみが生きることを強いられてきた環境で子供たちが生きていかなくていいように、ものすごく努力している。だが、いま、きみと子供たちに起こっていることは、きみの問題じゃない。ビルの問題と、ビルが、きみが抜けだした生活から抜けだせなかったという問題であって、きみにはなんの関係もない」

「あるわ」わたしはささやいた。

「ない」彼がきっぱり断言する。

「ミッチ、あるのよ」

「マーラ」彼の指がわたしのあごをしっかりとらえた。「ぼくの生活がごたごたに独占されているのをぼくが気にしていないのは、なぜだと思うんだ?」

わたしは目をぱちくりさせた。たしかにいい質問だ。

「わたし……わからない」口ごもると、彼が口と目の両方でにやりと笑い、顔を近づけた。もう一方の親指でほおを撫でられ、わたしは思わず息をのんだ。

「なぜなら、きみがすてきなクリスマスプレゼントを贈るからだ」

わたしは眉間に深いしわが寄るのを感じながら、また口ごもった。「な……なんですって?」

「きみがすてきなクリスマスプレゼントを贈るから」彼がくり返す。「ラタニア、ブレイ、ブレント、いまいましいことにデレクまで、みんなその話をしていた。それに、誕生日のプレゼントのことも話していた」

彼らがそんな話を?

「でも――」わたしは口を開いたが、彼が遮った。

「しかも、きみは一生懸命働いている。きみの同僚はきみが大好きだ。きみのボスもきみをすばらしいと認め、娘のように思っている」

わたしはまた目をぱちくりさせた。彼がミスター・ピアソンからそう聞いたと知り、からだの奥が温まる気がした。「ほんとうに?」

ミッチがまたにやりとして答えた。「ほんとうだ」

「わたし――」言いはじめたとき、あごに添えた彼の手に力が入り、彼の顔がさらに近づいた。すごく近くて、唇に彼の息を感じるほどだった。わたしは口を閉じ、優しい茶色い瞳を見つめた。

「きみは見かけもすてきだ。服装もすてきだし、いい香りがする。ものすごくすてきな笑い声で笑う。きみは誠実だ。愛情深い。しかも、ハニー、通路で会ったときやパーティーで見かけたとき、ぼくを疫病のように避けて、できるだけ急いでぼくから離れるのはいらだたしかったが、それでも、ものすごくかわいかった。きみがつきあっていた能なしの姿が見えなくなってから、ずっと機会を待っていたのに、やっとそのチャンスが来たと思ったら、きみはぼくの腕のなかで泣いているし、あの子たちはあんな小さなうちから人生がひどいものだと知るなんて、最悪だ。だが、そのチャンスというのが、ごたごたを引き受けることで、きみが扉のうしろに隠れたり、頭のなかのきみの世界に引きこもったりせずに、いまいる場所にいてくれるというのなら、そのチャンスをつかむために、よろこんでごたごたを引き受けるよ」

そんな。

そんな！

「機会を待っていた？」わたしはささやいた。

ミッチがうなずいた。「二年間待った。その前の二年間はただ見守って、きみがなぜあのばか野郎といっしょにいるのか不思議に思っていた。まじめな話、スイートハート、ひと目見ただけでも、あいつはきみとつきあうどころか、おなじ空気を吸うにも値しないやつだった」

デストリーはわたしにとっては高嶺の花だったが、たしかに、ミッチの評価があながち間違いではないと認めざるをえない。

でも、ほかのことについては間違っている。

そして、ミッチはいい人だから、それを知っておくべきだ。

「ミッチ、わたしについてあなたが知らないこともあるのよ」わたしは言葉を慎重に選んだ。

「そうだろう。だが、時間はいくらでもある。これから教えてくれればいい」

「そうではなくて――」

彼がまた遮った。「きみに起こったことは、それがなんであろうと、きみが言いたいときに言えばいい。急ぐ必要もない。マーラ、ぼくはきみの母親と伯母さんの資料を読み、じっさいにきみの従兄や母親や伯母に会って彼らのことを知ったが、それでうんざりしたりしないよ、ハニー。きみがどんな環境で育ったかを知り、簡単なことじゃないのに、そこから遠く離れ、そのひどい生活と縁を切ったいまのきみを見て、これまでも本気で夢中だったが、もっと夢中になった」

わたしはものすごく近くにある、彼の濃い茶色の瞳を見つめ、思わず言った。「あなたの言っていることは、マーラワールドには適合しないわ」

こんなこと言うのはばかげている。ばかげているし、告白したに等しい。彼の片方の眉が驚いたようにびくびくし、それから、両方の目がいたずらっぽく輝くのを見て、しかも彼のからだが震えるのを感じて、それがわかった。

オーケー、まぬけな発言に聞こえるかもしれない。でも、じっさいにまぬけなんだから、彼は、彼自身のためにもそれを知るべきだし、わたしがまぬけだという事実だけでなく、そのすべてを知る必要がある。

だから、わたしは続けた。「あらゆる自然の法則に反している」

彼のからだがさらに激しく震えはじめ、彼の手がわたしのあごから首に滑りおりた。彼が下唇を噛むのを見て、彼が笑いだすのをとめるべきだとわかった。

だから、わたしはささやいた。「冗談を言っているのではないわ」

ふいに、彼の横顔からおもしろがっている様子が消えた。ゆっくりと目を閉じ、うつむいて額をわたしの額に軽くあてて、首に回した指を優しく握り締める。

それから、目を開けて、わたしの目を深くのぞきこみ、ささやき返した。「わかっている。だが、ベイビー、きみはきょう、ぼくについてきていると言っただろう? いまぼくは、もう少しついてきてくれと頼んでいる。もしそうしてくれたら、約束する。誓ってもいい、きみがいま言ったことが滑稽に思えるところに、きみを連れていってあげるよ」

昼間にわたしが言った言葉の重みを、やっぱり彼はわかっていた。

「ミッチ――」言いはじめたが、彼は顔をあげ、小さく首を振った。

「マーラワールドはひねくれているし、めちゃくちゃだ。きみの母親と、おそらくは伯母さんも関係しているんだと思う。現実の世界、きみも含めてみんなが生きている世界では、ハニー、きみとぼくがいっしょになるのは、ものすごく道理にかなっている」

彼の胸に軽く押しつけられている状態なのに、それでもからだの奥がきゅっとなり、わたしは小さい声で言った。「わたしにはそうは思えないし、それに……それに、あなたが全部を理解したときに、失望してほしくないの」

彼がまたゆっくりと目を閉じて、またあけた。その目に見えた底なしの深さにわた

し は息をのんだ。

わたしが気をとり直す間もなく（とり直せたわけでもないけれど）ミッチの顔がおりてきたが、途中で右側にそれた。

彼がわたしの耳たぶを軽く噛んで、舌でふれるのを感じ、彼のささやき声がわたしに思いださせた。「きょう、きみはぼくのことを、〝わたしのミッチ〟と言った」

どうしよう、それを聞かれてしまったのを忘れていた。

「ぼくはきみのミッチか？」

呼吸が速まり、胸が温まって熱いほどだった。わたしの指が彼のシャツを握り締めたが、彼を引き寄せたいのか、遠ざけたいのか、それもわからなかった。

「ぼくはきみのミッチなのか、ベイビー？」彼が追及する。

そんなこと言えない。なぜ彼を守ろうとしたかなんて説明できない。どうして彼がわたしのミッチだと言ったかと言えば、ほかになんと言ったらいいかわからなくて、彼がわたしにとってどんな存在かを知らないのだから、彼がわたしにとってどんな存在かを説明できるわけなくて、だから彼がわたしにとってどんな存在かをどう説明したらいいかわからないけれど、母たちに彼を侮辱させるわけにいかなかったからだ。

話題を変えないと。

そこでわたしは彼に言った。「このキャンドル、ほんとうにいい香り」おそるおそる話題を変えて、彼のシャツを握りしめた両手は彼を押しやるためにあるのだと判断して、それを試みたが、彼は一センチも動かなかった。

そのとき、歌がポール・マッカートニーの「マイ・ラヴ」に変わった。

どうしよう！

わたしの好きな曲！　名曲だし、甘い曲だし、なにより美しい曲だ。

彼の鼻がわたしの耳たぶにこすりつけられ、唇が首筋に滑りおりると同時に、反対側に添えられていた手も肩に滑りおりて、そこから胸に、そして、脇腹を撫でおろした。

わたしは身を震わせた。

「もしもぼくがきみのミッチなら、きみはぼくのマーラだ」彼がわたしの肌に向かってささやき、その言葉にわたしはまた身震いした。その考えが大いに気に入ったからだ。そのとき、彼の舌がわたしの喉を這い、同時に彼の片手が脇腹を撫であがるのを感じて、わたしはさらにもう一度身を震わせた。

オーケー、明らかにわたしはこの会話を、そしてからだもコントロールできていないから（これまでも、会話をコントロールできていたわけではないけれど）なんとかしないと。

そこで、多少やけくそになって、多少どころではなく吐息混じりで指摘した。「この香りがとてもすてきなのは、キャンドルが上等だからだわ。上質のオイルをつかっているのね」

喉にあてられた彼の唇が動いたのは、彼がほほえんだからだった。彼の舌が首の反対側に滑って耳まであがり、そこで彼がささやいた。「ぼくのマーラはキャンドルが好きだから、子供たちといっしょに食べ物を買いに〈ターゲット〉に行ったとき、ビリィがきみのためにこれを選んだ」

わたしがキャンドルを好きなことに彼は気づいていた。

やだもう。

それってすてきすぎる。

わたしは握っていた両手をゆるめて彼の胸をそっと押し、顔を片方に向けてささやいた。「ミッチ――」

でも、わたしがそうしたとき、彼も顔をまわし、唇でわたしの唇をとらえてキスをした。

本腰を入れたわけではない、軽くて優しいキスだった。甘いキスだった。そっと急がず、反応を見るようなキス。舌が入ってきたが、それもいい感じで、侵略的でなく、多くを与えながら、なにも要求しないキスだったから、わたしの指はまた彼のシャツを握り締め、今回は間違いなく彼を引き寄せるためだった。

ミッチがキスを中断し、わたしの唇に向かってささやいた。「きみの唇が大好きだよ、スイートハート」わたしはこらえきれず、また身を震わせた。

彼が少しだけ身を引き、わたしと目を合わせたまま、彼の胸にあてたわたしの手首を両手でつかんだ。そして、その両手をつかんだまま自分の脇におろし、ジーンズからうまいことシャツを引きだすと、その下に押し入れたから、わたしの両手は彼の背中の滑らかな熱い肌と固い筋肉にふれることになった。

それが信じられないほどすてきな感触だったから、わたしは思わず喉の奥で音を立てた。

彼の目の色が濃く変わった。その変わりようをうっとり眺めていると、彼の頭がおりてきて、わたしの唇をとらえ、またキスをした。やっぱり甘くて急がない、でももう反応を見てはいないキスだった。多くを与え、でも今回はわたしに、少しだけ与えるように要求するキスで、わたしもミッチにあげたかったから、その誘いに従った。

彼は両手もおなじように動かした。その急がず、優しく、探索するような手つきに、わたしは彼の下でとろけ、指で彼の背中の輪郭を探った。その感覚がすごく好きだったから、もっと探索できるように、両手をもっと上にやった。

彼がまたキスを中断したが、今回はほおからあごに唇を滑らせ、舌も加えて喉までおりると、さかのぼって歯で耳を軽くついばみ、耳のうしろの肌に舌を這わせた。すべてに時間をつかい、急がずにゆったりと動くあいだ、わたしの両手も彼の背中を動き、彼の下でさらに身をゆだね、彼の首筋に当たる息遣いもどんどん速まった。

ふいに彼の手が肋骨をなぞり、わたしは息をのんだ。彼が顔をあげて唇でわたしの唇をとらえ、舌を滑りこませると同時に指で乳房をつつみこんだからだ。

ミッチの温かい手に乳房をつつまれた感触が心地よくて、思わず少し弓なりになって、喉から出た小さなうめき声を彼の口に洩らした。

彼の親指が乳首をそっとかすめると、それがまたさらにすごく気持ちよくて、今度はもっと大きくからだを弓なりにして、喉から出たもっと長くて深いうめき声を彼の口のなかに発した。

余裕と優しさはその時点で消滅した。わたしのうめき声が口に滑りこむと同時に、ミッチが頭をかしげてキスを深めたからだ。もっと激しく、もっと強く求めるキスで、そして、ああ、すごくよかった。

わたしはシャツのなかに入れていた手の片方を抜き、彼の背中から首を通って、柔らかい豊かな髪に挿し入れ、ぎゅっと引き寄せた。キスをやめてほしくなかった。永遠に。

彼の親指と人差指で、小石のように硬くなった乳首をブラウス越しにくるくる回され、すごく感じた。その感覚がものすごくすてきだったから、舌を絡ませたまま泣き声にも似た声を洩らしていた。彼の硬いものを深く感じたくて、腰を浮かすと、もうなにも考えられなくなった。

彼がからだを動かしてわたしに覆いかぶさり、一方の手をわたしの脇におろしてスカートをもちあげながら、片ひざをあいだに入れて押しあげ、太ももを開かせようとしたが、そうする必要もなかった。すでにわたしの片方の脚は彼の太ももにかかっていたからだ。

「ミッチ」わたしはささやき、頭をあげて、彼の髪に差し入れていた手で彼を引き寄せた。彼に強く激しくキスし、舌を口のなかに滑りこませると、今度は彼がわたしの口のなかにうめき声をもらした。

それもわたしの両脚のあいだに一直線に届いた。

わたしの胸をつつんでいた彼の手がブラウスのボタンにかかる。重くて熱い濡れたキスをしながら、慣れた手つきですばやくはずしはじめた。わたしが彼にからだを押しつけ、彼もぐっとのしかかる。その重みがうれしかった。彼のパワーが伝わってきた。

途中でふいに彼がボタンをはずす手をとめ、指でブラウスを脇にずらすと、わたしは彼の口に向かってあえぎ、興奮で思わず身をよじった。ブラジャーもすばやく下側にのけられ、彼のキスに酔いしれるあいだにも、乳房の下に指が滑りこみ、もちあげられる。彼がかぶさるように上半身をおろし、唇を乳首の周りに這わし、それから深く吸った。

ああ、すごく深く吸われている。

ああ、どうしよう、ああ、ああ！　信じられない感覚だった。

信じられないほどすごかったから、背中がソファーからずれ落ち、頭がクッションにぶつかった。思わず首をそらし、両手の指を彼の髪に食いこませる。彼が口で乳首に引き起こした感覚がからだを駆けめぐり、両脚のあいだに直撃すると、深いうめき声がすすり泣くようなつぶやきに変わった。

ミッチがふいに顔をあげ、首をまわしてソファーのうしろを見やった。

わたしは茫然と彼を見つめた。彼がなぜそんなことをするのかわからず、一秒前までやっていたことを続けてもらえるにはどうしたらいいかと思っていると、彼が厳しい声で低くつぶやいた。「くそっ」

そしてとつぜん両手をすばやく動かして、わたしのブラを引きあげ、ブラウスの前を閉じてスカートを引きおろした。

そして、からだを動かしてわたしの全身を覆い隠してから、首をまわし、オットマンの向こうを向いた。

そのときようやく、10・5の刑事ミッチ・ローソンとのソファーでの前戯でぼうっとなった頭に、女の子の小さい震え声が聞こえてきた。「マーラおばちゃん、あたし、気分が悪いの」

17

わたしは首をねじり、ソファーの向かい側にあるオットマンの向こう側に立っているビリィがかがんで、ミッチの居間の絨毯にもどすのをちょうど目撃した。

「くそっ」ミッチがつぶやき、すばやく動いて、いっしょにわたしも動かした。なにが起こったかもわからないうちに、わたしはソファーのそばに自分の脚で立っていた。

一瞬よろめき、目をぱちぱちさせて目の焦点を合わせると、ミッチが両腕にビリィを抱きあげ、早足で居間を横切り、廊下に出るのが見えた。

わたしはオットマンとビリィの嘔吐物をよけて、スカートのボタンをはめながら、走ってふたりのあとを追った。追いついたのは主寝室のトイレで、すでに電気がつけられ、ビリィがトイレに向かってかがみこみ、ミッチがかたわらにしゃがんで、ビリィの髪をまとめてもちあげていた。彼が少しふり返って頭をそらし、わたしと目を合わせた。

「からだが燃えるように熱い」静かな声で言った。

わたしはバスルームに入り、彼がタオルをしまっている棚に直行した。

「ひどい熱なの？」

「わからない。うちには体温計がない。きみの家にあるか？」

「ないわ」わたしは答え、彼が棚にしまったタオルを眺めた。一枚をつかみ、流し台までいって、水の栓をひねった。

吐く音がまた聞こえ、ビリィが哀れっぽく、見るからに明らかなことをトイレに向かって告げる。「気持ち悪い」

わたしはタオルを絞り、ビリィを優しくなだめた。「そうだよね、ベイビー、悪いのやっつけちゃおうね。いま冷たいタオルをあげるからね」

ビリィに近寄ると、ミッチがビリィの髪をもちあげたまま、少し動いて場所を空けたので、わたしは身を乗りだしてトイレを流した。それから、タオルをたたんでビリィの額にそっとあてたが、そうするあいだにも、ビリィがまたかがんで咳きこんだ。

ふいにミッチの話し声が聞こえた。「もしもし、遅くに電話して悪いけど、ビリィが吐いて、ものすごい熱なんだ。どうしたらいい？」

目を向けると、彼はビリィの背中を心配そうに見つめながら、電話で話していた。

また吐こうとするビリィの背中を片手で撫でてやりながら、小さいからだが吐こうと必死になっているのを見て心臓がよじれそうだった。

明らかに、このせいでいらだち、むずがっていたのだ。

明らかに、子育ての経験がある女性ならば、その兆候を見てとったはずだ。

明らかに、わたしは世話している子供にもっと注意を払わねばならず、ミッチといちゃついて、ソファーでばかなまねをしているべきではなかった。

明らかに、わたしは保護者失格だ。

「いや、マーラはもっていないと思うから、ぼくがドラッグストアに行ってくる。ああ、ありがとう。じゃあまた」ミッチはそう言うと、携帯電話を閉じて、わたしを見た。「姉が、薬は子供用のタイレノール、体温計は必要だと言っている。熱があまりに高くて、薬を飲んでもさがらなかったら、救急病院に連れていく必要があるそうだ」

「わかったわ。ドラッグストアにはあなたが行く？　それともわたしが？」

「ぼくが行ってくる。きみにはここを頼めるか？」

わたしはうなずき、彼の手からビリィの髪を受けとった。彼はうなずき返すと、ビリィ越しにかがんでわたしの額にキスをしてから、からだを起こしてドアに向かった。

ミッチがドアを出ようとしたところで、わたしは彼の名前を呼んだ。

彼が足をとめ、わたしを見下ろした。「どうした？」

「この子は健康保険に入っていない」わたしはささやいた。

彼はあごをこわばらせたが、すぐにうなずき、優しく言った。「いまはそのことは心配するな、スイートハート。まずは薬をのませて様子を見よう、いいかい？」

「ええ、ミッチ」

「すぐに戻る」

「わかった」

彼は出ていった。

ビリィが胃のなかのものを全部吐きおわると、わたしは彼女をベッドに寝かし、冷たい新しいタオルを額にのせた。そして、ミッチが帰る前に、なんとか吐かずに（何度もえずきそうになったけど）居間の嘔吐物をきれいに掃除し、キャンドルを全部吹き消し、リモコンを見つけて音楽も切った。彼が戻ったとき、わたしは彼のベッドでビリィに添い寝していた。ビリィもわたしにくっついて丸くなり、むずがったり、うめいたり、明らかにひどい状態で、わたしはビリィのその声と、必死にしがみついてくる様子に死ぬほどおびえ、内心ひどく取り乱していた。

ドアを蹴って開けたミッチを、わたしはすがりつく思いで見つめた。

「急いで」わたしはささやいた。

「わかった」彼がささやき返した。

ミッチがビリィに薬を飲ませ、ぬるくなっていた額のタオルを取りながら、わたしはビリィを優しくなだめて、舌の下に体温計を入れた。ミッチが冷たいタオルを額にあて、もう一枚冷たくしたタオルを首の下に入れた。そして体温計を抜き、数字を見て悪態をついた。「くそっ」

「どのくらいひどいの？」

「かなりひどい」彼が言い、体温計をナイトテーブルに落とすと、また携帯電話を取りだした。ビリィがわたしにからだを押しつけて震えはじめたので、抱きながら動き、いっしょに毛布をかぶった。横向きに寝てビリィを抱きよせ、冷たいタオルを額に戻す。ミッチが電話で質問している。「ごめん、ペニー。体温が三十九度五分もあって、震えながらマーラにしがみついている。まるでマーラをひとりじめするみたいに」彼が言葉を切る。その視線はわたしから離れない。「ああ、のませた」黙って耳を傾けている。「ああ」沈黙。「わかった」沈黙。「ああ、わかった。じゃあ、あしたまた電話して、様子を知らせる」黙る。「ああ、ありがとう。じゃあまた」そう言うと、電話を切った。

「お姉さん?」

「そうだ。少し様子を見たほうがいいと言っている。四時間たってだいじょうぶそうだったら、もう一服与えて、熱を測る。いまよりも高かったら、病院に連れていく」

「ミッチ」わたしは恐怖にかられてささやいた。熱のことはよくわからないが、三十九度五分というのは、わたしにはすごくひどいように思えた。

そのとき、ミッチがベッドの端に坐り、ブーツを脱ぐと、立ちあがって毛布をもちあげ、ビリィの向こう側からビリィとわたしの寝ているベッドに滑りこんだ。

「ミッチ」わたしはまたささやき声でくり返した。今度も恐怖にかられたささやきだったが、まったくちがう種類の恐怖だった。

「四時間後に目覚ましをかけたから、そのときに様子を見よう」

「あの……たぶん、あなたはこのベッドに寝ないほうが——」わたしは言いはじめた。

「ミッチにいてほしい」ビリィが哀れっぽく言い、どうやったのかわからないが、ミッチとわたしの両方に同時にしがみついた。

困った!

彼がわたしと目を合わせる。

わたしは引きはがすように目をそらし、ビリィを見下ろして言った。「ビリィ、ミッチも寝ないと——」

ビリィが遮る。「ミッチにいてほしい」

まずい！

「オーケー、じゃあ、わたしが向こうに——」

「おばちゃんもいて。ミッチも。ミッチもいて！」ビリィの声がどんどん大きくなる。

わたしはその声に恐怖を感じ、顔をあげてビリィの髪を撫で、抱きよせた。

「オーケー、ミッチもいるわ。わたしもいるわ。だいじょうぶよ」優しくなだめた。

「寒い」ビリィがつぶやいた。

「すぐよくなるからね」わたしはささやきながら、ミッチをちらっと見やった。

「行かないで」ビリィがささやく。

「どこにも行かない」わたしは安心させようとした。

「ミッチもいて」ビリィが言い張り、からだと小さい腕をぎこちなく動かして、小さい指で彼のシャツをつかんだ。

「ここにいるよ、かわいこちゃん」ミッチがつぶやき、ビリィの背中を撫でた。

「寒い」ビリィがつぶやき、またミッチとわたしの両方にくっつく。

わたしは深呼吸をして、心臓とパニックを静めようとした。ビリィの容態にかんするパニックと、自分がまたミッチのベッドでミッチといっしょに寝るという展望にたいするパニックだ。少し落ち着いて、ようやく頭を枕に乗せた。そのあいだ彼とわたしの視線は一度も離れなかった。

「お姉さんは何人子供がいるの？」静かな声で尋ねた。

「三人だ」

わたしはうなずいた。それはいい。お姉さんが子育ての専門家であることは間違いない。

わたしはまた深く息を吸い、ビリィをさらに引き寄せた。ビリィがミッチをさらに引き寄せて、わたしたちふたりのあいだに、さらに深く入りこむ。ミッチはビリィの背中を撫でつづけたが、幸いなことにそれほどかからずに、ビリィは眠りに落ちた。

ビリィが眠ったとわかるとすぐに、わたしは小さい声でさきほど考えていたことを言った。「行動がおかしかったわ。機嫌が悪いことなどめったにないのに、わたしはちっとも――」

彼はわたしの話がどこに向かっているかわかると、ささやき声で遮った。「マーラ、やめろ」

わたしは首を振った。「この子は健康保険に入ってないのよ、ミッチ。もしもひどい病気だったら――」

「マーラ、スイートハート、やめるんだ」

わたしは彼と目を合わせた。

その瞬間、すべてが貨物列車のようにものすごい勢いで向かってきた。いま起こっているすべてのこと。これまでに起こったすべてのこと。その全部が一気に頭に浮かび、あまりに圧倒的だったから隠すこともできなかった。恐怖に押しつぶされると同時に、どこか知らない場所に、行きたくない場所に引きずられていきそうだったから、その恐怖を明かさなければならなかった。

だから、彼に打ち明けた。「保険。弁護士。新しいアパートメント。育児。ミッチ、わたしはたしかに多少は稼いでいるけれど、そこまで多くはないわ。もしも病院に連れていかなければならなくなったら、一文無しになっちゃう。しかも、この子がいつもはぜったいしない行動をしていたのに、具合が悪いこともわからなかった。自分がどうすればいいかわからない。この……すべてが、全部が、あまりにいっぱいで、それに……」喉が詰まり、ごくりと唾を飲みこんで、（少しだけ）気をとり直し、小さい声で締めくくった。「自分の大切な子が病気でも気づかなかった」

彼がビリィの背中から手を離してわたしのあごにふれ、親指でわたしの唇を閉じた。「マーラ、ベイビー、やめろ」彼がまたささやく。「いま話すことじゃない。いまはビリィも眠っている。子供たちは屋根の下にいて、お腹いっぱい食べて、ちゃんと世話され、明日も車で学校に送っていってもらえる。だからいまは、ほかのことを考えるな。あとで考えればいい。ふたりで話しあい、いっしょに解決しよう。だが、いまのところは、スイートハート、すべてだいじょうぶだ」

「ビリィはお腹いっぱいじゃないわ。全部吐いてしまったから」わたしは彼に指摘した。

彼が目を合わせ、その優しい、どこまでも深い目でじっとわたしを見つめた。ビリィのしっかりした寝息が聞こえ、ミッチのまなざしに確固とした力を感じたとき、彼の言葉が心に染みとおり、貨物列車はわたしを置いて走り去った。わたしは深く息を吸ってうなずいた。

彼が親指でそっとわたしの唇を撫で、指はあごをしっかりつかんだまま優しく命令した。「ぼくがビリィを抱いているから、行って、寝る準備をしておいで。きみが戻ってきたら、きみが抱いてくれているあいだに、ぼくもそうする」

わたしは彼を見つめ、それからうなずいた。注意深くビリィの腕から抜けだし、言われたとおりにする。顔を洗い、化粧水をつけて、パジャマに着替えると毛布の下に滑りこみ、今度は、ミッチがビリィをわたしに預けた。そして、慎重にベッドから出ると、おなじようにした（顔を洗って化粧水をつけたかどうかは怪しい）。そして、（また）上半身裸で、（また）パジャマのズボンだけで、ビリィとわたしに合流し、大きくて長い温かなからだを丸くしてふたりに寄り添った。

ああ、どうしよう。

ビリィとミッチとそのほかのすべてのことから気をそらすために、わたしは尋ねた。

「目覚ましをかけた？」

彼がうなずいた。

わたしは丸くなってビリィにさらに寄り、彼女の髪のてっぺんに顔をあてた。ビリィは正しい。ミッチが買ってやったシャンプーのせいでとてもいい匂いがする。

「眠るんだ、マーラ」ミッチが優しく命じる声が聞こえた。

たしかに、ビリィが三十九・五度の熱を出し、震えたり吐いたりするような事態はこれからも起こりうる。しかも、母親役を務めるべきわたしが、どうすればいいか、なんの手がかりももっていない。しかも、10・5ポイントのミッチ・ローソン刑事と、彼のソファーで、タッチアウトの努力もせずに二塁に滑りこむのを許したあと、またいっしょのベッドに寝ている。

「わかった」わたしは同意した。

ミッチ

十分後、ミッチはマーラが眠りについたのを確認した。注意深くからだをひねり、目覚まし時計をセットして、電気を消すと体を戻し、美しい女性と美しい女の子を抱きよせた。

そして、彼も眠りについた。

ビリー

抜き足差し足部屋に戻ったあと、ビリーはベッドに横になって暗い天井を見つめていた。

ビリーが起きたのは、具合が悪いと訴えるビリィの声が聞こえたからだ。よくあることではなかったが、これまでは妹が具合悪くなると、ビリーが看病してきた。

起きあがったあとは、物陰に隠れ、マーラおばさんとミッチがビリィの世話をするのを（見えるときは）見たり聞いたりした。

だから、マーラの話も聞いていた。

マーラおばさんにはぼくたちふたりをずっと預かっていられるだけのお金がなく、それをすごく不安に思っている。

だから、気が変わるかもしれない。

マーラおばさんは気を変えるかもしれない。

マーラおばさんが気を変えたら困る。

ミッチの声も聞こえた。

ミッチはビリーとビリィの味方で、マーラおばさんがあまり不安に思わないように説得しようとしていた。

これはビリーにとって、ふたつのことを意味した。

おばさんの不安をなだめ、ビリィとビリーを手放さないようにしてくれるミッチが、ずっとそばに居てくれるように、自分はできるかぎりのことをしなければならないということ。

そしてまた、マーラおばさんがそれ以外の理由でも逃げだしたくならないために、ビリィとビリーがほんとうに特別にいい子でなければならないということ。

自分はいい子に、とくにマーラおばさんにたいしていい子にできるし、ビリィをいい子でいさせることもできるはずだ。

ミッチがそばに居続けてくれることにかんしては、そこまでがんばらなくてもだいじょうぶだろうとビリーは思った。ミッチはマーラおばさんがものすごく好きだ。男が女の人を見るとき、好きじゃなければ、しかもものすごく好きじゃなければ、ミッチがマーラおばさんを見るように見ないものだ。

それでも、やっぱりミッチがそばにいてくれるように、ビリーは自分の役割を果たさなければならない。

ミッチが好きだから、それは問題じゃない。ミッチはいい人だし、ビリィにピンクのテディベアをくれた（ビリーはミッチが二回買ってくれたことを知っていたが、ビリィは知らないし、それをビリィに言うつもりはなかった）。

それに、なんといっても、マーラおばさんが（ミッチが見ていないときに）ミッチを見ている目つきは、ミッチが（マーラおばさんが見ていようがいまいが気にせずに）マーラおばさんを見るときとおなじ目つきだから、マーラおばさんもミッチにそばにいてほしいにちがいない。

ミッチ

四時間後、ミッチの目覚まし時計が鳴った。

ミッチは仰向けに寝ていて、昨夜同様、ひとりの美しい女の子と、ひとりの美しいおとなの女性が彼の脇にからだを押しつけ、どちらも腕を彼の腹部に投げかけていた。ビリィの頭は彼の肋骨に置かれ、マーラの頭は今回は肩に当たっていて、マーラの脚の片方がミッチの脚にからんでいる。

ミッチは注意深く、しかしすばやく片腕を伸ばして目覚ましをとめてから、ビリィの額に手をあてた。

冷たくてじっとりしている。髪も少し濡れているが熱はさがった。急激にあがり、おなじように急激にさがった。ありがたい。

ミッチは首を回し、もう一度腕を伸ばして、目覚まし時計を朝の時間に設定してから、自分の代わりとしてマーラとビリィの下に枕を入れ、慎重にベッドから滑りおりたが、ふたりともぴくりともしなかった。

ソファーに移動することはまったく考えなかった。寝室から出て居間に入り、電気を消して扉の鍵をしめ、部屋のなかを見回ってから寝室に戻った。

そして、またベッドに滑りこんで仰向けに横になり、枕と自分のからだを置きかえた。また美しい女の子と美しい女性がすり寄ってきて、彼の脇に落ち着いた。

ミッチは暗い天井を見つめ、マーラが〝わたしのミッチ〟と言っていたことについて考えた。そしてまた、硬くなった乳首を親指でいじったとき、マーラがいかに熱狂したかについても考えた。

暗い天井に向けてにやりと笑った。

それから、眠りに落ちた。

18

きのうとおなじようにゆっくり目が覚めたが、目を開けたとたんにわたしは心底とまどった。

なぜならば、きのうとおなじように、犯罪的な魅力を放つすべらかな肌と固い筋肉からなる胸の壁に視界を占領され、しかも彫刻のような肋骨の畝にビリィの頭が押しあてられていて、彫刻のような平らなお腹の上にビリィとわたしの腕が引っかかっていたからだ。

わたしは目をぱちぱちさせたが、それでも、きのうとおなじように、胸は消えずにそこにあり、ビリィもそこにいた。そして、今回は裸足の脚が柔らかい綿地で覆われたミッチの硬い脚にからまっていた。

まずい。

寝起きのぼんやりした頭で、わたしはまた、そもそもなぜこんなことになったのか、そして、なぜこんなに早い展開でこんなことになったのかを自問した。

たとえ半身裸のミッチ（とビリィ）のそばで目覚めたばかりでなく、しっかり熟考できたとしても、答えを思いつけなかっただろう。

わたしの人生が、（上品で優しくて善良なミッチと、そこにビリーとビリィを含めた部分以外の大部分にかんして）最悪な状態に陥っているという理由で、わたしは自分に贈り物をあげようと決意し、頭をうしろにそらした。そうすることで、お馴染みの筋張った喉と、お馴染みの黒っぽい朝のひげのある力強いあごが目に入り、わたしはまた10・5ポイントのミッチ・ローソン刑事の眠っている横顔を間近で凝視した。

わたしの唇をとらえたときに驚くべきことをやってのけるだけでなく、乳首をつみこんだときも驚くべきことをやってのける唇も眺めた。

男性的な美を眺め、昨夜（ビリィが吐く前まで）のことを思いだしながら、そんなことを考えると、息ができないほどだった。

そのとき、ふいにビリィにかんする部分が頭に浮かんだ。美しいミッチとおなじベッドにいることにかんするすべての思いと、ミッチのソファーにミッチといるという、さらに心をかき乱す（でも、明らかにほんの少しも不快でない）思いが頭から飛び去り、頭のなかがビリィにかんする思いだけに占められた。

時計を見ると、目覚ましがなるはずの時間の六分前だった。ミッチは、夜中にわたしを起こさずにビリィの容態を確認したらしい。

わたしは慎重な動きでミッチの胃の上から腕を脱出させ、ビリィの額に手をあてた。ひんやりしている。

よかった。

わたしは部屋のなかの音に耳をすました。ふたりの呼吸がかすかに聞こえたが、ビリィの息遣いも荒くない。深くて安定した呼吸で、むしろ、健康そうだ。

わたしは目を閉じて、安堵のため息をついた。

救急救命室に行くのはなし。それに伴う請求書もなし。

心のメモに書き留めた。ミスター・ピアソンに話して、子供たちふたりの保険をかけること。

心のメモ第二、保険料がどのくらいかかるかは考えないこと。すでに一生分おどかされて、おそろしい思いをしたから、これ以上の恐怖をつけ足したくない。

細心の注意を払った動きでベッドから滑りでて、毛布をビリィにかけ直した。身を起こしたときにミッチが動いたのではっと凍りついた。彼の寝息の音量がさがり、寝返りを打って腕をビリィに回すのを見守ったが、ふたりとも目覚めなかった。どちらの目も閉じたままで、ビリィはほおをミッチの胸筋の下のあたりに押しつけている。

眠っているミッチがとても美しいので、思わずじっと眺めた。でも、彼は喩えようがないほど美しいだけでなく、眠っている六歳の少女――嘔吐していなくて、嘔吐の前兆であるひどい気分でもないときは太陽のような性格だが、悪党の父親がいて、その父親の犯罪活動と無能さのせいで危険にさらされ、傷つけられるおそれもある少女――をつつむようにして、守りながら眠るほど、善良で親切な男性だ。

かわいくて、まるでテフロン加工をほどこしたようなビリィは、これまでこんなふうに守られたことは一度もなかったし、この子の人生にビルという父親がいるかぎり今後もないだろう。病気で慰めが必要なときでさえも。

ありえないことだ。

でも、いまは守られている。

わたしの目に映っている光景は、ポスターのように美しいものだったけど、視界を占めているこのふたりをよく知っているわたしには、目に映る光景が夢の光景だとわかった。

いったい全体、わたしの人生がいかに変化したせいで、こんな光景を目にすることになったのだろう？

答えはわからなかったし、考える時間もなかった。その日、ビリィが学校を休むことはすぐに決断できたし、その日はわたしの休みだったからそれはそれでよかったが、ビリーは学校に行かなければいけないし、わたしが連れていかないと。

黙ってベッドを回り、椅子に近寄って、きのうの朝にわたしがそこに放ったミッチのフランネルのシャツを取った。

肩をすくめてシャツの袖を通しながら寝室を出た。ドアを静かにしめると、昨夜そのままで寝てしまったポニーテールを直しながら、急ぎ足で廊下を歩いた。台所に入り、棚を探してコーヒーをセットしたあと、子供たちがつかっている寝室に行った。部屋に入って、床に敷いたエアーマットレスに近寄った。ビリーが寝ている。

ひざを閉じたましゃがみ、ビリーの肩をそっとゆすると、彼は目を覚ましてぼんやりわたしを見上げた。

「シャワーを浴びる時間よ」わたしはささやいた。

「オーケー、マーラおばさん」彼は即座にささやき返し、わたしが買ってあげたパジャマを着た姿で起きあがると、ズボンを脱ぎ、次にTシャツを脱ぎながら部屋を出て浴室に向かった。

彼がシャワーを浴びるあいだに、わたしはコーヒーを飲むことにした。ミッチの部屋に行って自分のものを取ってきて、廊下の先の浴室でビリーのあとに身支度をしよう。そうすれば、ビリーを学校に連れていく前にシャワーを浴びられるし、ミッチは自分の部屋のシャワーをつかって用意ができるだろう。

コーヒーポットの前に立ち、ミルクを底に入れたマグカップにコーヒーを注いだ。コーヒーメーカーにポットを戻し、カップを置いてスプーンを取ろうとしたときにそれは起こった。

二本の力強い腕が伸びてきて、片方は肋骨のあたり、片方は胸のあたりに回された。からだが銅像のように固まった。うつむくと、強そうな上腕が見えて、それと同時に首筋に唇がふれるのを感じた。

「おはよう、ベイビー」ミッチがそこに向かってささやく。震えが背筋を伝い、わたしは、夢が現実になるという貴重な体験をした。

すなわち、ミッチが両腕をわたしのからだに回して、とてもすてきな「おはよう」をささやいてくれるという夢。

じっさいにされると、すてきだった。

いいえ、すてきどころじゃなく、最高だった。

そして、一生、毎朝そうしてほしかった。

「ミッチ」わたしはささやき返した。ほかになにも言えなかったからだ。

彼の両腕がわたしをぎゅっと抱きしめたが、彼が尋ねたときも、彼の唇は押しあてた首筋から動かなかった。「よく眠れた?」

「え……」視界がぼやけ、からだは依然としてかちかちだったが、頭のなかはくるくる回っていた。

どうやらそれで答えになっていたらしい。ミッチはわたしの首から耳元に唇を移動させて、ささやいた。「ぼくはすごくよく眠れた」

「あ……」

「きみが寄り添ってくれて気持ちがよかった。温かくて柔らかくて」

やだ、どうしよう。

「その……」

彼が両腕をぎゅっと締めつけた。「だが、あいだに六歳の子がいなければ、もっといい気持ちだろうな」

そんなこと!

「あの……」

「ビリィの熱は引いたよ」彼がわたしに知らせた。

「ええ……そうね」わたしはつぶやいた。「起きる前にチェックしたわ」

「うーん」彼にわたしの耳元でつぶやかれると、さっきよりもはるかに強い震えがまた背筋を伝いおりた。とても激しく、全身がわななくほどだった。そのとき、ミッチの腕が離れたと思ったら、一秒後には両手がわたしのお尻をつつんでいた。背中に感じていた彼のぬくもりが離れたが、それはわたしの向きを変えるためであって、今度はからだの前面に彼のぬくもりを感じ、ふたたび両腕で抱かれ、片方は背中の低いところに、もう一方はもっと高く肩甲骨のあたりにあてられた。

彼の優しい瞳を見つめ、一瞬にして魅了された。

「きみはぼくを起こすべきだったよ」彼がささやいた。顔がすごく近いせいで、唇に彼の言葉を感じるほどだ。

「なぜ?」彼の瞳に(そして彼のぬくもりと、わたしをつつんでいる力強い腕に)魅了された状態でささやき返した。

「きみはぼくを、六歳の子とふたりきりでベッドに残していった」彼が答えた。優しい声に非難は感じられない。

「それが?」

「ベイビー、彼女はぼくの子供じゃない」

「でも、あなたのことが好きだわ」

「それでも、ぼくの子じゃない。きみがいれば、まったくかまわない。だがぼくだけでビリィとベッドにいるのは、いいことじゃない」

しまった。

オーケー、たしかにそのとおりだ。それなのに、ふたりがポスターみたいだと思っていたまぬけなわたし。また、いつものように大失敗して、ミッチに気まずい思いをさせてしまった。

「ごめんなさい」ささやき声で詫びた。

彼が抱いていた両腕をぎゅっと締め、肩に回した手をあげて指でポニーテールをいじった。

「いいんだ」ささやき返し、わたしはまた彼の瞳にぼうっとなったが、そのあいだにも、彼のまぶたがさがり、頭もさがって唇がわたしの唇に息が感じられるほど近づいた。

「ミッチ」呼んだときには、わたしの唇は彼の唇にふれていた。そのあと、唇が動かなかったのは、彼の唇が押しあてられたからだ。彼は後頭部をつつんだ手でわたしの頭を片方に傾け、自分は逆側に少しかしげて、舌でわたしの唇のとじ目をなぞり、そっと開いてなかに滑りこませた。

どうしよう。

またこんな。

どうしよう！

彼の舌はいい味がして、心地よくて、そのキスはすばらしかった。

わたしの両手が勝手に彼の背中を撫であがり、指が広背筋に食いこんだ。彼がとてもいい味だったから、思わずキスを返していた。

ずいぶんたってから彼の唇が離れ、そのままほおから耳に移動して、わたしをまた抱きしめながら、耳元でうなった。「なんてことだ、きみの口は最高だ」

わたしはまた、ミッチの両腕のなかで彼のからだにからだを押しつけ、息を弾ませていた。

どうして何度もこんなことになるの？

「ミッチ――」わたしは言いかけた。

彼が頭をあげ、じっと目を合わせて、わたしの言葉を遮った。「次の休みはいつだ？」

わたしは目をぱちくりさせた。「なに？」

彼が片腕をわたしの腰までさげて、さらにきつく抱きしめた。「きみの次の休みだ、スイートハート」

「ええと……きょう」

彼がにっこりして優しく言った。「それは知っている、ハニー。次の休みはいつだ？」

「ええと……金曜日」

「木曜日の晩、ベビーシッターを頼もう」

彼の親密な言葉、パパがママに言うような、夫が妻に言うような言葉にわたしは目をぱちぱちさせ、もっと聞きたくてくり返した。「え？」

「ベビーシッターだ」

「なぜ？」

「なぜなら、木曜の夜にぼくがきみを食事に誘うからだ。食べさせて、酔わせる。それから、きみを家に連れ帰り、ほかのことをする。ぼくがきみにしようと思っていることは、間違いなく遅くまでかかって金曜日にずれこむはずだし、それをしているあいだは子供たちにじゃまされたくない」

つま先が丸まってひざがぐらぐらし、乳首がうずいた。

ああ、どうしよう。

わたしははるかに安全で分別のあるマーラワールドに戻る道を見つけようと必死になって言葉を探した。「そんなことは――」

そのとき言葉を切ったのは、廊下の奥の浴室の扉が開く音がしたからだ。ビリーがシャワーから出てきた。

ミッチの頭がもう五センチさがって少しそらされ、そのあと、彼がつぶやくのが聞こえた。「子供たちにじゃまされる」

わたしの両手が動いて彼の胸を押しやろうとしたが、それはつまり温かくて引き締まった滑らかな肌にふれることだったから、最善策とは言いがたかった。

それでもなんとかがんばり、言おうとした。「ミッチ――」

その瞬間、扉をノックする音がした。

ミッチの頭がそちらに向き、わたしの視線もそれを追い、ふたりで玄関を凝視した。

「いったいだれかしら？」わたしはささやいた。

「見当もつかない」ミッチが普通の声で答えてわたしを離し、わたしは、宙に浮いた両手でカウンターを押して身を支えて、彼が戸口に行くのを眺めた。

見ていると、彼はのぞき穴からそとを確認し、うつむいて首を振った。それからその首をひねってわたしに目を向けた。その目には、困っていると同時におもしろがっているような表情が浮かんでいた。扉に向き直り、チェーンをはずしてロックをひねり、戸を開ける。

「いても立ってもいられなかったんだろう？」戸のそとにいるのがだれにしても、尋ねる彼の声はおもしろがっているのと困っているのが半々だった。

「弟が夜の九時に電話で熱がある子の相談をしてきたら……そんなこと初めてだし……そうよ、あなたの言うとおりよ。いても立ってもいられなかったのよ」女性の声が聞こえ、ミッチがなかに入ると、ミッチとおなじ色の髪の女性が入ってきた。肩にかかる長さのとても魅力的なスタイルにカットされ、自然なウェーブがかかっている。ミッチとおなじく、といってもミッチほどではないが、とても背が高い。そして見事な曲線美と見事な態度の持ち主だった。

続いて入ってきた彼女の年配版の女性は、ミッチのお母さんに間違いない。

そしてわたしは正しかった。ニットのアンサンブルを着ている。

スカーフも。

おしゃれなアンサンブルとスカーフ。

やだ……どうしよう！

「初めまして、あなたがマーラね」ミセス・ローソンがわたしを見て言った。「わたしはミッチの母よ、スー・エレン」

そのとき、わたしの脳が、自分が寝間着とミッチのシャツしか着ておらず、ミッチもパジャマのひもで結ぶズボンしか身につけていないことを、非常にまずいタイミングで思いだした。その思いと、いまは朝早くで、ここがミッチの家で、自分は寝間着とパンティとミッチのシャツだけしか着ていなくて、ミッチはパジャマのズボンしか身につけていなくて、ミセス・ローソンと名乗った女性と明らかにミッチの姉ペニーである女性がそれをどう思うだろうという思いが激突した。

「こちらこそ」過呼吸になりそうになり、急いで挨拶を返した。

ミッチの姉がカウンターのほうに歩きだし、笑っている目をわたしに向けた。「わたしはペニー、ミッチの姉よ」早朝訪問でホットな弟の隣人を驚かせたとしても、しかも、その隣人が自分のホットな弟といっしょに過ごしていて、しかも延々と続く危機に直面していて、その危機に自分のホットな弟を巻きこんでいたとしても、まったく問題ないというような気楽な口調で自己紹介をする。

まったく問題なくないけれど。

「ええと……おはようございます」わたしは答えた。「マーラです。その……」それ以上の情報を控えたのは、ふたりとも明らかにわたしがだれかを知っているらしかったし、自分がミッチにとってなんなのか、自分でもさだかでなかったからだ。例外は、昨夜彼がぼくのマーラと呼んだことで、彼がそう呼んだときのことを考えただけで、全身に鳥肌が立った。

お姉さんとお母さんがそれに気づかないことを願った。

ペニーはわたしが口ごもったのを無視して尋ねた。「ビリィの具合は？」

「熱はさがった」ミッチが答えながら扉をしめ、こちらにやってくる。わたしのほうに。まるで熱がさがるのも、母親と姉が予告なく訪れるという急な事態もしょっちゅうあることのようだ。じっさいに、よく来るのだろう。「二回目をのませる前にさがっていた。急激にあがった分、急激にさがったようだ」

「それはよかったわ」ミセス・ローソンがつぶやき、歩いてきてカウンターのそばのペニーの隣に立った。

「いかがですか……ええと、コーヒーとか？」わたしはもてなしのスキルを動員して尋ねながら、自分の家でないのにそう尋ねるべきか、それより失礼してなにか着てきたほうがいいのか、葛藤した。

「ええ。ぜひ。ありがとう」ミセス・ローソンが答えたときには、すでにミッチがカップを出しはじめていた。

「わたしにもお願い」ペニーも言う。

わたしは礼儀として尋ねただけなので、ふたりの答えが、ここにしばらくとどまることを意味すると思うと内心複雑だった。しかも奇妙なことに、ふたりはわたしが、寝間着と彼のフランネルのシャツを着たままミッチの台所で主人役を務めていることに驚いていないらしい。

ミッチがカップを並べると、わたしはコーヒーポットを取り、コーヒーを注いだ。だれもなにも言わなかったので、わたしはミッチが言った言葉を考え、ミルクの瓶を取って戻ってきたミッチに尋ねた。「どういうこと？　二回目をのませる前にさがっていたって？」

彼がカップにミルクを注ぎ入れ、瓶を脇に置いて答えた。「目覚ましをかけると言っただろう？　それで起きて、よくなっているのを確認した」

この言葉に、わたしは聴衆がいるのを忘れ、抽斗からスプーンを取って砂糖入れに手を伸ばしている彼のハンサムな横側を凝視した。

「なぜわたしを起こしてくれなかったの？」

「必要なかったからだ。もう熱がさがっていた」ミッチが答え、砂糖をすくってカップに入れる。

「でも、なぜ起こしてくれなかったの？」くり返すと、彼がふり返り、わたしと目を合わせた。

「必要なかった、スイートハート」彼が語尾を少し変えてまた言った。「熱は引いていたし、きみも彼女もぐっすり眠っていたから、ぼくもすぐにまた眠った」

わたしは自分の眉間がくっつくのを感じた。「すぐにまた眠ったの？」

「うーん、そうともそうでないとも言えるな。起きて、電気を消して、玄関の鍵をしめてからベッドに戻り、また眠った」

わたしはぽかんと彼を見つめた。

彼は起きてビリィの様子を確認し、だいじょうぶだとわかると、ベッドから起きあがり、ソファーに眠りにいくのではなく、電気を消して玄関の鍵をしめて、またベッドに戻った。わたしがビリィといっしょに眠っているベッドに。

なぜそうしたの？　なぜ？

わたしが見つめているあいだに、彼がふり返って母と姉にコーヒーを渡し、わたしは、そのふたりがわたしたちを見つめていることに、それもじっと見つめていることに気づいた。彼は向きを戻し、ブラックのままにした自分のコーヒーのカップを取った。そしてカップを口に運んだ。わたしはしゃべろうと口を開いた。

「ねえ」小さい声が聞こえてはっとそちらを見ると、ビリーが戸口から入ってくるところだった。新しいジーンズと買ってやった新しいTシャツという学校用の服で装い、ぴったりと髪を梳かして、非の打ちどころのない子供のように見える。

「あら、初めまして。あなたがビリーね」ミセス・ローソンがビリーにほほえみかけた。「わたしはミッチのママのスー・エレンよ。こちらはわたしの娘でミッチのお姉さんのペニー」

「ハイ」ペニーがにっこりする。

「ハイ」ビリーもにっこりし、それから丸椅子に坐ってミッチを見やった。「またオートミールをつくってくれる、ミッチ？」

「いいよ、バド」ミッチが言い、コーヒーのカップを置くと、棚まで言ってグラスを出した。

「すごい、ありがと」ビリーも言った。

ちょっと待って、なんかおかしい。こんなのばかげている。どうも変だ。でも、いまはそれを気にする余裕はなかった。気にすべき筆頭はわたしの人生だ。新たにふたりの子供を預かり、従兄は留置場に入っていて、しかも、よりにもよってロシアン・

マフィアに命を狙われている。自分の部屋は犯罪現場となり、母と伯母はこの街にいる。しかも、いま、子供たちとわたしは、わたしが何年もひそかに恋い焦がれていた隣人であるセクシーな男性とほぼいっしょに暮らしていると言っていい。集中すべきことは、ミッチや、ミッチの明らかにおせっかいな姉と、おなじようにおせっかいな母親ではない。

自分のコーヒーカップをつかみ、景気づけにひと口カフェインを摂取すると、つかつかと歩み寄り、カウンターのビリーの向かいに立った。

「ビリー、ハニー、聞いて。ビリィはきのうの晩に具合が悪かったから、きょうはわたしといっしょにうちにいるわ」

「具合が悪かったの？」ビリーがふいに心配そうな顔をしたが、その表情はなにか隠しているように見えた。

それ以上尋ねたり、もっとよく観察したりできなかったのは、ミッチがきっぱりと言ったからだ。「もうよくなった」

驚いて彼のほうをふり返り、きっぱりしているのは言葉だけでないとわかってさらに驚いた。断固たる表情を浮かべていたからだ。

「いいえ、まだ悪いわ」ミッチに向かって言う。

「もうだいじょうぶだ」彼が答え、わたしの横まで来て、ビリーの前にミルクを入れたグラスを置いた。「熱はさがった。もうだいじょうぶだ」

「昨夜は全部吐いたのよ、ミッチ」

「そんなに吐いたの？」ビリーに聞かれ、わたしはビリーのほうを見た。

「ええ、そうよ。いまはもういいけれど」安心させようと言った。「でも、きょうは休ませたいと思って」

「あの子はだいじょうぶだ、マーラ」ミッチが口をはさむ。「それに、学校に行きたがっている。きのう、担任の先生と話したときにそう言われた。父親がほとんど行かせていなかったらしい。だが、いまは元気で学校に行かれる」

わたしは彼のほうを向いた。「いまは元気でも、ぶり返すかもしれないし、学校でそうなってほしくない。また具合が悪くなっても、家にいればわたしがそばにいられるわ」

「具合が悪くなったら、学校からきみに電話がかかってくるから、きみかぼくが迎えにいけばいい」ミッチが言い返す。

「そんなの時間の無駄でしょう」わたしは答えた。「ぶり返したときに家にいたら、時間が無駄にならない」

「学校に行かせるんだ、マーラ」ミッチが宣言し、わたしは血圧が急上昇するのを感じた。

「行かせません」わたしもすぐに宣言し、あることを思いついて、ビリーのほうを向いた。「あなたも行かないほうがいいかもしれないわ」

ビリーの目が学校に行かなくていいという思いでぱっと輝くのがわかったとき、ミッチの声が響いた。

「なぜ行かないほうがいいんだ?」訊かれて、わたしは彼のほうをふり返った。

「この子も感染していたら?」質問で返す。「ビリィはあっという間に具合が悪くなったでしょう、ミッチ。たしかにむずがって寝たがらなかったけど、元気は元気だったわ。それが二時間後には居間の絨毯に吐いて、三十九度五分も熱が出た。ビリーもおなじようになるとしたら、家にいてほしい」

「ビリーが具合が悪くなったら、学校から電話がかかってくるから、きみかぼくが迎えにいけばいい」ミッチが反撃する。

今度こそ、わたしの血圧は間違いなく急上昇し、そのせいでわたしは両手を腰にあて、身を乗り出してぴしりと言い放った。「それこそ時間の無駄でしょう」

「ベイビー、ふたりとも学校に行くんだ」ミッチがまた宣言する。

「ハニー、ふたりとも行きません」わたしが判決をくだす。

ミッチがわたしをにらみつける。わたしもにらみ返す。

そのとき、彼が言った。「念のため言っておくが、スイートハート、ぼくはたったいま、自分だけの世界に住んでいて、ためらい、口ごもり、ぼくに偉そうな態度をとらないマーラのほうが好きだと決めた。そのマーラに戻ってくれないかな」

そう言われて、わたしは答えた。「念のために言っておくけど、ハニー・ランプキン、あなたが自分の世界に住んでいるマーラを好きなのは、そのマーラは、あなたがやりたいようにさせておくからでしょう？　でも、わたしが子供たちのことを心配して、あなたと意見が異なるときに、そのマーラに戻ることはないわ。それに、思いだしてみて。あなたはきのう、わたしたちはチームであり、子供たちにかんする決断は話しあうと約束したはずよ」

「だから……ベイビー」彼があきれたように周囲に目をやったのに気づき、わたしはきっとにらみつけた。「いま、それをやっているんじゃないか。話しあっている」

幸いにも、わたしが爆発する直前のこの瞬間に、ペニーが口をはさんだ。「言わせてもらうけど、すごく気に入ったわ」

「わたしほどじゃないでしょう、スイーティー」ミセス・ローソンがつけ加えるのが聞こえてそちらを見ると、ふたりとも、ものすごくうれしそうににこにこほほえんでいた。

わたしが聴衆の存在も忘れて訳のわからないことを言いだす前に、ミッチが言った。「よかったら、どっちでもいいから役に立って、ビリィを起こしてきてくれないかな。シャワーを浴びさせ、学校に行く支度をさせてくれたらありがたい」母と姉に、提案とはとても言えない口調で提案する。

「お願いですから、そんなことしないで」わたしは急いで口をはさんだ。「あの子には休養が必要だし、失礼なことは言いたくないけど、おふたりのことをまったく知らないから、おびえさせたくないの」

ミッチが鋭い目でわたしを見てうなった。「マーラ」

わたしはうなることはできないけれど、最善を尽くした。「ミッチ」

「わたしの経験に基づいた意見を言うことで役立つというのはどうかしら？ ごめんなさい、マーラ。でも、ミッチは正しいわ。ビリィはたぶんだいじょうぶ」ペニーが言い、わたしは唇を噛んだ。ペニーが弟を見やる。「でも、もっとごめんなさいね、ミッチ。マーラはもっと正しいわ。ビリィはもうだいじょうぶだと思うけど、もしもうちの子供たちのひとりが吐いて熱を出したら、次の日は学校なんて行かせない」そして、ビリーに目を向け、優しい顔をした。「そして、あなたにはもっと残念だけど、ハニー、もしもあなたがうちの子ならば、学校に行かせて、具合が悪くなったら迎えにいく」

「わたしもおなじことを言おうと思ってましたよ」ミセス・ローソンが同意する。

「ぼくは学校に行くのはうれしいよ」ビリーが言ったので、わたしはびっくりして彼を見た。五分前には、学校に行かなくていいのかと思って目を輝かせていたし、そもそも、学校に行くのがうれしい子なんている？

「それで決まりだ」ミッチが断言し、わたしは彼に視線を戻した。「解決した」彼がそう言いおえ、棚のほうに向いて、オートミールの箱を取りだすあいだ、わたしは自分の頭のなかで起こっていることを処理した結果、いらだちがおさまっていないことを理解した。

そこでミッチの背中に向かって問いかけた。「チームワークにかんするわたししたちのきのうの議論は、つまり……」少しためらい、それから強調の言葉で言いおえた。

「なんの意味もなかったということ？」

彼がオートミールの箱を置き、わたしのほうを向いた。彼のきらきら輝いて吸いこまれそうな美しい濃茶色の瞳をにらみつけたとたん、ふいに彼の長身の硬いからだにつぶされ、力強い両腕にとらわれた。

わたしの耳元で、彼が答えをつぶやいた。「イエスであり、ある意味ノーだ」

「わたしはそうは思わないわ」わたしは辛辣に言い返し、両手を彼の腰にあて、押しのけようとした。

彼が顔をあげ、笑顔でわたしを見下ろして尋ねた。「きみもオートミールを食べるかい？」

わたしは彼を見上げてにらみつけた。ノーと言いたかったし、ほかにもたくさん言いたいことがあった。それが言えなかったのは、第一に、彼の母親と姉がそこにいたからで、第二は、きのう、彼がつくったオートミールを食べたからだった。真ん中にメープルシロップをたっぷりかけたオートミールはとてもおいしかった。

「ええ」そっけなく答える。

彼は笑みを深め、ぎゅっと抱きしめるとわたしを離し、オートミールのほうを向いた。わたしはビリーの前に置いてあったコーヒーカップのほうを向き、そのときようやく、ミセス・ローソンとペニーが相変わらず笑顔で見守っていたことに気づいた。そして、ビリーの目がわたしからミッチに行き、またわたしに戻ったことに。ビリーの表情はじっさいよりも五十歳くらい年取っていた。

わたしはこのすべてを無視して、カフェインに集中することに決めた。
それは、わたしが今朝おこなったなかで、最善の決断だった。

19

わたしはミッチの浴室の鏡に映った自分を見つめた。

自分のすべてであるその姿を見て、わたしは自分が大きな間違いをおかしたのを悟った。大きな。巨大な。

メークをした顔を眺めた。そして肩にかかるように、大きくふんわりとカールさせた髪も。そのあとはサファイア色のシルクのルーズトップ。首のところでギャザーを寄せ、幅広い飾り帯を首のうしろにまわして結ぶデザインで、肩と腕と背中が完全にあらわになっている。そして最後にかっこいいジーンズとおしゃれな銀のベルト。

そして、わかった。

こんなことはできない。自分の間違いを正さなければならない。

玄関ドアが開く音が聞こえた。

ミッチが子供たちをペニーのところに預けにいって、戻ってきた。ふたりで夕食に出かけることになっているから。
つまり、わたしはいま、間違いを正さなければいけない。

★

わたしは順調なときでもまったくわかっていない人間だ。ましてや、人生が混乱しているときは――こんな混乱状態は、頭がおかしくて、あのどうかしている意地悪な母親から離れて以来一度もなかった。毎日毎秒警戒を怠らなかったからだ。でもいま、昔以上になにもわかっていない。

でも二日前、目が醒めたら夢が現実になっていた。その前の晩にソファーでミッチと過ごしたことも、ちがう種類の夢が（ほぼ）現実になったと言えるだろう。その夢に抗ったけれど、じゅうぶんではなかった。その夢がわたしをなだめ、近づいてきて、安全な繭をのっとり、また別な繭でわたしをつつみこんだ。もっと安全で心地よくて、温かでずっとずっと気持ちのいい繭で。

★

ミッチの母親と姉がやってきた朝、ミッチはオートミールをつくるあいだに、ビリーを学校に連れていくと宣言した。またしても、わたしと相談しないで決めた。とはいえ、彼は出かけ、わたしはビリィの世話をすべくあとに残るわけで、彼の横柄な命令は道理にかなっていたから、わたしはそれ以上反論しなかった。

彼がシャワーを浴びているあいだ、わたしは彼の（驚くほど）話しやすい母親と姉とおしゃべりをした。ふたりともとても感じがよくて、ペニーはすごく率直で、すごくおかしくて、お母さんも優しくて、ほとんどの場面でペニーに仕切らせながら、そばでにこにこと笑っていた。

ミッチがビリーを学校に送ってそのまま仕事に行くために出かけていった。だがそれも、観衆が（そばに立っているビリーも含めて）見守るなか、わたしの手をつかんで戸口まで連れていき、熟年夫婦のような〝行ってきます〟の儀式をしてからだった。それはすなわち、片腕をわたしの腰にまわし、抱きよせて彼のからだに密着させ、唇をわたしの唇にかすめて、からだの奥がきゅんとなる言い方で「行ってくるよ、ハニー」とささやくというものだった。

彼とビリーは出かけていった。わたしはぼうっとして、気をとり直すのにしばらくかかったが、そのあとは、ビリィが起きるまで暇なので、（スー・エレンと呼ぶようにとしつこく言う）ミセス・ローソンと、ペニーとおしゃべりした。ふたりともビリィが起きるまでいて、どちらもビリィにすっかり魅了されたのちに帰っていった。

昼近くにミッチがビリィの様子を聞きに電話をかけてきて、携帯電話から聞こえてくる、ビリィの様子を尋ねる低い声に、わたしはまた夢の世界に深く入りこんだ。その夢の世界でわたしは彼に、ビリィは元気で、起きてて、普通に食欲もあって、あの子の世界はすべてうまくいっているように見えると伝えた。

それから彼が、きょうはなにをするのかと尋ね、わたしは洗濯をしてからスーパーマーケットに行き、ビリーを迎えにいこうと思っていると話し、洗濯をするために自分の部屋に入ってもいいかどうか尋ねると、彼のアパートメントの洗濯機と乾燥機をつかうようにと言われた。わたしは反論しても無駄なので反論せず、彼の洗剤をつかい切ってしまわないように、頭のなかの買い物リストに洗濯洗剤をつけ加えた。

そのままわたしはまだ夢の世界のなかで、前日に保険会社に電話をしたことを伝え、翌日に調査員が損害の調査をして報告書を書くためにやってくるので、わたしの部屋に入っていいかどうかと尋ねた。これにたいしてミッチは、彼かラタニアかほかのだれかといっしょでないかぎり入ってほしくないと言い、調査員が何時に来るかを尋ね、自分が立ちあうと告げた。これについて反論したのは、調査員が午前十一時に来る予定で、ミッチは仕事中だと思ったからだ。ミッチが警察署は車でわずか十分、〈ピアソンズ〉はそうでないから、自分にとっては大したことではないと言った。わたしはミッチに、そこまでしてもらうのは悪いからと言った。すると、ミッチが優しい声で、最後がベイビーで終わることをなにか言い、わたしはすぐに、かすれた声で「わかった」と同意した。

話し合い終了。

わたしは彼に、夕食にピザを食べたいかと尋ねた。彼がそれはうれしいと言い、彼の姉と母がわたしを気に入ったようだと告げた。それを聞いてよろこびが全身を駆けめぐり、わたしは彼に、わたしもふたりを好きになったと言った。

会話はさらに続き、彼が木曜日の夜に〈ノース〉を予約したと言い、わたしが〈ノース〉は大好きだと言った。それはほんとうに好きだったからもあるけど、10・5のミッチ・ローソン刑事と現実に正真正銘の正式なデートをすると思ったら、なにか言わないと過呼吸になりそうだったからだ。そして彼が、その日は、ビリーとビリィはペニーの家に泊まると告げた。それにも反論しなかったのは、その時点ですでに気がおかしくなりそうで、ビリーとビリィがなぜその日ペニーの家に泊まるかの理由を考えれば、間違いなく過呼吸になると確信したからだ。

わたしたちは電話を切り、驚くほど長く、気安く、情報満載だがうちとけた感じの、温かくて和やかで親密な通話が終了した。

　ミッチが電話を切った段階で、わたしは過呼吸になることを自分に許可した。バーベキューチキン・ピザの材料を買いにいき、戻るとすぐに鶏肉をマリネにした。洗濯して、ミッチが親切にわたしたちをずっと泊らせてくれていることに感謝しながら、家を徹底的に掃除した。そのあと、ビリーを迎えにいった。帰宅後はビリーの宿題を手伝った。それから、夏のきざしを感じる暖かい日だったので、歩いて緑地帯にある遊び場まで行き、ビリーが走りまわっているあいだ、わたしは坐ってビリィをひざに抱き、そのあとはいっしょにブランコを漕いだ。

　戻ってくると、ピザをつくった。パン焼き機は自分の家にあるので、手でこねなければならなかった。

　そのあと、ミッチが帰宅した。

「ミッチ！」ビリィが叫び、ソファーから飛びおりて、玄関までの短い距離を突進し、その間《かん》に戸口から一歩足を踏み入れたミッチの腰に両腕を回してしがみつき、頭をそらして彼を見上げた。「マーラおばちゃんのチキンピザを食べるの！」

　ミッチが片手でビリィの後頭部を支え、見下ろしてにっこりした。「知ってるよ、かわいこちゃん」それから前にかがんでビリィを抱きあげると、戸口をまたいでドアをしめながら尋ねた。「具合はよくなったかい？」

ビリィがうれしそうにうんうんうなずいた。

「よかった」彼がつぶやき、両腕でビリィをぎゅっと抱きしめるのを見て、わたしはからだの奥がまた甘くきゅっとなるのを感じた。それから彼はビリーのほうを向き、声をかけた。「やあ、バド」

「ハイ、ミッチ。宿題は全部やったよ」ビリーが如才なく答えた。その答え方は、自慢げだったりとか、こんなにいい子だからなにか買ってほしいと言いだすような感じではなかった。ほかのなにかであり、そのなにかがなんとなく気になったわたしは、彼をよく観察して、それがなんなのか見極めようとしたが、すぐに観察を中断したのは、ミッチがビリィをソファーの背もたれにおろし、わたしのうなじに唇をあてたからだ。

「ハイ、スイートハート」彼がささやき、そしてわたしにキスをした。

胸が熱くなるのを感じ、首を少しまわしてそらすと、彼も顔を少しあげた。

「ハイ」わたしはささやき、すぐに彼の目に吸いこまれた。

「ついに」彼が目を笑みできらめかせながらつぶやく。「きみのピザが食べられる」

それを聞いて、わたしは眉をひそめた。

それを見て、彼が笑いだした。そして指をわたしのポニーテールにまわし、そっと引いてさらに上を向かせ、笑っている唇をわたしの唇にふれさせた。

わたしが眉をひそめるのをやめたのは言うまでもない。

彼はわたしを離すと、上着を脱ぎながら、寝室に向かって歩いていった。

彼のうしろ姿を見送りながらも、わたしは、自分をぴったりつつんでいる、前よりも安全で心地よくて暖かくてすばらしい繭を脱ぎ捨てることができなかった。なぜかといえば、脱ぎ捨てようと試みなかったからだ。

わたしたちはピザを食べ、それも、ミッチの命令に従って食堂のテーブルで食べた。彼の食堂のテーブルでピザを食べながら、わたしは夢の世界にますます深く入りこんだ。こんなこと一度も、これまでの人生で一度も経験したことがなかった。

ビリーとビリィも経験したことがないのは明らかで、ふたりが食堂でピザを食べるのを、わたしとおなじくらい気に入ったこともわかった。

わたし以上に、かもしれない。

安全で居心地よくて暖かい繭につつまれ、明らかに三段階はアップしたビリィの活発な動きを見れば、そして、ビリーが椅子に坐り、ミッチから目を離さずにナイフやフォークのつかい方を見習い、ついに手本となるりっぱな男性に巡りあったことを考えれば……。

間違いなくわたし以上だろう。

安全で居心地よくて温かで、はるかにすばらしい繭のなかで、ほんの少し奇妙に感じたのは、ビリーが必死の面持ちで、皿洗いをすると申しでたときだった。そしてまた、明らかに必死な様子で、そそくさと洗いはじめたので、ミッチもわたしもやらなくていいとも言えず、手伝うこともできなかった。ビリーはわたしたちに、テーブルを拭くこともやらせなかった。

しっくりこない気持ちでビリーを眺めながら、わたしはほかのことも感じていた。それはミッチから伝わってきたから、ミッチを見やると、ミッチもまた心配そうな目をして、台所でせっせと働いているビリーを見つめていた。

わたしの視線を感じたらしく、彼がわたしのそばに来て、首をかしげているわたしにささやいた。「あとでだ、スイートハート」わたしはうなずいた。

子供たちを寝かせて居間に戻ると、ミッチがソファーに寝そべって野球の試合を見ていた。ソファーを回りこんだわたしに視線を向け、わたしも彼のほうを見た。

「ここにおいで、ベイビー」

わたしの視線が彼の全身を這う。ソファーに横になった姿がすてきで、わたしを見つめる彼の目が、その前に発した声とおなじくらい優しかったから、わたしの心は夢の世界の深いところまで入りこみ、からだが勝手に彼のほうに動いた。腕を伸ばしたら届くところまで近寄ると、彼は上半身をもちあげて手を伸ばし、わたしの腰に回して引き寄せた。わたしは気づくと、背もたれに背を、からだの前を彼の脇腹に、そしてほおを彼の胸にあててソファーにすっぽりおさまっていた。

「この試合を最後まで観てから、寝よう」彼がつぶやいた。

「わかった」わたしもつぶやき返した。

彼の腕が背中に回り、指が腰のジーンズをでたらめになぞって模様を描く。わたしはため息をつき、腕を彼の胃のあたりにまわした。

ほらね？ わたしの頭は完全におかしくなっている。

彼がつぶやき、胸にあてた耳に彼の声がごろごろ響いて聞こえた。「きみのピザはいまいちだった」

わたしは目をぱちくりさせた。ソファーでミッチに寄り添い、夢の世界に深く埋没している状態で、それしかできなかったからだ。「そうだった？」

彼の指がわたしのお尻に食いこんだ。「嘘だよ、ハニー。最高にうまかった」

その言葉に安堵して彼にますます身をすり寄せることが賢明かどうか判断できなかったが、わたしはそうして、さらにお腹のあたりに回した腕にぎゅっと力をこめた。彼がわたしの背中に回した腕をぎゅっとやり返した。

そして小さくつぶやいた。「家を掃除してくれてありがとう」

彼は気づいていた。

ああ、なんてすてきな人なの。

「どういたしまして。わたしたちを置いてくれてありがとう」わたしはつぶやき、彼のお腹をぎゅっと抱きしめた。

「どういたしまして」彼がささやく。

からだの奥がまたきゅんとなり、彼の指に背中をなぞられながら、わたしは上の空で試合を眺めた。ミッチも画面を見つめていて、たぶん上の空ではなかったはずだが、またきょうも一日いろいろあったから、わたしは少しだけ頭をあげて確認する力さえ出なかった。残っている力でできるのは、彼の温かくて引き締まったからだの前面と、指で腰をなぞるゆったりした動き、そして呼吸するたび上下する彼の硬い胸板を感じるくらいだ。

まぶたが重くなってきたとき、テレビがとつぜん消えて、おなじくらいとつぜん床に立っていた。彼の手が腰に回され、もう一方の手であごをもちあげられた。次の瞬間、彼の唇がわたしの唇を覆い、唇を開くと、彼の舌が滑りこんできて舌先にふれ、甘露な感触をもたらしてまたすぐに出ていった。「もう寝ろ、スイートハート」

「わかった」

彼の片腕にぎゅっと抱きしめられ、ほほえまれた。回れ右させられて、優しく押されると足が勝手に彼の寝室まで連れていってくれた。

彼がパジャマや毛布や枕を用意したかどうか知らなかった。わたしは記録的な速さで寝間着に着替えて彼のベッドに入り、眠りに落ちた。だから、彼が入ってきたのも、パジャマを取って洗面所で着替え、わたしがつかわなかったほうの枕をもち、わたしの首にかかった髪を払いのけ、その指を滑らせてあごを撫でたあと、部屋を出てドアをしめ、ソファーで寝たのも、知らなかった。

★

翌朝目を開けると、ミッチとビリーとビリィが台所でしゃべっている声が聞こえた。

わたしは目を閉じた。

枕に向かってほほえんだ。

それから、ベッドから起きだして洗面所をつかい、ミッチのフランネルのシャツを着てから台所に向かって、コーヒーを飲み、ミッチのオートミールを食べ、ミッチが子供たちに学校に行く準備をさせるのを手伝った。

★

仕事が終わってミッチのアパートメントに帰ると、台所のカウンターに一枚のメモが残されていた。

そこに書かれていたのは、

スイートハート、

子供たちといっしょに緑地帯に行っている。おやつは食べさせた。きみがうちに帰ってきたら、そとに食事に行こう。緑地帯で待っている。M

うち。

い、い、い、うちに帰ってきたら。彼はそう書いた。

ああ、どうしよう。すごくいい響き。

わたしはミッチの部屋に行き、ジーンズとTシャツに着替えながら、自分のものをもう少し取ってくるためと掃除のために（戻れるように）、一度自分の部屋に戻っていいかどうかをミッチに尋ねることを、頭のメモに書き留めた。それからサンダルを履き、みんなを見つけようと出かけていった。

アパートメントの裏側にある緑地帯に通じる裏階段をおりていくと、ラタニアとブレントがピクニックテーブルを囲んで、わたしが知らない女性といっしょに坐っているのが見えた。三人は、ミッチとデレクとビリーが、（やはりわたしは知らない）ものすごくホットな男性とホットな男性予備軍のふたりの男の子たちとキャッチボールをしているのを眺めると同時に、ビリィが、傍目にはなにも見えないけど、彼女の想像のなかでは存在するなにかを追って走りまわっているのを見守っていた。

わたしは大歓迎を受けた。ビリィのは、ミッチへの挨拶とおなじくからだを激突させて腰にしがみつくもので、そのあとは想像上の蝶々（あるいはほかのもの）の追跡に戻った。ミッチのは（キャッチボールをやめなかったから、物理的には）遠かったが、わたしを見たときの彼の目は温かく、顔には優しい表情が浮かんで美しい口がにっこりほほえんだから、感情的には遠くなかった。知らない女性からも、自己紹介と握手の挨拶をされた。彼女はなんと〈テッサズ・ベーカリー〉のテス・オハラだった。ブロック・ルーカス（ものすごくホットな男性）の彼女で、ブロックはミッチのパートナーで（すごすぎる！　ミッチのパートナーだって！　警官のパートナーって、家族のようなものでしょ！）、その彼はあごをしゃくってふたりの少年を示し、そのジョエルとレックスはブロックの息子たちで（ふたたび、すごすぎる！）、わたしたちはキャッチボールが終わったら、彼らといっしょに食事に行く（どうしよう、どうしよう、すごすぎる）ことになっていた。

わたしは、過呼吸にならない／気絶しないというきわめて困難な課題をなんとかこなし、ピクニックテーブルのテスとラタニアとブレントに合流して、ミッチとデレクとブロックとジョエルとレックスとビリーがキャッチボールをするのを眺めた。

そして、ふいに心配になった。

夢の世界に生きているわたしの人生が明らかにおかしいという事実のせいではなかった。新しくかけた健康保険が二週間ごとにわたしの給料を大幅に吸いとることをその日知ったせいでもなかった。自分の一日の終わりで、ミッチがビリーとキャッチボールをし、わたしたちが（きのうに引きつづき）家族の夕食を取るために出かけ、しかもその家族というのが、彼のパートナーとその家族を含めた警官の拡大家族であるせいでもなかった。ここしばらく母とルーラメイ伯母さんから連絡がないことが、よい兆候ではなく、ふたりが一時的に撤退して計画を練っていることを意味しているとわかっていたからでもなかった。

わたしが心配になったのは、ビリーがグローブで球を捕ったり、球を投げたりするのをうまくできていなかったからだ。たぶん父親と一度もキャッチボールをしたことがないせいだろう。でも、それだけではなかった。ビリーはうまくやりたいと思っているけど、それは本心から野球がうまくなりたいと思っているからではなく、その様子から推測して、ビリーはミッチを心配させたりがっかりさせたくないから、なんとかうまくやりたいと思っているらしい。

しかもビリーは、ミッチが――ブロックでもデレクでもなく、ほかならぬミッチが――心配も失望もしていないという事実を、理解していないように見えた。そこにいる男たち全員が忍耐強く、励ますのがうまくて、それも過度にならない程度に自然に褒めているのに、それもビリーにはわかっていないらしい。自分にボールが投げられるたびに、そして自分がうまく捕れなかったり、あらぬ方向に投げてしまったりするたびに――それはほとんど毎回だったが――ビリーの不安げな様子はさらに募った。

「あれじゃだめだわ」ミッチがビリーのミットのど真ん中に投げ、ビリーが集中しすぎて、がんばりすぎて、最後の最後に手を動かさなければぜったいに捕れるはずだったボールを落とすのを見て、わたしはつぶやいた。

「そのうち力が抜けてくるわよ、ベイブ」ラタニアが言った。「彼にとって、まったく新しいことだということを思いだささなきゃ。あなたとミッチにとってもそうだけど」

「ビリーはびくびくしているのよ」わたしは小さい声で言った。

「そのとおりだ」ブレントが小さい声で同意する。そちらを見やると、ブレントもビリーをじっと観察していた。「ものすごく緊張している」

「それは彼が、ミッチとブロックとデレクがかっこいいと思っていて、ミッチとブロックとデレクがかっこいいと思うだけじゃなくて、自分もかっこ悪くなりたくないと思っているからだわ」テスが解説し、わたしに優しく肩をぶつけてささやいた。

「すぐに落ち着くわ、マーラ。だいじょうぶよ」

「だいじょうぶじゃない」わたしはテスに言った。

「だいじょうぶだって」ラタニアが口をはさむ。

わたしは首を振り、この数日のことを思い浮かべて答えた。「あの子はまるで、子供ロボットみたいだわ。キャッチボールのときだけじゃないの。四六時中緊張しているのよ」

「それは奇妙な話だな」ブレントが言う。「父親から逃れて安全な場所に来たんだから、本来なら、緊張が解けるはずだが」

わたしは黙ってうなずき、ビリーがデレクに球を投げるのを見守った。高すぎたので、デレクが跳びあがり、ミットの先端を飛び越えそうになるのをなんとかつかんだ。デレクが着地するのを見ているビリーの顔はものすごくこわばって、見ているのもつらいほどだった。

こわばりすぎている。

わたしは耐えられなくなった。

ビリーに駆け寄るために動こうとしたが、そのとき、ミッチがみんなに呼びかけるのが聞こえた。「ちょっと休憩にしよう」

グローブをはめた手をデレクのほうに伸ばし、手のひらを下にする。デレクが球を投げ、ミッチはそれを第二の天性のように軽やかに受けながら、ビリーのほうに歩きだした。ビリーの前まで来ると低くしゃがんだ。

ビリーが一歩さがった。ミッチが片手をあげてビリーの肩にまわし、慎重な動きでビリーをうながし、曲げて開いたひざのあいだに立たせた。ミッチがビリーになにか言い、ビリーはうなだれ、足もとの草をじっと見つめた。それから下唇を噛んだ。それから、さっと頭をあげ、ミッチと目を合わせた。

わたしは息をのんだ。

ミッチがビリーににやりと笑いかけた。ビリーもにやりと笑い返した。ミッチはビリーの肩に回した手でビリーを優しくゆさぶってから、立ちあがり、ビリーから離れて、戻っていった。

ビリーは唇をなめ、二歩さがった。ミッチがふり返り、ビリーに球を投げたが、ビリーはじっと立ったまま、球が自分のグローブのなかに落ちるのを見守り、それから急いでグローブを丸めて球をつつんだ。

大したことではない。でも、わたしは飛びあがり、両腕を高くあげて叫んだ。

「やった、がんばれ、ビリー！」テスとラタニアもわたしの隣で飛びあがり、おなじように叫んだ。ビリーの緊張した顔がくしゃっとなっておずおずした笑みが浮かび、目がミッチのほうを向いた。

「ここだぞ、ビリー」ミッチが呼びかけ、ミットの内側をこぶしで叩いた。「集中しろ、バド。このミットから目を離すな。ほかのことはなにも考えずに、ただ投げるんだ」

ビリーがうなずき、振りかぶって球を投げた。球はミッチの右方向に高く飛んだが、前ほど離れてはいなかった。ミッチが軽々と球を捕ると、ビリーの目がぱっと輝き、満面の笑みが浮かんだ。ミッチがビリーにほほえみかける。

「すばらしい！」デレクが叫んだ。

「いいぞ、ビリー！　いいぞ、ビリー！」ブレントがくり返し、ラタニアとテスとわたしも加わると、ビリィも走ってきてわたしの腰にしがみつき、いっしょに声援を送った。ビリーが顔を赤くした。また唇を噛んだが、今度は笑顔でそうした。

ミッチがデレクに投げ、デレクがブロックに投げ、ブロックがビリーに投げ、それがすばやかったので、ビリーはなにも考える間がなくまたボールをつかんだ。わたしたちはまた喝采した。ビリーは顔をさらに赤くして、すぐにミッチに球を投げ、今度はミットの真ん中に近いところに届き、ミッチは数センチ手を動かしただけだった。

見物席からふたたび、今回はもっと大きく、もっと騒がしい歓声があがった。デレクが笑いだした。ブロックがテスににっこり笑いかけた（それは、まじでホットだった）。ミッチが芝生に向かってほほえみ、首を振る。そしてまた顔をあげるとデレクに速い球を投げ、デレクがそれを取ってすぐにビリーに向かってすばやく放り、手を伸ばさなければ取れないところだったのに、ビリーがまたうまくキャッチした。ふたたび、熱狂した見物客が大きく歓声をあげた。

そのあとはそんな感じで続き、ミッチとブロックとデレクにジョエルとレックス（ふたりとも非常に忍耐強かった）も協力して、ビリーに緊張したり神経質に考えたりする時間を与えなかった。投げ方を変えて、ミッチがビリーのパスを受け、すぐにそのままビリーに返したりしたから、ビリーもすぐに夢中になった。

見物客たちはピクニックテーブルの席に戻り、男の子たちはキャッチボールを続けた。ビリーはいくつか受けそびれたが、それもごくまれで、投げるほうもぴったり正確とは言いがたいが、はるかに上達し、しまいには自信を得て、投げるときに声を出すほどになった。

ビリィはピクニックテーブルの上によじのぼり、わたしのうしろでひざをついてわたしのポニーテールをひっぱって遊びはじめ、ブレントとラタニア、テスとわたしはありとあらゆることについてしゃべりはじめた。そのあいだも、見ていると、ビリーがリラックスして楽しみはじめているのがわかり、男たちも、いかにもキャッチボールをしながらしゃべりそうなことをしゃべりだした。

しまいにわたしの目はミッチのほうにさまよい、それから運動選手のような動きをするミッチの完璧なからだのほうにさまよい、そのあいだも彼はわたしたちの友人や彼のパートナー、パートナーの息子たちやわたしの愛するビリーとしゃべっていた。

自分のものになるはずがない世界なのに、あきらめることができないまま、わたしは正気の沙汰とは思えない夢の世界にさらに深く入りこんだ。

あきらめられないのは、太陽が輝いていたからだ。コロラドの五月。暖かい。愛する人たちや、新しく知りあったばかりのとてもかっこいい人たちといっしょにいて、そのすべては、マーラワールドではぜったいに間違っていることだけど、この世界の、このきらめく完璧な瞬間には、すべてがぜったいに正しいと思えた。

★

その結果、キャッチボールのあと、わたしたちはテスとブロックとブロックの息子たちといっしょに出かけた。

すばらしい夕食で、まさに大騒ぎだったが（その原因のほとんどは、ジョエルとレックスのどちらがより好きかを決められなかったビリィが、そのどちらにたいしても関心をそそぎ、そしてまた、この世でビリーとわたしに続いて三番目に大好きなミッチにたいしても、大好きなことを本人にもわからせようと惜しみない愛情を示したことによる）、そうやって出かけているあいだずっと、わたしはなぜか、自分のものでない夢の世界にいるとは感じなかった。

まったく感じなかった。

夕食が終わったあとにミッチが椅子を近くに寄せ、片腕をわたしの背中に回して、ブロックと話しながら、巻き毛をもてあそんでいたときでさえも、そうは感じなかった。

そんなときでさえも。

まるでこれが現実のように、自分のもののように感じ、しかも、その感覚がとても好きだった。

それはすばらしい感覚だった。

だから、そのままそこにとどまった。

★

翌朝は前日とおなじようにはじまり、ミッチの許可を得て自分の部屋に入り、デートに着るためのドレスをもってきた以外は、ほとんど変わらなかった。

しかし、おなじようには終わらなかった。

それがわかったのは、ドレスを着て、化粧をし、デートの用意を済ませて、ミッチの鏡に映る自分を見つめて、自分の間違いを悟ったときだった。

その瞬間、ミッチの温かさと親切でできていて、安全に心地よく温かくわたしをつつみこんでいたシルクの繭がずたずたに引き裂かれた。

そしてその瞬間、マーラワールドの厳しくて明るい光がすべてを照らしだし、わたしが何者かを、そして彼が何者でこのすべてがどんな終焉を迎えるかをわたしに思いださせた。

目をしばたたかせながら鏡のなかの自分を見つめていると、ミッチが玄関から入ってくる音が聞こえた。

そのときはっきりわかった。子供たちのために、わたし自身のために、ミッチのために、そしてわたしたち全員の心のために、マーラワールドの厳しい光のなかに自分たちを引き戻さなければならないと。手遅れになる前に。

20

「マーラ、スイートハート、用意はいいかい？」ミッチが居間兼食堂兼台所エリアから呼んだ。

高くて細いとがったヒールとほぼストラップだけの銀のサンダルを履いた不安定な足取りで、わたしは出ていった。マーラワールドとそこにおける彼の場所を説明するとようやく決意したところだった。

言い換えれば、そこに彼の場所がないということを。

この任務にたいするわたしの熱意は、廊下を越えて、カウンターの端にミッチが、オーダーメイドの、エスプレッソ色で、彼が着るとてもホットに見えるシャツを着て、その上にそれに合った、エスプレッソ色で、やはり彼が着るとてもホットに見えるスポーツ・ジャケットを重ね、すてきなダークブラウンのベルトと、いくらか色褪せて、彼が身につけると間違いなくホットに見えるジーンズをはいて立っている姿を見たとたんに大打撃を食らった。頭をそらして、ビールの瓶からひと口飲むのを見ながら、自分が彼の洗面所で支度をしているあいだに、彼は寝室で着替えをしていたという事実を嘆いた。その結果、子供たちを彼の姉のところへ連れていく前に、彼のゴージャスな様子を目撃し、(それによって、帰ってきたときのゴージャスな様子を見るために心の準備をする)機会を逸してしまった。

そのせいで、いま、彼が頭のてっぺんから足の先までものすごく美しいことに大打撃を受けている。

彼がビール瓶の表面を滑るように視線を移動させ、あごをさげて、瓶をもった手をおろした瞬間、彼の濃茶色の目に浮かんだ温かい光が、十億分の一秒で焦がすような光に変化するのを見て、わたしは最初の大打撃から立ち直らないうちに、第二の直撃をくらった。

「びっくりした」彼がつぶやいた。

わたしは四歩手前で立ちどまり、なんとか気を取り直して告げた。「ミッチ、話さなければいけないことがあるの」

まるでわたしがなにも言わなかったかのようだった。ミッチがビールを脇に置き、燃えるような視線をわたしの頭のてっぺんからつま先までおろし、今度はときどきゆっくりと、でたらめにさまよわせながら、頭のてっぺんまで戻したからだ。その視線にわたしはこれまで感じたことのない奇妙な感覚を覚えた。奇妙だけど美しい感覚。彼の腕に抱かれているときでも感じない奇妙な感覚だったから、正真正銘、美しくて奇妙な感覚だ。

「びっくりだ」ミッチがまたつぶやいた。

「ミッチ、聞こえた?」わたしはその奇妙な美しい感覚のことは考えないようにして尋ねた。

ようやく、わたしと目を合わせた。

「ここにおいで、ベイビー」優しい声。でもこの声には、官能的な、うなりにも似た響きがあった。温かくて、甘くて、限りなくセクシーで、官能的な響き。

また一発直撃砲。

「ミッチ。聞こえたのか尋ねているの」

「ここにおいで」彼がくり返した。

「話す必要があるのよ」わたしは静かに言った。

「話す必要があるなら、夕食のときに話そう」彼が言った。「いまは、ぼく、ぼくがきみにここに来てもらう必要がある」

「ミッチ――」わたしはまた言いはじめたが、彼が動いた。

前に出て、片手を伸ばし、指でわたしの手首をつつむ。そしてまたさっとさがったので、彼のからだにぶつかり、両腕に支えられた。

「くそっ」彼がつぶやく。あえぎながら頭をあげると、自分が彼の両腕に抱かれていることに気づいた。どんなふうであっても、自分が言うべきことを言いたいときにはぜったいにいたくない場所だ。「髪をおろすのが似合うことは知っていたが、くそっ、似合うどころじゃない」

わお。いまの言い方は超すてき。

だめだめ、集中しなければ。しゅう……ちゅう!

「ミッチ。わたしに注意を向けてもらう必要があるのよ」

彼の手がもちあがってわたしの髪に差しこまれ、視線がわたしの顔をさまよった。彼がつぶやく。「ああ、ぼくはきみに注意を向けている、スイートハート」

「ミッチ!」わたしが強く言って、彼の胸に置いていた両手で彼のジャケットの折り襟をつかむと、彼の目がようやくわたしの目と合った。

「やめてくれ」彼がふいに言い、わたしは目をしばたたいた。

「なにを?」

「マーラ、わかるさ。きみは自分を奮いたたせて、ぼくを怒らせるようなことを言い、ぼくの今夜の計画を台なしにするつもりだ。だから頼んでいる。やめてくれ」

わたしはまた目をしばたたいた。そして、また言った。「話す必要があるの」

「きみが話す必要があるのは、いっしょに横になって野球の試合を観るのが、どんなに気持ちがいいかについてか？」

わたしは彼をにらみつけた。眉がくっついて一文字になったのがわかった。「わたしは野球は観ていなかったわ」

「オーケー、じゃあ、きみが話す必要があるのは、ぼくが野球を観ながら、きみはうっとりしながらいっしょに横になっているのがどんなに気持ちがいいかについてか？」

いらだちにかられて思わず息を大きく吸いこむ。彼がわたしの言うことは聞かず、どんなにいい感じだったかをわたしに思いださせることで、わたしの計画を台なしにしようとしたから、そしてたしかにいい気持ちだったのはほんとうだったから、わたしはまたぴしりと言った。「いいえ」

「そうか。では、きみが話す必要があるのは、きみとのキスが、初めてのときからずっと、いつも最高にすてきだってことか？」

わたしはからだをこわばらせ、吐き捨てるように言った。「いいえ」

「ぼくがきみの味を、どんなふうにすてきだと思っているか、ほんとうに知りたくないのか？」彼が尋ねる。

まったくもう。ミッチのいまの言葉も、やはり温かくて甘くて限りなくセクシーで官能的に響いた。

最悪。

「いいえ」またくり返す。

「じゃあ、ぼくにからだを押しつけて強くしがみついたときのきみが、とんでもなくすばらしいことは？」

彼はわたしの計画を完全に壊そうとしている！

「いいえ！」わたしは声を荒らげた。

「それに、きみもぼくとおなじくらいそれを気に入っていたことを、ほんとうに話したくないのか？」

「ミッチ――」

「これまで経験したなかで最高にすごいキスだ」彼が続ける。「毎回そう思う」

そんな、どうしよう。

すごくうれしい。

わたしは目を閉じ、また開き、そしてささやいた。「やめて」

彼はやめなかった。「きみにとっても、これまで経験したなかで最高のキスだ。きみはぼくにそう言った、ベイビー。最初のときの率直な感想だから、残りもおなじように感じているはずだ」彼の頭がさらに近づき、さらに低めた声が優しく言う。「とくに、ソファーで仰向けになっていたときとか」

彼のソファーで仰向けになっていたとき、彼は口でたくさんのことをした。そして、彼の言うとおり、これまで経験したなかでいちばんすてきなことだった。そのすべてが最高だった。

「お願い。話をする必要があるの」わたしは静かな口調を心がけた。

彼がわたしに回した両腕をぎゅっと締めつけ、指をわたしの髪に巻きつけた。顔をさげて、わたしの顔にものすごく近づけ、そして言った。「いや、必要ない、マーラ。ぼくたちが共有した経験がどこに向かうのかを、ぼくとおなじくらい知りたがっていると言うのでないかぎり。それ以外、きみの口から発せられる言葉は、なんであろうが、いまは聞きたくない」

「重要なことよ」わたしは静かに言った。

「ばかげたことに決まっている」

わたしは彼をにらんで言い返した。「いいえ、そんなことない」

「ぼくが三十分いなかった。子供たちもいなかった。そのあいだに、きみはひとりで今夜のことを考えた。つまり、気をそらすことがなにもない状態で、今夜のことについてパニックになる時間があったということだ。それはつまり、ケツの穴に頭をつっこむ時間があったということだ。言っておくが、マーラ、ぼくは今夜を四年間待った。だから、きみのばかげた考えで台なしにさせたりしない」

また直撃を受け、しかも命中した。的のど真ん中に。わたしの戦闘基地が粉々に崩れて塵と化した。

「四年間も、今夜を待っていたというの？」聞き返した声が、自分の耳にも変に聞こえた理由はよくわかっていた。愚かしくも希望を抱いた愚かな声だからだ。

「ベイビー、このあいだの夜にも言ったはずだ」

「でも――」言いはじめたが、すぐに遮られた。

「ぼくが越してきたとき、きみにはつきあっている男がいた」彼は、わたしが知っていて、彼が知っているとわたしが知っている事実を言い、さらに続けた。「そのときから、その男がろくでなしであることはわかっていた。いつもきみが彼のところに行っていたからだ。彼がきみのところに来るのではなく。きみのような彼女がいたら、男は自分のところに来させたりしないで、自分が行くものだ。あの男が去って、やっぱりくだらないやつだったと納得した。自分から去っていったからだ。最高のものを自分から手放すのはろくでなしだけだ」

信じられない！　また命中。

彼がしゃべるのをやめなければだめ。彼がしゃべるのをやめさせなければだめだ。

「ミッチ——」

「だめだ、マーラ。きみは話したいんだろ？　だからいま話している。このくだらない話を早く片付けよう。さもないと、予約に遅れてしまう」

わたしは彼を見つめ、それから彼をにらみつけた。「ええ、わたしは話したい。でも、いま全部話してるのはあなたでしょう」

「きみの顔を見ればわかる。きみが言いたいことなんて、どうでもいい」

にらみつけた目が加熱するのがわかった。「本気で言っているの？」

「もちろん」彼が躊躇なく答える。

「わたしが言わないといけないことは、あなたが言わないといけないこととおなじくらい重要なことよ」

「いや、きみが言わないといけないことは、ねじ曲げためちゃくちゃなことに決まっている。ビリィが具合悪くなって吐きまくったにもかかわらず、結果的にすごくいい一週間になったのに、それをきみがねじ曲げてめちゃくちゃにするのを、ただ聞いているつもりはない。ただ聞いているつもりがないのがなぜかといえば、なんとかして、きみの頭をケツの穴からひっぱりだせたことで、じっさい、すごくいい一週間を過ごすことができたのに、いまのきみはまったく信じられないことを言いそうだからだ。ぼくは腹ぺこだし、早く食事がしたい。それも、きみの向かい側に坐り、いまのその姿を見つめながら食べたい。そのあとは、きみを家に連れ帰り、そのとんでもなくセクシーなブラウスからきみをひっぱりだす方法を解明し、きみをものすごく感じさせたら、とんでもなくセクシーな靴を履いたままファックさせてくれるかどうかを確かめたい」

わたしは彼をにらんだが、じっさい彼の言葉が野火のようにわたしを焼き尽くしていた。

必死の思いで断言する。「これは間違ったことなのよ」

「ぼくが気にしていないのに、なぜそう思うかを聞きたい」彼が言い返す。

「間違いだとわかっているからよ！」

「くそっ、マーラ」彼が歯を食いしばる。

わたしは言い張った。「あなたのような人間は、わたしのような人間と出かけたり、セックスしたりして時間を過ごさないものなの」

わたしの口からこの言葉が出たとたんに、彼の顔が厳しくなった。

わたしが言いおわると、彼は息を吸って、天を仰ぎ、わたしからは首とくっきりしたあごの下側しか見えない状態で、天井に向けてつぶやいた。「くそっ、なんてこった、またもとに戻ってしまった」そして、わたしがなにも言わないうちに、下を向いてきらめく濃茶色の目でわたしの目をじっと見つめ、両腕でぎゅっと抱きしめた。

「ベイビー、いまここでぼくが、きみが言い張るばかげたことに耳を貸せば、もちろんそのばかげたことを受けいれる気は毛頭ないが、きみがそのばかげたことを言い張るねじ曲がっためちゃくちゃな理由が、どれほどねじ曲がっていてめちゃくちゃかわかるだろう。そして、ぼくがそうしないのは、きみがそのねじ曲がっためちゃくちゃな言い分を言い張るのをすでに聞いているからだ。そのときも、ぼくは同意しなかった。いまも同意しない。しかもいまは、この一週間でぼくが正しくて、きみが明らかに間違っていることを証明できている」

「ミッチ」わたしは業を煮やして叫んだ。「こんなこと、うまくいかないってば」

「一週間はうまくいったじゃないか」彼が指摘する。

「それは、わたしが夢の世界で過ごしていたからよ」わたしが言い返すと、彼は眉をひそめた。

「いったいなんのことだ？」

「これは現実の世界じゃないのよ、ミッチ」

「現実だよ、マーラ」

「こんなこと、うまくいくはずがないの！」わたしは絶望的な気持ちでまた叫んだ。

彼がわたしの顔を観察するように見つめ、そして優しく言った。「なるほど、またきみは繭のなかに閉じこもって、出てこないわけか」

「ちがうわ」それはまったくの嘘だった。「ただ、うまくいかないとわかったの」

「そもそもとんでもない一週間だったのに、それより長い期間を試してみないで、なぜそんなことがわかるんだ？」

「なぜかは言ったでしょう？　あなたのような人は、わたしのような人間といっしょに時間を過ごしたりしないものなのよ！」

「ああ、きみはそう言った、マーラ。そして、ぼくはそんなのはばかげていると説明した。きみの従兄が大ばか者だろうが、きみの母親と伯母が悪夢の権化で、それをみんなに誇示しても平気だろうが、きみに非行記録があろうが、ぼくは気にしない」

ミッチが言い返した瞬間、わたしのからだが石と化した。

そんな。

そんな。

「なんですって?」わたしはささやいた。

ミッチがいらだった横顔を警戒の表情でこわばらせ、わたしに回した両腕でぎゅっと抱きしめた。

「マーラ――」彼が言いはじめる。

「あなたはわたしの非行記録を知っているの?」またささやき声になった。

ミッチが腕をさらにきつく締め、警戒の表情を強めた。

それから、静かな声で言った。「ぼくの友だちがそのまた友だちに頼み、きみの記録を確認したので、きみと従兄のビルがつるんで非行に関与していたことは知っている」

胃がどんと重く沈んだ。彼の腕のなかから抜けだそうとしたが、むしろ、強く締めつけられた。

ミッチがさらに言った。「マーラ、いまの言葉で重要なのは〝していた〟ってところだ。この十四年間のきみの記録は真っ白だ」

「記録の封印を解ける知り合いがいたということね？」わたしはまたささやいた。

「ああ、そうだ。きみが、あの男が去ってからの二年間、あまりにも自分の世界にこもっていて、ぼくにはなんの突破口も与えてくれなかった。なにもなし。一度もだ。固く殻を閉ざしていた。きみがどうしてそんなふうなのか知りたかったから確認した。確かな信用。無借金。まずまずの貯蓄。投資を少し、すべて安全でノーリスク。駐車違反も交通違反もなし。十三年間で転職はたったの二回、引っ越し三回。だが、子供のとき、十六歳になる前に公の場で酩酊して四回、マリファナ所持で一回、酔って暴れて一回連行された。どんな子供でもやることだが、きみの場合は、きみより年上なのに、きみの身を守り、捕まらないようにさせるだけの頭がないろくでなしがいっしょだった」

彼はたくさんの言葉を述べたが、ひとつもわたしの心に入っていなかった。

「わたしの記録の封印を解ける知り合いがいたのね」くり返す。

彼が回した両腕でわたしを小さく揺らした。「ああ、マーラ、そうだ。しばらく前のことだよ、ベイビー。しばらく前というのは、きみのワッシャーを交換する前のことで、だから、言っているんだ」彼がわたしに身を寄せた。「ぼくは気にしていないと」

今回は、わたしの聴力が選択的に聞きとった。

「若かったのよ」ささやき声で言う。

「知っている」

「家もひどかった」ミッチの表情がまた変わった。怒りといらだちの気配が消え、いまはただ警戒している。厳戒態勢。

「どのくらいひどかったんだ？」彼が優しい声で尋ねた。

ふたたび、わたしは聞いていなかった。

「若かったの。ビルも若かった。そのときは仲がよかったから」

「マーラ――」

わたしは顔をそむけ、目を閉じてささやいた。「あなたはわたしの内側をのぞいたのね」

その瞬間、心臓の鼓動を感じた。ものすごく激しく打っている。

ミッチはビルのことを知っている。しかも、ビルの最悪の状態を見ており、それはひどいものだった。わたしの母とルーラメイ伯母さんにも会い、ふたりについても知っていて、それもまたひどいことだった。

すべてがひどい。

でも、これはもっと悪い。

わたしはすでに2・5なのに、かつて愚かで、愚かなことをして、愚かすぎてビルといっしょに愚かなことをしたために、ますます愚かなことをすることになった未成年時の非行記録をミッチが知っていることで、2・0にさがった。彼がさらにわたしの家のことについて知れば、それで1になるだろう。0・75かもしれない。0・75の人間といっしょにいたがる人などいない。だれも望まない。その人自身が0・75か、それ以下の点数でないかぎり。わたしはそういう人たちに囲まれて人生を送ってきた。二度とそこに戻るつもりはない。

そこから逃げるために必死に努力した。その生活と決別するためにがんばってきた。一生懸命働いた。貯金をするために。いいアパートメントに住むために。すてきな家具を買うために。すてきな服を買うために。よい友人たちを得るために。

がんばって働いてきた。

「マーラ」彼が呼んだ。

「放して」わたしはささやき、彼の胸を弱々しく押した。

彼が両腕をしっかり閉じてつぶやいた。「くそっ、なんてこった、マーラ、スイートハート、ぼくを見るんだ」

そのときはっと気づいた。ビルの家に入っていったときに、ミッチがものすごく怒っていたことを。ビルにたいして激怒し、感情を抑えられないほど怒っていた。

そして、同時に別なことに気づいた。ミッチが見破れたならば、児童保護サービスも見破れるはずだ。

はっと目を開けた。「わたしは彼とはちがう。あなたが見たようにはならないわ。わたしはビルとはちがう。そういう生活とは決別したの。置いてきたのよ」

「くそっ。マーラ」ミッチが小さく言い、わたしをじっと見つめる。

「ビルは置いてこなかった。わたしは置いてきた。神にかけて誓うわ。わたしはそのすべてを置いてきたの」わたしは必死の思いで彼に訴えた。

「わかっているよ、ベイビー」

「わたしは、あの生活がビリーとビリィにけっして影響しないようにするわ」両手で彼の折り襟を握り締め、つま先立ちをして彼に顔を突きつける。「約束するから、ミッチ。ぜったいに影響させない」

彼がしっかり目を合わせ、そしてささやいた。「くそっ。ハニー、いまどこにいるか知らないが、そこから出て、ぼくのもとに戻ってこい」

わたしは頭を振り、訴えつづけた。「あなたが言ってくれるでしょう？　担当の人に、わたしがかならずそうすると、あなたに約束したと伝えて。あの子たちがそうならないように、死んでも守るわ、ミッチ。神さまに誓う。彼が酔っ払いだと知ってたし、ハイになることも知ってたけど、あんなにひどいとは知らなかったの。子供たちが見ているとも知らなかった。父親がなにをやっているか見ていると知らなかった。あなたといっしょにそれを見るまで、ほんとうに知らなかった。ひどいとは知っていたけれど、あんなにひどいとは知らなかった。もし知っていたら、子供たちをあそこに残していかなかったわ。神かけて誓うわ」両手に力が入って彼の折り襟をもっと強く握り締める。「子供たちはあそこから出て、もう二度と戻らない。約束するわ。どんなに大変でも、どんなにお金がかかっても、ふたりともぜったいにあの生活には戻さない」彼の折り襟を少し引き、それから押しこんでささやいた。「神かけて誓う。あの子たちはぜったいに戻さない」

彼がわたしの髪から滑らせた片手でわたしの横顔をつつみ、三センチの近さまで顔を近づけた。「マーラ、ベイビー、ぼくのもとに戻ってこい」

わたしは彼のもとに戻らなかった。

前に言っていた、はるかに重要な話題に戻ったからだ。

「わたしたちはうまくいかないわ」ささやき声で言った。

「マーラ、その話はやめて、ぼくのもとに戻ってくるんだ」

「あなたのような人たちは、わたしのようなのとは合わないのよ」静かに言う。

「くそっ、ベイビー」彼も静かに言い、親指でわたしのほお骨を撫でながら、観察するように顔を眺めた。

「わたしは、もう行かないと」

「きみはどこにも行かない」

「いいえ、行かないと」わたしは切羽詰まっていた。

「スイートハート、ぼくはきみをどこにも行かせない。きみは正しい。ぼくたちは話しあう必要がある」

「行かないと」わたしは警告を発した。「手遅れになる前に」

彼がなにか言うために口を開いたが、手遅れだった。

通路のほうでドアを叩く大きな音がしたからだ。ミッチのところのドアではない。もっと離れている。

それが自分のアパートメントの玄関ドアだとわかったのは、母が叫ぶ声が聞こえたからだ。「マラベル・ジョリーン・ハノーヴァー！　あたしたちをなめんじゃないよ！　このドアをあけな、くそったれドアを！」

またなの！

わたしはミッチの腕のなかで凍りつき、首を回して彼の玄関のほうを見やった。からだに回されている彼の両腕に力がこもるのを感じた。

頭をそらすと、彼が唇を強く結び、笑わないようにこらえているのが見えた。なにがおかしいかわからなくて、眉をひそめて彼の唇を見やった。そこであることに思いいたり、彼と目を合わせた。

「わたしの名前はマラベル・ジョリーン・ハノーヴァーよ」ささやき声で彼に言う。

「え？」彼がささやき返したが、そのひと言も震えていて、笑いをこらえているのだとすぐにわかった。

「それ以上にトレーラー・トラッシュらしい名前はないでしょ？」

彼が唇を震わせ、小さくつぶやいた。「ベイビー」

「そう思うでしょ。認めなさい」わたしは言い張った。

「じつを言えば、ぼくはかわいい名前だと思う」

完全に嘘だ。

「トレーラー・トラッシュの名前だわ」

彼が首を振り、また唇をぴくっとさせた。

唇をぴくっとさせるなんて！

「かわいいよ。優しい名前というのかな。きみの名前だから、そのどっちもだな」

わたしの名前は優しくない。

でも、彼は優しい。

ああ、もう！

わたしは戦術を変えた。

「あなたの名前は？」彼に聞いた。

「きみはぼくの名前を知っている」

「正式な名前は？」

「ミッチェル・ジェイムズ・ローソン」

「やっぱり」わたしがつぶやくと、彼はまたわたしをぐっと抱きしめた。

「なにが？」彼が尋ねる。

「あなたの名前はセクシーな警官かセクシーな野球選手か、国王のまたいとこの名前だわ」

彼のからだが震えだす。彼は急いで顔をそむけたが、笑みを隠す試みは成功しなかった。

「マラベル！」母が金切り声で叫ぶのが聞こえた。「いますぐ、目にもの見せてやるよ！」

わたしは目をつぶった。

「一分もしないうちに立ち去るだろう。そうしたら、〈ノース〉に電話をして、少し遅れると伝えるよ」ミッチが落ち着いた様子で言い、わたしは目を開けて彼を凝視した。落ち着いた様子ではなく。じっさい、目が飛び出すのではないかと思ったほどだ。

「ミッチ！」声をうわずらせる。

「だいじょうぶ、なんとかなる」ミッチがなだめるように言い、両手を上下に動かしてわたしの背中をさすったが、その背中のほとんどは肌が出ていたからとても気持ちよかった。「一分待とう。彼女たちのくだらないおしゃべりにつきあう時間はないし、きみを食事に連れていきたい。ふたりがあきらめて立ち去れば、食べに行けるし、食べながら話しあえる」

ああ、なんて頑固な人。

もちろん、わたしも頑固だが、それについては考えないことにした。

「わたしたちはうまくいかないわ」ささやき、また前の話題に戻した（ほらね、やっぱり頑固)。

彼が全神経をわたしに集中させたが、それは両手を首から滑べらせて髪に挿しこむというやり方だったから、わたしははっと身構えた。

彼がうつむいて唇でわたしの唇を覆い、キスをした。激しく、熱く、深く、念入りに、長く。

すごく長く。

そして、ものすごくよかった。

すごく長くてすごくよかったから、彼がキスをやめて、わたしをじっと見下ろしても、彼がもたらしたかすみを晴らし、耳を澄ますまでにしばし時間がかかった。

なにも聞こえない。

「いなくなったと思う」わたしはささやいた。

彼も首をかしげて耳を澄ました。それから、わたしを離し、片手をつかんで戸口のほうにひっぱっていった。「やれやれ、ありがたい。さあ、食べに行こう。腹がへって死にそうだ」

なんということ。それが彼の言葉だった。

まるでわたしたちのあいだでひと悶着などなかったかのように。

まるでわたしの言ったことなどひと言も聞かなかったかのように。

まるでトレーラー・トラッシュ・ツインズが再訪しなかったかのように。

というより、まるでしょっちゅうふたりで夕食を食べに出かけていて、いまのことも、出かける前のちょっとしたできごと、たとえば、出かける直前に電話がかかってきて一分だけ出るのが遅くなっただけのように。

つまり、ミッチェル・ジェイムズ・ローソン刑事は頑固だということ。

21

ゆっくりと目を開いたとたんに、すべてを見てとった。

わたしはミッチの大きなベッドに寝ていた。ベッドの足もとに彼の安楽椅子があって、背もたれにわたしのサファイア色のシルクのブラウスとジーンズがかかっており、それが男性のエスプレッソ色の仕立てのシャツとそれに合うジャケット、そして茶色のベルトを通したままの別なジーンズとからんでごちゃごちゃになっている。わたしの靴は床に置かれ、男性用のブーツもそうだった。

背中に熱を感じたが、わたしはその熱がなにか知っていた。ミッチだ。ウエストに重みを感じて、この重みの正体もわかっていた。ミッチの腕だ。

ぬくぬくと安心していたが、それがなぜかも知っていた。ミッチのアパートメントのミッチのベッドで、ミッチといるからだ。

そしてビリィがいない。

ビリーとビリィはここではない別の家にいる。

ああ、どうしよう。

★

〈ノース〉はチェリー・クリークにあるイタリアンのレストランだった。前に二度行ったことがある。料理は最高で内装も豪華——ダークウッドの壁にライムグリーンと明るいオレンジ色を少し混ぜたクリーム色の革張りの椅子。最高だった。

到着して一分もたたないうちに、刑事で頑固で、しかも、遅ればせながら気づいたのだが、2・5ポイントの人生にかかわりたいという明らかに正気とは思えない願望をもっているミッチは、わたしの感情的な高まりをうまく利用した。

彼にビール、わたしにパッションフルーツのフリザンテが運ばれ、ウエイトレスが料理の注文を取ってわたしたちのテーブルに背を向けたとたんに、尋問がはじまったのだ。

「こういうことは、きみの都合がいいときにきみのペースでやりたかったが、さっき、ぼくの部屋できみがどこだかくそみたいなところに入りこんだのを目の当たりにして、きみの都合がいいときにきみのペースでやるわけにいかないとわかった。だから、いまここで、きみの母親のことについて話してくれ」彼が命令した。

わたしは彼以外のところに目をやり、すごくおいしい飲み物をすすりながら、母の登場という追加注文も含め、ミッチのところで経験した劇的状況による高ぶった気持ちをなんとか落ち着けようと試み、同時に、母について話す以外のことをする方法を見つけようとした。

ところがあいにく、わたしはそれをしながら、左手をテーブルの上に置いていた。その結果、気づくと左手をテーブルの半分まで伸ばし、指をミッチの指とからませていた。

ミッチの指と指をからませている感触はすてきだった。それも、ちょっとだけじゃない。

とってもすてき。

最悪。

わたしはグラスを置き、ふたりの手を眺めた。それから、ミッチを見た。

「そんなことをしても――」

彼の指がわたしの指を握りしめた。

「話してくれ」断固とした口調だった。

わたしはまず、感じ悪くしようと決めた。「あなたには関係ないことだわ」

彼が首を振った。「きみがこの情報に向きあいたくなくて、遮断しようとしているのはわかっている。だからこそ、じゅうぶんに浸透するまで言いつづけるよ、マーラ。きみはすでにぼくの人生とぼくのベッドのなかにいて、ぼくはそれを続けていきたいと思っている。だから、きみの人生について知る必要がある。さあ」彼の指がまたわたしの指を優しく握った。「お母さんについて話してくれ」

わたしは彼をにらみ、そしてはっきりと言った。「あなたも情報を遮断しているわ。わたしが境界線について説明し、あなたは先に進む必要があると言ったこととか」

「ぼくは遮断していない、スイートハート。いかれたたわごとだから無視しているんだ。さあ、お母さんについて話してくれ」

「いかれてないわ」

「いかれてる」

また指が優しく握られる。「マーラ、ベイビー、ぼくに……お母さんのことを……話してくれ」

わたしは首をかしげ、目を細めた。「あなたはほんとうに頑固なのね」

「お母さんについて話してくれ」

「しかもしつこい」

「お母さんについて話すんだ」

「しかも、命令口調」

「マーラ、お母さんだ」

わたしはあきれ顔で天井を見やった。「まったく。わかったわ。母のことを話せばいいんでしょ」

降参したわけではない。新しい戦術にしただけ。たしかに、彼はわたしの母について知るべきかもしれないと判断したから。彼はつねに警戒怠りなく、洞察力に長けていて、わたしについても、たいていのことは理解し、すでにたくさん知っている。でも、たしかに、わたしの2・5ポイントらしさについてはわかっていない。

そこで、それを知らせることにした。

わたしはフリザンテをもうひと口飲むと、テーブルにグラスを置き、彼のほうには顔を向けず、どこか彼ではない見つめる場所を探しながら、彼が思っているマーラの色を塗り直すべく話しはじめた。

「母は酔っ払いだったわ。ルーラメイ伯母さんもそう。アルコール依存症よ。喫煙もすごかった。煙草とマリファナ。飲んでは騒ぎ、パーティーをする。どちらももう五十代で、わたしはもう十年以上、会うことも話すこともしていなかった。うちの店であの楽しい再会を果たすまではね。でも、行動はまったく変わっていないと思う」

「お母さんと伯母さんがアルコール依存症なのは、たしかによくないことだが、マーラ、そこまでひどいことじゃない」ミッチが指摘した。

わたしは彼の美しい目をのぞきこんだ。あまりに茶色で、あまりに温かくて、あまりに深い。底が見えない。その目に溺れたかった。底まで引きこまれたかった。死ぬまで彼の目のなかで泳いでいたかった。

でもそうせずに、わたしは小さく息を吸って決意を固め、なぜ、わたしのような人間が彼にふさわしくないかを理解するために必要な情報すべてを打ち明けた。

「わたしの人生最初の記憶は、家だったトレーラーハウスのソファーで、母が毛むくじゃらのトラック運転手とセックスしているのを見ていたこと」

ミッチのまなざしが激しさを増した。

「母はわたしがそこにいることを知っていた」

わたしの指を握ったミッチの指が震えた。

「わたしのことを見たあともやめなかった」

「なんてこった、スイートハート」彼がつぶやく。

「母がその男にフェラチオしているときにそとに出た。そして、ずっとたってからようやく自分の部屋に戻ったとき、男は母を後背位で責めていた」

ミッチがあごをこわばらせた。

「すべてを覚えているわ」わたしはささやいた。「脳に焼きついている」

ミッチが鼻から息を吸った。

「四歳だったの」

彼は目を閉じた。その動作がなにを意味するかはわかっていると思っていたから、わたしはとつぜん襲った心臓の痛みを無視した。わしづかみにして生気を絞りだされるような痛み。そして、目をそむけ、また飲み物を飲んだ。

彼のほうは見ずに、言葉を継いだ。「父親がだれかは知らない。母がわたしの父がだれか知らなかったから。育ったのは小さい町よ。その町に住む全員が、母とルーラメイ伯母さんについて知っていたから、わたしもおなじだと思われていた。子供たち、親たち、先生たち、みんなそう。親も教師もわたしを屑だと決めつけ、屑として扱ったわ。大きくなっても、まったくおなじ扱いだった。この世に産み落とされて、息を吸いこむ以外はなにも知らなかったその瞬間から、わたしは母とおなじように身持ちが悪いと思われた。親たちは自分の娘をわたしの家にこさせず、わたしが遊びにいくことも許さなかった。先生はみんな、わたしを見もしなかった。もう少し大きくなると、男の子たちに簡単だと思われた。わたしを簡単だと思っている男の子たちに、簡単ではないと納得させるのは難しいことよ。だから、何度か出かけて嫌な思いをしたあと、デートするのをやめた。ふたりだけ友だちがいたわ。従兄のビルと、リネットという名前の女の子で、彼女のご両親は、あの町で、わたしによくしてくれた唯一の親御さんだった」

わたしが息を吸うために言葉を切ると、ミッチは握った指にまた力をこめた。「ぼくを見て」

彼を見なかったのは、なにを見ることになるかわかっていたから、そして、それを見たくなかったからだ。

でも、話は続けた。

「ルーラメイ伯母さんはビルの父親と結婚したけど離婚して、ビルの父親は町に留まった。離婚劇は激しくて醜いものだったわ。別れる前もひどかった。自分たちのトレーラーハウスのなかやそとで、母のトレーラーハウスで、あちこちのバーで、舗道で、とにかく、町中の人が見ていようがなんだろうが、ところ構わず怒鳴り合ったりつかみ合ったりしていたわ。別れてからも、まったくおなじ。ビルの妹はビルと父親がちがうんだけど、そのお父さんも生まれるときにはもういなかった。ビルの評判もわたしとおなじだったから、子供のときは、わたしたちふたり対世間、みたいに感じて、彼とくっついていた。だれかが必要だったから。もう少し大きくなると、彼は、なににつけても、わたしがえっと思うような対応をするようになったけど、二歳年上だったから、従わざるをえなかった。わたしも若くて愚かだったし。自分のやっていることで、母のメルバメイと伯母ルーラメイ・ハノーヴァーと同類だとますます世間に思われるなんて、まったく理解していなかった。でも、ほかにも理由はあったの。ビルといっしょにいれば、あの人たちといなくていい。あの人たちのそばにいたくないから、とにかく逃げようとしていた」

わたしはまた飲み物をひと口飲み、ミッチがまたわたしの手を握り、そっと引いた。

「マーラ、スイートハート、ぼくを見て」優しく呼びかける。

それでもわたしは彼のほうは見ずに、グラスを置いて、話を続けた。

「わたしを救ってくれたのはリネットよ。彼女と彼女のご両親。高校三年のときは、逃げなければだめよってリネットにずっと言われつづけた。でも、内心では逃げられないとわかっていたわ。母やルーラメイ伯母さんとおなじように、最低賃金に毛が生えたくらいしか稼げないつまらない仕事について、トレーラーハウスに住む運命だとわかっていたから。知り合い全員が自分を見下している、そんな町で一生暮らすんだと。でも、卒業したとき、リネットのご両親が卒業祝いに、古いけれど、リネットの伯父さんが修理工だったから、じつはすごくよく走る車を譲ってくれて、そのうえ千ドルもくれたの」

彼の顔にちらりと視線を走らせたが、すばやすぎて表情まではよくわからなかった。わたしはささやき声で話を続けた。

「ほんとうにすばらしいことだったわ。わたしにそんなすばらしい、そんな寛大なことをしてくれた人はほかにだれもいなかった。ガソリンを満タンにして、トランクには炭酸飲料がいっぱい入ったクーラーを積んでくれて、手づくりのサンドイッチを入れたジップロックとキャンディーバーを手渡しながら、リネットと彼女のパパとママがわたしに言ったの。この車で出ていきなさいと。だから、自分のものを全部荷造りして、全部と言っても、服が少しとCDだけだったけど、それを積んで出発したわ。西に向かって、州間高速道路《インターステート》八十号線を走った。デンヴァーに入って、フロント山脈を見たとたんに、ここだと、ここが自分のための場所だとわかったわ。大きい町だから、だれもわたしのことを知らない。しかも山々が美しくて、毎日その美しい山を見ていたいと思った。それまでの人生に美しいものがほとんどなかったから、毎日美しいものが見られる場所というのはすてきな考えに思えて、それでここに住もうと決めた」わたしは深く息を吸い、次のように言って話を終えた。「あなたは、わたしを観察していたんだから、そのあとは知っているわね」

「きみを簡単だと考えた若者たちのだれかに、傷つけられることはあったのか？」

ミッチに優しく尋ねられ、わたしは思わず彼を見やったが、その顔には、いつもの警戒の表情以外、ほぼ無表情と言ってもいいほどなにも浮かんでいなかった。

「あなたが思っているような意味では、ノーよ。なにもなかったわけではないけれど、傷ついたといえば、身体的なことよりも、彼らに言われたこと、彼らがわたしに向けた視線、そのあとにわたしについて話していたひどい話のほうだった。女の子たちもおなじ。むしろ、男の子たちには思いもつかないような意地悪が言えるのよ」

「お母さんはいっさいかばってくれなかったのか？」

わたしは肩をすくめた。「わたしを、なけなしの収入を減らす迷惑な出費と考えてくれればまだよかったけど、母はわたしがうぬぼれていると思い、くり返しそう言ったわ。生意気だとも言っていた。わたしは成績がよかったけれど、それが誇らしいことと母は思っていなかった。わたしを物笑いの種にしていたのよ。ボーイフレンドがたくさんいて、全員がセックスフレンドだったわけだけど、その人たちの前でもわたしを笑い物にした。少し大きくなると、母の特別な友人たちが、わたしをもう少女ではなく、娘だと気づき、変な妄想をいだいて、ときにはその妄想を実行しようとした。これが母を怒らせて、それ以来、母はわたしを競争相手と見なすようになったわ。男たちからわたしを守るどころか、わたしに怒鳴り、わたしを売春婦と責め、思わせぶりな女だとなじった。そのどちらにかんしても、わたしが母に勝てるわけなどないのに」わたしはまた肩をすくめ、目をそらした。ミッチの目の色がセクシーな感じではなく怒りのせいで濃くなったからだ。「夜はたいてい家を抜けだしていたわ。とくに、だれかが来たり、たくさん来てパーティーをしたりするときは、ビルのトレーラーハウスに行って、彼のベッドの横の床で寝るか、リネットの家に行った。リネットのところはダブルベッドだったの。ものすごく大きいと思った」わたしは小さく息を吸い、そっとため息を吐いてささやいた。「彼女のベッドが大好きだったの」そして、急いで目をしばたたき、気を取り直して話しつづけた。「いつも壁をのぼって窓から入ったのよ。ご両親もわたしがそうしていることを知っていたけど、なにも言わなかった」

「きみの母親がつきあっていた男たちが、きみに手を出そうとした話に戻ろう」ミッチが指示した。慎重な口調だったので、わたしは彼をふり返った。「そういうのじゃなかったのよ、ミッチ。乱暴されたわけじゃない。少なくとも、完全にはね」わたしは感情を出さずに言った。「たしかに、部屋に入ってきて、さわられたこともあったけど、たいてい酔っているかハイになっているから逃げることができた。そのあとは、それもされないように、もっと早く逃げだすことを覚えた。何人かはいい人もいたわ。そのうちの数人は、メルバメイの娘であることがどんなことかわかっていたんだと思うわ。そのうちのふたりは、父親のようにふるまっていた」わたしは首を振り、また目をそらしてつぶやいた。「母は、そういうことを全部嫌がったの」

わたしは最後のひと口を飲むと、グラスを置いてテーブルの横の床を見つめた。そのあいだ、ミッチはなにも言わなかった。そのあいだずっと、ミッチはわたしの手を握っていた。彼がなにも言わず、ただそこに坐ってわたしの手を握っていることにふと気づき、わたしは彼を見やった。

その瞬間、彼が尋ねた。「自分は母親ではないのはわかっているかい？」

「わかっているわ」わたしはささやいた。

「それはきみの人生ではないし、きみの人生だったこともないとわかっているだろう？」

わたしは口をぎゅっと結び、肩をすくめた。また目をそらしたが、ミッチの指に力がこもり、わたしの指を痛いほど握り締めた。それがわたしの注意を引き、同時に、彼の手がわたしの手をぐっとひっぱったので、結果的に身を乗りだし、彼のほうを見るしか選択肢が残されていなかった。

「きみの頭がどう働いているのかわからないよ、ベイビー」彼がそっと言い、やはり身を乗りだした。「きみがどんなにご託を並べようが、それはきみの人生ではなかったし、いまもきみの人生じゃない。きみはそこに坐って、きみにはどうにもできなかったくだらないことを理由に、ぼくがきみを評価するだろうと思っているが、そうではなく、きみが最悪の状況を抜けだして立派な人間になり、立派な人生を送っていることを誇りに思うべきだ」

「でもわたしは――」

彼が首を振った。わたしの手をつかんだ彼の指に力が入ってさらに深く食いこむのを感じ、わたしは口を閉じた。

「前にも言ったが、もう一度言う。ぼくは仕事で、ひどい状況をたくさん見ている。これはほんとうにまれなんだ、マーラ。きみのような境遇に生まれ育った子供が、がんばってそこから抜けだし、まともな人間になることは、ほぼありえない」

「わたしはベッドを売っているのよ、ミッチ」わたしは彼に思い出させた。「自由世界の大統領になったわけじゃない。大学さえ出ていない」

「そんなことどうでもいい」彼が即座に言い返した。

「家ももっていない」

「ぼくもだ」彼が指摘する。

うーむ。たしかにそうだ。

「あなたは自分のお父さんがだれか知ってる?」わたしが尋ねると、彼の目が光った。

「ああ、そしてきみは知らない。会ってないからな」

わたしは首を振った。「わからない、ミッチ? わたしは父親がだれかも知らないのよ」

「もう一度言うが、ハニー、それはきみの問題じゃない。もう一度言うが、きみはそのように生まれただけだ。きみには変えられない。母親の問題だ」

わたしはちがう戦術を試みた。「あなたは大学教育を受けた?」

「ああ」彼が答え、わたしはまた目をそらそうとした。

するとまた、ぐいっと手を引かれた。

「ぼくを見て」彼のうなり声に圧倒され、目が勝手に彼のほうに戻った。「大学の学位をもっていると、ちがう世界に住むことになるのか?」

「それに、あなたのお母さんはアンサンブルを着ているわ」

彼が目をぱちくりさせ、わたしを凝視した。

頭を振り、唇をぴくぴくさせ、それから言った。「スイートハート、そんなくだらない考えは常識はずれだとわかっているだろう？」

「いいえ」そんなことない。

「そうか、じゃあ、それは常識はずれだ」彼が決めつける。

わたしは彼のほうにもっと身を乗りだし、彼のどこまでも底が見えない美しい目をまっすぐに見つめた。

「あなたは二週間前に窓をくぐってわたしの世界に入ってきて、正気を失ったのよ、ミッチ。ビルのことと、ビリーとビリィの生活をひと目見てかっとなったんだわ。でも、あれはわたしの家族。あれがわたしの人生。それをあなたが理解できないのは、それがあなたの人生ではないからよ。でもそこから逃げる道はないの。ぜったいに。なぜなら、それはどこまでもついてまわるからよ。考えてみて。あなたの従兄が留置場にいて、マフィアに殺されないで生き延びて裁判を受けたとしても、懲役刑が待っている。あなたの家にいるのは、その子供たちで、ひとりは、心配するに値することなどひとつもやってこなかったパパのことを心配し、ひとりは、本来ならばビデオゲームの次のレベルに行くにはどうしたらいいかを心配すべきなのに、ありとあらゆることを心配している。ドアをがんがん叩かれ、アパートメント全体に響き渡るほど騒がれて、あなたの隣人が通路でそれと対決しなければならない。美しくて親切な男性に調べられて、未成年非行記録があることを発見されてしまう。ね、ぜったいに逃げられない。いつもそこにあるのよ。それは歴史じゃない。わたしの血なの。それがわたしなの」

「いやちがう、マーラ。たしかに二週間前、ぼくはきみの従兄の家に入った。美しい女性とふたりのほんとうにいい子たちといっしょに食事をしたあとだ。かっとなったのは、そのろくでなしが、自分の子供たちが逃げだして一日中なにも食べていなかったのに、まったく気にしていなかったからだ。家はぐちゃぐちゃで、酒に酔って薬でハイになっているのに、それを子供たちに見られてもひるみもしなかったからだ。かっとなったのは、子供たちはサイズのちがう服を着て、いまにも壊れそうな靴を履いているのに、そいつはウオッカを飲み、ヘロインとマリファナをやっていたからだ。かっとなったのは、きみがすべてを放りだして子供たちを探してきたのに、それにたいして謝りもしなかったからだ。しかも、きみはそれを慣れた様子でやっていた。慣れているのはつまり、そいつが最低最悪なろくでなしだからだ」

わたしが彼を見つめていると、彼はふたりの手をもちあげ、からませた指ははずしたものの、そのまま指を回し、手のひらを合わせてしっかり握った。そして、わたしとじっと目を合わせた。

「だが、きみの世界に入ったのは三週間半前のことだ。掃除が行き届いたアパートメント、感じのいい家具、花柄のベッドカバー。それなのに、きみが金槌一本しかもっていないとわかった。男たちがきみからマットレスやベッドを買うのは、きみがそのすばらしい尻を引きたたせるぴったりしたスカートをはいているからだということも知らないとわかった。きみがすんなりとした長い脚の持ち主で、きみが髪をあげているから買うんだということも。そのせいで、男たちはベッドやマットレスの横に立つと、そのベッドできみといっしょにいて、きみの髪をおろし、両手をきみの尻にあて、その脚を回されることしか考えられなくなってしまうから、きみからベッドを買ってしまうんだということも。そのベッドが釘でできていようが、男たちは気にしない。彼らが買うのはファンタジーであることも、きみは歩合を荒稼ぎしながら、まったくわかっていない」

なんてこと。彼は本気でそれが真実だと思っている？

「ミッチ――」

「そして、きみの音楽の趣味がいいことを発見し、四年間きみがぼくをほとんど見てくれなかった理由は、きみが病的なほど内気だからだと知った」

「ミッチ――」

「そして、それがとてもかわいいことも」

「お願いだから、ミッチ――」

「これはいいニュースだった。きみが内気ということは、きみがぼくに興味をもっていることを意味し、それはつまり、ようやく気を引くチャンスがめぐってきたということを意味したからだ」

「やめて」わたしはささやいた。

「そして、あのふたりの子がきみを見たときの反応と、ふたりにたいするきみの対応を見て、これは引き受ける努力をする価値があるとわかった。きみの頭をケツの穴からひっぱりだすというしち面倒くさい任務になるのは目に見えていたが」

「やめて」今回はかなり強い口調だった。

「ぼくはすでにきみが、ショートパンツをはくとかっこよくて、ビキニ姿が最高にいかしてて、料理がうまくて、仕事熱心で、友人たちがきみと過ごす時間を楽しんでいることを知っている」

頭のなかのすべての考えが吹きとんで、恥ずかしさでいっぱいになり、わたしは茫然と彼を見つめた。「わたしのビキニ姿を見たことがあるの？」

彼はわたしの言葉を無視した。「だから、気を引こうとがんばった」

「いつ、ビキニ姿を見たの？」

「だから、取引をしようと思う」

わたしは身をこわばらせ、目をしばたたいた。「なんの取引？」

「ぼくがきみを繭からひっぱりだした先週まで戻るという取引だ。きみは緊張をほぐして繭から出てこないといけない。今度は戻らないで、ぼくにチャンスをくれる。ぼくはそのチャンスを生かして、きみはきみが思っているようではなく、ほかのみんなが思っているような人間だときみに納得させる」

わたしは手をひっこめようとしたが、彼はもっと強く握っただけだった。

「手を放して」強い口調で要求した。

「だめだ」彼が否定した。「取引に同意しろ」

わたしは彼を見つめ、それからあらためて言った。「わかっているはずだけど、そのチャンスというのには、子供ふたりと、ロシアン・マフィアに追われている大酒飲みの従兄と、なんだかわからないけど、母とルーラメイが企てている陰謀がいっしょについてくるのよ。あのふたりは完全なアルコール依存症で、何十年ものあいだにありとあらゆる向精神薬で脳の細胞を大量に殺しているとはいえ、激怒すればひどいことになるかもしれない」わたしはためらった。「あるいはとんでもないことに」

「マーラ、ベイビー、目をしっかりあけて、ぼくが先週一週間、きみといっしょにそのすべてを経験したことを思いだしてくれ。全部わかっているよ、スイートハート。わかっていないのはきみのほうだ」

そのときようやくわかった。

そうよ。ミッチは先週ずっとわたしといっしょに暮らしていた。

いいえ、その言い方では正しくない。彼はいっしょに住んでいただけでなく、わたしと子供たちのためにたくさんのことをしてくれた。わたしは忙しすぎて、疲れすぎて、興奮しすぎて、彼が全面的に支えてくれていたことを理解していなかった。この一週間、ミッチがいなかったら乗り越えられなかったはずだ。ひとりで解決できるようなことではなかった。骨の髄まで疲れきっていたにちがいない。休みを取らねばならなかっただろう。ビリーを起こし、病気のビリィも乗せて、ドラッグストアにタイレノールを買いに行かねばならなかっただろう。それよりもなによりも、ビリィにタイレノールを飲ませることさえ知らなかった。

もちろん、ロベルタに電話をして、教えてもらっただろう。

それでも、彼がいなかったら大変だった。

はるかにずっと大変だった。

過労で倒れていたかもしれない。

わたしはミッチを見つめた。彼は文句も言わずにそのすべてをやってくれて、疲れも見せず、怒りだしもせず、問い詰めることもしなかった。そのすべてをやったうえに、わたしのことまで気遣い、睡眠が必要なときは、ソファーで寄り添ってくれた。わたしにも朝食を用意してくれた。子供たちだけでなく、わたしが眠れるようにしてくれた。わたしの目覚まし時計のアラームを消して、わたしが眠れるようにしてくれた。

アメリカ合衆国広しといえど、金槌しかもっていなくて、病的なほど内気な2・5ポイントの女を引き受けるまともな男性などいるだろうか？　水をとめる止水栓が存在することも知らない女を？　間違いなく最初のデートと言えるものから逃げだし、二回目をすっぽかした女を？　そのあとは、とつぜんふたりの子供の保護者とわかり、しかも、悪魔もいっしょにいたくないという理由で地獄からこの世に送り返されたような家族がいる女を？

「あなたはとても変わった人ね、ミッチ・ローソン刑事。それはきっと、あなたが完全には正気じゃないからだと思う」わたしのなかで言葉が湧きだし、とめる間もなく出てしまった感じだった。

ミッチは目をぱちくりさせ、それから首をそらして笑った。

彼が笑うのを見ながら、この笑いは彼が正気でない証拠だと思うと同時に、彼が笑うときにいつも思うことを思った。それは、彼は笑うと、信じられないほど魅力的に見えるということ。

笑いがおさまると、彼は身を乗りだし、わたしの手を握ったまま手をもちあげて、口までもっていった。

「つまり、取引成立か？」

「いいえ」わたしは首を振ったが、彼の顔からおもしろがっている表情が消えたのを見て、急いで説明した。「もしわたしがあなたとこのゲームをプレイすると決めたら、プレーヤーはわたしだけじゃないのよ。ほかにふたりついてくるの」

「何度も言うが、マーラ。それはわかっている」

「うまくいくはずないわ。あの子たちは——」

「ぼくが、きみや子供たちを不当に扱うかもしれないと考える理由がこれまであったか？」

「いいえ、でも――」

「ぼくがきみと分かちあっているものと、これから分かちあいたいと思っているものは、ぼくがあの子たちそれぞれと分かちあっているものとは関係ない。あの子たちにいま与えているものは、彼らが望むかぎり、今後も与える。きみとの関係があろうとなかろうと」

わたしは喉がつかえ、目に涙がこみあげるのを感じた。

ああもう。この人はほんとうにすごい人だ。

「あの子たちを好きなのね」わたしはささやいた。

「いい子たちだ」彼が答える。

「ふたりともあなたが好きよ」

「知っている」

わたしは口を結び、唾をのみこんで、こぼれそうな涙をとめようと深呼吸した。化粧が崩れては困る。

ミッチは黙ってそれを見ていた。

それから尋ねた。「取引するか?」

「あなたとわたしは宇宙のあらゆる法則に反しているのよ」わたしはもう一度説明し

ようとした。

「それはちがう。きみとぼくは、ねじくれていて、明らかにおかしいマーラワールドのあらゆる法則に反しているだけで、その世界からは出ていくつもりだから問題ない。さあ、答えろ、取引するか？」

わたしは唇を噛んだ。取引について考える。同意するなんて、正気の沙汰じゃないとわかっている。

でも、そもそも、いまのわたしは正気じゃない。だからそっとささやいた。「ひとつ約束してくれたら、取引するわ」

彼が手をこわばらせ、じっとわたしの目を見つめた。「なんだ？」

わたしはささやき声しか出せずに言った。「あなたが間違いだったと気づいてすばらしい人生に戻っていったとき、わたしのために費やした時間を後悔しないでほしいの」

彼は一秒間わたしを凝視し、それから目を閉じて少し横を向き、わたしの手を握ったたまままちあげて唇を押しあてた。そのまま、長いあいだそうしていた。

そのあと、わたしの指関節に唇を滑らせ、目を開けてわたしのほうを向いた。

そしてささやき返した。「きみといっしょにいたことをけっして後悔しないと約束するよ、マーラ」

わたしはうなずいた。「では、取引成立ね」

そのときちょうど前菜が運ばれてきた。

★

わたしたちは、三コースの料理をシェアした。ミッチはもう一杯ビールを頼み、わたしはワインを二杯飲んだ。

ミッチは食事のあいだずっと、胸が張り裂けるような思いをしたあげく、一生シルヴィア・プラスの詩集（とか、そういう作品）を読んで過ごすことになると決まっている愚かしい取引を結んだことについてわたしに考えさせなかった。

その代わりとして、わたしはミッチがペンシルベニアで生まれ、五歳のときに父親とともにコロラドに引っ越してきたことを知った。また、ペニーは姉で、ほかにジョディという妹がいて、ヴェイルのリハビリテーション・センターで理学療法士をしていることも知った。

彼はさらに、高校時代の恋人で大学でも恋人だった女性と婚約していたというおそろしいことも打ち明けた。そして、その女性の望みだった、彼女の父親の銀行への就

職を断り、なりたかった警官になったことを彼女が怒ったせいで破談になったという
とんでもないことも暴露した。
そしてまた、彼がいまのアパートメント・コンプレックスに引っ越してきたのは、
ジムとランニングコースがあったからだが、家を買うお金を貯めるあいだの二、三年
しか住まないつもりだったという、さらに、そして限りなくおそろしいニュースも打
ち明けた。それが限りなくおそろしいニュースになったのは、彼がそのまま住みつづ
けたのは、ジムとランニングコースが気に入り、そして、ショートパンツをはいたわ
たしと、夏にビキニを着てプールのそばにいたわたしを見かけたからだと言ったから
だ。
そのニュースで、わたしがくよくよしないように抑えていた彼への抑止力が危機に
さらされると、ミッチは巧みに会話の方向を音楽と映画に向けた。アクション映画
ファンだと知ると、今度は彼自身の抑止力を失い、即座にわたしが完璧な女性だと宣
言した。なぜなら、わたしがすてきなお尻と長い脚と「途方もなくすてきな……おろ
すとさらにすてきな髪」の持ち主で、野球が好きで「まあ……カブス……だが、ベイ
ビー」（これはからかうような笑みを浮かべてつぶやいた）、しかも映画でみんな吹っ
飛ばされるのを見るのが好きだからだと言う。

この時点で、わたしは坐ったままそわそわしはじめ、唇を嚙み、彼でないほうを見て、過呼吸にならないように努力しながら、彼は『特攻野郎Aチーム』を見ただろうかと考えていた。ミッチが勘定を払い、わたしを舗道に連れだした。

そこで足をとめたので、わたしは首をそらして彼を見上げた。

「そのヒールで一ブロック以上歩けるかな？」

「なぜ？」

「そのヒールで一ブロック以上歩けるかな？」

「ええ」そう答えたのは、ミッチ・ローソン刑事を迅速に理解しはじめていたのと、このヒールでも一ブロック以上歩けるとわかっていて、むしろ、ここに立って、頑固に彼を言い負かそうとするほうが、果てしなく時間がかかって足が痛くなるだろうと思ったからだ。

彼が腕を滑らせてわたしの肩を抱き、チェリー・クリークのブティック街の方向に向かせた。わたしも腕を滑らせて彼のウエストにまわし、歩きだすと、彼の腰と太ももがわたしの腰と太ももにたまにふれる感覚を楽しんだ。二ブロック歩き、奥に向かって一ブロック歩き、彼はある店の前で歩みをとめた。

「これがペニーの店だ」頭をかしげて〈デザイン・フュージョン〉という看板を示し

たが、その店が彼のお姉さんの店だとわたしはすでに知っていた。一度入ったことがあって、陳列された商品はすばらしかったが、値札がちょっとすばらしいどころじゃなくて、すぐに出てきたからだ。

わたしは店を眺め、かっこいい家具とそれ以上にかっこいい小物をざっと見渡したあと、彼を見上げた。

「すてきなお店だわ」ささやき声で言う。

「前にも言ったけど、姉がぼくの部屋の家具を入れてくれたんだ」ミッチが言い、わたしがうなずくと言葉を継いだ。「きみは病的なほど内気だが、ペニーは病的なほど装飾好きだ。子供たちの部屋はいままでに五回模様替えした。三人子供がいて、いちばん上が七歳。しかも、これは子供部屋だけの話だ。家のほかの部屋については、あまりに何度も模様替えしていて、何度やったのか、ぼくにはもうわからない。夫のエヴァンは二度離婚調停を申したてた。ぼくはそのどちらにも立ちあった。いいものじゃなかったよ」

「わお」わたしはつぶやき、陳列された高価だがすてきな商品を眺めて、子供たちの部屋にこれらの家具が詰まっていたらどんな感じだろうと思った。五回も模様替えしたのなら、そのエヴァンという人は気が遠くなるような大富豪か、それとも、聖人に推薦されるような人物にちがいない。

「彼は掘削業者だ」ミッチがさらに言い、エヴァンが大富豪にはほど遠いという情報を提供してくれた。ということは聖人か。「彼らの家にあるソファーは一万ドル近くする」わたしは息をのみ、彼を見やった。「姉は頭がおかしいんだ。困ったもんだよ。シャンパンが好きだが、エヴァンはビールしか買ってやれない。それでペニーにこの店を開けと言った。そうすれば、卸値でシャンパンならぬ高価な家具を手に入れられる」

「賢い手だわ」

「ああ。おかげでいまは、姉はほかの人々に金をつかわせることができる。だが、薬は引き続き必要だ、スイートハート。エヴァンのおかげで、日々その薬を摂取できるようになったわけだ」

わたしは彼を観察した。いまの話が、わたしの気持ちをそらしておくための新手の会話戦略ではなく、わたしになにか言おうとしているのだと気づいたからだ。

ミッチは話しつづけた。「ペニーは無視できないタイプの女性だ。無視されるのが我慢できず、そんなことは許さないというタイプだからね。だが、全米大学体育協会《NCAA》バスケットボールのプレーオフのあいだ、エヴァンは姿を消す。バスケットボールの試合にかんしては、どんな試合の最中でも彼のじゃまをしないのが鉄則だが、NCAAプレーオフの期間は、外部の世界にとっては、彼の存在はないも同然だ」

わたしは答えを待った。ミッチが与えてくれた。

「姉は夫のこれを理解し、みずからからだを張って、エヴァンが彼の選択した薬を摂取することをだれにもじゃまされないようにする。子供も近寄らせない。電話も取りつがない。立ちあがらせたり、ビールをもう一杯飲ませたりもしない。なにもなしだ」

「つまり、尊重しあっているのね」わたしが言うと、ミッチはほほえみ、わたしのからだを回して向きあい、両腕でつつんだ。

「いや、愛し合っているんだ。相手が好きなものを知り、魂が飢えているときになにを与える必要があるかを理解していて、それを与える。少なくともペニーはそうしていて、エヴァンも多少文句を言いながらもそうしている」

わたしは両手を彼の胸にあてて尋ねた。「あなたの選択した薬はなに?」

「わからない」彼が答えた。「それを見つけだすのはぼくじゃない。だがぼくに人生をともにしようと決意させる女性は、それをぼくに与えるために一生懸命になってくれる人じゃないと」

ああ、どうしよう。そこにつながるのね。

「ミッチ――」

「だがそれは、自分もそのお返しにその女性の薬を理解し、それを与えてやれる男だとわかっているからだ」

たしかに彼はそうだ。いまの言葉が真実であることを、わたしは心の奥底で知っている。

「この話は、最初のデートには重すぎるわ」わたしをくよくよさせないためになんでもする戦略から、わたしをくよくよさせることをたくさん言う戦略にミッチが切り替えたにちがいないと判断し、わたしはそう指摘した。

「ぼくはきみと、この一年半のあいだにデートしたどんな女性よりも多く、朝食をいっしょに食べた」ミッチが言い返す。「きみが朝はどんな感じかも知っている。仕事で疲れて帰ってきたときにきみがどうふるまうかも知っている。感じよくするためか、あるいはぼくの食欲が失せてはいけないと心配したせいか、きみがメニューに載っているなかでいちばん安いものを頼んだことも知っている。どちらであろうと、ぼくは感じがいいと思ったし、そもそも、ぼくとデートすることを想定したきみの装いは、二回とも、どう考えても、ぼくを避けたいと思っている装いじゃなかった。きみが寝るときに丸くなるのも知っている。コーヒーは濃いのが好きで、ミルクしか入れないことも知っている。子供たちの扱いがうまいことも知っている。音楽と香りをつかって気分を落ち着かせていることも知っている。だから、これが最初のデートとは思っていない。これはむしろ、六カ月記念のデートのようなものだ。そして六カ月の目標は、きみがどうでもいいことばかり話すのをやめさせて、大切な意味のあることを話すようにすることだ」

わかったわ。これにはぐさっときた。こわくなってきた。ミッチはそのことを知る必要がある。

そこで言った。「こわくなってきたわ」

すると、彼が次のように言い、わたしはさらにかちんときた。「よかった。ぼくの最初の戦略は功を奏したわけだ」

わたしは目をぱちくりさせた。それから凝視した。そして尋ねた。「いま、なんて?」

彼が顔をさらにわたしに近づけた。「なにをすればきみに効き目があるかぼくにはわからない、スイートハート。だから、最初のを試して様子を見ようとした。だが、そろそろ戦略を変えて……」言葉を切り、わたしをじっと見る。

そこで、わたしは言った。「わたしが望んでいるのは平穏と心の平安よ」

「それはあきらめたほうがいい」彼が忠告する。

それは聞きたい答えではなかった。

「でも……」わたしは口ごもり、彼から身を離そうとしたがうまくいかなかった。むしろ、ミッチの両腕に引き寄せられ、彼の顔がおりてきて、わたしの顔にさらに近づいた。

「きみを家に連れて帰る前に、きみに説明してもらう必要があることがひとつある」

「わたしに必要なのは、ワインをもう一杯よ」神かけて真実だった。

「それは家に戻って飲もう。いまは、説明してほしい」

「いやよ。ワインが必要だと本気で思っているの。十分前と同様に」

ミッチは否定しようとしなかった。「なぜきみは、ぼくをビリィとふたりでベッドに残していった?」

その質問にわたしはあわてた。なぜかおそろしくなった。彼が二日前に、わたしのその行動をよく思わなかったことをはっきりさせたのに、ふたたび尋ねることで、わたしのその行動を本気でよくないと思っていることを明白にしたからだ。

わたしは小声だが落ち着いた声を出そうとした。「それについては謝ったはずよ」

「きみは謝ったし、それにたいしてぼくは、もういいと答えた。いま知りたいのは、なぜそうしたかということだ」

恐怖に困惑が入りこんできて、わたしは首をかしげた。「なぜ？」

「ぼくが知りたいのがなぜか？」

「ええ」

「ただ知りたいからだ」

わたしは唇を噛んで、ふいに気づいた。わたしのすべてで、彼の質問にたいして、彼が求めている方法で答える必要がある。そう思ったら、ますますおそろしくなった。

そのとき、正直に答えようと決意した。「いけないことだと思わなかったから」

「なぜだ？」

「なぜだ？」

「そうだ、なぜだ？」

「それは……いけないことだと思わなかったから」

「彼女は六歳で、ぼくは大人の男だ。彼女を知ってまだ一カ月にもならない。おとなの男と六歳の子だけをベッドに残していくものじゃない」

なんてこと。彼が説明する口調から推して、わたしはただよくないことをやっただけじゃなく、ほんとうにやってはならないことをやったのだ。つまり、胸が悪くなるようなこと。

「あなたはあの子にタイレノールを買ってきたわ」わたしは自分の弁護をささやいた。

ミッチが眉根を寄せた。「なんだって？」

「あなたはあの子にタイレノールを買ってきた」わたしはくり返した。

彼は片方の手をわたしの背中に滑らせて髪のなかに差し入れ、そしてつぶやいた。

「マーラ――」

「わたしたちは」わたしは急いで続けた。「いちゃついてた。ソファーの上で。話もした。その前にあなたは、あの子が寝たかどうか尋ねた。まるで、わからないけど、あの子の父親かなにかのように。そのあとで、あの子がやってきて、吐いたわ。それで、わたし、すごく……おびえてしまって。親だったらどうするのか、ぜんぜんわからなくて……」わたしは頭を振った。なんかばかみたいな気がし、全部をさらけだしているように感じて目をそむけたが、すぐに彼に視線を戻した。ここでやめるわけにはいかない。重要なことだから、説明する必要がある。「親は、親になってすぐには、どうしたらいいかわからない。でも、あなたはどうしたらいいかを調べ、それを実行した。ドラッグストアに行った。一般的な父親がするように。ビルとはぜんぜんちがった。もしビリィが吐いたら、たぶんビリーが面倒を見るでしょう。ビルはきっと……いないでしょうし、いたとしても、目を覚ましもしなかったはずよ。でも、あなたはドラッグストアに行った。そのあとも、いっしょにいてくれた。あの子がものすごく震えて、あなたに行かないでほしいと言ったから。あなたにそばにいてほしいとビリィが望んだのよ。それはまるで……わたしたちはまるで……わたしは、わたしたちがなんなのかを忘れてしまって、ただ思ったの……」わたしはまた頭を振り、目をぎゅっと閉じて唇を強く結んだ。それから目を開いてささやいた。「あの子がいい父親をもつことはないとわかっているし、わたしは父親をもつことさえなかったけれど、考えたのよ……もしも自分に父親がいて、それで病気になったら、いちばんいたい場所は、父のすぐそばだろうと。そしたらきっと、気分がよくなるだろうと」わたしは息を吸いこみ、彼の強いまなざしから視線を落として彼の喉を見つめた。「ビリィをミッチと残していったわけじゃない。あの子が病気のときに面倒を見てくれた男性とベッドに残していったの。それが悪いことだと思わなかった。ほんとうに、いけないことだなんて、考えもしなかった。じつを言えば」わたしはまた息を吸い、聞こえないほど低い声で認めた。「とても美しいと思っていたわ」

彼が片手でわたしの後頭部をつつんで引き寄せ、彼の喉に顔を押しつけさせた。わたしの目から涙があふれ、指は彼のシャツを握り締めていた。

最悪だ。わたしは2・5ポイントなだけでなく、大ばか者だ。彼はなぜ、夕食の席で、こんなわたしと取引しようと言いだしたのだろう？　なぜ？　意味がわからない。

「あなたに不快な思いをさせてごめんなさい。考えもしなかった」彼の喉に向かって言う。

「黙って」彼がそっと言った。

「ごめんなさい」わたしはくり返した。

わたしの髪に唇を押しあて、彼が優しく言った。「マーラ、ハニー、きみがなぜそうしたかを知る必要があったのは、きみが打ち明けてくれた話から、きみが心惹かれる男にたいしてきみが病的なほど内気なのは、なにか理由があるからではないかと思ったからだ。その理由は健康的なものじゃないかもしれない。もしそうなら、ぼくはそれを知っておかないといけない」わたしは頭をそらそうとしたが、彼はわたしの顔をしっかり彼の喉に押しつけたまま、言葉を継いだ。「だが、きみがいま話してくれたことは、不健康なことじゃない。しかも、きみがいま話してくれたことで、ぼくは、きみの繭をすでに破ったと確信した」

「そんなことはないわ」わたしは本心から答えた。

「ベイビー、きみはたったいま、ビリィの新しい母親はきみで、ぼくをビリィの新しい父親だと思うと言ったんだぞ。遠からず、あの子たちは正式にきみの子供たちになる。きみを手に入れる幸運な男は、だれであれあの子たちにふさわしい父親だときみが思う男にならなければならない。そしてきみは明らかに、ぼくがその男だと思っている。これが、きみが自分の周囲にがっちりつくりあげた繭にできた大きな裂け目でないとすれば、なにがそうかと聞きたいくらいだ」

わたしは後頭部にあてた彼の手を押しのける勢いで首をそらし、彼を見つめた。

「わたしはあなたのことをビリィの新しい父親だとは思っていないわ」

「ベイビー、きみは思っているさ。いまそう言った」

まずい！　たしかにそうだ！

「そんなふうに聞こえたかもしれないけれど、わたしはあなたをビリィの新しい父親と思っていないわ」けれども、よく考えれば、たしかにそれは嘘に近い。じっさいはそんな感じに思っているのだから。

「きみはあのとき、まばたきもせずに尋ねた。『ドラッグストアにはあなたが行く？それともわたし？』と。ビリィにかんするかぎり、ぼくがそこにいて行動することが、きみにとっては当然の事実だった。ドラッグストアに行ってくれるかどうかとは訊かなかった。ぼくたちのどちらかが、ビリィが必要なものを買ってくると確信していた」

「そのときはおびえていたし、ビリィの容態がすごく悪かったから、ちゃんと考えられなかったのよ。とにかく、いまはあなたをビリィの新しい父親とは考えていない。正気じゃないわ！」

ふたたび嘘っぽいというか、押いつめられて言わざるをえない明らかな嘘。

「オーケー、では、子供たちにかんしてチームで決定することについて、ぼくに文句を言ったのも嘘だったのか？　一回だけでなく、何度か念を押されたが。そのときぎみは理由として、自分が子供たちの後見人だからとは言わなかった。ぼくたちはチームで、相談して決定し、それをいっしょに実行すべきだからと言ったんだ。ビリィが病気になる前のことだよ」

またしてもまずい。たしかにそう言った。

わたしは無言で、ただ彼をにらみつけた。

「じゃあ、もう一度思い返して、ついさっき、ぼくにたいして自分が言ったことを考えてみろ。いいか、ビリーとビリィのことにかんして、きみがぼくに言ったすべてだ」彼がきっぱりした口調で命令した。

わたしはまた彼をにらんだ。それから、もう一度思い返して、自分が彼に言ったすべてを思いだそうとしたが、そうする必要もなかった。たしかに言った。そのすべてを。

「そういう意味じゃなかったの」今回は半分嘘だった。

「たしかに、いまはそういうつもりじゃないだろう。いまのきみはあのときのようにおびえていないし、正直でもない。いまはちがう意味でおびえて、白々しい嘘をついている」

最悪。彼に見透かされるのは大嫌い。

ミッチの話には続きがあり、次に話しだしたとき、彼はわたしをしっかり引き寄せ、前にかがんで顔をわたしの顔から三センチのところに近づけた。そうしておいて、低く優しい甘い声でわたしの世界を揺るがした。

「そのことも、ぼくのきみへの愛情が冷める理由にはならない。きみにはあの子たちもついてくるということを考えれば、知っておいてもらいたい。ぼくは自分の子供も欲しいと思っている。ふたり。もしきみとぼくの関係がうまくいって、ぼくたちのあいだに子供ができて、その子たちにぼくと血はつながっていないが心でつながっている兄と姉がいても、ぼくはぜんぜんかまわない」

わたしはぽかんと口を開け、彼を見上げて目をしばたたいた。からだがとろけて彼と混ざってしまいそうになり、涙で鼻がつんとするのを感じた。泣きそうになったのは、ミッチがすでにビリーとビリィを心に受けいれていることがわかったからだ。子供たちがミッチといっしょにいられることを考えただけでも泣きそうになる。夢が現実になるだけじゃない。もっとすばらしいこと。もっと美しいこと。夢にも思わなかったことだから、どうなるかもわからない。ただひとつわかっているのは、自分がこのことを、これから一生、彼が毎朝おはようと言ってくれて、あの晩わたしが彼の居間に入っていったときのようなまなざしでわたしを見つめてくれ、そして帰宅したときはうなじに、それから唇にキスしてくれることを望んでいるのとおなじくらい望んでいるということだ。

「ぼくの言ったことが聞こえたか？」わたしがなにも言わなかったので、彼が尋ねた。

「ええ」わたしはささやいた。

「だから、きみがぼくとビリィのことで思ったことについて嘘を言う必要はない。ぼくはそれがいやではないから」

わたしはただちに話題を変えようと決めた。それはおもに、自分がいまにもわっと泣きだしそうだったからで、ミッチ・ローソン刑事との初デートでそんなことはしたくなかったからだ。すでにじゅうぶんひどいことになっているのだから、なおさらだ。

「でも、わたしが男の人たちにたいして内気なのは不健康かもしれないという話は忘れてもだいじょうぶ。ほかの男の人たちにたいしては別に平気だから。わたしが平気じゃないのは、あなただけよ」

「なぜ？」

「あなたはあなただから」

「なぜだ？」彼が問い詰める。

「あなたが面倒で、頑固で、わたしがケツの穴に頭をつっこんでいるって言うから」

彼がにやりとし、わたしの髪に差し入れた指を滑らせながらつぶやいた。「なんてことだ。きみはほんとうにでたらめばかり言っている」

たしかにそのとおりだ。

「言ってないわ」

「マーラ、きみは四年間ずっとぼくとの関係に問題があったが、その四年のあいだ、きみはぼくが面倒で頑固なやつだと知らなかったし、ぼくもきみに、ケツの穴に頭をつっこんでるなんて言っていなかった」

「あなたの言うとおりだわ。わたしが四年間、あなたとの関係に問題があったのは、あなたがセクシーで、しかも、わたしとはちがう階層の人だと思っていたからよ。いま現在あなたとの関係に問題があるのは、あなたが面倒で、頑固で、わたしがケツの穴に頭をつっこんでいると言い、ついでに言えば、ときどきいやなやつになるからよ」

彼の笑みが笑顔になり、声も柔らかく、からかうような調子に変わった。「そこを訂正できてよかった、ベイビー」

「もううちに帰っていいかしら？」わたしは辛辣な口調で言ったが、その〝うち〟が彼の家であり、すでに深刻な問題山積みのうえに、そこに帰ればさらなる問題が待っていることを考えれば、その問いかけもかなりばかげたことに思えた。

彼の瞳の輝きが濃さを増し、わたしに回した腕に力がこもったことからも、彼が家に帰るのを楽しみにしているのは明らかだった。「言っておくけど、あなたはいま、わたしをものすごく怒らせたんだから、家に戻ったら、ソファーに寝るのよ。わたしはあなたの部屋にキャンドルをともして、ＭＰ３で音楽を聴いて、あなたと取引するという決断を考え直すから」

「いや、ぼくが知っている情報によれば、ぼくはきみを家に連れ帰り、着いたら、多大な努力を費やしてその齟の裂け目をもっと広げるつもりだ」そして、回した腕でわたしをぎゅっと抱きしめながら言いおえた。「今夜はまだ終わっていない」

「もう終わったわ」

「終わっていない」

「終わった」

わたしがこう断言したとき、ちょうど彼の携帯電話が鳴って、彼が上着のポケットに手を入れて携帯を出していたので返事はなかった。彼はディスプレーを見てため息をつき、ぱちんと広げて耳にあて、そのあいだもずっとわたしの肩に腕を回して歩きつづけた。

「ローソンだ」彼が答え、耳を傾けた。「いや、いまは都合が悪い。ほんとうに無理だ」彼は言い、相手の言葉を聞いてまた答えた。「無理だよ。ぼくは行けない。今夜はマーラと予定があるんだ」言葉を切ってまた聞き、さらに言った。「チャベスにかけろ」また耳を傾ける。「じゃあ、ナイチンゲールにかけてくれ」足をとめてわたしもとまらせ、ブーツを見下ろしながら相手の話すのを聞き、そして言った。「まったくうれしくない」さらに聞く。「わかった。おまえのために行くが、これは貸しだからな。ぼくが貸しと言ったら、かなりの貸しだぞ。聞こえたか？」また聞き、ため息をつくと、頭をあげてわたしと目を合わせた。「マーラをぼくの家におろして、それから向かうよ。ぼくが行く前に勝手にはじめて、尻を穴だらけにするなよ。夜中の半分を救急救命室で過ごし、残りの半分を書類仕事に費やしたくない」また言葉を切り、それから言った。「あとでな」

彼は携帯を閉じると、わたしを自分の前に引き寄せて両腕に抱いた。

「新しい取引だ」彼が言う。

どうしよう。わたしはすでに〝穴だらけの尻〟と〝夜中の半分を救急救命室で過ごす〟という言葉に緊張していた。ミッチとの新しい取引でさらに圧力をかけられたくない。

「ミッチ――」

「きみを家に連れていく。くつろいで、テレビを見たりワインを飲んだり、キャンドルを点したり、音楽を聴いたり、なんでもしてくれ。だが、なにをしようが、決断を考え直すことはせず、約束を守って、ぼくといっしょにいてほしい。ぼくは出かけて、遅くなる。疲れたら、ぼくのベッドで寝ていてくれ」

「ミッチ――」

「ベイビー、そこにきみといっしょにいられなくてがっかりだが、友人が今夜ぼくの援護を必要としていて、ほかのやつらは都合がつかない。だれかがいっしょにやる必要があるが、もしもだれもいなくても、やつはひとりでもやるから、彼を連れ戻さなければならない」

「わたしがいっしょでは無理なのね？」

「しばらくかかるんだ」

わたしは彼を見つめ、それからささやいた。「安全なの？」

「ぼくが行けば、安全なはずだ。やつがひとりで行ったら、安全とは言えない」

「安全だという確信があるのね？」わたしは念を押した。

彼は今度はわたしをじっと見つめた。答える声も前より優しかった。「ぼくの仕事は安全とは言えない。日常的になんでも起こる可能性がある」

そんな！

「だが」彼が言葉を継いだ。「まあ、全体的に見れば、ぼくらがやっていることは、まあ安全……っぽい」

「それじゃあ、返事になっていないわ、ミッチ」わたしはささやいた。

「正直な返事なんだ、マーラ」彼は静かに答えた。「さあ、ベイビー、ぼくの頼みを聞いて、今夜はぼくがそばにいなくても、現実の世界でぼくのことを考え、ぼくのベッドにもぐりこんでくれるだろ？　この厄介事を片付けて戻ってきたときに、ぼくがすばらしいものを手に入れられるように」

「ええ」頭が理解するより前に口が動いていた。

彼はわたしにほほえみかけた。それから手を伸ばしてあごを支え、頭をそらして唇をわたしの唇にふれさせた。

それから、一・五センチくらい顔をあげてつぶやいた。「すてきだ。きみを優しくさせるには、危険な仕事のカードを見せればいいとわかったぞ」わたしは目を細めた。

「ようやく」彼がわたしの唇に向かってささやき、両手でわたしを抱いた。「このカードが役に立つときが来た」

そして、また唇を合わせ、今回は少し長くて、彼の口は閉じていなくて、わたしの口も閉じていなくて、舌が開放的に動いた。

それはすごくすてきだった。

彼がキスをやめ、歩いてわたしを〈ノース〉まで連れ帰ったとき、わたしは、彼が望むものを手に入れるために、仕事を理由にする必要も、わたしを怒らせる必要もないことは教えなかった。彼がしなければならないのは、わたしにキスをすることだけで、そうすれば彼の言いなりになってしまう。

いいえ、そんなことも必要ない。わたしをベイビーと呼ぶだけでいい。

ミッチはわたしを家に連れ帰り、扉の前でものすごくあっさりした短いキスをした。すごく残念。それから、朝起きたときに彼がまだ帰ってなくても、心配するなと言った。どんな事柄にしろ、かなり時間がかかることらしい。

そしていなくなった。

★

わたしは顔を洗い、化粧水をつけ、寝間着と彼のフランネルのシャツを着た。それから、キャンドルを点した。そして、彼のステレオで、自分の〈リラックス・プレイリスト〉のひとつを流した。

それから、これまで時間がなくてできなかったことをした。

彼の家をじっくり観察したのだ。

音楽からでも多くを知ることができる。もし彼の音楽がくだらないものばかりだったら、取引はなし。

だからわたしは躊躇せずに探りまわった。彼のほうから取引を押しつけてきたのだから、わたしも、自分がどんなことに足を踏み入れるかを知る必要がある。

彼のお姉さんの家具の趣味がよくて、彼の部屋がショールームのように見えるが、じっさいは見た目よりもずっと快適で暮らしやすいことはすでにわかっていた。掃除したときに気づいたことだが、さらに数日暮らして、ミッチがそこまできれい好きでもないが、だらしないわけでもないと知った。さまざまなところに、開封した手紙や開封していない手紙が置いてある（これはわたしがすでに整理した）。ジャケットが何着も、彼の非常にクールな食堂の椅子の背にかかっている（これらもわたしがハンガーにかけた）。スポーツ雑誌があちこちに散らばり、その多くはかなり前から置かれているらしい（これもわたしが積みあげた）。

そして今回、わたしは彼の音楽の趣味がすごくいいことを知った。すごくいいどころか、秀逸と言ってもよいほどで、しかもわたしよりずっと幅広く、CDにかなりお金をつかっている。MP3が主流の最近はほとんど聴く機会がないが、わたしはCDがけっこう好きだった。DVDのコレクションを見たかぎり、映画の趣味もすごくよくて、アクションに重点が置かれ、スリラーがほどよく混じっている。本についてはは半分が共通だった。彼はスリラーを読んでいて、それはわたしも読むが、じっさいにあった犯罪の本はわたしは読まない。

台所に移動し、すでに気づいていたことを確認した。彼はアメリカ製のビールを瓶で飲む。自分で料理をするのも見ればわかる。チリ以外にもつくるらしい。とはいえ、

断し、彼を残して、静かにベッドから抜けだすことに決めた。

慎重に動きだしたが、二センチも動かぬうちに、彼の腕がわたしのお腹にしっかり回った。四センチ引き戻されて、彼の温かくて硬いからだにぶつかり、髪に彼の顔が埋ずもれるのを感じた。

「どこに行くんだ？」彼が眠そうな声でつぶやいた。

「わたしは起きるけど、あなたはもう少し寝かせてあげようと思って」思いやりに満ちた声で言ってみる。

「だめだ」彼がきっぱりと言った。

ああ、どうしよう！

22

「腰痛予防はとても大事よ」

ミッチにベッドに引きとめられて、とっさに口をついて出たのがその言葉だった。

彼は腕に力をこめ、つぶやいた。「え?」

「マットレスの腰椎《ランバー》サポートよ。あなたのマットレスはとても寝心地がいいけど、もっと腰椎サポートがあったほうがいいわ。あなたは活動的な生活を送っているけど、だれでも腰痛には気をつけないと」

ミッチは無言だった。彼のからだが震えはじめて、わたしのからだが動いた。ミッチがわたしを自分のほうに向かせたからだ。彼と向かいあって、その腕につつまれ、その手が寝間着の上からわたしをさわっているのを感じたけど、わたしは彼のハンサムな顔、笑っている唇、少し眠そうでものすごくセクシーな目を見つめるのに忙しくて、彼の手のことはあまり気にならなかった。

「ぼくにいいマットレスを売りつけるつもりかい、ベイビー？」彼の声は寝起きでまだ少しかすれていて、ものすごくセクシーだった。あまりにもセクシーだからわたしは全身七カ所でそれを感じた。頭皮がぴりぴりして、胸がふくらみ、お腹が温かくなって、脚のあいだが湿り、両足のつま先がきゅっとちぢこまった。

「え……」わたしは口ごもった。ミッチはにやりと笑って回転し、ほぼわたしの上に乗っかった。そのときわたしはささやいた。「ミッチ」

そのとき彼の唇がわたしの唇に重なり、彼はわたしと目を合わせたまま、ささやいた。「例の繭を大きく割って、ぼくのマーラを羽ばたかせることができるかどうか、やってみよう」

そして首を傾け、わたしにキスした。

彼のキスは眠そうではなかった。甘く、温かく、優しくて、わたしは彼のなめらかで温かい肌に手を置いていたら、たまらなくすてきな感触で、もっとさわりたくなった。だから手を滑らせてみた。気づいたら彼の手もわたしの寝間着の上を滑っていて、すごく、すごくいい気持ちだった。この時点で彼のキスがさらに甘く、熱っぽく、激しく、深くなって、すごくすてきだった。あまりにもうっとりしたわたしは、おなじくらい積極的にキスを返した。

脇をあがってきた彼の手が胸の上に移動し、親指でとがった乳首をさっとこすられて、最高に感じた。あまりにも快感が強烈だったので、わたしは背を弓なりにして片方の足をベッドにつけ、ミッチといっしょに転がった。ミッチが仰向けになり、大きな力強いからだの上に乗せられたわたしはとつぜん、どうしても彼のなめらかな肌と硬い筋肉を隅々まで知り尽くしたくなった。それもさまざまな感覚で。

だから彼の胸、肋骨、お腹、脇腹に手を滑らせ、ひげの生えたあご、首、喉、鎖骨とその下にも唇を這わせた。唇と舌と手を、ありとあらゆる場所に動かし、さわって、撫でて、味わった。歯もつかって嚙んだりしたけど、彼はただセクシーなだけじゃなくて、美しかった。さわったところ、味わったところ、軽く嚙んだところ、彼の筋肉がぴくっとする様子、なにもかも。わたしの肩を抱く彼の腕に力が入るところ。彼の喉の奥から響いてくる短いうなり声。あいているほうの手をわたしの側頭部から髪のなかにもぐりこませ、後頭部をつつむようにしたのも。わたしはそのすべてに夢中になった。彼のどこもかしこも、そのあらゆる反応も、なにもかも。

次にわたしは下におりて、舌で彼の腹筋の輪郭をなぞりながら、片手で彼の脇腹を撫で、もう片方の手を彼のパジャマの紐に伸ばした。

ひっぱる。

ミッチがふたたびうなり、わたしの頭をつつんでいる指にぐっと力を入れた。そのすてきな声がまっすぐ脚のあいだに直行する。わたしは唇を横に、そして下にと移動させ、舌で彼の腰から鼠蹊部につながる筋肉の線をたどった。ふいに頭をつつんでいた彼の手がなくなり、彼は両手をわたしの腋の下に入れて、わたしを引きあげた。

彼がわたしにキスをして、片腕でぎゅっと抱きしめ、反対の手でわたしの髪をつかんだ。そしてさっと上体を起こして坐る姿勢になったけど、そのあいだも唇をつけて、舌を絡ませたままだった。わたしは両ひざを左右に開き、彼にまたがる形になった。腰をおろすと、彼の硬くなったものを感じて、その瞬間、どうしてもそれが欲しいとわかった。どうしても。

どうしてもミッチが欲しい。

唇を離し、彼に回した腕をぎゅっと引き寄せながら腰をさげ、彼のものにこすりつけて、背中をそらす。

ミッチの手が寝間着のなかに入ってきて、あっという間に脱がされてしまった。彼はそれを横にほうり投げ、すぐに片腕をわたしのウエストに巻きつけて、反対の手で胸をつつみ、もちあげた。わたしは頭をさげ、彼が胸を口に近づけるのを見ていた。彼は唇で乳首をはさみ、強く吸った。

思わずびくっと腰を振ると、彼は乳首をくわえたままうなり、それがすごく気持ちよかった。すごく、ものすごく気持ちよくて、声をあげてしまう。わたしは両手を彼の髪にさしこみ、ミッチがわたしの乳首を愛撫するのを見ながら、腰を回した。ああ、そう、そうよ。彼のハンサムな顔を見つめ、彼の口がすることを感じて、彼が欲しくてたまらなくなる。

「ハニー」震える声で呼んだけど、返事はなかった。

彼は乳房から手を放して、その腕をウエストに回すと、反対の手で反対の胸をもちあげ、さっきとおなじことをくり返した。わたしもさっきとおなじように彼が胸を愛撫するのを見つめた。

強く吸われて思わず腰が動き、低い切ない声が聞こえてまた腰が動く。その声は、ミッチの舌で円を描かれて、わたしの喉の奥からこみあげてきた。

「ミッチ」わたしはかすれた声でまた呼びかけた。「ねぇ」わたしは彼の髪に差し入れた手をこぶしにして、頭をあげさせた。彼が炎を宿したような目でわたしの目を見つめる。わたしは口を彼の口につけて、キスではなく、ささやいた。「あなたが欲しいの」

すぐ近くにある彼の目が、超セクシーな感じにきらりと光って、両腕できつく抱きしめられた。

「準備はできているということかい？」彼はわたしの唇に口をつけたまま言った。その声はハスキーで、すごくすてきだった。

「ええ」小声で言った。

「ほんとうに？」

ああもう、どうしてこんないい人なの。

わたしは彼の肩に手をかけて引き寄せ、彼の上で腰を回して、「ほんとうよ」と言ったけど、その声は思ったより強く、じれったそうで、要求しているように響いてしまった。

でもそれで本気が伝わった。

彼はわかってくれた。とつぜん仰向けに倒され、ミッチのからだの重みを感じて、彼は長い腕をナイトスタンドのほうに伸ばした。

わたしが彼の腰の下から脚を抜くと、彼はさっと頭をさげてわたしを見たけど、わたしはひざを曲げ、両手の親指をパンティにひっかけて、太ももを滑らせた。彼はわたしの脚を、それからまたナイトスタンドのほうを見た。パンティを足首から抜いて、ぽいと投げたとき、ミッチが完全にのしかかってきて、腰の動きでわたしに脚を開くように命じた。

言われたとおりにすると、彼の腰が入ってきた。

ああ、やっと。

彼をそこに感じるのはすてきな感覚だった。

ミッチの顔を見ると、わたしを見つめながら彼はまっすぐな白い歯（それもすごくセクシー！）でコンドームのつつみを嚙み切っていた。つつみを剝がすと、彼は目を合わせたまま、わたしたちのあいだで手を動かした。わたしは息が速くなり、期待にあえいでいた。

ほんとうに。ほんとうに彼と結ばれる。

もう待てない。

「ピルはのんでるかい、スイートハート？」ミッチが静かな声で訊いた。

「いいえ」わたしがじれったそうに答えて、腰をほんの少し浮かして意思表示すると、彼は唇をぴくっとさせた。

「婦人科医の予約をとるんだ。最優先で」彼が命じた。

「わかったわ」

そのとき、彼を感じた。わたしの唇が開く。ほんの先だけ、彼のさわりだけ、でも完璧だった。

　ミッチの両手がわたしの腰から太ももへと滑り、ひざの裏をもって引きあげ、わたしの脚で彼の腰を囲むようにした。それから彼は、片腕のひじから先をわたしの肩の横について指で髪をさわり、もう片方の手はわたしの脚のところに置いたまま、奥深くて優しくて熱を帯びた茶色の美しい目でわたしの目をのぞきこみ、顔をすぐそばに近づけて、すごく、すごくゆっくりと滑るような動きで腰を沈め、彼のものがすごく、すごくゆっくりとなかに入ってきた。

　完全に入りきったとき、脚のところにあった彼の手がさがってお尻の膨らみをつかんだ。

　ミッチがわたしのなかに、わたしとつながっていて、わたしの目を見つめ、わたしと息を混ぜあわせている。あらゆる意味でわたしは彼につつまれ、わたしは彼をつつんでいる。

　わたしの人生には美しいものはあまりなかったけど、この瞬間、彼に満たされ、髪のなかに彼の長い指を感じ、彼の優しくて温かくてきれいな目で見つめられ、言葉ではなく、わたしとひとつになった彼のよろこびを伝えてもらって——たとえわたしの人生が美しいものであふれていたとしても——この瞬間ほど美しいときはなかった。

だからわたしは両腕で彼をもっと抱きしめ、脚をきつく締めて、目に涙を溜めた。ミッチはそれを見て、うめき声を洩らし、頭をさげて鼻先をわたしの鼻に滑らせ、唇をわたしの唇につけてそっとささやいた。「ぼくのマーラ。かわいいよ」

そして動きはじめた。

ソファーでキスしてくれたときのように、優しく、すてきに、ゆっくりと。そっとキスしたり、ときには深くキスしたり。彼は注意して、耳を傾け、感じて、わたしがだいじょうぶだとわかると、速く動きはじめた。わたしは彼をぎゅっと抱きしめ、手を彼の髪に差し入れ、彼の舌を迎えいれて、深く突きあげられていると、急にそれが押しよせてきた。男の人がなかで動いているだけでいきそうになっているんだと気づいたとき、驚きが全身を貫いた。

次の瞬間、いった。頭をそらし、手脚が震えて、思わずささやいていた。「ミッチ、ベイビー」男の人がなかで動いているだけで達してしまい、その男の人はミッチで、こんなに感じて、こんなにすてきで、こんなに長いオーガズムは生まれて初めてだった。

ああ。

すごい。

完璧。

首をもとに戻すと、まだ彼が、速く、激しく、深く、すばらしく突きあげているのを感じた。目はあいていて、その目はわたしの目を見つめている。顔は影になり、その目は真剣で、荒い息遣いだった。彼は腕を少し上にあげると、手を髪のなかに差し入れてつかんで押しあげ、叩きつけるように唇を重ね、手でつつんでいたわたしのお尻をぐっと引き寄せた。もっと深く、激しく突きあげ、わたしは彼の舌で愛撫されながらその口のなかに吐息を洩らし、彼のものにすごく感じていた。

ミッチはキスをやめて、唇をつけたままでうなった。「もし激しすぎたら、ベイビー、言ってくれないと――」

「やめないで」わたしは懇願した。手脚がこわばり、あそこが痙攣しはじめている。「やめないで、ミッチ、お願い」

彼はやめなかった。また激しくキスしてきて、お尻をもちあげ、自分のものでさらに深くうがった。そのときわたしは、人生で二番目に感じた、すてきで、さっきより強烈な(でも長さは短い)オーガズムを迎えた。完璧なんて言葉では言い表せない。わたしはミッチの口に叫び声を吹きこみ、彼はうなって、根本までなかに入れたままじっとしていた。

地上に戻ってくるのには時間がかかった。戻ってきたくなかった。わたしはミッチの重さ、髪に差し入れられた彼の指、わたしの唇の上で動く彼の唇、お尻から腰の上にあがってきて、自分のものだといわんばかりに抱きしめている彼の手を味わいながら、戻ってきた。

彼は唇をわたしのほおに滑らせて耳元に寄せ、腰に回した腕に力をこめて、ささやいた。「現実世界はどんな感じだった、ベイビー?」

わたしの腕と脚は張りつめ、彼が頭をもたげると、信じられないほどセクシーで満足した顔が見えた。その目はわたしが見たこともないほど(それは驚くべきことだ)温かく、優しくて、美しかった。

だからわたしは、率直に、正直に、心をさらけだして答えた。満面の笑顔で。

彼も笑顔を返してくれた。

そして頭をさげ、わたしの唇に唇をつけ、軽くキスをして、唇をつけたまま言った。

「動かないで」

彼は慎重に引き抜くと、わたしの上からどいてベッドをおり、わたしにふとんを掛けてくれた。わたしは天井を見て目をしばたたかせ、脚をとじた。横向きになって、ひざを曲げ、枕とほおのあいだに両手を合わせて入れた。彼の背中の輪郭とパジャマにつつまれたすてきなお尻がちらっと見えて、バスルームに消えた。

アイオワでの評判とは裏腹に、わたしは故郷の小さな町を出たとき、まだヴァージンだった。二十歳のとき、デンヴァーである男性と三カ月つきあってから、ヴァージンを捨てた。

それはうまくいかなかった。原因の大部分は母の行動とか、母のセフレがわたしに手を出そうとしたこととか、高校の男子がいやなやつぞろいだったことで、わたしのセックスについての考えが混乱していたからだ。

あいにく当時の恋人も若かった。すごくハンサムだった（ルックスだけは10の素材だったけど、彼にヴァージンをあげてから、その他の面では1・5だと判明した）。そのうえ三カ月の時間を投資していたから、がっかりして冷たかったどころではなかった。彼はむかっ腹をたて、まだわたしのベッドにいるのにひどいことを言って、怒って帰り、二度と連絡をくれなかった。

言うまでもないけど、そんなことがあったあとで、すぐにだれかとベッドに飛びこむ気にもなれず、次に試したのはデストリーとつきあってからだった。

デストリーは、はじめはとても忍耐強かった。だからわたしは、たいていはいやなやつだった彼とのつきあいを続けたのだ。デストリーは最初の恋人より年上で、わたしの反応を引きだすのを楽しんでいるようだった。初体験がひどかったので、彼はわたしをベッドに誘うのにさらに時間がかかった（四カ月半）。そしてベッドでも忍耐強く、理解がある感じで、わたしにいろいろと教えるのを楽しんでいるようだった（それもわたしが彼とのつきあいを続けた理由だった）。わたしは臆病なほど奥手だったけど、デストリーから教わって、彼とすることを楽しむようになった。でもわたしの学ぶペースが遅すぎた。

だからわたしがベッドで思いどおりの反応を見せなかったり、新しいことを不安がって試すのをいやがったりすると、彼は先生役に嫌気がさした。

彼はわたしをいかせる前に去っていった。

それ以来、わたしはあまりそのことについて考えなかった。セックスがこわくなったわけじゃないけど、だれともつきあわなかったから、考える必要もなかった。でもいまならわかる。なぜデストリーにたいしてわたしの反応がいまいちだったのか。

それはデストリーがいい先生ではなく、そのうえベッドでもへたくそだったからだ。

どうしてそれがわかったかというと、ミッチがベッドでへたくそではなかったから。ミッチは優しくて直感的に察してくれる。セックスをがんばるのではなく、自然と流れをつくり、その流れの行先はものすごくすてきなところだった。

彼はわたしに教えようとする必要さえなくて、わたしもいろいろ考えなくてよかった。無理する必要もなかった。ミッチに導かれて自然とできた。あんなになんの苦もなくいけた。

二回も。

二回も！

わたしたちがともにしたものは、すばらしかった。美しかった。完璧だった。あまりにもすばらしくて、美しくて、完璧だから、わたしは生まれて初めて現実世界にとどまっていた。ミッチの世界にとどまっていた。すごく居心地がよくて、思わず目をとじてにんまりと笑ってしまうくらい。

でも次の瞬間、わたしの目はぱちりと開き、笑顔は消えた。

最初の恋人とのとき、わたしは彼を三カ月待たせた。デストリーは、四カ月半。

ミッチ……。

数えてみた。

どうしよう！

わたしたちはきのうの夜、最初の公式な本物のデートをしたばかりだ。

その次の日に、彼と寝てしまった!

そんな!

絶望が全身に広がり、ミッチとのすばらしいセックスのあとの余韻を押し流してしまった。トイレを流す音を聞きながら転がり、床に落ちていた寝間着を拾った。坐って寝間着を着ようとしていると、ミッチがやってきたらしく、ベッドが沈むのを感じた。

ああ。

彼に背中を向けて寝間着をウエストまで引きおろしたところで、彼の腕がわたしのウエストに巻きつき、うしろにひっぱられた。

彼の胸の硬い壁にぶつかり、耳元に彼の口を感じた。彼はささやきながら、わたしを巻き添えにして横向きに倒れた。「時間の無駄だよ、ベイビー。ぼくはきょう一日休みだ。ペニーが子供たちを学校に送ってくれる。つまり子供たちを迎えにいくまで時間があり、ぼくたちはその時間を楽しみにつかうんだ。その寝間着はたしかにかわいいけど、それはもう重要じゃない」わたしたちはマットレスと枕に着地し、彼はわたしの肩にそっと歯をたててから、また首筋に顔をつけて続けた。「でも、スタミナを保つためにオートミールを食べるのは許してあげよう。だが食べるときになにか着ないといけないんなら、ぼくのシャツを着るんだ」

きゅん。

「ミッチ――」

「それに、言っておくが、ベッドで食べるんだよ」

きゅんパート2！

まずいわ。

「ミッチ！」

彼はいったんからだを離すと、わたしを仰向けにして、またすぐ横にきて、笑顔でわたしを見下ろした。

もう、なんて美しいの。

「なに？」彼が訊いた。

「わたしは簡単じゃないから」はっきり言いきると、ミッチは真顔になって、目をぱちくりした。

そして言った。「え？」

「わたしは簡単じゃないの」もう一度言った。「そう見えてもしかたないと思うけど。わたしたちはきのう初めてデートしたばかりなのに、その、ええと、たったいましましたようなことをしちゃったから！　でもわたしは簡単じゃない。いままでつきあった人はふたりだけ。最初の彼氏とは、三カ月間かかったのよ……その……する前に。次のデストリーとは、最初の彼氏がいやなやつだったから、四カ月半かかった。どうして今度はこうなったのかはわからないけど、あなたは知っておいてほしいの。わたしは簡単じゃないってことを」

ミッチは前腕をついて、反対の腕をわたしにかけるようにして、手をベッドに置いていたが、じっとしたままで、わたしが話しおわったあとも、まったくなにも言わなかった。

だからわたしは話を続けようと思い、心から言っているのだと示すために彼の胸に手を置き、反対のひじをついて上体を起こし、ささやいた。「どうしてもあなたには知っておいてほしい」

彼はなにも言わず、ぴくりともしなかった。

「あなたに知っておいてもらうのは大事なことなの」

動きも、返事もない。彼の目はわたしをじっと見つめ、なにか考えているようだった。なにを考えているのかは、まったくわからない。だって彼がなにも言わないのだから。でもそれがなんであれ、大事なことのはず。

でもわたしの言っていることも大事なことだったから、わたしは手を滑らせて彼の首をそっとかかえ、さっき言ったことの短縮版をささやいた。「大事なことなの」

ようやく彼は口を開いたけど、出てきたのは「スイートハート、黙るんだ」という言葉だった。

わたしは目をぱちくりした。

そして尋ねた。「どうして？」

「口を閉じろ」

「口を閉じる？」

「そうだ」

わたしは眉根を寄せた。「わたしにとって大事なことをあなたに話しているのに、口を閉じろと言うの？」

「ああ」

わたしは口を開きかけたけど、言葉を発する前に、ミッチが動いた。両腕でわたしをかかえこみ、そこから上体を起こして坐り、わたしを彼にまたがらせた。それから片腕をわたしの腰に回し、反対の手を首筋にあてて髪のなかに指を差し入れ、わたしの顔を自分の顔に向けさせた。

そして話しはじめた。

「いいかい、ちゃんと伝わるように、はっきりと言っておく。きみがそんなふうに、頭のなかで話をねじ曲げて、ぼくが一秒でもきみのことを簡単だと思うかもしれないと考えるようなことのないように」

まずい。

さっき彼が大事なことを考えているように見えたのは、こういうことだったのね。

わたしのパニックが膨れあがる前に、ミッチは続けた。

「きみがあの愚か者とつきあっているのを見ながらきみに惹かれていた期間を除外しても、二年かかったんだよ、マーラ。ぼくのベッドできみを裸にするのに二年もかかった。スイートハート、きみは自信をもっていい。それはまさに〝簡単じゃない女〟の鑑だから」

わたしは彼を見つめて、それはほんとうなのかと考えた。

そうかもしれない。

「でも、わたしたち――」

ミッチが首を振って、腕と指に力をこめたから、わたしは黙った。

「きみは最初のデートでぼくから逃げだした。二番目のデートはすっぽかした。初めてぼくの車に乗ったとき、きみはひどい態度だった。ぼくが口説く前に、きみは通路でぼくを追い払った。初めて二塁までいったときには、ビリィにじゃまされた。ぼくは自分のベッドで二晩、きみと六歳の子といっしょに寝て、ようやくきみをデートに誘えた。そして姉に、きみに保険金が入ったらアパートメントの内装を任せると約束して子供たちを預かってもらい、ようやく、やっと、いよいよ、きみをデートに連れだせたんだ」彼は長い話を、こう言って締めくくった。「ハニー、安心してくれ。ぜんぜん簡単じゃないよ」

わたしは目を見開いた。

そして尋ねた。「ペニーにわたしのアパートメントの内装を任せるって約束したの？」

「ああ、それはもうあきらめてくれ。姉はきみの話を聞くし優秀だが、こだわりが強い。だからきみ自身のため、そしてぼくのために、姉に任せてくれ」

「でもミッチ、お姉さんの商品は高級だから――」

彼はわたしの顔をもっと自分の顔に近づけて、にっこり笑った。「ベイビー、あれはすごく利幅をとってあるんだよ。仕入れ値では、姉のところの品物はほかの店のと変わらない」

そうなんだ。

つまりわたしも〈デザイン・フュージョン〉の家具を買える。

すごい！

「マーラ」ミッチに呼ばれて物思いから覚めたとき、わたしはペニーのお店のウインドウで見たあのソファーを居間に置けたらどんなにいいだろうと夢想しているところだった。彼に注意を戻すと、その顔はもう笑っていなくて、真剣だった。

だからわたしは気を引き締めた。

気を引き締めてよかった。ミッチはすぐにわたしの髪に差し入れた指に力をこめ、真剣な低い声で、力強く話しはじめたから。「きみはメルバメイ・ハノーヴァーじゃない。きみは淫売じゃない。きみは簡単じゃない。きみはトレーラー・トラッシュとはちがいすぎていて、笑い話にもならない。きみは周囲の親子やきみの母親のセフレの男どもが思っていたような人間じゃない。きみはマーラだ。優しくてきれいな。ぼくはあのすばらしさを死ぬまで忘れない。きみのなかに入って、きみにつつまれ、きみの目がうるむのを見て、きみもすばらしいと感じているのだとわかった」

彼の言葉で、また目がうるんでしまう。わたしは両腕で彼の肩をつつみながら、その言葉が、自分の奥までしみこんでいくのを感じた。その言葉はまっすぐで、本物で、たとえわたしがものごとをねじ曲げる特別な才能に恵まれていたとしても、ねじ曲げることとなんて不可能だった。

それに、そんなことするつもりはなかった。

「ミッチ」わたしはささやき、ほかにはなにも言わなかった。喉が詰まるように感じていたし、なにを言ったらいいのか、よくわからなかったから。

彼の話はまだ終わっていなかった。わたしを抱きよせ、横になって転がり、今度は彼がわたしの上になった。

彼は顔を近づけてささやいた。「きみの髪はぼくの想像より柔らかかった。髪をおろしたところは想像よりきれいだった。きみはぼくが想像していたより優しく、楽しく、誠実だった。そしてぼくの想像はかなりの高水準だった。だからベイビー、現実がそれよりぶっとんでいると知って、ものすごくうれしかったよ。それだけじゃない。きみがむかっ腹をたてると、硬くなりそうになって、必死で抑えている。きみがほほえんでも、硬くなりそうになる。きみがぼくの目の奥をのぞきこんで、そこでなにかを見て、それを気に入っていると顔に書いてあるときも、硬くなるのを必死で抑えているんだ。だがそういう苦労はあっても、やっときみを自分のものにしたのは、ぶっとぶほどすばらしい現実だった。ぼくの推理を言ってみようか?」ミッチはわたしの答えを待たずに話しだした。「きみの母親がきみを嫌ったのは、きみが自分よりも上等な人間だとわかっていたからだ。そして毎日、きみがいずれ、いまのきみのような人間になると見せつけられた。だから彼女はそれをひそかに妨害しようとした。どうしようもないあばずれでいることで、きみを引きずりおろそうとした。ぼくはいろんな人間を見てきたし、話はもっと聞いているが、きみの母親は史上最悪の母親の座を争える。それでもきみは、いまのきみのような人間に成長し、彼女を負かしたんだよ。それにスイートハート、きみにはたくさん魅力的なところがある。その魅力に気づいていたのはぼくだけじゃない。だがいま、何年間も待ちつづけてやっと、きみのすべてを自分のものにしたのはぼくだけだ。そしてそれを、〝うれしい〟という言葉で表現するのは、とんでもなくクソ不じゅうぶんな表現でしかない」

「もう話すのはやめて」わたしはささやいた。あまりにも胸がいっぱいで、いまにも張り裂けてしまいそうだった。胸が熱くて、勢いよく炎が燃えているようだった。

「やめないよ。きみがぼくの言っていることをちゃんと受けとめて、どこかにうっちゃったりしないとわかるまで。あの女がきみに信じさせようとしていることを信じるのをやめるまで」

「もう話すのはやめて」わたしは小さな声でくり返した。

「マーラ、ぼくは——」

わたしは指で彼の唇をふさいだ。

それから静かな声で言った。「どこかにうっちゃったりしない」指を彼の唇からほおに滑らせ、髪のなかにもぐらせ、彼の唇をふさぐように唇を重ねて、ささやいた。「あなたが言っていることはちゃんと受けとめたわ」唇で彼の唇をこすり、ささやき声で続けた。「だから、あなたはオートミールをつくってくれないと。わたしの計算によれば、あなたはあと八時間で、わたしがあなたの世界のマーラだと説得しないといけないのよ。いろんな現実がすべて戻ってくる前に。わたしがこわくなったり、びびったり、パニクったり、わたしにはとうてい乗り越えられない災難がふりかかってきたり——そのどれか、または全部が起きる前に。もちろん、その災難をあなたの助けで乗りきることができたら、あなたが言ってくれたことを信じるのが楽になると思う」

わたしは（ようやく）話すのをやめて、（ようやく）心をさらけだし、ミッチのどこまでも深い目に見つめられながら、息をとめて待った。

そして彼は言った。「八時間だって？」

「子供たちを迎えにいくまで」わたしは答えた。

彼が首をひねって目覚まし時計を確認し、またわたしに目を戻したとき、その目には、からかうようなきらめきと、ものすごくセクシーななにかが浮かんでいた。

「それはがんばらないとな」彼はささやいた。

うれしい。

わたしは彼にほほえみ、伸びあがって、彼の唇に唇をつけ、そっと言った。「だからオートミールが必要なの」

彼の体重を感じて、頭が枕の上に落ちると同時に、彼がわたしに唇をつけたまま言った。「もう少ししたら、もってくる」

「スタミナが必要なのよ」わたしも言った。

彼は両手でわたしのからだを撫であげ、いっしょに寝間着をもちあげながら、ささやいていた。「もう少ししたらもってきてあげるよ、ベイビー」

「でも――」彼が腰を回すようにした。わたしの脚のあいだで。それでなぜ〝もう少し〟が必要なのかわかり、同時にわたしにも〝もう少し〟が必要になった。「わかったわ。もう少ししたら食べましょう」

彼は唇を合わせたまま、ほほえんだ。わたしも。

そして彼はキスしてくれた。

それからほかにいろんなことも。わたしも彼にいろんなことをして。
けっきょく、オートミールはランチに食べることになった。

23

六週間後

わたしは激しくいき、その強烈な感覚に大きく背中をそらした。思わず両手をうしろにやってミッチの太ももをつかみ、あえぎながら腰を回して、石のように硬くなった彼のものにこすりつけた。

わたしの絶頂がまだ続いているあいだに、彼はわたしの蕾から親指を離してその手をお尻に移動させ、すでに片方のお尻をつつんでいた手と両方で脇から胸郭を撫であげると、わたしを引き寄せた。唇を重ねて舌を滑りこませ、両腕をわたしのからだに回す。そしていっしょに転がり上になると、先端をあてて挿入を開始した。強く深く入ってくる。わたしは彼の肩に両腕をまわし、ひざをあげ、腰を押しだしてもっと深く取りこもうとした。

彼にしがみついて柔らかくて豊かな髪に指をからませ、口と股間と両方への攻撃を受けとめる。彼のうなり声を口で受け、ついに両脚のあいだに彼のものをいちばん奥まで受け入れると、彼の荒々しいうめき声がわたしの喉をおりていった。

彼が頭をさげて唇をわたしの首筋に這わせ、鼻をすりつける。同時に彼のものがわたしのなかで優しく動き、わたしは片手の指で彼の髪を梳いて、もう一方の手を背中の温かな肌に滑らせた。

魂がため息をつき、心が飛んでいく。

彼が頭をあげ、満ち足りたセクシーな目をわたしの目と合わせてつぶやいた。「おはよう」

つかのま彼を見つめる。それから、頭を枕に沈ませ、両脚で彼の脇腹を挟み、両腕を彼にまわしてぎゅっと抱きしめたまま、わたしは笑いだした。

どうしてかといえば、彼が両手で、それから口でわたしを起こしたあとにその言葉を言うまで、ふたりともひと言も言葉を発していなかったからだ。

笑いが落ち着いてから、あごを引いて目を開け、彼を見つめた。彼はわたしのなかにまだ深く入っていたけれど、動くのをやめていて、片手をあげ、指先でわたしのこめかみから額の生え際をなぞってほほえんだ。

「おはよう」わたしはささやいたが、ふいに記憶がよみがえると、おもしろがる表情が薄れるのが自分でもわかった。

　ミッチがそれに気づいた。彼の笑みが消えたのでそれがわかった。柔らかい、少し心配そうな表情になり、すてきな唇がささやく。「どうした？」

「ビリィが具合が悪くなった夜のことを覚えてる？」わたしは静かに尋ねた。

　彼の指が髪の生え際を滑りおりてわたしの首をつつみ、親指であごを撫でた。「ああ」

「翌日、台所に入ってきて、わたしを両腕で抱いてくれたのを覚えてる？」尋ねると、彼の親指がとまり、目がきらりと光った。

「ああ」彼がささやく。

「あなたが両腕でわたしを抱き、うなじに向かって『おはよう』って言ったとき、これからずっと、毎朝こんなふうに言ってほしいと思ったの」

　首をつつんでいた彼の指がこわばる。つぶやいた声はうなり声に近かった。「マーラ」

　わたしは彼に向かってにやりとしてみせた。「でも、このほうがもっといいわ」

　彼のからだが震え、片手が首を離れて両腕でわたしを抱き、口を開けたままキスをして（笑いながらだったので、さらにすてきなキスだった）、そのまま転がった。悲しいことに一瞬からだが離れたが、うれしいことにキスは続けたまま向きを転じ、彼が仰向けになってわたしが上になった。

　彼がキスを終えると、わたしは頭をあげて、自分の彼氏を見下ろした。目に笑みがあふれているのを見て、魂がまた吐息をついた。

　その瞬間、彼が早口で言いはじめた。

「よし、ベイビー、けさの手順は、まずぼくがトイレをつかい、バドを起こしてシャワーを浴びさせ、きみがシャワーを浴びているあいだにぼくがコーヒーを淹れて朝食をつくり、きみはシャワーから出たらビリィを起こし、みんなで朝食を食べて、きみがビリィにシャワーを浴びさせ、自分の支度をして、手伝ってビリィに支度をさせているあいだにぼくがシャワーを浴びて、そしてみんな出かける。わかった?」

「ええ」

「準備はいいか?」

「ええ」わたしはにやりとした。毎朝やっているお気に入りの儀式だ。

「散会《ブレイク》」彼が小さくかけ声をかけ、頭をあげてすばやくわたしにキスをすると、わたしを片側にどかし、自分は逆側に転がって上掛けをはねのけた。

　彼が歩いて、わたしのアパートメントのバスルームに入っていくのを眺める。

魂がまたため息をついた。うれしいため息。

ミッチが扉をしめると、わたしは仰向けになり、上掛けを胸までかけた。

六月になると、ロッキー山脈に驚くほど活気に満ちた夏がやってきた。例年ならば五月から六月にかけてそんな気候は期待できず、むしろ大吹雪に見舞われることもあるが、ことしは晴れた温かい日が続き、それでいて、ほぼ毎日午後には雷雨があって暑気を冷ましたから、夜は涼しくてさわやかだった。

ミッチの手で現実世界に引きこまれてからの六週間は、文句なく人生で最高の六週間で、かつて住んでいたマーラワールドには一日たりとも近づかなかった。

★

まず一番目に、わたしは避妊の問題を解決した。ミッチに最優先だと言われて、わたしも同感だったから。

ミッチとのあいだになにも存在してほしくなかったから、わたしはすぐにピルを飲みはじめた。

★

二番目に、母とルーラメイ伯母が完全に姿を消した。リネットに電話をかけて偵察を依頼した結果、ふたりは家に戻っていた。おそらく、わたしの人生を地獄にするための資金が尽きてしまったうえに、いつもならば、酔いつぶれさせて財布を盗めるような酔っ払いやろくでなし軍団を見つけられなかったのだろう。

ついでに言えば、この長電話で、わたしはリネットに近況を全部伝えた。プールサイドのラウンジチェアにのんびり坐ってのことだったが、大事な話を打ち明けているのに集中できなくなってしまったのは、会話の途中でミッチがジムのトレーニングのあとで汗だくで登場し、汗まみれの彼がすごくセクシーだったからだ。サングラスをかけたわたしの目が、こちらに歩いてくる彼をとらえ、しかも、彼が本気でわたしのビキニ姿を気に入っていると知っていたから、電話に集中するのが難しかった。リネットの話を聞いている真っ最中に彼がわたしにキスをして、それも口は閉じていたけれど熱烈なキスだったから、（当然ながら）集中するのはさらに難しくなった。そのあとに引き続き集中するのが難しかったのは、ビリーとビリィがミッチに気づき、それからの十分間は、ミッチはプールの端に立って、ふたりを吊りあげては水のなかに放りこんでいたからだ。すぐに水から出てくるふたりを彼は何度も何度もプールに投げこんだ。ついには、彼のセクシーさが測定不可能なほど増大し、眺めることに集中するのも難しくなった。彼がほほえみ、声を出してたくさん笑って、そして汗だくになりながら、ビリーを笑顔にさせてたくさん笑わせ、ビリィをにこにこ顔にさせてたくさん金切り声をあげさせていたせいだ。その姿に気づいたのはわたしだけではなかったから、わたしの独占レーダーが作動し、しかたなく自分の彼氏と自分の子供たちから視線をそらして、よだれを垂らしながら、こっちに来てちょうだい目線を彼に注いでいるビキニの女性たちをにらみつけなければならなかった。

でも、わたしはなんとか話を続けた。

リネットは歓喜のあまり大騒ぎで、だから、あなたは10・5だと言ったじゃないと（くり返し）述べた。

「11かもしれないわよ！」甲高い声で叫ぶ。

彼女の言葉を信じたわけではなかった（とくに11の部分は明らかにちがう）。

もちろん、ミッチがわたしの繭を大きく破って、わたしを飛びたたせてくれたことや、自分が少なくとも8だと（ほぼ）確信しているのを否定するわけではない。

ただ、そう確信させてくれたのはリネットではなくてミッチだということ。

リネットは八月にミッチとビリーとビリィに会うためにやってくる旅行を計画していた。彼女の両親もいっしょに来ることを検討中だという。前回来てくれたとき以来、リネットには三年は会ってないし、彼女の両親とは十三年ぶりだ。
待ちきれなかった。

★

三番目は、無一文となって投獄されていたビルのことだった。彼が先にカードを切った。裁判を待っていて、公選弁護人が彼の弁護の準備をしていたが、ミッチの話では、おそらくうまくいかないだろうということだった。第一の理由は彼が明らかに罪を犯しているし、第二は彼がすでにツー・ストライクで、そして第三は愚かにも司法取引を拒否したからだ。

ビルからわたしに連絡はなく、子供たちにもなんの連絡もなかった。わたしは一度だけ彼を訪ねたが、ミッチが（彼の判断により）うしろに立っている状態だったから、訪問はうまくいかなかった。でも、ミッチがいなかったとしても、うまくいかなかっただろう。

その会見は、わたしが受話器を取りあげ、ビルがガラス越しにミッチを怒りの目でにらみつけながら、彼のほうの受話器を取りあげたあと、その視線をわたしに向けて次のように言うまで続いた。「くそったれ、マーラ、くたばれ！」そう言うとビルは受話器をかけ、立ちあがって看守のほうに歩いていった。

わたしはぶるぶる震え、泣かないようにこらえながらそとに出た。ミッチが腕をわたしの肩に回して支えてくれた。建物のそとに出たときにもまだ震えていて、叫びださないように抑えていたとき、わたしがビルの子供たちの世話をし、しかも、その子たちを、自立できるようになるまで育てるつもりであり、そのうえ、ビルのせいでわたしの部屋が荒らされ、さらには、わたしには彼に怒る理由があって、彼にはわたしに怒る理由はまったくないのに、母とルーラメイ伯母をけしかけてわたしを困らせたという事実に気づいた。

ミッチのSUVのなかで、わたしは頭に来ていることすべてをミッチにぶちまけた。長々と詳しく話したなかには、ずっと昔の、これまでだれにも話したことがない家族の歴史まで含まれていたが、それでも話しつづけた。彼のアパートメントに到着し、彼にワインのグラスを手渡され、熱烈なキスで口をふさがれて、わたしはやっと話を中断し、（ようやく）彼に意識を集中して、きらきら輝く彼の目を見つめた。

彼がつぶやいた。「ぼくはブレイとブレントのところへ、子供たちを迎えにいってくる。その二分間のあいだに、きみはぼくの家をめちゃくちゃにするか、それとも、キャンドルを点して、ワインを一口飲み、気分を落ち着かせられるかな？」

わたしは彼をにらんだ。

それからつぶやいた、「二番よ」

「わかった」彼はつぶやき返し、わたしにもう一度、今回は激しくはないが、ずっと長いキスをした。

彼がいないあいだ、わたしは彼と約束したとおりにしたが、それと同時に、わめき散らしたあげく、家族のことまで彼に打ち明けたことをくよくよするのにその二分を費やした。

家族の恥をあそこまで暴露したのだから、彼はこの二分間を費やして、わたしが2・5であるという理解に至っているはずだ。

でも、そうではなかった。彼はビリィを消防士のやり方で肩にかついでキーキー言わせ、うしろからふたりを眺めてにやにやしているビリーを引きつれて帰ってくると、ビリーにバーベキューで肉を焼く役目を伝授すると宣言した。

ミッチがハンバーガーをつくるあいだ、ビリィとわたしは付け合わせをつくった。ふたりでフレンチフライを揚げ、サラダをつくるあいだに（もちろん、わたしがつくって、ビリィはカウンターに坐っておしゃべりしながら見ていたわけだが）、ミッチはバルコニーに出て、ビリーに男の焼き方を教えた。

わたしはくよくよするのをやめて、ワインを飲み、家族といっしょにディナーを食べ、子供たちを寝かしつけ、ミッチに無理やりテレビでカブスの試合をいっしょに見させ（カブス勝利！）そのあとにほんとうにいい人だったご褒美をあげたが、それは彼のベッドのなかでのことだった。

★

警察がわたしの部屋の封鎖を解いて、ようやく片付けができるようになったが、わたしはそうなるのを非常に怖れていた。大変な仕事になるとわかっていただけでなく、大変な努力をして築きあげたものがすべて破壊された証拠のなかに足を踏みいれるのがこわかったからだ。

ミッチはミッチなので、当然ながらこれにもかかわった。

わたしが一日休みを取った日、ミッチは彼の母に子供たちの学校の迎えを頼み、ラタニアとテスとペニーのほか、警察の同僚である女性ふたり、ジェットとロキシーにも来てもらうように手配した。

ジェットとロキシーにかんしては、いまは夫になっている男性とのロマンスについて新聞記事にもなり、本まで書かれたと聞いて、わたしは多少びくびくしていた。しかし、ふたりとも少し変わっているが、とてもかっこよい人たちで、わたしたち五人でせっせと働いたので、なかはわたしが思っていた以上にひどい状態で、救いだせるものはほとんどなかったという事実にもかかわらず、さほど時間をとらずに片付けることができた。

じっさい、そういうメンバーの五人だったから、片付けをむしろ楽しみに変えてくれたということもある。とくに、ペニーがパンフレットやカタログを持参し、かなりの時間を費やして、彼女の〝ビジョン〟を説明してくれ、しかも、そのビジョンをわたしがとても気に入ったことが大きいだろう。

その結果、ペニーは翌日にはもう、必要な家具とほかに必要なさまざまなものを発注してくれた。ペニーとスー・エレンとわたしは二回（一回はラタニアもいっしょに）買い物に出かけて残り（お皿や寝具類その他）を選び、わたしたちが出かけているあいだは、ビリィになにが起こっているかを気づかれないように、ミッチが（デレクといっしょに）子供たちの面倒を見ていた。それからミッチが、わたしが名づけた〈男の仕事〉をやるために、言い換えれば、わたしの新しいテレビとDVDプレーヤー、PS3、そしてステレオを買うために、ビリーを連れて出かけ、そのあいだ、ビリィとわたしはお留守番で、それはつまり、ビリィが手と足の爪にネイルを塗ってもらい、わたしが『ファインディング・ニモ』を見ることを意味した。

購入したものはわたしの部屋に保管し、さらにペニーの注文した家具が届くまでの一週間半をミッチの部屋で暮らした。ミスター・ピアソンが家具とおなじ日に新しいマットレスが届くように手配してくれた。わたしが仕事中に、ペニーが（スー・エレンに手伝ってもらって）わたしの部屋に入り、彼女の趣味の〝スタイル〟でベッドや家具や照明を配置し、壁に絵を飾った。ふたりでなんとベッドにシーツまで敷き、皿を戸棚にしまって、整えたビリィのベッドにテディベアを置いてくれた。

それはとてもすてきだった。

その晩、学校から戻ってきたあとに、わたしとふたりの子供たちは引っ越しをした。ビリィはわたしの部屋の内装を替えるためにミッチの部屋に滞在していたという話を信じていた。ビリーはもっとよくわかっていたが、いつもどおり、妹のために、妹にはなにも言わなかった。

★

わたしたちがわたしの部屋に戻ると、ミッチも（ある意味）そうした。わたしに尋ねることなく（どちらにしろ、反論しなかったと思うが）、彼はわたしの（新しい）

歯ブラシ入れに自分用の歯ブラシを入れ、わたしの薬棚にシェービングクリームやカミソリやデオドラントを並べ、何枚かのジャケットとシャツとジーンズを、クローゼットのわたしのものを少し押しやって掛け、わたしの抽斗に下着とTシャツとパジャマと靴下をしまった。

そのあとわたしは抽斗を入れ直し、ふたつの抽斗を彼に明け渡した。このすべてを、わたしは涙をこらえながらやった。ミッチの侵害による涙ではなく、ミッチの宣言がうれしかったことによる涙だった。彼はわたしの人生と子供たちの人生に留まりつづけるつもりで、通路で隔てられることになっても、そのつもりだと宣言したからだった。

鼻をすすりながら、抽斗を入れ替えていると、ミッチが部屋に入ってきた。わたしの最後に残っていた繭をやぶり、同時に自分は少なくとも8だとわたしに納得させるというこれまでは不可能だった任務をついにやりとげたのは、まさにこのときだった。

彼はわたしが鼻をすすりあげる音を聞き、無意識のうちにこの任務を開始した。わたしのところまで歩いてきて、わたしを抽斗から離して立たせ、両腕で抱きしめたのだ。

そして顔をさげて、わたしの濡れて縁が赤くなった目と目を合わせた。濡れた目を観察し、それから静かに言った。

「子供たちには安定が必要だ。現状でぼくたちの安定は、通路をはさんでふたつのうちをもつということにならざるをえない。つまりバドとビリィの安定は、こことぼくのところ、どちらもわが家だということだ。きみがぼくのベッドで寝るときは、ふたりはうちの客用寝室で寝る。できるだけ早く、ふたりのために適当なベッドを用意するよ。だが、たいていはぼくがきみのベッドに寝て、ふたりはここのふたりの部屋に寝ることになるだろう。だから、ぼくのものを少しここに移した。きみにも、きみと子供たちが必要なものをふたつずつ用意して、ぼくのところにも置いてほしい。ふたりときみがどちらにいようが、そこが家庭であり、シャンプーや洗ったTシャツを取りに行ったり来たりしないほうがいい」

彼はわたしをぎゅっと抱きしめると、顔をさらに近づけ、声をさらに低めた。

「ぼくが思うに、あの子たちはそれでもだいじょうぶだと思う。ふたりはぼくたちがいっしょにいることに慣れている。こうして物理的に離れる理由ができたいまだからこそ、その安定を揺さぶるべきではないと思う。ふたりはどちらのアパートメントにも慣れている。そのままにしておくため、ぼくたちは全力を尽くそう。バドはきみとぼくのあいだになにが起きているか気づいているが、ビリィは自分が愛する人たちが幸せであるかぎり、なにも気にしない。すべて問題ない」彼がわたしの目を見つめ、両腕の力を強めながら優しく尋ねた。「それでいいかい？」

「ええ」わたしはささやいた。

「ベイビー」彼がまたぎゅっと抱きしめる。「これは子供たちにとって大きな決断だ。きみがいまここで『ええ』と言えば、それは、今後きみがぼくの人生に留まり、ぼくがあの子たちの人生に留まることを期待しているという意味になる。きみは別な提案をすることもできる。なにを言ってくれてもぼくはかまわない。誓うよ。ぼくはいま、きみに自分の考えを話したが、きみがおなじ意見かどうか、訊いているんだ。そんな簡単な『ええ』を期待しているわけじゃない」

「ミッチ、ハニー」わたしも彼を抱きしめた。「答えは……『ええ』よ」

「スイートハート――」

わたしが彼にからだを押しつけると、彼は口をつぐんだ。わたしは片手を滑らせて彼の首筋にあてててささやいた。「子供たちは安定を必要としているわ、たしかに。でも、安定させなければならないのは場所ではなく、人よ。わたしにはわかる。生まれてからずっとおなじトレーラーハウスに住んでいたけれど、そこは健康的な場所じゃなかった。あの子たちもビルとずっとおなじ場所に住んでいたけれど、それも健康的な場所じゃなかった。あなたとわたしがいるかぎり、どこで寝ても気にしないと思うわ。そして、あなたとわたしがいっしょなら、さっきの提案にたいする答えは『ええ』よ」

彼はわたしの目をじっと見つめ、それからゆっくりと目を閉じ、深い息を吐きだしてから、また目をあけた。そのときわたしは、自分の答えがミッチにとって重要であり、しかも、ミッチが聞きたがっていた答えだったと理解した。前者についてはわかっていたが、後者については、わたしにとってすべてだった。ちなみに、魂がため息をついてそれが最高の気分だったのは、そのときが初めてだった。

そのすばらしさを味わっていると、ミッチが言った。「よし、では、きみがそれでいいならば、残りのことについて話そう」

ああ、どうしよう。

わたしはその瞬間、すでにとても幸せで、これまでの人生で感じたことがないほど幸せだったから、〝残りのこと〟がなにか不安を覚えずにはいられなかった。

でも、ミッチは残りを話した。

「管理事務所に話をした。寝室三つの部屋の空きが二戸出るそうだ。ひとつは八月、ひとつは九月だ。ぼくの賃貸契約は十一月までで、そこで聞いたところ、きみのは来年の一月までだ。しかも、ぼくたちが、このアパートメント・コンプレックス内で引っ越すならば、事前通告さえ早めにすれば、いまの賃貸の片方は満期を待たずに解除しても、違約金を課さないと言ってくれた」

引っ越す？

い、い、い、わたしたちが？

ミッチは話しつづけたが、わたしはとてもそれに耳を貸せる状態ではなかった。

「ぼくはそうするのがいいとは思っていない」

それを聞いて、安堵を感じるべきか、失望を覚えるべきかもわからなくなった。どっちか判断する暇もなかった。ミッチの話はまだ残っていた。

「いまは買い手市場だ」彼が言う。その言葉を聞いて、わたしは息をとめたが、彼は話しつづけた。「しばらく前から家を買うことを考えていた。そろそろ家賃を払うのは終わりにするべきだし、頭金くらいはとっくに貯まっている。どちらにしろ、子供たちは学校を変わる必要があるし、せっかく変わるならば、ずっと通える学校に移ったほうがいい。家を買うことを考えるにあたっては、きみの考えも必要だ。来年の一月には、全員がそこに住むことになる。きみとバドとビリィは、ぼくといっしょにそこに引っ越す。だから、いっしょに家を探して、子供たちはその近くの学校に入れる」

胸が速い呼吸で上下したのは、過呼吸になりそうだったからだ。

ミッチが続けた。「今後六カ月は、バドとビリィがいっしょの部屋をつかうのは気が進まないが、慣れるだろうし、まだ子供だ。いずれにせよ、近いうちにそれぞれの部屋をもてるのだから」

彼の話に耳を傾けながらも、わたしの頭は、彼が先ほど述べたことから先に進んでいなかった。

「わたしたちに、あなたといっしょに引っ越してほしいの？」

「ああ」

「わたしたちに、あなたといっしょに引っ越してほしい」わたしはくり返したが、今回は疑問形ではなかった。

彼が眉間にしわを寄せ、やはりくり返した。「ああ」

「でも……その……ミッチ」わたしは説明しようとした。「まだ一カ月しかいっしょに暮らしていないのに」

「ぼくが、自分がなにを望んでいるかわからない男に見えるか?」ミッチに尋ねられ、わたしは目をしばたたいた。

いいえ、彼はそういう男には見えないし、そういう男のようにふるまうこともない。そういう男でないからだ。

「いいえ」わたしはささやいた。

「オーケー、では、自分が欲しいものを見つけたときに、それに気づかないような男に見えるか?」

そんな!

わたしの胸が焦げだすのを感じ、わたしはまた答えを絞りだした。「いいえ」

ミッチがわたしの目を見つめ、小さく息を吸った。

それから言った。「あしたのことを話しているわけじゃない。来年の一月のことだ。もともとぼくは、十一月には引っ越そうと思っていた。いっしょに考えてほしい。以前ならば、きみと関係ない話だったが、いまはきみと子供たちがぼくの人生のなかにいるから、きみとも関係ある話になり、きみに教えておく必要があるんだ。もしぼくときみのあいだでなにかまずいことがあって――」彼はわたしをぎゅっと抱きしめた。

「――そんなことは起きないが、もしそうなっても、きみたちには、きみのアパートメントがある。だがもしそんなことがなければ、いまから六カ月以内に、準備ができたら、きみの賃貸契約を切りあげるか、違約金を払ってここを出ればいい。今度は自分たちの家で、いままでどおりにやっていく。ぼくたちも、あの子たちもプライバシーの保てる家で」

わたしは彼を凝視した。

ミッチは二秒間だけこの凝視を許し、うながした。「ここまではいいかい?」

「あなたはわたしが10・5だと思っているのね」わたしは唐突にささやいた。

彼は眉をひそめて尋ねた。「え?」

「少なくとも、8だと」さらに言う。

「ええと、ベイビー……なんの話だ?」

わたしはまた彼を見つめた。

わたしはいま、わたしの寝室で、彼の両腕に抱かれている。彼のお姉さんが内装を手伝ってくれた寝室。クローゼットには彼のかっこいいジャケットやシャツがかかっていて、抽斗にはボクサーショーツと靴下が入っているその寝室で、おなじ家に引っ越すことについて会話を交わしている。いまでも半分いっしょに住んでいるようなものだけど。

だから、わたしはつつみ隠さずにすべて話すことにした。

「あなたは10・5よ」わたしは彼に告げた。

「ベイビー……なんのことだ？」彼がいくぶん当惑し、いくぶんいらだち、いくぶん困ったように言ったのは、わたしがなにを言っているのか、わかったせいだろう。

「マーラワールドには階層があるの。1から3までと、4から6までと、7から10まで」わたしが静かに説明すると、彼の表情から当惑が減っていらだちが増したが、それでもわたしは言いつづけた。「あなたは10・5よ」

「マーラ――」

「母のせいで、わたしは自分が2・5だと確信していた」

ミッチが黙りこんだ。表情が不吉なほど暗くなる。

わたしは彼の顔を眺め、涙で鼻がつんとするのを感じてささやいた。「わたしは2・5じゃないわよね？」

「ちがう」彼が即座にきっぱり断定する。

わたしは目の焦点がぼやけ、息遣いがさらに速くなるのを感じた。「わたしは2・5じゃない」

そのとき、彼の片手がわたしのうなじを滑って髪に差しこまれるのを感じ、わたしはすごく近い彼の顔に焦点を合わせようとした。

「第一に、ハニー、人はそれぞれだ。どの人もすべてちがう。きみはその人たちを分類したいのかもしれない、それもいいが、現実の世界では、人は自分がやりたいことをやり、人生を左右する決断もそれぞれが自分でくだす。いい決断もよくない決断もある。その両方が混じった場合もあるが、どれもみんなちがうし、変わることもある。だからこそ、第二に、きみが人生でくだした決断こそがきみをつくる。それが自分で見えず、自分がつくった自分を見ることができないなら、目を開けて、ベイビー、周囲を見て、きみを大事に思ってくれている人々を見つけて、その人たちを通して自分がつくった自分を見てみればいい。もしもぼくが、このきみが考えついたばかげた分類によって点をつける必要があるなら、ノー、きみはぜったいに2・5ではない。2・5なんてまったくちがうし、きみのあの最悪な母親ときみが育った町のばか野郎どもが、きみの頭をねじ曲げて、それがきみだと思わせたことを考えると、控えめに言っても、ものすごく腹が立つ」

ミッチの言うことは正しい。リネットにも言われた。ミスター・ピアソンは行動で示してくれた。ロベルタもそうだ。ラタニア、デレク、ブレイダン、ブレント……ビリーとビリィでさえ、わたしを愛し、信頼し、いっしょにいたいと思ってて、堂々とそれを見せている。

ミッチもそうだ。じっさい、蛇口を見るためにわたしの家に入ってきたその瞬間から、わたしが2・5だと思っているようにはまったく見えなかった。わたしといっしょにいるのをいやがらず、いっしょにピザを食べたいと言った。

ほんとだ！　なんてまぬけだったんだろう！

そう思ったから、そのまま言った。「わたしはまぬけだわ」

ミッチは首を振って天井を見やり、両腕でわたしをきつく抱きしめると、視線をわたしに戻していらだった口調で言った。「なんてこった、マーラ。きみは2・5じゃないし、もちろん、まぬけでもない。ちがうよ、きみが自分のことをそんなふうに言うのは聞きたくない。そして、最後にもうひとつ言うが、きみはふたりの子供を育てていくんだ。子供たちは、人生を正しく形づくっていくのに正しい決断ができるように、おのれに自信をもつことを学ぶ必要があり、それを教える人間を必要としている。その人間というのはきみだよ。もしもきみが自分のことをよくわかってなくて、自分がどんなに美しい女かも自覚していなかったら、ベイビー、きみにそれができるはずがない」

「でもいま、あなたはわたしにうんざりしている」わたしは明白な事実を指摘した。

「ああ……そうだな」彼も明白な事実に同意した。「だが、ぼくは人にかんしては経験豊富だし、女性にかんしても……」

ふうむ。ほんとうにそのとおりだ。とくに後者については。

ミッチは話しつづけた。

「しかも、どんなにがんばってきみをいかせても、どんなに最高にオーガズムを感じさせても、きみのきみ自身にたいする認識は消せないし、ぼくが見ているきみと、きみの頭のなかのきみを置き替えることもできないという事実を知っている。それにまた、自分がなにを手に入れたかも知っている。さらには、きみのような女性のほとんどは、きみとはちがう、もっとずっとひどいやり方で、ケツの穴に頭をつっこんでいるということも。だから、物事の明るい面を見れば、きみに起きたことは——きみほどの美人なのに、きみはお高くとまったりしない。スイートハート、ぼくはきみの優しさ、きみの態度、きみの口の利き方、そういうの全部を好きになったが、きみはうぬぼれとは無縁で、男を手玉にとれるとは思わない。だからこれも、そんなに悪いことではぜんぜんないよ」

「まあ、あなたが明るい面を見てくれるのはありがたいけど」わたしはつぶやき、彼の肩のほうに視線をそらしたが、彼がどっと笑いだしたので、またあわてて戻した。

強く抱きしめられて息ができないほどだ。

彼は落ち着くと、腕を（少し）緩め、さらに顔を近づけた。「一カ月と少しのあいだ、明るい面をたくさん見つづけてきたからな」彼がささやくのを聞き、わたしはからだの奥がきゅっとなるのを感じた。

「ミッチ――」

彼がわたしの言葉を遮った。「ぼくたちは子供たちを養わねばならない。だから、目の前のことに話題を戻そう。ぼくが家を買ったら、きみと子供たちがそこに移ってくる。ここまではついてきてるかい？」

わたしは彼の優しい目を見つめた。一カ月以上、毎朝目が覚めるとその目を見つめてきた。残りの人生も、毎日起きてその目を見つめたいと願っている。わたしは彼についていく。数週間前、初めてそう言ったときもそうだったし、それからずっと彼についてきた。もし自分に可能なら、地上で最後の息を吸うそのときまで、彼についていきたい。

「ベイビー、ここまでついてきているかい？」

「ええ」わたしはそっとうなずいた。

「よし」彼がささやき、にっこりした。「準備はいいか？」

「ええ」

「散会《ブレイク》」彼はそう言ってわたしの唇に唇をふれさせてから、バスルームに入っていった。

わたしは回れ右して抽斗のほうを向き、整理を続けたが、今回は泣きながらやったわけではなかった。

ほほえみながらだった。

★

いろいろなことがようやく落ち着いた……というより、巨大かつ重大な方向に落ち着いたわけだが、文字どおりにも比喩的にも、わたしたちの晴れた日々に一抹の雲が浮かんでいて、それはビリーだった。

ミッチは正しかった。ビリィは自分がどこにいようが、なにをしようが、自分が愛する周囲の人々が幸せであるかぎり、なにも気にしない。元気づける必要もなく、そのよろこびはテフロン加工がされているように強固だ。

しかし、ビリーはどこかおかしかった。

わたしたちのどちらか、あるいは両方に、接着剤のように貼りついていた。しょっちゅうミッチにキャッチボールをせがんでいる（そしてミッチはつきあっている）。毎晩、ミッチかわたしに宿題を手伝ってほしいと頼む。わたしに洗濯のしかたを教えてほしがり、皿洗いをする。夕食をつくるのを手伝う。自分の部屋をきれいにしている。掃除機をひっぱりだして、家全体に掃除機をかける。戸棚の在庫調べをして、買い物リストを書く。店に行けば、通路をダッシュして品物を取ってきてくれるので、カートを押していちいち通路に入っていかなくて済む。ビリィが疲れてむずかりだせば、あやして機嫌をとる。わたしが疲れているときは、自分が本を読んでビリィを寝かせるからと申しでる。

わたしといっしょにいて、ミッチがそばにいないと、ひっきりなしにミッチのことを訊いてくる。ミッチはどこ？　ミッチはなにをしているの？　ミッチはいつうちに帰ってくる？　ミッチのハンバーガーって最高だと思わない？　ミッチが紙に書かずに頭のなかでかけ算ができるのって、かっこいいよね？

わたしたちの最初のデートのあとは、次はいつ、自分とビリィがペニーの家にお泊まりするかを日に四度は尋ねていた。そして二週間後、子供たちをスー・エレンに預けて、ミッチとわたしが自分たちの夜を過ごしたときには、翌日に帰宅した午後に、次はいつスー・エレンの家に行くのかと、二回も尋ねた。

三日前、ミッチとわたしはSUVのなかでちょっとした言い争いをした。なにが原因だったかも忘れてしまったが、子供たちもいっしょに乗っていて、そのときに車内になにか異様な気配を感じたのだった。後部座席をふり返ると、ビリーが窓のそとを凝視していて、その横顔がこわばっていた。歯を食いしばり、両手をこぶしに握り締めて肩をいからせ、唇を震わせていた。おびえきって、いまにも泣きそうに見えた。わたしは驚いて、ミッチと続けていた短い言葉の応酬を中断し、ミッチに目配せして首のわずかな動きで背後を示した。ミッチの目がバックミラーをのぞき、またすぐに道路に戻ったが、そのあと、彼のあごは固く張りつめすぎて、筋肉がぴくぴくしていた。

その晩、ベッドに入ると、ミッチはわたしを引き寄せて彼の上に乗せ、宣言した。

「きみが腹を立てたときも、ぼくがむかついたときも、ふたりになってから話しあおう。子供たちの前ではなく」

「じゃあ、あなたも気づいたのね」わたしはささやいた。

「ああ、気づいた」

そのときにわたしが言ったことは、彼が警官で、非常に洞察が鋭いことを考えれば、すでにわかっていたことだろう。「あの子は変だわ、ミッチ。なにかまずいことがあるんだわ」

「悪い環境で育って、いったんいいものを味わったら、それを守るためならなんでもする。きみにはわかっているはずだ」

たしかにわかっている。

わたしはうなずいた。

ミッチが優しい声で続けた。「あの子はおびえているんだ」

わたしは唇を噛んだ。「そうね」うなずいてから尋ねた。「それについて、あの子と話すべきかしら？」

ミッチはわたしの顔をじっと見つめ、しばらく考えていた。

「どうだろうな。ビリーはぼくたちに気づかれたと思えば、もっと不安になるかもしれない。ぼくたちがさりげなくふるまい、日常のなかで心地よさと安定を与えるように心がけていれば、そのうちリラックスするかもしれない」

「仕事に行ったときに、ロベルタにそのことを聞いてみるわ」わたしがそう言い、今度はミッチのほうがうなずいた。

「ぼくはその話をスリムとしたよ」彼がそう言い、わたしを驚かせた。「キャッチボールをしていたとき、スリムは気づいていたようだ。たしかにあれは、見逃すのが難しいくらいだったが」

スリムというのは、ミッチのパートナーであるブロックのあだ名だ。

ブロックはいい人だし、息子がふたりいる。経験豊かと言えるだろう。

「それで、彼はなんと言ってたの？」

「ぼくたちが気づいたと思えば、ビリーはもっと不安になるだろうと。ぼくたちがさりげなくふるまって、あの子に安定した環境を与えれば、リラックスするだろうと」

ミッチがにやりとした。

「すばらしい」わたしはつぶやくと、ミッチが片腕でわたしを抱きしめた。

「とりあえず、二週間ほど様子を見よう。それでも落ち着かないようだったら、もう一度ぼくたちで話しあい、どちらがあの子と話すかを決めよう。いいね？」

わたしはにっこりしてささやいた。「ええ。でも、〝準備はいいか、散会《ブレイク》〟の儀式をするつもりなら、抗議するわよ」

彼が枕に乗せた頭をちょっと浮かせた。唇をぴくっとさせた。「なぜだ？」

わたしはからだを彼のからだに押しつけた。「だって、心地いいんだもの」

「スイートハート、ぼくの上に乗ったままでは寝られないぞ」

「だれが寝るって言った？」わたしが尋ねると、彼の目が光った。

そして、彼の両手が動いた。わたしの両手も動いた。

さらにふたりの口と舌も動いた。そしてからだのほかの部分も。

ふたりのからだが離れたとき、わたしはあまりに心地よすぎて、もはや動けないほどだった。それでもなんとか起きあがってきれいにし、わたしは寝間着を着てパンティをはき、ミッチもパジャマのズボンをはいた。裸にはなっても、裸のまま寝ることはしない。もしもビリィがやってきて吐いたとしたら、わたしたちが生まれたままの姿ではよくないだろう。

それについてわたしは心配していた。すでに里親制度のクラスは取っていたし、児童保護サービスの再訪はなかったが、わたしの部屋の状況はすでにミッチが報告してくれていて、そのときに、わたしたちが部屋に戻ったあとにまた訪問があるはずだと言われていた。

子供たちがいる家で、わたしが毎晩恋人といっしょに寝ていることについて、児童保護サービスがどう思うかはわからない。その恋人がとてもいい人で、しかもそのいい人が、ミッチェル・ジェイムズ・ローソン刑事だとしても。わたしたちが子供たちに与えている安定した環境を揺るがす理由は、どんなものであれ与えるわけにはいかない。

だから、丸くなってミッチに寄り添いながら、眠たい声でこの懸念を彼に打ち明けた。

それにたいしてミッチは、ぜんぜん眠そうではない声で答えた。「きみから子供たちをとりあげようとする者がいたら、それがだれであろうと、ぼくが許さない」

わたしは影になった彼の胸に向かって目をぱちくりさせ、それから頭をあげて影になった彼の顔を眺めた。

「なんですって?」

「ただでさえ心配しなければならないことがたくさんあるんだから、児童保護サービスのことは心配するな。彼らがなにを根拠にくだらないことを主張するか知らないが、恋人が泊まっていることを聞きつけて、子供たちをほかの場所に移そうとしたら、彼らが経験したこともないような大騒動を起こしてやる。だから、心配しなくていい」

「でも、どうやって?」

「それについても心配しなくていい」

「ミッチ――」

言葉を切ったのは、彼が寝返ってわたしに覆いかぶさったからだ。体重をかけ、わたしの頭の両側に両手を置いて髪に指をからませながら、顔を近づけてきた。暗くて見えなくても、その真剣さははっきり伝わってきた。

「きみにはこれを教えてくれる人がいなかったが、ぼくは自分の親から学んだ。親というものは、子供を守るためならなんでもする。なんでもだ。どんなに大変でも、なにがあっても、その身を削っても。やらねばならないことはなんでもやる。ぼくの両親もいまはいいが、ぼくが子供のときは裕福じゃなかった。だが、ぼくはなにも感じなかった。じつを言うと、自立して、自分の人生をふり返るまでは、そのことに気づいてもいなかった。なにか欲しいと思ったこともない。どうしても必要なものもなかった。すべて与えてもらったし、親はそのために身を粉にして働いた。ぼくに人生の教訓を教え、自分の尻ぬぐいは自分でさせたが、ほんとうの苦労にたいしては、緩衝材になって守ってくれた。バドもビリィも、すでに彼らの分の苦労は経験している。これ以上はなしだ。それを気をつけてやるのがぼくの役目だとしたら、ぼくが気をつけているよ」

わたしは激しくあえいだ。彼が重かったせいもあるが、それだけではなかった。それだけではぜんぜんなかった。

「わたし……なんと言ったらいいか」あえぎながら言う。彼がそのあえぎを聞き、片手をわたしの髪から出してわたしの傍らに突き、わたしにかかっていた体重を少し減らした。

「なにも言うことはない」彼が言う。「ただ、どういうことかを説明しただけだ」

「ミッチ――」

彼は唇でわたしの唇をふさいで話すのをやめさせてから、小さくささやいた。「もう寝ろ、ベイビー」

「でも、わたしが考えるに――」

「考えるな」彼がうなる。真剣な表情が戻ってきた。「聞くんだ。四年のあいだ、ぼくはきみのことをかわいいと思って、タイトスカートのなかできみの尻が動くのを見て楽しんでいた。それなのに、あの〈ストップン・ゴー〉に着いてたった五分で、ふたりの子供たちと接するきみを見て、ぼくの世界は大きく揺さぶられた。それから二時間もたたないうちに、ひとりの女性が近づいてきて、ぼくたちのことをすてきな家族だと言った。あのときは家族じゃなかったから、なにを言われているかもわからなかったが、いまならわかる。彼女は正しかったよ。だが、ぼくが手に入れたのはそれだけじゃない。ぼくはあの子供たちがこれ以上つらい思いをしないように守らなければならないし、ぼくの彼女がこれ以上悩まないように守らなければならない。そのためならば、どんなに大変でも、なにがあっても、この身を削ってもかまわない」

わたしは沈黙し、完全に静止して彼を見つめた。

それから、わっと泣きだした。

ミッチの両腕に抱かれ、わたしは泣いた。

泣きやむと、ミッチが片手を顔にふれ、親指で濡れたほおを拭いながらささやいた。「思ってもみなかったが、きみに最初に会ったときに、きみが約束するものと恋に落ちたんだと思う」

からだがこわばるのを感じ、また息が詰まって、涙がこみあげた。「ミッチ――」

「それに、バドとビリィはぼくにとってそれ以上だ。あのふたりのおかげで、きみに近づき、親しくなれた。あのふたりがあらわれたのはほんとうに幸運だった」

また息が詰まり、涙があふれてくる。「ミッチ――」

「愛しているよ、スイートハート」彼がささやいた。

わたしは彼の首に顔を押しあて、またわっと泣きだした。今度の涙は長いあいだとまらなかった。

ようやく静まると、彼はわたしを反対に向かせて背後から抱きよせ、わたしの髪に顔を埋めた。

彼の腕にしっかり抱かれているうち、わたしはようやくリラックスしてささやいた。

「あなたはわたしの夢の男性だったの」

「知ってたよ」

わたしは枕に向かって目をぱちくりさせた。「いま、なんて?」

「マーラ、ベイビー、これも思ってもみなかったことだが、きみはぼくのために生まれてきたんだと思う。そうだとすれば、その逆もまた真だ」

ああ、どうしよう。

「わたし……わたしが……あなたのために生まれてきた?」

「ぼくが警官になった理由もそれだ」

「わたしを救うために、あなたは生まれてきたというの?」

「いや、ぼくはきみを守るために生まれ、きみは守られる価値があるように生まれてきた」

オーケー、それってすごい。だんぜん気に入った。

ものすごく。

「やだもう」わたしは震える唇でささやいた。「また泣きだしそう」

彼のからだが震えるのがわかった。わたしに回した腕をさらに強く抱きしめ、さらに深く頭を埋め、そしてくすくす笑った。

わたしは少しむっとした。

「ミッチ、心を割った話をしているときに笑うことないでしょう」

「話をしているうちのひとりがマラベル・ジョリーン・ハノーヴァーだと考えたら、きみも笑うさ」

わたしは枕をにらんだ。それから、オーガズムが一回と、大泣き二回、そしてミッチ・ローソン刑事との打ち明け話で、自分が疲れきっていることに気づいた。

だから、つぶやいた。「どうでもいいわ」その言葉がまたくすくす笑いを引き起こした。

でも……ほんとうにどうでもいい。

背後からつつみこんでいるミッチにもたれると、彼の腕にさらに強く抱きしめられた。彼の落ち着いた息遣いがさらにゆったりとなる。

でも、わたしは眠らなかった。枕のぼんやりしたしわを見つめ、彼の言葉を思い返した。

それから、それを頭のなかで言ってみた。

そしてまたくり返した。

そのたびに、わたしの魂がため息をついた。

それから、わたしは眠りに落ちた。

★

それが三日前のことだ。

きょうは子供たちも学校がない。土曜日で、ミッチとわたしもどちらも休みだったから、子供たちを〈シックス・フラッグズ・エリッチ・ガーデンズ〉に連れていくことになっていた。ビリーとビリィはアミューズメントパークに行くのは生まれて初めてだったから、われを忘れるほど興奮していた。

わたしもじつは行ったことがなかったから、やはり興奮していた。

ミッチもわたしたち全員を連れていくことで、(ホットガイのマッチョな刑事風ではあったが)やはり興奮していた。

ミッチがバスルームから出てきて、床に落ちているパジャマのズボンに近寄り、拾ってはくあいだ、わたしはずっと眺めていた。それから片手をついて起きあがったが、ミッチがビリーを起こすために出ていかずに、ベッドまで来て端に坐った。

片手をあげてわたしの髪を肩から押しやり、指をうなじに回して引き寄せると、わたしのほうに身をかがめた。

そして、わたしの目をじっと見つめてささやいた。「ぼくが経験した最高の朝は、きみが初めて、ぼくのものを口に含んでくれたときだ」

わたしははっと息をのんだ。ふれられてもいないのに、乳首がうずきだす。

「くそっ、ベイビー、きみの口は好きだったが、あのあとは、もっと好きになった。きみのすべてがそうだ。現実のほうが期待よりはるかにすばらしい。とてつもなく」

「ミッチ」わたしはささやき返し、片手をあげて彼の手首を握った。

彼の目が笑っている。「あれを越えるのは難しい」

わたしの目も笑っていたはずだ。約束したときに口も笑っていたから。「できるだけがんばってみるわ」

そのあと、彼は話題を変えた。「いちおう知らせておくが、〈スプリング・デラックス〉についてきみが言っていたことは正しかったよ。きみのマットレスは最高だ、ベイビー」

「だから、そう言ったでしょ」

彼がにやりとした。

そしてささやいた。「だが、きみの隣で眠れるならば、釘のベッドでもかまわない」

わたしは目をしばたたいた。また涙があふれだした。

ミッチがそれを見て、親指でほおを拭ってくれて、それから前かがみになって唇をそっとわたしの唇にふれさせると、立ちあがり、ビリーを起こしに出ていった。

わたしはそれを眺め、ドアが閉まって、彼の美しい背中とすてきなお尻が見えなくなるとベッドにまた倒れ、天井を眺めて深呼吸をした。

そのとき、ビリィの金切り声が聞こえてきた。「エリッチ・ガーデンズ！」

ということは、わたしがビリィを起こしにいく必要はないらしい。

ビリィの小さい足が床に当たる音が聞こえ、寝室の扉をバンと叩く音がして、ミッチの低い声が嘘を言っているのが聞こえた。わたしはシャワーではなく、裸でベッドにいる。「マーラはシャワーだ、かわいこちゃん」

その情報を入手すると、ビリィは即座に標的を変更した。

「ドーナツ、食べられる？」

「パークに行く途中で買っていこう」ミッチが答えている。

「やったあ！」ビリィが金切り声をあげる。

それを聞いて、わたしは天井に向かってほほえんだ。

言いたいのは、この現実の世界が大好きだと言うこと。

現実の世界はほんとうにすばらしい。

しかも、わたしはそこにしばらく留まっている。

願わくば、永遠に留まれますように。

★

「発射二秒前だ、ベイビー」ミッチが玄関からじれったそうに呼んでいた。ビリーとビリィは彼のそばに立ち、ビリィはつま先でぴょんぴょん跳びはね、ビリーも興奮でそわそわしている。

わたしはまた急ぎ足で引き返した。

「日焼けどめが必要だわ」彼に言う。

「公園でも買える」ミッチが廊下を走っていくわたしに大声で言った。

「バド、帽子はもった?」わたしはバスルームから叫び、ミッチの言葉を無視して薬棚から子供用の日焼けどめを取った。

「もったよ、マーラおばさん」ビリーが大声で返した。

「ビリィ、あなたは——?」

「帽子もった!」ビリィが金切り声をあげる。「早くいこ! 早くいこ! 早くいこ!」

わたしは大きなバッグに日焼けどめを押しこみながら、廊下を走った。

ようやく玄関に着く。

そしてみんなを見まわし、つぶやいた。「いいわ、行きましょう!」

「やったあ!」ビリィが叫び、ミッチが扉を開けたとたんに走りだした。ビリーが走ってビリィを追いかけ、わたしは顔をあげ、ミッチの笑っている目と目を合わせた。

「やったあ!」そっと言い、にっこりする。

ミッチの視線がわたしの口に落ち、彼の腕がわたしのウエストに回される。引き寄せられて、唇がおりてきて、短いけれどホットで濃厚なキスをされた。

そのあと、彼は唇は離したがウエストは放さず、抱いたままわたしをうながして戸口から出ると、いっしょに立ちどまり、彼が玄関の鍵を確認した。

そのときわたしは、二カ月前ならば、百万年たっても思いつきもせず、一生するなど思わなかったことをしていた。通路に立って、10・5のミッチ・ローソン刑事にもたれ、彼がわたしの家の鍵を確認するのを待っていたのだ。

そのあと、三十一歳のわたしは、恋人に連れられて、生まれて初めてのアミューズメントパークに家族で出かけた。

わたしは間違っていた。

わたしは現実の世界が大好きではなかった。
現実の世界を愛していた。
なぜなら、それはまさに夢のようだったから。

24

わたしはミッチのSUVから飛びおりると、バタンとドアをしめ、後部座席からビリーがゾンビのような顔でおりてくるのを見守った。

遊園地はヒットだった。子供たちもわたしも、目いっぱい楽しんだ。

でも、いちばんよかったのは、一日中ずっとミッチの目のなかに、いままでは見たことがない、でもすてきな光が宿っていたことだ。それは普段のおかしそうな目のきらめきとはちがった。彼はよく、ビリーやビリィやわたしにそういうまなざしを向けているけど。それはその日がいいお天気で、わたしたちが休みをとって、遊園地に行ったからでもなかった。

そういうのとはちがう、なにかだ。

わたしは自分が彼を愛していることは、もうわかっている。彼はわたしの夢の男性だ。彼はわたしたちが最高にぴったりだと思っていて、わたしは彼がそう思っているのがすごくうれしかった。日々、そして週を重ねるごとに、わたしたちは自然と互いの生活になじみ、子供たちもわたしたちとの暮らしになじんできて、わたしは彼の言ってるとおりなのかもしれないと思いはじめていた。

でもきょう、彼はそれ以上のものをくれた。いままでわたしたちに与えてくれたもののほかに、それ以上のものを。ものすごく楽しかった。子供たちは興奮と驚きとアドレナリンとジャンクフードで満タンになって駆けまわり、くたくたに疲れていた。ビリーも、ビリィも、わたしも、全員きょうを満喫した。一日丸ごと。

でもミッチの目のきらめきで、彼がわたしたち以上によろこんでいるとわかった。それは彼がジェットコースターとかジャンクフードが好きだからではない。

そうではなく、彼はわたしたちが楽しんでいるのを見るのが好きで、わたしたちを楽しませるのが好きで、わたしたちにそれを知られても平気なのだ。

最初から彼は寛大で、献身的で、過保護だったけど、時間がたつにつれて彼がどんどん満ちたりた表情になり、彼はわたしたちが楽しんでいるより、自分がわたしたちに与えていることに満足しているのだとわかって、それがすごくすてきなことだと感じた。

前から、ミッチはいい父親になるだろうと思っていた。

でもきょう、彼はすてきな家族をつくる人だとわかった。

だって彼は、もうそうしている。

そう思ったら、ますます彼のことが大好きになった。

ビリーが車のドアをばたんとしめた音で、わたしは幸福な物思いから覚めた。驚いたことに、ビリーが寄ってきて、からだごとぶつかってきた。わたしのウエストに腕を回して、ぐっと寄りかかってきて。わたしは彼の体重を受けとめて、すごくすてきだと感じた。

ビリーの肩に腕を回して、SUVのウインドウ越しに、ミッチが後部座席にかがみこむのを見つめた。彼はぐっすり眠りこんでいるビリィのシートベルトをはずし、ブースターシートから抱きあげた。ミッチはビリィをしっかりと抱っこして、自分の腕に坐らせるようにして両脚を腰にかけさせ、頭を自分の肩に乗せた。ビリィの腕はだらんとさがっていて、ミッチはあいている手をその背中にあて、自分のからだにくっつけていた。

ちなみに、これもすごくすてきだった。

わたしはビリーを歩道のほうに歩かせ、ミッチもこちらにやってきて、スマートキーで車に鍵をかけた。

「あれ」わたしは小声でミッチに言った。おみやげがたくさんと、ミッチとビリーが遊園地のゲームで獲得した賞品が後部座席に置いたままだ。

「寝かしてから」ミッチもおなじように小声で答えた。「とりに戻ってくるよ」

わたしはうなずき、ビリーとわたしはミッチとビリィと歩道で合流した。わたしとビリーを見たミッチの顔がまた満足げになり、目のなかに夕闇のなかでもわかるあの光が宿り、口元がほころんだ。わたしも口元をほころばせて、魂がため息をついた。もしかしたらミッチもおなじように感じているのかもしれない。彼の魂もため息をついているのかも。

自分たちがミッチにそれをあげているのかと思って、またわたしの魂はため息をついた。彼がわたしたちに与えてくれてるすべてのことを思ったら、なおさらだった。みんなで並んで階段をのぼり、わたしはビリーの肩を抱く腕にぐっと力をこめた。

「楽しかった、バド？」そっと訊いてみた。

「いままでで最高だった」ビリーがぼそっと言った。

いままでで最高だった。

ビリーの言うとおりだ。最高の一日だった。わたしたち全員にとって。もしかしたらミッチにとっても。

ミッチのほうを見ると、彼はほほえんだままビリィのつむじの髪に唇をつけているところだった。

やっぱり。最高の一日だった。ミッチにとっても。

ああもう、わたしはミッチェル・ジェイムズ・ローソン刑事を愛している。ふたりでつくろうとしている家族を愛している。そして彼もそれをよろこんでいることが、うれしくてたまらない。

わたしは足元に目を落として、階段の最後の数段に集中した。からだは心地よく疲れているけど、すばらしい日の締めくくりに転んで顔から階段につっこむなんてごめんだった。階段をのぼるあいだもビリーに寄りかかられていたから、下を見ながらなんとかのぼりきって廊下に出て、やっと緊張がほぐれて幸福な気分になった。

だからミッチが早口で「嘘だろ」とささやき、すぐに「ふざけるな」と怒気をふくんだ言葉を吐いたとき、それまでのみんなの雰囲気とがらっとちがうのにびっくりして、ぱっと顔をあげて彼のほうを見た。

その顔は石のように固まっていた。

いったい？

彼が立ちどまったので、自然とわたしも立ちどまり、ビリーもとまった。わたしもミッチの視線の先を見て、その瞬間、自分のからだが彼の顔のように石になるのを感じた。そしてビリーもそれを見たのだと、くっついたからだのこわばりでわかった。

母さんとルーラメイ伯母さんが、わたしの部屋のドアの前に立っていた。ふたりはわたしたちをじっと見ていた。髪を最大限にふくらませた髪型。メークはアライグマ風。胸元をあらわにして。胸の前で腕を組み、胸をもちあげてさらに谷間を見せびらかしている。

顔にはにやにや笑いを浮かべて。

その理由はすぐにわかった。

ふたりといっしょにジェズがいたから。

ジェズ！

ビリィの母親。

からだが石になったときにわたしの心臓はとまっていたけど、ジェズを見て、猛烈に不規則な鼓動を刻みはじめた。

六年ぶりだった。ジェズはビリィを産んで一カ月もたたないうちに逃げだした。あのころも問題人物だったけど、いまも問題人物に見える。

もっと悪くなってる。

見るからに麻薬依存症で、がりがりに痩せているし、着ているものは母さんと伯母さんと同レベルのけばけばしさだった。母さんと伯母さんよりも厚化粧をしていることと以外、身づくろいに気をつかっていないのは明らかだった。そんなことが可能だとは知らなかったけど、明るく照らされた廊下に、その証拠が存在していた。

ビル。

ビルはわたしに嫌がらせをするために、母さんと伯母さんにけしかけてジェズを見つけさせ、ここに連れてこさせた。

わたしへの嫌がらせは、ミッチと、ビリーとビリィにたいする嫌がらせになるのに。なんてことを。

くっついているビリーのからだが震えだすのを感じた。ぶるぶるではなく、がたがたという感じだ。からだが大きく震えて、驚愕のあまり麻痺に陥っていたわたしを揺りおこした。

ビリーは当然ジェズを知っている。ずっと会ってなかったけど、いまでも憶えている。ビリーはまだ幼かったけど、あの世界に生きることによって研ぎ澄まされた本能でジェズのことを避けていた。いまは九歳で九十歳のように賢いのだから、ジェズがなぜここにいるのかもわかっているはずだ。

そのうえ、ビリーはけっしてメルバメイ・ハノーヴァーとルーラメイ・ハノーヴァーのふたりを見ようとしなかった。ふたりがだれか知っているし、ふたりがなぜここにいるかも、わかっているから。

わたしはビリーを連れてミッチに寄りそい、急いで言った。「あれはジェズよ。ビリィを産んだ人。バドのではなく、ビリィの母親よ」

「そうか」ミッチの短い返事にさっきよりも強い怒りが感じられた。彼の不機嫌が廊下に広まり、凄みを感じさせる。そのからだは石のようにこわばっていた。

「ちいさい子には遅すぎるんじゃない」母さんがにやにやしながら声をかけてきて、ミッチが動いた。

わたしの部屋のほうでも、自分の部屋のほうでもなく。

デレクとラタニアの部屋のドアに。

びっくりしたけど、トレイラー・トラッシュ・トリオから目を離さず、まだ震えているビリーをひっぱるようにしてミッチについていった。

ミッチはひと言も言わず、こぶしをあげてドアをノックした。彼がなにをしようとしているのかわからなかったけど、尋ねなかった。明らかに彼は主導権を握るつもりだし、それならわたしは彼についていく。

ルーラメイ伯母さんが腕組みをほどき、背を軽くかがめて、ビリーを見ながら、わたしたちのほうにやってこようとした。わたしはビリーをしっかりと抱きしめてミッチのほうに近づき、ビリーと伯母さんのあいだにわたしが入り、わたしとミッチのあいだにビリーをはさんだ。

「久しぶりだね、ビリー。あたしはあんたのお祖母ちゃんだよ」伯母さんは甘ったるい声で言った。ビリーはまるで、溶けてわたしのからだに吸収されたいかのように、ぎゅっとしがみついてきた。

わたしはビリーに回した腕に力をこめた。

「見た感じ、まあまあかわいく育ってるみたい」ジェズがつぶやく声がして、そちらをふり向くと、彼女は多少の好奇心を浮かべた目でビリィを見つめていた。

わたしはびっくりしたし、少し警戒した。それにビリィのことを〝まあまあかわいい〟と言うなんてどうかしている。眠っているし、ほとんどミッチに隠れているけど、ビリィがすごくかわいいのは一目瞭然だ。

この人はビリィの母親なのに、六年間、一度も娘に会おうとしなかった。

それなのに、多少の好奇心とまぬけなコメントだけ？

いったいどういうことなの？

わたしはその疑問を口に出さなかった。出そうと思ったわけではないし、その時間もなかった。

ミッチが口を開いたから。

「それ以上一歩も前に出るな」凄みを効かせた声に、ルーラメイ伯母さんでさえ立ちどまって彼を見つめた。

「あたしは――」

「ひと言もしゃべるな」ミッチの低い声は、さわって感じられそうなほどはげしい怒りで震えていた。「すぐに相手をしてやる」

ルーラメイ伯母さんは弾かれたように背筋を伸ばし、目を細めた。

「その子たちはあたしの孫よ」伯母さんはいらだたしげに言った。

ミッチが返事する前に、ドアが開いて、そこにデレクがいた。

次の瞬間、わたしたちはそこにいなかった。

ミッチがデレクの脇をすり抜けるようにしてドアをくぐり、わたしとビリーも押されるようにしてなかに入ったからだ。全員入ると、彼はドアをしめた。

すぐにミニ・カクテル祭りの真っ最中だと気づいた。みんなマティーニグラスを手にもち、おつまみの皿が食べかけだったから。コーヒーテーブルの上には銀色のカクテルシェイカー、氷の入ったバケツ、お酒と薄めるもののボトルが置かれていた。前にも何度も見たことがある光景だった。ラタニアは準備ができたら、いちいち気取った足取りで台所に戻ってカクテルをつくるタイプではなかった。居心地のいい場所に必要なものを用意して、そこから動かないタイプだ。

ブレイとブレントがソファーに坐っている。

ラタニアの従姉のエルヴァイラも。

エルヴァイラ。

ミッチがどうするつもりか、まだわからなかった。わかっているのは、彼がどうするつもりにせよ、エルヴァイラがワイルドカードになるということだった。

エルヴァイラのことは知ってる。ラタニアのカクテルパーティーの常連だから。彼女はすごくおしゃれで、妹と弟がいる。ひじょうにいらいらさせる弟妹らしく、エルヴァイラはだれにでも平気でその話をするから、いつもその話を（長々と）している。それにすごくおもしろい仕事に就いている。はっきりとは言わないけど、なんとなく私立探偵（みたいなこと）をしている男の人たちの群れのお世話をすることが仕事のようで、彼女といったん仲よくなるとすごくおもしろい話を聞かせてくれる。

でも〝ラタニアのよろこび〟を括弧つきにするとしたら、従姉の〝エルヴァイラの態度〟も括弧つきに値する。エルヴァイラは歯に衣着せずなんでも言うタイプだし、こわいくらい詮索好きだ。彼女には遠慮なんてフィルターはない。思ったことをなんでも率直に言葉にするし、いろんなことに意見をもっている。

わたしはエルヴァイラが好きだけど、正直に言えば、いつも少しこわいと思っていた。以前、エルヴァイラが来なかったミニ・カクテル祭りでラタニアも、従姉のことをわたしとおなじように少しこわがっていると言っていた。

エルヴァイラ、ブレイ、ブレント、ラタニア、デレクがさまざまな驚きの表情を浮かべてわたしたちを見つめている。無理もない。わたしたちがいきなりあがりこんできたのだから。

「どうかした――？」デレクが訊こうとしたけど、そのとき、ドアが激しくノックされる音がした。

全員（わたしも含めて）の目がドアに釘づけになったけど、そのときミッチが話しはじめた。

「トレーラー・トラッシュ・ツインズが通路にいる」彼は静かな声で説明しながら、デレクとラタニアの予備の寝室のほうへと向かった。そこは半分書斎、半分男の城としてつかわれていた。ミッチの動きを見て、わたしもビリーを連れてあとに続いた。デレクも、ラタニアも。そしてブレイとブレントとエルヴァイラもソファーから立ちあがってついてきた。

ミッチはまだ眠ったままの（よかった）ビリィを運びながら、説明した。

「今度は援軍を連れてきた。ビリィの母親だ」ミッチは部屋に入っていった。わたしとビリーも。デレクとラタニアも。ブレイとブレントとエルヴァイラは戸口のところにいた。

何人かが息をのんだ。ラタニアとブレイとブレントだと思う。デレクは顔をこわばらせている。

ミッチは背をかがめて、ドアから洩れてくる明かりを頼りに、ビリィをデレクの男の城用ソファーにそっとおろし、楽な姿勢で寝かせてから、手を伸ばしてソファーの背にかかっていたひざ掛けをとった。ビリィの上にふわりとかけて、ちゃんとからだを覆うようにひっぱった。

ビリィを寝かせおわったところで、ドアを叩く音がまた聞こえてきた。

全員がそちらに顔を向けた。ミッチ以外。彼はすばやく動いた。その動きは落ち着いており、なめらかで無駄がなく、まるで自分を抑えているようだった。彼は少しもためらわず、長い歩幅でドアをぐるぐるとき、ブレイ、ブレント、エルヴァイラの三人は飛びのくようにして道をあけた。

わたしは震えるビリーの肩を抱いたまま、ミッチのあとを追い、ビリーをひっぱりながらぎゅっと抱きしめた。

「だいじょうぶよ、ビリー」わたしが小声で言うと、ビリーはぎくしゃくした動きで頭をそらしたが、そのおびえた目を見て、わたしの胸は締めつけられた。「約束するわ、バド」わたしは声をかけつづけた。「なにもかもうまくいくから」またぎゅっと抱きしめた。「約束だから」

わたしたちは居間に戻ってきたけど、ビリーはうなずくこともせず、おびえた顔をしたままだった。わたしはとまって、ドアのほうを見ると、ミッチが話す声が聞こえた。

ドアはあいていたが、ミッチがすき間をからだでふさいでいる向こうにルーラメイ伯母さんの姿が見えた。

「五分後に」彼はそれだけ言った。

「五分後なんて、ふざけるんじゃないよ」ルーラメイ伯母さんが言った。「あたしたちはもう一時間も待ってるんだ」

「あと五分待つか、パトロールカーの後部座席に坐って、迷惑行為容疑で訴えられるかだ」ミッチが言い返し、彼がドアをしめる前に、伯母さんがぎょっとしたように頭をそらし、目を細くするのが見えた。

ミッチはふり返り、まっすぐビリーのところにいって、その前にしゃがみこんだ。片方の手でビリーの首の横をつつむと、ぐっと、でも優しくひっぱって彼をわたしから引きはがし、ビリーの顔を自分の顔のすぐそばに近づけた。

「ぼくがなんとかするから、バド」ミッチはいつもより低く、深みのある声で、ビリーと目をしっかり合わせて言った。

ビリーはなんの反応もしなかった。

ミッチはビリーの首にあてた手をそっと揺すった。

「約束する。まかせてくれ。ぼくを信じているかい?」

ビリーはぴくりともせず、なにも言わなかった。

「バド?」ミッチがもう一度優しく揺すり、ようやくビリーはうなずいた。

ミッチはビリーを引き寄せ、ほんの半秒ほど、自分の額をビリーの額にくっつけてから、手を放してさっと立ちがった。

そしてラタニアを見た。

「ビリィのいる部屋のドアをしめておいてくれ。騒ぎになったら、あの子には聞かせたくないから、きみの寝室に移す必要がある。きみが責任をもってやってくれ。いいかい？」ミッチが言うと、ラタニアはうなずき、急いで男の城に入っていった。

ミッチはデレクを見た。

「あの女たちを子供たちのそばに近づけたくない。それにあいつらに、ぼくが向かいの部屋に住んでいることを知られたくない。だからここに来たんだ。これからマーラとぼくは出ていって、話をしてくる。もし気に入らないことが聞こえてきたら、たとえばあいつらが怒鳴ったり脅したりするのが聞こえたら、スリムに電話してくれ。あいつは事情を知っているし、どうすればいいかわかっている。もしなにか聞こえたら、電話する。いいな？」

デレクもうなずいた。

ミッチはブレイとブレントのほうを見た。

「バドといっしょにいてくれ。こわがっている」

ブレイとブレントはうなずき、ブレントがブレイから離れてビリーのほうにやってきた。

ミッチはわたしの目を、それから顔全体を見て、あまり安心できなかったみたいだけど、力強いまなざしでわたしを見つめて、静かな声で言った。「行くぞ、スイートハート」

今度はわたしがうなずく番だった。

「わたしもいっしょに行くわ」わたしがミッチのほうに行こうとしたとき、エルヴァイラがそう言いだし、ミッチとわたしはそれぞれ彼女を見た。

どうしよう。やっぱり。エルヴァイラはミッチの計画に首をつっこもうとしている。

「だめだ」ミッチは言った。

「へえ……そう、セクシーで、マッチョで、叙勲されてる、非の打ちどころのない刑事さん」彼女は言い返した。ほら。例の〝態度〟だ。「わたしはセクシーでマッチョな男たちといつもいっしょにいるけど、もしそうじゃなくても、あなたが激怒してるセクシーで、マッチョな刑事だということは見ればわかるわ。もう一度言うけど、あなたは叙勲もされてて、非の打ちどころがない。これからもそういう刑事でいなくちゃ。ところがわたしの見立てでは、あと〇・五ミリで堪忍袋の緒が切れそうになっている」

彼女の見立ては合っているとわたしは思った。

エルヴァイラはさらに続けた。

「それにあっちでなにがあるにしても、あなたたちには証人が必要よ。わたしはあなたたちのどちらのご近所でも、仲のいい友人でもない」彼女は指をだらんとして手をあげた。きれいな形の爪はすばらしいミッドナイト・ヴァイオレット色に塗られているとわたしはぼんやり思っていた。彼女はその指でわたしとミッチのあいだに円を描き、手をおろした。「だから証人はわたしってことになるの」

ここでひとつわかったことがある。ラタニアはミッチとわたしとビリーとビリィのことを、エルヴァイラにも話していた。

もうひとつわたしが気づいたのは、エルヴァイラは〝態度〟だけでなく、賢明さももちあわせているということ。

ミッチもおなじ結論に達したらしく、彼女にうなずいて、低い声で言った。「行こう」

ミッチがドアから通路に出て、エルヴァイラとわたしもあとに続いた。

「あたしの孫たちはどこに行ったのよ?」デレクとラタニアがドアをしめる前に、ルーラメイ伯母さんが言った。

「マーラのところで話そう」ミッチが言い、鍵を用意してわたしの家のドアに向かった。

「あたしは自分の孫に会いたいんだよ」伯母さんが声を張りあげた。

ミッチは立ちどまり、くるりとふり返って、つかつかとルーラメイ伯母さんに近づいた。それで、あまり聡明ではない伯母さんもやりすぎたと気づいたらしい。ミッチが目の前にやってきて顔を近づけたとき、びくっと身をすくませた。

わたしは息をとめた。

「ぼくたちは一日遊園地にいたんです。あなたの孫娘は疲れて眠っています。孫息子はあなたのことを知らないけど、これまでの脅しのせいであなたをこわがっている。いま彼はアパートメントのなかにいます」ミッチは手をあげて、デレクとラタニアのドアを指差した。「震えるほど、おびえているんだ。もしあなたが、あの子たちのことを少しでも考えていると言うなら、大声を出さずに、話をするためにマーラの部屋に行くまでの三十秒間、待ってください。それがいやだというなら、ここで決着をつける、つまり十分後にはあなたがたが警察の車に乗ることになるということです。一秒やるから、同意するのか、好き放題するのか、選んでください。その一秒はいまから計ります」

伯母さんはすぐにうなずいた。

わたしは息を吐きだした。

ミッチはわたしのドアの前まで行ってあけたけど、なかには入らなかった。彼は戸口で立ちどまり、さっとわたしを見て、手を差しのべた。

わたしはうしろにエルヴァイラを従えて、まっすぐ彼のところに歩いていって、彼の前で手をあげた。それを彼の手がつつんでくれて、わたしたちは家のなかに入った。エルヴァイラもいっしょに。トレイラー・トラッシュ・トリオが最後尾だ。

ミッチがわたしの手をぎゅっと握り、優しく命じた。「照明を点けて、すぐにぼくのところに戻ってくるんだ」

わたしは彼を見上げて、うなずき、早足で部屋に入っていって、ソファーの両側に置いたランプを点けた。ミッチはアパートメントの入口から二メートルのところに、腰に手をあてて立っていた。エルヴァイラはバースツールに、対決を見物できるようにカウンターに背を向けて坐った。そのときわたしは彼女が着ているからだにぴったりしたラップドレスがすごくすてきなことに気がつき、もしこの対決を精神崩壊せずに乗りきれたら、どこで買ったのかぜったいに訊こうと思った。ママとルーラメイ伯母さんとジェズは、入口を入ったところにたまっていて、わたしのアパートメントを見渡し、驚いた表情を浮かべていた。

それは当然だった。ペニーがすばらしい仕事をしてくれたから。わたしのアパートメントはすごくかっこいい。

ジェズは視線をミッチに向けて、また無表情に戻った。彼女にとってはどうでもいいことで、いったいなにをしにここにやってきたのか、わたしは不思議だった。ジェズは参加者でもなければ、見物人でもない。

わたしがミッチのところに戻ると、ママと伯母さんはわたしを見て、軽蔑の色を浮かべた。

「あの人はだれなの?」ジェズが、エルヴァイラのほうに頭をかしげて言ったけど、それにかぶせるようにママが発言して、ママの発言のほうが優先された。少なくともミッチにとっては。

「やっぱりね。あたしにはわかってたよ」ママは手をつきだして、わたしのアパートメントを示した。「その男にだらしない小娘は、いつでも澄ましやがって、自分はほかの人間より偉くて、ほんとうの自分ではないだれかだと信じてるのさ」

当然、ママはそういうだろう。

そして当然、すでに息が詰まるようだった部屋の空気はペーストのようにどろりとなり、すごく腹を立てていたミッチは、ものすごく腹を立てた。

超ものすごく。

「この話しあいでは、言いたいことはすべてぼくに言ってください。マーラに話すのはなしです」彼はきっぱりと命令し、ママが彼を見た。

「どうしてあたしたちが、そんなことをするかね？」

「なぜならあなた方は、自分たちが優勢だと思っているみたいだが、そんなことはないからだ。そしてもしあなた方がさっさと利口になって、きちんとした態度をとらないなら、あなたと、お姉さんと、その息子をひどい目に遭わせることになります。きちんとした態度には、ぼくとぼくの恋人にたいして、彼女を侮辱するような発言をしないこともふくまれる」

「それは脅しかい？」ルーラメイ伯母さんが訊いた。

「ちがいます」ミッチが答えた。

「偉そうなポリ公が。お上を味方につけていると思っているんだろ」ママがはじめた。「でもあたしたちには弁護士がついているんだ。ルーラメイと、ジェズと、あたしに。そして弁護士が言うには、お上は子供を血縁に預けることが多いとさ。それも血のつながりが濃いほうが有利なんだ。親の従妹なんかより、母や祖母ってことだよ。ここにいるジェズは、あたしとルーラメイの近所のトレーラーハウスに引っ越すことになっているんだ。だから子供たちは大家族に面倒を見てもらえて、必要なものを与えられるってわけさ」

そう言ったあとで、ママの顔つきが変わった。わたしにはその変化がわかった。子供のころ何度も見ていたから。その顔つきは、通常のひどいことではなく、ぞっとするほど意地の悪いことをする前兆だった。

案の定、ママは続けた。「言っておくけど、このジェズはビリィの母親で、あたしたちはあの子だけ引きとればそれでいいんだ。男の子はあんたにくれてやるよ」

心臓がぎゅっと締めつけられて、破裂してしまうのではないかと思った。わたしのウエストに回されたミッチの手が震えている。

この人たちには弁護士がいる。

兄妹を引き離そうとしている。

この人たちには弁護士がいて、兄妹を引き離そうとしている。

「なるほど、あなたは頭がよくないうえに、単純に非常識だということか」ミッチはママの目を見ながら、静かな声で言った。

「ちがう意見をもつ弁護士を探してみな」ルーラメイ伯母さんが怒鳴った。

「いいえ」ミッチはさっと伯母さんのほうを見た。「あなた方の弁護士は、勝つ見込みのないケースだとわかっていて、金目あてで引き受けたんだ」

ママが首を振った。「頭がよくないのはそっちだろ。わかんないのかい？　あたしたちは取引を申しでてやってるんだよ。あたしたちは女の子をとる。あんたたちが男の子を引きとりたいなら、ご自由に。そうすれば全員ハッピーだ」

女の子。

男の子。

どうしてこの人がビリーとビリィをそう呼ぶのが、こんなにつらいんだろう？　息ができない。

「ビリィは連れていかせない」ミッチが宣言した。

「ジェズはあの子の母親だよ」ルーラメイ伯母さんが言った。「そしてあたしの息子には自分の子供たちの養育者を決める権利があり、あの子はジェズ、メルバ、あたしを選んだ」

「ビルが決めることじゃない」ミッチは言い返した。

そのとき伯母さんの表情がただの醜いから醜悪に変わった。

なにかもっているんだと、目つきでわかった。大事にとっておいた切り札を、いよいよつかおうとしている。

わたしは身構えた。

「いくつもの容疑で起訴されそうなときはそうだったよ。だがいまはちがう。ビルは地方検事と司法取引をして、証言する代わりに訴追を免除されることになったんだ」

ルーラメイ伯母さんが反撃して、わたしは息がまったくできなくなり、ミッチのからだがこわばるのを感じた。

ママがほほえむのを見て、わたしはミッチのシャツの背中をぎゅっと握った。

「あの子はいい取引材料をもっていた。だから検事はあの子の要求をすべて受けいれるつもりさ。その要求のひとつが、自分の子供たちの預け先を決めることだよ。さあ、あんたがもし頭がよければ、取引に応じるんだね。男の子はくれてやってもいいけど、女の子は連れていくよ」

ミッチが反論しようとしているのがわかったけど、彼にはそのチャンスはなかった。なぜなら、ナノ秒のあいだに、わたしにはすべてわかってしまったから。

ジェズはビリィのことなんてなんとも思っていない。彼女がトレーラーハウスに引っ越すかどうかは知らないけど、いま彼女がここにいるのは、なにかの見返りがあるからだ。それがなんなのかはわからない。でもどんな見返りがあるにせよ、ジェズが欲しいのは娘じゃない。

そしてママとルーラメイ伯母さんがどうやって弁護士と契約できたのか、さっぱりわからない。ふたりともそんなお金もっているはずがないし、それはビルもおなじだ。つまり報酬はたぶん、なにかと引き替えなのだろう。そしてこのふたりがこのケースをゲス弁護士に受任させるために与えようとしているものは、すぐにその輝きを失う。

さらに言えば、安定した家庭、食べ物、衣服、親切な隣人たちのいる女性からふたりの子供たちをとりあげて、ふたつも離れた州のトレーラーハウスで、品性劣悪だとわかっている女と生活させるような裁判官は、この地上には存在しない。

そういうことを、ビルだってわかっているはずだ。

でも彼にはどうでもよかった。

ただわたしに仕返ししたいだけだから。たぶんミッチにも少し。でも大部分はわたしへの腹いせだ。

そのためにわが子たちを利用して。

その一瞬のひらめきは、現在アパートメントで起きていることにかんする理解だけではなかった。その一瞬に、ミッチがずっと言いつづけてきたこと、わたしをよく知る友人たちがわたしにわからせようとしていたことを、やっと理解できた。

わたしは2・5じゃない。この人たちのようにふるまったり、この人たちのような話し方をしたり、この人たちのような脅しをしたりすることなんて、一度も考えたことがない。そんなことはぜったいにしない。

なぜならわたしはそんな人間ではないから。

いままで一度も、そんな人間だったことはない。

だから反撃したのは、わたしだった。

「わたしの家から出ていって」静かな声で言うと、全員の目がわたしに注《そそ》がれた。

「なんだって?」ママが言った。

「わたしの家から出ていって」さっきより断固とした口調で言った。

ママが目を細くしてにらむ。「マラベル・ジョリーン、あんた話を聞いてたの?」

「聞いていたわ」わたしは言った。「でももう聞く気はない。もうあなたの空気を吸うこともない。もううんざり。あなたの言い分は聞いたから、わたしのを述べるわね。弁護士を通さずに話をするのは、きょうが最後よ。あなたに会う必要がないかぎり、金輪際あなたには会いません。好きにすればいいわ。もうわたしたちは終わりよ」

「わかってないみたいだね」ルーラメイ伯母さんが言った。「うちのビルはある人物について強力な証拠を握っているんだよ。検察はそれを手に入れるためにあの子の機嫌をとってるんだ。マラベル、もしあんたがこの取引をのまないなら、子供たちをふたりともなくすことになるんだよ」

「わかってないのは伯母さんよ」わたしは言い返した。「そんなこと関係ない。もしわたしがあなたか……彼女を」わたしはジェズを指差した。「わたしの子供たちに近づけると思っているんなら、考えなおしたほうがいいわ。ぜったいに許さないから」

「そんなことできないよ」ルーラメイ伯母さんが言った。

「やってみなさいよ」間髪いれずに返した。「さあ、もう出ていって」

ママがわたしのほうに身を乗りだすようにして、柔らかな凄みをきかせて言った。

「この取引を考えたほうがいいよ」

言い返したわたしの声ははっきりと、力強く響いた。「い、い、いいえ、そんなことしない。わたしがそんなことしないのはわかっているはずよ。どうしてそうしないのかも。でも教えてあげる。あなたたちはふたりとも、前科がある。わたしにはない。あなたたちは生まれてこの方、安定した職についたことは一度もない。でもわたしはついている。あなたたちはふたりとも、十分前まであの子たちを一度も見たことがなかった。誕生日のカードも、クリスマスプレゼントも、なにひとつ送ってこなかった。あの子たちは生まれてからずっとデンヴァーに住んでいる。いままで一度も州外に出たことはないし、ましてアイオワ州なんて。父親は酔っ払いの麻薬依存症兼ディーラーで、もう二回有罪になっている。その女は」わたしはジェズのほうに頭を向けた。「新生児の娘を置き去りにして、どんな理由かしらないけどきょうここにやってくるまで、一度も会いにこなかった。あなたたちふたりがどんな賄賂で彼女をここまで連れてきたのか、表彰歴のある刑事の恋人とわたしに調べられないとでも思っているのなら、わたしが考えているより頭が悪いわ。これまでだって、あなたの頭の悪さの証拠をずっと見せられてきたのに」

わたしはママとルーラメイ伯母さんを代わる代わるにらみつけ、さらに声をひそめた。

「それにわたしはすごくいい記憶力をもっている。も、も、ものすごく、いい。もしあなたたちがこの件をごり押しして、裁判にしたら、あなたたちふたりのいろんなことを思いだすことにする」目を細めてジェズをにらむ。「あなたたち、全員の。わたしの子供ふたりとも、ぜったいに連れていかせない。そうよ」わたしはルーラメイ伯母さんを見た。「わたしの子供って言ったのよ。わ、わ、わたしの子供だから。わたしの子供だから、わたしはあの子たちを愛しているし、あの子たちもわたしを愛している。だからどんなに大変でも、なにがあっても、この身を削っても、あの子たちを守り、育てていくつもりよ。あなたたちがここに来たのは、ビルがばかで、つまらない人間で、自分の過ちをわたしのせいにして、わたしに嫌がらせしたがっているからよ。ビルは自分に勝ち目がないことくらいわかっている。それくらいの頭はあるわ。彼はあなたたちを利用しているのよ、でもあなたたちは頭がよくないから、利用されているのがわからない。このままごり押しして、裁判でわたしにこてんぱんに負かされるか、ここで手を引いて二度と近づかないか、どちらかよ。なぜならあなたたちは、ここでは歓迎されないから。わたしの家にも、わたしの人生にも、わたしの子供たちの人生にも、これから先も永遠に」

言いおわったとき、わたしは彼女たちの目を見据えた。落ち着いていたし、感情のコントロールもできていたし、呼吸も乱れていなかった。ウエストに回されたミッチの腕に力強く抱きしめられ、それは気持ちよかったけど、それがなくてもだいじょうぶだった。

わたしはだいじょうぶ。

なぜならわたしは2・5じゃないから。8でも、10でもない。

ミッチの言うとおりだった。わたしの階層システムはでたらめだった。

大事なのは、わたしがまっとうな人間だということだ。

いままでもずっと。

「まったく」ジェズがわたしをまじまじと見つめて言った。「最初からうさんくさいと思ってたのよ」

「シーッ」ルーラメイ伯母さんがジェズに言った。「だいじょうぶだから」

けたたましい笑い声がして、わたしはびくっとした。台所のほうを見て、エルヴァイラが片腕をカウンターの端にかけて、おかしくてたまらないというように、小柄で丸々としたからだをはげしく震わせている。頭をそらして、片手を広げて豊かな胸をばんばん叩いている。

彼女はしばらく笑ってからようやく落ち着き、くすくす笑いながら目の下をぬぐい、わかりきったことを述べた。「ああおかしい。『だいじょうぶだから』だって。ほんとに、笑っちゃうわ」

「地方検事よりもこいつらのほうが有利だとでも？」ママがさっと手を振ってミッチとわたしを示した。

エルヴァイラは完全に真顔になって、鋭いまなざしをわたしの母親に向けた。

「そうよ。説明してあげるわ。あなたたちのためではなく、あなたたち三人ともまったくうんざりする人で、この人たちがそんなのの相手をする手間をはぶいてあげるためにね」彼女は〝この人たち〟と言ったとき、ミッチとわたしのほうにあごをしゃくった。「ミッチ・ローソン刑事はこのあたりではすばらしい警察官として有名よ。

有名というのは、新聞の見出しになっているということ。彼が恋人といっしょに、よくない環境にいた子供たちふたりをいい環境に引きとろうとしているのに、地方検事が、人間のくずからちょっとした情報を得るためにあなたたちのような連中に子供たちを引き渡した場合、もし新聞記者たちがそのことを知ったら、地方検事にとってはかなり外聞が悪いことになるでしょうね。地方検事は世間体を気にするものよ。もしまだ知らなかったら教えてあげるけど、マーラとミッチはあなたたちと戦うのに手段は選ばないし、子供たちを守るためなら、報道機関を味方につけるのもやぶさかではないでしょうね」

エルヴァイラはミッチとわたしのほうに顔を向けた。

それから言った。「失礼。でもどうしても言ってやりたくて」

わたしたちがなにか反応する前に、彼女はトレーラー・トラッシュ・トリオのほうに顔を向けて、さっきよりも静かな声でふたたび話しはじめた。

「ところで、わたしはビル・ウィンチェルについていろいろと知っているわ。彼がだれの情報を握っているかも。そしてもしその人物が、ビルが当局に密告するということを知ったら、ビル・ウィンチェルがこの地上で呼吸できる回数は大幅に減るということも。警察の証人保護があってもなくても、死刑囚同然よ。もし彼がそんなこともわからないくらいばかだったら、自分の息子なんだから、あなたが行って教えてあげなさいよ。いまのままなら、ビルには、決まった服しか着られない、あまり幸せじゃない未来が待っている。でも少なくとも、未来はある。もし彼が密告したら、それもないのよ。わかる？」

わたしがエルヴァイラからトレーラー・トラッシュ・トリオに目を移すと、ジェズはやっぱり無関心な表情を浮かべていた。ママはエルヴァイラをじっと見つめている。ルーラメイ伯母さんは、顔色を失い、不安そうに見えた。

エルヴァイラがまた口を開いた。今度はミッチを見つめながら。

「警察はあの男をなんとか捕まえようとやっきになっているのに、ばかなビルがあなたに嫌がらせをするためだけに、この茶番を引きおこしているのよ。目を覚まさせてやらないと」彼女は目の焦点をミッチに合わせて、締めくくった。「あなただってわかってるんでしょ」

「ビルには証人保護プログラムも条件に入れるように言うさ」ママが言い、全員の注目を集めた。

「そう言ってみるのはいいけど、彼には与えられないでしょうね」エルヴァイラが言った。「情報はもっているでしょうけど、そんな取引ができるほどじゃない」

「あんたがそんなこと知らないくせに」ママが言った。

「あのね、あなたはわたしを知らないけど、わたしの仕事は、デンヴァーで起きていることすべてを知ることなのよ。だからわたしは知っているの。もっとほかにも知っている。あんたの甥っ子が黙らなければ、次にあなたたちが会うときには、彼は棺桶のなかよ」エルヴァイラが返した。

みんな黙りこんだ。ルーラメイ伯母さんは落ち着きなく足を踏みかえている。ママはエルヴァイラをにらみつけている。ジェズは、もし腕時計をもっていたら（もっていないけど）、時間を見たがっているような感じだった。

ようやくミッチが口を開いた。

「あなた方は出ていくように言われたんですよ」

ママが視線をエルヴァイラからミッチに移した。ジェズは出口のほうへ半歩進みかけた。

ルーラメイ伯母さんもミッチを見て、頭の振りでエルヴァイラのほうを示して尋ねた。「あの女が言ったことは、ほんとうなのかい？」

「ほんとうだ」ミッチははっきりと言った。

伯母さんはママを見た。ママはまだミッチをにらんでいる。

そのとき、今回のことすべてはママが（いわば）黒幕なのだと気づいた。ビル、ビリー、ビリィは関係ない。

ママとわたしの問題だ。

わたしを痛い目に遭わせるため。

ミッチはまた正しかった。

生まれてからずっと、わたしは母親と競争していたのだ。ママはわたしの鼻をへし折り、足をひっぱり、負かそうとしていた。自分が人生でなにもできなかったから、娘もなにもできないようにしてやりたかったのだ。もしわたしが充実した人生を送ったら、人生を投げ捨てた自分が余計みじめになるから。

いまわたしは、すてきな内装をほどこしたアパートメントにいて、横には恋人――ハンサムで、頼りがいのある、立派な男性――もいる。通路をはさんだところには、わたしになついている子供ふたりと、わたしを助けてくれる友だちがいる。

この人にはそれが我慢ならないんだ。

「あきらめなさい」わたしがささやくと、ミッチは腕に力を入れ、ママはこちらに目を向けた。

「なんだって？」母が咬みつくような口調で言った。

「わたしにとって、あなたはもう存在しない。これからも、これまでも、でも決定的なのはこれからね。もう終わりよ。わたしはあきらめた。あなたもあきらめたほうがいい」わたしは言った。

「マラベル・ハノーヴァー、偉そうに母親に指図するんじゃないよ」まだ咬みついている。

「いいわ、それなら、あきらめなくても。ご自由に。でも自分の人生を無駄にした恨みや後悔の八つ当たりはよそでして。わからないの?」わたしは手をあげた。「あなたにはわたしを負かすことはできない」

わたしは手をさげて、ママの目を見つめた。

ママはわたしの目をにらみつけ、それからミッチを見た。

「あんたはばかだよ」ママが言い、わたしはからだがこわばり、ミッチもそうなるのを感じた。「この女はちゃらちゃらした服とすかしたアパートメントで、ほんとうの自分とはちがうだれかだと、あんたに信じこませたんだよ。地元に行って、だれにでも訊いてみるといい。ほんとうのマラベル・ジョリーン・ハノーヴァーがどんな女か、わかるから」

「ちがう」ミッチは言った。「人々はメルバメイ・ハノーヴァーがどんな人間か教えてくれるでしょう。それに一見するだけであなたがどんな人間かわかり、マーラはそんな人間じゃない」

「アイオワに行ってみな。みんな知ってるよ」ママはなおも言い張った。

「それについては返事したから、もうしません」ミッチは断り、はっきりと言った。

「さあ、さっきも言ったとおり、あなた方は出ていくように言われています」

ママはミッチに見切りをつけてわたしのほうを見た。

「ほんとうの自分から逃げることはできないよ」

「ちがうわ、ママ」わたしは言った。「わたしはあなたが思っているような人間じゃなかった。だから逃げる必要はない。わたしが逃げたのは、自分が思っているほんとうの自分からではなく、あなたから逃げたのよ。十三年前に。もうそれは済んだことなの。わたしはもういない。ずっといなかったのよ。あきらめて」

「この男だっていずれ、あんたがどんな人間か気づく。そうなったらあんたは捨てられるんだ」

「いいかげんにして！」わたしは叫んだ。「わたしはミッチを、トラック運転手の集まるドライヴインでひっかけて、家に連れて帰り、安物のウイスキーで酔わせたわけじゃないのよ。わたしはあなたじゃない。ミッチはわたしより先にそれに気づいてくれた。あなたは自分がなにを言っているのかわかっていない。もうやめて。こんなに遅いし、わたしは疲れているし、子供たちも疲れているし、ビリーはおびえきっている。わたしは子供たちをうちに連れてきて、バドをなだめて、寝かせなければならないの。お願いだから、帰ってくれない？」

「あたしは――」ママが口を開いたけど、ミッチが遮った。

「マーラは出ていくように言ってるんです」

ママは身を乗りだし、声を荒らげて言いかけた。「あたしが言ってるのは――」

ミッチがわたしを放して動いた。

さいわい、エルヴァイラのほうが早かった。バースツールから飛びおりて、ストラップのハイヒールサンダルで着地し、トレーラー・トラッシュ・トリオのほうに向かっていった。うむを言わせぬ感じで。

「そうよ、話は終わり。あなたたちは選択を間違い、弁護士のところに行く」彼女はトレーラー・トラッシュ・トリオをドアのほうへ追いたてていった。

「まだ終わっていないよ」ママが言った。

「もう終わりだ」ミッチが返し、前に出たが、その動きはゆっくりしたものだった。

「まだ終わっていない！」ママが叫んだけど、エルヴァイラはジェズをよけるようにしてドアをあけた。

ジェズはすぐに出ていった。彼女はこの一件に乗り気ではなかった。ふたりが彼女にした申し出はたいしたことはなく、わたしが引きおこす厄介ごとに見合うものではなかった。彼女の姿が見えなくなったとき、まるで煙のように消えてしまった感じだった。

ルーラメイ伯母さんはママの腕をとったけど、ママは戸口に立ちどまって、エルヴァイラに顔をつきつけ、ミッチがエルヴァイラのうしろに立っていた。

ママはまたひどいことを言おうと口を開きかけたけど、エルヴァイラに先を越された。

「ちょっと、わかっていないみたいだけど、法律上の居住者から退出を求められたら、出ていかないといけないの。何度も求められたのに、それに応じなかったら、厄介なことになるわよ。あなたはこのアパートメントの賃借人とそのパートナーの警察官から、出ていくように言われた。証人の前で。それなのに居坐ろうとしている」彼女は首を振った。「まずいわ。さあ、自分でそのドアから出ていって、弁護士に連絡するという愚かな選択をするか、手錠をかけられてそのドアから出るか、どっちかよ。わたしの背後でセクシーでマッチョな男性がカンカンにむかついているのを感じるわ。

もってあと五秒だと思う。早く決めなさい」

ママはエルヴァイラをにらみつけた。

ルーラメイがママの腕をひっぱっている。

ママは足をぐっとふんばり、今度はミッチをにらんだ。

わたしからはミッチの背中しか見えなかったけど、彼も足をふんばっていた。

伯母さんがふたたびママの腕をひっぱる。

ママはわたしを見た。

そしてせせら笑った。

小声で言った。「あたしったら、いったいなにを考えてたんだろう？　あんたにはそんな価値なかったのに。一度もね」

視界の端でミッチがからだをこわばらせるのが見えたけど、わたしは母親の視線を受けとめた。返事はしなかった。言ってることが間違いだとわかっていたし、ほんとうに、この人にこれ以上なにかしてあげる価値はないから。

ママは待っていた。

エルヴァイラとミッチは動かなかった。

ルーラメイ伯母さんがまたママの腕をひっぱった。

「あばずれ」ママは言って、ストリッパーのような厚底ヒールの踵を返して、足音荒く出ていった。

それで終わった。たぶんわたしがあの人から聞く最後の言葉になるだろう。

ふさわしい。

ルーラメイ伯母さんはみんなの視線を避けて、ママのあとを追った。

エルヴァイラがドアをしめて鍵をかけた。

わたしはため息をついた。

ミッチがふり返り、すごい勢いでわたしのほうにやってきた。

彼の表情とその足取りに、わたしの安堵は吹きとんだ。あっという間に目の前にミッチがやってきた。次の瞬間、抱きしめられ、激しく、深く、濃厚にキスされていた。キスは驚きだったけど、やっぱりミッチのキスだから、つまりすごくよくって、わたしは彼の腕のなかでとろけて、彼の肩に腕を回した。

ようやく彼の唇が離れて、目をあけると、ミッチに燃えるような目で見つめられていた。

「さっきのは……くそ……すばらしかったよ」彼が熱っぽい口調でささやく。

ああ、さっきの表情とキスはそういうわけだったんだ。

わたしは口元をほころばせて、からだを押しつけていった。

そしてささやいた。「ありがとう」

ミッチもほほえんで、わたしを抱きしめている腕にぎゅっと力をこめた。

「うーん、あれはよかったわ」エルヴァイラの声が聞こえて、そちらを向くと、彼女はわたしたちのほうに電話を向けていた。カメラのシャッター音がして、それから「だめだわ。こっちのほうがいい」という声。

「あの……なにをしているの？」尋ねると、エルヴァイラは電話から目を離してわたしを見た。

「タイミングが悪くて申し訳ないけど、わたしの女友だちがあなたのことを知りたくてうずうずしているのよ。わたしとテスが彼女たちに情報を流したんだけど、どちらもミッチにかわいい彼女ができた証拠写真をもっていなかったから。わたしもテスも、グエン、カム、のっぽちゃんから、やいのやいのとせっつかれていたのよ。テスがあなたたちふたりは熱々だって言ったんだけど、みんな焦れちゃって。カムとのっぽちゃんだけなら、わたしがなんとかできるんだけど。でもグエンはホークの女だし、ホークはわたしの上司だし、ホークはグエンの望みはなんでもかなえてあげるでしょ。ちなみになんでもっていうのは、千二百ドルの靴を買ってあげたりするってこと」

エルヴァイラは電話の画面に目を戻し、ささっと指を動かした。わたしは千二百ドルの靴を彼女に買ってあげる男の人がいるということ、そもそも千二百ドルもする靴が存在するということにびっくりして目をぱちくりしていた。もちろん、わたしだって頭の奥のどこかでは、そういうものが存在するということは知っていたけど、それは頭の奥のどこかの話だ。

わたしがその情報をなんとか処理して、トレーラー・トラッシュ・トリオのトラウマと、ミッチの〝立派だったよ〟のキスから立ち直ろうとしていると、エルヴァイラが続けた。

「それで、グエンがホークに圧力をかけたのよ。ホークはミッチがだれとつきあおうとどうでもいいの。でもグエンのことはどうでもよくない。彼女の望みをかなえないと。そしてたぶんこっちのほうが重要だけど、彼女を黙らせないと。それにホークはちょっとこわいのよ。わたしでも。だからふたりにこの写真を送っておくわね。それでしばらくはおとなしくなると思うから」彼女は電話を操作しながら話しつづけた。

「ミーティングをセッティングしましょう。コスモを飲みながら彼女たちがあなたをがんがん尋問できるように。〈クラブ〉がいいんじゃないかしら、あそこのグラスはすごくすてきだし。〈クルーズ・ルーム〉でもいいかな。わたしが幹事をするから」

わたしはまだ電話でなにか打っているエルヴァイラを見て、それからミッチを見た。笑いだすべきなのか、彼女を追いだすべきなのか、決めかねているような顔をしている。

またエルヴァイラを見たときも、まだなにか打っていた。
「ミッチとわたしの写真を、知らない女の人たちに送信したって言っているの?」彼女は写真から目をあげてわたしを見た。「そんなところ。正確に言えば、ミッチの腕に抱かれたあなたの写真を送ったの」

その腕に力がこもるのを感じながら、尋ねた。「でもどうして?」
「なぜならみんなミッチのことを知っているからよ」彼女は即答した。「みんなミッチのことが好きで、彼の恋人が自分たちのお眼鏡にかなうかどうか知りたがっている。あなたはいま、修羅場をくぐったところで、その前は一日中ミッチと子供たちといっしょに遊園地で遊んできて、いまでもセクシーに見える。そのことも、写真といっしょにテキストで送っておいたから。好意的に受けとめられるはずよ。子供ふたりといっしょに遊園地に行ったあとで、セクシーに見える女はあまりいないから。それに、あなたがさっき、自分のでもない子供たちを〝どんなに大変でも、なにがあっても、この身を削っても〟守ると言いきった演説についても知らせておくわね。それも好意的に受けとめられるのは間違いないわ。でも彼女たちの心をつかみたかったら、コスモパーティーにはリトル・ブラックドレスを着ていらっしゃいね。自前のよ」

「リトル・ブラックドレスなんてもっていない」わたしは言った。

エルヴァイラはまた電話に注意を戻した。「だいじょうぶ、買い物にはつきあってあげるから」

「でも……わたしは弁護士を雇わなければいけないし、リトル・ブラックドレスなんて買えないわ」

彼女はボタンを押して、「これでいいわ」とつぶやいた。それから目をあげてわたしを見た。「あのね、さっきわたし、ホークの名前を出したでしょ。彼はこわくてやばいコマンドーなの。それは嘘じゃなくて。大事なことだからもう一度言うわね。こわくてやばいコマンドー、、、。つまり、あなたが頭のなかでコマンドーを想像したら、ホークはまさにそんな感じだということ。それとね、ホークは子供が大好きなの。だから子供がおびえたり、家族の修羅場で利用されたりするのは大嫌い。だからもしわたしがこの件を彼に伝えたら——というか、かならず伝えるつもりなんだけど——ホークは、あの子たちのことを、ぜんぜん知らなくっても、キレまくってヤバすぎるワルのコマンドーになる。トレーラー・トラッシュ・ツインたちは、自分たちにいったいなにが起きたのか理解できないでしょうね」

　そんなことが。

「エルヴァイラ――」ミッチが低い声で言いながら、片手をおろして彼女のほうを向いたけど、彼女には聞く気はなかった。

「悪いわね、ミッチ、でももう決まってるの」

「ホークをこれに巻きこむな」ミッチが言った。

「あのね、じゃあこの説明を聞いて」彼女は言った。「あなたの彼女はセクシーで、出るべきところは出てるし、すてきなお尻と脚をもってるけど、たぶんそれはあなたも知ってるわよね。その彼女がコスモパーティーに出かけたとするでしょ、その彼女が酔っぱらって、あなたのところに、リトル・ブラックドレスを着て帰ってくる。そういうのがいいか、それとも彼女がお金をかけて弁護士を雇い、あのあばずれどもに対処するか。あなたが見て見ぬふりをしてくれたら、わたしはホークと彼のあまり陽気ではない部下たちを放つ。そうしたら、あなたは酔っぱらった彼女がリトル・ブラックドレスで帰宅するうえに、子供たちのケアに集中できるってわけ。子供のうちのひとりは、通路の向かいの部屋で死ぬほどおびえているじゃない」

　キレまくってヤバすぎるワルのコマンドーを〝放つ〟とどうなるのか、わたしにはよくわからなかった。

わたしにわかっているのは、ビリーの様子を見にいかないと、ということだ。

だからわたしはミッチのほうに向いて、その胸に手を置き、ささやいた。「ほんとにそうだわ、わたしたち、バドの様子を見にいかないと」

ミッチは一瞬、エルヴァイラにしかめっつらを向け、わたしを抱く腕に力をこめ、見下ろしてそっと言った。「そうだな」

わたしは彼にもたれかかって、そっと返した。「そうよ」

「じゃあいいわね？」エルヴァイラが言って、ミッチとわたしは彼女を見た。

「ああ」ミッチは言い、ふたりでドアのほうへと向かった。

「ありがとう、エルヴァイラ」ドアをあけてくれた彼女に、わたしは言った。

「ぜんぜん。わたしがあのあばずれたちを、ストリッパー風サンダルで命からがら逃げるようにするわけじゃないから。ホークがするのよ」彼女はそう言うと、通路に頭を突きだし、まるで敵がいないか確かめるように左右をさっと見たが、その様子はまるでコマンドーのようだった。それから彼女はわたしをふり向いた。「でも、その作戦には参加してもいいわね」

思わずほほえむ。

エルヴァイラもほほえみを返して、通路に出ていった。

どうやら敵はいないみたい。

「ベイビー」わたしを連れて通路に出ながら、ミッチがそっと呼んだ。

目をあげると、彼がわたしを見下ろしていた。

「ビリーには、いま話をするべきだ。疲れているだろうけど、この騒動を気にしながらベッドに入ってほしくない。安心してベッドに入ってほしい」

わたしはうなずいた。

ミッチは続けた。

「ぼくが話を主導する。それでいいかい？」

そんなこと、訊くまでもないのに。

「もちろんよ」

「よかった」彼はつぶやいた。彼はわたしから目を離して、前を見た。デレクとラタニアのドアが近づく。

「ミッチ」わたしは歩くのをゆっくりにして呼んだ。彼も歩調をゆるめた。

「うん？」彼はふたたびわたしのほうを見下ろした。

「いままで最高の一日だった」わたしはささやいた。

彼の目から心配が消え、きょう一日そこにあった光が点った。

それから彼は言った。こんどは問いかけではなく。「うん」

そして彼はわたしといっしょに、デレクとラタニアのアパートメントに、わたしたちの子供たちを迎えにいった。

25

わたしたちは子供たちをうちに連れ帰り、デレク、ラタニア、ブレイとブレントへの説明はエルヴァイラにお任せした。わたしはぐっすり眠ってずしりと重くなったビリィのだらんとした手脚から苦労して服を脱がせてパジャマを着せ、ピンク色のテディベアといっしょにベッドに寝かせた。そのあいだにミッチはビリーをバスルームに連れていって、着替えて、歯を磨くようにと言った。

わたしがキャンドルに火を点し、ミッチがグラスにワインを注いでくれたところで、ビリーがバスルームから出てきた。

ミッチに目をやると、彼はわたしを見ていた。その目を離さないまま、彼は声をかけた。「バド、ちょっと居間に来てくれるかい？」

ミッチはわたしのワイングラスと自分のビールをもって台所から出てきた。ビリーはぶかぶかのショートパンツとTシャツという恰好で部屋のとば口に立っていた。

ミッチは新品のすばらしいソファーのところでちょっととまった。(例の、ペニーの店のウインドウにあったソファーだ。わたしが欲しいといって、彼女が自分の〝ビジョン〟とも合うと判断したおかげで、うちの居間にやってきた)

「バド、疲れてるだろうけど、寝る前に話しておかなきゃならないことがあるんだ。いいかい？」

ビリーは頭をそらし、また五十歳のような目をしてミッチを見つめ、うなずいた。

「ソファーに」ミッチがそっと言った。

ビリーはまたうなずき、ふたりとも動いた。ミッチがわたしにグラスを渡してくれた。そわたしもソファーのところに行った。わたしはソファーに坐った。ミッチはビーれから彼が頭をかしげてソファーを示し、わたしはソファーに坐った。ミッチはビールをひと口飲んでからコーヒーテーブルに置き、わたしの隣に、六十センチくらいすき間をあけて坐った。わたしはワインを飲み、ビリーはソファーのところにやってきたけど、どうしていいのかよくわからないみたいに、立ちどまった。

ミッチにはわかっていた。

「ここにおいで、バド。マーラとぼくのあいだに」

ビリーは妙に肩をこわばらせてわたしたちのところにやってきて、ミッチとわたしのあいだの狭いスペースに坐った。わたしはすぐに脚を組んでビリーのほうにからだを向け、その手を取った。

ビリーはうつむいてつないだ手を見つめた。わたしがぎゅっと彼の手を握ると、ビリーは目をあげてこちらを見た。そこでわたしはちいさくほほえみかけた。

ビリーはほほえみを返さなかった。心配している。優しいビリー。

ミッチが両足をあげてブーツをコーヒーテーブルに乗せたが、少し内側に角度をつけ、ビリーを囲うようにした。

いいえちがう。

愛情と家族という巣で彼をつヽつヽみヽこヽんヽでヽ守っている。

ああ。もうだめ。わたしはミッチ・ローソンを愛している。もともと愛しているけど、彼がわたしたちのつくる安心できる巣でビリーをつつみこむために、わたしの新しいコーヒーテーブルにブーツをはいた足を乗せても懲らしめたりしないほど、彼を愛している。

ビリーの目がミッチの脚を見た。

彼は見逃さなかった。でも考えてみれば、ビリーがなにかを見逃すことはあまりない。

「いいかい、こっちを見るんだ、バド」ミッチが優しく命じた。ビリーが頭をあげて首をひねり、ミッチのほうを見た。ミッチはすぐに言った。「いくつか、きみが知っておくべきことがある。もっとも大事なことは、ぼくがマーラを愛しているということだ」

わたしは唇を開き、目はきっと大きく見開かれていたはずだ。

彼がその話をするとは思っていなかった。話してはいけないというわけではないけど。でも意外だった。

ほんとに。

ミッチは話を続けた。

「彼女もぼくのことをおなじように思ってくれている」

わたしは目をぱちぱちして、ビリーがふり返ってわたしを見た。わたしは口をとじ、にっこり笑ってまたビリーの手をぎゅっと握った。

ミッチが話を続けてビリーはまた彼のほうを向いた。

「マーラを手に入れる男は、きみとビリィも手に入れる。ぼくがその男だ。きみにわかってほしいのは、ぼくはマーラを好きになるとき、きみときみの妹のことも好きになった。ほんとうだ。嘘じゃない。ぼくがマーラに感じる気持ちはマーラのもので、ぼくがビリィに感じる気持ちはビリィのもので、ぼくがきみに感じる気持ちはきみのものだ。きみたちは全員、ぼくの愛を受けとっている。全員でではなく、ひとりひとりで。わかるかい？」

「ぼく……」ビリーは小声で言いかけて、ささやいた。「わからない」

ミッチはうなずいた。「そうか。ぼくが言いたいのは、きみたち全員をまとめて好きになったわけじゃない、ということだ。きみたちそれぞれを見て、それぞれを好きになった。ぼくがきみを大事に思っているのは、きみがマーラについてきたからじゃない。ぼくがきみを大事に思っているのは、きみがいい子だからだ。賢く、優しく、妹とおばさんを愛し、守ろうとしている。きみのように立派ではない大人をぼくは知っている。そういう理由で、ぼくはきみを愛している。ビリィを愛する理由もある。マーラを愛する理由も。きょう、みんなで遊びにいったのは楽しかった。だがぼくがきみにたいしてもっている愛情は、マーラを手に入れるための手段じゃない。その愛情は、きみが勝ちとったものだ。ここまで、いいかい？」

「そう思う」ビリーは静かな声で答え、わたしはまた彼の手をぎゅっと握った。

ミッチは続けた。

「よし、ここまではわかったな。じゃあ次に行こう。きみはぼくの愛をもっている。

ビリィも、マーラも。ビリィはぼくたち全員を愛している。マーラもみんなを愛している。きみもきっと、みんなを愛しているだろう。それがぼくたちを家族にしているんだ」

わたしは目に涙がこみあげてくるのを感じて、ビリーが息をのみ、目をうるませるのを見守った。

ミッチはまだ終わっていなかった。

「ぼくの望みどおりに人生が運べば、きみは自分の結婚式でマーラとダンスし、ビリィの結婚式では、あの子とぼくがダンスすることになっている」

信じられない！

ビリーとつないでいるわたしの手が震え、彼がわたしの手をぎゅっと握ってくれた。

ミッチは続けた。

「いまからそのときまで、毎日がきょうのように楽しいことばかりで、みんながうれしくて笑っているというわけにはいかない。いやな日もあるだろう。だがそれもぼくたち家族の時間であり、いっしょに乗りきっていく。きみが大人になるまでのぼくの仕事、マーラの仕事は、この家族以外の人間によって、きみとビリィがつらい目に遭わないように守っていくことだ。マーラがその役割を引き受け、ぼくをそのチームに加えてくれた。ぼくたちはこの仕事を真剣に受けとめている。バド、きみが見たあの人たちには、ぼくたちふたりが対処した。もう終わった。きみを傷つけるものはなにもない。もう二度と。あんなことはなしだ。マーラが許さない。ぼくも」

ミッチがからだを寄せて、声を落とした。

「バド、きみはずっと家族を守る男役をになってきた。もう心配しなくてもいいんだ。さっきぼくはきみに、『ぼくがなんとかする』と言った。なんとかしたよ。マーラといっしょに。きみの頭のなかでしている心配を、もう手放したほうがいい。もう、〝きみとビリィ〟対〝世の中全部〟じゃない。きみには味方がいる。きみはその重荷をおろすんだよ、バド。家族というのは、たがいに面倒を見あうものだ。きみひとりでみんなの心配をしなくてもいい。その重荷をおろし、一部をマーラに渡して、一部をぼくに渡し、きみはただのバドになれ」

ビリーは長いあいだミッチを見つめていたが、やがて小さな声で訊いた。「あの女がビリィを連れていっちゃうの？」

「それはない」ミッチとわたしが同時に答えて、ビリーはわたしたちを代わる代わる見た。

それからビリーはわたしを見た。「おばさんはぼくたちの親権をとるつもりなの、つまり、これから先ずっとの？」

「そうよ」わたしはすぐに答えた。

「あした、ぼくとマーラは弁護士に会いにいってくる」ミッチが言った。それは知らなかったけど、いいニュースだ。ビリーとわたしはミッチを見た。「マーラが永続的な法的後見人になれるようにする。そして時期が来たら、ぼくもそれに加わる」

わたしは唇を引き結んだ。

ビリーはすぐには信じられない様子だった。

「いろんなことが起きるだろ、ミッチ、いろんな悪いことが。それにビリィは——」

ミッチが遮った。「心配しなくていい。マーラとぼくが心配するから」

「でも、もしふたりが別れたら？」

わたしは息をとめた。

ミッチはもっとビリーのほうにからだを寄せて、ささやいた。「ぼくを見るんだ」

「見てるよ、ミッチ」ビリーが言った。

「ちがう、バド、もっとよく見るんだ」ミッチがまたささやくように命じた。

わたしは息を吐いて、吸った。

ビリーは真剣な表情でミッチの顔を見つめた。

ミッチが口を開いた。

「ぼくは物心ついたころからずっと、警察官になりたかった。ほかのものになりたいと思ったことはない。警察官のテレビ番組や映画は全部見た。あんなふうになりたいと思った。だから警察官になった。ぼくは仕事を愛している。自分のしていることに誇りをもっている。それから女性のことをいろいろと知って、いつか自分も恋人をもてるとわかったとき、ぼくはどんな女性がいいか、わかっていた。警察官になりたいとわかっていたように、自分がどんな女性といっしょにいたいかもわかっていた。そしてぼくはその女性を見つけた。いまこのソファーに坐っている」

心臓がどきっとして、わたしは息を吐き、目をつぶった。

うれしかった。

いえ、天にも昇る心地だった。

目をあけると、ミッチの話は続いていた。

「ぼくのうちは仲のいい家族だった。自分もそんな家族をもちたいと思っていた。さて、ぼくはきみに、人生がいつも完璧にうまくいくとは約束できない。先のことはわからない。だがこれだけは言える。ぼくたちがキャッチボールをしたり、いっしょにバーベキューの肉を焼く係になったり、テーブルでいっしょに宿題をやったり、そういうことはぼくにとって意味がある。大事なことだ。そしてなにかが自分にとって大事なら、人はそれを守るものだ。ぼくにはビリィとも、マーラとも、そういう時間がある。そういう時間はぼくにとって意味がある。大事なんだ。だからいま、きみに約束する。そのすべてを、きみたち全員を守るために、ぼくは全力を尽くす。ぼくには先のことはわからない、だがそれは約束できる。それで信用してくれるかい？」

ビリーはわたしの手をぎゅっと握って、小さな声で言った。「信用するよ、ミッチ」

ミッチは驚かなかった。「よし」彼は言った。「ところで、マーラはきみが掃除機をかけてくれて助かっている。これからも家の手伝いや学校の勉強をしてほしいとぼくたちも思っているが、みんながうまくやっていけるように一生懸命になるのはやめないと。いまから、きみはただのバドになる。人生の流れにまかせて、なにがあってもぼくたち家族で立ち向かうということを信じるんだ。マーラとぼくのために、やってみてくれるかい？」

「いいよ」ビリーがささやき、わたしの手を握る手に力をこめた。わたしはほおに涙がこぼれるのを感じた。

「よし」ミッチは言って手をあげ、ビリーの首をつつむようにして、自分の顔のほうに引き寄せた。そして近づくと、彼の顔がわたしの知っているあの表情に変わった。

わたしはなにも見逃さないビリーがその表情をわかってくれるようにと祈った。

でもその必要はなかった。

ミッチがはっきり言葉にしたから。

「愛しているよ、バド」彼はビリーにささやき、わたしのほおに涙がふた粒こぼれた。

「ぼくも愛してるよ、ミッチ」ビリーも言って、わたしは思わず息をのみ、ふたりがわたしのほうを見た。

わたしはふたりのほうにワイングラスを振って、つぶやいた。「わたしのことは気にしないで。いい雰囲気だったわ」

ミッチは背を起こして、ビリーを放し、にやりと笑った。「男どうしで、いい雰囲気なんてないよ」

「あるわ」わたしは言った。「いま目の前で起きてるもの」

「これはいい雰囲気とは言わないよ、ハニー。意見の一致というんだ」ミッチが言った。

「いい雰囲気よ」わたしは言い張った。

ミッチは笑顔をビリーに向けて尋ねた。「ぼくたちはいい雰囲気だったと思うか？」

ビリーはミッチを見上げて、それからわたしを見た。

そして答えた。「まさか」

ビリーは〝いい雰囲気〟がなんなのか、わかっていない。ただミッチに同意しているだけで、それはミッチが男で、わたしがめそめそしている女だからだ。

わたしはあきれて目を天井に向け、ビリーの手をぎゅっと握って、放し、顔をふきながらつぶやいた。「なんでもいいわ」

わたしは涙を拭いて、男たちを見ると、ふたりはおなじほほえみを浮かべていた。それを見たら、思わずぼろぼろと泣きだしてしまいそうだったけど、なんとか涙ひと粒だけですませた。それを達成できたのは、そういう場面でどんな女性でもすることをしたからだった。つまり、もっとワインを飲んだ。

「よし。じゃあこれで話は終わりだ、寝る時間だよ」ミッチはそう言うと、コーヒーテーブルから足をおろしてビリーが通れるようにした。

ビリーは跳ねるように立ちあがって、ソファーをぐるっと回り、ミッチとわたしはビリーを見ていた。

「きょうはありがとう、ミッチ、楽しかった」

「また行こうな、バド」ミッチは言った。「もう寝ろ、いいな?」

ビリーはうなずいた。「わかった。おやすみ、ミッチ」彼はそう言うと、わたしのほうを見て、言った。「おやすみ、マーラおばさん」

「おやすみなさい、ビリー」

ビリーは自分の部屋へと向かった。ミッチがわたしのほうにからだを寄せて、ソファーと背中のあいだに手を差し入れてきた。次は引き寄せられるだろうから、ワインをこぼさないように気をつけなければならなかった。

わたしはなんとかワインを一滴もこぼさず、彼にもたれかかって、ワインとキャンドルでリラックスしようとした。そのとき声がした。「マーラおばさん?」

ミッチもわたしも首をひねってうしろを見ると、廊下のとば口の影のすぐそとに、ビリーが立っていた。

「なあに、ビリー」わたしは言った。

ビリーがわたしの目をじっと見つめた。

それから言った。「ビリィはおばさんに似てる」

彼がなにを言おうとしているのかわからなかったから、事実を言った。「そうね、似てるわ」

「おばさんはぼくがミッチに似ていると思う?」ビリーが尋ねた。

そんな。

そんなことを。

「思うわ」わたしはそっと答えた。

「レストランで会ったあの女の人は、ぼくたちのことをすてきな家族って言ってた」ビリーがそう言うと、ミッチの腕にぎゅっと力が入るのを感じた。

「そうだったわね」わたしは言った。「わたしたち、そのときはよくわかっていなかったけど、あの人は正しかった」

ビリーはわたしの目を見つめていたけど、それからミッチを見て、床に目を落として言った。「ミッチ、あなたとマーラおばさんが結婚したら、ビリィとぼくはあなたの苗字になってもいい？」

大変！

「きみたちがそうしたいなら、もちろん」ミッチは答えた。

わたしは深呼吸をはじめた。

ビリーがまたわたしのことを見た。

そして、小さな声だったけど、わたしにはちゃんと聞こえた。「言っておくけど、おばさんのことも愛してるよ」

そう言うと、影のなかに消えていった。

わたしはまた息苦しくなって、今度は抑えきれずに、ぽろぽろと泣きだしてしまった。さいわい、大きな声で泣きじゃくるのは抑えられたから、静かな涙だった。

ミッチがわたしのワイングラスを取って、わたしは彼に顔をうずめ、彼はコーヒーテーブルのビールの横にワイングラスを置き、両腕で抱きしめてくれた。

しばらくたって、わたしはなんとか落ち着いた。

彼の首に顔をつけたまま、言った。「愛しているわ、ミッチ・ローソン刑事」

ミッチが腕に力をこめた。「知ってるよ、ベイビー。ぼくもきみを愛している」

「ビリーのことを考えてくれて」彼の喉にキスして、頭をそらして見上げると、彼もわたしを見下ろしていた。「ありがとう」

「当たり前のことだよ。スイートハート」ミッチが言った。

当たり前のこと。こういうことが、わたしたち家族の生活でこの先何度もあるのだろう。

ふたたびわたしの魂がため息をついた。でも口元には笑みが浮かんだ。

「きみのことをすごく誇らしく思ったよ。お母さんと伯母さんにあんな啖呵を切るなんて」ミッチが言った。

わたしはますますにっこりして、彼に言った。「言っておくけど、あのキスであなたの気持ちはわかったから」

ミッチもほほえんだ。「そうか」

「もうひとつ言っておくことがあるの」わたしはささやいた。「わたしにあんなことができたのは、あなたのおかげだった」

「マーラ――」彼が言いかけたけど、わたしは首を振って、もっと彼にからだを押しつけていった。

「言わせて。あの啖呵はわたしのなかにあったものだけど、わたしがどんな人間なのか、わからせてくれたのはあなただった。わたしはいままでずっと、まっとうな人間だったし、もしあの場にあなたがいなかったとしても、なんとかして子供たちを守ったと思う。でもあなたが隣にいてくれて、うれしかった。自分がまっとうな人間で、いままでもずっとそうだったと自覚できて、うれしかった。卑下していた自分から前進できて、うれしかった。あなたが導いてくれたのよ。だから……」満面の笑みを浮かべて、もっともっとからだを押しつけた。「ありがとう」

ミッチは顔をさげて、わたしの唇に唇をつけて言った。「どういたしまして、ベイビー」

彼の唇につけたまま、口元をほころばせた。

ミッチは唇をわたしの唇にさっとかすめ、少し離れて言った。「もう深刻なことは終わり。野球を観ながらリラックスする時間だよ」

ミッチとソファーでリラックス、ワイン、キャンドル、野球。

(ほとんど）完璧な日の完璧な終わり方だ。

「そうね」わたしは言った。ミッチはほほえんで、三十秒でテレビをつけ、ブーツを脱いだ。彼はソファーの背に寄りかかってわたしを引き寄せ、わたしはワイングラスを片手にもって、彼の胸にほおをつけた。彼は片手にビールをもって、わたしの背中から腰に腕を回している。

ワインを飲んで、リラックスした。

ミッチはビールを飲みながら試合を観戦した。

やっぱり。

(ほとんど）完璧な日の完璧な終わり方だ。

わたし、ミッチ、ワイン、ビール、野球、そして隣の部屋に、ビリーとビリィが眠っている。

26

二日後

わたしはあとで出勤する予定だから、仕事用の服で来た。

淡いベージュのタイトスカート。淡いピーチ色のかわいいブラウス。タン色の、ハイヒールでバックベルトのパンプス。髪はねじって首筋でまとめて留めた。

ミッチはわたしの仕事用の装いを気に入っている。セクシーだと言って。もっとも、その恰好で男性客にマットレスを売るのは気に入らないらしい。でもミッチとわたしは四人家族を養わなければいけないのだから、しかたがないと理解している。

わたしは小さな机の席に坐っていた。ミッチは、前回とおなじく、わたしのうしろに立っている。

緊張はしていない。心配も。きのうふたりで会いにいった弁護士に支払うお金をどう用意したらいいのか、これからしばらく彼がどれくらい残業することになるのか、わからない。それにいまからどんな反応をされるのかも、わからない。

かまわない。

お金はなんとか工面できるだろうし、これから悪い知らせを聞く男は、わたしが緊張したり心配したりする値打のない人間だ。

ブザーが鳴って、背後のミッチの緊張が高まるのを感じ、わたしはドアのほうへ顔を向けた。

ミッチは、わたしとはちがって、心配していた。でも彼が心配しているのはわたしのことだ。だいじょうぶだと言ったのに、彼は信じていない。

でも、心配する必要はなかったとわかるはずだ。

オレンジ色のつなぎと白いTシャツを着たビルがドアをくぐって入ってきた。

痩せたみたいだけど、顔色はよくなったし、きれいに散髪している。どうやら留置所には床屋があるみたい。それにたぶん無料だろうから、ビルは自分のお金を散髪につかうべきか、血管に注射するクスリにつかうべきかという面倒な選択をする必要がなく、髪をすっきりすることができた。

わたしを見て、ビルは顔を歪めたが、ガラスをはさんでわたしと向きあっている、小さな机の前の椅子のところまでやってきた。坐って、わたしを、それからミッチを見た。

わたしは電話をつかんだ。

ビルがわたしに目を戻した。

動かない。

わたしは受話器を耳にあてて、待った。

まだ動こうとしない。

ミッチがしびれを切らして、前のめりになり、こぶしで軽くガラスを叩いた。そして電話を指差した。

ビルはミッチをにらみつけ、電話を取った。

彼が受話器を耳にあてた瞬間、わたしは話しはじめた。

「癇癪を起こして、電話を切って出ていったりしないで」わたしは早口で言った。「大事な話をするから、ちゃんと聞いて」

「さあな、おまえの話が大事かどうか、なんとも言えないな、もう」ビルはその目に憎悪をたぎらせ、口と鼻を歪めてせせら笑った。

「話はビリーとビリィのことよ。もしあなたがそれを大事だと思わないなら、わたしがしようと決意したことは、間違いなくするべきだということになるわね」わたしは言い返し、続けた。「でも、もうわかっていたけど」

ビルはわたしをにらみつけ、ちらっとミッチを見て、またわたしを見た。

「言いたいことがあるなら早く言えよ。おまえの顔を見ないで済むように。ここでおまえと顔を突きあわせているより、頭のいかれたゲス野郎どもといっしょに閉じこめられているほうがずっとましだよ。そう聞けば、おれがおまえのことをどう思っているかわかるだろう」ビルも言い返した。

「あら」わたしは声をひそめて言った。「あなたがわたしのママと伯母さんを差し向けたときに、わかったわ。それにそのときにわからなくても、あのふたりにジェズを探してこさせて、彼女をつかってビリーとビリィを脅したときにわかった」

ビルの顔は変わらなかった。こちらをねめつけ、冷笑を浮かべている。自分が悪いとはまったく思っていない。自分のしていることがわたしを困らせるとわかっていても。そしてそれが自分の子供たちをおびやかすことになっていると知っていても。

わたしは話しつづけた。

「ビリーはジェズを見たとき、彼女を思いだして、震えあがっていたのよ、ビル」

ビルはまだにらんでいる。

「気になるかもしれないから教えておくと、ビリィは眠っていて、ジェズを見なかったわ」

ビルは無言だった。

わたしはため息をつき、ろくでなしだと知っているのだから驚くことではないと自分に言い聞かせた。

わたしは本題を切りだした。

「ミッチとわたしはきのう弁護士に会って、契約してきた。子供たちの恒久的な親権をとるつもりよ」

「そしてそれをおれが気にする理由は……？」ビルが訊いてきて、わたしは目をしばたたかせた。

そして訊き返した。「いま、なんて？」

「おれにはほかに心配ごとが山ほどあるんだよ、マーラ。追加は必要ない。おまえのせいで、おれは二十四時間自分の身を守らなきゃならなくなった。あんたがなにを企んでいるかなんて、考えている時間はないんだよ。そこにいるポリ公の色男に、おれのガキを引きとることで自分が善人だって見せつけたくて張りきっているようだが、勝手にするがいい。おれはこのムショ暮らしを生き延びられたら、おまえのことを心配してやるよ」

「ビリーとビリィのことも」わたしは言った。

「なんだ？」ビルが訊いた。

「このムショ暮らしを生き延びられたら、ビリーとビリィのことを心配するんでしょ」

「さあね」彼はつぶやいた。

まったく、わたしの従兄はろくでなしだ。

「さあねじゃないでしょ、ビル。あなたの息子はあなたのことを役立たずの父親だと思ってて、あなたの娘はあなたのことを心配して泣いていたのよ。それなのに〝さあね〟はない。ふたりはあなたの子供たちだし――」

ビルが遮った。「それも長いことじゃないだろ、おまえとそこのポリ公の思いどおりにいけば。なのに、なにが言いたいんだ？」

たしかにそうだ。

わたしはいちばん大変な話を切りだすことにした。

「あなたが協力してくれたら、その手続きが簡単になるわ」わたしが言うと、ビルはほほえんだが、感じのいいほほえみではなかった。

「そうか」歪んだ笑みを浮かべて言った。「おととい来やがれ」

根っからのろくでなし。

「わかってないみたいね、ビル。わたしは自分のためにお願いしているわけじゃない。ビリーとビリィのためよ」

「おととい来やがれ」

わたしは彼をにらみつけた。

それから深く息を吸った。

わたしはそっと話しかけた。「わたしはよく、ママと、ママの男たちと、酒盛りを避けてあなたのところに行った。真っ暗ななか、ふたりでよく、大人になったらどうする、どこに行く、どんな人間になるかを話しあった。そういう話をするとき、わたしたちは、どこに行ってなにをするにしても、そこでは世間が考えるわたしたちではなく、自分のなりたい自分になろうって決めた。わたしはその夢をあきらめなかった。ビル、あなたがいつその夢をあきらめてしまったのか、わたしにはわからない。それにどうでもいい。あなたに起きていることはわたしのせいじゃない。あなた自身のせいよ。でもわたしのせいにしたいの？　いいわ。そうすればいい。それもどうでもいい。わたしにとって大事なのは――ただひとつ大事ことは、わたしとあなたが自分たちのせいではないのに送らなくてはならなかったような子供時代を、ビリーとビリィには送らせないようにすることよ。あの子たちはいま、いいベッドで寝ている。いい服を着ている。新しい靴を履いている。ビリーはキャッチボールがすごく上手になったのよ。ミッチがバッティングも教えていて、それもどんどんうまくなっている。ビリィは毎晩、お気に入りのピンク色のテディベアといっしょに眠っているの。ふたりとも清潔よ。毎日学校に行っている。一日に三度の食事をして。よく笑ってるわ。あの子たちを大事に思い、あの子たちが宿題をやって早く寝るように気をつけてくれる人たちに囲まれているの。そういうのは何気ないことばかりだけど、ビル、あなたもわたしも、そういう何気ないことがすべてだと知っている。わたしはあの子たちにそれを与えている。ミッチも。あなたは与えてあげなかった。お願いよ。わたしとミッチが、これからもあの子たちにそれを与えるのを許して。あなたは書類に署名する必要がある。それだけ。あなたが刑期をつとめて、立ち直り、出所したら、あの子たちの人生にあなたの場所があるかどうか話しあうことは可能よ。でもその条件は、あなたが立ち直ること、二度とあの子たちの親権を主張しないこと。あの子たちにはいま、家族がいる。安心している。幸せなの。お願いだから、わたしがあの子たちにそれを与えるのを許して。そうすることによって、あなたも、あの子たちにそれを与えることになるのよ」

ビルは身を乗りだし、目を細めて、ゆっくりと言った。「おととい……来や……がれ」

わたしはうなずいた。やっぱり。

それでも、言ってみたかった。

わたしは言った。「いいわ。でもいずれはそうなるのよ、ビル。ただ時間がかかるだけ。そして手続きが終わったら、あなたは一生、自分の息子に嫌われていると知りながら生きていく。やがて思い知るでしょうね。自分が娘の愛情をドブに捨てたせいで、彼女のぼんやりとした記憶になりはてたことを。そしてそれも、事実をねじ曲げてわたしのせいにすることもできるけど、わたしにはわかってる——あなただって心の奥底では、それは嘘だとわかっているはず。わたしはあの子たちに、子供のころのわたしたちが欲しかったものを与えているだけだと、わかるはず。ビリーが愛する人を見つけてその人と一生をともに過ごす決心をしたら、結婚式でビリーとダンスするのはわたしよ。そしてビリィが自分の心を捧げるだれかに出会ったら、結婚式であの子はミッチとダンスするのよ。そしてあなたは、それが自分のせいだとわかっているはずだわ」

ビルは顔を歪めて、怒気をこめて言った。「ファッキュー、マーラ」

でもわたしは首を振った。

「あなたがわたしにファッキューと言うのは、ビリーとビリィにファッキューと言っているのとおなじよ。わたしにすることは、あなたの子供たちにも影響する。つまり、ビル・ウィンチェル、あなたはたったいま、自分が世間に思われていたような人間だということを証明してしまった。あなたは自分のことしか考えていない、脳みそが腐っているろくでなしよ。それも自分で背負って生きていけばいいわ」

彼は口を開いたけど、わたしには聞こえなかった。

わたしは受話器を置いて、椅子を引き、ビルを見ることなく、ミッチのほうを向いた。彼の手を取ると、長くて力強い指がわたしの手を温かくつつみこんだ。部屋を出るときも、わたしはふり返らなかった。

部屋から出て廊下を歩いているとき、ミッチがそっと言った。「弁護士に電話しておく」

「お願い」わたしは小さな声で言った。

彼が手をぎゅっと握った。「だいじょうぶか？」

「ええ」

ふたたび彼が手をぎゅっと握って、わたしをひっぱったので、ふたりとも立ちどまった。

わたしはミッチを見上げた。

「ほんとうに？」彼がそっと尋ねた。

「わたしが心配なのは、弁護士への支払いだけ。でも、いままで何年間も、雨降りの日——いざというとき——のために貯金してきたわ」わたしは彼に小さくほほえんでみせた。「そしていま、雨が降っている。とにかく。雨はいつかあがる」

ミッチがわたしに、さっと、激しくキスしたけど、口はとじたままだった。

それから唇をつけたままで言った。「仕事だよ、スイートハート」

わたしは歩きはじめた。ミッチに車まで送ってもらって、出勤した。

27

二週間と二日後

「ただいま、ベイビー！」居間兼食堂兼台所からミッチの声が聞こえた。

彼は、今夜はペニーの家に泊まる子供たちを送ってきたところだった。それはわたしたちがデートするためではなく、わたしは女子会に出かけて彼は仕事に行く予定だった。彼はいま担当している事件の捜査で進展があり、最近よく残業している。わたしは新しいリトル・ブラックドレスを着て、セクシーなストラップタイプの黒いハイヒールサンダルを履き、〈クラブ〉でお酒を飲みながら女だけのパーティーに出かける（ロベルタ、ラタニア、エルヴァイラ、テス、エルヴァイラの友だちのグエン、カム、トレイシーというメンバーだ）。

いま身に着けているリトル・ブラックドレスとセクシーな新しいサンダルを買えたのは、〈ピアソンズ・マットレス&ベッド〉の毎年恒例、夏の大売り出しの真っ最中で、どうやらデンヴァー市民の半分がマットレスかベッド、もしくはその両方を必要としているからだった。わたしは目が回るほど忙しかったけど、歩合はものすごくよかった。

もちろんわたしはそれを弁護士費用に回したかったけど、ミッチは大きな事件の捜査で残業をたくさんこなしているし、リトル・ブラックドレスについてのエルヴァイラの教えを学んだようで、わたしに彼女といっしょに買い物に行って（だからそうした）、自分を甘やかす（つまり彼を甘やかす）ようにと言った。

だからわたしはいま、生まれて初めてのリ《L》トル・ブ《B》ラックド《D》レスを身にまとっている。袖なし。黒いジャージー素材。いままで来たことがあるどのドレスよりも短い。背中が（まるまる）あいている。あちこちからだにぴったり張りついているし、ほかもほっそりしている。

それにこのサンダルのセクシーさといったら、わたしがムラムラきてしまうほどだった。

しっかりとメークして（いままで一度もしたことなかったけど、自分で言うのもなんだけど、わりと似合っていた）、髪もヴォリュームを出した（それもいままで一度もしたことがなかったけど、わりと見映えがした）。

出かける準備完了。

どうやって出かけるかというと、ミッチがわたしを〈クラブ〉まで送ってくれる。わたしはきょう仕事だったけど、ほかのみんなは〈クラブ〉で夕食をとっていて、わたしがそこに合流する形になる。仕事から帰宅して、ミッチが子供たちをペニーのところに送っているあいだに、急いでターキーサンドウィッチを食べた。帰る時間になったらミッチにメールすることになっていて、もし可能なら彼がわたし（とラタニア）を迎えにきてくれることになっていた。もし彼が無理でも、エルヴァイラによれば、ホークがグエンとエルヴァイラと足が必要な人はだれでも送っていくつもりで来ることになっているから、彼に送ってもらえるはずだった。

すべて段取りは整っていて、気が楽だった。わたしのすることと言えば、おしゃれして、パーティーに行って、カクテルを飲むだけ。

一日マットレスを売りまくったあとでは、それだけでせいいっぱいだった。

そう言えば、わたしに興味をもっているという三人の女性と会うことについても、心配していなかった。それくらい、階層システムから完全に卒業した。三カ月前だったら、わたしがミッチ・ローソン刑事にふさわしい女かどうかを判定する気まんまんの女性たち三人と会うなんて、緊張しまくっていただろう。

いまは？

なんでも来い。

もし彼女たちに気に入られなくても、気にならない。

ミッチがわたしを気に入ってるのだから。大事なのはそれだけだ。

わたしはバスルームの鏡から目を離し、照明を消して、ミッチに声をかけた。「あなたさえよければ、出かける準備ＯＫよ！」

わたしはベッドのところに行って、小さな黒いバッグを取り、ベッド横のランプを消して、十センチヒールでせいいっぱい気取った足取りで部屋を出た。廊下を通っていくと、ミッチはうつむき、カウンターの上に置いたファイルをぱらぱらとめくっているところだった。でもわたしが廊下から部屋に入っていくと、彼は目をあげてこちらを見た。

「もう行ける？」わたしは彼に近づきながら言った。「ラタニアからメールが来たわ。もうみんなそろっているから……」

ようやく彼の顔つきに気づいて、わたしの言葉は途切れた。

そう。

彼のまなざしはわたしの心に刻みつけられ、わたしを透視し、わたしを射抜き、わたしをなめまわした。

わたしは立ちすくんだ。

ミッチはすぐに近づいてきた。その視線はドレスから離れなかった。

「ミッチ――」

「まだ行けない」

まあ。

「ミッチ」わたしはささやき、うしろにさがろうとした。彼が目の前まで来たのにとまろうとしないから。

わたしは後退し、彼は前進した。だからわたしは、どんどんうしろにさがった。

「なんてことだ、ベイビー、きみの脚が長いのは知っていたけど……くそっ」彼の目はいまやわたしの脚を見つめていて、その声はセクシーで、低くて、うなるようで、熱がこもっていた。それを聞いただけで興奮してくる。

「ミッチ、悪い人を捕まえにいかないと」わたしは暗い廊下をあとじさりながら、迫ってくるミッチに言った。

彼はさっと向きを変え、わたしもそれに合わせるしかなく、つまりわたしたちは寝室へのドアをくぐった。

「悪い人は？」「ミッチ！」わたしは大きな声をあげて、彼の胸に手をついた。

彼は両手でわたしの腰をつかんだ。「ぼくがきみをファックしたあとでも、悪いやつのままだよ」

まあ！

「ミッチ」わたしはまた小声になった。

ミッチの曲げた指がわたしの太ももにふれ、伸縮素材のスカートがウエストまで引きあげられた。

たしかに、スカートはすごく短かったから、引きあげるのも楽だったけど。

でも、すごくどきどきする。

わたしはバッグを落とし、脚の力が抜けそうになって、彼のシャツをつかんだ。

ミッチがまた向きを変え、脚のうしろにベッドがあたった。彼が動いて、ランプが点いた。

わたしは震える脚でそこに立ち、彼が少しからだをそらして、熱っぽい目でわたしのほてったからだをさっと見て、腰に目を留めた。小さいレースの黒いパンティが見える。その瞬間、彼の熱っぽい目がわたしの目をとらえ、わたしにからだを押しつけ、同時に両手をパンティのなかにつっこんでお尻をつつんだ。

全身が震えた。

ああ……。

すてき。

「ミッチ――」わたしはささやいたけど、その続きは言えなかった。ミッチの口が覆いかぶさってきたから。

そして舌が挿しこまれて。

わたしもおなじように。

彼の手がさがり、いっしょにパンティを引きおろす。脚を滑って足元にぱさっと落ちた。

ふたたび全身が震えて、ミッチにしがみつく。

「足首からはずすんだ」彼がさっきよりもこもったうなり声で命じた。言われたとおりに、サンダルからはずすやいなや、ミッチの指がわたしのお尻のすぐ下の太ももにぐっと食いこむ。彼はわたしをかかえあげて、指に力を入れて脚を開かせた。わたしも協力して、気づくとベッドに仰向けに寝ていた。ミッチが上にいて、ふたたびキスされる。

たくさんキスされて、たくさんさわられ、ミッチの指がわたしの脚のあいだをもてあそんでいる。わたしは手を彼の張りつめたところにやり、彼の唇が唇を離れてほおから耳元へと移動したとき、思わず訴えるような声を洩らしてしまった。

彼がわたしの手に硬くなったものを押しつけながら、濡れているなかに指を二本挿し入れ、耳元でささやいた。「激しくファックするよ、ベイビー」

まあ。

すてき。

ミッチの愛し方は優しくて独創的で思いやりがあり、わたしの準備ができているときしか激しくしない。

そしていま、準備ができていると彼はわかっている。

ミッチは続けた。

「みんなと坐って酒を飲みながら、ぼくの余韻でうずかせておきたい」

ああ。

わたしもそうしたい。あまりに強く思ったので、思わず腰をぴくっと彼の手に押しつけていた。

彼の親指でスイートスポットを押されて、また腰がぴくっとする。

わたしは頭をめぐらし、彼の耳にささやいた。「いいわ」

「ぼくのを出すんだ」彼が命令し、わたしは震える手でベルトのバックルをはずし、ジーンズのボタンもはずして、押しさげた。

彼が頭をあげて、わたしの目を見つめた。わたしは脚を彼の太ももにかけ、肌にジーンズがこすれてぞくぞくした。そこで彼の指がどこかに消え、彼のものが勢いよく入ってきて、もっとぞくぞくした。

唇をあけ、目をとじ、頭をそらした。

速く、激しく、奥まで突きたてられる。彼はわたしの首に口をつけ、うなるようなささやき声で訊いた。「何通りの体位でされたい？」

わたしは頭を戻して、両手の指を彼の髪に差し入れた。彼があたまをもたげて、速く激しく動き、わたしはささやいた。「何通りの体位でしてくれるの？」

彼は言葉では答えなかった。

引きぬき、わたしの上からいなくなったかと思うと、わたしは腹這いにされて、ひざをつかされ、彼に腰をつかんで引き寄せられ、突きあげられた。わたしは背をそらして、胸をベッドに押しつけた。彼の手が肋骨をなでるようにあがってきて、引きあげられ、突きあげられるたびに指が深く食いこんだ。

「いいわ」わたしは上掛けに口をつけて言った。

「これが好きなのか?」ミッチがうなる。

彼は答えを知っている。前にもしたことがあり、そのときもわたしはすごく感じた。でもこんなに力強く、こんなに激しく、こんなに官能的ではなかった。

それでも。

「いいの」

彼がどこかにいなくなって、すぐに戻ってきた。仰向けにされたかと思うと、引き起こされ、わたしは両脚を彼の腰に巻きつける形になった。ミッチがふたりのからだを動かし、わたしの背中がヘッドボードにあたるのと同時に、彼の硬いものが押し入ってくる。

「ああ、もう」わたしはささやいた。

ミッチは片手でわたしのお尻をつかみ、そちらの腰を浮かせて彼のものがより深く入るようにした。反対の手はわたしの手を握って、頭の上の壁に釘付けにしている。彼の目はわたしの目をのぞきこみ、焼け焦がすようだった。こんな熱っぽい目で見られるのは初めて。

なんて美しく、すてきで、みだらなの。

「ベイビー」わたしはささやいた。

「脚のあいだに手を入れるんだ、スイートハート。ぼくがファックしながらきみが自分でいくのを感じたい」

「いいわ」すぐに同意して、言われたとおりにした。

すごく。

いい。

より美しくて、すてきなんてものじゃないし、灼けつくよう。

唇を重ね、息を混じらせ、目を合わせたまま、わたしが切ない声をあげるとミッチが握っている手に力をこめた。その声がなにを意味するか、彼はわかっている。

「いくんだ」彼がうなる。

「ええ」

「さあ、いってくれ」

わたしは唇を開き、目をとじて、手をぎゅっと握りしめ、両脚で彼の腰を締めつけた。激しく突きあげられながら、唇のあいだにミッチの舌が滑りこんできて、わたしは絶頂を迎えた。

三分後、わたしは両腕で彼をきつく抱きしめ、片手を髪のなかに入れ、彼の腰に脚をかけていた。ミッチはわたしの首に顔をうずめて駆りたて、深くうがつとそこにとどまって、うめくような声とともに達した。

わたしは彼の柔らかい濃い色の髪がカールしている耳元の肌にキスした。

そしてささやいた。「この髪が大好き」

彼がほほえむのを肌で感じ、意外な返答が聞こえてきた。「最悪だ」

「いま、なんて?」

彼は頭をあげて、わたしのお尻をつかんでいる手と背中に回している腕にぎゅっと力をこめた。

「最悪だよ」わたしを見下ろして言う。その目にはまだ熱が残っているけど、けだるく満ちたりた感じで(ちなみに、それがものすごくセクシーだった)、そのどちらも、いつもより彼をハンサムにしている。

つまり、この瞬間、わたしの恋人は掛け値なく美しかった。

「なにが最悪なの?」わたしもけだるく満ちたりた気分だった。すてきな恋人と、すごくいい、複数体位のセックスをしたからだけじゃなくて。彼もすごくよかったみたいで、彼はわたしとするのが好きで、わたしにそれを知られても気にしていないから。

「そういうドレスを十五着くらい買って、それを着ているきみをファックしたい。だがそれにはもっと残業しなきゃならないし、そうしたらきみをファックする時間もなくなる。だから最悪だ」

わたしは口元がほころびるのを感じて、そっと言った。「わたしは一着でいいわ」

彼の口元にも笑みが浮かび、そっと返してくれた。「ああ、一着でいい」

わたしの恋人がわたしを抱きたいと思っている。わたしをセクシーだと思っている。わたしの恋人はリトル・ブラックドレスを着たわたしを見て、手を出さずにはいられない。

魂がため息をつく。

彼の目がわたしの顔から髪へと移動し、また目に戻ってきて、彼はささやいた。「きみの髪はさっきもよかったけど、いまはくそ色っぽくなった」

「寝乱れ髪ね」わたしはつぶやいた。みんなはわたしが寝乱れ髪をしているのに気づくだろうか。ロベルタとラタニアはきっと気がつくだろう。たぶんエルヴァイラも。

ミッチはくすくす笑い、からだを引いたかと思うと、わたしを抱きしめたまま仰向けに倒れた。それから、わたしがまたがっているにもかかわらず、ジーンズを引きあげた。

わたしは頭をもたげ、彼を見下ろして、ささやいた。「からだをきれいにしてこないと」

彼は両手でわたしのお尻をつつみ、ささやいた。「わかってる」

でも動こうとしない。正確に言うと、彼の手はわたしのお尻から動かない。

「手を放してくれないんだけど？」わたしは訊いた。

「放すよ。だが放したくないと、行けないんだけど？」その答えを聞いて、ベッドに横たわっている彼をあらためて眺めた。わたしのからだはオーガズムの余韻でリラックスしてほてり、激しく突きあげられたあそこはいまもうずいている。これが自分の人生だなんて。この人が自分の彼氏だなんて。

ミッチがワッシャーを交換してくれたときのことを思いだした。彼がバスルームに行くためにアパートメントのなかを歩くのを見て、これが日常になったらと夢を見た。

それが現実になった。

彼はわたしのベッドで眠る。うちのシャワーを浴びる。わたしたちはいっしょに、子供たちの面倒を見ている。そしていま、彼はわたしを激しくファックしたところ。これからわたしは自分の用事で出かけて、彼は自分の用事で出かけるけど、彼はわたしを放したくない。

「なに？」ミッチが優しく訊く声がした。わたしは自分が、彼に目を向けていたのに彼のことを見ていなかったと気づいた。考えていたのは彼のことだけど。彼は手をお尻から放して抱きしめてくれた。わたしが答える前に、彼が言った。「ベイビー、なにを考えてるんだい？」

「あなたが四年前からわたしに夢中だったって言ったときのこと、憶えている？」わたしは尋ねた。

「ああ」

「あのね、わたしもあなたに夢中だったの」

「知ってたよ」

わたしは首を振った。「ちがうの、そうじゃなくて、わたしはあまりにもあなたに夢中だったから、あなたのことを愛していると思いこんでいた。だからあなたがワッシャーを交換するためにうちに来たとき、自分があまりにもまぬけで、一種の拷問のように感じた。でも同時に、あなたがまるで毎日うちのなかを歩いているみたいに、うちのなかを歩いているのを見て、すごくうれしかった。そしていま……ほら……あなたはそうしている。つまり……」わたしは口ごもった。「毎日うちのなかを歩いている」

「きみはまぬけじゃなかったよ」ミッチがそっと言った。

「ううん、そうだったわ」わたしがおなじようにそっと言い返すと、彼はにやりと笑った。

「そうだったかもしれないけど、かわいいまぬけだった」

わたしは目を天井に向けた。

ミッチがわたしに回した腕にぎゅっと力をこめ、見ると彼はもう笑っていなかった。

「ぼくに起きた最高のことだった。あのワッシャーの劣化は」とささやいた。

「ワッシャーがなんだか知らなくて惜しいことをしたわ。知っていたら自分で劣化させたのに」わたしが言うと、彼は吹きだした。

それから転がって、からだを起こし、わたしたちはふたりとも立って、ミッチがわたしのスカートを引きおろしていた。

「きれいにしておいで」彼は言った。「そうしたらパーティーに送っていくよ」頭をさげて、軽くキスしてから、部屋を出ていった。

わたしはパンティを拾いあげ、バスルームに行ってからだをきれいにした。そのとき見たら、ほんとに寝乱れ髪になっていた。そのままにしておいた。ロベルタ、ラタニア、エルヴァイラに気づかれて、お説教をされるかも。

べつにいいわ。

わたしにはセクシーな刑事の恋人がいて、彼はわたしに手を出さずにはいられない。

わたしは寝乱れ髪で女子会に行ってもいい。どこにでも。屋根の上から大声で叫んでもいいかもしれない――わたしを見て！　ミッチ・ローソン刑事がわたしの髪を寝乱れ髪にしたの！

わたしはにんまり笑って、用を済ませ、忘れていたバッグをつかんでミッチのところに行った。彼はまたカウンターの上に置いた書類を読んでいた。そばに行って、そのファイルのほうをちらっと見たわたしは、彼がわたしのウエストに腕を回してフォルダーを閉じる前にあるものが見えて、眉根を寄せた。

「よし」彼は腕に力をこめて動きだすところだった。「行こうか」

わたしはその場にとまったまま、彼を見上げた。

「どうしてオーティスの似顔絵をもっているの？」

彼はかすかに頭をかしげて、訊いた。「なんのことだい？」

「そのフォルダーのなかよ」わたしは彼のフォルダーを示した。「どうしてミスター・ピアソンの親戚のオーティスの似顔絵がそこにあるの？」

今度はミッチが眉を寄せて、わたしをじっと見つめた。そしてフォルダーを見下ろし、開いて、ぱらぱらとめくり、オーティスの絵でとまった。

「このことを言っているのかい？」彼は似顔絵を指でとんとんと叩いたが、その言葉はなんとなく変な、慎重な感じだった。

「そうよ」わたしは答えて、似顔絵を、そしてミッチを見た。「オーティス・ピアソンよ。ミスター・ピアソンの親戚なの。店で働いているわ」

ミッチはわたしをじっと見て、急にぎゅっと腕に力をこめたけど、なにも言わなかった。

そんな！

それがどういうことかはわかった。彼は刑事で、そのフォルダーはたぶん仕事に関係するもので、そのなかにオーティスの似顔絵がある。

今度はわたしが慎重に訊いた。「オーティスがなにかしたの？」

「マーラ──」ミッチが口を開いたが、わたしは話しつづけた。

「もっとも、驚きというわけじゃないけど。オーティスはミスター・ピアソンにとって、わたしにとってのビルのような人なの。まさか犯罪には手を染めていないと思っていたけど」

「マーラ──」ミッチがまたなにか言おうとしたが、わたしは続けた。

「でも、いやになるわ。あなたがミスター・ピアソンの親戚を捜査しているなんて」

「マーラ、ベイビー」彼はわたしを抱きしめ、ていねいに、優しい口調で言った。

「この似顔絵は、絵師がバドから家にやってきていた男の特徴を聞いて描いたものだ」

わたしは固まった。

そしてつぶやいた。「え？」

「くそっ」ミッチがつぶやき、彼はわたしの頭越しに目をやった。

「ミッチ」わたしは彼の胸に手を置いて、そっと押した。「ほんとうに？　ビリィが言っていた悪い人のこと？」

「くそっ、くそっ、くそっ！」ミッチはそう言って、手をあげ、髪をかきあげるようにして、似顔絵を見下ろした。

「ミッチ！」こわくなってきた。「話をして！」

彼はわたしのほうを見て、変なことを言った。「マットレスだ」

わたしは首を振った。「ハニー、わけがわからないわ」

彼は頭をさげてわたしに近づけ、反対の腕もわたしに回した。「こいつがボブ・ピアソンの店で働いているって？」

わたしはうなずいた。「そうよ。倉庫で。注文を担当しているの。というか、ミスをするまではそうだったわ」

「なんてことだ、まったく」ミッチはつぶやき、わたしの頭越しに目をやった。

「ミッチ！」わたしが彼の胸にぎゅっとしがみつくと、彼の目がわたしを見た。

「スイートハート、きみのアパートメントが荒らされたとき、家中めちゃくちゃだった。だがマットレスには特別な注意が払われていた。マットレスはすべて、ずたずたに切り裂かれていた」

そんな。

彼の言うとおりだ。そうだった。

「このオーティスというやつが職場できみに近づいてきたことはあるか？　とくに関心を示してきたり？」ミッチはそう尋ねたが、わたしは首を振った。

「いいえ」言葉でも否定した。「彼はショールームには来ないの。ミスター・ピアソンが禁じているのよ。気持ち悪いからお客さんを帰してしまうって」

ほんとにそうだった。

すごく気持ち悪い。

たぶん小さな子供たちふたりにとっては、もっと気持ち悪かっただろう。

ああ、どうしてこんなことに？

ミッチが説明してくれた。

「こいつはなにかに手を染めている。マットレスのなかに、なにか隠していたんだ。

それがミスで行方がわからなくなった。なんであれ。きみのマットレスが配達された。やつはそのなかにあると思って、捜しにきたんだ。あったのかもしれないし、なかったのかもしれない。たぶんなかったのだろう。マットレスから捜しはじめて、なかったから、きみが見つけてどこかに隠したのだろうと考え、家中を捜した。きみに近づいてこないのは、捜しているものを見つけたからだろう。やつは従業員データベースか配達履歴できみの住所を知ることは可能だった?」

「ええ」わたしは答えた。「従業員データベースはないけど、彼は配達する商品をトラックに積みこむ責任者よ。配達にかんする全記録にアクセスできる」

「ちくしょう、ったく、くそっ。この似顔絵をきみに見せるべきだった」ミッチはつぶやき、また似顔絵を見た。

わたしは彼の胸に手を置いて、彼と目を合わせた。「それは無理よ。わたしだってビルがなにをしているのか、まったく知らなかったのよ。この似顔絵がわたしの勤務先と関係があるなんて、思わなくて当たり前だわ。そんなとっぴなこと」

「きみに見せるべきだったんだ」彼はくり返した。

「ミッチ、わたしはあなたに、ビルがなにをしているか知らないと言った。あなたはわたしから聞かなくても、わたしたちがバドとビリィといっしょにあの家に入ったときに、わかった。わたしはびびってしまったけど、あなたはなにもかも、把握していた。でも、あの家にやってきていた人間をわたしが知っているなんて、わかるわけないわ。それは百万にひとつの偶然よ」

「マーラ、ハニー、一点の手抜かりもないように細部にまで気を配る、それは捜査の基本なんだ。ぼくは……きみに……見せるべきだった」

彼はうなり、あまりよくない雰囲気だったから、わたしはそっと言った。「そう」

「やつの姓はピアソンなのか？」ミッチがはっとしたように訊き、わたしはうなずいた。「何年くらい働いている？」

「わたしよりは短いわ。三年よ。デンヴァーに来る前はたしかカンザスシティーにいたんだと思う。ミスター・ピアソンは彼を助けるつもりで、雇ってあげたのよ。どうして引っ越したのかは知らない。でも、彼には売りになるスキルがなかったから、ミスター・ピアソンが家族として雇ったのは知ってる」

「気持ち悪い以外に、こいつのことをなにか変だと感じたことはあるかい？　悪そうなやつらといっしょにいたとか、奇妙な行動やこそこそした行動をしていたことは」

「悪い人は知らないけど、でも彼はいつも奇妙でこそこそしているから、気持ち悪いのよ。明らかに家族の厄介者だってこと以外、とくに変だと思ったことはないわ。でもあまり頭はよくなさそうだと思った。そう言えば、しばらく前に、彼は〈スプリング・デラックス〉を大量に注文したの。ほんとに大量に。ミスター・ピアソンは困っていたわ。〈スプリング・デラックス〉はうちの最高級品よ。そんなには売れない。だから彼が過剰注文したのは、ほんとに大ポカだったの。それが〈ドリーム・ウィーヴァー〉や、〈スランバー・エクセルシオール〉だったらよかったんだけど。そういうのはどんどん売れるから。でも〈スプリング・デラックス〉は……？」わたしはみなまで言わず、首を振った。

ミッチはわたしにかすかにほほえんで、言った。「わかっていると思うけど、ぼくにはちんぷんかんぷんだよ」

「わたしが言っているのは、〈スプリング・デラックス〉はそんなに売れないということ。だからすごく大変だったの。セールでも、あまり売れないのよ。ほかのはセールになれば、すごくお買い得だし多くの人の手に届く。だから過剰注文をするにしても、〈スプリング・デラックス〉だけはだめだったのよ」

「わかったよ、ベイビー、きみの言うとおりなんだろう。オーティス・ピアソンについて調べることにする。だれかを店にやって、彼をよく観察し、引きつづき監視させる。そしてぼくの彼女がやつの三メートル以内には近づかないようにする。倉庫に行くことはあるのかい?」

わたしは首を振った。

ミッチはうなずいた。「よし。それでいい。やつが近づいてきたら、避けるようにするんだ。人目のないところで、やつとふたりきりにはならないように。休憩室でもだよ。駐車場でやつを見かけたら、車のなかにとどまって、ドアをロックし、車を走らせてすぐにぼくに電話しろ。ぼくはビルを尋問する」

最高だわ。

うまくいかないだろうし、ミッチもそれをわかっている。ビリィが夜にこわがったあとで、すでにやったことがあるからだ。ビルはなにも話さなかった。

それでも、わたしはミッチに言った。

「そんなことをしても無駄だと思う」

「そうしたら、次はスリムが尋問する。スリムに話さなかったら、次はエディーが。エディーでもだめなら、ハンク。ハンクがだめなら、タックだ」

知らない名前が出てきて、わたしは目をしばたたかせた。「タック?」

ミッチはうなずいた。「タックというのは、クラブでの名前だ。本名はケイン・アレン。カオスというバイカークラブの頭で、いまメンバーのひとりが留置されているはずだ。タックがそいつに話をして、そいつが留置所内でビルを問いつめ、ぼくは必要な情報を手に入れる」

わたしは彼をまじまじと見つめた。

それからつぶやいた。「バイカークラブの頭を知っているの?」

彼はわたしを抱く腕にぎゅっと力をこめた。「ベイビー、ぼくは警察官だ。いろんな人間を知っている。そしてぼくが知っている人間の多くは百パーセントまっとうな市民とは言えない」

「え……」わたしはおずおずと言った。「そのバイカークラブの頭はあなたに借りがあるの?」

「ない」ミッチは言った。つまり今回のことで、彼はその頭に借りをつくることになる。

「それはいい考えなの?」わたしは静かに訊いた。

「いや、タックに借りをつくるのはいいことじゃない。だがぼくには、ほぼ新品の〈スプリング・デラックス〉で寝ている恋人とふたりの子供がいる。そのベッドが配達されてから、ほとんど毎晩、ぼくもそのベッドで寝ている。そして子供たちの学校の休みには、ぼくもきみもいなかったら、ぼくの母が彼らを見ている。つまり犯人がまた侵入するチャンスは少なかった。それにきみの恋人が警察官だということも、知っているだろう。だからふたたび侵入するチャンスをうかがっているとしたら、慎重になっているはずだ。やつが目あてのものを見つけたのかどうかはわからない。だが少しでも危険は避けたい。もし見つけていたとしても、やつがなぜきみの家をめちゃくちゃにしたのか、きみの従兄とどういう関係なのかを把握して、きみとバドとビリィはもう安全だと確認しておきたい」

たしかに、彼の言うことはもっともだった。

「そうね」わたしは言った。

「ああ」

「正直に言うとね、この話はこわいし、いやになるし、わたしがあなたにふさわしいかどうかを厳しく査定しようと待ちかまえている女性たちのコスモパーティーに行く気がなくなっちゃったわ」

ミッチはほほえんだ。

それからわたしをぎゅっと抱きしめて、言った。「ぼくも正直に言えば、コスモでほろ酔いになったきみがそのドレスとその靴で帰ってくるのを迎える気まんまんだよ。酔っぱらっていないきみとのセックスにあれほどたまらなく興奮したんだから、酔っぱらっていたらどんなにすごくなるだろうと思って」

とつぜん、わたしのことをミッチにふさわしいかどうか厳しく査定しようと待ちかまえている女性たちのコスモパーティーに行きたくなってきた。

「そうね」わたしは言った。「行きましょう。〝あとでほろ酔いセックス作戦〟開始よ」

ミッチが吹きだした。

わたしはほほえみを浮かべた。

ミッチは落ち着いたけど、まだ笑顔のままで言った。「がっかりさせないようにするよ」

わたしも笑顔のまま、即答した。「知っているわ」

彼が真顔になった。わたしが彼を躊躇なく心から信用したのを、よろこんでいる。

そしてささやいた。「くそっ、マーラ、愛してるよ」

わたしはまだほほえみながら、ささやいた。「知っているわ」

それを聞いたミッチが笑顔になった。

そしてキスしてくれた。

彼はわたしを放して、部屋の明かりをすべて消し、わたしはドアのところで彼を待った。

わたしが〝あとでほろ酔いセックス作戦〟に従事する〈クラブ〉まで、彼が送ってくれた。ミッチはわたしを連れて店内に入り、すでに少し酔っぱらっている女性陣に挨拶して、わたしにすごく熱烈なキスをしてから、出ていった。

わたしが席に坐り、みんなに紹介されて、コスモを注文したところで、すごくきれいなグエンが、おなじくらいきれいなアフリカ系のカミーユに言った。「見て、寝乱れ髪よ。ミッチは出勤前に済ませていったのよ。彼女ならいいわ」

査定は終わり。

わたしは合格した。

酔っぱらう時間だ。

28

コスモの四杯目もあと三口で飲みおわるところ。ロベルタはもうケニーが迎えにきて帰った。レオと名乗ったハンサムなアフリカ系の男性がカミーユとトレイシーを連れて帰った。ブロックもテスを迎えにきた。ミッチからは、思ったより時間がかかっているからホークの車で送ってもらうように、自分も終わり次第帰るからドレスと靴を脱がないで待っていろというメールが来た（長文でものすごく俺様口調のメールだった。すごくセクシーな俺様だけど）。だからエルヴァイラとグエンとラタニアとわたしは、ホークが来るのを待っていた。

わたしはくすくす笑いっぱなしだった。声はたてないけど全身が揺れて腹筋が痛くなるタイプの笑い方だ。笑いっぱなしだったけど、どうして自分が笑っているのかはよくわからなかった。よくわからないというのは、いまグエンが彼氏のケイブ・〝ホーク〟・デルガドが誘拐されたあとの話をしていて、それはちょっとこわい話だったからだ。もしミッチにそんなことがあったら、わたしならきっととり乱してしまう。

でもグエンの話し方がおもしろおかしかった。ホークが誘拐されて、ほぼ自力で脱出し、グエンと再会したあとで、コマンドーの女の鉄則を説教したらしい。その鉄則は話とおなじくらいこわかったけど、こわおもしろかった。

「それで」グエンは涙をふきながら言った。「彼が言ったのよ。『わかったら返事しろ』って」

エルヴァイラとラタニアとわたしは爆笑した。なぜ？　また、よくわからなかった。たぶん、コスモの四杯目があと三口で飲みおわるところで、ほろ酔いをかなり越えていた。

それからグエンはすごく深い声をまねして言った。「わかったら……返事……しろ」

その口まねを聞いたら、おかしくておかしくて。頭をまっすぐあげていられなくて、テーブルにばんと手を置いて、肩をふるわせて笑った。

なんとか落ち着いてきたとき、とても低くてすごく魅力的に響く男性の声がした。

「まったく、ベイブ、どんだけ酔っぱらってるんだ？」

わたしは背筋を伸ばして、頭をそらし、あんぐりと口をあけた。

びっくり。

「来たのね、ベイビー」グエンがそう言った相手は、長身で、たくましくて、すごくハンサムな男性で、わたしたちのテーブルのすぐ前に立っていた。わたしは彼から目を離せなかった。彼は……ものすごく……セクシーだった。わたしはあいた口を閉じることさえできなかった。

わお。

わお。

ミッチェル・ジェイムズ・ローソン刑事はわたしが会ったことのあるなかでいちばん美しい男性だけど、この人はミッチとはまったくちがう。彼は長身で、黒髪で、信じられないほどすばらしいからだをしている。もちろんミッチも、それらすべてを備えているけど、彼の髪は濃茶色で、わたしが指を通せる長さで、黒髪の短髪ではない。でもミッチはひと目見れば、心の底からいい人で、優しくて、親切だとわかるけど、この人はそうではない。

この人は危険だ。

いい感じで。

「こんばんは」わたしが小声で言うと、彼はグエンから目を離してわたしを見た。

胸が張りつめる。

「きみがマーラ・ハノーヴァー？」彼が訊いた。

「ええ」わたしはまださささやくように言った。

「ローソンの？」

「そうよ」

彼が口元をぴくっとさせた。それから自分の彼女に目を戻した。

「そろって酔っぱらってるみたいだな」彼は所感を述べた。「少なくとも、マーラは」

「いいえ、わたしたち全員よ」グエンが陽気に言ったけど、少しろれつが回っていない。

「そりゃよかった」ホークはつぶやき、残っている酔っぱらったわたしたちをじっと見て、この酔っ払いたちを家に送っていくのは気乗りがしないと思っているのを、隠そうともしなかった。彼はそこで、一同に向かって訊いた。「みんな歩いていけるのか、それともおれが運ばなきゃなんないのか？」

わたしはミッチを愛している。一生、ミッチとともに生きていきたいと思っている。ミッチの子供を産みたいとも思っている。ミッチといっしょに年をとっていきたいと思っている。

でもこのホークという男性に運ばれたいとも思っている。どこに運ばれてもかまわない。ただ運んでほしいだけ。

そしてそれを口に出してしまうくらい、酔っぱらっていた。

「わたしは運ばれるほうに一票」わたしが言うと、グエン、エルヴァイラ、ラタニアが大笑いした。

ホークがまたわたしを見て、胸がどきどきしてきた。その目がわたしの全身を眺め、脚がうずうずしてくる。

そして彼の視線はわたしの顔に戻ってきた。「ローソンはそのドレスを着たきみを見たのか？」

わたしはうなずいた。

「ここに来る前に済ませてきたのよ」エルヴァイラが言った。ホークは彼女を見て、それからまたわたしを見た。

わたしは身を乗りだして顔をあげ、ささやいた。「すごくよかったわ」

また彼の口元がぴくっとした。

それもよかった。

すごく！

「そうか」ホークは言った。「きみはたしかに酔っぱらってるみたいだから、わかっないんだろうが、まあ聞いてくれ。きみがそんな感じで、そのドレスを着て、ローソンの彼女だとすると、あいつはおれがきみにさわったら、いい顔しない。そうだな、たとえばきみがそんな感じでも、銃弾をくらったりしたら別だが。だからおれのアドバイスは、きみの男ために、歩いていったほうがいい。もし倒れたら、受けとめてやるから。いいかい？」

グエンがわたしのほうに身を乗りだして、どんと叩いたので、わたしはこのセクシーな男性から目を離して彼女を見た。

「それはいいアドバイスよ」彼女はろれつが回っていない。「ミッチは優しいけど、じつはホークも優しくなれるのよ。でもね、わたしがスウェットの上下を着てて、髪がぼさぼさだったとしても、ほかの男がわたしにさわったら、正気を失うわよ。ミッチも優しいけど、彼にもそういうところがあると思う。ぜったい」

わたしはグエンの言うとおりだと思って、うなずいた。ミッチはわたしがこのドレスを着ているかどうかにかかわらず、わたしのことを強く思っている。わたしがセクシーな男性に運ばれたと知ったら彼がどう感じるかということについては、ちゃんと考えていなかった。

わたしはホークのほうを見た。「歩いてみることにする」

「正しい判断だ」彼は言って、グエンのほうを見て、また口元をぴくっとさせた。すごく……。

セクシー！

それから彼はそっと訊いた。「スイートピー、会計は？」

「まだ払っていないのよ」彼女はそっと答えた。

彼は優しくもなれるって。

ホークがバーのほうに歩いていって、わたしはグエンのほうを向いて言った。「彼はわたし二番目に好きな男性だわ」

エルヴァイラとラタニアはふたりとも笑いだして、グエンのかすかにとろんとした目が夢見るようになって、彼女はささやいた。「彼はわたしの唯一の好きな男よ」

彼女が幸せそうでよかった。グエンはたしかにすごい美人だけど、とびきりおもしろいし、とても優しい。もしわたしがいまでも階層分けをしていたら、楽々11だろう。危険でセクシーな彼氏とぴったりだ。ほんとに。

「それはいいわね」わたしがそう言うと、彼女は（とろんとした目で）わたしを見て、にっこり笑った。

「ホークはもう帰るつもりみたいだから、みんな、お酒を飲んじゃいなさいよ」エルヴァイラはそう言うと、言葉どおり、グラスに半分残っていたコスモを一気に飲みほした。そしてグラスをテーブルに置いて、言った。「彼が戻ってきたら、行動開始だから、支度しておかないと」

わたしは彼女の指示どおり、残りのコスモを飲みほした。ホークはコマンドーで、すごく魅力的だけど、やっぱりこわい。彼が行動開始というなら、黙って従わないと。

彼がテーブルに戻ってきたとき、わたしたちはバッグをもって立ちあがろうとしているところだった。わたしとグエンが立とうとしたら椅子を引いてくれて、もともとすてきなのに、ますますすてきになった。

紳士だわ。

やっぱり二番目に好きな男性に決まり。

わたしは立ちあがり、脚が自分を支えられると確認して、ホークを見上げた。「わたしはいくら払えばいいかしら？」

「おごりだよ」彼が答えた。

「いいえ、わたしはコスモを四杯飲んだの。いくら——？」

彼の黒い目に見つめられて、わたしは口を閉じた。

「おごりだ」彼はきっぱりと言った。

「それならいいわ」わたしはつぶやいた。

彼がにやりとわらった。

胸がどきどきしてきた。

そして彼が言った。「トラックに行ったら、きみに渡すフォルダーがある」

わたしは目をしばたたいた。

そして訊いた。「いま、なんて？」

「メルバメイとルーラメイ・ハノーヴァー？」

わたしは口をあけたけど、返事ができなかった。

返事の必要はなかった。彼がわたしの表情を読んでくれたから。

「部下を送りこんで、話をさせた。ちょっと掘りおこして、書類を作成した。もしあいつらがきみに面倒をかけてきたら――まさかそんなことはないと思うが――それにおれの部下は徹底的に調べたと言っていた――その書類を弁護士に渡すんだ。きっと役に立つ。いいか？」

すごく優しい。

「マーラ？」彼が念を押した。「いいか？」

「お礼に特製バーベキューチキン・ピザをつくるわ」思わずそう言ってしまったら、

彼に笑われてしまった。

すてきな笑顔。

す、すごくすてき。

えくぼがふたつ。

ふたつも!

まあ!

彼の隣に立ってその腕に腕を通していたグエンが回りこむようにして、わたしに言った。「ケイブのからだは神殿なのよ。お礼がしたかったら、プロテイン粉末かカテージチーズ一生分のクーポンがいいわ」彼女はにっこり笑った。「ピザはわたしがもらう」

「それで決まりね」わたしは言い、ホークを見上げた。「ありがとう」

「どういたしまして」ホークの深くて魅力的な声がそっと応えた。

まじめに。二番目に好きな男性は彼で決まり。

「ねえ!」エルヴァイラが呼んだ。「行くんでしょ、それとももう一杯カクテルを頼んでもいいの?」

ホークがさっと彼女を見て、わたしは唇を噛んだ。

エルヴァイラが眉を吊りあげた。ホークが首を振る。

そして歩きはじめた。

わたしたちは無言で彼とグエンのあとをついていった。

ドアまで三メートルくらいのところで、バッグのなかで音がした。酔っていたわたしはのろのろとバッグから電話を取りだした。ディスプレーに〝ミッチ着信〟と表示されていた。

わたしは通話を押して電話を耳にあてた。

「もしもし」

「やあ、スイートハート」彼が言って、わたしは胸がどきどきして、胸が張り、脚がうずうずして乳首が硬くなった。すべて同時に。「仕事が終わったよ。これから〈クラブ〉に迎えにいく」

わたしは首を振って、たったいまラタニアが出ていったドアを押しあけようと、手をついた。

「さっきホークが来たわ。わたしはいま店のそとに出るところ」ドアをあけ、みんなはどこに行ったのだろうと駐車場を見渡した。かなり離れたところに姿が見えたので、急ぎ足でドアをくぐり、歩いていった。「いま、自分の足で彼の車まで歩いているところ」

ミッチの声がおかしそうに震えていた。「いま、なんだって？」

「自分の足で……」

近くでタイヤが軋む音がして、わたしは言葉を切り、立ちどまった。そちらをふり向くと、一台の車がものすごいスピードで駐車場に入ってきたところだった。それだけでも驚きだったけど、その車がまっすぐわたしのほうに向かってきたので、ぎょっとした。どこかでバイクのエンジン音が聞こえたような気がした。一台じゃない。何台か。でもはっきりしないうちに、車が突進してきて、わたしはよけることしか考えていなかった。

その車はわたしの逃げ道をふさぐようにしてとまり、わたしは立ちどまった。ホークが叫ぶ声が聞こえた。「マーラ！　こっちだ。走れ！」

車のドアがあいて、男が出てきた。ホークよりも大きくてこわいけど、いい感じじゃない。だからわたしは回れ右をしてホークのほうへ走りはじめた。

もう一台、車が別の方向からやってきた。わたしとこちらに走ってくるホークのあいだに割りこんでとまり、わたしは直前でかわした。その拍子に足首をひねり、よろめきながら、転ばないように両腕を広げた。心臓が早鐘を打ち、アドレナリンがからだじゅうを駆けめぐり、驚きと恐怖以外なにも考えられなかった。

そのときとつぜん、どこからともなくバイクがあらわれた。

ものすごい数の。

二台の車のあいだを縫うようにして、駐車場内を駆けまわり、そのうち一台が、よろよろ走っているわたしに向かってきた。

よける間もなく、ウエストになにか強く硬いものが巻きつき、思わず「うっ」と声をあげてしまった。

次の瞬間、わたしはバイカーの前に坐っていた。

「つかまってろ」しわがれた声で命じられた。

「わたし——」

「しっかりつかまれ!」しわがれた声の主が怒鳴った。

走りながら、わたしは彼のほうを向いて、両腕をその胴に回した。彼はわたしのウエストにひっかけた腕をハンドルに戻し、たぶんスロットルをあけたんだと思う。なぜならわたしたちの乗ったバイクが駐車場から飛びだしたから。

なんなの。

いったいなにが起きているの?

「いったいなにが起きているの？」わたしは声に出して訊いた。

「黙って、落ち着け。もう安全だ」彼がそう言い、その肩の向こうに、ほかのバイクが並んでついてきているのが見えた。

「安全？　いったいなにから安全なの？　あなたはだれ？」訊きながら頭をそらすと、力強いあご、あごひげの一部、黒っぽい長めの髪がたくましい首と耳のそばでカールしているのが見えた。

「おれはタックだ」

嘘でしょ。

「バイカーギャングの頭目のタック？」

彼は少しだけあごをさげたが、わたしに顔がよく見えるほどではなく、すぐに道路に目を戻して、つぶやいた。「ローソンからおれのことを聞いたんだな」

「ええと――」

彼が遮った。「バイカークラブだ」

「え？」

「カオスはギャングじゃない。クラブだよ」

轟音のなかで聞こえる彼のしわがれた声がきっぱりとした感じだから、これは彼にとって大事なことなんだとわかった。

そうか。

「その……ごめんなさい」わたしはもごもごと言った。

「もう黙って、つかまってろ」彼が命じ、それはいいアドバイスに思えた。なにしろわたしは、一度もバイクなんて乗ったことがないのだから。こんなふうにバイクに乗れるなんてことも知らなかった。すごく安全とは思えないけど、彼はちゃんとわかってやっているようだ。

それでも、事故って死んだりしないように、彼には目の前の道路に集中してもらったほうがいい。だってわたしたちはどちらも、ヘルメットをかぶっていない。

スプリー大通りを駆けぬけ、角を曲がってユニヴァーシティ大通りに入り、また曲がってアルメダ通りを走り、次にブロードウェーを抜け、巨大な修理工場の敷地に入った。

彼は長い長方形の建物の前でバイクをとめ、ほかのバイクもまるでいつも練習しているように、空軍のサンダーバードのような一糸乱れぬ動きで並んでとまった。

そのとき、どこかで自分が携帯電話を落としてきたことに気づいた。

そしてあんなことが起きたとき、わたしはミッチと話していた。

「どうしよう」わたしはささやき、タックの首を見上げた。

「おりるんだ、チェスナット」

わたしは目をぱちぱちさせて、わたしを見下ろしている、影になっている顔を見上げた。

「え？」

「おまえさんがおれを放しておりないと、おれもおりられないんだ。だからおりてくれ、チェスナット」

「チェスナット？」

「おまえさんの髪だよ」タックがうなるように言った。「さあ早く……おりな」

そのとき気づいたけど、わたしはまだ両腕で彼にしがみついたままだった。彼の声がだんだんいらいらしてきてることから考えて、もう彼を放しておりたほうがいいだろうと思った。だからすぐにそうして、彼のバイクの横によろよろと立つと、彼の手下たちが近づいてきた。

タックは脚を回してバイクからおり、わたしの手を取ると、長方形の建物のほうへ大またで歩いていった。

「え……ミスター・あの……タック」

「タックだけだ」彼は遮り、歩調をゆるめることなくわたしをひっぱって建物のドアのほうへと向かった。

「そう、その……タック、わたし電話をなくしてしまったの。彼氏と電話中だったから、その――」

タックはドアを押しあけると、首をめぐらせて命じた。「ドッグ、ローソンに電話しろ。彼女はうちの事務所に連れてきて、もう安全だと教えてやれ」

わたしのことを知っているの？

「あなたはわたしのことを知っているの？」彼に連れられて、娯楽室のような部屋に入った。もっとも普通の家にあるよりずっと広くて、あやしげなバーのような色合いの内装が施されていた。

「デンヴァーで知る価値のあることはぜんぶ知っとくようにしている」彼がぼそっと言って、立ちどまり、わたしの手を引いてとまらせた。

ここは明かりが点いていたから、わたしは彼を見上げた。

わああ。

わたしは子供のころから、彼のように荒っぽくてぶっきらぼうな男性を何人も見てきた。彼らはママのトレーラーを訪ねてきた人たちで、そのなかの何人かはわたしを目あてにわたしの部屋にまでやってきた。だから散髪とひげの手入れが必要な荒っぽくてぶっきらぼうな男性は、あまり好きじゃない。

でも彼はちがった。

くせ毛には少し白いものが交じっている。見えるところにタトゥーがたくさん。すばらしい骨格、力強い眉、精悍なあご。あごひげは長めで、なぜかはわからないけど、わたしはそれが気に入った。たぶん彼によく似合っているからだろう。その目の横に笑いじわがあって、ものすごく魅力的だ。

そして彼の目は、すごく、ものすごく青かった。

「あなたも危険で魅力的だわ。ちがうタイプだけど」思わず口走っていた。あんな大変なことがあったのに、あいにくまだ酔いが残っていた。

彼がわたしをじっと見つめて、軽く頭をかしげ、そのあごひげが動いた。口元をかすかにほころばせたせいだ。

間違いない。危険で魅力的。

タックはわたしたちのあとから入ってきた部下のほうに頭を向けて、命令を発した。

「〈ライド〉をしめろ。敷地内の監視を。デルガドとローソン以外はだれも通すな」

そう言うと、またわたしをひっぱって歩きはじめた。バーを回って廊下に出ると、たくさんのドアが見えた。

「なにが起きているか、あなたは知っているの?」わたしはひっぱられながら訊いてみた。

「グリゴリー・レスチェワを知ってるか?」

ロシアン・マフィア。

わたしは胃が締めつけられるように感じた。

どうしよう。

なんてこと。

「彼については知っているわ」わたしが答えると、タックはドアをあけた。

ライトを点けると、そこは寝室で、すごくちらかっていた。

彼はわたしを部屋に引きいれ、立ちどまって見下ろした。「そうか、やつもおまえさんについて知っている」

最高。

タックの話にはまだ続きがあった。

「やつはおまえさんの従兄が地方検事とおしゃべりしているのも知っている」

嘘でしょ。

タックは続けた。

「そしてやつは、おまえさんがこのあいだ従兄と面会したことも知っている」

そんな。

「え……」わたしはこれを理解しきれなくて、口ごもった。

「最後に、やつはおまえさんがどあほうのオーティス・ピアソンと知り合いだということも知っている」

そんな！

「オーティスとは顔見知り程度よ」タックに言った。「職場がいっしょというだけで。それに彼のことを気持ち悪いと思っているし」

「そうかもしれないが、レスチェワは問題をかかえていて、その解決のために包括的手段をとるつもりだ」

これはものすごく、まずい。

「つまりあなたが言っているのは、わたしも彼の問題の一部だと思われているということ？」

「おれが言っているのは、おまえさんはやつにとって頭痛の種であるふたりと関係があるということだ。やつもそれをわかっているし、あいつは掃除するときは徹底的にするやつだよ」

　わたしは彼を見上げて小さな声で言った。「そんなのいかれてる」

「チェスナット、こいつはロシアン・マフィアだ。まともなやつはひとりもいない」

　たぶんそうなのだろう。

「あなたはどうかかわっているの？」わたしは尋ねた。

「おまえさんの従兄とピアソンはレスチェワの頭痛の種であり、レスチェワはおれの頭痛の種だ」タックは答えたけど、それ以上は言わなかった。

　わたしもそれ以上は訊かなかった。酔ってぼんやりしている脳では、その情報を理解するのにひと苦労だったからだ。でも理解したとき、わたしは凍りついた。手だけは動いたので、タックのほうに突きだして彼の黒いTシャツをつかんだ。

「子供たちが」わたしはささやいた。

　彼は見下ろしてTシャツをつかんだわたしの手を眺めた。わたしはバイカータイプの男たちをよく知っているから、彼らが誘いもしないのにさわられるのを好まないのはわかっている。でもわたしは手を放さなかった。シャツをひっぱって押し戻し、一歩近づいて、彼の注意を引いた。

「子供たち。ビリーとビリィが。ふたりはビルの子供なんだけど、いまはわたしが育ているの。もしそのマフィアが包括的なら、もしかして――？」

「ファック」タックは言って、わたしの話を遮り、吠えた。「ブリック！」

どうしよう。

どうしよう！

心臓が大きく鳴り、わたしはもっと彼に近づいて、もういっぽうの手も彼のTシャツをつかんで言った。「タック」

「おれたちがなんとかする」彼が言った。ドアがあき、ちょっとビールっ腹で、もじゃもじゃの朽ち葉色の髪をうしろでまとめた大柄な男性が入ってきた。「ウィンチェルの子供たちだ」タックはその人に言った。

大柄な男性は顔をこわばらせてつぶやいた。「ファック」

「ふたりはミッチのお姉さんの家にいるの。彼女の名前はペニーよ」わたしは彼らにペニーの住所を教えて、そのときあることに気づいて、タックのTシャツを思わず固く握りしめた。「ああどうしよう、彼女にも子供がいるのよ！」

「ローソンに電話するんだ」タックが戸口にいる男性に命じた。「すぐに」

大柄な男性はうなずき、いなくなった。

「どうしよう」わたしは小声で言った。

「おれたちがなんとかする」タックが言った。

「どうしよう!」

彼はわたしの両肩をつかみ、ぎゅっと力をこめた。

「ベイビー、おれたちが……なんとかする」

わたしは目をあげて、彼のすごく、ものすごく青い目を見つめた。

「信用してくれ」彼がそっと言った。

わたしは彼のすごく、ものすごく青い目から目が離せなかった。

わたしはバイカーを信用したりしない。あいにくいままでにバイカーの知り合いは大勢いたけど、みんな信用できない人間ばかりだった。

でもわたしはいま、彼の目を見つめている。まだ酔っぱらってて、無事に生きていて、バイカーたちがわたしの子供たちを守りにいってくれて、わたしの彼氏に電話もかけてくれて、ロシアン・マフィアに車で攫われてどこだかわからない場所——でもぜったいに安全ではないところ——に連れていかれているのではないから、わたしはタックを信用した。

だからうなずいた。

彼は肩に置いた手にぎゅっと力をこめた。

そしてきびきびと言った。「すぐ戻る。ここにいるんだ」
わたしはまたうなずいた。
そして彼はいなくなり、わたしはしまったドアを見つめていた。

29

十五日間にも思えた十五分後、ドアがあいて、見るとまた別の、ぶっきらぼうで、さっきのよりは若いバイカーがドアの取っ手に手をかけて戸口に立ち、わたしを見た。

「おれと来るんだ」彼はそう命じると、すぐに戸口から消えた。

わたしはあわてて部屋を出ると、彼について廊下を急いだ。彼が角を曲がり、わたしも角を曲がったとき、バイカーの娯楽室のバーのところに立っているグエンとラタニアが目に入ってきた。それにわたしのバッグがバーカウンターの上に置いてあった。

ラタニアはグエンから離れてわたしのほうにやってきた。わたしが無事なのを見て、安堵の表情を浮かべている。でもすぐにわたしの顔をよく見て、心配そうな顔になった。

「マーラ、だいじょうぶなの？」彼女はわたしのそばに来て二の腕をつかんだ。

「だいじょうぶじゃない」わたしはささやいた。

「なにがあったの？」

「ビルよ」わたしはまださささやき声で言った。

彼女がしかめっつらをしたので、わたしの言っている意味を理解し、心配と同時にむかっぱらを立てているのがわかった。

「あなたのバッグをもってきたのよ」ラタニアはそっと言って、わたしの二の腕をぎゅっと握った。「でも悪い知らせがあるの。バイクが七台くらいあなたの携帯電話の上を通ったから、もう粉々だった」

最高。

「ねえちょっと！」わたしたちはふたりともその声に飛びあがった。ラタニアはわたしの腕を放し、バーのほうを見ると、エルヴァイラがバーのなかに立っていた。わたしたちの隣にいる若いバイカーを見つめている。「ウオッカはある？」

わたしはまじまじと彼女を見た。

バイカークラブの娯楽室でわが家のようにくつろげるのは、エルヴァイラだけだ。

「そこにないなら、ないよ」若いバイカーは答えた。

「酒屋で買ってきてくれる？」エルヴァイラが言って、わたしは目をぱちくりした。

「ついでにクアントローと、クランベリージュースと、ライムも」

若いバイカーは、金星からバイカーたちのバーのなかにまっすぐ送りこまれた生き物を見るような目で、エルヴァイラを見た。

「いや……だめだ」彼はようやく返事した。

「わたしはバーボンやテキーラは飲まないのよ」エルヴァイラが言った。

「知らねえよ」バイカーが言うと、彼女は片手を腰にあてた。

まずい。

例の〝態度〟だ。

「わたしたちは危機モードで、かつリトル・ブラックドレスを着ているのよ。危機プラスLBDイコール、アルコール消費と決まっているの。いいえ、どんな危機でもイコール、アルコール消費に決まっているわ。未知の危険を前にして、女友だちをしっかりさせておかなきゃならないのよ。それにわたしたちはあなたの客人でしょ」

「そこにあるものでやってくれ」バイカーが言い返し、エルヴァイラはにらんだ。

そしてつぶやいた。「それならテキーラでいいわ」彼女はバーのうしろにある、さまざまなグラスが置かれた棚のほうを向いた。

わたしは若いバイカーを見て、言った。「わたしはテキーラはいらない。欲しいのはいったいどうなっているかの情報よ」

「仲間が戻ってきたら、説明がある」彼は言った。

「予備的な情報を知っているんじゃないの？」グエンが質問して、彼女がコマンドーの女レッスンを継続受講しているのがわかった。

「仲間が戻ってきたら、説明がある」

わたしはあきらめて、グエンを見た。「ホークはどこ？」

彼女もわたしを見て、答えた。「わたしたちをここにおろして、どこかに行ったわ」

「なにが起きているのか、彼は知っているの？」

「そうね、あの人はタックを知っているし、あなたを狙った車に乗っていた連中がだれかも知っていた。だからたぶん……知ってるわね」グエンは言った。「でもわたしたちには教えてくれなかった」

もう。

わたしはラタニアといっしょにグエンのほうに近づいていった。「ホークに電話することはできる？」

「え……いいえ、できないわ。ごめんね」彼女はそっと言った。「あの人がどこかに行ったと言ったのは、いま起きていることがなんであれ、それに突入していったという意味よ。彼が作戦にとりかかっているとき、わたしはじゃまをしないで、集中させせてあげることにしているの」

それはたぶん賢いのだろう。

とはいえ、セクシーなコマンドーのホークも動いてくれていると知っても、わたしの震えはとまらなかった。いまになってようやくからだが震えてきたのだ。

「エルヴァイラ、テキーラを」ラタニアが言った。わたしが震えているのを見たから。ラタニアが手を握ってくれて、わたしは彼女を見た。

「ロシアン・マフィアがビルのごたごたを片付けようとしているの。タックがそう言っていたわ。わたしはまったく無関係なのに、マフィアはわたしを狙った。バドとビリィも狙われるかもしれない」

「それはわからないでしょ」ラタニアは優しく言った。

「バドとビリィのことをタックに言ったら、彼はすぐにだれかに見にいかせたのよ。だからもうわかっているの」

彼女は唇を引き結んでグエンを見た。

グエンがわたしを見た。「マーラ、わたしはタックをよく知ってる。彼はいい人よ。ほんとうに。もし彼がだれかを見にいかせたんなら、マフィアだって手を出さない」

それを聞いても安心できなかったけど、ここのバイカークラブの頭であるタックは、わたしがいままでママのトレーラーハウスで出会ったバイカーたちとはちがうのかもしれないと思えてきた。

「さあ、テキーラよ、飲みなさい」エルヴァイラがそっと命令する声がして、わたしは彼女のほうを見た。

「わたしはもう酔っぱらってるのよ。もういらない。頭をはっきりさせておかないと」

「テキーラよ、マーラ、いますぐ」エルヴァイラはくり返した。

「でも——」

「どれくらいの時間がかかるかわからないけど、かなりの凸凹道になるはずよ。わたしたち女友だちも力にはなるけど、それだけじゃ足りない。エルヴァイラ姐さんの言うことを聞きなさい。緊張をほぐすのよ。テキーラを飲んで。さあ」エルヴァイラは言い張った。

わたしは息をのんだ。そしてうなずいた。みんなバーカウンターのところに集まってきた。わたしはエルヴァイラからショットグラスを受けとった。全員ひとつずつ手にして、いっきに飲みほした。

わたしは顔をしかめてグラスをカウンターの上に置いた。

ラタニアは、さっきからずっとわたしの手を握っている手にぎゅっと力を入れた。そのときドアがあく音がして、男性の怒った声が聞こえてきた。「あんたがしくじったんだ。警察にそう言えよ」

聞き覚えのある声。

ブロック。

わたしはラタニアの手から手を引き抜き、カウンターを回って、ブロックが怒りに満ちた足取りで、タックのうしろからやってくるのを見た。

「おれたちはそういうやり方はしない。おまえも知っているだろう」タックがうなるように言った。

わたしは立ちどまり、ブロックを見て、言った。「どうなっているの?」

彼がわたしを見て、その表情が変わった。

いい変化じゃない。

最悪の変化だ。

脚が震えてきた。

そんな、嘘でしょ、そんな。

「嘘」わたしはささやき、さっとタックを見ると、彼もおなじ表情をしていた。「嘘」

わたしはくり返し、だれかの腕がウエストに巻かれるのを感じたけど、男性ふたりから目を離さなかった。

ブロックがすぐにわたしの前にやってきて、優しく命じた。「坐らないと、マーラ」

「教えて」わたしは言った。

「マーラ、頼む、坐ってくれ――」

わたしにはわかっていた。彼の顔に書いてあったから。それでわたしはキレた。

「教えてってば！」金切り声で叫んだ。

「やつらが子供たちをさらった」ブロックが静かな声で答え、わたしは彼を見つめた。肺が空洞になってしまったように感じる。でもそのほかは、全身麻痺してなにも感じなかった。

「ペニーとエヴァンは？」わたしはなんとかして訊いた。

「エヴァンが痛めつけられたが、命に別条はない。やつらはふたりの子供には危害をくわえなかった」ブロックが答えた。

エヴァンは介入しようとした。

ミッチの義理のお兄さんはロシアン・マフィアをとめようとした。

痛めつけられたけど、命に別状はない。

殺されていたかもしれなかった。

わたしの従兄のせいで。

わたしはブロックをじっと見つめていた。

「ソファーのところに行こう」彼はそっと言って、わたしを動かそうとしたけど、わたしは一歩さがり、ウエストに巻かれたグエンの腕をふりほどいて、手のひらを上に向けて手をあげ、言った。

「あの子たちをとり戻すために、なにをしているのか教えて」

ブロックはすぐに教えてくれた。「タックは手下を動かしている。デルガドも部下を、ミッチはデンヴァー市警を動かしている。さらにナイチンゲールのやつらにも声をかけた」

「つまり?」

「つまりタックはおれにかいつまんで説明したら、バイクに乗り、おれはミッチのところに行ってあの子たちをとり戻す」

「かならずとり戻して」わたしは言った。「早く」

ブロックは顔をあげ、タックといっしょに動いた。タックはわたしの横を通りすぎるとき、わたしの目を見つめた。ブロックはわたしの手をぎゅっと握った。ふたりはバイカーの娯楽室を横切って、ドアの向こうに消えた。

わたしはそのドアを見つめた。

「息をして、マーラ」横にいるグエンが言った。

「わたしの子供たちがさらわれたのよ」わたしは返した。

「ねえ――」彼女は言いかけたけど、わたしが遮った。

「ロシアン・マフィアがあの子たちを」

グエンはまたわたしのウエストに手を回して、ぎゅっと力を入れた。ラタニアはわたしの手を取り、ぎゅっと握った。

わたしはまだ、ブロックとタックが入っていったドアをにらみつけていた。

ビル。

彼はわたしに仕返ししようとして、自分の子供たちをひどい目に遭わせている。自分の人生を台無しにして、子供たちの人生まで台無しにしようとしている。

ビル。

ビルのばか！

わたしはあの子たちを守ろうとした。

なのに守れなかった。

ロシアン・マフィアがわたしの子供たちをさらった。

わたしはラタニアの手をふりはらい、両手で髪を梳かして、額を押さえた。

「もしあの子たちになにかあったら、あいつら殺してやる」わたしはうつむいたまま、ささやいた。

「坐ったほうがいいわ」エルヴァイラが言った。

「もしあの子たちになにかあったら、あいつらを殺して、ビルも殺してやる」

「彼女をソファーに坐らせて」またエルヴァイラが言った。今度は提案ではなかった。

「あいつらがわたしの子供たちを」わたしはつぶやき、涙声になってしまった。

ウエストが締めつけられ、からだが動き、気づくとソファーに坐っていた。

その直後、ブロックとタックが消えたドアが開き、出てきたふたりはまっすぐわたしのところにやってきた。

ブロックがわたしの前にしゃがんで、目を合わせた。

「しっかりするんだ、マーラ。おれたちがかならずとり戻す」彼は静かな声で言った。

「おれはミッチのところに行く。彼が電話してこないのは忙しいからだ。だが必死にやっているときみに伝えてほしいと言っていた」

わたしはうなずいた。

ミッチが必死にやってくれている。

ようやく少し気分がよくなった。ミッチはけっして、わたしたちの子供が傷つくようなことは許さない。

ブロックもうなずき、手を伸ばしてわたしのひざをぎゅっと握り、立ちあがって部屋を出ていった。

タックが目の前にやってきた。

わたしは息をとめて彼の目を見つめた。

やっぱり、とても危険でセクシーな人だ。

「おれは状況を甘く見ていた。おれのミスだ。子供たちをとり戻すよ、チェスナット。それからやつらをひどい目に遭わせる」

わたしは彼の目を見つめたまま、震える声で言った。「ええ、お願い。ひどい目に遭わせて」

タックの気持ちはわかった。

彼もわたしの気持ちをわかってくれた。

彼は立ちあがった。

そしていなくなった。

ミッチ

「なあ、尋問はぼくに任せてくれ。これはいい考えじゃないってわかってるだろう」

ハンク・ナイチンゲールが横から言った。

「これはおれがやる」ミッチはうなった。

ハンクはうしろからついてきているエディー・チャベスをふり返った。

エディーは首を振った。

ハンクがつぶやいた。「ファック」

ミッチはハンクもエディーも無視して、尋問室に行き、ドアをあけて、オレンジ色のつなぎを着て坐っているビル・ウィンチェルを見た。三人が入っていくと、ウィンチェルは顔をあげ、憎々しげに顔を歪めてにらみつけてきた。

二秒後、ビル・ウィンチェルは壁に押しつけられ、ミッチはその首に手をかけていた。

ハンクが右側に、エディーが左側にいて、ハンクが声をかけた。「落ち着けよ」

「レスチェワが子供たちをさらった」ミッチが顔をつきつけるようにして教えてやる

と、ウィンチェルは顔色を失った。「やつはマーラも狙った。彼女がさらわれなかったのは、ただ運がよかっただけだ」

ミッチは手で、ウィンチェルが唾をのみこむのを感じた。

「いますぐ話すんだ。地方検事は忘れろ。司法取引もなしだ。おまえに残っているのは、いまここで話をすれば子供たちが生きて帰ってくるという望みだけだ。あいつにいったいなにをした？　それにピアソンはどんな役割を果たしていたんだ？」ミッチは問いつめた。

「ミッチ、落ち着けって」ハンクが言った。

ミッチは両手とからだをつかって、ウィンチェルをぎりぎりと壁に押しつけた。

「いま話すんだ」ミッチは命じた。

「あいつ……」ウィンチェルはまた唾をのんだ。「あいつが……レスチェワがおれの娘をさらった？」

「それにバドも」ミッチは言った。「さあ、話せ！」と怒鳴る。

「おれの息子も」ウィンチェルはつぶやいた。

こんなことをしている時間はない。

子供たちは……。

いまごろ……。

くそっ、こんなことをしている時間はないんだ。

ミッチはウィンチェルと鼻と鼻をくっつけるようにして吠えた。「話せ！」

「話すよ、話すってば」ウィンチェルは苦しそうに言った。

ミッチは彼の喉にかけていた手を放して、一歩さがった。彼の左右でエディーとハンクがほっとしていた。ウィンチェルは手で喉を押さえて前に出ようとした。

ミッチはウィンチェルの胸に手を置いて、壁に押しつけた。「のんびりくつろいで、ビールを飲みながらフットボールの話をするわけじゃない。ぼくがいま話せって言ったのは……いますぐにということだ」

ウィンチェルが、彼と目を合わせた。

それから言った。「マットレスだ」

「それは知っている」ミッチは言った。「マットレスがどうかかわってくるんだ？」

「あまり売れないんだ」ウィンチェルは言った。

「それも知っている」ミッチは言った。「こっちの知らないことを話してみろ」

ウィンチェルはうなずいた。

「マーラから聞いたんだ。最高級品のマットレスはあまり売れていないって。いつでも在庫はあるが、しばらく倉庫にとどまっていると。彼女からその話を聞いて、やばいものを隠しておくのに完璧な場所だと思った。社長のピアソンは善人で、家族思いの男として知られている。チェーン店ではなく、店はひとつしかない。やつは慈善活動もするし、従業員の面倒見もいい。やつの倉庫に大量の違法なブツがあるなんて、だれも思わないだろう。おれはレスチェワに借金があり、やつはいらだっていた。やつがヤクの保管場所に困っているのを知っていたから、おれのアイディアを教えてやったんだ。やつはそれを気に入って、調査し、オーティスなら切り崩せると判断した。レスチエワはオーティスを引きこみ、オーティスとおれに運営をまかせて、自分は距離を置いていた」

「そのブツとは？」ミッチが質問し、ウィンチェルは首を振って、答えた。

「やつに必要なものすべてだった。ヘロイン、コカイン、盗んだパスポート、宝石。なんでも」

「過剰在庫は？」ミッチはさらに尋問した。

「レスチェワが欲を出したんだ」ウィンチェルは言った。「最初はうまくいっていた。あの店ではかなりの品物が動いていたが、あの最高級マットレスはちがった。レスチェワはもっとブツを隠したがった。それを隠しておくために、オーティスは大量の注文をした。やつは社長からばかだと思われているのを知っていたから、気がつかれることはないと思っていた。案の定、ピアソンは気がつかなかった」

「マーラの部屋が荒らされたのを憶えているか？」ミッチが訊くと、ウィンチェルはうなずいた。「あれはマットレスが理由だったんだな？」

ウィンチェルはまたうなずいた。「ピアソンがオーティスをばかだと思っていたのは、ほんとにばかだからだ。留置場で、やつがレスチェワのために隠しておいたブツをなくしたという話を聞いた。マットレスがブツをかかえたままどこかに配達されてしまったんだ。オーティスはそれを見つけなければならなかった」ウィンチェルは言った。

「見つかったのか？」ミッチは訊いた。

「あいつはまだ生きてるか？」ウィンチェルが質問で返してきた。

「知らない」ミッチは答えた。「見つからない」

「それなら答えはノーだ」

「くそっ」エディーがつぶやいた。

ミッチは尋問を続けた。

「オーティスがなにをなくしたか、知っているのか？」

ウィンチェルは首を振った。「なんでもありうる」

ミッチは彼をにらみつけた。

そして声を落として言った。「おまえはマーラを危険にさらしたんだ」

ウィンチェルは目をそらすことはなかったが、顔は青ざめたままで、ろくでなしのひな形のようなやつだが、後悔は隠しきれていない。

「彼女を危険にさらした。彼女の勤務先を利用して、彼女の雇い主をだまし、彼女が子供たちを引きとったあとも、彼女を危険にさらしつづけた」ミッチは続けた。

ウィンチェルは無言だった。

「おまえは自分の子供たちも危険にさらした」

「あいつらを食べさせるためだった」ウィンチェルが見え透いた言い訳をした。

「ちがう。おまえがヘロインと酒とマリファナを買うためだろう。くそ野郎」ミッチは言い返した。「おまえは危険にさらしたんだ。みんなを。おまえが危険にさらしたせいで、サイコ野郎が」彼はぐっと身を乗りだした。「ぼくの子供たちをさらった」

ウィンチェルが目を狭めた。「おれの子供だ、ローソン」

「ちがう」ミッチは教えてやった。「バドはぼくの名前になりたいと言っていた」それを聞いて、ウィンチェルはさらに青ざめた。「ぼくはおまえの従妹と結婚する。ふたりであの子たちを養子にして、ぼくの苗字を名乗らせる。あの子たちは何カ月も前に、ズニ通りの〈ストップン・ゴー〉でおまえの子供であるのをやめたんだ。いいか、おまえに言っておく、ウィンチェル。身に染みて理解できるように、耳をかっぽじって聞いておけ。あの子たちが生きて戻ってきたら、ふたりともぼくの子供だ」

ウィンチェルはなにか言おうと口を開いたが、ミッチの話は終わった。

これ以上話は無用だった。ミッチ・ローソン刑事は、ウィンチェルが言葉を発する前に部屋を出た。

30

ミッチ

車からおりたミッチは、集まった面子のなかにタックの姿を認めて、深呼吸した。集まっていたのはスリム、タック、デルガド、地元私立探偵のハンク・ナイチンゲールの兄、リー・ナイチンゲールとリーの右腕であるルーク・スタークだった。いずれも強打者ぞろい。デンヴァーのエリートたちだ。

少なくともそれは心強い。

スリムが集団から離れてミッチのほうへやってきた。目の前に立ち、とりあえずふたりで話をするつもりらしい。

「平気か？」スリムが静かな声で訊いた。

「だめだ」ミッチは正直に答えた。

「そうか。もしこのくそ野郎が、テス、ジョエル、レックスをさらったら、おれはいまのおまえの立場になる。そしておまえは、いまのおれの立場に。つまり、おれに『しっかりしろ』と言っているはずだ」

ミッチは自分のパートナーを見つめた。

スリムは話しつづけた。

「マーラはだいじょうぶだ。肝が据わっている。女友だちもついている。彼女はしっかりしてるよ」

それでこそぼくのマーラだ。

彼女は生き抜いてきた。

スリムは話を続けた。

「おまえもわかっているだろ。カオスは問題をかかえていたとしても、それを解決するのに地元警察と協力するようなやつらじゃない」

「彼は教えるべきだった」ミッチは低い声で言った。「女子供がかかわっているんだ」

「兄弟、話を聞けって」スリムがからだを寄せた。「おれはあいつらと話してみた。レスチェワが警察官の女と、彼女が引きとった子供たちを狙ったことに驚いているのはおれとおまえだけじゃない。タック、ホーク、おまけにリーまで、マーラがやつらのレーダーに捕捉されていると知らなかったんだ。タックは情報を得て、すぐに動いた。だからマーラはいま、子供たちといっしょの場所ではなく、友だちといっしょにカオスの本部にいて、カオスの警護を受けているんだ。タックはマーラが危険だと知ってすぐに動いた。あいつは手下たちを留置所から出そうとしてこの騒動に巻きこまれただけだ。今回のことはタックのせいじゃない。もっとも本人はかなり責任を感じている。だがやつのせいじゃない。レスチェワのせいだ」

ミッチはパートナーをじっと見つめていた。それからあごをくいとあげた。

彼は冷静になり、スリムをよけて集団のほうへ歩いていった。

「おまえとブロックはここにいないことにする」ミッチとスリムが輪に加わるとすぐにデルガドが言った。

「ぼくたちにはそんなことを気にしてる時間はない」ミッチは言った。「ぼくたちはここにいる。作戦を立てよう」

ルーク・スタークが落ち着かなそうにからだを動かし、ミッチは彼を見た。

「ローソン、今回はやばいことになるぞ」スタークが警告した。

「それは作戦を立てるのに必要な情報か？」ミッチが言った。

「きみたちには必要な情報だろう。万一失敗して、きみとブロックがかかわっていたことが明らかになれば、ふたりとも仕事を失い、子供たちを養うことができなくなる」ナイチンゲールが口をはさんだ。

「時間の無駄だ」ミッチはうなった。

「おまえはまだ足をつっこんでいない」タックがミッチに言った。「そのままでいたければ、車に戻って、ライドに行き、彼女の面倒を見てろ」

ミッチは深呼吸した。

それからタックと目を合わせた。

「やつはぼくの子供たちをさらった」ミッチはゆっくりと言った。「ぼくの女をさらおうとした」あくまで口調はゆっくりだった。「わかったら……作戦を……立てよう」

タックはまじまじとミッチを見た。

そして言った。「リスペクトだ」

ケイン・アレンからのリスペクト。

まったく。

ミッチは息を吐きだした。

「よし」デルガドが言い、ミッチは彼のほうを見た。「いいか、作戦は……」

★

男たちは駐車場を通って、建物を回り、レストランの裏手の路地を歩いていったが、レーダーに捕捉されているのは承知のうえの動きだった。

だから自分たちが着くより前にドアがあいても、驚きではなかった。

なかにいたやつらは、彼らがだれだかわかっていて、警備係は彼らのボディーチェックさえしようとしなかった。

だれもいない厨房を通って奥の部屋に行ったところで、驚きがあった。ナイチンゲールの部下二名──カイ・メイソンとヴァンス・クロウ──とデルガドの部下二名──ホルヘ・アルヴァラードとブレット・デイ──がレストランの陰からあらわれて加わり、最後尾にいたレスチェワの男たちを挟みこんだ。

この展開で、ぴりぴりしていた空気がさらに緊張した。

「グリゴリーは気に入らないはずだ」レスチェワの手下のひとりがタックに言ったが、タックは無視してドアをあけた。

赤を基調とした内装の部屋の中央に、大きな丸テーブルが置かれていた。レスチェワと腹心の手下四人がテーブルを囲み、午前二時になろうかという時刻にもかかわらず、夕食をとりながらウオッカを飲んでいた。

忙しい夜、遅い食事。

レスチェワを見て、ミッチは意志の力で冷静を保った。簡単ではなかったが、なんとかこらえた。

レスチェワの手下たちは、部屋に入ってきた客に目もくれず、食事を続けた。部屋に蚊が入ってきたって騒ぐほどのことではない、とでも思っているのか。

愚かな。

ホーク・デルガド、リー・ナイチンゲール、ルーク・スターク、ケイン・アレンが部屋に入ってきたら、一目置くものだ。それを怠るということは、不敬だと見なされる。全員、デンヴァーの有力者だ。そして全員、いい記憶力をもっている。

だがレスチェワはばかじゃなかった。彼は椅子に深く腰掛け、タックを見て、ほほえんだ。

「変わった顔ぶれだな」彼はタックに言った。

それは事実だった。ミッチにはわかっていた。タックとカオス・バイカークラブは実社会と犯罪者の裏世界の境界でうまくやっている。タックはその才覚があるが、危うい動きであることに変わりはなく、成功するかどうかは予断を許さない。クラブ内にまったくそういう才覚をもたないやつらもいるからだ。デルガドとナイチンゲールも、似たようなものだが、彼らの倫理はまだましだ。彼らは犯罪行為に手を染めているわけではない。彼らは互いのことは知っていたが、少し前にホークの彼女グエンが騒動に巻きこまれるまでは、かかわりをもつことはなかった。ミッチ・ローソンと、ブロック・〝スリム〟・ルーカスはここにいるべき人間ではない。レスチェワはFBIの捜査対象だ。もし失敗すれば、ふたりとも職を失う。

レスチェワはそれをわかっている。

「子供たちはどこだ？」がタックの返事だった。いかにもタックだ。だれでもケイン・〝タック〟・アレンはふざけたりしないのは知ってる。

レスチェワは眉を吊りあげた。「子供たち？」

「取引しよう」タックが言い、ミッチは緊張した。

グリゴリー・レスチェワがケイン・アレンと彼の率いるバイカークラブに求めるのはただひとつ、カオスが犯罪者の裏社会からぎりぎり境界線上に移行したのを、なかったことにすることだけだ。カオスは以前、レスチェワのブツの配達と保管をおこなっていた。彼らはそれに長けていた。だが理由はわからないが、敵対的乗っ取りによってカオスのリーダーになったタックは、多くの同盟関係を解消して関係者全員を驚かせた。レスチェワがマットレスにブツを隠すようになったのは、カオスがもう配達と保管をしてくれなくなったからだ。レスチェワがカオスに、とりわけタックに腹を立てているのは秘密でもなんでもなかった。

スリムはさっき、タックが今回のことは自分たちのヘマだとして責任を感じていると言っていた。とは言え、計画では彼がレスチェワと取引するということは話さなかった。だがケイン・アレンには守るべき信条があり、予想外の行動に出ることがしばしばある。もし深く責任を感じていたら、手下たちをふたたび裏社会に導く決断をするかもしれない。

デンヴァーの街にそれは必要ない。

そこでレスチェワはミッチとスリムをちらっと見て、タックに目を戻した。警察官二名をうしろに従えて取引をもちかけるのは、いかにもタックがやりそうなことだ。予想外。

「わたしはなにも知らないな……」レスチェワはそこで言葉を切った。「子供のことなんて」

これは間違った答えだった。二分後、レスチェワと手下たちはそれを知った。彼らのうち三人は床に仰向けに倒され、ひとりは壁に押しつけられ、五人全員が武器を取りあげられ、全員の頭に銃がつきつけられていた。

テーブルをはさんでタックと向かいあっているレスチェワ以外。彼は腹を立て、燃えるような目になった。

「あまり賢いやり方じゃない」彼はささやいた。

それはほんとうだった。デルガド、ナイチンゲール、彼らの部下、カオスはこれでどっさりトラブルを引き寄せた。

だがこの男たちはトラブルを生きている。トラブルを糧としているようなものだ。気にするはずがない。

「子供たちはどこだ?」タックが質問をくり返した。

レスチェワは答えなかった。

タックは待った。

レスチェワはその目をにらんでいた。

床に転がっているレスチェワの腹心のひとりに銃をつきつけているミッチの、引き金にかけた指がうずうずした。

「手下を殺す」タックは低い声で言った。「電話をかけろ。だれか呼びだせ。そいつらがおれたちに伝言する。おれたちはそこに行く。おまえに悪影響はない」

レスチェワは動かなかった。

「手下を殺すぞ」タックは命じた。

「わたしが電話をかけて、その子供たちを見つけてやったら、その見返りはなんだ？」レスチェワが言った。

「なにが欲しい？」タックが訊くと、レスチェワは一瞬ミッチに目をやり、またタックを見た。

「アクセスだ」

「おまえはどうもわかってないみたいだけど、この部屋のなかには、おまえの手下に銃を向けている男がいて、おまえはそいつの子供たちの居所を知っている。たしかにそいつはバッジをつけているが、くり返しになるが、おまえはそいつの子供の居場所を知っている。ふざけていないで、とっとと言え」タックは最後の言葉を怒鳴り、レスチェワはほほえんだ。

　そしてミッチを見た。

　そして言った。「留置所へのアクセスだ」

　こいつの狙いはビル・ウィンチェルだ。

「おまえが決めることだ、ローソン」タックが言った。

「ほかのものにしろ」ミッチはレスチェワをにらみつけて言った。レスチェワのほほえみが大きくなった。

「あんたの女でもいい。すごい美人だ」彼が穏やかな声で言うと、部屋の緊張がさっと高まった。

「ほかにしろ」ミッチは歯を食いしばりながら言った。レスチェワのコメントを無視して、なんとか考えさせようとした。

レスチェワはミッチを見た。そして言った。「ひとつ悩みの種があってね」

「それはこっちもおなじだ。しかも今夜、ひとつどころではないと気づいたところだよ。だがその要求はのめない。おまえには理解できないだろうが、ぼくは子供をふたり育てようとしている。そんな男になったら、その仕事にはふさわしくない。だから別の条件を出せ」

レスチェワはうなずいた。

そして言った。「警察が〈ピアソンズ・マットレス＆ベッド〉の倉庫を捜索している。あの倉庫には――」

「ぼくがだれだか知っているんだろう」ミッチは遮った。「そうしたら時間の無駄だとわかるはずだ。ぼくは捜査干渉なんてしない。おまえはしくじった。ろくでなしふたりを共犯にしたことだ。その結果を受けとめろ。さあ別の条件を出せ、賢く考えるんだな」

「その子供たちは、安全だと思うのか？」レスチェワは言った。

くそっ、こいつ殺してやりたい。

「安全じゃなかったら、ただじゃおかない」ミッチは言った。

「もしその子供たちを大切に思っているのなら――見たところそのようだが――むしろあんたのほうじゃないのか」もったいぶって言葉を切った。「賢く考えるのは」

「それは脅しか？」ミッチが訊くと、レスチェワのあごがぴくりと動いた。

そしてミッチをまじまじと観察した。

そして言った。「盗聴か」

ミッチは思わずほほえんだ。だがじつは、ミッチも、ほかのだれも、盗聴器を身に着けていなかった。

レスチェワがそう信じるように仕向けただけだ。

「なるほど」レスチェワはつぶやき、ミッチの視線を受けとめた。

「別の条件は？」ミッチが訊いた。

「正攻法ではない」

まったく、こいつはどこまで話し好きなんだ？

「別の条件を言え」

「証拠としては認められない」レスチェワが言った。

「それはどうかな」ミッチははったりをかました。「どうやらおまえは別の条件を出す気がないようだから、ぼくが出してやる。おまえは電話をかけ、子供たちを返す。そしておまえと手下は、彼女と子供たちの存在を今後永遠に忘れると約束しろ。それ以外はおまえがなにをしようと、知ったことではない。今回のことはなかったことにしてやる。だが彼女や子供たちになにかあったら、記憶は鮮やかによみがえるだろう。レスチェワ、ぼくからのアドバイスだ。この失敗を肝に銘じて、組織を立てなおすんだな。おまえは問題をかかえている。そしてこの部屋にいるぼくたちも、もうわかっていると思うが、おまえの問題に加わる。マルチタスクができるのはわかったが、この部屋にいるぼくたちはおまえと遊んでもいいと思っている。おまえがそれほど乗り気でなくても、だ。決断しろ」

レスチェワは眉を吊りあげた。「なかったことに？」

「なかったことに」ミッチは答えた。

「それは全員の意見なのか？」レスチェワが訊いた。

「この部屋にいる全員だ」ミッチは答えた。

「ひとつ小さな問題がある」レスチェワは言った。

「オーティス・ピアソン」ミッチの推理はあたった。

レスチェワは頭をかしげた。

ミッチは彼と目を合わせた。

そして、口のなかにまずいものがこみあげるのを感じながら、言った。「ぼくはなにも聞かない。おまえはなにも答えない」

彼の譲歩だった。

それをさせるかどうかは、レスチェワ次第だった。

レスチェワはミッチを眺め、それからタックに目をやった。

「わたしたちの話はまだ終わりじゃない」彼は静かな声で言った。

「ああ、まだだ」タックが同意し、レスチェワはほほえんだ。

「あんたには驚かされるよ」レスチェワはタックに言った。

「それがおれだよ」タックは言った。「驚きに満ちている。さあ、決断してローソンに返事をしてやれ。それとも編み棒をとりだして、マフラーを編みながらおしゃべりでもしたいのか？」

「好敵手は驚きに満ちている」レスチェワはつぶやいた。

「おいおい、いいかげんにしろよ？　おれたちはボンド映画じゃない。決断しろ」

タックがはっきりと言った。彼の焦れた様子に部屋にいる全員がさっと動いた。

レスチェワはミッチを見た。「美しいマーラ・ハノーヴァーになにかあったら、残念だろうな」

こいつは彼女を監視していた。

そして監視を楽しんでいた。

くそっ。

ミッチは息をのみ、仲間がふたたびさっと動いた。

「そんなことにはならないようにしよう」レスチェワが静かな声で言った。

「ぼくの子供たち」ミッチが言った。

レスチェワは驚いたように眉をあげた。「あんたの?」

「ふたりともぼくの子供だ」

レスチェワはミッチをじっと見つめた。

そしてつぶやいた。「それは知らなかった」

彼はずっと監視していたが、見ているものを理解していなかった。ミッチにはわかった。レスチェワはミッチの行動はマーラのためだと思っていた。たしかにそれもある。だが彼女のためだけではない。

レスチェワにできるせめてもの謝罪だろう。

それになんの意味もない。なぜならこいつはミッチのだとわかっていてマーラを狙ったのだから。

ミッチはなにも言わなかった。

レスチェワはあごをくいとあげた。

同意だ。

「決まりだな」ミッチは言った。

「子供たちを見つけてやろう」レスチェワは愛想よく言った。

「やれよ、いますぐ」デルガドが会話に割りこんできた。レスチェワは彼を、それからタックを見た。

そしてつぶやいた。「変わった顔ぶれだ」言いながら、スーツの内ポケットに手を入れようとした。

部屋がさっと緊張して、二丁の銃口が彼のほうを向いた。

レスチェワは穏やかにほほえみ、電話をとりだした。

★

「クリア!」

「クリア!」

「クリア!」

ミッチはその声を聞きながら、銃を構え、懐中電灯をかざして、家のなかを動いた。階段をのぼる。スリムがうしろからついてくる。のぼりきったところで、廊下が二手に分かれていた。ミッチはふり向き、スリムに二本指で右を示した。スリムはあごをくいとあげ、最後の二段をのぼって右に進んでいった。

ミッチは左に行った。

「クリア!」一階から声がした。

レスチェワは手下を引きあげさせ、子供たちを置いていくはずだった。子供たちを置いて。

やつらはすでに引きあげて、子供たちを残していますように。

二階の廊下の最初のドア横に立ち、勢いよくドアをあけて、銃と懐中電灯を構えて戸口に立った。

部屋の隅にシングルベッドが置かれていた。

ベッドの隅、壁際に、バドがいた。

ビリィはバドのひざ枕で眠っていた。

「いたぞ！」ミッチは大声をあげた。彼はベッド以外なにもない部屋のなかを見回した。それから銃をおろして、ベッドのほうに向かった。「もうだいじょうぶだ、バド、助かったんだよ」

ミッチは懐中電灯をさげたが、子供たちを照らした。ふたりとも血色よく、清潔で、パジャマを着ている。バドがビリィに毛布をかけてやっていた。出血なし。目立った怪我なし。

よかった。

ほんとうに。

ミッチは銃をホルスターにしまって、ベッドの前まで来たときに、バドがなにも話していないことに気づいた。ミッチは怪我を探すのをやめて、バドの顔を見つめた。

「来てくれたんだ」バドが小声で言った。

「当たり前だろ、バド」ミッチも小声で返した。

「来てくれた」バドの声はあまりに小さくて、あやうく聞き逃すところだった。

そしてミッチは、彼の目から涙がこぼれ、ほおを伝うのを見た。

胸が火傷のように熱くなり、ミッチは息苦しくなった。

なんとか抑えつけた。

出血なし。目立った怪我なし。ふたりは無事だった。

無事。

うちに帰る時間だ。

「さあ帰るぞ」ミッチは言って、手を伸ばし、ぐっすり眠っているビリィを腕でつつむようにしてそっと抱きあげたとき、スリムが部屋に入ってきたのを感じた。

立ちあがると、バドもベッドからおりた。

「バド、だいじょうぶだったか？」スリムが訊いた。

ミッチが見下ろすと、バドがうなずいていた。

「おれと手をつなごうか？」スリムが言って、手を伸ばした。

バドはそれを見た。

それからミッチに近いほうの手をあげた。ミッチは彼の指がジーンズのベルトをつかむのを感じた。

「だいじょうぶ」バドはスリムに言った。

「そうか」スリムは静かな声で言って、伸ばした手でバドの髪をくしゃっとした。

「マーラを迎えにいくぞ」ミッチは言って、部屋をあとにした。胸の前にビリィを抱き、バドを横に従えて。バドの手はまだミッチのベルトをつかんでいた。

★

携帯電話が鳴った。

ミッチは目を覚まさなかった。もともと一睡もしなかった。

目をあけた。

つやのあるビリィの黒髪の向こうに、枕に乗ったマーラの頭が見えた。目をあけて、こちらをじっと見つめている。

彼女も眠らなかった。

それはわかっていた。

ふたりのあいだで眠っているビリィから離れて転がると、マーラの向こう側にバドが頭を出した
マーラは自分のベッドで全員いっしょに寝ると言い張った。彼らがカオスの本部に着いたとき、彼女は冷静だった。子供たちとミッチの様子を確認したときも冷静だった。家に帰ってきたとたんに、冷静さを失って、どうしても全員いっしょに寝るんだと言った。

ビリィはまだ眠っていて、バドとミッチはどちらも、ここは従ったほうがいいと判断した。マーラにはそれが必要だった。それなら彼女にそれを与えよう。

マーラのベッドがキングサイズでよかった。

ミッチはからだをひねって、ナイトテーブルの上に置いた携帯電話を取り、ディスプレーを見て、〈通話〉を押し、耳にあてた。

上掛けを跳ねのけ、「ああ」と言いながら、マーラとバドに首を振った。

エディー・チャベスの声を聞きながら、部屋を出る。

「おまえと話したいってやつがいる。話してもいいと言うかと思って」

ミッチはドアをしめて、居間に入っていった。ブラインドからかすかな明かりが射しこんでいる。夜が明けたばかりだった。

「そうか」ミッチは言った。

「ちょっと待て」チャベスは言った。

ミッチはマーラの新しいソファーのうしろに回った。そしてよりかかり、廊下のほうに目をやった。

別のかわいい寝間着を着た彼女が立っていた。ついてきたんだ。

「ローソン？」

ビル・ウィンチェル。

「そうだ」ミッチは答えながら、マーラがやってくるのを見つめた。

くそっ、この寝間着もすごくいい。

だが彼女の顔は不安そうだった。

彼は胸が焼けるように感じながら、彼女のほうに腕を伸ばし、その感覚をなんとか抑えようとした。

うちに帰ってきた。もう安全だ。怪我はなかった。

安全。

うち。

マーラがすぐ横にやってきて、ミッチは彼女に腕を回して、抱きよせた。

彼女が身を預けてくる。

ビルが口を開いた。

「チャベス刑事に、みんな無事だったと聞いた」

「そうだ」ミッチは言った。

返事なし。

ミッチは疲れているし、自分の恋人と子供たちのことを考えなければならない。

きょうはぜったいにドーナツデーだ。ドーナツを買いにいかないと。ろくでなしに割いてやる時間はない。

「それで終わりか？」彼は言った。

「おれに書類を送るように言ってくれ」

ミッチはからだをこわばらせ、マーラのからだもこわばるのを感じた。彼女はTシャツを着た彼の胸の上に手を置いた。

「なんだって？」

「マーラに」ビルは言った。「彼女に恒久的親権を与える書類を送るように言ってくれ。署名するから」

「すべての権利を放棄するのか？」ミッチは尋ね、マーラが息をのむのを感じ、その音を聞いた。

一瞬の間があり、それから静かな声で「そうだ」と聞こえた。

「この先ずっとだ、ウィンチェル」

また間があり、もっと静かな声が言った。「わかっている」

「口に出して言え」ミッチは命じた。

また少し間を置いて、ささやき声が聞えた。「この先ずっとだ、ローソン」

「よし」ミッチは言った。「これでいい」

「ローソン?」ビルが早口で言った。

「なんだ?」

しばらく間があった。「あの子たちを幸せにしてやってくれ」

「もうしている」ミッチは答えた。

「マーラも」

ミッチは答えず、目をつぶった。

「約束してくれ。子供たちと、マーラを、幸せにするって」

ミッチは目をあけて、恋人を見下ろし、彼女の柔らかなからだと、胸に置かれた彼女の手を感じ、その目を輝かせている信頼と愛情と希望を感じた。なんてきれいなんだろう。生まれてからいままで、いまの彼女ほど美しいものは見たことがなかった。

「約束する」彼は答えた。

「ありがとう」ビルが小声で言った。

ミッチは電話を切った。

「ビル?」すぐにマーラが訊いた。

「書類を送ってほしいと言っていた」

マーラは目を閉じて、彼のTシャツに顔を押しつけ、両腕を巻きつけた。

ミッチは電話をソファーの上に放りなげ、両腕で彼女を抱きしめた。

彼女が息をのむのを感じた。

それから頭を動かし、ほおを彼の胸につけた。

「ペニーとエヴァンのところに行かないと」マーラが静かな声で言った。

「姉はだいじょうぶ。エヴァンもだいじょうぶだ。そう言っただろ、ベイビー。ふたりとも無事だって。むしろ向こうのほうが、きみと子供たちのことを心配していたよ」

「会いにいかないと」マーラはくり返した。

「わかったよ、スイートハート。ドーナツのあとで」ミッチは折れた。

沈黙。

それから彼女はそっと訊いた。「もう終わったの？」

「終わった」

「ほんとに？」

「終わったよ、ハニー」

マーラはまた黙りこんだ。

じっくり考えている。それから彼を信じる。

そしてミッチは彼女のそういうところが好きだった。

マーラは額を彼の胸に押しつけ、回した腕にぎゅっと力をこめ、ささやいた。「愛しているわ、ミッチェル・ジェイムズ・ローソン刑事」

ほら。彼女はじっくりと考えて、彼を信じてくれた。

ミッチは頭をさげて、彼女のすごくいい匂いのする髪に唇をつけて、ささやいた。

「ぼくも愛しているよ、マラベル・ジョリーン・ハノーヴァー」

マーラはミッチにしがみつき、ミッチは彼女をぎゅっと抱きしめた。

なにかがさっと動くのを感じて目をあげると、ビリィが両手をあげて振りながら、ふたりに飛びついてくるところだった。バドは廊下の入口に立ち、壁にもたれている。

ビリィがちいさなからだごとふたりにぶつかってきて、腰に腕を巻きつけ、頭をそらして叫んだ。「ドーナツ！」

だれかが立ち聞きしていたらしい。

ミッチはバドを見た。

バドは曲がったほほえみを浮かべていた。

ミッチも息子にほほえんだ。

それから娘を見下ろした。

「よし、ドーナッだ」彼は言った。

ビリィはぴょんぴょん跳ねて、ミッチとマーラを揺さぶり、それからまた手をあげて振りながら、走って戻っていった。「ドーナッ!」

「テフロンだわ」マーラがつぶやく声がして、彼女のからだが震えるのを感じた。

ミッチはまだほほえんでいるバドから目を離して、マーラを見下ろした。彼女は頭をそらして、ほほえんでいた。

彼は最初にマーラを車に乗せたとき、嘘をついた。

彼女のほほえみは曲がっている。

ビリィとそっくりおなじだ。

そしてビリィの笑顔とおなじく、部屋を明るくする。

きれいだ。

あまりにもきれいで、どうしようもない。

ミッチは顔をさげ、彼女の唇に口をつけ、キスでほほえみを消した。

二日後

ミッチが〈ピアソンズ・マットレス&ベッド〉に入っていくと、マーラ、ロベルタ、ほかに販売員二名が接客していて、たくさんの客が店内を見てまわっていた。

ロベルタの客は女性だった。

マーラの客は男性だ。

ミッチはため息をついて、彼女にあごをくいとあげて挨拶し、ロベルタに低く手を振った。それから店の奥のウインドウに目をやった。

ボブがウインドウの前に立って、彼を見つめていた。

ミッチはディスプレー商品のあいだを縫って、店の奥へのドアのところまで行くと、ボブはそのなかで待っていた。

「少しいいですか?」ミッチは静かな声で訊いた。

ボブはうなずき、腕を振ってうしろを示した。ミッチに先に行ってくれということだ。

ミッチが言われたとおりにすると、ボブがそのあとをついてきた。

ボブはマーラに、事件の翌日、休みをくれた。だがマーラはその次の日から二日間、出勤している。ボブにはその必要はないと言われていた。

彼女はミッチにこう説明した。「わたしは四人の食い扶持を稼がなければいけないのよ。たしかに有給休暇だけど、歩合とはくらべものにならない」

「四人？」ミッチは訊いた。

「バド、ビリィ、あなたとわたし」

「ぼくも手伝うよ」彼は言った。

「知ってるわ」マーラはほほえんで言った。「わたしたちはチームで、わたしは味方をがっかりさせたくないの。それに、歩合が入って、弁護士費用がいらないということになれば、もっとリトル・ブラックドレスを買えるでしょ」

それを聞いて、ミッチはとめるのをやめた。

マーラは歩合を必要としているわけではなかった。日常を必要としていたのだ。

ミッチはそれを理解した。

それに、リトル・ブラックドレスを何枚もそろえる将来も楽しみだった。

ほんとうは、ボブがマーラを必要としていたのだ。まだ夏の大売り出しの期間中だったし、〈ピアソンズ〉にかんして詳しく報道された影響もある。さいわい、バドとビリィの捜索作戦は非公式で、報道機関はそのことに気づいていないので、マーラと子供たちの名前は公にならなかった。

店の倉庫は警察の黄色いテープで封鎖され、警官がなかを調べており、しばらく在庫を動かすことはできなかったが、客はかまわず来店した。じっさい、マーラによれば、店はてんやわんやの大忙しで、客はみな、有名になった〈ピアソンズ・マットレス＆ベッド〉のマットレスを買うために、在庫が動かせるまでよろこんで待つと言っているらしい。

ミッチは職業柄、一般市民が犯罪に引きつけられる気持ちはまったく理解できなかったが、そういうものがじっさいに存在するらしい。今回のこともその証拠だった。

ふたりはボブの事務所に入り、ボブがドアをしめた。ミッチは立ったまま、ボブがどうするのか見守った。もしボブが机に坐るなら、彼はその向かいの椅子に坐る。もしボブが立っているなら、彼も立ったまま話をする。

ボブは立ったままで話したがった。

ミッチは彼に向きあい、胸の前で腕を組んだ。

そして優しい声で言った。「いい知らせではありません」

ボブ・ピアソンはなにひとつ悪いことはしていない。ただ、ろくでなしでほかに仕事を見つけられない親戚にチャンスを与えただけだった。その親切の見返りに彼が警察から知らされたのは、倉庫のマットレスのなかにたくみに縫いこまれたり、あちこちの隠し場所にしまわれたりしていたさまざまな麻薬、小さな盗品、偽造パスポートが見つかったということだった。また彼は、〈スプリング・デラックス〉のマットレスを買った客全員に連絡をとって、商品を引きとり、新品のマットレスと交換しなければならなかった。損失をかぶって。

商売も評判も大打撃を受けたが、彼の人柄があればいずれは回復するだろう。だが大打撃に変わりはなく、その影響は深くなった顔のしわ、輝きを失った目、がっくりした姿勢にあらわれている。それは彼が親切にした相手に裏切られたためだけではなく、自分の親戚の弱い性格のせいで、彼がよく知っていて大切に思っている女性と、彼女が引きとった子供たちを危ない目に遭わせてしまったことが原因だった。

ボブ・ピアソンはそういう人間だった。彼はビルのしたことでマーラを責めることはせず、オーティスのしたことで自分を責めていた。

「オーティスのことかね？」ボブは静かに訊いた。

ミッチはうなずいた。「お気の毒です、ボブ。直接お知らせしたかったので。二時間前、彼の遺体が見つかりました」

ボブが息をのむ音が聞こえた。そして彼はうなずいた。

ミッチは話を続けた。

「レスチェワは細心の注意を払っていた。あなたの倉庫で見つかったものと彼を結びつけるものはなにもありません。たどれるのはオーティスとビルまでです。彼らはものを隠していただけでなく、それを配達したり、ビルの場合は売りさばいていた。ビルは自白しましたが、レスチェワと手下のことはなにも言いません。彼によれば、すべて自分とオーティスがやったことだと。われわれにとっては不満が残りますが、ビルにとっては賢明な選択です。自白すれば減刑される。ほかの人間の関与を明かさず自分の罪を認めれば、しばらくは刑務所暮らしですが、少なくとも生きてられる」

「そういうものなのだろうね」ボブが言い、ミッチにはその真意はわからなかった。ロシアン・マフィアのことはどうでもよくて、もう前進し、そもそも自分のせいではないそういう事件とは無縁の生活に戻りたいと思っているのか。それとも復讐を望んでいるのに、それを実現する力はないとあきらめているのか。

ミッチは訊かなかった。ボブが話したくないなら、それでいい。

ミッチはしばらく無言で、それからそっと言った。「お気の毒です、ボブ」

ボブは彼の視線を受けとめ、そっと返事をした。「わかっていたのに。あいつはいつも問題を起こすやつだった」

ミッチは首を振った。「どうか。あなたのせいじゃありません。あなたは親戚として正しいことをした。彼が道を誤った。それくらいシンプルなことです。シンプルに考えたほうがいい」

ボブは彼のまなざしを受けとめた。そしてうなずいた。

ミッチはもう気持ちを切り替え、ボブにもそうしてもらおうとした。

「マーラに言っておきます。バーベキューチキン・ピザをつくるようにって。奥さんといっしょに食べにきてくれますよね？」

ボブはほほえんだ。小さなほほえみだったが、本物だった。

「マーラのピザの評判は聞いているよ」

「最高です」ミッチがそう言うと、ボブのほほえみが大きくなった。

そして消えた。

「マーラには父親がいないし、わたしは従業員を自分の家族のように思っている。だから変だと思わないで聞いてほしいんだが、わたしはあの子の父親代わりのように感じている。そのうえで、素直に言わせてもらうよ。彼女はようやく恋人を選んだが、とてもいい人を選んでほんとによかった。ミッチ、わたしは認めるよ」

そう言われて、ミッチはほほえんだ。

「ありがとう」彼は言った。

「いや」ボブが返した。「ありがとうと言うのはこっちだよ」

ミッチはあごをあげて挨拶した。ボブもおなじしぐさをして、彼といっしょに部屋を出た。

ショールームのフロアで、ふたりは握手した。それからミッチは恋人の姿を見つけて、そちらに歩いていった。

彼女はまださっきの男性客の相手をしていた。

マーラがミッチを見ると、客も彼を見た。

「おじゃまして申し訳ない。すぐに済ませて、ぼくは行きますから」ミッチは男性に言うと、片腕をマーラに回して、驚きに身を固くしている彼女を抱きよせ、キスした。短く、激しく、濃厚に。

顔をあげたとき、彼女のからだはもう固くなかった。そして目をぱちぱちしていた。

「じゃあ続きはうちに帰ってからな、ベイビー」ミッチはささやき、明らかにがっかりした様子の男性客を見てくいとあごをあげ、恋人の顔を見てほほえみ、彼女を放した。

仕事は終わった。

ロベルタの満面の笑顔を見ながら、店のそとに向かった。

ロベルタのお墨付きももらった。

彼女に低く手を振った。

彼女も手を振りかえしたけど、低くはなかった。

ミッチは床を見て、首を振り、笑顔で店をあとにした。

マーラ
五日後

「あと五分で出るわよ！」わたしは大声で言って、ロベルタにほほえんだ。彼女はバーカウンターをはさんでわたしの向かいに坐り、居間では水着に着替えた彼女の子供たちが興奮ではちきれそうになっていた。

ふたりとも休みをとって、子供たちをプールに連れていくところだ。子供たちはめいっぱい遊んで、わたしたちは肌を焼く。それからうちに戻ってきてシャワーを浴び、〈カーサ・ボニータ〉に出かける。

お祝いに。

ミッチは弁護士から書類を受けとって署に行くことになっていた。

ビルが親権を手放す。

これはお祝いしないと。そして友だちといっしょに楽しいメキシコ料理ファミリーレストランでお祝いなんて、最高だ。あの店では楽師が店内を歩きまわっているし、崖から人が飛びこむショーもやっている。

「マーラおばちゃん！」ビリィの叫び声が聞こえた。声の感じで、バスルームのなかから叫んでいるのがわかった。「水着がめちゃくちゃになっちゃった！　直せないの！」

「わたしが行くわ」そのときカウンターの上に置いたわたしの電話が鳴ったので、ロベルタがそう言って廊下に出ていった。

ディスプレーを見ると、〝非通知番号〟だった。

わたしは眉根を寄せ、ミッチが署から電話しているのかと思い、電話に出て、耳にあてた。

「もしもし」

「チェスナット」かすれた声が聞こえた。

驚いた。

「タック」わたしはささやいた。

「そうだ、ベイビー」まるで毎日電話で話しているような口調だった。

変なの。

どうしたらいいの？　あの事件のとき以外、わたしは自分好みのバイカーと話したことは一度もなかったし、終わってからこれまで彼から連絡はなかった。

だから訊いてみることにした。「その……元気？」

「どうしておれはいい女をのがしつづけているのか、考えていたんだ」彼の答えはますますよくわからなかった。

「いま、なんて？」

「なんでもないよ、ダーリン」彼はつぶやいた。「ただ言っておきたかったんだ、おれはきみに約束した」

息がとまった。

タックは続けた。

「おれは忘れなかった」

「わかったわ」わたしはささやいた。

「これからも」

「え……わかった」

「おれの世界では、こういうことが起きると、だれかが代償を払う」

どうしよう。

もしかしたら、約束はもういいからと言ってあげるべきなのかもしれない。

「タック――」

「いつまでもきれいでいろ」彼はそう命令して、電話を切った。

わたしは電話を見つめた。

「だれだったの？」ロベルタの声がして、目をあげると、彼女と、ホットピンク色でお尻のところに淡いピンク色のひらひらがついている水着を着たビリィがいっしょに、居間兼台所兼食堂に入ってきたところだった。

「わたしの復讐の天使よ」わたしが答えると、彼女は目をぱちくりさせた。

そしてほほえんだ。「え？」

「なんでもない」わたしはつぶやいた。

「プール！」ビリィが金切り声で叫んだ。

わたしは自分の娘を見てほほえんだ。

ビーチバッグに携帯電話を入れて、取っ手をつかみ、カウンターを回った。もうビーチサンダルを履いている。「プールよ」そして言った。「バド、急いで!」

バドがトランクスとTシャツという恰好で居間にやってきた。

ロベルタが自分の子供たちを並べた。

わたしたちはアパートメントを出てプールに行った。

ようやくのんびりしてから、ミッチに電話をかけ、タックから電話があったことを伝えた。彼はそれについてはなにも言わず(もっとも、しばらく重たい沈黙があったけど)、いま弁護士事務所にビルが署名した書類を届けにきたところだと言った。

「これでふたりはきみの子供だ、スイートハート」ミッチの優しい声が耳元で響いた。

わたしの子供。

魂がため息をつく。

「きょうは早く帰ってきて」わたしはそっと言った。「〈カーサ・ボニータ〉に行くんだから。ブレイとブレントも行くって。でも文句たらたらで、変装していくからって言ってたわ。〈カーサ・ボニータ〉に行ってるところをゲイ仲間に見られたら、仲間うちから追いだされるって。テスからも電話があって、ブロックと子供たちといっしょに店に直接来るって。ケニーと子供たちも。ラタニアとデレクはわたしたちといっしょに行くのよ」

「わかった」

「あなたが帰ったらすぐ出かけられるように待ってる」

「わかった」

「やっぱり土曜日に不動産仲介業者と物件を見にいくの？」

「そうだ」彼は答えて、今度は質問してきた。

「きみはいま、ビキニでプールサイドにいるのかい？」

「そうよ」

「くそっ」

わたしはにんまり笑った。

わたしの恋人はわたしをセクシーだと思っている。

「それに日焼けオイルも塗ったわ」教えてあげた。

わたしが大好きになった音が、彼の胸の奥から響いてきた。ミッチのものすごくすてきな笑い声。

それから彼は、低い声をまだ笑いで震わせて、言った。「マーラ」

わたしは目をつぶった。

これがわたしのものだなんて。

わたしのもの。

よく笑いで声を震わせながらわたしの名前を呼ぶ、美しくて善良な男性との一生。

「マーラおばちゃん！」ビリィが叫んだ。「こっちに来てあたしを沈めて！」

わたしは目をあけた。

「お姫さまのお呼びだ」ミッチが言った。またほほえんでいるような声で。

「あなたも知ってるでしょ」わたしもほほえみながら言った。

「ああ、大好きだよ」

わたしの心がふたたびため息をついた。

これもわたしの。

全部。

「そうね」わたしはささやいた。「愛してるわ」

「ぼくもだよ、ハニー」

「いい？」

「いいよ」彼は言った。またほほえんでいる。

「切って」わたしもほほえんで言った。

そして彼は電話を切った。

エピローグ

ミッチ
十三年後

「そんなもの着て、肌が火傷するんじゃないか？」ミッチは妻を見下ろした。彼女はコロラド・ロッキーズのスウェットシャツを着ている。

背中の背番号は9番だった。

「そんなことないわ」彼女の返事に、ミッチはにやりと笑った。

「そんなところをカブスのファンに見つかったら、筋金入りファンのクラブから追いだされるぞ」ミッチは警告した。

「そうなったら、そうなったよ」マーラはつぶやいた。

ミッチは笑みを浮かべた。

「ごめんなさい、遅くなっちゃって！」その声にマーラはふり向き、ミッチは列の先を見ると、ビリィと新しい彼氏が急いだ様子で列を進んでくるところだった。ビリィの黒髪がコロラドの太陽に照らされて輝き、短すぎるショートパンツから日焼けした長い脚が出ている。

四月初めなら、まだ寒くてもおかしくないし、少なくとも涼しいはずだろう。だがコロラドではちがう。きょうの気温は三十度で、これがもう二週間も続いていた。

明日は雪の予想だった。

でもきょうは、ビリィはショートパンツをはき、それがもう二週間も続いている。脚の日焼け具合を見ればわかる。

「言っておくけど」ミッチはビリィの新しい彼氏を見て、つぶやいた。「ぼくはあの男は気に入らない」

マーラの視線を感じて見下ろすと、彼女は唇をとじていたが、その目はおかしそうにきらきらしていた。

そして彼女は口を開いて小声で言った。「気に入ったことなんてないでしょ」

「ほかのよりも気に入らない」ミッチは言った。

マーラは肩を震わせ、その目をおかしそうに輝かせたまま、唇をとじた。

「それに、きみからあのくそ短いパンツについて、ひと言言ってやらないと」ミッチは言った。

マーラの全身が震えはじめた。

「本気で言ってるんだ」彼はささやいた。

「そうよ、ずっと」マーラもささやき声で返した。

そう、ミッチは本気だった。ビリィが十五歳になったとき、マーラが〝肌戦争〟と名づけた戦いが勃発した。ミッチはビリィがあまりに露出しすぎていると思った。ビリィはそんなことないと言った。マーラがあいだに入り、過保護だとミッチに言った。ミッチはマーラに、それが父親の仕事だと言った。マーラは彼に、もっとリラックスしてと言った。ミッチはマーラに、リラックスするのは父親の仕事じゃないと言った。父親の仕事は娘が肌を過剰に露出して出かけないようにすることだ。自分は男で、男がなにを考えているのかよくわかっているのだから。とくに十五歳の男が。いや十六歳だって。またはビリィの新しい彼氏のように二十一歳でも。

ミッチはかなり負けた。女の多い家だからよくわかったが、女というものは集団になって攻めてくる。それに権力を保ちつづける。努力する価値はあるが、長い目で見るとそれがもたらす頭痛の価値はない。だからミッチはいつも努力はしたが、たいていは負けを認めた。

ビリィは十九歳だということはわかっている。だが娘がたとえ四十歳になっても、気になることに変わりはない。

なにもかも。

「やっと着いた！」ビリィは叫んで、マーラの隣の空いていた席に腰をおろし、なんていう名前だったかよく知らない男（ミッチはわざわざ憶えようとしなかった。それは早いうちに学んだ）が彼女の隣に坐った。娘はすぐにミッチと目を合わせた。「あとね、ミッチ、わたしたちが遅れたのはリッジのせいじゃないの。全部わたしのせいよ」

リッジ。

そうか。こいつの名前はリッジだった。

ファック。

いったいどんな親が、子供にリッジなんて名前をつけるんだ？

「パパ、ママ、ずれて！　わたしがビリィの隣に坐るんだから！」

ミッチはふり向き、自分の隣に坐っている娘を見た。

十歳のフェイスはビリィにそっくりだった。元気いっぱいで、いつもにこにこしている。よく笑う。愛情深い。あと五年もして、フェイスが自分も美人ですばらしいからだつきで男の心をもてあそぶ力があると気づいたら、ミッチはあらたなレベルの地獄に苦しむことになるだろう。

「よかった。わたしがパパの隣に坐りたいもの」そう言う優しい声がして、ミッチは黒髪、青い目のフェイスから、その隣に坐っている、黒髪、茶色の目の八歳のマーシーに目を移した。

マーシーは父親によく似ていたが、性格は母親似だった。優しくて、はにかみ屋で、賢くて、物静かで、誠実。自分では気づいていないけどおもしろい。そして自分がどんなにきれいか、どんなに愛らしいか、まったく気づいていない。

ミッチはフェイスを愛しているが、フェイスは二年前に卒業した。いまはマーシーが彼のリトルガールで、これからもずっとそうだろう。

みんなで席をずれ、フェイスは大好きなビリィの隣に坐った。ふたりはすぐに頭を寄せあってひそひそ話をはじめた。たぶんビリィから、どうやって男の心をずたずたにするかを教えてもらっているのだろう。ちなみにそれも、ビリィが十五歳のときから磨いているスキルだった。

ミッチの唯一の望みは、リッジとのつきあいがさっさと終わってくれることだった。いつも長続きはしない。

ミッチはため息をついて、マーシーの肩を抱いた。

彼女はグラウンドを見つめていた。

「もうすぐはじまるわ」彼女は言った。

彼女が興奮しているのは、長い脚をぶらぶらしていることでわかった。それにその声でも。

フェイスはビリィがお気に入り。

マーシーはビリーがお気に入りだった。

マーシーにとって兄は、太陽のようにすばらしい存在だった。それに父親も。マーシーは家族の男たちをなによりも敬愛していた。

そういうところも母親似だ。

「ああ、もうすぐはじまる」ミッチも言った。

マーシーが茶色の目でミッチを見て、曲がったほほえみを浮かべた。

まったく。彼は娘の妻譲りの笑顔が大好きだった。

ミッチもマーシーに笑顔を返した。

そのとき、握っていたマーラの手が指を組みあわせてきた。彼女がぎゅっと握りしめ、ミッチも握り返して、妻のほうを見た。

彼女はグラウンドを見ていた。

ミッチもその視線の先を追った。

練習がはじまっていた。

バドが笑っている。

ミッチも笑った。

四十五分後

みんな立ちあがった。全員。クアーズ・フィールドの観客ひとり残らず。アナウンス係の興奮したアナウンスに、広い球場に人々の拍手と歓声が鳴り響いた。「ロッキーズでの初打席、地元出身のバド・ローソンがツーラン・ホームランを放ちました！　おかえり、バド！」

ミッチはバドがグラウンドを一周するのを見守り、マーラがよりかかってきた重みを感じた。

ふたりの息子への大喝采のなかに、彼女がしゃくりあげる音が聞こえた。

泣いている。

ミッチは拍手するのをやめて妻の肩を抱きしめたが、グラウンドから目は離さなかった。

彼が三塁を回り、ホームプレートを踏んでも、観客の興奮はまだおさまらなかった。

バドはベンチに戻り、チームメイトたちから、初めてのハイファイブや、ローファイブや、体当たりの歓迎を受けた。

ベンチにおりる階段から五歩のところで彼は立ちどまり、ベンチの屋根の上の席にいる家族を見つめた。

それから腕をあげ、彼らを指差して、にっこりと笑った。

そのときミッチには聞こえた。女性たち四人がはっと息を吸ったのが。

それほど離れてはいないから、バドにもそれが見えたらしい。彼は腕をおろし、ミッチと目を合わせて首を振った。

バドも最近まで女ばかりの家に住んでいた。ミッチの苦労はわかっている。

そしてバドは真顔になった。ミッチと目を合わせたまま、こぶしで胸の心臓の上を叩いた。

ミッチは息子に、わかったとあごをあげた。

マーラが泣きだして、彼にぴったりくっついているからだを震わせた。肩に回した腕に力をこめると、彼女はこちらにからだを向けて両腕でミッチを抱きしめた。

バドはベンチにさがり、見えなくなった。

「パパ」マーシーが、彼のTシャツをひっぱっている。「バドが初打席でホームランを打ったのよ！」興奮して言った。

マーシーはバドがホームランを打つたびに興奮する。何度も見ているのに。バドがアリゾナ大学のワイルドキャッツでプレイしているときも、何度も家族で観にいった。

「わかってるよ、ベイビー」ミッチは言った。「パパも見ていた」

「わたしたちを指差したわ！」フェイスが言い、ミッチが見ると、彼女は腕を高くあげて指差していた。「見て！　わたしたちスクリーンに映っている！」

ミッチは見なかった。なぜならビリィが、彼を見つめていたから。きらきらと輝く目で。

マーラそっくりの目に、愛情と信頼を浮かべて。

ミッチはビリィににっこり笑った。

彼女が返したほほえみは、曲がっていた。

それを見て、この十三年間で初めてでもないし、これが最後にもならないが、ミッチはビル・ウィンチェルのことを思った。〈ストップン・ゴー〉で初めてビリィの曲がった笑顔を見たとき、ミッチはそれが命を賭けて戦う価値のあるものだとわかった。どんなに大変でも、なにがあっても、この身を削っても守る価値のあるものだと。子供たちが最後に見たビルは、朝から家出していたあの日、酔っぱらってラリっている父親の姿だった。ビルは約束を守った。あのとき彼は、すべての権利を放棄した。生きているのはわかっていた。刑務所を出所してアイオワで母親のトレーラーハウスに同居している。マーラの母親は二年前に心臓病で亡くなった。マーラの友だちのリネットが教えてくれたが、彼らは葬儀に参列しなかった。ルーラメイはまだ生きている。だがマーラの母親も伯母もビルも、ミッチとマーラの前に姿をあらわすことはなかった。

ビルは約束を守った。

ミッチも。

そしていま思うに、それはビル・ウィンチェルが自分の子供たちに与えられる最高のものだった。子供たちを幸せにするというミッチの約束と、マーラの惜しみない愛情。

つまり、けっきょくは、完全なろくでなしではなかったということなのだろう。

だが視線をさげたとき、そんな物思いは吹きとんでしまった。

なんてことだ。ビリィの彼氏がウエストに回した腕がさがり、その手が腰のあたりに置かれている。

ミッチはその手をじっと見て、それからリッジの顔を見た。

リッジは彼の視線に気づき、ぎくりと頭をのけぞらせて、その手を許容範囲内であるウエストにあげた。

ミッチはつとめを果たして、目を戻すとき、ビリィがマーラにあきれた顔を向けているのが見えた。その顔はいやになるほど見ているが、ミッチは気にしなかった。これまでもずっと。ビリィは七歳のときにはもう、あきれた顔を完成させていた。

次のバッターが打席に入り、彼らもほかの観客たちも坐った。

マーラが顔を肩に押しつけてきた。

バッターがファールフライでアウトになってから、マーラは顔をあげて、ミッチの耳元に唇を寄せた。

「わたしにはわかっていたわ」彼女はささやいた。

ミッチは妻に顔を向け、そのめずらしい、でも美しい青い目をのぞきこんだ。

「なにが？」

「あなたはすてきな家族をつくるって」

ミッチはそれを腹の底でがつんと感じ、温かい気持ちになった。マーラへのいとおしさを実感するときはいつもそうなる。

彼は手でマーラのあごをつつんだ。「スイートハート――」

「ありがとう、ハニー」彼女はまだ声をひそめて言った。

「なにを？」

「幸せな人生とすてきな家族をくれて」

「きみも手伝ってくれた」ミッチは言った。

「知ってるわ。わたしたちはチームだもの。それをくれたことも、ありがとう」

くそっ、こんなにも妻を愛している。

ミッチは返事を思いつかなかったから、ほほえむことにした。

マーラもほほえみを返した。ビリィとそっくりの、曲がったほほえみ。ふたりの娘にも受けつがれているほほえみに、どうしようもなかった。

ミッチは顔をさげ、彼女の唇に口をつけ、キスでほほえみを消した。

フェイスが例によってうんざりしたような口調で、たぶんリッジに向けて言っているのが聞こえても、彼はキスをやめなかった。「いつもこうなのよ」

　そしてビリィが、優しく、どちらかと言えばよろこんでいるような口調で言うのが聞こえても、やめなかった。「昔からこうなのよ。わたしが憶えているかぎり、ずっと」

訳者あとがき

お待たせいたしました。超人気作家クリスティン・アシュリー（KA）によるコンテンポラリーロマンス、『愛の夜明けを二人で（原題*Law Man*）』をお届けします。コロラド州デンヴァーを舞台に、つぎつぎと〝夢の男性《ドリーム・マン》〟がヒーローとして登場する〈ドリーム・マン・シリーズ〉の第二弾。本国アメリカでも、「シリーズではこれがいちばん好き」と熱狂的に支持するファンがたくさんいるすてきな作品です。

本書のヒーローは、シリーズ一作目の『恋の予感に身を焦がして（原題*Mystery Man*）』で登場したミッチ・ローソン刑事。好意を寄せた女性にたいする保護本能を全開にしながらも、強引に迫るようなことはけっしてなく、あくまで紳士的で優しかったあの、ミッチです！

ヒロインのマーラ・ハノーヴァーは、ひそかにミッチに片思いしています。四年も前からミッチとおなじアパートメントに住んでいるのに、いまだにアパートメントの通路で挨拶を交わすのがやっとという、とても内気な女性です。

マーラはかなり重症のネガティブ・ヒロインでもあります。彼女の頭のなかにある〝マーラワールド〟では、人はそれぞれ、容姿や能力によって10点満点で評価され、1〜3、4〜6、7〜10の階層に分かれます。ミッチは10・5で、2・5の自分とは住む世界が違うから、彼が自分に気づいてくれることなんてありえないと彼女は思っていました。

ある日、バスルームの蛇口の水がとまらなくなって困っていたマーラをミッチが助けたことから、ようやくふたりの距離が縮まりはじめます。このハプニングは、ずっとマーラのことが気になっていたミッチにとってもチャンスでした。ところが、事件に次ぐ事件でマーラの身に危険が及んだり、彼女が自信のなさからミッチを遠ざけてしまったりして、なかなか〝ふたりだけの甘いシーン〟には至りません。ミッチはマーラのことは自分がかならず守ると約束し、彼女のコンプレックスを忍耐強く解きほぐして、繭のそとに羽ばたかせようとします。彼があまりにも完璧なヒーローすぎて口喧嘩にならないのは前作とちがうところですが、クリスティン・アシュリー作品の特徴である〝エモーショナル・ジェットコースター展開〟は本作品でも健在です。

もちろん、ガールズトークの楽しい〝コスモ女子会〟もあります。

本書ではマーラの従兄の子供たちふたりが重要な役割を演じます。恵まれているとはいえない境遇のその子たちに、マーラはせいいっぱいの愛情を注ぎます。そんなマーラだからこそ、ミッチも夢中になったのだと納得です。子供たちの健気さ、ミッチの大きな包容力に、思わず涙がこぼれそうになるシーンがいくつもありました。

本書のなかで、マーラがシカゴカブスのファンだと知ったミッチは、「ずっと優勝してないのに」と彼女をからかいます。ところが二〇一六年のシーズン、シカゴカブスはじつに百八年ぶりにワールドシリーズの優勝を成しとげました（本書が出版されたのは二〇一二年です）。その年のクリスマス前のマーラとミッチとビリーとビリィの様子を描いた短編が、ネットで公開されています（http://www.scandaliciousbookreviews.com/law-man-short-story-by-kristen-ashley/）。

〈ドリーム・マン・シリーズ〉は、オリジナルの英語版では前作『恋の予感に身を焦がして』と本書『愛の夜明けを二人で』のあいだに『*Wild Man*』が存在しますが、諸事情によりこちらの邦訳が先になりました。ブロックとテスの物語も、いつかお届けできたらと思っています。

クリスティン・アシュリーはインディアナ州生まれ。小さな農場で、音楽と愛情たっぷりの大家族の家庭に育ちました。コロラド州デンヴァーやイギリスで暮らしたこともあります。彼女の作品はドイツ、フランス、イタリア、ブラジル、ブルガリア、ポーランドなどたくさんの国で翻訳出版され、そのアルファヒーローたちは世界中のロマンスファンをうっとりさせています。

ザ・ミステリ・コレクション

愛《あい》の夜明《よあ》けを二人《ふたり》で

著者　クリスティン・アシュリー
訳者　高里《たかさと》ひろ

発行所　株式会社 二見書房
東京都千代田区三崎町2-18-11
電話　03(3515)2311［営業］
03(3515)2313［編集］
振替　00170-4-2639

印刷　株式会社 堀内印刷所
製本　株式会社 村上製本所

ISBN978-4-576-17171-5
http://www.futami.co.jp/

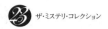